ERIC [illegible] E

Eric Giac[illegible], écrivain, a été journaliste d'investigation, puis chef de service à la rubrique économie au *Parisien / Aujourd'hui en France*. Il a enquêté à la fin des années 1990 sur la franc-maçonnerie, dans le volet des affaires sur la Côte d'Azur. En 2016, il est devenu le nouveau scénariste des aventures de Largo Winch en bande dessinée.

Jacques Ravenne, lui aussi écrivain, spécialiste de l'étude de manuscrits, est maître franc-maçon. Il intervient régulièrement dans des conférences et colloques sur la franc-maçonnerie. Conscient du fantasme suscité autour de sa fraternité, et de ses dérives, il reste attentif à une description rigoureuse de cet univers et de ses rituels.

Amis depuis l'adolescence, férus de symbolique et d'ésotérisme, ils ont inauguré leur collaboration littéraire en 2005 avec *Le Rituel de l'ombre*, premier opus de la série consacrée aux enquêtes du commissaire franc-maçon Antoine Marcas. Ce duo, unique, du profane et de l'initié, a vendu plus de 2 millions d'exemplaires en France. La série, traduite dans 17 langues, du Japon aux États-Unis, a été adaptée en bande dessinée par les Éditions Delcourt.

Retrouvez Eric Giacometti et Jacques Ravenne sur leur site :
www.giacometti-ravenne-polar.com

LE RÈGNE DES ILLUMINATI

DES MÊMES AUTEURS
CHEZ POCKET

IN NOMINE

LE RITUEL DE L'OMBRE
CONJURATION CASANOVA
LE FRÈRE DE SANG
LA CROIX DES ASSASSINS
APOCALYPSE
LUX TENEBRAE
LE SEPTIÈME TEMPLIER
LE TEMPLE NOIR
LE RÈGNE DES ILLUMINATI

LE SYMBOLE RETROUVÉ

LE SEPTIÈME TEMPLIER suivi du TEMPLE NOIR

De Jacques Ravenne

LES SEPT VIES DU MARQUIS DE SADE

ERIC GIACOMETTI
et
JACQUES RAVENNE

LE RÈGNE DES ILLUMINATI

Préface inédite des auteurs

fleuve
ÉDITIONS

ISBN : 978-2-266-25957-6

À vous, lecteurs

Préface inédite des auteurs

L'œil dans le triangle

Un Français sur cinq croit à l'existence des Illuminati. C'est l'une des révélations étonnantes du sondage que nous avions commandé l'an dernier à l'institut Ipsos, pour la parution du *Règne des Illuminati*, dans son édition grand format. Un Français sur cinq… Même s'il faut toujours prendre un sondage avec des pincettes, surtout en politique, voilà un résultat qui laisse songeur. Pourquoi une société secrète subversive bavaroise disparue depuis plus de deux siècles fait-elle autant fantasmer ? Et surtout, pourquoi les jeunes sont les plus aimantés par cette mystérieuse puissance ésotérique. La preuve ? Un tiers des 18-35 ans croit à l'existence de cet ordre mystérieux qui gouvernerait le monde. Nouvelle incarnation Web 2.0 d'une *super* franc-maçonnerie tentaculaire.

Une croyance sublimée par l'énigmatique symbole de l'œil dans le triangle. L'œil qui voit tout.

Au moment de la parution, la plupart des médias traditionnels (pas tous) n'ont pas pris la mesure de ce sondage. Pensez donc… *« Les Illuminati ? C'est quoi ce délire ? Les chiffres sont trop gros pour être crédibles. Un sondage pour la sortie d'un polar ? Ce n'est pas dans les habitudes, c'est sûrement un coup marketing »*... Les journalistes des rédactions Web ont été moins hautains, plus ouverts. Normal, les Illuminati envahissent la toile depuis des années, *via* les clips des stars de la pop, Madonna, Beyoncé, etc., sans compter des myriades de sites alternatifs qui se passionnent pour les complots en tout genre.

Pendant ce temps, nous enchaînions les conférences dans toute la France, dans les salons du livre, les librairies, etc. À l'évidence, il y avait un fossé béant entre la cécité des médias et la curiosité du public sur ces étranges Illuminati. Le coauteur franc-maçon du duo, Jacques, ne cessait de répondre aux questions pour *recadrer* les théories sur les liens supposés entre maçonnerie et Illuminati, et livrer les faits historiques. Eric, lui, était frappé par le nombre de parents qui répétaient le même discours : « *Mon fils (ou ma fille) est fasciné par les Illuminati et par le symbole de l'œil dans le triangle, ça commence à nous inquiéter* »...

Et puis il s'est passé des événements en France le 7 et le 9 janvier 2015.

Des événements tragiques. La tuerie concertée de *Charlie Hebdo* et de l'Hyper Cacher.

Quelques heures après le premier attentat, des théories ont envahi le Net pour expliquer que ces attentats n'étaient que manipulation. Il y avait eu complot. Comme pour les attentats du 11 septembre 2001. Là, les médias ont reçu un véritable électrochoc. Tout d'un coup, les journalistes se sont rués sur le conspirationnisme. Un mot fourre-tout, péjoratif, et qui passe à côté de la complexité du phénomène, ignoré, pour ne pas dire méprisé par la sphère médiatique durant des années alors même que les spécialistes l'analysaient avec pertinence… et inquiétude.

Enfin, la ministre de l'Éducation nationale, Najat Vallaud-Belkacem, s'est appuyée sur notre sondage pour étayer son plan d'étude du phénomène dans les écoles (en se trompant sur les résultats, mais ce n'était sans doute pas sa faute). Et là, les médias ont embrayé à nouveau au quart de tour. Et notre sondage sur les Illuminati est devenu, à notre corps défendant, le sondage de référence sur les croyances aux théories du complot ! Un raccourci qui a surpris Jacques qui n'en revenait pas de voir les résultats tronqués repris à toutes les sauces (sans jamais citer l'origine). Eric, lui, qui avait été journaliste quinze ans au *Parisien/Aujourd'hui en France*, connaissait trop les médias grand public pour s'en offusquer. Ainsi va le temps de l'information…

Peu importe.

Revenons à ce thriller et aux Illuminati, qui ne sont pour rien dans la tragédie des 7 et 9 janvier… Subsistent deux questions à lesquelles nous n'avons pas répondu dans cette préface.

Existent-ils ? Et pourquoi règnent-ils sur le Net et dans des millions de cerveaux ?

Tournez cette page et suivez Antoine Marcas dans sa nouvelle enquête.

Le Règne des Illuminati s'inscrit dans la tradition de la littérature policière, à savoir mettre en lumière les zones d'ombre de notre société. Des zones d'ombre bien réelles et qui ne sont pas forcément celles auxquelles vous vous attendez. L'œil dans le triangle, l'œil qui voit tout, n'est pas qu'une chimère.

À la lecture de la dernière page, glissez un œil curieux sur la note d'informations en annexe.

Pour discerner le vrai du faux, séparer l'ombre de la lumière.

Passer de l'œil qui voit tout à l'œil averti.

Eric Giacometti et Jacques Ravenne

Une lettre à nos lecteurs...

À la fin du Temple noir, *sa précédente aventure, Antoine s'exilait en Afrique, plus exactement en Sierra Leone. Il y a vécu un an sans donner signe de vie.*

Pendant cette éclipse, Jacques a pu écrire son roman sur le marquis de Sade, Les Sept Vies du Marquis *(Fleuve Éditions, 2014), une œuvre qui lui tenait à cœur depuis des années. Eric, lui, a quitté son journal,* Le Parisien/Aujourd'hui en France, *après quinze ans de passion, et mène d'autres projets.*

Et puis, un jour, Antoine s'est manifesté à nouveau. Il était rentré à Paris, sans nous prévenir. Inutile de dire que nous ne l'avons plus lâché.

Pour apprécier cette nouvelle enquête, nous vous conseillons de lire attentivement le paragraphe qui suit la fin du roman. Le secret découvert par Antoine vous concerne vous, chacun d'entre vous... En toute amitié.

Eric Giacometti et Jacques Ravenne

Rendez-vous sur notre nouveau site pour connaître notre actualité et aller plus loin dans les enquêtes d'Antoine Marcas.

www.giacometti-ravenne-polar.com

PROLOGUE

> « Le simple mot de secret est inacceptable dans une société libre et ouverte. Et nous sommes en tant que peuple intrinsèquement et historiquement opposés aux sociétés secrètes, aux serments secrets, aux réunions secrètes. »
>
> John Fitzgerald Kennedy,
> *Discours devant l'American Newspaper Publishers Association*, le 27 avril 1961

Rome
3 juillet 1963

Le trente-cinquième président des États-Unis descendit lentement de la Lincoln bleu nuit garée dans la cour de l'église. Un agent de protection inspectait d'un regard hautain le bâtiment aux vieux murs ocre et lézardés, même s'il savait que ses collègues étaient déjà en place.

Pour ses sorties officielles, John Fitzgerald Kennedy ne chaussait pas ses Ray-Ban Wayfarer, mais des Persol 649. Elles l'accompagnaient toujours dans ses déplacements confidentiels, amoureux ou politiques, lui procurant une illusion d'anonymat.

Un air chaud, trop chaud pour lui, enveloppa son visage congestionné. Debout, sous le soleil déclinant, il redressa son dos endolori par le trajet chaotique dans les ruelles mal pavées du Trastevere, puis consulta sa montre chronomètre à cadran d'argent. Offerte par Jackie. Il lança le compte à rebours rituel.

La trotteuse fila.

Un, deux, trois...

Il fallait tenir debout une minute avant de marcher vers la petite église où l'attendait son rendez-vous. Une minute interminable pour que son cerveau se gorge d'un sang saturé en cortisone. Sinon, c'était le vertige, la perte de connaissance comme la semaine précédente à Berlin.

Il prit le mouchoir humide que lui tendit l'un de ses hommes, s'humecta le front et fléchit légèrement les jambes. Le tissu du pantalon de tweed collait à sa peau. Les lanières du corset qui encerclait son dos craquelé s'enfoncèrent dans sa chemise.

Vingt secondes.

Le temps jouait toujours contre lui. Il passa machinalement sa main dans ses cheveux poisseux et épais. En face de lui, deux gigantesques cyprès étendaient leur longue silhouette au-dessus d'un banc de pierre. Il aurait bien voulu s'y reposer. Et pourquoi pas faire ensuite un détour par... Il chassa l'idée sulfureuse.

Trente secondes.

Le sang affluait à nouveau, il aurait tellement voulu s'allonger à l'ombre des arbres. Et oublier. Oublier ses responsabilités. Même ses conseillers ne tenaient plus le rythme. Il lança un regard au plus jeune d'entre eux, Adam, resté assis dans la voiture, plongé dans un rapport confidentiel sur une affaire de corruption visant le vice-président Johnson.

Une minute. Chrono arrêté.

Il inspira profondément, comme le lui avait appris son médecin. Ses grosses semelles orthopédiques crissèrent sur le fin gravier, ses vertèbres craquèrent comme une vieille écorce, son corps se mit en mouvement. Il passa devant les cyprès ; une odeur de résine, douce et fruitée, s'insinua en lui. Un parfum déjà inhalé un quart de siècle plus tôt lors d'un premier voyage à Rome. Son père l'avait emmené, loin de leurs terres du Massachusetts, pour se faire bénir par Pie XI. Il se souvenait moins du pape que de la fille de l'ambassadeur, compagne de ses nuits romaines.

Un sourire erra sur ses lèvres, le premier de la journée qui n'était pas dicté par ses obligations.

Le son grave d'une cloche résonna brusquement pour le rappeler à l'ordre. Le fantôme séduisant de la jeune fille brune s'évanouit à mesure qu'il s'avançait vers l'édifice austère. Il salua les deux hommes de la sécurité postés de chaque côté de l'église et entra en retirant ses lunettes.

Un léger courant d'air, plus tiède, caressa son visage. Il cligna des yeux pour s'habituer à la semi-pénombre qui régnait autour de lui. L'intérieur de l'église de style roman n'avait rien d'ostentatoire, des murs noircis par les siècles, des travées de chaises en bois fragile, un chœur presque dépouillé. Il fit un signe de croix et se dirigea vers le fond de l'édifice. Ses semelles à bout ferré martelaient le pavement avec une cadence métallique.

Devant l'autel, sous un christ longiligne suspendu

par une chaîne rouillée, une silhouette agenouillée était en train de se relever. Avant même que Kennedy n'arrive à son niveau, l'homme vêtu d'une soutane blanche immaculée vint à sa rencontre. Il avait la soixantaine finissante et était de taille moyenne. Son crâne dégarni flottait dans son habit, deux yeux vifs et marron rajeunissaient son visage usé, comme s'ils contemplaient une lumière invisible aux yeux des hommes.

Paul VI, deux cent soixante-deuxième successeur de saint Pierre, ouvrit les bras, paumes ouvertes.

L'Américain fit mine de s'incliner pour baiser l'anneau du pêcheur, mais le pape secoua la tête et lui prit les avant-bras.

— Allons. Nous nous sommes salués il y a trois heures, monsieur le président, dit-il dans un anglais parfait aux sonorités italiennes. Que la paix du Christ soit avec vous.

— Merci, Votre Sainteté. S'il pouvait atténuer la pression sur mes vertèbres, ce serait déjà un miracle.

Les deux hommes se jaugèrent en silence. Ils s'étaient rencontrés dans la matinée pour une entrevue officielle au Vatican. Le pape, fraîchement couronné quatre jours auparavant, avait prononcé un chaleureux discours de bienvenue pour le premier président catholique de l'histoire des États-Unis. Devant les caméras du monde entier. Le Vatican vivait désormais avec son temps. Mais, d'un commun accord, les deux hommes avaient décidé de se revoir, à l'abri des regards, pour s'entretenir du véritable but de la visite de Kennedy à Rome.

Le président de la première puissance mondiale semblait vaciller sur ses grosses chaussures noires.

Le pape savait que l'Américain souffrait depuis sa jeunesse d'une maladie rare des glandes surrénales qui rongeait ses os, le condamnant à porter un corset en permanence.

Kennedy se racla la gorge. D'un vitrail rougeoyant, un rai de lumière illumina son visage fatigué.

— Je viens prendre conseil, loin du regard des hommes.

Le nouveau chef spirituel de l'Église catholique hocha la tête.

— Vraiment ? Je ne suis qu'un tout jeune pape et vous l'expérimenté président des États-Unis d'Amérique. C'est moi qui devrais demander votre avis sur la conduite des affaires de ce monde. À peine élu, je dois mener à terme le concile de Vatican II lancé par mon prédécesseur.

John Fitzgerald Kennedy se redressa, le visage soucieux.

— J'ai lu une note là-dessus. Moderniser un système sclérosé, briser les conservatismes, insuffler l'espoir. Je connais ça en effet dans mon pays.

— Mais nous ne sommes pas là pour parler de réformes…

— En effet. Pourquoi avoir choisi cette église pour cet entretien ?

Le pape tendit son index en direction d'une niche sculptée au-dessus d'un large pilier qui jouxtait l'autel. À l'intérieur d'un caisson de bois clair il y avait un triangle sculpté et en son centre un œil grand ouvert. Une myriade de rayons dorés jaillissait de chaque côté du triangle.

— Ah oui… L'œil de la Providence, murmura

Kennedy, j'ai toujours eu l'intime conviction qu'il me guidait.

Le pape croisa les mains sur sa soutane.

— L'œil de Dieu est partout, mon fils, de même que celui de Moscou. Il m'a été rapporté par mes services de sécurité que le secrétaire général russe, Khrouchtchev, avait eu connaissance de mon élection avant même que la fumée blanche ne se fût échappée du conclave. L'œil de Moscou… J'aurais pu évoquer les oreilles du Kremlin. Cette fâcheuse habitude des temps modernes à poser des micros. À moins que votre puissante CIA, qui collabore avec mes services, n'ait aussi quelques espions au sein de la curie.

— Je ne le permettrais pas, jeta l'Américain avec mollesse.

Il savait le nouveau pape rompu depuis plus de vingt ans aux affaires diplomatiques internationales. Aux réalités du monde.

Paul VI lui lança un regard d'une ironie soigneusement calculée.

— Bien sûr… Pour revenir à votre question, cette église est chère à mon cœur depuis mon ordination. Loin des intrigues et des fastes du Saint-Siège, c'est une maison de Dieu humble et dépouillée.

Kennedy ne tenait pas en place, son dos continuait de le torturer. Paul VI remarqua l'expression de douleur fugitive et indiqua la travée latérale illuminée de rayons transversaux.

— Marchons. J'ai toujours aimé la lumière à cette heure de la journée. Elle apaise l'âme.

Ils passèrent devant un tableau de bois doré, fixé à côté d'un confessionnal. Sur la toile assombrie, un jeune homme presque nu, à la chair blanche et aux cheveux noirs, était attaché à un poteau. Son corps frêle transpercé de flèches acérées, des gouttes écarlates s'écoulaient des blessures. Kennedy sortit un petit flacon blanc de sa veste et prit un cachet gris, sous le regard compatissant du pape.

— Est-ce vrai que l'on vous a prodigué l'extrême-onction ? demanda Paul VI avec douceur.

— Oui, Saint-Père. La maladie d'Addison[1], ma croix personnelle. Par trois fois j'ai vu la mort en face.

Kennedy marqua une pause, ses yeux se firent absents quelques secondes, puis il reprit :

— L'avantage, c'est que je ne la crains plus.

Il s'arrêta et fit face à Paul VI qu'il dominait d'une tête.

— Je suis désolé de ne pouvoir rester plus longtemps. Je dois m'envoler pour Washington ce soir, lança Kennedy d'une voix presque impatiente. Voulez-vous commencer ?

Le chef du Vatican ne se formalisa pas du ton impératif de l'Américain. L'élection au trône de saint Pierre ne lui avait pas tourné la tête, comme à certains de ses prédécesseurs. Il chuchota d'une voix douce :

— Bien. Vous connaissez certainement l'un de vos compatriotes, le père Avery Dulles. Il enseigne la théologie à l'université jésuite de Woodstock dans le Maryland. Un esprit des plus brillants, comme souvent on en trouve dans cet ordre.

Un courant d'air humide passa à nouveau sur leurs visages.

— Je vois très bien, dit Kennedy sur un ton neutre. C'est le cousin de l'ex-directeur de la CIA, Allan

1. Authentique.

Dulles, qui m'a entraîné dans le désastre cubain de la baie des Cochons il y a deux ans. Je l'ai limogé. J'espère que le jésuite est plus sensé que son cousin espion.

Paul VI afficha un air soucieux.

— Le père Avery gravite dans des cercles d'influence fort utiles au Vatican, du côté de votre parti démocrate comme de celui des républicains. En outre, nous nous connaissons depuis de nombreuses années. Il m'a téléphoné avant notre rencontre pour me révéler des informations inquiétantes. Je me dois de les porter à votre connaissance.

Kennedy se massait le cou en grimaçant. La seule mention du nom des Dulles réveillait ses douleurs cervicales.

Paul VI sortit un chapelet de billes de bois noircies qu'il égrena entre ses doigts.

— Écoutez-moi attentivement, il se passe en ce moment des événements très graves et qui vous concernent. Il y a un mois, le père Dulles a reçu en confession un homme d'affaires de premier plan de la côte Ouest. Un républicain qui a financé la campagne de votre adversaire Richard Nixon et qui ne vous porte pas dans son cœur.

Kennedy ne broncha pas.

— Je me suis fait tellement d'ennemis en conduisant ma politique de réformes…

— En récompense de son appui, cet homme d'affaires a été admis dans une société secrète conservatrice qui se réunit non loin de San Francisco.

— Je vois à quel groupe occulte vous faites allusion. J'ai lu une note là-dessus à mon arrivée à la Maison Blanche. Ils ont des rites étranges, en effet. Je n'ai jamais aimé les sociétés secrètes, j'ai d'ailleurs mis l'Amérique en garde contre elles. Et alors ?

— Notre homme en a été horrifié, c'est un bon chrétien et il ne pouvait pas garder ça pour lui. Il a assisté à une cérémonie païenne, blasphématoire, où l'on a brûlé un cadavre. En invoquant votre nom et votre fonction ! Ce n'est pas tout…

Le pape parla à voix basse pendant une bonne dizaine de minutes. Il s'interrompait de temps à autre pour jauger la réaction de son interlocuteur, puis reprenait sur un ton plus lent, en accentuant chaque mot, pour les graver dans l'esprit de Kennedy.

Un silence s'installa, puis le président américain prit la parole à son tour. La voix était grave et monocorde. Une expression d'incrédulité se peignit sur les traits marqués de Paul VI. Kennedy termina à son tour, comme s'il était au bord de l'épuisement.

Le pape ne vit qu'un voile bleu et opaque dans les yeux de l'Américain.

— Je suis horrifié, mon fils. Horrifié.

Le regard de Kennedy s'arrêta sur le saint Sébastien martyr.

— Il y a des hommes qui subissent leur destin, d'autres qui le choisissent. J'assume le mien, quitte à m'exposer aux flèches de mes ennemis. J'irai jusqu'au bout de mes engagements.

— Vous vous trompez, mon fils, Dieu décide et lui seul, s'exclama Paul VI.

L'écho de sa voix cogna contre les murs de l'église.

— Et si mon choix était celui de Dieu ? répliqua Kennedy sur un ton de défi.

— Vous vous égarez !

— Je dois partir, conclut le jeune président en

plongeant son regard dans celui de son aîné. Je vous remercie infiniment pour votre sollicitude et vos conseils. Au revoir, Très Saint-Père.

Le pape n'insista pas et remarqua dans le regard de l'Américain une lueur étrange.

Et cette lueur le glaça.

— Je prierai pour vous et votre famille, murmura Paul VI.

Il regarda Kennedy s'éloigner d'une démarche lourde et maladroite le long de la travée centrale. Le soleil n'éclairait plus les vitraux, la maison de Dieu s'obscurcissait. Le plus puissant des rois de la terre s'enfonçait dans les ténèbres, le dos courbé comme s'il entamait son chemin de croix. Paul VI se signa pour conjurer le sort, mais il en mesurait la portée dérisoire. Il leva les yeux vers l'œil enchâssé dans le triangle de pierre et frissonna.

L'œil de la Providence lui renvoya un regard aveugle. Pour la première fois de sa vie, il sentit sa foi vaciller.

Quatre mois et demi plus tard, le président John Fitzgerald Kennedy était assassiné à Dallas le 22 novembre 1963. Un suspect, Lee Harvey Oswald, fut appréhendé le jour même de l'assassinat, dans un cinéma, après s'être enfui d'un bâtiment où la police trouva un fusil à lunette. Il fut tué le lendemain par Jack Ruby, tenancier d'une boîte de nuit. Une commission d'enquête présidée par le juge de la Cour suprême des États-Unis, Earl Warren, a rendu son rapport l'année suivante. Les conclusions ont balayé la théorie du complot. Lee Harvey Oswald a été reconnu comme unique coupable.

En 1979, sous la pression de l'opinion publique, le dossier Kennedy a été rouvert par une commission de la Chambre des représentants. Les conclusions du rapport Warren ont été infirmées et la thèse du complot validée.

En raison de la popularité du président, et à cause des multiples zones d'ombre, l'assassinat du président Kennedy a fait naître, pour la première fois dans l'histoire des États-Unis, un profond sentiment de défiance de la population envers les institutions et une montée en puissance des théories conspirationnistes.

PARTIE I

« Les moyens d'action de notre Société Secrète sont tels en effet que rien ne peut leur résister. »

Adam Weishaupt,
grand maître des Illuminati de Bavière

Rencontre Paul VI – JFK
mis en garde // complot
société secrète

juillet 63

Assassinat de Nov 63
JFK

Damien Heller tue le père Emmanuel
et est tué aussitôt
Antoine Marcas

cf page 49

1

Paris
Siège de l'Unesco
De nos jours

La petite fille aux cheveux de paille portait un chiot blanc dans les mains. La tête légèrement penchée sur l'animal, elle affichait ce sourire imparable qui le faisait fondre. Damien Heller contempla la photo froissée avec tendresse. En ce moment même, elle devait gigoter dans son lit pendant que sa mère lui lisait une histoire. Un lit très loin, à l'autre bout de la France. Elle lui manquait terriblement.

Damien Heller embrassa la photo, la posa à la verticale contre l'étui vide de la carabine, puis reprit sa position d'attente, assis sur la chaise en fer. Le canon du Dragunov semi-automatique posé sur l'appui de la fenêtre, il ajusta à nouveau le viseur diurne modèle PSO-1 sur l'auditorium noir de monde.

Il balaya l'assistance – au moins un millier de personnes – puis remonta le long du tapis rouge qui coulait vers l'estrade et se figea sur un homme de haute stature debout derrière un pupitre. Belle gueule, barbe de hipster aussi impeccable que son smoking, il prononçait un discours dans un français un peu hésitant. Damien n'avait pas besoin de tendre l'oreille. Un haut-parleur mural se nichait au-dessus du réduit dans lequel il se trouvait.

— L'abbé Emmanuel n'est plus français. Non, il appartient désormais à l'humanité, il fait partie de la famille des Gandhi, Kennedy, Mandela et tous ces géants qui ont le bien commun comme seul horizon. Et le plus incroyable, c'est que ce grand homme s'est toujours considéré comme un humble parmi les humbles. Je suis heureux de le compter parmi mes amis.

L'orateur tendit le bras vers un groupe d'hommes et de femmes bien habillés, assis sur l'estrade derrière une longue table de verre. Des applaudissements jaillirent de la salle.

Damien Heller se crispa et ajusta le réticule de la lunette entre les deux yeux de l'Américain.

Ça ne m'étonne pas que l'abbé Emmanuel soit ton pote. Combien d'argent vaut son amitié ? Tu crois que tu peux t'acheter le monde avec tes milliards et ton Web vendu à la CIA et la NSA ? Ta vie de merde, je peux l'exploser.

Heller sourit et effleura la détente. Rien ne se passa.

Le brillant Stuart T. Rankin, P-DG de la NICA Corporation, géant des télécoms et d'Internet, pouvait continuer son discours de mécène, il n'était pas la cible du tireur. L'oculaire quitta le cuir chevelu du milliardaire et glissa en direction de l'écran gigantesque qui retransmettait la cérémonie en direct. Le visage rayonnant de Stuart Rankin apparaissait en gros plan, retransmis par vidéoprojecteur.

Parfait, les télévisions célébreront mon exploit en

gros plan et en version numérique haute définition. Idéal pour YouTube.

Le changement de focale le fit cligner de l'œil. Il descendit lentement le viseur vers les invités assis sur l'estrade et s'arrêta sur un homme chauve, vêtu d'une simple veste de lin blanc, et qui croisait les bras.

Damien cala la croix de visée sur le prêtre. L'abbé Emmanuel, personnalité préférée des Français dans tous les sondages, allait recevoir pour la première fois de sa vie un prix pour son œuvre en faveur des déshérités. Heller grimaça.

Ce sera aussi le dernier.

Damien sentait une onde de puissance l'embraser, comme un feu dévorant, et pourtant il n'avait pas encore mis son doigt sur la détente. Ne pas se précipiter et tout gâcher, le muscle de l'index se fatiguait trop facilement. Il grossit le viseur pour focaliser sur le front du lauréat. La peau tendue du crâne luisait sous les projecteurs. De fines gouttelettes de sueur perlaient le long des tempes ridées. Damien murmura dans un souffle :

L'abbé... Mon index est le doigt de Dieu qui va punir ton imposture. La défense des pauvres et des enfants du tiers-monde, foutaises ! Tu te pavanes à côté d'un milliardaire et des politiciens, tu les as bien léchés pour avoir ton prix ? Compte sur moi pour révéler ton vrai visage à mon procès.

Heller quitta la lunette et consulta sa montre. Plus que deux minutes avant la remise du prix. Le timing de la cérémonie était réglé à la seconde près. Son cœur s'accéléra comme quand il poussait sa moto à fond, la nuit, sur le périphérique. Les pulsations grondaient dans son sang, charriaient enfin toutes ses déceptions, ses humiliations. Le temps de l'échec était terminé, il allait entrer dans l'histoire et ouvrir les yeux des Français et du monde entier sur le « défenseur des pauvres ».

Une pression. Une seule, et l'orage allait se déclencher.

Il avait tout prévu.

L'affolement général, les agents de sécurité qui repéreront la provenance du tir, tout en haut de l'auditorium. L'irruption dans le réduit où il se trouvait.

Il se laissera plaquer au sol, menotter et exhiber devant les caméras. Et il lancerait son message au monde entier. Un mois qu'il répétait son discours dans son refuge, loin des regards du monde.

Je m'appelle Damien Heller...

Je m'appelle Damien Heller et je suis un citoyen du monde. J'ai trente ans et je suis comme vous une victime du Nouvel Ordre Mondial. On va vous faire croire que je suis un monstre, que je suis un assassin impitoyable, que j'ai tué un serviteur de Dieu parce que je suis fou et asocial. C'est faux. L'abbé Emmanuel était un ennemi de la lumière.

Les mots coulaient en lui comme du miel et le rendaient invincible. Il jeta un dernier coup d'œil à la photo de sa fille puis se riva à sa lunette de visée. Son enfant était trop jeune pour comprendre, mais quand elle grandirait elle porterait son nom avec fierté.

Dans la salle en contrebas, un tonnerre d'applaudissements salua la fin du discours de l'Américain.

— Mesdames et messieurs, j'ai l'immense privilège d'accueillir… l'abbé Emmanuel.

Cette fois, toute la salle s'était levée pour applaudir l'arrivée du prêtre.

Le tireur se cala, mit son œil à cinq centimètres du viseur – seuls les débutants collaient leur œil – et fusionna avec son arme, le doigt posé sur la détente. Il fallait juste attendre que la cible se mette devant son pupitre et commence son discours.

Dans l'auditorium, l'assemblée ovationnait le lauréat qui passa derrière le pupitre et fit face au public. Le visage bienveillant envahit la surface de l'écran géant et ses yeux doux, presque irréels, subjuguèrent l'assistance et les millions de foyers qui assistaient à la retransmission. Et ils furent légion ceux dont l'esprit chancela sous la puissance de ce regard. L'abbé appartenait à cette petite race d'élus qui surgissaient périodiquement dans l'histoire de l'humanité pour éclairer les hommes dans leurs ténèbres.

Tout en rivant son regard sur l'assistance et les caméras, il sortit une liasse de papiers de sa veste, puis tapota sur le micro. Le filet de voix coulait tel un ruisseau clair.

— Je vous remercie. Aujourd'hui est un grand jour. Pas pour moi, mais pour des millions d'enfants déshérités dans le monde. Je tiens aussi à saluer Stuart Rankin qui a choisi de partager une partie de sa richesse avec nous. Stuart, fais encore un effort, essaie de convaincre tes amis riches d'être aussi généreux que toi.

La salle rit en même temps que le milliardaire. L'abbé marqua un temps de silence et fixa la foule. De fines rides rayonnaient autour de ses yeux perçants, étirant son regard. Sa voix gronda comme l'eau qui devient torrent.

— Vous connaissez tous ma devise : Ne plus subir.

La ligne des sourcils gris du prêtre apparut avec netteté dans le viseur. Le réticule se cala entre les deux yeux. Le tireur retint sa respiration comme il l'avait appris.

Le monde ne va plus subir ta présence...

La voix de l'abbé déferla dans l'auditorium.

— Entrez dans l'espérance, je vous annonce ce soir que…

Damien Heller pressa la détente à 19 h 51 min et 01s. La balle de 7.62 × 54 mm jaillit du canon du Dragunov. Elle perfora l'œil droit du prêtre, traversa la boîte crânienne et s'écrasa dans le mur de béton, sous l'écran géant. Le corps de l'abbé fut projeté en arrière. Sa tête percuta le sol.

L'une des trois caméras positionnées vers l'estrade, calée en mode gros plan, saisit pour la première fois dans l'histoire de l'humanité le visage d'un homme assassiné en direct. Et en haute définition.

Ce soir-là, un grand homme, qui s'était toujours vu petit, décéda. Et il entra dans l'immortalité.

Il y eut une seconde détonation, mais la balle n'atteignit jamais l'abbé Emmanuel. La tête de Damien Heller explosa à son tour et ce n'était pas lui qui avait tiré la balle.

Ce soir-là, un petit homme, qui s'était toujours vu grand, décéda. Et il entra dans la célébrité.

2

De nos jours
Un an après l'assassinat de l'abbé Emmanuel

Religion

Osservatore Romano. *Rome, Vatican. Le pape a lancé hier une procédure en canonisation pour l'abbé Emmanuel. Le porte-parole du Vatican, Mgr Carlino, a expliqué aux journalistes présents que l'abbé assassiné était considéré comme un martyr de la foi.*

AFP Paris

Il aura fallu un an, presque jour pour jour, pour que la juge Hélène Gardane du pôle antiterroriste, boucle son instruction sur l'assassinat de l'abbé Emmanuel. Son rapport sera transmis la semaine prochaine au procureur de la République. Selon les fuites parues dans la presse ces dernières semaines, la juge Gardane accrédite la thèse du tueur isolé.

Rappelons que l'assassin présumé, Damien Heller, âgé de trente ans au moment des faits, s'est suicidé avec son arme sur le lieu de l'attentat. L'homme, asocial et souffrant de troubles de la personnalité, avait laissé une courte lettre expliquant que l'abbé Emmanuel était un « ennemi de la lumière ». Damien Heller précisait avoir agi « seul et pour le bien de l'humanité ». Au terme d'une instruction menée au pas de charge, la « Juge de fer », comme la surnomment ses collègues du tribunal de Paris en raison de son caractère inflexible, n'a pas établi de complicité directe ou indirecte. Le procureur de la République a un mois pour décider de la clôture du dossier ou ordonner un procès par contumace. Une source proche de l'Élysée estime que, « compte tenu de l'émotion suscitée dans l'opinion publique, il serait souhaitable qu'un procès ait lieu, ne serait-ce que pour dissiper les fantasmes complotistes autour de l'assassinat d'une telle personnalité ».

Faits divers

Sondage pour la date anniversaire de l'assassinat de l'abbé Emmanuel, paru ce matin pour diffusion immédiate dans les médias. 42 % des personnes interrogées croient toujours qu'il y a eu un complot pour assassiner l'abbé Emmanuel et que le tueur, Damien Heller, a été manipulé. 39 % des Français évoquent une troublante similitude avec l'assassinat du président américain John Fitzgerald Kennedy en 1963.

Paris

Antoine Marcas sortit de la boutique de téléphonie mobile, ravi de son nouveau smartphone. Un modèle élégant, couleur ivoire, doté d'un écran large, gorgé d'applications et de gadgets dont il ne se servirait jamais.

Antoine obliqua sur le trottoir, le regard rivé sur son nouveau jouet et ne vit pas l'homme corpulent, en veste écarlate, qui arrivait en face de lui. Le gros le bouscula, Marcas eut juste le temps de rattraper son portable avant l'irréparable. Il n'avait pas pris l'option casse et vol.

— Abruti, grommela le type.

— Désolé, répliqua Marcas.

Le gros prit un air agacé, le poussa d'un revers de main et fit mine d'avancer.

— Tire-toi, minable, va t'acheter un cerveau avec un GPS.

La phrase de trop. Un éclair de colère passa dans les yeux d'Antoine. Il n'était pas en service, il pouvait répliquer.

— Le gras, ça rend pas aimable…

Le type devint aussi rouge que sa veste.

— Dégage, connard, ou je t'en colle une.

Marcas sentit son sang bouillir. Il allait lui faire rentrer ses insultes dans le fond de sa gorge adipeuse. À ce moment précis, le vendeur du magasin arriva à son niveau et s'interposa.

— Vous avez oublié de signer un formulaire. Venez – puis en murmurant –, ça vaut pas le coup de répondre. Laissez couler.

Il l'emmena presque de force, laissant le gros s'éloigner, un doigt d'honneur pointé vers le ciel. Cinq minutes plus tard, Antoine effectuait sa deuxième sortie de la boutique. Il consulta sa montre, il n'était qu'à quelques minutes de son rendez-vous. L'obèse lui avait gâché son moment de plaisir, les insultes tournaient encore dans sa tête. Le Parisien caricatural, grossier et malpoli.

Depuis son retour d'Afrique, Antoine trouvait la France triste et grise. En fait, tout lui paraissait gris, Paris, les murs de Paris, les Parisiens, les habits des Parisiens, les visages des Parisiens. Qu'il lève le nez au ciel, de gros nuages gris stationnaient en permanence sur la capitale. Qu'il branche la télévision, un flot d'actualités grises et déprimantes inondait son esprit. Comme si une pellicule poisseuse et anthracite avait recouvert le pays et lui avec.

Il traversa la rue et s'arrêta devant la devanture d'un kiosque. La une d'un hebdomadaire s'affichait en majesté. On y voyait le visage d'un homme chauve et souriant qui priait, les yeux tournés vers un ciel de nacre.

L'abbé Emmanuel nous manque.

Antoine observa le prêtre avec tristesse. Il se souvenait très bien du jour où il avait appris son assassinat. C'était l'année précédente, en Sierra Leone, un jour de pluie torrentielle où la boue alourdissait les rues dans l'air moite de Freetown. Il avait trouvé refuge dans le bar d'un hôtel miteux et regardait, devant une bière tiède, un flash info diffusé par une télévision modèle cathodique. L'abbé Emmanuel fauché en plein discours. Son œil déchiqueté par la balle, le corps projeté en l'air… Et puis la découverte du corps du tueur, suicidé, dix minutes plus tard. Les cris avaient fusé dans le bar. L'abbé était populaire même dans ce coin d'Afrique où il avait construit des écoles pour les orphelins de guerre.

Le hurlement d'une sirène d'un car de police fit revenir brutalement Antoine dans la grisaille parisienne. Il reprit sa marche et aperçut deux camions de CRS, noirs et luisants comme deux gros insectes de métal, qui barraient l'entrée de la rue où il voulait se rendre. On entendait des huées et des sifflements.

Antoine contourna les cars et s'arrêta net. Un groupe de manifestants agitait des banderoles et criait des slogans devant l'immeuble de l'obédience. Des hommes et des femmes de type européen, la coupe de cheveux martiale et le chignon tiré, encadraient un prêtre au crâne rasé de frais et à la soutane amidonnée.

Le serviteur de Dieu s'époumonait dans un porte-voix.

— Ils ont tué l'abbé Emmanuel. Francs-maçons au pilon !

— Les frères au cimetière ! hurla en chœur un petit groupe de contestataires, alignés comme à la parade.

Antoine eut un haut-le-cœur. Ça suintait une haine familière. La bonne vieille haine du bouc émissaire, vieille comme la République, recuite sous l'Occupation, et qui exhalait un brouet d'ignorance et de fanatisme. L'abbé Emmanuel aurait été sûrement indigné de cette récupération sordide.

Ne plus subir. Telle était la devise de l'abbé et Antoine la faisait sienne depuis son séjour africain. À sa manière. En y ajoutant deux mots.

Ne plus subir la connerie.

Il balaya la scène et aperçut du regard, autour de la foule massée, des collègues en uniforme qui observaient la manifestation avec inquiétude.

Son attention glissa sur l'entrée de l'obédience. Derrière les grandes vitres du rez-de-chaussée, trois membres de la sécurité affichaient des visages tendus. Un peu plus à droite, sur la rue, une barrière séparait la foule des opposants catholiques extrémistes d'un autre groupe. Au look radicalement différent.

Antoine resta interloqué. Des hommes en djellaba et à la barbe proéminente encadraient trois femmes entièrement voilées de la tête aux pieds et qui agitaient des panneaux.

Touche pas à ma burqa.

Non au complot sioniste franc-maçon.

La colère de Marcas se mua en stupéfaction. Des intégristes cathos et musulmans communiant dans la haine du franc-maçon. *Énorme.* Une main se posa sur son épaule. Un rouquin en costume sombre, nez en trompette et sourire fissuré, lui brandit un flyer sous le nez.

— Monsieur, lisez ! Les maçons ont assassiné l'abbé Emmanuel et ils ont fait pareil avec Louis XVI pendant la Révolution française. Ouvrez les yeux.

Antoine parcourut rapidement le tract où il était question de maîtres du monde, de complot satanique contre la France chrétienne, d'assassinat de chefs d'État, d'Illuminati, de terreur révolutionnaire. En illustration, un montage photo représentait l'abbé Emmanuel mis en joue avec un fusil à lunette par un franc-maçon en tablier. Antoine répondit d'une voix tranchante :

— J'ai les yeux grands ouverts, merci. Quelles preuves avez-vous de l'implication des francs-maçons dans l'assassinat ?

— Le tueur a écrit que l'abbé était un adversaire de la Lumière. Oui, monsieur ! Or la lumière, c'est un truc de franc-maçon. L'abbé Emmanuel était donc l'adversaire des frangins, c'est pour ça qu'il a été assassiné. Et les médias à la botte des francs-maçons ferment leur gueule. On nous cache tout.

Marcas ne savait pas s'il fallait rire ou pleurer. Il jeta un œil sur les barbus et lança au type :

— Pourquoi manifestez-vous avec des extrémistes musulmans ? Vous voulez le port de la burqa ?

Le type hocha la tête d'un air gêné, puis lança un coup d'œil méprisant aux fondamentalistes.

— Vous plaisantez ! Si ça ne tenait qu'à moi on renverrait les barbus chez eux, à coups de pied au cul, mais ils manifestaient ici avant nous. Le père La Gourdine, notre chef spirituel, veut qu'on les laisse tranquilles. On a quand même récupéré une barrière pour les tenir à l'écart. Ça aurait trop fait plaisir aux francs-macs qu'on leur rentre dans le lard. Trop drôle. Rentrer dans le lard des Arabes, c'est bon, non ?

Marcas avait du mal à conserver son impassibilité.

— Désopilant.

— Vous voyez, on n'est pas des fachos, on peut cohabiter avec la halal connexion. C'est pas une preuve de charité chrétienne ? Bonne journée.

Le disciple du père La Gourdine se faufila pour distribuer ses tracts aux passants. Antoine prit son portable et appela le conservateur du musée.

— Salut, mon frère. Des connards bloquent l'entrée.

— Je sais, on a même évacué les bureaux à cause d'une alerte à la bombe. La sécurité a appelé tes collègues. D'un commun accord on pense qu'il vaut mieux attendre la fin de la manif. Ces excités n'attendent qu'une chose, c'est de passer pour des martyrs si la police intervient. Prends par la rue Thomas Nouvelle, l'autre entrée est dégagée.

Marcas contourna le groupe des cathos et s'approcha des intégristes musulmans. Leurs visages trahissaient de la nervosité. Eux aussi avaient leur service d'ordre.

Il repéra quatre costauds en lunettes de soleil postés près de la barrière et qui reluquaient les catholiques avec méfiance. L'alliance de circonstance ne lui parut pas forgée dans le meilleur des alliages. Antoine avisa un des manifestants à l'allure estudiantine avec ses petites lunettes rondes. Si ce n'était sa pancarte illustrée d'un triangle avec un œil sanglant à l'intérieur, il paraissait sain d'esprit.

— Vous manifestez pour quoi ? demanda Marcas qui voulut croire que le port de lunettes garantissait un minimum de neurones au centimètre cube de cerveau.

— Les francs-maçons ont diffusé un communiqué pour soutenir la nouvelle loi contre le port de la burqa. Les francs-maçons, agents des sionistes, font la loi dans ce pays. Ces impies ont même assassiné l'un de vos prêtres les plus respectables.

Antoine évita de lever les yeux au ciel. Il ne manquait plus que des orthodoxes extrémistes juifs, mais ceux-là ne manifestaient jamais, et la trilogie divine aurait été atteinte.

Qu'ils aillent tous au diable, ces enragés de Dieu.

Une idée sombre germa dans sa tête. Il murmura à l'oreille du jeune homme tout en pointant du doigt le père La Gourdine qui haranguait ses ouailles.

L'étudiant se crispa.

— Vous êtes sûr ?

— Juré ! s'écria Antoine avec un air angélique.

Le binoclard s'approcha de l'imam, un homme à la barbe et aux cheveux gris. Antoine s'éloigna prudemment et se posta sur le trottoir d'en face.

Au bout de quelques minutes, un mouvement imperceptible agita la foule, comme une houle ondulante, puis des insultes fusèrent. L'imam se plaqua contre la barrière et brandit le poing en direction du curé. Comme par enchantement, le groupe des cathos cessa de hurler et se tourna vers les islamistes rangés comme des fantassins avant l'assaut.

Un silence de mort planait au-dessus des fanatiques. D'Orient et d'Occident, les deux masses de chair hostiles se firent face. Visages anonymes suant la méfiance, regards rougis des braises du fanatisme, muscles irrigués d'un sang mauvais. Les consciences individuelles s'étaient évaporées dans l'incandescence de haine collective. Pour la plus grande gloire de leur Dieu.

Soudain on entendit un bruit de ferraille. La barrière qui séparait les deux groupes était tombée dans le camp catho. Des hurlements jaillirent des deux côtés. La rixe de Dieu pouvait commencer. Les manifestants se jetèrent les uns sur les autres, leur cerveau enivré du vin de l'intolérance, comme s'ils avaient voulu rejouer les croisades.

Un homme en bras de chemise sortit du café et se posta à côté de Marcas. C'était Hassan, un frère de loge de la Fraternité de l'acacia d'Orient. Une loge où juifs, musulmans, chrétiens et athées dialoguaient en harmonie depuis des décennies.

— Eh bien, commissaire Marcas, on n'intervient pas ? Il y a trouble à l'ordre public.

— Je ne suis pas en service et puis mes collègues vont se bouger.

— Ces manifestants sont des sots, répondit Hassan d'un air dégoûté.

— Et c'est un euphémisme. Je te trouve trop gentil.

Hassan secoua la tête d'un air triste.

— Un proverbe arabe leur convient à merveille.

Le savant connaît l'ignorant, parce qu'il le fut, mais l'ignorant ne connaît point le savant, parce qu'il ne l'a pas été.

Antoine lui adressa un sourire chaleureux, il se souvenait d'une planche présentée par le frère Hassan sur la tolérance à Cordoue du temps mythique d'Al Andalus. Pour l'heure, on était loin des raffinements de l'Andalousie mythique. L'imam agrippait le curé par sa soutane, pendant que leurs gardes du corps se démolissaient consciencieusement. Le curé envoya un coup de poing dans les côtes du salafiste qui poussa un cri de douleur.

— Pas très chrétien, lâcha Marcas. Dix euros sur l'imam, c'est un nerveux.

— Quinze sur la soutane, il est taillé comme un rugbyman.

Des coups de sifflet retentirent. Un groupe de CRS compact comme un gros scarabée à la carapace noire et luisante fonça dans le tas des manifestants.

— J'espère qu'ils ne vont pas arrêter la bagarre. *Schadenfreude*, murmura Marcas, agacé.

— C'est-à-dire ? s'enquit Hassan qui mimait un combat de boxe.

— J'ai appris cette expression d'un diplomate allemand en Sierra Leone. *Schadenfreude* veut dire « exprimer une joie mauvaise devant l'échec d'un autre ». Je *schadenfreude* et ça fait du bien.

Hélas pour Marcas, les CRS venus en renfort réussissaient à pousser les manifestants avec leurs gros boucliers. L'entrée de l'obédience se dégageait au fur et à mesure que les grappes d'intégristes hurlaient de concert contre les brutalités policières.

— Qu'as-tu raconté au binoclard ? demanda Hassan.

— Juste que le père La Gourdine voulait leur rentrer dans le lard… La réaction était prévisible.

Le frère haussa les épaules.

— Ce ne sont que des esprits bornés, comme il peut y en avoir dans les religions du Livre. L'intégrisme est une offense à l'intelligence de Dieu.

Marcas durcit son regard sur la foule éparpillée et répliqua d'un ton sec :

— Et une insulte à celle des hommes.

3

Paris
Abbaye de Saint-Germain
5 juillet 1794

Le promeneur qui, bravant l'orage, remontait le pavé branlant de la rue Saint-Benoît, leva un visage inquiet vers l'angle de la rue Sainte-Marguerite. Alors que le quartier était plongé dans l'obscurité, une lueur venait de surgir, rebondissant comme un feu follet sur le mur de l'abbaye de Saint-Germain.

D'un bond, il se réfugia dans l'ombre protectrice d'un porche, posa son ballot et tenta de se confondre avec le gris mouillé des façades. Un bruit de pas, lourd, chancelant, résonna dans la rue. L'inconnu, de sa cachette, jeta un œil discret. Une lanterne, portée au bout d'une pique, apparut, suivie de deux énergumènes, vêtus comme pour carnaval. Le plus jeune portait un énorme tricorne, piqué d'une cocarde tricolore, en même temps qu'une longue veste effrangée lui pendait jusqu'aux pieds. D'une main leste, il tentait de se protéger de la pluie en serrant le col de sa maigre chemise.

— Par le sang des Capet, je te dis que j'ai entendu du bruit, cria son voisin qui tentait de retenir le bonnet rouge qui glissait de ses cheveux mouillés.

Ses pieds, enfournés dans des sabots remplis de paille séchée, frappaient nerveusement le pavé.

Le tricorne haussa les épaules. Depuis la tombée du soir, ils étaient de garde pour surveiller la prison de l'abbaye et son compagnon d'infortune était arrivé aussi rond que la barrique qu'il avait dû vider. L'ivresse aidant, il entendait des bruits mystérieux à tout moment et vivait dans la terreur d'une tentative d'évasion.

— C'est des aristocrates, j'en suis sûr, ils veulent délivrer leurs complices ! s'écria Fortin, un surnom qu'il devait à son tour de taille.

D'un doigt vacillant, l'ivrogne désigna la masse noire de la prison, plongée dans un silence de mort. À nouveau le tricorne haussa les épaules. Cela faisait belle lurette qu'il n'y avait plus de nobles détenus dans les prisons. La plupart étaient déjà sous trois pieds de terre et de chaux, leurs corps sanglants d'un côté, leurs têtes décapitées de l'autre.

Une ombre se détacha subitement du mur.

— Ah, citoyens, que je suis content de vous voir ! Vous tombez à pic pour aider la République.

Devant les deux gardes abasourdis, jaillit un homme jeune, les cheveux noirs serrés dans un catogan, un ballot mal ficelé entre les mains. Aussitôt, la pique s'abaissa, menaçante. La lanterne, vacillante, révéla le visage du suspect : un nez droit, des yeux gris veinés de sillons verts et une peau blanche comme de la craie.

— Toi, tu as la tête d'un *sang bleu* ! Un de ces maudits aristos qui complotent contre la Nation !

— Pas du tout, protesta le jeune homme en ouvrant

sa redingote, je vais vous montrer mes papiers. Vous verrez que…

Le Bègue fut le plus rapide. Un pistolet apparut dans sa main, suivi du déclic rapide du chien qu'on arme.

— Un geste de plus et je te brûle la cervelle. Ton nom ?

L'orage qui grondait depuis le début de la soirée éclata brusquement. Un éclair zébra la nuit, illumina les tours de Saint-Germain et se fondit en un coup de tonnerre qui assourdit tout le quartier.

— Qu'est-ce qu'il a répondu ? interrogea le tricorne.

— Rien entendu avec ce maudit vacarme.

— Fouille-le.

En un tour de main, Fortin s'empara des papiers du suspect. Tout en le gardant en joue, le tricorne abaissa la lanterne.

— C'est une carte de la section de l'Unité. Je reconnais le tampon.

Depuis l'été 1790, Paris était divisé en quarante-huit sections qui, chacune, attribuait des cartes permettant de vérifier l'identité des citoyens.

— Tu habites où ?

Le jeune homme montra la carte :

— Là où c'est écrit. Je n'ai pas changé d'adresse.

Le Bègue ôta son tricorne. Éclairé par les reflets vacillants de la lanterne, sa face ressemblait à la lune pleine. Ronde, criblée de cratères, sans doute dus à une petite vérole, elle brillait d'un éclat de cendre.

— Je sais pas lire.

— J'habite rue de Nevers, face à la Seine. Juste à côté de mon travail.

Le *bonnet rouge* fixa d'un air soupçonneux la paire

de bottes, la redingote aux boutons de nacre jusqu'au ballot d'où dépassait une frange dorée.

— Parce que tu travailles, toi ?

— Oui, quai Voltaire, à l'Hôtel de Joigny.

Surpris, le Bègue abaissa le canon de son pistolet.

— Au ministère de la Police ?

— On ne peut rien vous cacher. J'ai un ordre de mission dans la poche droite de ma redingote, si vous voulez vérifier. Bien sûr, si vous ne savez pas lire…

Fortin sentit son ivresse se dissiper d'un coup. Il passa sa main moite sur son cou de taureau comme s'il voulait vérifier que sa tête était encore là.

— Faut pas nous en vouloir, commissaire…

— Inspecteur.

— Mais avec tous ces traîtres de royalistes…

Le Bègue tripotait son pistolet comme un enfant un jouet défendu.

— On a peur qu'ils attaquent la prison.

L'inspecteur sourit et montra le mur noir qui enserrait Saint-Germain.

— C'est justement pourquoi j'ai besoin de vous.

Durant des siècles, l'abbaye de Saint-Germain avait été le cœur religieux de la capitale, avec ses trois tours jumelles, sa légendaire bibliothèque et son cimetière qui datait des rois mérovingiens. Pourtant, depuis la Révolution, l'abbaye n'était plus qu'une ombre du passé : ses moines s'étaient enfuis, la bibliothèque avait été dispersée, ses tombes pillées, jusqu'à l'église transformée en réserve de poudre pour les canons de la République.

— Et ton nom, citoyen, c'est quoi, déjà ? interrogea

le Bègue comme ils s'étaient tous réfugiés sous le porche pour éviter l'averse.

— Ferragus. Annibal Ferragus.

Les deux gardes le contemplèrent avec commisération :

— Eh ben… dit l'un.

— Ta mère t'a pas raté, conclut l'autre.

L'inspecteur coupa court aux regrets. Du doigt, il montra l'enceinte de l'abbaye.

— Un mouchard nous a prévenus d'un complot. Des aristocrates veulent faire exploser la poudrière cette nuit.

— J'en étais sûr, triompha Fortin, je le sentais. On me la fait pas à moi.

Le Bègue fixait les trois clochers semblables à des colonnes abandonnées dans la nuit. Dans l'entrebâillement des nuages qui fuyaient vers l'est, on apercevait par moments la clarté scintillante des étoiles.

— Si l'église saute – il fit un geste en direction de la rue Sainte-Marguerite –, la prison sera touchée.

— Et si le but véritable des royalistes, c'était de délivrer des détenus ? insinua Annibal, vous imaginez votre responsabilité si les prisonniers s'échappent par une brèche ?

Totalement dégrisé, Fortin secouait son bonnet rouge, affolé de colère.

— Je le savais. Il faut prévenir les gardiens, tout de suite.

L'inspecteur secoua la tête.

— Et prendre le risque de voir tous ces traîtres s'enfuir ?

Le Bègue fut le premier à réagir. Une capacité

d'adaptation étonnante pour un simple garde. Un curieux sourire éclaira son visage raviné.

— Dites-nous vos ordres, inspecteur.

Annibal hocha la tête et lui renvoya son sourire. L'heure de son rendez-vous approchait, il fallait se débarrasser au plus vite de ces deux brutes.

— À la bonne heure, citoyen. Voilà ce que vous allez faire.

Annibal fit jouer la porte basse qui se trouvait rue Saint-Benoît et pénétra dans l'enceinte de l'abbaye. La pluie avait cessé. Lentement, il traversa l'ancien jardin à la française. Arrivé devant une grille, il aperçut le mur du cloître, surmonté de l'ancien dortoir des moines. Aucune lumière. Il s'avança, l'oreille aux aguets. Son ballot sur l'épaule, il avait posé sa main sur le pommeau de son couteau de chasse. Un souvenir de jeunesse, quand il traquait dans les bois de chênes verts, au-dessus des méandres de la Dordogne. Une époque perdue. L'herbe crissait sous ses pas. Sur sa droite, un tas de cailloux attira son regard. Il s'approcha. On avait ouvert un passage dans le mur. Il se glissa entre les pierres disjointes, jeta son baluchon devant lui, et sauta sous les arcades.

La cour du cloître n'était plus qu'une vaste termitière. Partout des fouilles sauvages avaient défoncé le sol. Ferragus leva les yeux vers le ciel. La lune, en lame de faucille, perçait désormais à travers les nuages en fuite. Une lumière argentée tombait droit sur la girouette du premier clocher.

L'heure du rendez-vous approchait.

Annibal attendait. Il avait envoyé des invitations aux quatre coins de Paris, mais tant de ses amis avaient disparu ! Certains étaient en exil, d'autres se terraient en province, trop avaient fini sur l'échafaud. Comme si le sol de la place de la Révolution, où avaient lieu les exécutions, était une bouche assoiffée et jamais rassasiée.

Annibal tendit l'oreille. Il lui semblait avoir entendu des pas. Pour l'instant, trois amis avaient répondu à son appel. Les minutes s'écoulaient qui lui semblaient infinies. Un cri monta de derrière l'ancien palais abbatial dont les fenêtres brisées pendaient dans le vide. Le policier frissonna. Sans doute, un condamné qui hurlait de désespoir.

La grille grinça. Ferragus se coula contre le mur du cloître. Une ombre venait d'apparaître. Enroulé dans une longue cape, le visage dissimulé dans l'ombre d'une large capuche, le nouvel arrivant observa les lieux, se retourna à deux reprises, puis se dirigea vers le tas de cailloux. D'un bond, Annibal surgit. L'ombre recula.

— Tu as le mot de passe ?

— Donne-moi la première syllabe…

Ferragus se pencha et répondit :

— … et je te donnerai la seconde.

Une main sortit des plis de la cape et saisit celle d'Annibal.

— Heureux de te compter parmi nous, mon frère, le salua l'inspecteur.

— Je suis le combien ?

— Avec moi, le cinquième.

— Plus que deux maîtres pour faire le *nombre 7* et…

— *… la loge sera juste et parfaite.*

— Où est le Temple ?

— Tu traverses la cour du cloître et tu rentres dans l'église. Les frères sont à l'intérieur. Dès que nous serons au complet, je vous conduirai.

Une douce odeur de tabac montait de dessous la capuche. Ferragus glissa :

— Un conseil, ne fume pas dans l'église. La nef est bourrée de barils de poudre et je ne voudrais pas que les derniers francs-maçons encore vivants à Paris *passent à l'Orient Éternel,* d'un coup.

Les frères s'étaient réunis sous un tableau miraculeusement préservé, une résurrection de Lazare. Silencieux, ils contemplaient la main tendue du Christ pour redonner vie à un cadavre. Pour chacun, ce cadavre, c'était la franc-maçonnerie qui avait accueilli avec enthousiasme les idées de la Révolution et qui, aujourd'hui, était persécutée et traquée.

— Tu es certain que le lieu est sûr ? demanda un frère à Ferragus qui venait d'entrer.

— C'est le lieu le moins fréquenté de Paris – il montra les barils entassés dans les chapelles –, les curieux comme les mouchards détestent la poudre.

— Et les deux *bonnets rouges,* à l'entrée ? Il y en a un, avec son tricorne de foire, on ne voit même pas son visage.

Annibal laissa filer un sourire sur ses lèvres.

— D'habitude, ils surveillent les abords de la prison, mais là, ils assurent notre protection. Je leur ai dit que vous étiez mes hommes de main et que nous traquions des royalistes.

— Et s'ils se rendent compte de la supercherie ? s'interrogea un des frères, c'est le couperet garanti pour chacun de nous !

— S'ils s'aperçoivent qu'ils ont été joués, crois-moi, ils ne le crieront pas sur les toits, car ils risquent la guillotine autant que nous.

Ferragus observait ses frères. Comme tous les Parisiens, ils tremblaient de peur. Peur d'être perquisitionnés, peur d'être arrêtés, peur d'être jugés, d'être exécutés. Et pourtant dans cette ville sous la terreur, sept hommes s'étaient réunis, malgré les risques, pour continuer à témoigner de la Lumière.

— Mes frères, débuta Annibal, vous savez tous pourquoi nous sommes ici. Depuis des mois, nos cérémonies sont interdites, nos temples livrés au pillage, chacun de nous soupçonné et surveillé.

Le voisin de Ferragus ôta son chapeau.

— Quand je pense que durant des années dans nos loges nous avons travaillé à une véritable réforme de notre pays, que nous avons soutenu les premiers pas de la Révolution… – sa voix se troubla – et qu'aujourd'hui on nous accuse d'être des traîtres et des comploteurs. Tout simplement parce que nous voulons un changement pacifique de la société.

Annibal lui sourit avec compassion et reprit :

— Voilà pourquoi nous devons résister à la nuit de l'oppression, à la violence devenue raison d'État, et toujours *réunir ce qui est épars* pour que la Lumière ne se perde pas.

Ferragus rapprocha ses deux mains, poings fermés, puis croisa les index vers le haut, puis les pouces vers le bas. Chacun des frères forma à son tour le signe immémorial.

— Par le compas et l'équerre entrecroisés, je déclare la loge *les Amis de la Vérité* réunie.

Il sortit son couteau de chasse, et trancha la corde

qui enserrait son ballot. Avec précaution, il sortit les objets du rituel, puis fit jouer la porte qui ouvrait sur la tour ouest. Un escalier en colimaçon montait vers le ciel étoilé.

— Mes frères, nous allons procéder à une initiation.

4

Paris
Siège de l'obédience
De nos jours

L'alerte à la bombe restait maintenue, un gardien avertit Marcas que le conservateur l'attendait dans le temple de la Nuit d'Occident, situé au sous-sol de l'obédience. La Nuit d'Occident. L'un des temples les plus discrets, utilisé pour les tenues des hauts grades[1]. Antoine n'y avait jamais mis les pieds et suivit les indications du gardien. Dans le hall, il croisa le frère Lacot, poète, éditeur et auteur de bandes dessinées. Marcas appréciait sa verve et son esprit anticonformiste. Le frère Lacot bouillonnait toujours d'idées et se faisait un malin plaisir à pourfendre le conservatisme de la fraternité. Ils s'embrassèrent chaleureusement.

— Toujours flic dans ton service qui traque les faussaires ? demanda le frère poète.

— Non, terminé le monde de l'art. J'attends ma nouvelle affectation sur le terrain, d'ici trois semaines,

1. Voir glossaire en fin d'ouvrage.

je crois. Écoute, je suis en retard à mon rendez-vous, on se voit un de ces jours ?

— Et comment, je concocte un projet du tonnerre pour les salons du livre maçonnique. Je t'appelle.

Marcas le regarda s'éloigner en souriant, puis se dirigea vers un escalier au fond du hall. Il descendit trois étages et arriva devant une porte de fer entrebâillée qui laissait jaillir une vive clarté bleue. Il poussa la lourde porte avec lenteur, la fissure bleutée s'agrandit. Ce fut comme s'il pénétrait dans un autre univers. Loin des yeux du monde profane. Il entra dans le temple, encadré par deux faisceaux de lumière qui descendaient vers le sol.

Jakin et Boaz. Les deux piliers.

Antoine se figea. Jamais, il n'avait contemplé de temple aussi étrange. La même lumière bleutée irradiait les murs de pierres mal taillées. La voûte étoilée était reproduite avec un réalisme étonnant, digne d'une photographie céleste.

Antoine abaissa son regard et aperçut au fond du temple, noyées dans la pénombre bleue, deux silhouettes debout sous un triangle lumineux. L'une d'elles agita la main. Antoine s'avança.

La Nuit d'Occident.

La symbolique était douce à ses oreilles. Il marchait dans la nuit qui menait vers l'est du temple. De l'Occident vers l'Orient. En pleine harmonie vers cet Orient mythique et légendaire, berceau des traditions originelles. L'Orient découvert dans son adolescence en compagnon de voyage de Gérard de Nerval. Le poète suicidé avait été le premier guide d'un périple initiatique prolongé bien des années plus tard en terre maçonnique.

Antoine passa entre les travées de sièges vides et songea aux milliers de frères anonymes qui s'étaient réunis ici depuis un siècle. Nombre d'entre eux dormaient à l'Orient éternel, réduits à l'état de squelette dans des tombes solitaires ou en fine poussière grise dans des urnes oubliées. Pourtant, quelque chose subsistait dans ce temple d'Occident. Il suffisait d'un rien pour que les fantômes bienveillants des frères apparaissent sur les sièges. Apprentis, compagnons et maîtres en costume et cravate noire, tablier sur les reins. Tous les visages tournés dans sa direction. L'égrégore fraternel aussi réconfortant pour le maçon qu'inexplicable pour le profane. Chaque initié n'était qu'un maillon d'une chaîne tendue à travers les siècles.

Soudain, le bleu de la Nuit d'Occident disparut. Une lumière blanche inonda le temple et révéla aux yeux d'Antoine les visages de son ami Paul, le responsable du musée de l'obédience, et d'une femme blonde qui se tenait à ses côtés.

— Bienvenue à l'Orient d'Occident, mon frère, lança l'homme aux cheveux grisonnants.

— Un temple magnifique, j'en suis jaloux, répondit Antoine en contournant le pavé mosaïque.

— Il ne tient qu'à toi de rejoindre les hauts grades.

Antoine monta sur l'estrade pour les rejoindre.

— Le grade de maître me suffit pour le moment.

Antoine embrassa fraternellement son frère Paul. Il le connaissait depuis des années ; l'homme au visage malicieux, historien de profession, passait pour l'un des meilleurs spécialistes des sociétés secrètes.

Antoine marqua un temps d'arrêt devant la femme dont le visage était devenu célèbre ces derniers temps. Blonde, la quarantaine, des cheveux courts taillés à la garçonne qui mettaient en valeur des traits fins et réguliers. Un visage d'ange durci par un regard brun sombre.

— Je te présente Hélène Gardane, une amie très chère, dit Paul sur un ton chaleureux.

— Tu n'as pas besoin de faire les présentations, répondit Antoine. Qui ne connaît pas la juge d'acier qui instruit le meurtre de l'abbé Emmanuel ?

La femme soutint son regard.

— Fer… Je préfère la Juge de fer. L'acier est un alliage qui contient trop d'impuretés. Je n'ai pas droit à la poignée de main baby-foot, commissaire ? dit la magistrate d'une voix éraillée, teintée d'ironie.

Antoine se souvenait qu'elle avait exercé au pôle financier avant de rejoindre l'antiterrorisme. Ses instructions implacables dans des affaires de corruption faisaient d'elle le cauchemar des francs-maçons habitués à mélanger affairisme et fraternité. Antoine s'approcha et lui serra la main.

— Ravi de vous rencontrer dans un temple maçonnique, madame la juge, dit Marcas. Si vous voulez m'interroger sur l'assassinat de l'abbé Emmanuel, j'ai un alibi, j'étais en Sierra Leone.

— Ne vous en faites pas, je me suis renseignée sur le mystérieux commissaire Marcas. Il n'y a pas que les maçons qui jouent la carte des réseaux. Un de vos collègues m'a dit le plus grand bien de vous.

— Un frère, je suppose ?

— Non, un profane. Sinon, je me serais méfiée. L'un de vos collègues avec qui vous aviez travaillé sur l'affaire des templiers décapités il y a trois ans.

— J'ai donné un coup de main. Et puis je n'étais pas seul. Une femme m'a aidé, répondit Marcas, le regard voilé.

L'image du visage souriant de Gabrielle erra devant ses yeux. Il resta silencieux quelques secondes puis chassa le fantôme de la jeune femme. La juge riva son regard dans le sien.

— Et modeste avec ça… Notre ami commun ici présent m'a expliqué que vous aviez découvert le trésor de l'Ordre du Temple et rempli les caisses de l'État. Vous me changez agréablement des frangins qui ont défilé dans mon bureau. Eux, ont une fâcheuse tendance à piquer dans la caisse…

— Si ce n'est pas indiscret, vous vous connaissez depuis longtemps avec Paul ? demanda Marcas sur un ton poli.

La Juge de fer haussa un fin sourcil.

— Nous avons milité dans notre jeunesse pour les mêmes idéaux politiques. Le temps a fait son œuvre au noir sur nos illusions, mais l'amitié est restée. Cette visite est tout sauf officielle. Je vous demande la plus totale discrétion sur ce qui sera dit. Paul m'a garanti votre silence.

— J'ai beau lui expliquer qu'une brebis galeuse ne constitue pas le troupeau, rien n'y fait. Elle n'est pas prête à entrer chez nous.

La juge les regarda alternativement.

— Je reconnais mon erreur, j'aurais pu y croiser dans les couloirs le frère… Damien Heller.

Marcas ouvrit de grands yeux.

— Quoi ?

— Vos manifestants intégristes n'ont pas tout à fait tort, commissaire Marcas. L'assassin de l'abbé Emmanuel était franc-maçon.

5

Paris
Abbaye de Saint-Germain
5 juillet 1794

Le Temple se dressait sur le dernier palier, juste avant le clocher. Tous les frères étaient montés sauf un, désigné comme gardien du seuil et qui veillait au bas de l'escalier. C'est lui qui devrait accueillir le futur initié. Chaque frère s'interrogeait sur l'identité du néophyte. Par ces temps troublés, il fallait être particulièrement motivé pour vouloir recevoir la Lumière.

Arrivé à bon port, chacun se mit à l'œuvre pour faire de cet endroit oublié des hommes un temple à la gloire de la fraternité. Sur le plancher, Ferragus déposa un *pavé mosaïque*, un rectangle alternant des cases noires et blanches, un symbole d'équilibre en cette période agitée. Annibal se leva, déplia une feuille à dessin et interpella un frère :

— Tu peux nous faire un tableau de loge ?

Le frère Greuze, un peintre que la Révolution avait jeté dans l'oubli, sortit une mine de plomb de sa poche et se mit au travail. En quelques instants, les frères virent jaillir leurs symboles sacrés : les deux colonnes du temple de Salomon, le maillet, l'équerre…

Ferragus restait silencieux. Le passé remontait en lui et le prenait à la gorge. Il jeta un coup d'œil par un fenestron ouvert dans une des arcades. On y voyait comme dans un viseur le quartier Saint-Sulpice. Juste à côté de l'église désaffectée, se trouvait l'ancien siège du Grand Orient, lui aussi livré à l'abandon. Dire que c'était là que Voltaire avait été initié ! Le Grand Maître de l'impiété, reçu franc-maçon, voilà qui avait porté les frères au sommet de leur gloire et de leur puissance. Annibal soupira. Depuis la roue avait tourné et *les Amis de la Vérité* avaient tout perdu : leur vénérable guillotiné, leur temple livré au pillage, jusqu'à leur mémoire disparue qu'il tentait de ressusciter.

— Regarde, Annibal, voilà notre tableau de loge.

Un frère lui tendait la feuille ornée de symboles. Ferragus la prit et la plaça au centre du temple. Greuze, qui venait de poser son crayon, se tourna vers l'Orient et fixa le delta lumineux.

— Qui va être vénérable ?

Le frère le plus âgé tenait le maillet à la main. Sans hésiter, il le tendit à Ferragus.

— C'est toi qui as organisé cette réunion, c'est à toi de nous diriger.

D'un coup, Annibal se sentit très jeune. À peine sept ans en maçonnerie. Mais le vieux monde avait craqué, emportant avec lui ses perruques poudrées et ses antiques traditions. Le monde nouveau, qui naissait dans la douleur, appartenait, lui, à la jeunesse.

— Je vote pour élire Ferragus vénérable de cette tenue, annonça Greuze.

Toutes les mains se levèrent.

Annibal prit le maillet de buis et vint s'asseoir à l'Orient, à même le sol. Une fois les frères installés à leur place marquée par de la craie, il croisa le maillet sur sa poitrine et, d'une voix lente, prononça la phrase que tous attendaient :

— Mes frères…

Un instant, le souffle lui manqua. Il ferma les yeux et reprit :

— La loge des *Amis de la Vérité* est ranimée.

Après un long moment de silence où chacun put prendre conscience de la solennité du moment, le vénérable maître frappa un coup de maillet, puis prononça la phrase attendue :

— Mes frères, à l'ordre.

Tous se levèrent et posèrent la tranche de leur main droite juste sous leur cou. En ces temps de guillotine, ce signe de reconnaissance prenait une étrange résonance. Les deux surveillants se levèrent et firent le tour du temple. Leur inspection fut brève. Quand ils reprirent place, ils annoncèrent :

— Tous les frères présents ici sont francs-maçons.

Le vénérable maître, lui aussi, se mit à l'ordre et ordonna :

— Frère premier surveillant, que le gardien du seuil nous amène le profane.

Depuis le début de la tenue, le gardien du seuil avait installé le profane dans une chapelle de l'église. Il avait élevé une table de fortune entre les barils où étaient posés une épée et un drap blanc en forme de linceul. Deux symboles de mort qui devaient préparer le néophyte à sa nouvelle naissance à la lumière. Quand il vint le chercher, le profane l'attendait, le visage tendu et la parole rare.

— Pour frapper à la porte du temple, tu dois te dépouiller de ce qui fait ton apparence.

Le futur initié hocha la tête en signe d'assentiment.

— Dans ce cas, déboutonne ta chemise et dégage le côté gauche de ta poitrine.

Le profane s'exécuta, révélant son épaule. Le gardien du seuil y jeta un œil discret.

— Maintenant, dégage ta jambe droite jusqu'au genou.

Quand ce fut fait, le gardien du seuil examina tout aussi discrètement la cheville du postulant. Pour beaucoup de frères, cette *mise à nu* avait une haute valeur symbolique. À la vérité, c'était une manière subtile de vérifier les *bonnes mœurs* de l'initié à venir. L'épaule nue permettait de voir s'il ne portait pas la marque de la fleur de lys, signe d'une condamnation criminelle. Quant à la cheville, on examinait tout simplement si le profane n'avait pas porté la trace des fers de galérien.

— Mets ce nœud coulant autour de ton cou.

Cette fois, le néophyte hésita. Le frère lui en expliqua le sens.

— On l'appelle la corde de Judas pour que tu saches bien que si tu nous trahis…

Le gardien du seuil ne finit pas sa phrase. Il se déplaça derrière le profane et d'un coup l'aveugla d'une cagoule.

— Maintenant tu es prêt.

Dans le Temple, tous les frères attendaient en silence. Chacun repensait à sa propre initiation. Greuze se souvenait quand il avait été reçu maçon, chez *Les Neuf Sœurs,* la loge la plus influente de Paris. On y croisait artistes, scientifiques, philosophes… Que tout cela était loin !

Trois coups longs résonnèrent à la porte. Après un moment d'attente, le premier surveillant annonça :

— Vénérable maître, c'est un aveugle qui demande la lumière !

Trois nouveaux coups retentirent.

— Vénérable maître, c'est un cadavre qui demande la résurrection.

Greuze avait le regard brillant.

Encore trois coups.

— Vénérable maître, c'est un profane qui demande à être initié.

Le peintre essuya ses larmes. Tant de ses amis maçons étaient morts, mais un autre, ce soir, allait devenir son frère. Un nouveau maillon. La chaîne d'union de la maçonnerie ne se brisait jamais.

Ferragus saisit son maillet et, d'une voix forte, dit :

— Qu'il entre !

Chacun examinait le profane au visage voilé. Derrière lui, le gardien du seuil attendait un ordre d'Annibal. Avant de lui faire subir les épreuves de l'initiation, on allait lui ôter son masque. Le vénérable, les yeux dans les yeux, allait l'interroger une dernière fois, sonder ses motivations, juger de sa fidélité. C'était un instant crucial où deux regards tentaient de se deviner.

Ferragus fit un signe à ses frères. Chacun abaissa sa capuche. Une mesure de sécurité. Si le néophyte renonçait, ainsi il ne verrait que le visage du vénérable.

Annibal reprit la parole.

— Gardien du seuil, faites votre office.

Lentement le frère releva la cagoule. On vit d'abord le menton, puis la bouche où se dessina un étrange sourire, puis les joues crevassées, constellées de cratères.

Un éclat de rire démoniaque éclata dans le Temple

tandis qu'on entendait un bruit de bottes qui montaient à l'assaut de l'escalier. Greuze leva sa capuche, le regard ahuri devant ce profane qui brandissait un pistolet.

— Vous êtes tous en état d'arrestation !

Stupéfait, Ferragus lâcha son maillet.

Il venait de reconnaître le Bègue.

6

Paris
De nos jours

Le temple de la Nuit d'Occident était silencieux. La juge et le frère Paul s'étaient assis sur les sièges de la travée des maîtres. Marcas hochait la tête, abasourdi.

— Damien Heller franc-maçon… Quand la presse va l'apprendre, ça va être l'hallali. Déjà qu'il ne fallait pas grand-chose pour mettre le feu aux poudres. Je vois les gros titres. Nos adversaires vont nous flinguer. Ça me rappelle le tueur norvégien Anders Breivik, franc-maçon et pseudo-templier, celui qui a massacré soixante-dix personnes à Oslo. Les maçons norvégiens se sont fait étriller. Heller appartenait-il à notre obédience ?

L'érudit intervint.

— Non. Il est entré brièvement dans un groupuscule paramaçonnique, le Rite nouveau et accepté du Grand Lunaire, il y a cinq ans, mais n'est resté que six mois en tant qu'apprenti. Une erreur de casting. Et de toute façon ce cercle néo-maçonnique indépendant des structures officielles s'est dissous quelques mois plus tard après la mort de son fondateur.

Un court silence rendit l'air plus dense. Antoine fronça les sourcils.

— Je ne comprends pas, répliqua Marcas. Aucun enquêteur n'a découvert cette appartenance ? Et les dirigeants de cette obédience, ils ne l'ont pas signalé aux autorités ?

Hélène Gardane secoua la tête.

— Non, Heller avait effacé toute trace de son affiliation, sa femme n'était même pas au courant. Et Paul l'a dit, cette micro-obédience n'existe plus.

— Alors, comment avez-vous appris son appartenance maçonnique ?

La juge accrocha son regard comme pour mieux lui faire comprendre l'importance de ce qu'elle allait lui révéler.

— J'ai fait cette découverte il y a seulement trois jours, répondit-elle sur un ton grave. Avant de tout vous expliquer, il faut que vous compreniez bien les enjeux de cette affaire. J'ai clôturé l'instruction sur l'assassinat de l'abbé Emmanuel le mois dernier et mon rapport a été transmis au parquet. Les conclusions sont sans ambiguïté. Damien Heller est le seul assassin, il a agi sans complices. Il présentait toutes les caractéristiques psychiatriques du paranoïaque, asocial et conspirationniste. Obsédé par l'abbé Emmanuel, il lui vouait une haine féroce.

— Pourquoi ? demanda Antoine en fronçant les sourcils.

— Heller travaillait comme responsable informatique pour l'ONG de l'abbé, il s'est fait renvoyer en raison de son caractère exécrable. Son admiration s'est muée en détestation. Fatiguée par ses obsessions, sa femme l'a aussi quitté, emportant avec elle leur petite fille. Et il s'est replié dans son petit pavillon de banlieue hérité de sa mère.

Marcas haussa les épaules.

— Heureusement que tous les chômeurs n'assassinent pas leurs anciens patrons. Il y aurait des embouteillages dans les morgues.

La Juge de fer le fusilla du regard et reprit :

— Heller avait deux passions dans la vie, l'abbé Emmanuel et les armes à feu. Il appartenait à un club de tir. Le Dragunov retrouvé sur les lieux de l'attentat faisait partie de sa collection personnelle.

— Dingue et champion de tir, pas de chance pour le pauvre abbé, répliqua Antoine. Mais vous n'avez pas répondu à ma question. La découverte de son appartenance maçonnique ?

Hélène Gardane sortit une enveloppe en kraft de son sac qu'elle posa sur la table du vénérable.

— C'est l'objet de ma visite informelle, dit-elle. Il y a trois jours, la sœur de Heller m'a appelée pour me faire part d'une découverte. En faisant des travaux dans le pavillon pour le mettre à la vente, le mari a abattu une cloison dans le garage et découvert une pièce secrète. Une sorte de sanctuaire.

Marcas la regarda d'un air interrogatif.

— Vous m'étonnez, les enquêteurs n'avaient pas sondé les murs avec des détecteurs ?

— Heller était un petit malin, reprit la juge. Il avait tapissé la porte intérieure de son repaire d'un déflecteur d'ondes. Résultat, on est passé à côté. Ça arrive parfois. Je suis allée immédiatement sur les lieux et j'ai découvert divers papiers sans grand intérêt, un livret de famille, des souvenirs de vacances, des photos de sa fille. Et parmi ces papiers, le carnet d'adhésion à l'obédience maçonnique.

La juge Gardane marqua un silence et tapota l'enveloppe de ses doigts.

— Ce n'est pas l'appartenance maçonnique qui me soucie. Je vais vous montrer quelque chose de spécial, tout droit sorti de l'esprit torturé du frère Heller.

La magistrate ouvrit l'enveloppe, en sortit un jeu de tirages photos rectangulaires de format A4 qu'elle posa en pile. Les clichés représentaient une chambre miteuse garnie d'un sommier, sans matelas, et d'un bureau de formica jaune. C'étaient les murs qui retenaient l'attention.

L'un d'entre eux était constellé de photos de l'abbé collées jusqu'au plafond. De toutes tailles, sous tous les angles possibles. Uniquement le visage, soigneusement découpé sur les contours avec en commun un détail hideux. L'abbé Emmanuel avait les yeux crevés. Son regard se réduisait à deux trous blancs.

— Votre type a dû passer des jours entiers à jouer aux découpages, commenta Marcas d'un air écœuré.

Il prit le deuxième cliché. Cette fois l'angle de vue portait sur le mur qui longeait le lit. Une myriade de triangles de tailles variables faisait office de décoration. Tous équilatéraux, délimités par des traits noirs et épais avec ce qui ressemblait à des yeux à l'intérieur. Marcas posa la photo sur la table du bureau du vénérable.

— Si mon fils se mettait à décorer sa chambre avec le même goût, je l'enverrais immédiatement consulter un psychiatre.

— Pouvez-vous regarder le dernier tirage ? dit la juge sur un ton sec.

Marcas se pencha en avant pour mieux observer le troisième cliché et fronça les sourcils. Il le prit et plissa les yeux. Juste au-dessus de la tête de lit, une phrase était écrite en larges lettres rouges et empâtées. Comme une griffure de sang qui écorchait la chair blanchie du ciment :

ils m'ont montré la lumière

7

Paris
La Conciergerie
6 juillet 1794

Escortée d'un peloton de cavalerie, la calèche venait de passer le Pont-Neuf et remontait le quai des Morfondus, le long de la Seine. L'aube baignait le fleuve d'une lumière laiteuse. Sur le pavé, le pas ferré des chevaux faisait écho aux cris des bateliers qui accostaient aux berges. C'étaient les seuls bruits comme si, derrière les façades grises de l'île de la Cité, la vie s'était retirée. Annibal se pencha à la fenêtre de la voiture. Il voulait sentir l'air du matin. Le Bègue le repoussa sans un mot. Durant toute la nuit, ils avaient couru les prisons de la capitale. Pour Ferragus on avait réservé une place à la Conciergerie. La plus ancienne des prisons de Paris, la plus redoutée aussi : le tribunal révolutionnaire y siégeait à l'étage.

La calèche s'arrêta. Aussitôt les cavaliers, sabre au clair, formèrent un cercle autour de la voiture. Le Bègue sortit le premier, inspecta les lieux, puis fit descendre Annibal. Ils étaient à deux pas de la porte de la Conciergerie. Malgré l'heure matinale, un attroupement stagnait devant l'entrée. Un mélange improbable de *bonnets rouges* qui attendaient les premières condamnations en hurlant des chansons patriotiques et de familles des suspects, affolées et gémissantes. Sans un regard, le Bègue se fraya un passage jusqu'à la lourde porte cloutée. Juste avant de la franchir, Ferragus vit un cheval qui broutait un rang d'herbe entre deux pavés. Il était attelé à une charrette sombre où se tassait un conducteur, le regard fuyant. Annibal frissonna. Il avait reconnu la charrette qui conduisait les condamnés à la guillotine.

Le guichetier, d'un geste las, lui indiqua un couloir sombre éclairé de quinquets d'huile. Au bout se dressait une porte massive qui brillait comme le bois poli d'un cercueil.

— Mettez-le dans les salles des *raccourcis*. De toute façon…

Le guichetier sortit une bouteille et se saisit d'un verre. Son visage suintait les affres de l'alcool. Portier de l'enfer est un métier à risques.

— … il en a pas pour longtemps.

Les Tuileries

Dans le pavillon de Flore, juste sous le bord de la Seine, régnait le Comité de salut public. Redouté de tous, le Comité était le centre névralgique de la Révolution. Le cœur battant qui irriguait, de ses ordres et de sa puissance, tout le corps tremblant du pays. Dans le moindre recoin de France, il se confondait avec l'ombre de la guillotine qui planait, menaçante, sur toute la nation.

Cette angoisse morbide touchait tout le monde, sauf la citoyenne Madeleine Fossat. Sa section l'avait désignée comme femme de confiance pour nettoyer les salles de réunion du pavillon de Flore. Chaque matin, elle se levait à 4 heures, pour se présenter devant les gardes du Comité de salut public.

— Ton nom, citoyenne ?

— Fossat, comme si tu le savais pas, je viens ici tous les matins que Dieu fait.

— Ne prononce pas le nom de Dieu, c'est interdit. Ton laissez-passer ?

Madeleine fouilla sous sa jupe. Si c'était pas malheur, ne plus pouvoir seulement prononcer le nom du Très-Haut. Elle avait foi en Dieu, protecteur et sauveur des hommes. Elle tendit un papier soigneusement plié en quatre. Après un examen minutieux, on l'autorisa enfin à entrer dans le saint des saints.

À cette heure, l'obscurité et le silence régnaient dans le pavillon. Elle avait une heure pour tout nettoyer. Dès l'aube, arrivaient les maîtres des lieux. D'abord Robespierre, pressé et méfiant, protégé par une garde de *bonnets rouges*, puis Saint-Just, seul et à cheval. À chaque fois, Madeleine le contemplait par une des fenêtres. Qu'il était beau, l'« Archange » de la Terreur, avec ses cheveux bouclés, son frac noir, impeccable, ses bottes luisantes de rosée !

Madeleine soupira. Elle devait encore nettoyer l'antichambre. C'est là que venaient s'entasser tous les solliciteurs du Comité. Députés tremblants, fonctionnaires soupçonnés, militaires en sursis, tous ceux qui craignaient pour leur vie et espéraient se justifier. Saint-Just était humain. Il recevait volontiers ces *suppliants*, surtout les jeunes femmes qui venaient demander la grâce d'un mari ou d'un père. Elle passa un dernier coup de chiffon sur le garde-corps de la fenêtre. Comme elle se penchait, elle crut apercevoir une tache rose dépasser du paravent près de la cheminée. Elle s'approcha. Sa vue n'était plus aussi bonne qu'avant. Soudain la tache rose se transforma en un escarpin couleur chair.

Intriguée, Madeleine poussa le paravent.

Une jambe apparut, couverte d'un bas de soie verte. Puis deux. La lumière des chandelles était incertaine. Madeleine sentit un frisson glacé lui flageller les épaules. Elle tenta de se raisonner. Peut-être, était-ce simplement une visiteuse endormie. Elle se pencha et tendit la main. La chair était froide.

— Par le Christ, ce n'est pas possible…

Ses jambes commençaient à fléchir. Elle était seule. Les gardes étaient dans la cour. Le temps d'appeler… Elle rassembla son courage, saisit le chandelier et l'abaissa.

Ce qui restait d'un visage apparut.

Madeleine ne cria pas, ne s'effondra pas.

Elle savait seulement une chose : jamais plus, elle ne croirait en Dieu.

La Conciergerie
Tour Bonbec

Ferragus ne resta pas longtemps dans la salle des *raccourcis*. Le Bègue, accompagné d'un gardien, vint le chercher pour le conduire dans un étroit couloir, à demi éclairé par des meurtrières. Une odeur de vase imprégnait jusqu'aux murs. Ils devaient être au niveau de la Seine. La tête lui tournait. La faim ou la peur.

Le gardien entrouvrit une porte et les laissa seul. Le Bègue lui ôta ses liens.

— Nul besoin de te tenir attaché. D'ici bas, personne ne s'est jamais échappé.

Annibal pénétra dans une salle ronde, éclairée par une torche grésillante. Les murs étaient nus, à l'exception de quelques crochets. Au centre se dressait une longue dalle grise portée par deux pierres droites.

— Tu connais cette dalle ? interrogea le *bonnet rouge*.

Annibal ne répondit pas. En maçonnerie, il avait appris à garder le silence. Une expérience qui lui servait aujourd'hui dans des circonstances imprévues où une parole de trop tuait plus vite que la guillotine.

— C'est sur cette pierre qu'a été torturé Ravaillac pour avoir assassiné Henri IV. Et plus tard le malheureux Damiens qui avait donné un coup de canif à Louis XV. Dire qu'aujourd'hui on les porterait en triomphe dans les rues de Paris !

Le Bègue se leva. Il se dirigeait avec nonchalance vers la table, prenant son temps. Une allure de félin sûr de son pouvoir. Il revint avec un épais dossier noir dans les mains.

— Les temps ont bien changé, mais visiblement toi, Annibal, tu n'en es pas convaincu. Tu bafoues la loi dans des réunions clandestines, tu méprises le peuple en te cachant de lui, tu complotes contre l'État, tu collabores avec l'ennemi !

— Mais quel ennemi ? s'écria Annibal.

Le Bègue se mit à compter sur les doigts.

— Au choix… l'Angleterre d'où viennent les *free*

masons, l'Autriche qui regorge de frères ou bien la Prusse, infestée d'initiés jusqu'au pied du trône. Des pays ennemis qui te conduiront tout droit au *rasoir national*, pour trahison.

Annibal ne réagit pas. Il avait assez donné à la peur. Il était temps maintenant de se reprendre. Il se concentra sur un symbole maçonnique. Le fil à plomb. Symbole d'équilibre entre les forces contraires. Son bourreau reprit la parole :

— À moins bien sûr… que tu ne me dises quand et où ont lieu les autres réunions de tes frères. J'ai du mal à penser que vous en êtes réduits à vous retrouver à sept sous un clocher…

— C'est pourtant vrai.

Le Bègue secoua la tête.

— Je ne te crois pas !

La voix glacée du Bègue résonna sur les murs circulaires. Il reprit le dossier et le plaça sous le menton de Ferragus.

— Cela fait des semaines que nous vous suivons, toi et tes amis, malgré vos précautions, vos ruses. Je t'ai vu tourner autour de Saint-Germain. Tu observais tout avec soin. J'ai vite compris que la réunion aurait lieu là. Je ne me suis pas trompé.

Annibal ferma les yeux et se concentra à nouveau sur le fil à plomb.

— La suite, tu la devines. Je me suis porté volontaire auprès de ma section pour prendre part à la garde de la prison de Saint-Germain. Les amateurs ne se bousculent pas. J'ai tout de suite été désigné.

— Une excellente couverture, concéda Ferragus pour en savoir plus.

— Je voulais être certain que vous n'aviez pas de

complices sur place. Des habitants du quartier, des gardiens de la prison… Les ennemis de la Nation sont partout et je me méfie de tout.

Le Bègue ouvrit sa chemise. Un médaillon en cuivre battait sur sa poitrine. Au centre, on voyait un œil inquisiteur. L'insigne de la police secrète.

Musée Carnavalet, Paris

8

Paris
De nos jours

ils m'ont montré la lumière

L'inscription en lettres rouge sang se détachait nettement sur le ciment blanchi, juste au-dessus du lit sans matelas. Antoine contempla la photo qu'il tenait entre ses doigts puis reprit les autres clichés de la cave secrète de Heller. Il s'arrêta à nouveau sur les visages de l'abbé aux yeux crevés. Il y en avait des centaines. Il ne put s'empêcher d'éprouver une fascination malsaine pour l'œuvre torturée de Heller. Il y avait même quelque chose d'artistique dans la disposition des têtes sur le mur. Antoine eut la sensation désagréable d'être un voyeur.

— À votre avis, c'est qui… « Ils » ? demanda Marcas.

— Bonne question, répondit la juge, soit c'est un délire de Heller, soit il fait référence à des complices. Et si c'est le cas, le mot lumière peut avoir une résonance maçonnique. Et pourquoi pas le groupe paramaçonnique disparu dont m'a parlé Paul.

L'érudit affichait une mine inquiète.

— Quand Hélène m'a contacté pour que je lui fasse un topo sur ce groupuscule, je lui ai suggéré de te rencontrer.

— Désolé, je ne comprends pas ce que je viens faire là, dit Marcas en continuant de jeter un œil sur les photos.

La juge s'appuya sur la table, sa voix se fit âpre.

— Laissez-moi vous expliquer, commissaire. Il faut que j'informe le procureur de la République de l'appartenance maçonnique éphémère de Heller, de la phrase écrite sur le mur et de ses barbouillages ésotériques. Mais je ne suis pas convaincue de demander un complément d'instruction sur un hypothétique complot maçonnique. Après un an de travail acharné, de l'implication d'une cinquantaine d'experts en tout genre, de centaines d'auditions, de la rédaction d'un rapport de plus de cinq cents pages, je ne peux pas tout annuler et tout reprendre à zéro avec des éléments aussi minces.

Elle marqua une pause et il lui fallut une poignée de secondes pour continuer sur un ton hésitant :

— Ajoutez à cela que mon rapport d'instruction a fuité dans la presse. Selon les sondages, 42 % des Français ne croient pas à mes conclusions sur la thèse du tireur isolé. Si l'instruction est relancée avec une interprétation erronée de la découverte de la cave, on enfonce bien profond les clous du grand complot dans le cercueil de l'abbé Emmanuel.

Antoine acquiesça en hochant la tête et répliqua :

— Pire, on accusera les enquêteurs d'avoir mal fait leur travail en ayant découvert tardivement la cave. Résultat, votre carrière au pôle antiterroriste risque d'en prendre un coup. Pas bon pour l'image. La Juge de fer s'est rouillée.

Hélène Gardane ne répondit pas.

Premier signe de faiblesse, songea Marcas.

D'une main nerveuse, elle récupéra les photos, une par une, pour les remettre dans l'enveloppe. Son visage d'ange avait pris la texture figée de la pierre, seuls les yeux sombres renvoyaient un semblant de vie. Une vie sans chaleur. Marcas se dit qu'il n'aurait pas aimé se faire interroger comme suspect dans son cabinet. Elle reprit d'une voix cassante :

— Quel humour… Contrairement à ce que vous pensez, je me soucie peu de mon image et je veux faire la lumière sur cette affaire. Au risque de me déjuger. Je ne peux donc pas négliger ce nouvel élément. Imaginons que Heller ait laissé ce message pour nous dire qu'il travaillait pour un groupe maçonnique ?

— Demandez un supplétif au procureur.

— Et prendre le risque d'avouer que je me suis trompée, alors même qu'il n'y a pas d'indice suffisant, à part cette cave ? Je ne me suis pas fait que des amis dans la magistrature. Certaines personnes seraient ravies de me faire trébucher et l'Élysée suit cette affaire de très près… Non, pas de supplétif ! J'ai juste besoin d'un complément d'enquête qui ne passe pas par les voies officielles, et mené par un policier introduit dans le monde des sociétés secrètes.

Antoine poussa un soupir et la regarda d'un air interrogatif.

— Moi ? Vous êtes sérieuse ?

Elle écarta son étonnement d'un geste de la main.

— Oui. Les triangles et les phrases ésotériques, ce n'est pas dans mon logiciel. Voilà pourquoi j'ai besoin de votre regard d'enquêteur sensible à la dimension maçonnique du dossier Heller. Une fois que vous m'aurez donné votre avis, je pourrai faire part des éléments nouveaux au parquet.

— Je suppose que l'appartenance paramaçonnique de Heller sera notée dans votre rapport ? demanda Marcas d'une voix hésitante.

— Pas forcément. Je suis la seule à avoir découvert le carnet. Si vous ne trouvez rien, je le garde pour moi. En revanche, l'existence de la cave, elle, sera divulguée.

Paul passa la main sur l'épaule d'Antoine.

— Il s'agit juste de jeter un œil là-bas. Et puis si on peut éviter de brandir un chiffon rouge devant le taureau de l'antimaçonnerie…

Marcas secoua la tête.

— Dissimulation d'élément d'enquête. Article 434-4 du code pénal, trois ans de prison et quarante-cinq mille euros d'amende.

La juge se raidit.

— Cinq ans de prison et soixante-quinze mille euros si c'est le fait d'une personne impliquée dans la manifestation de la vérité. Je connais la loi mieux que vous, commissaire. Vous savez aussi bien que moi que lors d'une enquête on passe notre temps à donner plus ou moins d'importance à des éléments de preuve. Si je fais appel à vous, c'est justement pour avoir le cœur net sur un possible complot qui m'aurait échappé ! Je veux juste que vous passiez au pavillon de Heller et me donniez votre avis d'expert. Rien d'autre.

Antoine répondit d'une voix neutre :

— Vous m'en voyez flatté, mais c'est hors procédure. Si ma hiérarchie l'apprenait, ça se passerait mal.

J'ai demandé une nouvelle affectation, je n'ai pas envie de tout saborder, dit Antoine d'une voix traînante.

Ses paroles contredisaient ses pensées. Il sentait monter en lui une excitation familière. Quelque part dans son cerveau, des connexions neuronales endormies s'éveillaient à nouveau. Les images d'enquêtes passées et d'énigmes étranges revenaient à sa mémoire. L'excitation de la traque ésotérique lui manquait terriblement. Et l'idée de tourner en rond trois semaines dans son appartement avant sa nouvelle affectation le déprimait. La juge sentit son hésitation.

— Aucun de vos supérieurs n'en saura rien, je m'y engage. Paul peut vous confirmer que je n'ai qu'une parole.

— C'est vrai, Antoine ! ajouta son ami.

Marcas balaya le temple vide du regard et s'arrêta sur l'œil du triangle lumineux. Au bout de tant d'années de maçonnerie, il ne se lassait pas de la beauté énigmatique du symbole.

— Un tueur franc-maçon qui décore sa cave avec des yeux et des triangles. La poésie des frères me surprendra toujours… OK, mais juste une visite. Pas plus !

9

La Conciergerie
7 juillet 1794

Malgré l'épaisseur des murs, la prison retentissait de mille bruits. Il suffisait de tendre l'oreille. Un martèlement de bottes sur un plancher révélait le transfert de suspects au tribunal révolutionnaire, le cahot d'une roue sur le pavé de la cour, l'heure fatale pour les condamnés d'embarquer pour la guillotine. Annibal releva le col de sa redingote. Il faisait froid entre ces vieux murs qui dégoulinaient de salpêtre. Il n'avait pas dormi. Trop de questions. Il avait bien tenté de se concentrer sur les symboles de la fraternité, mais son cœur battait trop vite et son esprit le lançait comme une blessure vive.

Une clé tourna dans la serrure pendant que l'on tirait les verrous à main. Le policier baissa les yeux. La lueur des torches ressemblait à un incendie.

— Annibal Ferragus. Le tribunal t'attend.

La salle était plus petite que ce qu'Annibal avait imaginé. Au fond siégeait le jury. Des visages couleur de plomb, autour de l'accusateur public dont la voix, froide et métallique, fustigeait les suspects. Près de la grande porte, se tenait le public. Des femmes du peuple qui tricotaient en ricanant, des *bonnets rouges* hurlant de joie à chaque condamnation et, disséminés, des hommes en redingote sombre. Sans doute des collègues du Bègue. Une première fournée de condamnés quitta le banc, aussitôt remplacée par un paysan au regard ahuri. Ses mains noueuses se tordaient autour de la rampe. Quand on l'interrogea sur son identité, il poussa un cri de bête traquée. Le greffier lut l'acte d'accusation :

— « Charles Rambaud, du district de la Roche-sur-Yon, laboureur, arrêté après avoir accueilli chez lui un Vendéen et lui avoir donné à boire. Accusé de complicité avec l'ennemi et de trahison. »

L'accusateur public se leva et pointa un doigt vengeur sur le suspect.

— Face à un crime aussi ignoble, je réclame la peine de mort.

Aussitôt un cri unanime jaillit du public.

— Oui, la mort pour les traîtres à la patrie !

L'accusateur se tourna vers le jury.

— Jurés, votre verdict ?

Le paysan tenta de se lever pour parler, mais ses gardiens l'en empêchèrent. Il retomba sur sa chaise dans un bruit sourd.

— À la guillotine, cet assassin ! s'écria une voix. Le jury s'est prononcé en conscience : la peine capitale, à l'unanimité et sans délai.

Un roulement d'applaudissements retentit. Les gendarmes se saisirent alors du condamné et le traînèrent, hurlant comme un damné, vers le couloir de la guillotine. Dans la salle, des insultes accompagnèrent sa pitoyable sortie.

Une main s'abattit sur la nuque de Ferragus, stupéfait, et le poussa devant le jury.

— Maintenant c'est ton tour.

Comme Annibal montait à la barre, l'accusateur public lisait le dossier d'accusation d'un air absorbé. Autour de lui, les jurés l'observaient avec respect. On ne troublait pas le grand pourvoyeur de la guillotine dans ses méditations. Le public aussi s'était tu. Quand l'accusateur public leva ses yeux noirs sur Ferragus, sa voix d'airain imposa sa loi :

— Greffier, lisez l'acte d'accusation.

— « Annibal Ferragus, policier, a été arrêté en flagrant délit de conspiration contre la République. Il est accusé de complot contre l'État, de menées terroristes et de complicité avec les ennemis de la patrie. Il a clandestinement réuni autour de lui des partisans de l'Ancien Régime à des fins occultes, tenté de s'emparer des réserves de poudre de l'ancienne abbaye de Saint-Germain… »

L'accusateur public leva la main pour reprendre la parole. Aussitôt le greffier se tut et se terra dans l'ombre des boiseries.

— Je vois qu'en plus tu es franc-maçon…

Dans la salle, des murmures commencèrent de circuler.

— C'est quoi ça, les *francs-maçons* ?

— Ben, c'est les descendants des *Francs,* des aristocrates qui veulent rétablir la royauté…

— Mais non, ce sont des *maçons* ! Ils voulaient faire effondrer les Tuileries sur la Convention.

— C'est pas plutôt des juifs ?

Ferragus ouvrit la bouche, mais l'accusateur ne lui laissa pas le temps de répondre.

— Honte à toi et à tous les tiens qui se prétendent *frères*, vous n'êtes qu'un nid d'hypocrites et de nuisibles. Vous êtes des termites qui sapent les fondements de la société, détruisent en sous-main l'œuvre sacrée de la République…

— Je proteste… s'écria Annibal.

À l'instant la salle se déchaîna. Dans son dos, Ferragus sentait l'hostilité monter comme une vague écumante.

— À la guillotine ! À la guillotine !

Profitant de l'exaspération de la salle, l'accusateur se tourna vers le jury.

— Citoyens, votre verdict ?

Quelques jurés tournèrent timidement la tête vers le public. Des regards injectés de haine, des bouches vomissant l'insulte : la horde avait soif de sang. Vite lui donner une tête.

— La mort à l'unanimité.

Un hurlement de joie envahit la salle du tribunal. L'accusateur leva une main pour imposer le silence

— Annibal Ferragus, vous êtes reconnu coupable de complot contre la République, d'activités contre-révolutionnaires, de trahison envers la Nation. Pour ces crimes sans pardon, vous êtes condamné à la peine capitale.

Les gendarmes le firent pivoter et il se retrouva face à la meute en furie. Une femme lui cracha au visage. Dans son dos, la voix de l'accusateur retentit :

— Qu'on le conduise à la guillotine !

Quand Ferragus entra, la salle des condamnés l'étonna par sa taille. On aurait dit le parloir d'un couvent avec ses murs blanchis à la chaux et son pavage de carreaux vernissés. Un homme aux jambes écartées s'approcha et le salua :

— Bonjour, monsieur, auriez-vous la grâce de retirer votre redingote et de vous asseoir là-bas ?

D'un geste, il désigna une chaise paillée juste au-dessous d'une lucarne d'où tombait un jour bleuté.

— Mais qui êtes vous ? interrogea Annibal.

— L'aide du bourreau, monsieur, c'est moi qui dois vous préparer.

Abasourdi, Ferragus retira mécaniquement sa veste et se laissa conduire sous la lucarne.

— La lumière est meilleure. Permettez que j'ôte le col de votre chemise.

Une paire de ciseaux à la main, l'aide taillada le tissu et ôta le col.

— Souhaitez-vous le garder ? Certains condamnés le conservent pour leur famille, vous comprenez. Et pour une modique contribution, je me charge de la transmission. En toute discrétion, bien sûr.

Devant le visage clos de Ferragus, l'aide soupira :

— Pas de famille, n'est-ce pas ?

Le policier regarda le sol. Un rayon de lumière tremblotait sur le dallage. Une image de sa vie, heurtée et éphémère. L'aide lui passa la main sur la nuque.

— Ça ira, vous avez le cou fin. Et pour les cheveux ?

Annibal releva la tête et lui jeta un regard stupéfait.

— Parce que je peux conserver des mèches dans un petit sac en dentelle. C'est ma femme qui les brode. Un demi-écu, c'est donné. Certes, monsieur n'a pas de famille, mais une amie de cœur ? Ça soulagerait sa peine.

Une porte s'ouvrit. Deux gendarmes surgirent.

— C'est l'heure.

Dans le couloir, les condamnés attendaient la charrette qui les conduirait à la mort. Assis à même le sol ou appuyés contre un mur, ils présentaient le même visage gris. Déjà certains n'avaient plus de vie dans le regard. Leur prunelle n'était plus qu'un trou noir, réfractaire à toute lumière. Près de la porte, une adolescente chancelait. Elle portait encore un ruban bleu autour du cou. Un oubli de l'aide du bourreau, sans doute. Annibal la dévisageait avec insistance. Il tentait de graver ce visage de porcelaine pâle dans sa mémoire bientôt inutile. Quand il poserait sa tête dans la lunette de la guillotine, c'est cette dernière image qu'il emporterait : celle de l'innocence. Un des gardes ouvrit le guichet et jeta un œil sur l'entrée de la Conciergerie. Des éclats de voix, de rires, en même temps qu'un parfum d'été entrèrent dans le couloir. Pour la première fois, Ferragus comprit qu'il allait mourir en plein soleil.

— Un, deux, trois…

Un des gardes commença le décompte des condamnés.

Dans l'étroit couloir, sa voix grasse résonnait comme sous les lambris de l'Opéra.

— … douze… treize. J'ai mon compte. Vérifie les noms.

Un autre garde s'approcha, une liste à la main.

— Hyacinte de Borneloup ?

Une main tremblante se leva.

— Adhémar de Boltin ?

Comme le condamné, un vieillard avachi sur le sol, ne réagissait pas assez vite, un garde le frappa d'un coup de botte entre les côtes. C'est un cri de bête qui répondit présent.

— Annibal Ferragus ?

Le Bègue apparut subitement au fond du couloir et annonça :

— Lui, je m'en occupe.

10

Paris
De nos jours

Des nuages noirs avaient envahi l'ouest de la capitale et se massaient jusqu'à former une vague sombre et menaçante. Antoine entra dans son immeuble au moment où des millions de tonnes d'eau se déversaient généreusement sur Paris. Tout au long du trajet, il avait réfléchi à la découverte de la juge Gardane.

Heller avait été initié dans une loge marginale et éphémère, le Grand Lunaire. Une loge sauvage, comme on disait dans les milieux maçonniques. Antoine se doutait des conséquences d'une fuite. Si les médias relevaient le mot « maçonnerie », ils entacheraient toutes les obédiences.

La proposition de la juge et du conservateur taraudait Marcas.

Ne pas parler de l'affiliation maçonnique de Heller, c'était préserver l'institution d'une nouvelle vague d'éclaboussures. Voire d'un tsunami, comme n'en avait jamais connu la fraternité. Mais c'était aussi dissimuler une part de vérité à l'opinion. Et Antoine avait en horreur les petits arrangements avec la vérité, fût-elle douloureuse. D'un autre côté, il n'y avait sûrement aucun rapport avec l'assassinat de l'abbé. Ce serait juste un petit mensonge par omission.

Tu préfères quoi, attraper la lèpre ou Ebola ? lui aurait dit Gabrielle, avec son humour particulier.

Incapable de trancher, il chassa l'ombre envahissante de Heller et grimpa l'escalier, le visage soucieux. Quand il entra dans son appartement, une odeur de pizza planait dans l'entrée.

Son fils était dans les murs plus tôt que prévu. C'était la troisième fois qu'ils se voyaient depuis son retour. Pierre avait mal vécu son absence africaine, même s'il ne l'avait jamais exprimé devant lui. À dix-huit ans, il repassait son bac ; sa mère l'avait tenu à bout de bras pendant une année de terminale catastrophique et Antoine culpabilisait de l'avoir abandonné. Leur complicité originelle s'était évaporée dans un brouillard d'incompréhension.

Il frappa dans la chambre du fond où le jeune homme s'installait un week-end sur deux.

— Je peux entrer ?

Pas de réponse. Pierre devait être scotché devant son ordinateur avec son casque greffé dans les oreilles. Il poussa la poignée et entra. Antoine resta figé, il y avait une fille dans le lit de son fils.

— Tu aurais pu frapper ! cria Pierre en arrachant la moitié du casque de son oreille.

La brune se recroquevilla dans les draps.

— C'est ce que j'ai fait. Désolé.

Antoine n'attendit même pas la réponse et battit en retraite dans le couloir. Une fille dans le lit. Ils avaient donc… Marcas secoua la tête. Il était tout sauf réac, mais imaginer son fils faire des galipettes dans son appartement, ça ne rentrait pas dans son logiciel. Il passa dans le salon et s'assit sur le canapé.

Dix minutes plus tard il les vit arriver la main dans la main. La jeune fille était vêtue d'un jean et d'un haut à manches courtes. Elle avait les yeux aussi bruns que ses cheveux retenus sagement par une barrette sur le côté. Allure classique, mignonne. Modèle de belle-fille idéale. Trop peut-être. Elle sourit gentiment.

— Bonjour, je suis Chloé.

— On mange pas ici, ajouta son fils d'un ton sec, j'ai deux places pour le concert de Lady B, ce soir au Zénith.

— Jamais entendu parler, répondit Marcas, déçu.

Pierre redressa le menton.

— C'est normal que tu la connaisses pas, t'as passé trop de temps en Afrique.

— Vous m'accompagnez au moins pour un apéritif ? Je dois avoir une bouteille de champagne quelque part. C'est la première fois que je rencontre la petite amie de mon fils.

Pierre semblait toujours tendu, mais Chloé glissa un faible sourire. Ils s'installèrent dans les fauteuils. Antoine servit trois coupes et en tendit une à la jeune fille. Elle le remercia et le regarda droit dans les yeux.

— Pierre m'a dit que vous étiez franc-maçon. C'est très mystérieux. Vous faites des cérémonies avec des symboles ésotériques dans des costumes étranges. C'est un peu comme de la magie.

Il reposa sa coupe, jeta un rapide coup d'œil de reproche à son fils et la jaugea avec attention.

— Il n'y a rien de magique. Si ça vous intéresse je

peux vous prêter quelques ouvrages de vulgarisation écrits par des frères.

— Si l'auteur est franc-maçon, c'est de l'intox, répliqua Chloé. Il ne dévoilera jamais les vrais secrets et les histoires de réseaux.

— On exagère beaucoup leur importance. Croyez-moi. Que faites-vous dans la vie, Chloé ?

— Je passe mon bac, comme Pierre. Mais ça n'a pas d'importance si je le rate. Je prends des cours de chant pour passer à The Voice. Je m'inspire d'ailleurs de Lady B avec une chorégraphie très ésotérique. Ça devrait vous plaire, c'est plein de symboles maçonniques. Je vais vous montrer son concert à Berlin.

Antoine la regarda comme si elle était en train de sniffer de la coke devant lui. La jeune fille posa sa tablette sur les genoux et lança une vidéo. Une musique bruyante envahit le salon. Chloé se déhanchait en même temps. Antoine se pencha sur l'écran.

Une jeune femme au visage entièrement maquillé de fond de teint blanc et aux lèvres rouge vif comme une geisha se tortillait dans un grand triangle au néon bleu.

Un œil flamboyant jaillissait en surimpression sur une foule de jeunes fans, le visage en transe. Chloé dansait, bras tendus, et dessinait un triangle entre ses doigts. Il découvrit avec stupeur que les spectateurs du concert reprenaient le même geste que la jeune fille.

— Lady B a des millions de fans dans le monde. Et en plus, elle adopte un comportement éthique, elle est contre le réchauffement climatique. Elle lutte aussi contre le travail des enfants dans les pays asiatiques et se bat contre les maladies virales. Et elle est super mystérieuse, personne ne connaît son vrai visage. Un peu comme les Daft Punk.

Pierre coupa brutalement la vidéo.

— Faut y aller. On va être en retard.

Chloé se leva et rangea la tablette dans son sac mauve. Antoine soupira.

— Si j'avais un conseil à vous donner, prenez votre bac au sérieux. Vous avez le temps pour devenir la nouvelle Lady B.

Elle ne répondit pas, Pierre se plantant devant lui avec un air de défi. Le déclenchement de l'explosion était programmé.

— Tu comprends rien. Chloé a bossé dur pour devenir une star. Et puis, elle a raison, lança-t-il avec rage. Les études ça sert à rien. Y a plus de boulot, on va tous devenir chômeurs, même avec un bac +10.

Antoine se contrôlait comme il le pouvait. Le détonateur était activé. Il fallait que ça arrive tout ou tard, mais ce n'était pas le moment.

— On se calme. D'accord ? Je ne juge personne, mais il y a d'autres valeurs dans la vie, je…

La déflagration. Soudaine. Aveugle.

— Tais-toi, cria-t-il, les yeux contenus de fureur. Plein le dos de tes valeurs. Tu vois pas ce qui se passe autour de toi. C'est la crise ! Il y a des pauvres partout et les maîtres du monde s'enrichissent et laissent les miettes à leurs… serviteurs en tablier maçonnique.

La dernière phrase gifla Marcas de plein fouet. C'en était trop. La colère l'envahit.

— Ça n'existe pas les maîtres du monde, gronda Antoine. On vit en démocratie jusqu'à preuve du contraire. Tu devrais aller faire un tour en Afrique, tu verrais la différence.

— Arrête avec ta République à deux balles. Elle

existe dans tes rêves. Repars en Afrique, au moins là-bas ils ont besoin de toi. On se casse, Chloé.

Antoine se leva d'un bond, les poings serrés.

— Ça suffit. Tu me parles sur un autre ton !

Le père et le fils se faisaient face comme deux boxeurs.

— Ou sinon quoi, tu vas me frapper ? ricana Pierre.

La jeune fille s'interposa entre les deux. Le fils d'Antoine secoua la tête d'un air de mépris, puis fila dans le couloir. Chloé esquissa un faible sourire.

— Pierre croit que vous l'avez abandonné l'année dernière. Vous ne seriez pas bipolaire ?

Marcas écarquilla les yeux.

— Hein ?

— Bipolaire. Des gens qui alternent des phases d'excitation et de dépression et qui ont des vies compliquées comme l'héroïne de la série *Homeland*. Pierre m'a dit que vous disparaissez souvent sans explication. C'est un signe de trouble bipolaire, j'ai lu un dossier dans un magazine. Ça se soigne, vous savez.

Son sourire compatissant l'acheva. Elle le prenait pour un dingue. Enfin, presque. Il ne pouvait pas lui répondre que ses absences correspondaient à ses enquêtes. Ni que sa période africaine avait été la seule échappatoire après la mort de Gabrielle.

Au moment où il allait ouvrir la bouche, son fils arriva avec deux casques, l'air renfrogné. Marcas l'attrapa par le coude.

— Tu reviens après le concert ? Il faut qu'on parle.

— Non, on va ensuite chez les parents de Chloé, lâcha Pierre qui hésita un instant puis ajouta sur un ton sec : C'est une vraie famille, avec un père qui s'occupe de ses enfants.

Antoine restait interdit. La jeune fille le salua, gênée. L'ado n'écoutait plus, il avait embarqué sa copine. La porte claqua en faisant trembler le mur.

Antoine attendit quelques secondes et frappa du poing sur la table. La coupe de champagne valsa contre le mur et explosa avec fracas. Marcas observa le liquide ambré dégouliner sur la plinthe grise et les éclats de verre blanc briller sur le sol. Il n'arrivait pas à se contrôler.

Son portable sonna, un numéro masqué. Il décrocha machinalement et entendit une voix familière. La juge ne perdait pas de temps.

— Je vous ai envoyé le résumé du rapport Heller sur votre boîte mail. Il y a les notes de synthèse de vos collègues sur les circonstances de l'assassinat, la bio du tueur et mes conclusions. Paul a joint une notice sur le groupe paramaçonnique du Grand Lunaire. Vous avez rendez-vous demain matin au pavillon, la sœur de Heller y sera.

— Vous allez vite.

— J'aimerais boucler rapidement. Merci de votre aide. Appelez-moi demain pour me donner vos impressions. Bonne soirée.

— À vous aussi.

Il raccrocha en réalisant qu'il n'avait même pas le portable de la juge.

L'écran affichait 19 heures et il allait se retrouver seul pour dîner.

Quelle absurdité !

Et sa vie retombait dans une banalité grise et infinie. Son fils lui était devenu un étranger et Gabrielle ne reviendrait jamais plus. Un an après sa mort, Antoine avait encore la gorge serrée à la seule évocation de son prénom. Pourquoi perdait-il les femmes qu'il aimait ? Gabrielle avait suivi Aurélia[1] dans la tombe. Elles étaient mortes et enterrées et rien ne les ferait revenir.

Ne plus subir.

Il contempla le salon silencieux, puis se leva pour aller prendre une douche. Dans la salle de bains, le miroir lui renvoya l'image d'un quadragénaire désabusé, le visage tanné par un an d'Afrique et le regard gris trempé de solitude.

Marcas, tu es bipolaire ! C'est la meilleure de l'année.

La douche brûlante l'apaisa.

Cette nuit-là, il erra des heures entières à la recherche d'une femme inconnue. Des heures incertaines passées dans quelques bars improbables de la rive droite. Il crut trouver ce dont il avait envie dans le lounge d'un hôtel de l'Opéra avec l'apparition soudaine et ondulée d'une femme au regard trop insistant. Deux coupes de champagne tièdes et hors de prix, noyées dans des éclats de rire répétitifs et artificiels furent nécessaires pour qu'il comprenne que la fin de la soirée lui coûterait quatre cents euros. Blessé dans son amour-propre, il éconduisit poliment la professionnelle et rentra chez lui.

Seul dans son lit, Antoine eut une pensée pour Damien Heller. L'ex-frère qui découpait des yeux et des symboles ésotériques dans sa cave obscure. Un solitaire devenu asocial et dingue.

Peut-être qu'il finirait comme lui.

1. Voir *La Croix des Assassins* (Fleuve Éditions, 2008), Pocket n° 13760.

Il avait hâte d'être au lendemain, dévoré de curiosité à l'idée de découvrir la cache de Heller. En éteignant la lumière, Antoine remercia le tueur. Il lui avait offert un cadeau précieux. Un présent qui colorait à nouveau la grisaille de l'existence, et donnait un sens, même éphémère, à sa vie. Un présent qui s'appelait le… mystère.

11

Pays-Bas
Vieille ville de Leyde
De nos jours

Le crâne était recouvert sur sa face avant de petits carrés de mosaïque vert et blanc. L'usure du temps avait raclé les tempes, laissant à nu une membrane de terre cuite et brune. À l'évidence, les artistes aztèques avaient accentué l'aspect effrayant en y ajoutant une rangée de dents décharnées.

Peter Van Riess aimait fixer le crâne mexicain qui trônait sur son bureau. Surtout avant chaque réunion importante du cercle Heidelberg. Il n'y voyait pas un symbole de mort mais un sain rappel de la vanité de toutes choses en ce monde. Un rappel très utile pour faire face aux puissants de la terre.

Peter Van Riess était assis dans son bureau confortable au cinquième étage de l'hôtel particulier Starhouden, siège du cercle dont il était le secrétaire général grassement rémunéré depuis quinze ans. Bien que son véritable métier consistât à être administrateur d'un puissant fonds d'investissement international, son temps libre lui permettait d'assurer l'organisation des rencontres d'Heidelberg. L'un des plus puissants groupes d'influence économique et politique, d'inspiration libérale. Cent trente membres exactement. Milliardaires de l'ancienne et de la nouvelle économie, anciens gouvernants de pays occidentaux, financiers redoutés, conseillers des grands de ce monde, journalistes influents, représentants du gotha des affaires et de l'aristocratie. Heidelberg n'était pas un groupe occulte, il affichait même sa visibilité sur un site Internet. C'était un cénacle discret qui réunissait ses membres une fois par an, à huis clos, pour des conférences sur l'évolution du monde. Une discrétion qui engendrait bien des fantasmes et, depuis quelques années, les journalistes s'intéressaient un peu plus aux activités d'Heidelberg. Le « think tank[1] des maîtres du monde », pour reprendre les titres de la presse britannique qui pour une fois avait un train de retard sur les blogs conspirationnistes.

Une petite lumière rouge s'alluma sur sa tablette, posée à côté du crâne mexicain.

Les onze écrans plaqués sur le mur en face de son bureau étaient activés, la vidéoconférence pouvait commencer.

Il effleura sa tablette et les onze visages des membres du board apparurent instantanément. Chaque écran était allumé. Neuf hommes et deux femmes, le chemin était long avant d'atteindre la parité. Particulièrement dans les cercles de pouvoir. Le comité consultatif d'Heidelberg au complet. À eux seuls, du moins en se basant

1. Think tank : groupe de réflexion généralement fermé au grand public.

sur la capitalisation de leurs entreprises, ils pesaient cent milliards d'euros. Cent milliards… il n'arrivait toujours pas à s'y faire.

— C'est un plaisir de vous revoir, chers amis du cercle Heidelberg. Je salue aussi notre président, Adam Kellerman.

Un homme âgé, aux cheveux blancs ondulés, à la barbe soigneusement taillée et aux joues émaciées, inclina la tête sans rien dire. Van Riess continua :

— Vous avez tous reçu le programme du prochain colloque d'Heidelberg : *Une nouvelle vision du monde*. Il se tiendra à Palo Alto, en Californie, dans l'entreprise de l'un de nos membres, Stuart T. Rankin. Compte tenu de la crise actuelle et de la faiblesse de la reprise, les populations occidentales sont plongées dans le désarroi. Elles n'ont plus confiance dans les entreprises et encore moins dans les institutions. Vous avez devant vous la liste des interventions.

En temps ordinaire, il n'aurait pas pris la précaution de rappeler le règlement, mais cette année il savait que certains allaient émettre des réserves. Le planning des communications de la conférence annuelle respectait un ordre scrupuleux. Deux tiers de conférences de nature économique et un tiers dans des domaines variés allant de la science à la sociologie en passant par les nouvelles technologies.

L'un des écrans afficha une petite lumière verte. Le magnat texan du pétrole, Lester Rogue, se pencha vers la caméra.

— Je suis mal à l'aise avec la chanteuse Lady B. Je ne vois pas pourquoi cette hystérique féministe a été invitée.

On y est, songea Peter Van Riess. *C'est là que ça va coincer.* Il s'approcha de son bureau.

— Lady B fait partie des vingt personnalités les plus influentes du monde, selon le classement du magazine *Forbes*. Par ailleurs, elle est très impliquée dans les causes humanitaires, en particulier dans la défense de l'environnement.

— Depuis quand doit-on inviter les bonnes consciences de la planète ? coupa le Texan. Je n'ai jamais vu l'abbé Emmanuel ou Mère Teresa tenir le crachoir chez nous.

Peter Van Riess resta impénétrable. Il n'avait jamais supporté la vulgarité de Rogue. Une nouvelle petite lumière verte clignota. C'était l'autre Américain du board, Stuart T. Rankin, le plus jeune milliardaire du groupe. Un petit génie qui avait fait fortune dans les applications utilisées sur Internet et les télécoms.

— C'est moi qui ai suggéré sa présence, lança Rankin. À sa manière, Lady B possède un énorme pouvoir. Ce qu'elle dit est suivi par des dizaines de millions de personnes dans le monde entier. La semaine dernière, elle a fait fermer un bordel en Thaïlande uniquement en balançant un tweet de désapprobation. Un tweet lu par trente-quatre millions de followers a eu plus d'efficacité qu'une dizaine d'ONG qui se cassaient les dents depuis des années.

— Bravo, rugit Rogue, s'il faut fermer tous les bordels de la terre, ne comptez pas sur moi pour participer à cette croisade.

Une autre lumière clignota. Véronica Vii, ancienne commissaire européenne aux Transports, intervint.

— Pour une fois que nous avons une femme comme conférencière, seriez-vous machiste, Lester ?

— Pas du tout, grommela le Texan à la mâchoire carrée, mais je la trouve indécente et racoleuse dans ses chansons. Elle pervertit notre jeunesse. Ça va à l'encontre de mes valeurs… Maintenant, si vous y tenez tant que ça, je ne vais pas me battre.

Van Riess afficha un sourire et laissa répondre Rankin.

— Les temps changent, Lester. Bon sang, il faut s'adapter ou périr, lâcha le jeune patron sur un ton ironique.

— C'est une menace ? répliqua Rogue d'un ton sec.

— Non, un conseil amical.

Rankin affichait un sourire goguenard. Peter Van Riess était ravi de l'admission du milliardaire deux années auparavant, en remplacement de lord Fainsworth, patron de l'agence de notation anglaise, mort dans des circonstances non élucidées[1]. Rankin bousculait les habitudes et c'était très bien. Beau, riche, créatif et généreux. Tout le contraire de son compatriote texan, et ce dernier le savait fort bien. Les deux hommes se détestaient. Rankin était l'avenir du nouveau capitalisme, exactement ce qu'il fallait pour Heidelberg.

Van Riess tapota le crâne aztèque avec un air patelin. Il était temps de conclure.

— Plus personne n'a un avis à formuler ? Bien, je vous donne rendez-vous dans quelques jours à Palo Alto, en Californie, chez notre ami Stuart. À bientôt.

Tous les écrans s'éteignirent sauf un. Celui d'Adam Kellerman, président du fonds d'investissement du même nom et qui employait aussi Van Riess. Le vieil

1. Voir *Le Temple noir* (Fleuve Éditions, 2012).

homme aux cheveux blancs et soigneusement ondulés rivait sur lui ses yeux bleu acier.

— Nous sommes seuls, Peter ?

— Oui, monsieur.

— Bien, prenez le premier avion pour Paris. Je donne une soirée après-demain. Quelques membres du board seront aussi de la fête.

Van Riess ne broncha pas, il ne discutait jamais les propositions de Kellerman.

— Avec plaisir, Adam. Vous vouliez m'entretenir d'une affaire en particulier ?

— Vous vous souvenez de l'assassinat de l'abbé Emmanuel, l'année dernière ?

— Bien sûr. Stuart Rankin nous a raconté cette horreur, il était présent au moment du drame.

L'octogénaire s'était rapproché de l'écran. L'éclat de ses yeux devenait plus intense.

— Ça m'a rappelé un très mauvais souvenir. Un souvenir qui date d'un demi-siècle. Vous voyez sans doute à quoi je fais allusion ?

Le secrétaire du groupe Heidelberg hocha la tête. Dans le board, tout le monde savait qu'Adam Kellerman avait été l'un des jeunes et proches conseillers du président Kennedy.

— Je vous en dirai plus quand vous viendrez.

— Vous m'intriguez, Adam.

— Ne dites rien aux autres. Quelqu'un a ouvert la boîte de Pandore. Et ce qui va en sortir me glace le sang.

12

La Conciergerie
7 juillet 1794

La charrette attendait à l'angle de la tour de l'Horloge. La foule, d'habitude vociférante, s'était dispersée pour déjeuner dans les tavernes du quartier. Un silence inhabituel régnait sur les bords de Seine. La nature reprenait ses droits : on entendait le souffle du vent dans les ramures, le cri bref des hirondelles qui rasaient le sol. Tout un monde indifférent au malheur et à la souffrance des hommes.

— Va faire orage, annonça le conducteur, faut se presser.

Escortés par les gendarmes, les condamnés montaient dans la carriole où ils se tenaient debout, seule la jeune femme au ruban bleu avait eu le droit de s'asseoir. Un garde vérifiait les poignets liés dans le dos. Quand Ferragus se présenta pour prendre place, le plateau de la charrette était plein.

— Il montera en selle avec moi, trancha le Bègue.

Devant la moue dubitative des gendarmes, il ajouta, d'un ton sans réplique :

— Avec moi, on ne s'évade pas.

Un nuage voila le soleil. D'un coup, le piaillement des oiseaux cessa. Le silence devint subitement pesant. Un des condamnés se mit à sangloter.

— Va faire orage. Faut pas traîner. Le Sanson, il aime pas travailler sous la pluie. Ça gâche la besogne.

La charrette se mit en marche. Vu le nombre de prisonniers, deux chevaux avaient été attelés. Deux percherons, à l'encolure large, qui foulaient le pavé d'un sabot égal. Comme le cortège passait par le Pont-au-Change, une femme, courbée, se signa furtivement. Le Bègue qui, d'une main tenait les rênes de sa monture, de l'autre un pistolet, se mit à rire :

— Et dire que toi et tes amis qui avaient toujours combattu la superstition, la seule oraison funèbre que tu auras, ce sera ce signe de croix de cette vieille idiote. Quelle ironie !

— Tu as un compte à régler avec les *frères* ?

Le rire du Bègue éclata comme un verre de cristal sur un dallage.

— Non, je n'ai que du mépris. Des pantins, boursouflés de ridicule, avec leurs cordons dorés, leurs tabliers peinturlurés, voilà tout ce que vous êtes.

La charrette s'engagea à droite, sur le quai de la Ferraille. Le front d'Annibal se plissa. Pourquoi passait-on par là ? Depuis des semaines, les exécutions publiques avaient lieu place de la Nation, dans l'est de Paris. Comme s'il avait deviné les questions qui agitaient son prisonnier, le Bègue prévint :

— Tu seras guillotiné place de la Révolution.

Annibal eut un mouvement de surprise. On allait donc le tuer là où Louis XVI avait été décapité ?

— Mais pourquoi ?

Le Bègue ricana :

— Place de la Nation, on ne sait plus où enterrer les morts. Les fosses sont pleines à ras bord. Place de la Révolution, on jettera vos corps dans le puits de l'ancien couvent des Feuillants. Discret et rapide.

Le cortège venait de tourner à nouveau à droite et remontait le long de la rue de la Monnaie. Des lavandières, qui portaient des paniers d'osier, remplis de linge, se mirent à rire en voyant les condamnés. L'une d'elles esquissa un pas de danse tandis que les autres relevaient leur robe pour montrer leurs jarretières.

— T'es pas près de les toucher, cria une femme à Ferragus.

L'inspecteur ne répliqua pas. Écrasé durant des siècles, vampirisé par une noblesse sans scrupules, méprisé, bafoué, le peuple désormais était sans pitié. La jeune fille au ruban bleu, elle, rougit violemment. Des applaudissements éclatèrent. On s'interpellait de maison en maison. Le spectacle était dans la rue.

Précédée des gendarmes, la charrette tournait maintenant dans la rue Saint-Honoré. C'est là qu'avant vivaient les plus anciennes familles aristocratiques de Paris. Entre les promenades mondaines dans les jardins des Tuileries et les tables de jeu renommées du Palais-Royal, toute une élite sociale, inconsciente et frivole, n'avait pas vu les nuages s'amonceler et l'orage dévastateur arriver. Le convoi ralentit. Au bout de la rue se devinait l'entrée de la place de la Révolution. Là où s'élevait la guillotine. Tous les condamnés tournèrent le regard vers ce lieu maudit qui se rapprochait à chaque nouveau coup de sabot sur le pavé. Les gendarmes sortirent les sabres des fourreaux et prirent position autour de la carriole. Autant pour en imposer au peuple qui se rassemblait pour l'exécution que pour prévenir toute tentative désespérée d'évasion.

La foule devenait plus dense. La chaleur aussi. Des vendeurs de limonade interpellaient les badauds.

Un instant, Ferragus eut un fol espoir. Et si, des *frères*, avertis de son arrestation, tentaient un coup de main ? Son cœur se mit à battre et il chercha fébrilement un visage fraternel dans la foule. Au coin de la rue Saint-Roch, une vieille vendait des portraits de Marat et de Robespierre. La devise *Liberté, Égalité, Fraternité* brillait au-dessus de leur tête comme une auréole. Une femme baisa l'image comme elle l'eût fait de celle d'un saint.

Brusquement, le convoi s'arrêta. Ils étaient arrivés à l'angle de la place de la Révolution. Annibal entendit un cri. Éclairée par le soleil matinal, la guillotine venait de surgir, son couperet brillant comme un diamant.

Sur l'échafaud, le bourreau, vêtu de rouge, attendait. Autour de lui, ses aides s'affairaient. L'un remplissait la corbeille de son. C'est là que tomberait la tête tranchée. Un autre nettoyait la lunette, souillée de sang. Seul Sanson ne prenait pas part à cette danse macabre. Il s'était assis sur un tabouret et restait immobile. Comme une araignée, au centre de sa toile vibrante, qui sait que sa proie ne lui échappera pas.

La charrette avança à nouveau. Des *bonnets rouges,* munis de piques, venaient d'encadrer les cavaliers. Le Bègue arma le chien de son pistolet. Un bruit sec et métallique. *Ils craignent une évasion*, pensa Annibal, *sinon pourquoi toutes ces précautions ?* De nouveau, il scruta la foule, mais elle était trop compacte. On ne distinguait aucun visage. En revanche, on entendait les cris de joie. La poitrine de Ferragus se serra. Le peuple était venu au spectacle et c'était lui l'invité du jour. Comment imaginer que, dans cette masse qui hurlait déjà de plaisir, une main pourrait se lever pour le secourir ?

L'échafaud n'était plus qu'à quelques pas. Le convoi s'arrêta tandis que les gardes faisaient reculer les spectateurs. Le conducteur sauta et dételа les chevaux. La charrette pivota et déversa au sol son bétail pour l'abattoir. Une dernière fois, on vérifia les liens dans le dos. On fit agenouiller les prisonniers et un aide du bourreau tâta une par une chaque nuque. Pas question de voir le couperet dévié par un cou de taureau et une tête à moitié tranchée pendre hors de la lunette. Sanson tenait à sa réputation. D'un coup, une voix déchirante s'écria :

— Je veux un prêtre !

C'était la jeune fille au ruban que l'on venait de saisir et de séparer du groupe. Aussitôt, une nuée d'insultes roula au-dessus du public. Le Bègue haussa les épaules.

— Elle ose réclamer. C'est bien une noble !

Sanson venait de se lever. Soudain le silence tomba sur la place. L'homme qui avait guillotiné le roi de France inspirait un respect superstitieux. Il avait sur les mains et la conscience le sang d'une dynastie. D'un pas nonchalant, il examina à son tour la guillotine, caressant la lunette de la main, éprouvant le tranchant du doigt comme un couturier la dentelle d'une robe.

Les condamnés étaient rangés en file. À leur tête, au pied de l'échafaud, se tenait le vieillard que Ferragus avait remarqué à la Conciergerie. Les lèvres tuméfiées, il clignait frénétiquement de l'œil comme s'il cherchait encore à comprendre ce qui lui arrivait. Ses jambes ne le portant plus, deux gardes le maintenaient debout en se moquant de lui. Le Bègue sortit sa liste, la tendit à un gendarme qui hurla :

— Adhémar de Boltin !

Le vieillard leva un regard égaré. Aussitôt, on l'empoigna et il se retrouva sur l'échafaud posté face à la guillotine. Sanson s'approcha, en examinant d'un regard d'expert le cou de son client, puis s'écarta et hocha discrètement la tête. Un aide surgit, se baissa et, dans un bruit râpeux, tira une longue planche noire.

Aussitôt, un cri de joie jaillit de la foule :

— La planche ! la planche !

On renversa le condamné, on le fit glisser sur la planche en forme de civière et on enfourna sa tête dans le rond de la lunette. Menée de main de maître, cette opération déclencha une salve nourrie d'applaudissements. Annibal baissa les yeux. Le regard désespéré du condamné le bouleversait.

Un claquement sec retentit. Ferragus n'eut pas le temps de relever la sienne que la tête du condamné était tombée dans le panier à son tandis que les aides basculaient le corps dans un drap qu'ils roulèrent en un tour de main. Un cri, un seul, retentit :

— Au suivant !

Brusquement, un coup de feu éclata, puis un autre. Un cri d'horreur jaillit de la foule qui reflua brusquement. Le Bègue roula de son cheval. La panique envahit la place. Débordés, les *bonnets rouges* étaient emportés par les spectateurs affolés qui tentaient de fuir. Une main saisit les rênes du cheval de Ferragus.

Du haut d'un immeuble, une nouvelle rafale partit. Un gendarme s'écrasa dans la foule et fut aussitôt piétiné. Ahuri, Annibal fixait l'échafaud où les aides du bourreau s'étaient réfugiés derrière la guillotine. Une balle perdue vint frapper le couperet qui vibra comme une cloche. Sans comprendre, Ferragus traversait la place, pareil à un nageur les flots déchaînés. Il eut le temps de voir la charrette emportée comme un fétu de paille par le peuple paniqué. De nouveau, des coups de feu retentirent tandis que le tocsin commençait de sonner. Tout autour d'Annibal, des hommes masqués lui frayaient un passage. L'un d'eux noua ses mains au-dessus de sa tête. Un des signes de reconnaissance des francs-maçons.

— Mes frères, s'écria Ferragus.

Encore quelques pas et ils atteignaient les arcades de la place. Une main vigoureuse le saisit et le fit dégringoler du cheval. En un instant, il se retrouva sur le pavé. Des inconnus effrayés couraient en tous sens. Une femme roula à terre. De nouveaux tirs éclatèrent. Une porte s'ouvrit devant Annibal. Poussé sans ménagement, il franchit le seuil. Il s'effondra sur la première marche d'un escalier.

Hébété, épuisé, mais sauvé.

Quand il retrouva ses esprits, ses sauveurs l'entouraient. Ils avaient tous retiré leurs masques. C'étaient des visages gris, à la barbe rugueuse, aux yeux vides. Des hommes de main recrutés aux barrières de Paris, prêts à tout pour une pièce d'or.

— Où est le *frère* qui m'a conduit ici ? interrogea Annibal en se relevant.

— Ici.

Le cœur battant, Ferragus se retourna vers le haut de l'escalier d'où venait la voix.

— Je ne te remercierai jamais assez…

Annibal ne termina pas sa phrase. Une étreinte glacée le saisit aux épaules. Le Bègue, le sourire aux lèvres, se tenait sur la dernière marche.

— Il n'y a pas de quoi.

13

Banlieue parisienne
De nos jours

Cela faisait un quart d'heure qu'Antoine marchait sous un parapluie qui n'arrêtait pas de se retourner à chaque bourrasque. Il avait laissé la station RER pour s'enfoncer dans un quartier pavillonnaire racorni par les ans.

Après la rue des Roses, il avait emprunté celle des Tulipes pour arriver aux Jonquilles, sa destination finale. Le bouquet s'était défraîchi au fil des décennies. Une pluie sale balayait l'asphalte bordé de pavillons qui s'achevait en contrebas sur un mur gris et aveugle. La décrépitude des façades s'accentuait à l'image de la lente dégringolade de la classe moyenne qui habitait le quartier. À l'image de Damien Heller, dont il avait lu la bio dans les éléments du rapport d'enquête de la juge.

Heller, lui au moins n'était pas bipolaire, songea Antoine. Il ne digérait toujours pas la remarque de la copine de son fils.

Bipolaire. C'est vrai que j'ai parfois des sautes d'humeur. La gamine a peut-être raison.

Antoine passa devant une meulière qui résistait un peu mieux aux affres du temps. Le visage d'une vieille dame apparut derrière un rideau. Elle le suivait des yeux avec méfiance. Antoine imagina sa vie en accéléré, le mot chômage devait être inconnu dans sa jeunesse sous de Gaulle. Elle avait dû se marier sous Pompidou, devenir propriétaire de son pavillon en fleurs sous Giscard, voir ses enfants la quitter sous Mitterrand, vieillir dans sa maison décrépite avec Chirac et assister à l'enterrement de son mari sous Sarkozy. Elle avait dû croire, sans illusions, aux promesses de l'actuel président de voir refleurir sa rue. Et elle serait probablement morte pour entendre celles du prochain candidat. La vieille dame ferma ses rideaux.

Il n'était plus qu'à quelques numéros de sa destination. Il aperçut une femme en manteau noir qui sortait d'une voiture garée devant la grille d'un garage. Il arriva à son niveau et vérifia l'exactitude de l'adresse. Il la héla alors qu'elle entrait dans le pavillon aux murs trempés. Elle se retourna, visage terne comme un ciel poisseux, seulement égayé par un grain de beauté sur la joue. Cheveux tirés en arrière, trentaine déjà fatiguée.

— Bonjour, Antoine Marcas, lança-t-il sur un ton qui se voulait amical.

— Vous n'en aurez pas pour longtemps ? répliqua la jeune femme en lui jetant un regard las. On va repeindre cette cave au plus vite. C'est ce que j'ai dit à Mme la juge.

— Vous devriez attendre la fin de l'enquête.

Elle lui fit traverser un vestibule froid et vidé de

toute décoration pour pénétrer dans une cuisine qui suintait le recuit et la graisse froide.

— J'ai entendu à la radio que l'enquête était enfin terminée. Et c'est tant mieux ! Mon frère était un dingue. Ça fait un an que je vis un cauchemar à cause de lui. J'ai dû quitter la ville avec ma famille et partir de l'autre côté de Paris. On n'arrêtait pas de me poser des questions. Ça fait quoi d'être la sœur d'un salaud ? Je recevais des coups de fil injurieux la nuit.

Elle grattait le papier peint fleuri qui partait entre ses doigts parfaitement manucurés. Antoine trouva le geste répugnant.

— Je comprends. Je n'en ai pas pour longtemps.

Soudain, des coups retentirent dans les murs.

— Un ouvrier fait quelques travaux dans le garage, la maison est complètement pourrie. C'est lui qui a découvert la pièce secrète. Prenez l'escalier à côté de l'entrée de la cuisine, vous trouverez le refuge de Damien derrière une planche au fond du garage.

Antoine la laissa et descendit rapidement les marches pour arriver dans un local poussiéreux encombré de sacs de gravats et de ferraille.

À genoux sur le sol, un type blond, en pantalon de treillis et tee-shirt noir moulant, frappait avec entrain une dalle de ciment. Casque de musique sur les oreilles, l'ouvrier faisait voltiger un marteau, ses veines saillaient sur ses avant-bras. Antoine se fit un porte-voix de ses mains.

— Vous pouvez arrêter deux secondes ?

Le marteau se figea en l'air et l'ouvrier tourna la tête. La trentaine sportive, mâchoire carrée, cheveux ondulés, regard bleu azur. Le modèle mannequin pour un spot de pub de déodorant, de ceux où le type se balade torse nu et montre ses aisselles rasées de près. L'ouvrier afficha un sourire chaleureux puis retira son casque.

— D'accord. Pas bien parler français. Polonais. Je suis Piotrek.

— Vous ressemblez à Thor. Le super-héros qui tabasse les méchants avec un marteau, grinça Antoine.

— Pas comprendre, répondit l'ouvrier en essuyant la sueur de son front avec un chiffon sale.

Antoine hocha la tête en espérant que le top model catégorie Leroy Merlin n'enlèverait pas son tee-shirt, exhibant d'exaspérants pectoraux.

— OK, mon gars. Je vais là-bas, lança Marcas en indiquant la planche au fond du garage.

Le mannequin regarda dans la direction, tordit ses lèvres, puis tapa son index contre son front.

— J'ai vu. Homme dedans être fou !

— On peut dire ça en effet. Au fait, la propriétaire vous a préparé un sandwich, dit Antoine en indiquant l'escalier. Vous lui plaisez.

Antoine laissa l'ouvrier grimper vers la cuisine et se dirigea vers la grande planche grise posée sur le mur du fond. Il la poussa, passa sa main contre le mur intérieur et trouva l'interrupteur indiqué dans le plan joint par la juge.

Une lumière jaune et chaude jaillit d'un plafonnier et éclaboussa les murs en lambeaux de l'esprit torturé de Damien Heller. Comme sur les photos. Encore plus malsains et dérangeants. Visages énucléés de l'abbé, triangles avec des yeux fous.

Combien de temps Heller avait-il passé sur cette besogne répugnante ?

Il referma la planche derrière lui. Une odeur âcre

et humide stagnait dans la pièce, comme une présence hostile exhalée par des murs froids et fissurés. Les yeux minuscules eux-mêmes semblaient animés d'une malveillance propre et ils étaient légion, comme les extensions oculaires d'une divinité païenne et maléfique.

ils m'ont montré la lumière

Quelle lumière avait-il pu voir dans ce taudis ? Et qui la lui avait montrée ?

Antoine frissonna. C'était l'antre de la folie. Pas étonnant que sa sœur veuille effacer au plus vite ces horreurs.

Il s'avança au centre de la cave et contourna deux trous creusés dans le béton. Cette fois, les enquêteurs avaient tout sondé en profondeur, y compris à coups de marteau-piqueur. Il s'assit sur le sommier, ferma les yeux et imagina Heller, seul dans cette cave, enfermé dans cette prison de ciment qui était aussi celle de son esprit malade.

Damien se tient sur sa chaise, devant son petit bureau. Il découpe ses pages de magazine avec l'abbé, assis. Obsédé par cet homme, tendu vers un seul objectif : l'exécuter. Il parle à haute voix, personne ne l'entend. Damien pense peut-être à son ancienne vie, à sa femme, à sa petite fille. Voit-il les yeux de sa fille dans ceux qu'il dessine sur les murs ? Les yeux. Des gens lui ont montré la lumière...

Antoine se leva. Il y avait quelque chose de bizarre dans les yeux des triangles. Ils semblaient le suivre quand il bougeait. Antoine s'approcha à nouveau du mur et passa son doigt sur les globes oculaires. C'étaient bien ceux de l'abbé Emmanuel.

Découpés, soigneusement collés au centre des

triangles. Des coups de ciseaux précis, appliqués avec minutie, sans débords ni angles marqués. Une précision maniaque. L'ésotérisme apparent n'était rien d'autre qu'une matérialisation de la folie de son auteur. Antoine recula pour avoir une vue d'ensemble de cette fresque démentielle. Y avait-il seulement une logique à ce qu'il avait sous les yeux ? Les triangles étaient disséminés de façon anarchique sur toute la surface du mur.

La tête de Marcas commença à tourner. Les exhalaisons humides saturaient l'air de la cave. L'odeur âcre s'infiltrait dans son nez.

Damien avait-il voulu laisser un message à un visiteur ? Oui, mais pourquoi le cacher dans cette cave ?

L'esprit dément du frère Damien imprégnait encore son refuge. Hantise. La peur s'insinua dans l'esprit de Marcas. Une peur ridicule, enfantine, la peur du noir.

Les yeux chuchotent entre eux.

L'abbé aveugle allait se matérialiser pour l'emporter avec lui.

Arrête de délirer.

Antoine chassa le flot de pensées irrationnelles entremêlées à des images de films d'horreur ingurgitées à dose massive dans sa jeunesse. Ce n'était qu'une cave minable, décorée avec des coupures de journaux par un pauvre taré. *Nada más*, comme disait son grand-père espagnol. Quant aux yeux, de simples fragments de papier moisi. Il se concentra à nouveau. La peur reflua, tel un serpent fuyant la lumière pour disparaître sous une pierre sombre.

Il focalisa son regard vers le centre du mur. Heller avait été initié, peut-être avait-il voulu laisser un message maçonnique.

Le triangle avec un œil représentait le delta lumineux que l'on trouve à l'orient des temples, au-dessus du bureau du vénérable, entre les symboles du soleil et de la lune.

Le triangle symbolise le ternaire, le chiffre trois. Chiffre maçonnique par excellence. Les trois grades, apprenti, compagnon et maître. Les trois lumières maçonniques, force, sagesse, beauté.

L'œil, lui, voit tout. Il ne juge pas comme dans la tradition catholique mais observe avec bienveillance les travaux en loge. Il n'a pas de paupière, il ne cille jamais.

Le raisonnement maçonnique de Marcas fonctionnait avec lenteur, comme une mécanique d'horlogerie.

L'œil qui voit en dehors et en dedans. L'œil qui voit ce qui est caché aux yeux des profanes.

Une idée jaillit dans l'esprit d'Antoine.

Rien n'est caché à l'œil.

Il s'approcha du mur, passa son doigt sur les photos collées. De son ongle, il racla le papier humide qui partait en lambeaux. Il arracha de plus belle la décoration démente. Il y avait quelque chose sous les photos. Le visage de Marcas s'éclaira.

Un gros trait noir apparaissait sous les photos. Le trait se prolongeait vers le bas, se scindait pour multiplier les arabesques.

Antoine grimaça, les fragments de papier brûlaient la chair de ses ongles. Il saisit la chaise métallique posée devant le bureau et utilisa le pied pour desquamer le mur de photos. Il raclait le mur frénétiquement pour écorcher sa peau malsaine.

Un dessin apparut. Une sorte de tête avec d'énormes yeux globuleux.

Les bouts de papier froissés pleuvaient sur le sol de pierre. Antoine reposa enfin la chaise et souffla. Le dessin s'était entièrement révélé.

Une chouette.

Une énorme chouette stylisée, dans une posture de profil, et qui tournait sa tête vers Marcas.

Antoine sentit soudain un courant d'air l'envelopper. Il sursauta. Un bruit mat résonna derrière lui. Quelqu'un venait d'entrer dans la cave. Marcas n'eut pas le temps de se retourner. Sa tête explosa.

14

Palais des Tuileries
Pavillon de Flore
7 juillet 1794

Les jardins qui s'étendaient face au palais avaient perdu de leur superbe aristocratique. Désertés par les jardiniers, ils revenaient à l'état sauvage. Du second étage du pavillon de Flore, Saint-Just contemplait un parterre de buis envahi d'herbes folles. Une brise, montée de la Seine, faisait trembler les fines feuilles d'un oranger oublié.

— Citoyen, le Bègue est arrivé.

Préoccupé, Saint-Just se retourna. Il contempla son secrétaire aux commandements. Sous son chapeau aux plumes tricolores, il avait un visage poupin comme à peine sorti de l'enfance. Saint-Just sourit. C'était une des réussites de la Révolution : partout dans le pays, des milliers de jeunes gens avaient jailli de l'anonymat pour constituer la nouvelle France. Des jeunes qui, sans la prise de la Bastille, auraient croupi dans les bas-fonds de la société, méprisés et écrasés par la noblesse. La République avait fait jaillir du sang neuf.

— Je vais le recevoir, répliqua Saint-Just, laisse-moi quelques minutes.

Il revint près de la fenêtre et posa son front sur la vitre pour le rafraîchir. Dans une des allées des jardins, une jeune femme se dirigeait vers la rue Saint-Honoré. Malgré la rigueur des temps, elle portait une robe élégante et un bonnet en dentelle d'où s'échappaient des mèches brunes qui tressautaient sur sa nuque. Saint-Just soupira et quitta la fenêtre. Les femmes. Il les avait toujours aimées, soutenues, défendues. Une audace que les autres révolutionnaires ne lui pardonnaient guère. Pour beaucoup, c'était une faiblesse intolérable. Pour d'autres, un moyen de l'attaquer, de le frapper, de le détruire. Dans la course au pouvoir, de plus en plus autoritaire et solitaire, il était un obstacle. Trop populaire pour être supprimé, en revanche il pouvait être diffamé et balayé.

Saint-Just se tourna vers l'horloge. Deux heures après midi. Le Bègue attendait avec son *invité*.

Sitôt introduit dans la salle de travail, Ferragus leva les yeux vers le plafond, délicatement orné de dorures et d'angelots joufflus. Un héritage de l'Ancien Régime qui surprenait là où battait le cœur de la République. Face à lui, se tenait un homme jeune aux lèvres étrangement fines, dont le regard d'un bleu froid le fixait avec curiosité.

Le Bègue venait de se retirer. Annibal s'avança et salua. En passant devant une fenêtre, il aperçut, dans un reflet, son apparence pitoyable. Du sang avait coagulé sur son front, ses joues étaient grises de barbe et ses vêtements empestaient la prison. À son tour, Saint-Just s'approcha du bureau et s'assit. D'un geste, il fit signe à son visiteur de faire de même.

— Savez-vous pourquoi vous êtes vivant, monsieur Ferragus ?

— Je l'ignore.

— Le Bègue ne vous a rien dit ?

— Votre *collaborateur* est un homme discret.

— Si discret que vous ne l'avez pas vu venir quand il vous a arrêté dans l'abbaye de Saint-Germain.

— Entre *discrétion* et *trahison*, j'hésite.

Un fin sourire fit vibrer les bords des lèvres de Saint-Just.

— Il est vrai qu'il s'est fait passer pour un de vos *frères*. J'avoue que je connais mal votre confrérie. J'ai toujours cru cependant qu'elle était très favorable aux idéaux de liberté, d'égalité et de fraternité. Je m'étonne d'autant qu'elle se soit retournée contre nous.

La stupéfaction se peignit sur le visage d'Annibal.

— Mais enfin… c'est vous, je veux dire, le Comité de salut public, qui a provoqué notre disparition. Nous ne sommes pour aucun parti, sauf celui de l'homme.

— Une véritable république ne peut tolérer de sociétés secrètes en son sein, c'est couver le serpent dont le venin peut tuer à tout moment.

— Je…

Le regard soudain orageux de Saint-Just le coupa net. De la main, le révolutionnaire désigna une porte sombre entre deux tables croulant de dossiers.

— Écoutez-moi, si vous êtes ici, certes en piteux état mais toujours vivant, c'est à cause de ce qui s'est passé dans cette antichambre.

D'un coup, l'instinct de policier d'Annibal ressurgit. Son imagination parcourut le champ des possibles. Que s'était-il produit derrière cette porte qui lui avait valu la vie sauve ?

— Dès le petit matin, les quémandeurs, les solliciteurs, s'entassent dans cette pièce. Je les reçois volontiers. Je les écoute, j'essaye de résoudre leurs problèmes et, quand je ne peux pas, je tente d'adoucir leur peine. Comme vous, j'aime mon prochain.

Annibal baissa le regard. Saint-Just parlait comme un véritable humaniste, lui, que le peuple fasciné surnommait l'« Archange » de la Terreur tant sa beauté et sa douceur naturelle détonnaient parmi les membres du Comité de salut public.

— Que s'est-il passé ?

— Hier soir, la citoyenne préposée au ménage a fait une découverte. Une jeune femme. Morte. Et pas un accident.

Le regard d'Annibal s'alluma discrètement.

— Un meurtre ?

Saint-Just eut un sourire amer.

— Pire que ça.

On frappa à la porte. Le Bègue entra. Il posa une brochure à couverture rouge sur le bureau et attendit les ordres. Annibal l'observa. Dans la lumière du matin, son visage marqué par la vérole prenait un relief surprenant. Toute sa peau n'était que fosses et ravines. Un champ de bataille taillé à vif. Quelle âme pouvait se cacher derrière tant de disgrâce ? Saint-Just se tourna vers son subordonné :

— Le Bègue, résumez l'état de la situation pour notre invité.

— Le corps de la jeune femme a été transféré au Châtelet. Officiellement, elle est morte dans les tumultes de ce matin, place de la Révolution. (Le ton se fit ironique.) Une innocente victime de votre évasion.

Ferragus ne releva pas la provocation.

— Vous risquez d'avoir bouleversé ou détruit des éléments nécessaires à l'enquête en enlevant le corps.

— Nous ne pouvions pas fermer l'antichambre au public, cela aurait attiré les soupçons.

— Mais de qui ? s'étonna Annibal.

— Des autres membres du Comité de salut public, intervint Saint-Just. À l'heure actuelle, ce crime n'est connu que de nous trois.

Le Bègue ajouta :

— Quant à la femme qui a trouvé le corps, elle est repartie pour sa province natale. Son silence est acquis.

Définitivement, *sans doute*, songea Ferragus.

— Vous l'ignorez peut-être, mais le Comité de salut public est divisé sur la politique à tenir, reprit Saint-Just. Certains veulent continuer à faire tomber le couperet, d'autres souhaitent l'arrêt de la Terreur. Je suis de ces derniers. Ce qui me vaut des ennemis devenus acharnés.

— Je ne vois pas bien le rapport avec le crime de l'antichambre.

Le Bègue saisit le fascicule sur le bureau et le tendit au policier. Sur la couverture couleur de sang, un titre s'étalait :

Saint-Just,
Tueur et dépeceur de femmes

— Cette brochure court dans tout Paris. On y raconte que le citoyen Saint-Just fait enlever de jeunes aristocrates pour les violer, mais surtout pour les écorcher comme au pire temps de la barbarie royale.

Le révolutionnaire se prit à sourire.

— Il paraît même que, de ces peaux si tendres, je ferais des culottes pour mes parties intimes. Une manière, sans doute, de me souvenir de mes fougueuses étreintes.

— Mais qui colporte de pareilles horreurs, des royalistes ?

— Des royalistes… ou mes propres amis. Vous savez bien qu'on n'est jamais mieux trahi que par les siens.

— Le problème, précisa le Bègue, c'est que plusieurs jeunes aristocrates ont déjà disparu des prisons parisiennes. Et, vu les complicités internes nécessaires, je doute fort que ce soit des royalistes qui les aient délivrées.

— Et on les a retrouvées ?

— Deux. Mortes.

Le policier prit son temps pour réagir. Condamné la veille, à deux doigts de la guillotine ce matin, il devenait prudent.

— Et vous pensez qu'on ait pu aller jusqu'à les tuer pour vous compromettre ?

Saint-Just hocha la tête avant de répondre :

— Oui, d'autant que dans les deux cas, ces jeunes femmes ont été dépecées. Vivantes.

15

Banlieue parisienne
De nos jours

La première chose qu'Antoine aperçut en ouvrant les yeux fut le triangle de lumière du plafonnier. Un éclat aveuglant qui le força à cligner des yeux. Il voulut se redresser, mais une lame d'acier brûlant traversa son crâne. Quelque chose de frais et d'humide se baladait sur son front. Il ouvrit à nouveau les yeux. Le visage d'une jeune femme brune, coiffée au carré, apparut dans son champ de vision.

— Vous allez mieux ?

Il s'entendit murmurer un oui pâteux alors qu'il se redressait avec peine en prenant appui sur le sommier.

— Qui êtes-vous ? s'enquit la femme qui retira la compresse.

— Antoine Marcas, je suis venu visiter cet endroit à la demande de la juge Gardane, répondit-il en massant la bosse qui pointait au sommet de son crâne. Et vous ?

— La sœur de Damien. C'est bizarre, vous m'avez appelée pour annuler la visite.

Antoine avait du mal à se concentrer.

— Interrogez le cabinet du juge qui vous confirmera mon identité.

La jeune femme brune hocha la tête, puis regarda le mur où était dessinée la chouette.

— Ça n'était pas là avant, dit la sœur de Heller d'un air surpris.

— Votre frère était un cachottier. Je vais la prendre en photo.

Il se redressa, groggy, sortit son smartphone et mitrailla la chouette sous tous les angles.

— C'est bon, si nous montions, ce sera plus sympathique.

Une minute plus tard, ils étaient dans le salon où ne subsistait qu'un canapé Chesterfield d'un vert piteux. La jeune femme s'y assit pendant que Marcas restait debout. Elle avait l'air complètement désorientée.

— Je devais récupérer des affaires ici. Quand je suis arrivée, il y avait une voiture devant le garage. Un couple est sorti de la maison. Ils ont dit qu'ils étaient envoyés par la juge, ils avaient un double des clés. Ils se sont excusés du dérangement et sont partis.

Antoine se massa le crâne.

— Je suppose que le type était blond et la femme, aux cheveux noués en arrière. Bon, il va falloir que je prévienne la juge.

Elle avait l'air gênée.

— Vos deux imposteurs voulaient peut-être emporter un souvenir. Si vous saviez le nombre de tarés qui viennent visiter la maison sous prétexte de l'acheter. J'ai même eu un couple qui voulait baiser dans son lit.

Antoine secoua la tête.

— Impossible. Ils savaient que je venais. Et puis, ils m'ont agressé.

La sœur de Heller lui prit la main avec un regard implorant.

— Vous êtes vraiment obligé ? On n'a pas besoin de mauvaise publicité. Ça fait un an que j'essaye de vendre et on commence tout juste à avoir des acheteurs. Si les journaux apprennent qu'on a découvert la cave cachée de Damien et votre agression, on ne pourra jamais s'en débarrasser. J'ai besoin… d'argent.

— Rassurez-vous, j'en toucherai deux mots à la juge. En échange, parlez-moi de Damien. Il évoquait les francs-maçons ?

— Non, répondit-elle avec un air las. J'ai déjà tout dit à vos collègues. Pour en savoir plus, vous devriez rencontrer le Dr Campion, un homme très gentil. C'était le psy qui le suivait après son divorce, à la demande de son ex. Peut-être qu'il lui a dit quelque chose. Le docteur a son cabinet à Paris, vers Denfert-Rochereau, c'est sur la ligne de RER.

Marcas sut qu'il ne tirerait rien de plus. Il salua la jeune femme, sortit de la maison et reprit le même chemin qu'il avait emprunté pour venir. La pluie s'était arrêtée, mais son crâne lui faisait un mal de chien. En chemin, il composa le numéro du cabinet de la juge. Ce fut la greffière qui décrocha.

— Mme la juge est en rendez-vous.

— Pouvez-vous me donner son portable ? C'est urgent.

— Désolée, elle ne le donne à personne. Mais elle doit me rappeler en fin de matinée.

— Dites-lui que j'ai fait une découverte, elle comprendra.

Il laissa son nom et demanda que la juge le contacte de « toute urgence ». Quand il arriva à la gare, le RER bleu et rouge passait sous son nez en direction de Paris. Ce n'était pas son jour. Assis sur le quai qui commençait à se remplir, il tenta de remettre ses idées en place.

Il avait deux pistes. Le faux couple du pavillon et la chouette cachée sous les photos.

Pour le couple, il ferait un saut au service de reconnaissance de la police pour tenter une identification. Avec un peu de chance, ils étaient fichés.

Pour la chouette, c'était une autre paire de manches. Ce n'était pas un symbole maçonnique, il en était sûr. De mémoire, il se souvenait que l'oiseau de nuit était l'emblème de la déesse grecque de la Sagesse Athéna. Peut-être que Damien était adorateur d'un culte païen.

Une rame de RER fila sans s'arrêter dans la station, soulevant un vent de détritus. Marcas composa le numéro de Paul.

— Alors, ça a donné quoi ton expédition, demanda l'érudit d'une voix lointaine.

Antoine lui narra son agression et la découverte de l'oiseau sous les photos.

— Une chouette, c'est bien ça ?

— Ou un hibou, en tout cas rien d'ésotérique.

Un silence s'installa au point que Marcas crut que l'appel avait coupé. Puis la voix de son ami se glissa à nouveau dans le portable. Inquiète. Tendue.

— Tu te trompes, Antoine… La chouette est l'emblème du groupe occulte le plus subversif, le plus énigmatique de toute l'histoire des sociétés secrètes initiatiques. Qu'elle apparaisse dans la cave de la maison d'un tueur, c'est… grave.

Antoine colla le portable à son oreille.

— De qui parles-tu ?

— Des Illuminati, Antoine. Les Illuminati vénéraient la chouette.

16

Banlieue parisienne
De nos jours

Une nouvelle rame pour Paris arrivait à quai. Les grincements des freins vrillaient jusqu'à la charpente métallique de la station. Antoine se réfugia dans le hall d'accueil désert. Il s'assit sur un banc en plastique à côté d'une maison de la presse.

— Je ne pige pas. Damien faisait partie d'un groupuscule maçonnique, le Grand Lunaire. Ça n'a rien à voir avec les Illuminati et leur chouette.

— C'est vrai. J'ai fait mes recherches, le Grand Lunaire était composé de fondus d'égyptologie, tous plus inoffensifs les uns que les autres. Et ils ont disparu depuis des années. En revanche, ta découverte pose des questions. Que sais-tu des Illuminati ?

Marcas se cala sur son dossier. Des souvenirs de planches remontaient à la surface.

— C'était une société secrète qui a existé brièvement en Bavière à la fin du XVIIIe siècle. De mémoire, bien avant la Révolution française. Ils voulaient abattre la royauté et l'Église, instaurer le règne des Lumières et de la raison. Ils recrutaient chez les francs-maçons de l'époque et ont infiltré les plus hautes sphères avant d'être découverts et chassés par toutes les polices.

— Exact. C'était une époque tumultueuse. Le siècle des Lumières. Pour la première fois dans l'histoire de l'humanité, l'homme lève la tête et soutient le regard de Dieu. Ils ont été créés en 1776, la Révolution française n'éclatera que treize ans plus tard.

Antoine s'impatienta. En temps ordinaire, il appréciait les envolées lyriques et l'érudition de son ami, mais le temps pressait.

— Que sais-tu de leur créateur ?

La voix de l'érudit coulait comme du miel. On sentait la passion l'animer.

— C'est un certain Adam Weishaupt, enseignant en droit à l'université d'Ingolstadt. Une force de la nature, doté d'une intelligence hors du commun et d'une volonté d'acier. Son objectif ultime est d'instaurer l'égalité entre les hommes. Il se fera d'ailleurs appeler Spartacus en référence à celui qui a voulu briser les chaînes de l'esclavage des gladiateurs romains. Un Robespierre ou un Lénine avant l'heure.

Marcas ne voyait toujours pas le lien avec Heller et l'abbé Emmanuel n'était pas un homme politique.

— Pourquoi ont-ils choisi la chouette comme emblème ?

— Elle symbolise la sagesse mais aussi le pouvoir redoutable de scruter la nuit. De déceler une lumière indicible. Et pour recevoir cette lumière il faut être illuminé ! Weishaupt a bâti tout un système d'initiation nourri d'ésotérisme. Les adeptes Illuminati passaient par trois grades comme chez les maçons, Noviciat à la place d'apprenti, Minerval pour compagnon et *Illumi-*

natis Minor pour maître. À son apogée, l'ordre alignait quatre mille membres dans toute l'Allemagne et bâtissait des projets expansionnistes dans les autres pays, dont la France. Le plus grand écrivain de l'époque, Goethe, en fera partie. Tous ces grands hommes ont été des adeptes de la chouette subversive.

Antoine se massa le crâne. Il fallait absolument qu'il prenne un cachet d'aspirine.

— Ça s'est mal fini, non ?

— Exact. Weishaupt est dénoncé auprès du prince Grand Électeur de Bavière qui interdit immédiatement l'ordre et lance une gigantesque opération de perquisition. Il découvre stupéfait l'ampleur de l'infiltration des Illuminati. Banquiers, militaires, aristocrates, bourgeois… L'ordre est décapité. C'est un scandale, les gazettes s'en donnent à cœur joie et Weishaupt est traîné devant les tribunaux pour conspiration. Il s'enfuira et trouvera protection auprès du prince de Saxe-Cobourg et Gotha.

— Pas de survivance clandestine ?

— Certains adeptes ont gardé quelques loges en activité, d'autres ont tenté d'exporter le concept en France, mais n'ont semble-t-il pas réussi. Tous ont disparu au fil des ans. Rideau. Mort des Illuminati et naissance de leur légende noire.

Marcas scruta le tableau indicateur des prochaines rames. Il lui restait trois minutes avant la prochaine pour Paris.

— Pourquoi ?

— À cause de la Révolution française ! Survenue cinq ans après la disparition des Illuminati. Certains esprits ont cru que le groupe de Weishaupt avait trouvé refuge en France pour y fomenter le soulèvement contre Louis XVI et l'Église. On doit cette théorie conspirationniste avant l'heure à l'abbé Barruel.

Marcas sursauta. Augustin Barruel. Il connaissait ce nom comme tout franc-maçon qui s'intéresse à l'histoire des obédiences.

— Barruel ? Le curé réfractaire conspirationniste qui a inventé le complot maçonnique censé avoir conduit à la Révolution française. Celui qui a écrit à l'époque un livre truffé d'erreurs sur les maçons.

— Oui, le même. On se souvient moins qu'il a aussi dénoncé le rôle majeur des Illuminati dans la Révolution. La thèse a même séduit l'Église catholique et l'aristocratie. Mais pour être clair, d'un point de vue historique et scientifique, les Illuminati sont morts et Weishaupt n'est plus qu'un tas d'os. Jusqu'à preuve du contraire. La chouette de ton Heller nous pose donc problème.

La rame allait arriver en gare. Marcas se leva machinalement.

— Je te rappelle. Merci pour les infos.

Il raccrocha. L'hypothèse d'une appartenance de Heller à un groupe Illuminati était absurde, mais Antoine avait suffisamment enquêté dans des univers mouvants pour qu'il ne rejette aucune piste. Il lui restait encore la théorie du psy. Il se connecta sur Internet et chercha l'adresse du praticien.

Dr Christophe Campion
13, rue Bouchard

La sœur de Heller avait dit que c'était du côté de Denfert-Rochereau, pile sur la ligne B.

Sa rame se profilait à l'horizon. Il composa à toute

vitesse le numéro du praticien et tomba directement sur lui.

— Vous parler de Heller ? Et pour quelle raison ? répondit une voix sèche.

— Je suis commissaire et je travaille pour la juge Gardane. Nous avons découvert de nouveaux éléments dans le pavillon de Heller.

Le RER s'arrêta. Il laissa descendre une femme avec une poussette et s'engouffra dans le wagon bondé. Impossible de continuer la conversation. La rame démarra brutalement ; il plaqua le portable contre son oreille et agrippa une barre de côté.

— Je suis dans le RER !

Soudain, la voix du psy jaillit à nouveau. Ironique, presque méprisante.

— RER… Un policier dans un train de banlieue ? Vous devez sûrement être un très grand flic…

Le ton suffisant du psy exaspéra Antoine, mais il brida son ego.

— Je ne vais pas vous supplier de me recevoir, mais vous allez m'écouter, murmura-t-il. On a découvert une cave, une sorte de refuge bizarre avec des symboles.

La rame entra dans un tunnel, les barres de réseau du portable disparaissaient les unes après les autres. La voix du psy résonna à nouveau. Plus faible, mais audible.

— Vous éveillez ma curiosité… On peut se voir, mais je dois quitter mon cabinet. Venez me rejoindre au palais de Tokyo. J'y prépare le plus grand complot que la France ait jamais connu.

17

Grand Châtelet
7 juillet 1794

Aussitôt après avoir quitté Saint-Just, une escorte de cavalerie accompagna Ferragus jusqu'à la prison du Châtelet où le corps de la victime était conservé au secret. Arrivé au guichet, Annibal présenta son laissez-passer, signé de Saint-Just, puis fut conduit dans l'ancienne chapelle, qui faisait office de salle d'attente. Il était seul. On ne se pressait guère pour rendre visite aux détenus. Sans doute de peur d'être arrêté pour complicité, pensa Ferragus, en ouvrant le dossier que lui avait remis le Bègue.

La victime s'appelait Sophie de Caudolon. Âgée de dix-neuf ans, elle venait juste d'arriver de Normandie où sa famille vivait chichement dans un vieux manoir délabré. Des nobles, mais désargentés et déclassés. Ce qui n'avait pourtant pas empêché le père d'être arrêté, accusé de complicité avec l'Angleterre. Il avait été ensuite transféré à la Conciergerie où il attendait son jugement. C'est pour tenter de le sauver que sa fille s'était retrouvée dans l'antichambre de Saint-Just.

— Inspecteur Ferragus ?

Un visage rond, souriant, avec des yeux malicieux, fit son apparition, juste au-dessus d'une blouse blanche maculée de sang.

— Je suis le Dr Damon. Vous venez pour le cadavre 77 ?

Annibal marqua un temps d'hésitation. L'aspect jovial du médecin, qui contrastait avec la désolation des lieux, le surprenait.

— Je cherche une certaine Sophie de Caudolon…

— Ici, nous ne connaissons que des numéros, vu le débit que nous avons… mais, suivez-moi, j'ai votre cliente. Elle est arrivée avant-hier. Et nous vous l'avons mise au frais.

Dans le couloir, le médecin continua de parler comme s'il se trouvait dans un salon mondain.

— Vous savez que c'est ici, pour la première fois, qu'on a employé le mot *morgue* pour désigner le lieu où on conserve les cadavres.

— Non, j'ignorais.

Le Dr Damon ralentit le pas. Visiblement, il était ravi de parler de son métier.

— Dans le sous-sol de cette prison, nous bénéficions de conditions exceptionnelles : une température idéalement basse, due à la proximité de la Seine et, chose surprenante, une absence d'humidité, vous savez pourquoi ?

— Dites-moi plutôt comment vous avez conservé le corps… 77 ? répondit Ferragus en s'engageant dans un escalier qui sentait le moisi.

— Il a eu droit à un traitement spécial pour préserver les tissus et… les lésions.

— Elles sont nombreuses ?

Le médecin se retourna, fixa le policier comme s'il en fouillait l'anatomie. Sa bonhomie avait disparu.

— Je préfère que vous vous en rendiez compte par vous-même.

Annibal n'insista pas.

— Vous venez de me parler d'un *traitement spécial* ?

Tous deux arrivaient dans un large couloir où s'entassaient des corps que des portefaix chargeaient et déchargeaient. Ferragus saisit, au passage, un dialogue qui le fit frissonner.

— Les *ventres gonflés*, ils sont où ?

— Dans le *pissoir*. Il faut qu'ils *dégorgent*.

Damon se pencha à son oreille.

— Ce sont les noyés. Comme ils sont remplis d'eau, on les suspend à la verticale, tête en bas, pour qu'ils se vident.

Le docteur s'arrêta devant une porte.

— C'est là qu'est votre cliente. Entrez donc.

Annibal descendit deux marches et se retrouva dans une salle éclairée par un lustre à poulies, au-dessus d'une table de dissection. Vide.

— Le corps est sur votre gauche.

L'inspecteur se tourna. Une odeur aigre montait d'un tonneau.

— Vinaigre de vin, mariné d'alcool de seigle. Un mélange de ma composition. Souverain pour conserver les cadavres déjà avariés. Approchez-vous.

Ferragus s'avança. Malgré son mouchoir sur le nez, l'odeur était épouvantable. Deux taches blanches flottaient sous la surface du liquide.

— Les pieds. Plus facile à tirer.

Un hoquet déchira la gorge d'Annibal.

— Vous ne supportez pas l'odeur ? Ça doit être la fermentation. Il faut que je rajoute des herbes aromatiques. Figurez-vous que j'ai l'intention de présenter mon invention…

— Sortez-la… vite.

Damon éclata de rire.

— Vous êtes une petite nature, inspecteur. Je vais appeler un portefaix…

Il poussa Annibal vers la porte.

— Ils vont vous la remonter. Fraîche comme au premier jour.

Une fois dans le couloir, Annibal s'installa entre deux cadavres qui ne sentaient pas trop encore et rouvrit le rapport du Bègue. L'emploi du temps de Sophie de Caudolon, depuis son arrivée à Paris, était parfaitement connu. Venue seule de Rouen par diligence, elle avait débarqué place des Victoires, en fin d'après-midi, pour s'installer dans un hôtel modeste du quartier. Le propriétaire certifiait que, durant la nuit, elle n'avait ni bougé de sa chambre, ni reçu aucune visite. Dès les premières heures du matin, elle s'était rendue directement à pied jusqu'aux Tuileries.

Suivaient les procès-verbaux des témoins : des voyageurs de la diligence aux *bonnets rouges* en faction devant le pavillon de Flore. Tous ceux qui avaient croisé le chemin de la victime, de son départ de Rouen à sa mort, avaient été identifiés, retrouvés et minutieusement interrogés. Décidément, la police de Saint-Just était bien faite et le Bègue un limier tenace.

Toujours souriant, le Dr Damon sortit dans le couloir.

— On finit de vous la préparer. Encore un peu de patience et elle sera à vous.

Soucieux d'éviter les bavardages inutiles, l'inspecteur se contenta de hocher la tête. Il lui fallait maintenant étudier la scène du meurtre.

Bien sûr, le Bègue avait retrouvé tous les quémandeurs, présents le jour du crime, dans l'antichambre de Saint-Just. Leurs dépositions étaient précises. Ils avaient sans doute été terrifiés par leur interrogatoire. Leur mémoire avait fonctionné comme jamais.

L'inspecteur se plongea dans leurs témoignages pour reconstituer la journée du meurtre.

Ce matin-là, l'antichambre de Saint-Just comprenait sept solliciteurs. Deux provinciaux, l'un venu de Chartres, l'autre d'Orléans, chacun soupçonné de spéculation sur les grains. Trois épouses de détenus en instance de jugement, et deux militaires de l'armée du Rhin.

Tous les témoignages concordaient.

Sophie de Caudolon était arrivée la première et n'avait adressé la parole à personne. Comme elle n'avait pas de rendez-vous pris à l'avance, le secrétaire de permanence lui avait indiqué qu'elle passerait en dernier. Elle s'était assise, avait sorti un bréviaire et s'était abîmée dans sa pieuse lecture. À la vérité, Saint-Just, requis au Comité, n'avait pu, de tout le matin, recevoir aucun des solliciteurs. À midi, le secrétaire leur avait proposé de commander de quoi déjeuner. Cinq avaient accepté. Pas la victime, qui s'était contentée de grignoter un quignon de pain et une pomme sortis de son sac.

Durant tout l'après-midi, l'attente avait continué.

Dans un angle de la pièce, on avait installé un paravent avec un seau pour les nécessités intimes.

À l'heure de l'angélus, Saint-Just avait enfin pu se libérer. Un à un, les quémandeurs avaient été reçus jusqu'au dernier, un militaire, qui était sorti passé minuit. Le secrétaire était alors revenu dans l'antichambre, éclairé d'un simple bougeoir, et n'avait pas aperçu Sophie. Il en avait conclu que, lassée, elle avait fini par rentrer chez elle. Saint-Just étant parti en réunion, il avait bouclé l'antichambre à clé qu'il avait confiée au garde en faction. Ce dernier avait ouvert la porte, au petit matin, pour la femme chargée du ménage.

Ferragus referma le dossier et réfléchit. Il aimait beaucoup ces moments solitaires où il entrait en chasse. Débusquer le gibier dans les détails lui causait un plaisir subtil.

La liste des suspects était courte.

D'abord, le dernier solliciteur. Un capitaine, affecté à l'état-major de l'armée du Rhin, soupçonné de malversations. En pratique, il avait très bien pu tuer la jeune fille avec laquelle il était resté seul plus d'une heure, puis ensuite dissimuler le cadavre derrière le paravent. Pourtant, Annibal secoua la tête. Il voyait mal un officier qui risquait sa tête pour une affaire de détournement de fonds commettre en plus un viol et un meurtre. À moins d'un coup de folie, ce que démentait la précision volontaire des blessures infligées.

Deuxième suspect : le garde à la porte extérieure de l'antichambre. Lui aurait pu tuer la victime pendant que Saint-Just recevait l'ultime quémandeur. Interrogé à deux reprises par le Bègue, le garde n'avait jamais varié de version. Il n'avait pas bougé de la porte, n'était jamais entré dans l'antichambre. Ce que confirmait d'ailleurs un témoin, un artisan venu régler une horloge et qui était resté en sa compagnie plus d'une heure.

Exit le garde.

Ferragus rouvrit le dossier et saisit un plan de l'antichambre. Deux fenêtres donnaient sur cette pièce située au deuxième étage. Assez haut, mais un bon grimpeur pouvait y monter. Sauf que tout le pavillon de Flore était constamment surveillé par des militaires, doublés par des *bonnets rouges*. Impossible d'y accéder sans être aperçu.

Annibal regarda encore le plan. La porte extérieure, les fenêtres… il n'y avait qu'une autre issue, celle qui donnait sur le bureau.

Et elle désignait un seul suspect : Saint-Just.

— Alors, inspecteur, prêt à y aller ? On vient de finir de laver votre n° 77 et les lésions sont parfaitement conservées, visibles dans le moindre détail.

Ferragus se leva, brossa son habit et se dirigea vers la porte entrouverte. Damon le suivait, le sourire aux lèvres.

— Vous allez être stupéfait. On croirait qu'elle va se réveiller. Ma préparation a vraiment des vertus exceptionnelles…

L'odeur ne s'était pas évaporée. Elle saisit Ferragus à la gorge. Il toussa et s'avança. Malgré des années d'enquêtes, il ne supportait toujours pas ce parfum de mort qui accompagnait le crime.

— Apportez mes lanternes et accrochez-les, ordonna Damon, en montrant un fil de fer tendu au-dessus de la table de dissection.

Le médecin tourna une poulie, dans un sens puis à l'inverse et le fil descendit vers le corps, puis remonta aussitôt.

— Une de mes inventions, qui permet d'éclairer tous les détails anatomiques. Si vous avez l'occasion d'en parler à vos supérieurs…

Annibal ne répondit pas. Il était concentré sur le cadavre étendu sur la table. On l'avait voilé. Un linceul blanc recouvrait le corps tandis qu'un pan de couverture grise dissimulait le visage.

— Ah, voilà, les lanternes.

Il en saisit une qu'il accrocha lui-même.

— Relevez le drap jusqu'au nombril.

D'un geste bref, Ferragus s'exécuta. Le corps avait pris une teinte polie comme si on venait de le cirer. Damon descendit une lanterne. Un halo de lumière tomba sur les seins dont les aréoles avaient légèrement décoloré tandis que les tétons, au contraire, s'étaient affinés.

— Une réaction classique au séjour dans le tonneau, précisa le médecin. Comme vous pouvez le constater : sur cette partie du corps, il n'y a aucun signe de contusions ou d'hématomes.

Annibal se pencha pour examiner les côtes de la victime. Si son agresseur l'avait saisie à la taille, on en verrait des marques.

— J'ai vérifié avant vous…

Il dénuda les hanches jusqu'au pubis.

— Pas plus de preuves, dans cette zone sensible… franchement, je doute qu'il y ait eu violence sexuelle, en revanche…

Il fit glisser tout le drap.

Annibal recula. Un flot de bile, âcre et lourd, lui noua la gorge.

Du niveau de l'aine jusqu'au genou, la peau avait été arrachée, dévoilant un amas de chairs striées de nerfs à vif, de viande râpeuse.

— Descendez une lampe, ordonna Ferragus.

La lumière crue inonda la partie torturée. La peau avait été écorchée par lambeaux entiers. Des bouts pendaient, lacérés et effilés.

— Il l'a arrachée comment ?

— Ni avec un couteau, la taille serait plus fine et régulière, ni même avec un objet tranchant rudimentaire, il ne resterait pas ces…

Du doigt, il montra les haillons de peau déchiquetée en pointe.

— Mais alors comment ?

Le visage grave, Damon désigna une rangée d'incisions en arc de cercle.

— Avec les dents.

18

Paris
De nos jours

L'œil gigantesque scrutait Marcas comme s'il n'était qu'un insecte. Iris gris acier, sclérotique veinée de filaments rouges sur blanc laiteux, pupille ténébreuse qui se contractait par pulsations. Des cils fins et noirs qui papillotaient. L'effet était saisissant.

Clac. Clac. Clac.

Chaque fois que la paupière se refermait en cadence, un raclement métallique résonnait au-dessus de la tête de Marcas. C'était exaspérant.

Clac. Clac. Clac.

Antoine s'arrêta à mi-hauteur des marches et fixa la vidéo de l'œil sur un écran plat et large comme un camion.

Il émanait du monstrueux organe de pixels une puissance aveugle, indicible, presque hostile. Le pouvoir quasi hypnotique se concentrait sur le trou noir de la pupille cerclé d'un halo de lumière diffuse.

Clac. Clac. Clac. Clac. Clac.

Les battements de paupière s'accélérèrent. Habitué

à l'œil paisible qui veillait dans le delta lumineux des temples maçonniques, Antoine n'avait jamais pris conscience de sa dimension oppressante. Du moins depuis sa visite dans la cave de Heller. En nombre et minuscules ou unique et démesuré, la sensation d'angoisse était similaire.

Ici, c'était l'œil du cyclope de *L'Odyssée*, du Big Brother du *Meilleur des mondes*. Ou tout simplement celui de *La Légende des siècles* de Hugo.

L'œil de Dieu était dans la tombe et regardait Caïn, songea Marcas en remontant lentement les marches. Il éprouvait la désagréable sensation que la foudre allait s'abattre sur lui.

Ce truc rendrait n'importe qui parano.

À peine eut-il passé la porte d'entrée du musée qu'il tomba sur un panneau de présentation de l'exposition.

Le grand complot mondial. Vous êtes tous sous contrôle.
En partenariat avec la fondation Kellerman.

Un vigile en casquette et blouson bleu nuit vint à sa rencontre, la démarche martiale, le menton en avant, la paume de la main droite levée, presque comme un salut nazi.

— L'exposition n'ouvrira au public que demain, aboya-t-il en levant un sourcil, comme s'il gardait l'entrée de l'Élysée.

— J'ai rendez-vous avec le Dr Campion, répondit tranquillement Marcas en montrant sa plaque.

Le vigile baissa son bras et le ton de sa voix. Il indiqua un homme corpulent en pleine discussion téléphonique devant un buste en marbre du président Kennedy. Dégoulinant de sang.

— Pardon, commissaire. Il est là-bas.

Marcas s'approcha du type qui ressemblait à tout sauf à un psy. Compact, massif, brosse peroxydée sur le crâne, tee-shirt noir moulant floqué d'une tête d'Alien verdâtre.

— Commissaire Marcas, je vous ai eu au bout du fil, à propos de Heller.

— Campion, enchanté. Bienvenue dans la plus grande rétrospective mondiale consacrée au conspirationnisme. J'en suis le conseiller technique. C'est la première fois qu'un événement mixe culture et science humaine sur le thème du grand complot. Je me suis toujours intéressé à ce sujet longtemps méprisé par mes collègues. J'ai rédigé quelques ouvrages et c'est comme ça que la femme de Heller m'avait trouvé.

Ils se dirigèrent vers l'entrée principale de l'exposition située au fond du hall.

— Elle vous plaît, la vidéo géante de l'œil sur le fronton du musée ? demanda le psy.

— Angoissant. J'avais l'impression d'être entièrement disséqué. Que ce truc me scannait de la tête aux pieds. On aurait dit l'œil d'un fou.

Le médecin rayonna comme si Marcas venait de lui offrir une liasse de billets.

— Merveilleux, merveilleux, répondit le psy sur un ton jovial. Cet œil était pourtant le vôtre. Vous avez eu peur de… vous.

Antoine fronça les sourcils.

— Comment ça ?

— *Eye tracking !* L'œil de Dieu.

Le psy mit son doigt sur ses lèvres, puis le prit par le bras et l'emmena vers une porte surmontée d'un panneau « Interdit au public ». Il frappa et ouvrit sans attendre de réponse. Une jeune femme aux cheveux roux flamboyants pianotait sur une tablette, devant un écran plat de la taille d'une télévision.

— Bonjour, Sarah, ce visiteur a été très impressionné par l'œil de Dieu. Il voudrait en savoir un peu plus sur l'*eye tracking*.

Elle renvoya son sourire aux deux hommes.

— Avec plaisir. C'est une technologie de pointe développée par la fondation Kellerman. Pendant que vous montiez l'escalier, une petite caméra installée au milieu des marches s'est déclenchée automatiquement à votre approche. Un faisceau infrarouge de guidage s'est centré sur votre pupille puis a retransmis l'image de votre œil sur l'écran géant.

Antoine restait interloqué. Le psy croisa les bras.

— En observant cet œil de… fou, vous ne faisiez que vous contempler. Comme dans un miroir.

— *Eye tracking…* répéta Marcas, songeur. Vous m'avez scanné l'œil sans que je m'en aperçoive.

La jeune femme acquiesça en rectifiant une mèche qui tomba sur ses yeux.

— Scanné n'est pas le bon terme, mais c'est ce qui s'en approche le mieux. Cette technologie est de plus en plus utilisée par les sociétés privées qui étudient la consommation. Elles l'installent dans les hypermarchés pour savoir quel produit vous regardez dans les rayons. On l'utilise aussi pour des études de comportement devant un ordinateur. C'est à partir d'études *eye tracking* sur des milliers de volontaires que les géants d'Internet savent que les internautes regardent d'abord leur écran en haut à gauche. Voilà pourquoi Google met la pub la plus chère à cet endroit.

Le Dr Campion renchérit :

— Et il y a d'autres applications beaucoup plus fascinantes. Ils peuvent savoir ce qui se passe dans votre esprit. L'*eye tracking* mesure le comportement de votre pupille. Si elle se dilate, c'est que vous êtes sous le coup d'une vive émotion telle que la peur, la crainte, la joie ou la colère. (Il se tourna vers la jeune femme.) Vous pouvez nous dire ce que ressentait M. Marcas en arrivant ?

La jeune femme pianota à nouveau sur sa tablette. Marcas apparut à l'écran en train de monter les marches du musée. Un œil gris clair surgit en incrustation et l'image zooma sur le disque noir de l'iris d'Antoine. En haut de l'écran, un tableau de calcul s'incrusta sur le côté droit, des chiffres défilaient à toute allure.

— Vous avez de très beaux iris, cher monsieur, murmura la jeune scientifique. Mais, si j'étais vous, je ferais preuve de sobriété. La densité sanguine de la sclérotique indique une forte alcoolémie de moins de vingt-quatre heures. Quand vous vous êtes arrêté sur le palier, l'indice de dilatation de la pupille était au-dessus de la normale, mais dans des proportions calibrées à 19,5 grades.

— Traduction ?

— Compte tenu que vous observiez l'Œil géant, je dirais une curiosité teintée d'une légère angoisse. Il faudrait analyser la pression du sang dans les capillaires pour affiner le diagnostic.

— Vous détecteriez la bipolarité d'un cobaye ? ironisa Marcas.

— Aujourd'hui non, mais notre centre de recherches travaille là-dessus. Si vous voulez participer à notre programme test, je…

Le Dr Campion posa sa main sur l'épaule de la jeune femme.

— Merci, Sarah. On va s'arrêter là avant que M. Marcas ne devienne complètement paranoïaque.

Antoine la salua, songeur. Il ne partageait pas l'enthousiasme du psy sur cette technologie. Cela lui faisait même froid dans le dos de savoir qu'il avait été disséqué par caméra interposée.

Ils sortirent et passèrent dans l'entrée. Un vieil homme aux cheveux blancs regardait dans leur direction. Le visage était froid, presque hostile. Campion baissa d'un ton.

— C'est la fondation Kellerman qui est à l'origine de cette installation. Ils sont très forts sur le sujet. Et sur bien d'autres choses.

Il intercepta le regard du vieil homme.

— Si ça ne vous dérange pas, on parlera de Heller à l'intérieur de l'expo. Le vieux barbu qui ressemble à Dieu le Père là-bas, c'est Adam Kellerman. Très généreux donateur, mais qui confond mécénat et dictature non éclairée. Il doit se demander ce que vous faites avec moi.

Antoine haussa les épaules.

— Et que fait ce mécène dans la vraie vie ?

— Des affaires et du trafic d'influence. C'est un amateur d'art contemporain et il est le patron d'un fonds d'investissement qui regroupe une tripotée de sociétés. De plus, il a commencé sa carrière comme conseiller du président Kennedy. Une particularité qui justifie sa généreuse donation pour cette exposition. Il abhorre le conspirationnisme.

Marcas tourna la tête en direction de l'entrée. Il avait toujours la désagréable sensation d'être épié, pourtant Kellerman avait disparu. Ils longèrent la rangée de caisses encore vides, passèrent les tourniquets et débouchèrent dans une salle haute comme un étage d'un immeuble parisien. Sur toute la surface du mur trônait une toile gigantesque, recouverte de symboles et de visages floutés et noyés dans des éclaboussures de peintures fluorescentes.

Marcas s'avança et lut le titre de l'œuvre d'art inscrit sur un écriteau.

LES 3 NIVEAUX DE BARKUN

Un silence total nappait la blancheur immaculée des lieux. Marcas haussa les sourcils.

— Je suppose que c'est de l'art abstrait. Barkun… On dirait le nom d'un démon ou d'une divinité païenne.

— Vous vouliez me parler de Heller ? Eh bien, vous avez son cerveau étalé sur cette toile.

19

Paris
Grand Châtelet
7 juillet 1794

Dans la salle réservée aux dissections, Ferragus examinait, un mouchoir sur le nez, les marques de morsures qui avaient haché les cuisses de la victime. Près de lui, se tenait le Dr Damon qui éclairait la zone lacérée.

— Une possibilité que ce soit un animal ? interrogea l'inspecteur.

— Aucune. Regardez la courbure de la dentition. Elle est caractéristique d'une bouche humaine. De plus, vous n'avez que la mâchoire supérieure. Il a plongé dans la chair, saisi la peau et tiré…

Annibal serra les poings. Il avait tant vu déjà dans son métier de policier. Des femmes égorgées par des maris jaloux, des mendiants battus à mort par des aristocrates oisifs, des duellistes transpercés de part en part. Mais jamais il n'avait connu pareil acharnement, pareille violence perverse. Sans l'avouer, ni le montrer, il était choqué. Pour chasser sa colère, il se pencha à nouveau sur la morsure. On voyait distinctement la taille, la profondeur de chaque incision.

— Une belle mâchoire, avertit le médecin ; regardez la trace des incisives, nette et précise. Et aucune dent manquante. Un homme de moins de trente ans, à coup sûr.

— Si seulement on pouvait en faire une copie…

Un sourire malin éclaira le visage du médecin.

— Je peux peut-être vous aider. J'ai mis au point une variété de cire avec une particularité étonnante.

L'inspecteur le contempla, ravi. Décidément, ce médecin, habité par le démon de l'invention, se révélait plein de ressources.

— C'est une cire qui n'adhère pas à son support : elle conserve l'empreinte et on la retire aussitôt.

Annibal le prit au mot.

— On peut faire un essai ?

Damon sortit un bâtonnet de cire et un briquet.

— À votre service, inspecteur.

La cire refroidit en un instant. À l'aide d'une pince, le médecin ôta délicatement le moulage de chaque dent et commença de les examiner à la loupe. Pendant ce temps, Ferragus appliquait un calque sur la morsure pour en lever un tracé. La courbure caractéristique de la dentition pouvait se révéler essentielle pour confondre un suspect ou l'innocenter.

Damon posa sa loupe et glissa les moulages dans une tabatière ornée de motifs révolutionnaires.

— Que pouvez-vous me dire ? l'interrogea l'inspecteur.

— Je vous confirme que c'est bien un homme jeune. Les traces d'usure des dents sont minimes. À l'exception d'une molaire, brisée dans sa partie postérieure.

— Ce qui veut dire ?

Damon montra le calque de la morsure.

— Eh bien, qu'avec ce tracé et le moulage de cette molaire, vous pouvez identifier votre meurtrier. Vous n'avez plus qu'à retrouver sa bouche.

Rassuré, Annibal se redressa. Il avait besoin de marcher. Comme souvent quand il lui fallait réfléchir. Le bruit de ses bottes résonna dans la pièce étroite. Une première piste était ouverte. Il se sentait comme un chasseur, excité et fiévreux, devant les premières brisées du gibier. Il se retourna et contempla le cadavre. La tête était toujours couverte d'un tissu noir.

— Montrez-moi son visage, je veux voir son regard, même morte.

Le médecin hésita. Sa jovialité habituelle avait disparu.

— Si vous y tenez.

Lentement, il roula le pan de couverture. Un menton osseux apparut, puis des lèvres, fines, décolorées. À l'air libre, la décomposition n'allait plus tarder.

— Je préfère vous prévenir, débuta Damon, le meurtrier ne s'est pas contenté d'écorcher les cuisses, il a aussi…

— Pour l'amour de… (Ferragus allait prononcer le nom de Dieu quand il se rappela les symboles patriotiques sur la tabatière.) Pour l'amour de la République, finissez !

D'un geste sec, Damon fit voler le dernier pan de tissu.

Le visage apparut en entier.

Les cheveux noirs ruisselaient sur le front couleur d'ivoire. Les sourcils avaient déjà disparu.

Annibal s'approcha.

À la place de l'œil gauche, une orbite vide le contemplait.

Damon avait recouvert le visage, laissant l'inspecteur à ses réflexions. Installé sur un tabouret, le médecin, à l'aide d'une de ses lanternes, inspectait encore le corps. Ferragus détourna le regard. Pourquoi un seul œil ? C'était la première question qu'il se posait. Le meurtrier avait-il été dérangé dans son acharnement macabre ? Ou bien s'agissait-il d'une volonté délibérée ? D'après Damon, il avait agi post mortem : Sophie de Caudolon avait été étouffée par un bâillon. On avait retrouvé des fibres dans sa bouche. Là aussi la façon de faire était différente des meurtres précédents : les autres victimes avaient été dépecées vivantes. *Difficile de faire de même, dans une antichambre,* songea Annibal. *D'ailleurs, je n'ai pas les rapports sur les autres meurtres, il faudra que je les réclame au Bègue.*

Après avoir remercié le médecin et lui avoir juré de se transformer en promoteur zélé de ses inventions, Annibal sortit du Grand Châtelet. Une fois au-dehors il respira profondément pour purger ses poumons et décida de rentrer chez lui. Il occupait une mansarde, rue Saint-Merri : une véritable tanière où il aimait s'isoler pour réfléchir. Tout en marchant, il s'arrêta devant une échoppe et fit semblant de s'intéresser à la devanture. Un moyen discret de s'assurer qu'il n'était pas suivi. Il répéta la manœuvre à plusieurs reprises, mais ne repéra aucun limier.

Il s'engagea dans la rue de la Savonnerie pour rejoindre son quartier. Le long des façades, aux volets souvent fermés, les lanternes installées sous Louis XV avaient disparu. Sans doute volées par des receleurs de métaux. La police, concentrée sur la chasse aux royalistes, n'avait plus le temps de s'occuper des crimes et des délits pourtant en pleine inflation. On se faisait détrousser à Paris comme au fond d'un bois. Il longea l'église de Saint-Jacques-de-la-Boucherie. Désaffectée, elle accueillait désormais les réunions de la section révolutionnaire du quartier. D'ailleurs, un *bonnet rouge*, une pipe à la bouche, collait des affiches pour la prochaine réunion. Ferragus s'écarta prudemment, il n'avait plus son insigne de police et risquait de se faire arrêter à tout moment.

Le visage énucléé de la victime dansait devant ses yeux. Il y avait là une anomalie. Dans les précédents meurtres, il n'avait jamais été question d'un œil arraché. D'ailleurs, *arraché* n'était pas le mot qui convenait. Selon le médecin, l'œil avait été ôté avec sang-froid et habileté. Pas du tout le geste d'un dément. Annibal tourna rue des Arcis. Comme si on avait voulu envoyer un message à Saint-Just.

— Monsieur Ferragus !

L'inspecteur se retourna. Sa logeuse, des sacs sous les bras, partait à l'approvisionnement. Quand ils recevaient des denrées, les commerces ouvraient une heure ou deux en fin d'après-midi. C'était une petite vieille, ridée comme une pomme gelée et jacasseuse autant qu'une pie.

— Vous avez reçu de la visite tantôt. Un valet.

Annibal la regarda avec des yeux ronds. La domesticité se faisait plutôt rare à Paris.

— Vous êtes sûr que ce n'est pas plutôt un de mes collègues, un policier ?

— Que nenni ! s'obstina la logeuse, c'est bien un

valet. Et il a laissé un message pour vous. Je l'ai posé juste devant votre porte.

Ferragus salua et pressa le pas. Sa maison se dressait face au clocher désormais silencieux de Saint-Merri. Il monta quatre à quatre les escaliers branlants. Une enveloppe brillait sur le palier. Il l'ouvrit avec précipitation :

Mon Très ∴ Cher ∴ Frère ∴
Tu es le bienvenu à la réception que je donne ce soir,
Au 17, rue Vivienne.
Fraternellement
Evrard

La signature occupait le tiers du carton d'invitation. Qui ne connaissait pas Evrard, le financier dont la fortune insolente provenait de ses contrats avec les armées de la République ? Protégé des généraux, le spéculateur fournissait chevaux et vivres aux soldats, empochant au passage une indécente commission. Un mal nécessaire, avait dit de lui Robespierre. Ferragus examina l'invitation. Comment Evrard le connaissait-il ? Annibal plissa les lèvres. Une habitude quand il soupçonnait quelque chose. Il ne croyait pas aux coïncidences. Si le financier s'adressait à Ferragus, c'est qu'il y allait de son intérêt.

Sans compter les *trois points* qui ornaient son carton. Jamais l'inspecteur n'avait entendu dire qu'Evrard avait été initié. Sans doute devait-il faire partie de ces loges dont l'influence se mesurait à la hauteur de leur discrétion.

Annibal ouvrit son armoire. À l'intérieur, deux chemises au col usé se battaient en duel avec une redingote élimée. Impossible d'aller à la réception d'Evrard en pareille tenue. Il se dénuda le bras, passa la main derrière le meuble pour arriver jusqu'à une anfractuosité dans le mur. Il saisit une bourse et l'ouvrit. Deux pièces d'or glissèrent dans sa paume. De quoi manger pendant le mois ou louer un costume pour ce soir.

Le choix fut vite fait.

20

Paris
Musée du palais de Tokyo
De nos jours

Marcas et le Dr Campion étaient assis sur un banc face à la toile démente.

— Je croyais qu'on allait parler de Heller…

— Je vous ai promis de rentrer dans sa tête, dit le psy qui lui tendit une paire de lunettes 3D. Mettez ça et fixez l'œuvre d'art.

Antoine chaussa la monture avec méfiance et regarda en direction du tableau.

Ce qu'il vit le fascina. Les couleurs avaient changé, les formes aussi. Des visages apparaissaient avec un réalisme saisissant. Et surtout trois chiffres peints en vert jaillissaient du tableau.

1 2 3

Chaque chiffre était séparé des autres par une ligne verticale verte.

Le psy continua ses explications.

— La toile est divisée en trois zones rectangulaires. Chaque zone représente un niveau de croyance aux théories conspirationnistes définies par le grand spécialiste américain Michael Barkun. Regardez attentivement les images de la zone 1.

Marcas concentra son attention. Le visage de Kennedy apparut en relief. À ses côtés, Jackie Kennedy et l'assassin Lee Harvey Oswald. Tout un patchwork prenait vie. Des visages d'Américains en pleurs, des titres de journaux sur l'assassinat.

— Passez au rectangle 2, voulez-vous ?

Marcas se figea. C'était truffé de symboles maçonniques. Une myriade de triangles, de compas et d'équerres s'incarnaient en 3D. Au centre, il y avait un bourreau, debout devant une guillotine et qui brandissait une tête poudrée et décapitée à la main. Plus haut, des petits visages d'enfants blonds rieurs aux pieds d'un Adolf Hitler le bras tendu. Plus bas, des étoiles de David étaient plantées dans le sol, comme un cimetière. Antoine cligna des yeux, la 3D lui avait toujours donné le tournis. Plus il concentrait son attention, plus il découvrait de détails. Tel l'ancien président George Bush qui hurlait dans une bulle de BD :

NOUVEL ORDRE MONDIAL !

Antoine ouvrait de grands yeux, c'était un immense n'importe quoi.

— Vous allez rendre dingue vos visiteurs.

Le psy se contenta de sourire.

— Et que voyez-vous dans la zone 3 ?

Marcas se frotta les yeux et se concentra à nouveau. La fresque en relief était encore plus délirante. Il y avait des têtes extraterrestres grises aux crânes disproportionnés, des hommes à tête de serpent, une multitude de petites pyramides surmontées d'yeux clignotants constellaient l'arrière-plan. Antoine eut l'impression que les découpages de Heller étaient sortis de leur cave glauque. Tout en haut, surgissait la tête d'un diable en un bouc maléfique. Antoine se raidit, une phrase était inscrite tout en bas en lettres de feu.

ILLUMINATI

Antoine cligna des yeux et retira ses lunettes. La vision en relief avait ravivé son mal de crâne.

— Bravo pour le speed hallucinogène avec Barkun, mais je ne vois pas le rapport avec Heller.

Le Dr Campion sortit de sa veste une cigarette électronique de nacre rouge et la porta à ses lèvres. Une vapeur se répandit au-dessus de sa tête.

— Je vous dois quelques explications, dit le psy en tirant sur sa cigarette électronique. Michael Barkun est un professeur d'études politiques américain et surtout le meilleur spécialiste actuel du conspirationnisme. Il a inventé l'échelle de classification qui est utilisée par tous les spécialistes. Selon lui, il existe trois niveaux de croyance conspirationniste qui vont crescendo dans l'irrationnel.

Antoine se massa la tempe et laissa continuer le psy.

— Il y a deux ans, bien avant l'attentat, Mme Heller est venue me voir, au moment de son divorce. Elle était très inquiète. Son mari manifestait des signes de paranoïa évidents et focalisait sa haine sur l'abbé Emmanuel, l'incarnation du mal selon lui. Elle ne voulait pas laisser sa petite fille seule avec son père. Par injonction du juge, Damien Heller eut l'obligation de se faire suivre par un spécialiste. Moi, en l'occurrence.

Il s'est toujours méfié, mais n'a pas raté une seule visite.

— Il était conscient de la gravité de son état ?

— Non, mais il savait que s'il manquait une seule séance il ne pourrait plus voir son enfant. Au fil des visites, nous avons évoqué son passé et ses obsessions. Je lui ai fait passer le test de Barkun, pour savoir à quel niveau il se situait.

Une bouffée de vapeur monta autour de lui. Marcas passa sa main sur sa bosse. C'était toujours douloureux. Il sentit une douleur en vrille se répandre dans son cerveau.

— N'allez pas trop vite. J'ai eu une matinée plutôt rude. Expliquez-moi les niveaux de complot de votre Barkun.

— OK, allons-y pour le niveau 1, répondit le psy avec vivacité. Il s'agit d'un complot ayant un objectif unique et limité dans le temps. Par exemple, l'assassinat de Kennedy. Le chef de la plus puissante nation du monde flingué par un pauvre type armé d'une pétoire. Impossible à avaler pour la population. Alors on se tourne vers la seule option : on nous ment. Peu importe le groupe occulte derrière son exécution, mafia, CIA, les communistes, l'extrême-droite… Le virus du conspirationnisme, en sommeil aux États-Unis, s'est réveillé après l'attentat de Dallas et a infecté le corps de la société américaine. La population n'avait plus confiance dans les pouvoirs publics, ce qui favorisera par la suite la contestation de la guerre du Vietnam, le scandale du Watergate, etc.

Marcas fronça les sourcils.

— Un peu facile. Il y a beaucoup de zones d'ombre dans l'assassinat de JFK. Je n'ai jamais cru à la thèse officielle du tireur isolé, ce n'est pas pour autant que je suis conspirationniste. Remettre en cause une vérité officielle, j'appelle ça avoir l'esprit critique.

— L'esprit critique, c'est comme l'alcool, à faible dose un délice, à forte consommation, ivresse garantie. Passons au niveau 2 de Barkun. Un groupe secret conspire pour noyauter des États et manipuler l'opinion afin d'imposer un nouveau système de gouvernement. Un complot qui perdure sur plusieurs siècles. Les francs-maçons ont fomenté la Révolution française et manipulent la société. Les Juifs dominent le monde, tous les musulmans sont des terroristes en puissance…

Antoine acquiesça d'un signe de tête.

— OK, j'ai compris. Là on bascule dans le fantasme généralisé, mais ça ne touche pas grand monde.

— Vraiment ? Il n'y a pas si longtemps en Europe, un type avec une petite moustache ridicule a convaincu soixante millions de personnes d'un monstrueux péril juif. On a vu ce que ça a donné…

— Touché. Et le dernier niveau ?

— Le niveau 3. Mon préféré, la conspiration ultime. Depuis l'aube des temps, tapi dans l'ombre, aidé par ses disciples, le diable, l'adversaire absolu du genre humain travaille à son anéantissement.

Marcas hocha la tête.

— Satan, dont l'étymologie en hébreu veut dire l'adversaire…

— En effet. Mais ce bon vieux Lucifer, avec ses cornes, est passé de mode, alors en version troisième millénaire et Web 2.0 il prend l'apparence d'un chef des reptiliens, ces extraterrestres cachés sur terre depuis la nuit des temps et qui élèvent l'humanité comme du bétail. Mais le *nec plus ultra* à l'heure actuelle, ce sont les Illuminati. Le nouveau visage du Mal absolu. Un groupe ultrapuissant, tentaculaire, secret et terriblement dangereux.

Nous y voilà, songea Antoine.

— Les Illuminati, eux, sont invisibles, ils n'ont pas de siège social, pas de lieux de réunion. C'est l'adversaire occulte par excellence. Ils n'existent pas et pourtant des millions de gens dans le monde sont persuadés qu'ils tirent les ficelles depuis l'aube des temps. Ils se cachent parmi nous, nous épient, nous traquent. Et ceux qui les dénoncent sont pris pour des fous.

Antoine hocha la tête, dubitatif.

— On pourrait appliquer votre analyse à tous les fidèles d'une religion. Il n'y a aucune preuve de l'existence de Dieu et pourtant des milliards d'humains y croient. Je suis mal à l'aise de juger des croyances de mon prochain. Après tout, libre à chacun de vénérer Dieu, Allah, Jehovah ou E.T. Du moment qu'ils ne viennent pas m'imposer leurs convictions.

Le psy afficha un sourire poli.

— Belle preuve de tolérance.

— Je vous rassure, ma tolérance a ses limites. Je n'ai que mépris pour ceux qui propagent le négationnisme et la haine des autres en se masquant derrière un ésotérisme de façade.

Le visage de Campion s'illumina.

— Ça va mieux en le disant… Et si vous me parliez de Heller ?

Antoine raconta sa découverte. Le Dr Campion l'écouta religieusement puis intervint :

— Très intéressant. Cette chouette révèle qu'il

croyait à l'existence des Illuminati. Ça confirme mon diagnostic.

— Il était au niveau 3 ?

— Oui, il était convaincu qu'un groupe occulte manipulait le monde. Jamais il ne m'a parlé d'Illuminati. Il disait : *Ils*. Et l'abbé Emmanuel faisait partie de ce *Ils*. Plusieurs fois, je lui ai demandé des explications, mais il s'obstinait dans son refus. Quand votre amie la juge m'a interrogé à l'époque avec l'expert psychiatrique, je leur ai fait part de mes observations. Hélas, mon distingué collègue n'en avait rien à cirer de la classification de Barkun qui, pour lui, n'appartient pas au champ de la psychiatrie.

— Autre chose qui vous revienne à l'esprit sur Heller, demanda Marcas avec insistance. Une phrase, un détail ?

Le psy tira plusieurs bouffées pour se concentrer.

— Un détail. Je ne crois pas en avoir parlé à la juge, vu l'arrogance de son expert. Kellerman possède aussi une fondation qui mène des recherches sur l'*eye tracking*. Ils cherchent toujours de nouveaux cobayes. Je leur ai adressé Heller un an environ avant qu'il n'assassine Emmanuel.

Son portable vibra à nouveau.

— Je dois vous quitter, sinon je vais me faire arracher les yeux par la direction. Je vous donnerai les coordonnées du service scientifique de la fondation si ça vous intéresse.

Marcas allait le laisser partir, quand il lui posa une dernière question.

— Vous n'êtes pas spécialiste des troubles bipolaires, par hasard ? On m'a dit que je pouvais en souffrir.

Le Dr Campion secoua la tête et leva les yeux au plafond.

— Vous avez lu trop de journaux. Après les francs-maçons, le prix de l'immobilier et le mal de dos, le trouble bipolaire est devenu un bon marronnier.

Le psy serra la main de Marcas.

— Vous avez déjà appris une chose importante. Vous êtes au niveau 1 de Barkun, comme quatre-vingts pour cent de la population… Bonne journée.

Marcas resta seul dans la grande salle de l'exposition. La visite se terminait en queue de poisson. S'il avait beaucoup appris sur le conspirationnisme, en revanche, l'énigme Heller restait insoluble.

Damien avait atteint le niveau 3 de Barkun. La belle affaire ! Tout concordait pour accréditer la folie du tueur. Le reste n'était que supposition ou hypothèse douteuse.

Excepté son agression. Le seul grain de sable.

Antoine se leva pour se diriger vers la sortie, il avait besoin d'un peu d'air frais. Et surtout de rappeler la juge. Au moment où il allait quitter la salle, un homme surgit devant lui.

Marcas le reconnut tout de suite.

Le blond affichait un sourire éclatant en braquant un pistolet sur lui.

— Vous nous causez bien des soucis, monsieur Marcas, lança l'homme qui l'avait assommé dans la cave.

21

Paris
Rue Vivienne
7 juillet 1794

Quelques décennies plus tôt, le quartier qui s'étendait au nord du Palais-Royal était devenu celui des financiers. Partout des hôtels particuliers avaient poussé comme des champignons sur le fumier. Des demeures somptueuses où les aventuriers de la spéculation étalaient leurs richesses et leur faste. Tout un monde, douteux et sans scrupules, dont les excès et les outrances avaient largement contribué à la Révolution. Depuis, ce quartier où l'argent jadis coulait à flots s'était vidé comme un nid d'hirondelle. Annibal, qui remontait à pied la rue Vivienne, s'étonnait qu'Evrard ose encore y habiter. Les perquisitions y étaient nombreuses, surtout la nuit, à la recherche de suspects. Comme il contemplait les portes et les volets partout clos, un peloton de soldats l'arrêta. Une barrière de bois, hérissée de piques, coupait le passage. Deux cavaliers, sabre au clair, surveillaient la portion de rue interdite. À son grand étonnement, au lieu de ses papiers, l'inspecteur se vit réclamer son carton d'invitation. Il fouilla son frac loué, qui craquait aux épaules, et tendit le précieux sésame. Un sous-officier se mit aussitôt au garde-à-vous. Éberlué, Ferragus lui rendit son salut. De l'autre côté de la Seine, on se battait pour un quignon de pain devant les boulangeries, et ici, l'armée du peuple protégeait une fête de nantis.

Un air de clavecin dégringola dans la rue. Annibal leva les yeux et aperçut une rangée de fenêtres ouvertes brillamment éclairées qui juraient au milieu des façades désertées. Des éclats de rire résonnaient au milieu de discussions. Une jeune femme apparut dans une embrasure et jeta négligemment un bouquet de fleurs sur le pavé. Des roses qui valaient une fortune en assignats. Un violon se fit entendre, puis un autre, et une sarabande débuta. Ce devait être le seul endroit de Paris où l'on dansait encore.

À la porte, deux sbires le dévisagèrent avec insistance, avant de le laisser entrer. De leurs corps serrés dans des habits étroits et sombres, se dégageait une impression de violence prête à bondir. Annibal se demanda s'ils travaillaient pour le Bègue. En tout cas, ils en avaient la carrure et l'odeur de mort.

L'escalier avait été lustré et, à chaque palier, sur une colonne de marbre sombre se découvrait un buste antique. Annibal admira un Brutus, posé là comme la preuve des convictions républicaines du maître des lieux. C'est à ce genre de détails qu'Evrard devait son étonnante faculté de survie. Il connaissait le pouvoir des symboles.

Juste à gauche de la porte d'entrée, se dressait un long miroir, au cadre doré. Les serviteurs avaient dû le sortir pour éviter que des danseurs maladroits ne le brisent. Ferragus se contempla un instant. Dans sa mansarde, il n'avait qu'une méchante glace piquée qui ne servait que pour se raser. Depuis son arrestation, il ne se voyait plus que dans le regard des autres. Il corrigea un pli de son frac gris perle, vérifia la natte de ses cheveux, sourit à son image, et d'une main ferme frappa à la porte. À sa grande surprise ce fut le financier qui l'accueillit.

— Inspecteur Ferragus ! s'exclama Evrard, ou devrais-je dire mon frère ? Tu es le bienvenu. Entre donc.

L'inspecteur salua sans un mot et pénétra dans l'antichambre. Une nuée de domestiques s'abattit sur lui pour prévenir ses désirs. Le financier les chassa d'un geste.

— Ce sont d'anciens domestiques d'aristocrates, ils ont tellement peur que leur passé ne les envoie sous la guillotine qu'ils en deviennent pathétiquement serviles.

— La peur fait d'abord trembler les faibles. Notre devoir fraternel n'est-il pas plutôt de les protéger ?

Evrard le fixa d'un œil ironique. Si son visage rond, sous ses cheveux rares, était banal, son regard, lui, n'avait rien d'anodin. Ses yeux étonnamment noirs semblaient un puits sans fond.

— Inspecteur et humaniste, une race en voie de disparition.

— Inspecteur et franc-maçon, et la race n'est pas près de disparaître.

— À ma connaissance, tu dois être le dernier sur Paris. Les autres sont morts ou en fuite.

Une farandole de danseurs traversa le salon en chantant. Du champagne coulait sur les corsages. Le financier sourit de la mine rembrunie de l'inspecteur.

— *Des parvenus qui s'amusent, protégés par des guillotineurs...* c'est ce que tu te dis. Sauf que tu ignores la loi secrète de toute révolution : pour que certains coupent des têtes, il faut que d'autres leur en fournissent les moyens.

Deux femmes, vêtues de mousseline, transparente au moindre mouvement, fixaient l'inspecteur d'un œil amusé. L'une d'elles se mit à rire. Ferragus rougit. Il devait avoir l'air ridicule dans ses vêtements d'emprunt.

— Elles sont trop chères pour toi, asséna le financier. En ces temps de guillotine, l'amour est hors de prix. Mais je ne t'ai pas fait venir pour philosopher. Passons dans la bibliothèque.

Evrard sortit un trousseau de clés et fit jouer plusieurs serrures. Lui, si rapide en paroles, était méticuleux en ces mouvements. Un contraste étonnant.

— Personne ne pénètre ici à part moi. Tu vas vite comprendre pourquoi.

La curiosité piquée, Ferragus entra dans une pièce aux volets clos dont les boiseries étaient emplies de livres. Une odeur de cire montait des reliures. Derrière la porte, le bruit de la fête déclinait. Les invités devaient avoir soif. Il s'avança et prit un volume au hasard.

Rituel écossais dit de Clermont

Le texte était manuscrit, annoté dans les marges. Un des premiers rituels en usage dans la franc-maçonnerie française.

— Regarde au-dessus.

Une rangée de chemises numérotées était classée par ordre chronologique. Annibal saisit l'année 1778. Une liasse de papiers, frappée du sceau du Grand Orient, apparut.

— Quand il est devenu évident que les événements allaient mal tourner, j'ai convaincu le grand maître de transférer les archives les plus importantes ici. Une chance, quelques jours plus tard, il était guillotiné[1].

Un air de danse retentit soudain, en provenance du salon. Les violons avaient laissé place au clavecin. Evrard sourit.

— Bien sûr, qui penserait qu'un vil financier, cupide et jouisseur, prendrait soin de la mémoire de la franc-maçonnerie ?

— Personne, concéda Ferragus.

— Quand le sang cessera de couler, nous pourrons ainsi retrouver notre mémoire d'initiés. Les révolutions sont comme la fièvre, elles montent d'un bond, puis retombent, épuisées par leur propre violence. La vie l'emporte toujours sur la mort.

— À moins que le malade ne survive pas à la fièvre.

— Une nation n'est pas un simple individu. Elle a suffisamment de force pour ressusciter.

— Je croyais qu'on ne devait pas philosopher. Pourquoi m'as-tu fait venir ?

Le financier montra du doigt une porte au fond de la bibliothèque. Tapie dans une encoignure, elle semblait ouvrir sur de noirs desseins.

— Derrière, se trouve un ancien fumoir. Un *ami* t'y attend.

Il se retourna vers le salon d'où résonnaient des notes désormais endiablées de clavecin.

1. Louis-Philippe d'Orléans, grand maître du Grand Orient de France, guillotiné le 6 novembre 1793.

— Je vous rejoins dès que possible. Quand nous aurons fini de discuter, tu auras soin de te mêler à la fête. Nous avons une invitée de marque. Je veux que tu la rencontres.

Malgré les nombreuses questions en suspens, Annibal obtempéra. Depuis son arrestation, il allait de surprise en surprise. Il y prenait presque goût.

Le fumoir était une petite salle couverte de toile de Jouy ; un homme se tenait face à la fenêtre. Il se retourna. Coiffé d'une perruque blanche, le cou bordé d'un jabot à dentelle, il ressemblait à un fantôme de l'Ancien Régime. La pâleur de son visage était accentuée par ses sourcils quasi transparents et la finesse de ses lèvres. Ferragus restait silencieux. Le regard de l'inconnu, d'un bleu tendre, l'étonnait. On sentait comme une souffrance diffuse dans ses yeux délavés.

— Bonsoir, je suis le Dr Guillotin, frère de la loge des *Neuf Sœurs*.

Annibal se figea. Il avait devant lui l'inventeur de la machine terrible qui inondait de sang la France entière.

— Je sais ce que tu penses.

L'inspecteur voulut protester. Le médecin l'arrêta d'un sourire triste :

— Dès que je prononce mon nom, tout le monde réagit de la même manière : l'horreur et le dégoût.

— Tu es mon frère et je ne te juge pas.

Guillotin soupira.

— Tu as déjà vu une exécution à la hache, du temps de la monarchie ?

L'inspecteur ne releva pas. Dans le cadre de ses fonctions, il avait dû assister à plusieurs exécutions publiques. La corde pour le bas peuple, la hache pour les nobles. Quand ce n'était pas pire, l'écartèlement et la roue. Le médecin reprit :

— Parfois le bourreau s'y prenait jusqu'à six fois pour séparer la tête du cou. Et tout ça sous les rires ignobles de la foule. Une honte et un calvaire. J'ai simplement voulu humaniser la mise à mort, éviter la souffrance inutile.

— Une intention louable, souffla Annibal, décontenancé.

— Et le pire ? Ce n'est même pas moi qui ai créé cette terrible machine, c'est un autre médecin, Antoine Louis, un ami de Voltaire. D'ailleurs, au début, la machine s'appelait la *louison*...

L'étonnement se peignit sur le visage de Ferragus. Jamais il n'avait entendu ce nom. Le docteur hocha tristement la tête.

— Mais pour mon malheur, tout le monde a préféré la *guillotine.*

Evrard entra et se dirigea directement vers la boîte à liqueurs. Il se versa un verre de cognac qu'il vida d'un trait.

— On a peu de temps. Le salon est truffé d'espions du Comité de salut public. Je ne peux pas m'absenter trop longtemps.

Guillotin fixa l'inspecteur.

— Nous savons tout du meurtre du pavillon de Flore et c'est nous qui avons conseillé à Saint-Just de faire appel à toi.

— Mais pourquoi ? s'exclama Annibal.

Evrard prit la parole :

— La plupart des révolutionnaires vivent aujourd'hui dans la terreur du complot. Complot des royalistes, des Vendéens, des modérés, des séparatistes, et j'en passe. Chaque jour, le Tribunal révolutionnaire expédie n'importe qui à la mort, sur un simple soupçon de conspiration. C'est devenu une véritable obsession.

L'inspecteur haussa les épaules.

— Enfin, nous savons tous que ces bruits de complots ne sont qu'un leurre pour le peuple, un écran de fumée pour se maintenir au pouvoir.

Evrard se servit à nouveau. La liqueur ambrée du cognac roulait sur les parois du verre.

— Tu as tort. Pour les membres du Comité, il existe *vraiment* une conspiration. Et le fait qu'il y ait autant de condamnés pour ce chef d'accusation les en convainc de plus en plus.

— Mais c'est le serpent qui se mord la queue !

— *Ouroboros*, prononça Guillotin, la Terreur crée la terreur.

— Le plus grave, reprit Evrard, c'est que désormais ils sont convaincus que tous ces complots qu'ils imaginent chaque jour ne sont en fait que la face cachée d'une véritable conspiration, imminente et tentaculaire.

Guillotin ajouta :

— Et pour eux, ce sont les francs-maçons qui en sont les donneurs d'ordre.

— C'est impossible : nous n'existons plus. Nous nous sommes nous-mêmes sabordés…

— … pour mieux renaître et les renverser.

Sous le choc, Ferragus se laissa tomber sur un sofa.

— C'est stupide, il n'y a aucune preuve !

Evrard le fixa de ses yeux sombres.

— Malheureusement si.

Guillotin se leva, ouvrit un coffret et revint avec une feuille pliée en deux. Deux taches sombres couvraient le dessus du papier. Avant d'en prendre connaissance, il la retourna. Des phrases imprimées apparurent. Annibal se pencha pour les lire.

Timbré et scellé par nous Garde des Sceaux et Timbres du Grand Orient de France.

— Et tu peux même voir ma signature, en haut à gauche, ajouta Guillotin.

Devant la stupéfaction de Ferragus, Evrard précisa :

— C'est la reconnaissance d'une loge de province par le Grand Orient de France en date de juin 1774. Un acte officiel qui n'aurait jamais dû quitter nos archives, commenta Guillotin.

— Et ta signature ? interrogea l'inspecteur.

— À cette époque, je faisais partie des instances dirigeantes de l'obédience. C'est une pièce volée.

— Je ne comprends pas, avoua Annibal.

Evrard saisit le flacon à cognac, remplit un verre et le lui tendit.

— Regarde.

Guillotin déplia la feuille.

Entre les deux taches sombres, un dessin apparut : un triangle entouré de rayons.

Au centre, on avait découpé un cercle de la taille d'une pièce de monnaie.

— On l'a trouvé dans l'antichambre de Saint-Just.

Ferragus pâlit.

— Sur le visage de la victime.

Evrard pointa du doigt le cercle découpé au milieu du triangle.

— Juste à la place de l'œil.

22

Paris
Musée du palais de Tokyo
De nos jours

Assis sur sa chaise, Antoine inspecta la pièce dans laquelle il se trouvait. Froide et impersonnelle, entourée de cloisons beiges qui devaient être amovibles. Aucune fenêtre, juste quatre murs sans décoration, juste une autre chaise. Le blond lui souriait, et ce sourire l'exaspérait.

— Alors, Thor, terminé le bricolage ? demanda Marcas sur un ton acide. Tu as troqué ton marteau contre un flingue ?

Le beau gosse ne répondit pas et posa son index sur ses lèvres. Marcas sourit à son tour et indiqua le haut de son crâne.

— Ma bosse risque de te coûter deux ans de prison ferme. Et je ne compte pas ce que tu vas écoper avec ma séquestration présente.

Marcas se redressa sur sa chaise, située à deux mètres de son ravisseur. Il n'avait aucune chance de l'atteindre en se jetant sur lui.

Un bruit de pas résonna derrière l'une des cloisons, mêlé à celui d'une canne qui martelait le sol. La porte s'ouvrit, laissant apparaître un homme âgé, cheveux blancs et petite barbe en triangle. Adam Kellerman s'assit sur la chaise vide et s'appuya les mains jointes sur le pommeau de sa canne. Il regarda Marcas avec curiosité, puis prit la parole :

— Je vous présente toutes mes excuses, commissaire. Andréa n'aurait jamais dû vous agresser ce matin. Il a fait preuve d'une initiative regrettable. Je ne vous veux aucun mal.

Le blond écoutait sans broncher, mais ne semblait absolument pas gêné. Antoine resta impassible.

— Vous m'en voyez ravi, monsieur Kellerman, mais la situation présente ne plaide pas en votre faveur. Dites à Thor de ranger son arme.

Kellerman jeta un œil courroucé à l'homme de main qui abaissa son arme dans la seconde.

— Je peux me lever ? demanda Marcas d'un ton neutre.

— Bien sûr, vous pouvez aussi partir sans écouter ce que j'ai à vous révéler sur Damien Heller.

Marcas ne répondit pas et se redressa lentement. Il exécuta des mouvements de rotation de la tête, puis s'approcha en souriant de la gravure de mode. Il lui tendit la main.

— Sans rancune ?

Le blond lui rendit son regard en hochant les épaules et présenta la sienne.

Le coup de poing partit en un éclair et frappa en plein ventre. Le top model se plia en deux et Marcas lui asséna le tranchant de sa main sur la nuque. Le type s'effondra.

— Ça, c'est pour le mal de crâne. Avec l'âge, j'ai la rancune tenace. Maintenant je vous écoute. Et vous avez intérêt à me surprendre, sinon ça va finir dans le bureau de la juge Gardane.

Adam Kellerman n'avait pas cillé devant la correction appliquée à son homme de main. Il leva la main.

— Vous réagissez par pulsions, monsieur Marcas. Il vous a frappé et vous l'imitez par effet miroir. Œil pour œil, dent pour dent. C'est une faiblesse. L'effet miroir, le venin qui empoisonne l'humanité.

— Je connaissais l'effet papillon mais l'effet miroir, jamais entendu parler. Merci du tuyau, maintenant épargnez-moi vos réflexions philosophiques. Qu'avez-vous à m'apprendre ?

Le vieil homme lissa sa barbe.

— Cela risque de vous surprendre.

— Vous me laisserez seul juge, Kellerman.

— Bien sûr. Peu de temps après l'assassinat de l'abbé Emmanuel, le directeur de la branche parisienne de ma fondation de recherche m'a averti que Damien Heller avait joué les cobayes. Il s'en souvenait très bien car il s'en était occupé.

Marcas observait le blond qui se relevait péniblement. Il avait perdu son sourire de gigolo.

— *Eye tracking*. Je sais. Le Dr Campion me l'a déjà dit. Vous auriez dû prévenir la juge Gardane.

— C'était une erreur. Je ne voulais pas de publicité négative pour la fondation. De plus, l'*eye tracking* en est encore à un stade balbutiant et ses potentialités sont énormes. On pourrait détecter des pathologies mentales de millions de gens, sans même qu'ils le sachent. Mais la concurrence nous guette, et la confidentialité s'impose.

— Bienvenue dans le meilleur des mondes, répondit Marcas.

Kellerman secoua la tête et frappa le sol de sa canne.

— Je vous parle de recherches d'une ampleur considérable, à ce niveau c'est de l'ordre du Big Data.

— Big Data ?

— La collecte de données sur les hommes à l'échelle mondiale, le défi scientifique des vingt prochaines années. Avec des applications dans la génomique, la psychologie, la consommation, la finance, etc. Une cartographie gigantesque et planétaire de l'homme.

— C'est ce que je disais, *Big Brother is back*.

Kellerman resta imperturbable et continua. Il paraissait plongé dans son univers.

— Tous les résultats de notre étude *eye tracking* sont traités dans notre centre informatique ultrasécurisé de Californie. Seulement voilà, après enquête, il est apparu que les résultats de Heller ont disparu. Quelqu'un a piraté notre réseau pour supprimer le dossier Heller, tout a été effacé de l'intérieur. Et je peux vous assurer qu'il faut se donner beaucoup de mal pour s'introduire dans notre système. Ce n'est pas à la portée du premier hacker venu.

Antoine croisa les bras. L'affaire Heller venait de rebondir.

— Et comment avez-vous su que la sœur avait découvert la pièce secrète ?

— Parce que le portable de la juge Gardane est sur écoute.

— Quoi ? s'écria Marcas, indigné.

— Vous m'avez bien entendu, répondit Kellerman sans broncher. Elle, comme des millions d'autres personnes qui occupent des responsabilités dans le monde, est écoutée par la NSA. Vous n'avez pas suivi les rebondissements de l'affaire Snowden[1] ?

— Une magistrate française espionnée par les services de renseignements américains. Vous voulez me faire gober ça ? lança Marcas qui se massait la nuque.

Kellerman le regarda comme s'il contemplait un enfant.

— Bien sûr. Elle fait partie du pôle antiterroriste, et a accès à des informations sensibles sur des groupes djihadistes. Pour les services américains, ce serait une faute professionnelle de ne pas tendre l'oreille. D'autre part, votre gouvernement l'a choisie pour mener l'enquête sur la mort de l'abbé Emmanuel. Ce qui laissait planer le doute sur l'implication de véritables terroristes. La NSA n'a fait que son job.

Antoine s'assit à nouveau.

— Vous avez accès à ces écoutes ? Comme ça. En claquant des doigts.

— Disons que mes entreprises ont rendu des services précieux au gouvernement américain. Échange de bons procédés. Mais revenons à Heller. Quand sa sœur a appelé la juge, elle a évoqué la présence de triangles avec des yeux. J'ai tout de suite envoyé mon agent de protection, Andréa, ici présent, ainsi qu'une collègue, pour fouiller sa pièce secrète. Et trouver un indice qui relierait Heller aux pirates de mon système. Andréa m'a fait part de la découverte de la chouette.

Antoine articula lentement :

1. Révélations sur l'espionnage électronique à grande échelle par les États-Unis et leurs alliés.

— C’est l’emblème d’une société secrète disparue, les Illuminati.

Le visage du vieil homme avait pris une teinte grise, comme si la discussion l’avait fatigué. Il se racla la gorge.

— Une phrase qui confirme mes pires craintes, commissaire.

Le vieil homme tendit la main à Antoine. La poigne était ferme, bien que tremblante, mais le signe de reconnaissance parfaitement perceptible.

— Grand Rite Uni de Washington, loge Franklin Roosevelt.

— Comment connais-tu mon affiliation ? balbutia Marcas.

— La juge et ton frère conservateur ont beaucoup parlé de toi au téléphone. Je peux te dire que ton ami te porte une profonde admiration. Et moi aussi ; avoir en face de moi l’homme qui a retrouvé le trésor des Templiers est un honneur.

— Évite la pommade, mon frère.

Kellerman se leva et lui tendit une carte de visite.

— Voici l’adresse de mon hôtel particulier à Paris. Passe ce soir et je te fournirai tous les éléments en ma possession. Tu as ma parole de maçon que je livrerai ensuite à la justice toutes les informations nécessaires.

Antoine inclina la tête. Si Kellerman possédait la preuve de l’existence des Illuminati…

— À quelle heure ?

— 23 heures. Je donne une soirée. Tu auras l’occasion de rencontrer des maîtres du monde. Des vrais.

PARTIE II

« Tout pouvoir est une conspiration permanente. »

Honoré de Balzac

23

Paris
Rue Vivienne
7 juillet 1794

Le fumoir du financier Evrard n'était éclairé que par deux chandeliers. Le maître de maison craignait que de la lumière ne filtre à travers les volets clos. Il savait que des mouches[1] rôdaient sous ses fenêtres et nul ne devait soupçonner cette réunion secrète.

Ferragus approcha des chandelles le papier que venaient de lui remettre ses deux frères. Il se tourna vers Guillotin et l'interrogea du regard :

— Les deux taches symétriques ?

— Du sang. Il a dû couler quand l'œil a été…

Le médecin ne continua pas. Il ne supportait plus de prononcer certains mots. Pour se donner une contenance, il sortit une tabatière, prisa quelques brins de tabac, puis éternua avant de passer délicatement un mouchoir immaculé sous son nez. Evrard lui tapota l'épaule. Son nom n'était vraiment pas simple à porter.

1. Indicateurs de police.

Annibal, lui, examinait le dessin. Tracé à l'encre, sans une bavure. Un vrai *delta lumineux* comme celui qui était présent dans chaque temple maçonnique et qui symbolisait la véritable connaissance. Le financier s'approcha.

— J'ai compté les rayons qui s'échappent du triangle, il y en a 15.

— Et alors ? interrogea Ferragus, concentré sur le cercle découpé au centre du triangle.

— Alors : 3+5+7 = 15. La somme des trois chiffres sacrés de la maçonnerie !

Annibal acquiesça.

— Exact. Le moins que l'on puisse dire, c'est que l'assassin connaît bien nos symboles.

— Et selon toi, cela signifie quoi ?

Remis, Guillotin intervint. Malgré sa sensibilité exacerbée, son esprit cartésien n'aimait pas les interrogations en suspens.

— Soyons clairs, il n'y a que deux hypothèses. Soit ce maudit papier a été déposé sur le cadavre pour incriminer la maçonnerie aux yeux de Saint-Just. Soit nous avons affaire à un loup solitaire.

Evrard conclut :

— Un frère qui veut se venger.

Tous demeuraient muets, chacun ruminant ses propres pensées. Le financier fut le premier à rompre le silence tandis que le médecin se rasseyait sur le canapé et ouvrait à nouveau sa tabatière.

— Guillotin passera la nuit ici. Tu le reverras demain au collège de chirurgie, rue des Cordeliers, indiqua Evrard. Quant à toi, tu me suis à la réception. Nul n'est au courant de la mission que t'a confiée

Saint-Just et personne ne s'étonnera de voir un policier chez moi. J'ai des amis partout.

Annibal fit la grimace. Evrard avait la réputation d'être particulièrement généreux avec ses amis, surtout quand ils lui permettaient de régler un problème délicat souvent en lisière de la loi. Mais le financier avait réponse à tout.

— Je sais exactement ce que tu penses. Ne t'inquiète pas. J'ai justement prévu une surprise, ce soir, qui justifiera pleinement ta présence. Sans équivoque.

Ferragus tendit la main vers le papier bruni de sang.

— Je le prends. Une garantie de votre bonne foi.

Une ombre de défiance passa dans le regard pâle du médecin. C'était sa signature sur ce papier, désormais liée à un meurtre. Evrard intervint pour le rassurer :

— Il a besoin de cette preuve. Fais-lui confiance.

Guillotin fixa Annibal.

— Je m'en remets au frère.

Dans le grand salon, la musique avait cessé. Les conversations avaient repris leur cours. De petits groupes de femmes pépiaient en jetant des yeux indiscrets sur les danseurs épuisés, le front rouge et le souffle court. On n'avait pas connu pareil bal depuis des années, chacun s'en était donné à cœur joie. Le parquet, qui avait résisté un demi-siècle aux assauts des visiteurs, était rayé de partout. *Du noyer*, songea Annibal. Ce nom le renvoyait à sa jeunesse sur les rives de la Dordogne. De sa mère, il avait hérité d'une minuscule parcelle plantée de quelques arbres. Qu'étaient-ils devenus ? Il ne le saurait sans doute jamais. La voix d'Evrard le tira de sa mélancolie :

— Mes chers amis, je réclame de vous silence et attention, car ce soir j'ai convié, en votre honneur, la plus célèbre des *sibylles* de Paris, mademoiselle Justine.

Aussitôt les valets soufflèrent les chandelles et l'obscurité tomba sur la salle. Brusquement une porte grinça et une cohorte de domestiques en livrée firent leur entrée, chacun portant un long cierge d'église. Ils formèrent une haie de lumière tandis que dans l'assistance cris et chuchotements montaient comme pour conjurer le mystère de cette étrange mise en scène.

Une femme parut.

Vêtue d'une longue cape blanche à taffetas, une capuche immaculée lui masquant le visage, elle ressemblait à une morte échappée du linceul. Evrard s'avança, et la fit s'asseoir face à une petite table éclairée d'une simple bougie. Un valet y posa un jeu de cartes. Un tarot de Marseille.

— Mesdames et messieurs, chers amis, voici le sac où nous avons déposé, pour chacun d'entre vous, un carton marqué de votre nom. Nous allons en tirer trois au sort.

Avec un sourire ironique, il se tourna vers Ferragus et lui tendit le sac de velours.

— Et voici la main du destin.

N'osant attirer plus l'attention sur lui, Annibal s'exécuta aussitôt et sortit un premier carton. Le financier le lut et annonça :

— Madame Brindilliers.

Une femme d'un certain âge sortit de l'assistance. Un domestique s'approcha, un cierge à la main. Le visage de l'élue était aussi pâle que la craie. Elle tenait un mouchoir brodé devant ses lèvres, comme près de s'évanouir.

— Madame, s'inclina Evrard en la conduisant devant la petite table.

Justine ôta sa capuche. Annibal la fixa intensément. De longs cheveux blonds tombaient sur ses épaules comme une cascade dorée. Tout en elle semblait sous le signe de l'eau, de son regard clair quasi transparent jusqu'à la forme de son visage, qui ondulait sous les reflets changeants de la lumière. Une femme que rien ne pouvait retenir.

— Choisissez trois cartes, madame, et formez un triangle.

La main de Mme Brindilliers hésita, puis subitement elle tira une à une les cartes qu'elle posa de dos.

— Quelle est votre question, madame ?

— Mon fils, je veux savoir ce que va devenir mon fils. Je n'en ai qu'un.

À l'angoisse qui montait dans sa voix, Ferragus n'eut plus de doute. Madame de Brindilliers était une *ci-devant*[1] et son fils unique devait être en fuite.

— Retournez la première carte.

Apparu en Italie à la fin du Moyen Âge, ce jeu de cartes aux figures énigmatiques avait rapidement fasciné les milieux ésotériques. On le disait venu d'Égypte et capable de prédire le destin de chaque homme. Des figures de *l'Hermite* à celle de *l'Étoile*, les devins comme les hermétistes se passionnaient pour la signification occulte du tarot.

L'aristocrate s'exécuta. La carte montra un homme en habit multicolore, canne à la main et baluchon à l'épaule.

1. Nom donné aux aristocrates pendant la Révolution.

— *Le Mat*. Votre fils est parti, madame, pressé par les événements.

Sans rien en laisser paraître, Annibal ricana. Pas difficile de deviner que le fils chéri avait mis les voiles dès les premières têtes coupées.

Une autre carte apparut. Un personnage couronné qui portait un sceptre d'or : un globe surmonté d'une croix.

— *L'Empereur*. Votre fils est en Allemagne, madame. Sans doute à Berlin.

Un murmure d'admiration parcourut l'assistance. La mère éclata en sanglots.

— Mon Dieu, c'est vrai ! Dites-m'en plus, je vous en supplie.

L'inspecteur secoua la tête devant tant de naïveté. Le salon était plein de mouches : demain cette pauvre mère serait arrêtée.

— Retournez la dernière carte.

De nouveau un roi, avec sceptre et couronne, mais cette fois conduisant deux chevaux.

— *Le Chariot*. Votre fils rentrera en France, madame, mais il ne reviendra pas seul.

En un instant, cette phrase sibylline déclencha un frisson de panique dans l'assemblée. Tous fixaient la carte et y voyaient la même chose : un monarque de retour en son royaume. Justine ne venait-elle pas de prophétiser, en pleine Terreur, le retour du roi en France ?

Inquiet, Evrard tendit le sac à Ferragus qui, à la hâte, sortit un nouveau carton.

— Monsieur… annonça le financier.

Mais il n'eut pas le temps de finir, les invités se rapprochaient déjà de la porte, pressés de fuir le danger. La peur, malgré la semi-pénombre, se lisait sur leurs visages. Ils tremblaient d'être reconnus, accusés d'avoir prêté une oreille involontaire à des propos contre-révolutionnaires. De quoi perdre la tête.

Certains d'ailleurs, sitôt sortis, allaient courir au Comité de salut public pour une dénonciation en règle, espérant ainsi échapper à la foudre.

Evrard, lui aussi, semblait touché. Ses yeux, d'habitude imperturbables, allaient et venaient comme s'ils cherchaient à identifier ceux qui allaient bientôt le trahir.

Néanmoins, pour vaincre sa peur autant que celle de ses invités, il prit la parole, d'une voix forte, et se tourna vers la sibylle :

— À mon tour de connaître l'avenir.

Étrangement, l'assistance se figea. Comme si le courage d'un homme, décidé à affronter son destin, avait rameuté chacun autour de lui.

— Quelle est votre question, monsieur Evrard ? interrogea la sibylle.

— Je vous la dirai juste avant la dernière carte.

— Alors, commencez.

Subjugué, Annibal contemplait cette femme à la beauté diaphane que rien ne semblait ébranler. Peut-être connaissait-elle vraiment le futur et savait-elle déjà que sa dernière heure n'était pas venue ? Il remarqua qu'elle avait un minuscule grain de beauté juste au milieu du front. Comme un signe.

— *Le Bateleur*, annonça Justine. Comme vous pouvez le voir, le personnage est debout à une table en train de choisir entre plusieurs objets symboliques. Comme lui, vous êtes à la croisée des chemins.

Le financier restait songeur. Ce n'était pas la seule

interprétation. Chaque lame, comme le dieu Janus, donnait lieu à deux interprétations. Une face divinatoire, la plus évidente, et une face initiatique, la plus énigmatique. En maçonnerie, par exemple, le bateleur symbolisait le grade d'apprenti qui reçoit son tablier et ses outils pour tailler sa pierre. Son chapeau avait la forme étrange d'un huit ? Le chiffre symbole de l'infini et du travail maçonnique qui ne sera jamais terminé. Et la table sur laquelle étaient posés les outils du bateleur ? Elle n'avait que trois pieds. En l'occurrence, les trois lumières de la fraternité : force, sagesse et beauté.

Evrard retourna une autre carte. Ferragus s'approcha. Une femme tenait un glaive d'une main, une balance de l'autre.

— *La Justice.*

Un frémissement parcourut l'échine des invités. Volontairement impassible, Evrard posa la main sur la dernière carte. La sibylle l'arrêta :

— D'abord votre question.

— Serai-je vivant demain ?

Et il retourna la dernière carte.

Un homme, visage renversé, apparut, le pied entravé d'une corde.

La voix de Justine retentit, implacable :

— *Le Pendu.*

24

Paris
De nos jours

Les faisceaux blancs des trois grands projecteurs illuminaient, de bas en haut, la façade de l'hôtel particulier niché au fond d'un jardin à la française. Guidé par les trois piliers de lumière, Antoine marchait le long d'une allée jonchée de grands cercles de fer rouillé, carcasses à ciel ouvert de monstres de métal. Il avait identifié les créations de l'artiste Bernar Venet aussi coûteuses que majestueuses. Au fur et à mesure qu'il s'approchait de la demeure de Kellerman, il additionnait mentalement les millions d'euros de chaque pièce d'acier. À un certain niveau, l'art et l'argent se retrouvaient toujours réunis à un haut degré d'abstraction. Il ne connaissait pas l'activité professionnelle de Kellerman, mais ce qu'il avait sous les yeux affichait une certaine aisance.

Antoine consulta sa montre, il était 23 heures passées, curieux horaire pour une soirée. Il monta les quelques marches de l'escalier aussi large que la longueur de son appartement et la porte d'entrée s'ouvrit comme par enchantement. Deux couples, riant aux éclats, sortirent sans faire attention à lui. Un homme grand et mince, le visage avenant, se tenait debout dans l'embrasure et lui souriait mécaniquement. Il avait déjà identifié Antoine devant la caméra de la porte d'entrée située dans la rue.

— Veuillez me suivre, je vous prie, dit le serviteur en évaluant d'un rapide coup d'œil le seul invité masculin qui ne portait pas de veste coupée sur mesure.

Ils traversèrent un long couloir entrecoupé de statues noires et torturées, puis débouchèrent dans un grand salon aux lignes épurées bondé d'hommes et de femmes en tenue de soirée. L'éclat des conversations et les rires discrets se fondaient dans une musique en sourdine à travers laquelle Antoine crut reconnaître les intonations de la chanteuse préférée de la copine de son fils.

— Monsieur Kellerman doit saluer ses invités pour la fin de la soirée. Veuillez attendre dans le salon, je vous prie, dit le serviteur avec une politesse trop accentuée au goût de Marcas.

Le domestique abandonna Antoine dans cette cage aux fauves dorée. Au premier coup d'œil, Marcas sut qu'il n'avait rien en commun avec tous ces gens à l'élégance recherchée. Les invités discutaient par petits groupes, d'autres déambulaient devant de vastes tableaux exposés sur les murs ivoire. Il reconnut un ancien Premier ministre aux ambitions présidentielles, le patron d'une multinationale de la mode et une actrice américaine qui avait refusé un Oscar pour soutenir la cause des paysans affamés du Darfour. Les autres convives lui étaient inconnus, mais ils n'avaient pas l'air de collectionner des bons de réduction Leader Price.

Antoine les observait avec curiosité. Personne ne faisait attention à lui et il ne maîtrisait pas les codes pour se mêler aux conversations. Antoine songea avec amertume qu'un mois plus tôt il vivait en Sierra Leone, un pays dont le PIB ne devait même pas représenter le centième des comptes en banque sur pattes qui déambulaient dans sa demeure.

Il repéra une jeune femme, seule, en pantalon et tailleur de soirée noirs, qui contemplait un grand tableau rectangulaire. Elle portait un chignon châtain clair sagement ramené sur la nuque. De profil, elle semblait diablement séduisante. Elle jouait avec un minuscule pendentif en forme de cercle qu'elle manipulait entre ses doigts.

Il s'avança vers elle, en détaillant le curieux tableau d'une facture hyperréaliste, presque une photographie. On y voyait Jackie Kennedy, toute de rose vêtue, assise dans une voiture décapotable et tenant sur ses genoux son mari dont on ne distinguait pas le visage. Antoine poussa un soupir de soulagement, la toile ne comportait pas de symbole maçonnique codé ni de triangle avec un œil.

La jeune femme paraissait fascinée par le tableau ; il était temps de lancer une approche en douceur.

— La mort sublimée au rang d'œuvre d'art. Impressionnant.

L'inconnue ne détourna pas son regard, mais répondit avec un accent américain prononcé :

— Trop réaliste à mon goût. La toile s'appelle *Pietà*. Étrange.

— Si l'on considère Kennedy comme un Christ des

temps modernes, pourquoi pas, mais Jackie en Vierge Marie, ce n'est pas crédible, répondit Marcas, ravi de sa réplique.

Ils se parlaient de profil, leurs visages toujours dirigés vers l'œuvre. Antoine avait haussé le ton ; un haut-parleur déversait une musique électronique mâtinée de chœurs lugubres juste au-dessus de la toile.

— Elle était pourtant plus vertueuse que son mari, lâcha la jeune femme, mais vous avez raison, la comparaison du peintre me paraît excessive.

Antoine se tourna vers elle. Il essaya de plonger son regard dans le sien, mais elle restait toujours de profil. Ses doigts manipulaient à toute allure le petit cercle qui faisait office de pendentif.

Elle se mit à tousser, longuement, détourna la tête, puis porta la main à sa gorge.

— Désolée, j'ai attrapé froid. Le climat parisien…

— Vous êtes la première personne avec qui j'échange quelques mots dans cette soirée. À la différence des autres invités, je ne suis ni riche, ni puissant, ni célèbre.

Elle émit un petit rire qu'il trouva mélodieux et tourna enfin la tête vers lui. Elle était ravissante. Ses fins sourcils lui dessinaient des yeux d'encre noire légèrement étirés, la bouche aux lèvres charnues et boudeuses lui donnait un air espiègle. Tout en elle respirait l'assurance de ces femmes épanouies qui maîtrisent à la perfection leur pouvoir de séduction. Sans avoir besoin d'en jouer. Et tout ce pouvoir résidait dans cette nuance. Antoine la classa directement dans la catégorie inaccessible. Et ça l'excita.

— Bravo pour cette franchise, c'est plutôt rare de la part d'un homme d'afficher ses faiblesses.

— À l'aune de mes valeurs personnelles, ce sont des atouts.

Il sentit qu'il avait marqué un point. Elle lui accorda un degré d'intensité visuelle supplémentaire.

— Remarque décevante. Ce n'était qu'une preuve de vanité masculine. Pour ma part, j'avoue jouir de ces faiblesses que vous semblez mépriser.

Erreur de jugement. Mais il ne s'avoua pas vaincu.

— Pour la célébrité, c'est raté. Je ne vous connais pas, mais j'avoue mon inculture dans ce domaine. Je n'en tire aucune gloire.

— Bien rattrapé, dit-elle en accentuant son sourire. Comme c'est mignon, vous débarquez d'où, monsieur…

— Marcas. Antoine Marcas. (Et il lança une grimace vers le haut-parleur.) Ils pourraient changer de musique, c'est angoissant. On dirait un truc que la petite amie de mon fils m'a fait écouter. Lady D ou quelque chose comme ça.

Elle hocha la tête.

— Lady B. Un remix de la musique du *Bal des Vampires*. Curieux, Adam donne plutôt dans la soul ou le jazz.

— Je ne vois nulle trace de notre hôte. Il m'avait promis de me présenter les maîtres du monde.

À la grande surprise d'Antoine, la jeune femme ne souriait plus. Son visage se métamorphosa et perdit son air mutin.

— C'était donc ça… Vous êtes ici pour affaires. Regardez les trois hommes debout devant la statue de Niki de Saint Phalle. Le plus âgé, celui qui a l'air méchant et je vous garantis qu'il l'est, se nomme Lester Rogue. Il donne dans le pétrole et d'autres énergies aussi profitables que polluantes. Le représentant texan et typique de l'ancienne économie. Face à lui, le barbu, Stuart T. Rankin, le bébé du Web. Il s'immisce dans la vie de trois milliards d'individus avec ses applications high-tech. Incarnation post-boutonneuse de la nouvelle économie dont la capitalisation boursière dépasse celle du Texan. Quant au troisième, celui qui ne paye pas de mine, il dirige le comité Heidelberg, l'un des think tanks les plus influents de la planète. Je peux vous affirmer que pas mal de milliardaires et de chefs d'État vendraient leurs enfants pour faire partie de son cénacle de privilégiés.

Antoine se dit qu'il devrait prendre des photos pour les montrer à son fils. À côté de ces grosses pointures, les francs-maçons de sa loge étaient des traîne-savates. Il vit le plus âgé s'interrompre pour les observer.

— Il me regarde d'un sale œil, votre Texan.

— Erreur, répondit-elle en toussant à nouveau. C'est moi qui suis l'objet de toutes ses attentions. Je lui ai fait perdre trente millions d'euros l'année dernière en stoppant un forage de gaz de schiste au Brésil.

— Pas mal comme métier, pourrir la vie des milliardaires. Et si nous allions en discuter plus tard. Je dois voir monsieur Kellerman, mais dès que j'ai terminé, je vous emmène dans un bar qui sert les meilleurs mojitos de la capitale.

Elle le scruta quelques secondes avec une expression compatissante, puis détourna son regard vers deux femmes qui s'embrassaient. Elle leur fit un petit signe de la main et revint à Antoine.

— Vous êtes trop pressé, je vous souhaite une bonne fin de soirée. Au fait, je mise sur votre orgueil.

— C'est-à-dire ? balbutia Antoine.

Elle le dévisagea avec condescendance.

— Il vous interdira de me demander mon numéro de portable et de vous exposer ainsi à un refus humiliant. Bonne soirée, monsieur… ni riche ni célèbre et dont je ne me rappelle même plus le nom.

Et elle le planta pour rejoindre ses amies qui se dirigeaient vers la sortie. Antoine la regarda s'éloigner sans onduler. Une veste sur mesure. Il était temps de clore cette soirée désastreuse et de dire deux mots à son hôte. Le milliardaire texan passa devant lui et le scruta de haut en bas d'un air méfiant, comme s'il était envoyé par Al-Qaida.

— Marcas, agent d'ambiance. Enchanté de faire votre connaissance, dit Antoine dans un anglais fluide.

Un an passé en Sierra Leone à travailler avec des hauts fonctionnaires américains expatriés l'avait réconcilié avec la langue d'Obama.

— Rogue, Lester Rogue. C'est quoi, un agent d'ambiance ? dit le milliardaire sur un ton tranchant.

— Euh… c'est une blague.

Le Texan lui envoya un regard aussi froid que son apparence et le laissa en plan. Antoine soupira, il n'était vraiment pas le bienvenu dans ce monde. Au moment où il voulut héler un domestique, son portable vibra. C'était Paul, le conservateur.

Il s'approcha de la toile de Jackie Kennedy et murmura :

— J'allais t'appeler en fin de soirée.

— Attends, Antoine. C'est sérieux ce que j'ai à te dire. Hélène Gardane est à l'hôpital. Dans le coma.

25

Paris
Collège de chirurgie
Rue des Cordeliers
8 juillet 1794

La soirée chez le financier Evrard flottait dans sa mémoire. Comme Annibal passait la Seine pour rejoindre le Quartier latin, il tentait de classer les informations de la veille. D'abord, il tâta, à travers la fine épaisseur de sa veste, le papier plié que Guillotin lui avait remis. Ce symbole de la fraternité, profané par le sang d'une innocente, le choquait. Quel que soit son auteur, il fallait un profond mépris de l'humanité pour tuer de la sorte. La veille, quand la sibylle avait rangé son tarot, il avait aperçu une carte qui l'avait fait frissonner. C'était une tour qui s'écroulait dans le chaos et le feu. Il n'avait pu s'empêcher d'y voir un signe du destin. D'ailleurs, il lui semblait qu'à ce moment précis, la sibylle lui avait souri. Un sourire ironique. Il hâta le pas. Une jeune mendiante, qui tournait autour des passants, lui tendit la main :

— Pour l'amour de la République, citoyen !

Ferragus la détailla. Au premier coup d'œil, elle suintait la misère. Mais pas pour le regard exercé de l'inspecteur : des haillons, habilement graissés à la main, jusqu'aux taches faussement violacées sur le visage, tout était faux, tout était mensonge.

Il lui donna néanmoins une pièce, car il savait que si elle revenait sans le sou, elle serait battue. La gamine esquissa une révérence :

— Grand merci à toi, citoyen !

Annibal repensa à Justine. Il lui fallait obtenir des renseignements sur cette *devineresse*, aussi séduisante soit-elle. En outre, le frère Guillotin l'attendait.

Le Collège de chirurgie datait du début du règne de Louis XVI. Dans ce temple de la science, rien de ce qui se tissait sous la peau humaine n'était inconnu. L'anatomie régnait en maîtresse absolue et la dissection était un art pratiqué avec délectation. Ce n'était pas la première fois d'ailleurs que Ferragus se rendait en ces lieux. Au début de sa carrière, il était venu enquêter sur un étrange commerce. Des préparateurs récupéraient la graisse des cadavres et la revendaient à des clients peu scrupuleux. Fabricants de bougies, de savons, et même des cochers qui s'en servaient pour graisser les essieux des voitures, jusqu'au jour où le bruit se répandit que cette graisse, aux multiples vertus, servait aussi dans les écuelles de certaines tavernes du quartier. C'est à ce moment que Ferragus était intervenu pour mettre un terme à cette souterraine mais lucrative activité. Il prit le grand escalier et monta jusqu'aux salles de dissection. Guillotin lui avait donné rendez-vous dans la salle Galien. Une bibliothèque, toute en boiserie. Des bocaux de toutes tailles s'entassaient sur les étagères branlantes. Curieux, Annibal s'approcha et recula aussitôt. Une tache noire, recroquevillée, baignait dans un liquide verdâtre.

— Un foie d'enfant, commenta sobrement Guillotin.

L'inspecteur s'assit et posa le papier sur la table. Malgré les deux taches de sang, le delta lumineux rayonnait comme un soleil noir.

— Que peux-tu me dire sur le symbole choisi ? Pourquoi un œil ? Il y a forcément une raison.

— Tu ne crois pas que ce symbole a été pris au hasard, juste pour nous incriminer ?

— Et placé exactement sur l'orbite de la victime ? Non, le tueur a méticuleusement commis son meurtre. Il a agi de même dans le choix du delta lumineux.

— Et dire que ce symbole n'est même pas maçonnique à son origine, soupira le médecin. On le retrouve dans toutes les églises, avec au centre du triangle, le nom de Dieu, en hébreu, Yahvé. Les rayons de lumière, eux, représentent la toute-puissance divine.

— Alors pourquoi nos frères, à un certain moment, y ont-ils substitué un œil ?

Le médecin se leva.

— Si tu veux tout savoir sur les mystères du regard, il va nous falloir aller au laboratoire.

Ils remontèrent un couloir, puis passèrent dans une pièce dont les fenêtres étaient closes. Guillotin battit son briquet et alluma un chandelier.

Annibal chancela.

Sur un tréteau, une tête coupée le regardait de ses orbites creuses.

— J'aurais dû te prévenir, s'excusa le docteur, c'est ici que l'on amène les guillotinés sans famille.

— Mais pourquoi ?

— Pour des recherches scientifiques qui me touchent de près. En Allemagne, des médecins prétendent que l'usage de la…

Guillotin buta sur le nom.

— … est un supplice barbare. Ils affirment que la tête, détachée du corps, continue à avoir des sensations.

— La mort n'est pas instantanée, vu la force du couperet ?

Le docteur eut l'air gêné. Il plongea la main dans son gilet, à la recherche de sa tabatière.

— À la vérité, nous ne savons pas. Le 17 juillet 1793, lors de l'exécution de Charlotte Corday, un exalté a frappé la tête tranchée de deux gifles et les joues ont rougi… depuis, nous ne sommes sûrs de rien.

Annibal, qui avait échappé de peu à la guillotine, sentit ses jambes se dérober. Il s'appuya contre le mur.

— Et lui ? demanda-t-il en montrant la tête aux orbites vides sur la table.

— Les yeux sont les miroirs de l'âme. Nous les extrayons pour les examiner, voir si la douleur a pu dilater les pupilles.

— Vous croyez que le meurtrier aurait pu faire de même ?

— Non, mais as-tu lu Lucrèce ? C'est un auteur latin, le premier à avoir décrit le phénomène de la persistance rétinienne. Un sujet qui m'intrigue beaucoup. Lorsqu'un œil voit un objet, son image inversée s'imprime dans la rétine… et elle y reste quelques instants seulement. Certains prétendent que, sous le choc d'une émotion profonde, cette image demeure imprimée.

Il désigna la tête tranchée.

— Voilà pourquoi nous avons ôté ces yeux afin de les examiner de près.

— Et alors ?

— Nous n'avons rien vu, mais nos instruments, de simples loupes, manquent de précision.

— Et ces recherches sont connues de qui ?

— De quelques médecins dans Paris. Pas plus.

Ferragus s'approcha.

— Tu n'en as pas parlé à quelqu'un d'autre ? Tâche de te rappeler. Nous tenons peut-être une piste. N'oublie pas que c'est un papier signé de ton nom qui a été déposé sur le cadavre. Et si c'était un de tes proches ? Un collègue ?

L'inspecteur venait de se rappeler que les premières victimes n'avaient pas été énucléées. Guillotin se troubla.

— Non, j'en ai juste parlé à Evrard. Il a vite coupé court.

— Réfléchis encore.

Guillotin eut un sourire triste. La lassitude se lisait sur son visage.

— Partout en France, en Europe, on m'accuse d'être un boucher, un assassin public. Crois-tu vraiment que je parle de mes recherches à tout le monde ?

L'inspecteur n'insista pas. Il savait qu'il avait instillé une question lancinante dans l'esprit du médecin ; à un moment ou à un autre, un nom sortirait. Il suffisait d'attendre.

— Et si on revenait au delta lumineux ?

Trop heureux de changer de conversation, Guillotin répondit aussitôt :

— C'est l'œil au centre du triangle qui t'intrigue, n'est-ce pas ?

— Oui, pourquoi l'avoir mis à la place du nom de Dieu ? Lorsque j'ai été apprenti, personne en loge ne m'a parlé de cette substitution.

Le médecin sortit une médaille de son gousset et la tendit à Ferragus :

— Regarde… c'est une des premières représentations du delta lumineux. À l'époque, c'est bien le nom du Très-Haut qui est au centre du triangle. Le même que l'on trouve sur le fronton ou les vitraux des églises.

Annibal fit glisser la pièce d'argent entre ses doigts Il sentait le relief des rayons défiler sous son pouce.

— Vois-tu, à l'origine, la franc-maçonnerie en France ne s'opposait pas à l'Église, bien au contraire. Beaucoup de prêtres, de religieux ont été initiés. Pour eux, le travail en loge, la recherche sur les symboles s'inscrivaient dans le droit fil de leur foi. C'était donc tout naturel que le nom de Dieu soit présent.

— Oui, mais encadré par l'équerre et le compas, remarqua Ferragus, en observant la pièce.

— C'est sans doute ça que le pape n'a pas supporté, ironisa Guillotin, puisqu'il nous a excommuniés, il y a maintenant cinquante ans.

— Et c'est depuis que le nom de Dieu a été remplacé par l'œil ?

— Oui. Peu à peu, un symbole a chassé l'autre.

— L'œil qui voit tout, murmura Annibal. Comme si une puissance avait remplacé une autre puissance.

— Le diable à la place de Dieu ? souffla Guillotin.

— Ou pire.

26

Paris, manoir Kellerman
De nos jours

La salle de réception s'était presque entièrement vidée. Il ne restait qu'une poignée d'invités qui se dirigeaient vers la sortie.

— Que s'est-il passé ? lança Marcas, le portable plaqué contre son oreille.

— Elle a été renversée par une voiture alors qu'elle rentrait chez elle, du côté des Invalides. Le chauffard s'est enfui. Ils l'ont transférée à l'hôpital du Val-de-Grâce, dans une unité de soins intensifs. Je… je viens juste de l'apprendre par sa greffière.

Antoine crut entendre un sanglot dans le téléphone, mais n'en était pas certain.

— Je suis navré pour ton amie. Sincèrement. J'espère qu'elle va s'en sortir.

— Moi aussi, Hélène a beaucoup compté pour moi à une certaine époque. Que t'est-il arrivé ?

Marcas raconta sa rencontre avec Kellerman, en baissant le ton. Il ne restait plus que des domestiques dans la salle, excepté le petit homme chauve du cercle

Heidelberg. Peter Van Riess plaisantait avec le garde du corps de Kellerman. Antoine évita leurs regards et se rapprocha de la sortie.

— Écoute, Paul, je ne crois pas aux coïncidences ni aux chauffards qui surgissent de nulle part. Le portable de la juge était sur écoute, il est fort possible qu'elle ait été suivie. Je dois parler à Kellerman. Tiens-moi au courant pour ton amie. Je passe te voir demain.

— C'est pas une bonne idée. À part moi, personne n'est au courant de ton enquête. Hélène dans le coma, tu n'as plus aucune référence officielle.

— Ne t'en fais pas. Je saurai rester discret, mais j'ai une piste et je ne veux pas la lâcher. Il faut que je te laisse. Bonne nuit, Paul.

— Sois prudent, répondit le conservateur.

À peine avait-il raccroché qu'un domestique passa juste à côté de Marcas.

— J'aimerais remercier Adam Kellerman pour cette délicieuse soirée, lança Antoine.

— Monsieur est dans son bureau et il ne doit pas être dérangé. C'est la règle.

Antoine leva les yeux au plafond.

— J'insiste. Précisez que le commissaire Marcas le demande.

Le sésame fonctionna immédiatement, le domestique sortit un portable, échangea quelques mots, puis raccrocha.

— Son secrétaire particulier vous demande de le rejoindre dans la bibliothèque ; suivez-moi.

Antoine ne broncha pas et emboîta le pas du serviteur, ravi de fuir l'arène aux VIP où il venait de se faire massacrer en beauté. Et avec cruauté. Ils traversèrent un dédale de couloirs, quittèrent le corps principal du bâtiment pour passer dans une aile beaucoup plus ancienne, presque médiévale. La maçonnerie des murs paraissait plus lourde, le parement plus grossier laissait apparaître des moellons gris. Des appliques en forme de boucliers diffusaient une lumière pâle. Antoine nota la présence discrète de caméras à chaque section de couloir. Ils arrivèrent devant une porte massive terminée en ogive et ornée d'une croix en acier noir. Le domestique poussa la porte et s'effaça pour le laisser passer.

Antoine marqua un temps de surprise.

Une chapelle gothique.

Il se trouvait dans un ancien oratoire transformé en vaste bibliothèque, grand comme le salon qu'il venait de quitter. De chaque côté de la travée centrale, des armoires vitrées laissaient apercevoir des centaines de livres reliés de toutes les couleurs. À intervalles réguliers, entre les bibliothèques, des lutrins de bois en forme d'aigle américain supportaient de magnifiques grimoires enluminés.

Le domestique lui indiqua un des deux fauteuils de velours noir, rehaussé de dorures, niché au bout de la chapelle.

Antoine s'avança, fasciné par deux hauts et grands vitraux rectangulaires de couleurs éclatantes qui surplombaient l'autel. Ils étaient éclairés de façon indirecte par des projecteurs invisibles qui diffusaient une douce clarté. L'un, teinté de rouge, représentait une assemblée d'anges survolant une nuée d'hommes et de femmes vêtus de pourpre. Au sommet de la scène, un christ en croix lançait un regard courroucé sur l'humanité. L'autre vitrail, celui de droite, brillait d'une lumière bleue intense. Des démons dansaient aux pieds d'un diable à l'apparence de bouc. Satan semblait contempler les visiteurs de la chapelle avec ironie. Au-dessus de lui, un triangle emplissait toute la largeur du vitrail et en son centre figurait un œil entouré de rayons.

Antoine baissa son regard. Juste derrière l'autel, exactement sous chaque vitrail, il y avait une petite porte en chêne foncé.

— Vous pouvez vous asseoir, dit le domestique. Voulez-vous une collation ?

— Non, merci. Où se trouve son bureau ?

— La porte de droite, répondit de façon laconique le valet. M. Kellerman arrive dans quelques minutes.

Antoine brûlait d'envie de jeter un œil aux ouvrages. Il attendit que le domestique s'éloigne, puis s'avança vers l'une des bibliothèques, se sentant nettement plus à son aise dans cet univers. La présence des livres le rassurait et l'émerveillait. Il détailla les rangées. On y trouvait de tout, des traités de botanique, des mémoires de grands hommes morts depuis des siècles, des recensions de voyages d'un temps où exotisme rimait avec optimisme. Chaque section de la bibliothèque était classée par thématique. Poussé par la curiosité, il inspecta les étagères et finit par découvrir ce qu'il cherchait.

Un rayon consacré à la franc-maçonnerie.

Il y avait au moins deux rangées pleines, ce qui devait correspondre à plus de deux cents ouvrages. Une petite vitrine renfermait deux manuscrits au papier jauni. Il passa son doigt sur les reliures tout en décryptant les titres. Un véritable trésor de bibliophile, une collection comme il en avait rarement vu et apparemment constituée d'éditions princeps.

Il prit un ouvrage à la reliure grise et usée : *Les Constitutions d'Anderson*, édition anglaise de 1723 (5723 en année maçonnique), éditée par William Hunter, dédicacée au duc de Montague. *Pour l'usage des loges* : la bible des maçons ; il n'avait jamais tenu entre les mains un exemplaire original. Il parcourut avec émotion et délicatesse les pages, fasciné par la gravure de tête représentant des frères morts depuis des siècles.

Il reposa l'ouvrage et s'arrêta sur la section qui portait sur l'antimaçonnerie. Tous les classiques du genre reposaient sagement sur les rayons, tous en édition originale. La cohorte des obsédés du complot maçonnique à travers les siècles défilait sous ses yeux. Léo Taxil, l'auteur best-seller de la fin du XIXe siècle avec ses *Frères trois points*, reliure de cuir vert. Bernard Faÿ, le patron de la Bibliothèque nationale sous l'Occupation, chef du service des sociétés secrètes et son *Franc-maçonnerie au XVIIIe siècle*. Mais il s'arrêta sur un ouvrage relié de cuir rouge. Celui-là méritait une mention spéciale.

Mémoires pour servir à l'histoire du jacobinisme, Abbé Augustin Barruel.

Antoine le sortit du rayonnage avec précaution et alla s'asseoir dans le fauteuil. Il avait entre les mains l'ouvrage dont il avait parlé avec Paul. Le premier best-seller antimaçonnique.

Il caressa le petit livre avec délectation. Il avait toujours adoré le contact presque charnel avec les vieilles éditions. L'ouvrage datait de 1797, édité à Londres avec le consentement de Sa Majesté. Une dédicace fine et nerveuse parcourait la troisième page. L'encre s'était effacée au fil des siècles, ne restait que les lignes de fin.

... vous éclaireront sur le danger des Illuminati. Avec toute ma considération.

Suivait la signature de l'auteur.

Nombreux étaient les frères qui connaissaient le nom de Barruel et son rôle dans l'histoire, peu avaient lu son traité. Au moment où il allait parcourir quelques pages, la porte sous le vitrail de Satan s'ouvrit brutalement, laissant apparaître une femme blonde et élégante.

Le sourire éclatant de la femme s'effaça comme par enchantement. Il la reconnut tout de suite. La couleur des cheveux avait changé, le visage était subtilement maquillé, mais c'était bien la fausse sœur de Damien Heller. Ici, dans ce manoir empli de richesses, à des années-lumière du pavillon miteux de la rue des Jonquilles.

Antoine se raidit et crispa instinctivement sa main sur le livre de Barruel. La femme intercepta son regard. Un éclat métallique étincela devant son tailleur et Marcas aperçut le poignard dans sa main. Il recula d'un pas. Réflexes de l'école de police.

Surtout ne pas regarder le couteau, mais ses yeux. Ils indiqueront l'angle d'attaque.

La jeune femme déplaça sa jambe gauche en avant, fléchit légèrement les genoux et positionna sa main armée en arrière de son corps. L'éclat de métal disparut de son champ de vision. Antoine devait faire diversion, le temps de trouver de quoi se défendre.

— Vous êtes venue vendre le pavillon de banlieue de votre frère à Kellerman ? lança-t-il d'un ton neutre. Je doute que ce soit son style d'architecture.

La brune restait silencieuse. Ses yeux étaient rivés sur ceux d'Antoine. Sa jambe gauche se fléchit un peu plus.

Elle prend son appui. Elle sait se servir d'une arme blanche.

Elle fit onduler en avant sa main gauche, paume ouverte, doigts écartés, pour capter le regard d'Antoine.

Elle va frapper.

— Vous avez le don de surgir toujours au mauvais moment, monsieur Marcas, murmura la jeune femme.

— Lâchez ça, je suis armé, lança Marcas, en passant une main sous sa veste.

La femme sourit à nouveau.

— Vraiment ? Et si vous me montriez votre… pistolet ?

À peine eut-elle prononcé le dernier mot qu'elle changea de jambe d'appui en un éclair et plongea la lame en avant. Geste parfait. Sec.

Antoine fit un bond de côté. Le couteau troua le pan de sa veste, tout près des côtes. Il avait échappé à l'éventration de justesse, mais son corps était déséquilibré.

La femme pivota sur elle-même, comme si elle avait anticipé sa parade avant même de lancer l'assaut. Son pied gauche faucha la jambe droite d'Antoine. Il tomba à la renverse.

Son dos heurta de plein fouet le fauteuil qui craqua avec fracas sous son poids.

Il voulut se redresser. Trop tard. Il comprit l'intention de son adversaire. Le premier assaut était une feinte, le but étant de le faire basculer. Et de le planter à terre.

— C'est fini pour toi ! s'écria la femme dont les yeux luisaient de férocité.

Elle se jeta sur lui, agrippa sa chemise et plongea le couteau dans son ventre.

De toutes ses forces.

27

Paris
Quartier latin
8 juillet 1794

Annibal regarda encore la médaille maçonnique de Guillotin. Le symbole de l'œil irradiant le fascinait. Il y sentait une puissance obscure qui le dépassait. Comme il la rendait au docteur, on tambourina à la porte. Un appariteur surgit, le visage en émoi. Tout de suite Ferragus repéra la main qui tremblait le long de la blouse.

— Docteur, c'est la…

Il n'eut pas le temps de finir sa phrase. D'un coup d'épaule, le Bègue se précipita et lâcha :

— Evrard a été arrêté.

Il tendit un index impérieux vers l'inspecteur.

— Toi, si tu tiens à ta tête, tu me suis !

Le Bègue marchait vite. Ferragus avait du mal à avancer au même rythme. Ils avaient quitté précipitamment le Collège de chirurgie, laissant Guillotin désemparé. Evrard avait été arrêté ! Tout en remontant à grandes enjambées la rue des Quatre-Vents, Annibal s'inquiétait de l'avenir des archives de l'Ordre. Il ne se faisait aucune illusion à ce sujet. À cette heure, les argousins du Comité de salut public devaient tout livrer au pillage.

— Plus vite ! (La voix caverneuse du Bègue retentit.) Je n'ai pas envie que l'on me voie avec vous. Vous suintez la mort pire qu'un cadavre.

Annibal ne répliqua pas. Ils venaient d'enfiler la rue des Aveugles et longeaient le haut mur gris de l'église Saint-Sulpice. Il leva les yeux. Un pélican en pierre trônait sur une des flèches de la toiture. Un frère lui avait dit un jour qu'il s'agissait d'un des symboles des hauts grades maçonniques et que l'église en contenait bien d'autres.

— On y est. Avancez de cinq pas devant moi. Et contemplez les vitraux.

L'inspecteur obéit. La porte qu'ouvrait le Bègue portait les scellés de la République. Il les brisa sans états d'âme.

— Suivez-moi.

Un escalier aux relents d'humidité s'enfonçait dans l'obscurité.

— Plaquez votre main droite contre le mur et la gauche contre la colonne de l'escalier à vis. On allumera une lampe en bas.

Le débit saccadé du Bègue le troubla. Comme il descendait à tâtons l'escalier, il se demanda tout à coup si l'âme damnée de Saint-Just ne lui tendait pas un piège.

— Plus que sept marches, annonça le Bègue. Je vais faire de la lumière.

Une mèche grésilla dans les ténèbres, éclairant la

face ravinée du Bègue. Un tabernacle improvisé portait encore un crucifix d'où pendait une couronne de fleurs séchées.

— C'est dans ce trou que les prêtres interdits par la République venaient dire la messe.

Il tendit la lampe à huile vers le côté gauche. Une pile de crânes s'était effondrée au milieu d'ossements en désordre. Le Bègue donna un coup de pied. Un rat s'enfuit en couinant.

— L'église a été agrandie sur un ancien cimetière.

Annibal s'avança pour relever une chaise en paille et s'asseoir.

— Pourquoi m'emmener ici ?

— Parce que c'est le seul endroit où personne ne viendra nous déranger. Pénétrer dans un lieu de culte interdit, c'est risquer la condamnation à mort.

— Comme Evrard ?

Le Bègue s'accouda au tabernacle et effeuilla la couronne de fleurs.

— Il sera guillotiné dès demain.

Ferragus accusa le coup. Encore un maillon rompu dans la chaîne maçonnique.

— À cause de ce qui s'est dit dans son salon, hier soir ?

— Prédire le retour des rois en France, c'est tendre le cou au bourreau.

— Mais Evrard n'est pour rien dans les élucubrations de cette devineresse de foire !

— Justement…

Le Bègue tendit la lampe vers un tableau sur le mur. Malgré la semi-pénombre, on pouvait reconnaître, à ses longs cheveux et à la coupe à ses pieds, une Marie Madeleine. La prostituée qui avait adoré le Christ.

— Voilà pourquoi il est impératif de savoir si cette *pythie* est une simple folle inconsciente de ses paroles ou si au contraire elle a volontairement causé scandale pour perdre son hôte.

— Alors interrogez-la !

Le Bègue plaça la lumière sous son menton. Tout son visage ressemblait à une lune maléfique.

— Moi, non, mais vous, oui.

Ferragus se leva d'un bond.

— C'est la seule chance d'innocenter Evrard. Vous avez bien un devoir de solidarité entre *frères*, non ? Alors allez dans cet endroit.

Le Bègue sortit une craie de sa poche et d'une main rapide il traça des mots sur le mur.

Maison Bellerose
66, galerie de Valois
Palais-Égalité[1]

Palais-Égalité

Ce n'était pas la première fois que Ferragus pénétrait dans cet antre de la débauche. Jeune inspecteur, il avait passé des nuits entières à arpenter les galeries couvertes du palais des Orléans. Au milieu des magasins à la mode, des cafés toujours combles, toute une faune avait colonisé cet endroit. Une fourmilière débordante de luxure où tous les goûts, même les plus extravagants, pouvaient être satisfaits à l'instant.

À chaque angle du jardin central, des échoppes

1. Depuis 1792, le Palais-Royal avait pris pour nom républicain le Palais-Égalité.

vendaient des brochures où les spécialités et les tarifs des prostituées étaient décrits dans un style inimitable :

« Pour une *montée de sève*, voyez donc la Belle Angevine dont le *tour de poignet* est implacable.

Pour le *baiser de la pieuvre*, rendez-vous avec la Goulue dont le nom même se passe de commentaire.

Pour *l'entrée des artistes*, Pulchérie saura satisfaire votre goût du péché. »

L'inspecteur s'engagea dans l'allée des tilleuls. Il avait repéré une *tombale*. Le visage passé au blanc d'Espagne, vêtue de noir, elle attendait le client, d'un air sévère. C'étaient les prostituées les plus rares, et sans doute les plus recherchées de Paris. Surtout par les débauchés qui avaient un problème d'équerre. Elles connaissaient les secrets pour redonner force et vigueur aux plus décatis.

L'une de leurs méthodes favorites était *l'espagnolette*. Les *tombales* qui pratiquaient cet art subtil se reconnaissaient par le foulard en soie qu'elles portaient autour de la taille. Une fois le client débusqué, elles l'amenaient dans une chambre discrète, où elles nouaient le foulard autour de son cou, avant de l'enrouler autour de l'espagnolette de la fenêtre qu'il n'y avait plus qu'à tourner d'une main experte. Résultat garanti. Enfin presque, car certains clients n'y survivaient pas. Ainsi les *tombales* avaient une réputation ténébreuse, mais qui les rendaient des proies faciles pour les policiers. Annibal fit tournoyer sa plaque que lui avait rendue le Bègue. Déjà pâle, la prostituée devint livide. Ferragus ne lui laissa pas le temps de se reprendre.

— Tout ce que tu sais sur le 66, galerie de Valois. Vite.

— Chez Bellerose ?

— Je vois que tu connais. Combien de filles ?

— En général, une dizaine, mais chacune a une spécialité.

L'inspecteur marqua une pause. En général, les maisons de plaisir du Palais-Égalité ne fonctionnaient pas ainsi.

— Pourquoi ?

— À cause des arrestations, les filles préfèrent travailler à couvert. Et comme dans cette maison, les clients ne se recrutent que par cooptation, elles sont à l'abri des *bonnets rouges*.

Amusé, Annibal laissa échapper un sourire. Les révolutionnaires étaient connus pour détester le vice autant que le plaisir. Néanmoins, il joua les esprits obtus. Donner l'impression de ne pas comprendre obligeait toujours les indicateurs à en dire plus qu'ils ne voulaient.

— Et alors, quel rapport ?

La *tombale* baissa la voix.

— On dit que la maison est protégée par le... Comité de salut public.

Le 66, galerie de Valois donnait sur une porte défraîchie entre une boutique de chapeaux et un marchand de pipes. Chacune arborait de larges cocardes tricolores. Ferragus entra. L'escalier était sombre et étroit, éclairé par un jour glaireux qui tombait des lucarnes. Tout indiquait la misère et l'abandon. Difficile de penser que se nichait, entre ces murs crevassés, un bordel protégé par les puissants de la République. Une fois encore, Annibal se sentit en danger. C'était le Bègue qui l'avait envoyé là. Par moments, il avait l'impression de n'être qu'une marionnette dont on tirait les ficelles à volonté.

Une porte s'ouvrit sur le palier supérieur ; une femme surgit dont la robe luxueuse et le bandeau d'or dans les cheveux contrastaient singulièrement avec le délabrement des lieux. Derrière elle, déboula un cerbère à la carrure massive.

— Vous cherchez quelque chose ou quelqu'un ?

— Les deux.

La tenancière détailla la tenue de l'inspecteur. Les bottes avaient souffert des marches à pied dans Paris et le frac, loué pour la soirée d'Evrard, avait besoin d'un sacré coup de fer. Curieusement, Annibal eut la sensation que l'examen n'était pas défavorable.

— Donnez-moi un nom.

— Evrard.

— Je l'aurais deviné ! s'écria la mère maquerelle.

L'inspecteur tomba des nues.

— Lui aussi vient après avoir fait du cheval. Souvent il est plus crotté qu'un postillon et je ne vous parle pas de sa redingote, encore plus froissée que la vôtre.

— Le citoyen Evrard est un cavalier hors pair.

La tenancière s'effaça pour le laisser entrer.

— Oh oui, il monte à merveille (elle se mit à rire), toutes ces dames ici peuvent en témoigner.

Annibal s'inclina pour masquer sa surprise.

— Sinon, monsieur a-t-il des goûts particuliers à satisfaire ?

À la lumière des chandelles, la tenancière marquait plus son âge, pourtant elle n'avait pas la hauteur dédaigneuse des maquerelles arrivées. Sans le moindre doute, elle n'était qu'une intermédiaire, un rouage d'une mécanique plus obscure.

— Jeune, blonde…

— Ici, ce ne sont pas les caractéristiques physiques qui priment, mais le savoir-faire dûment sélectionné. Notre ami commun ne vous l'a pas dit ?

Pour éviter tout soupçon naissant, Annibal reprit l'argument au vol.

— Justement, il m'a fortement conseillé une de vos pensionnaires en me disant que je paierais cher…

La maquerelle rougit de plaisir. Elle imaginait déjà sa commission.

— … mais que l'expérience serait inoubliable. Il a voulu que j'en aie la surprise. Ah, j'oubliais, la jeune fille en question a un minuscule grain de beauté en plein front.

— Ah, vous voulez donc Bilitis.

À ce nom étrange, Ferragus ne broncha pas. Il eut raison.

— Toutes nos pensionnaires portent un nom antique, mais je suppose que vous le savez déjà. Bilitis fut une courtisane célèbre, en Grèce. Elle ne se donnait à ses amants qu'une seule nuit. Un plaisir unique et sans lendemain.

L'inspecteur sortit sa bourse et laissa tomber négligemment trois pièces d'or dans la paume aussitôt ouverte de la maquerelle.

— Notre ami commun m'a aussi conseillé d'être généreux.

— Je le reconnais bien là.

Elle tendit la main sur sa gauche.

— Prenez ce couloir. La troisième porte à droite et vous serez dans le royaume de Bilitis.

28

Paris
De nos jours

Antoine eut le souffle coupé. La femme se plaquait sur lui de tout son poids, les yeux écarquillés, sa main droite crispée sur le manche du couteau. Ils restèrent une poignée de secondes dans cet équilibre instable.

À son tour, elle comprit.

La lame s'était plantée dans le livre relié que Marcas tenait contre son ventre.

Elle releva la tête. Antoine saisit cet instant d'étonnement et la frappa d'un coup de tête en plein menton. La blonde hurla et bascula sur le côté.

Marcas remercia intérieurement l'abbé Barruel de lui avoir sauvé la vie. Le livre relié avait dévié le coup de couteau qui n'avait fait qu'érafler sa veste. À genoux, Antoine la vit se relever, son couteau à la main. Marcas chercha autour de lui ce qui pouvait lui servir d'arme, il n'aurait pas de seconde chance.

Il recula vers les débris du fauteuil et agrippa un pied arraché. La fausse sœur de Heller s'avançait vers lui, à quatre pattes, tel un fauve enragé. Antoine empoigna le morceau de bois terminé en une longue écharde effilée.

Il frappa aussitôt de toutes ses forces directement contre le nez, juste avant qu'elle ne se jette à nouveau sur lui.

Un craquement sinistre retentit.

Un hurlement de souffrance jaillit : le pied brisé du fauteuil venait de s'incruster dans sa chair.

Malgré la douleur, elle arracha la pièce de bois de son visage, mettant à nu une déchirure sanglante à la place de son profil. Mais elle n'avança pas : ses yeux basculèrent en arrière et elle s'affaissa sur le sol, telle une poupée disloquée.

Son corps tressauta quelques secondes, puis se figea.

Définitivement.

Marcas se releva, le cœur battant à cent à l'heure. Il jeta un dernier coup d'œil au visage déchiqueté de la fille et courut vers la porte qui menait au bureau de Kellerman. Il traversa un petit couloir et pénétra dans une pièce faiblement éclairée.

Le bureau de l'ancien conseiller de Kennedy était entièrement recouvert de boiseries en noyer. Deux grandes portes-fenêtres, situées derrière la table d'un grand bureau d'acajou, diffusaient une clarté lunaire maladive. Antoine s'avança vers le centre de la pièce. Un gémissement presque imperceptible montait du sol. Marcas se précipita vers le bureau et découvrit avec horreur le vieil homme.

Kellerman, le visage sur le côté, gisait à terre, une tache de sang imbibait le tapis couleur ivoire et formait comme une auréole autour de sa tête. Sa chemise gris pâle se colorait de sombre au niveau de son ventre. Sa main droite et son pied gauche s'agitaient frénétiquement, comme s'il était parcouru par un courant électrique. Marcas se pencha vers lui.

— Ne bougez pas, j'appelle les secours.

Le vieillard crachait de la salive.

— Non ! Pas le temps... Va en enfer, trouve le mauvais démon.

— Je ne comprends pas.

Soudain, il tourna sa tête. Marcas ne put réprimer un cri d'effroi. Une orbite noir et rouge le contemplait. L'autre œil roulait dans tous les sens. Le vieillard énucléé hurla :

— Celui qui nous a fait mal. En enfer... cherche l'œil !

Antoine tenait la tête de Kellerman, les traits crispés par la souffrance. Ses lèvres se tordaient comme des tenailles de chair rose.

— *Ils* vont triompher ! Va en enfer...

L'unique œil de Kellerman se figea, sa main lâcha le poignet d'Antoine. Les rayons lunaires recouvrirent sa chair morte d'une pellicule laiteuse. Le corps cassé semblait s'être ratatiné sur le tapis devenu écarlate.

Antoine se leva, les réflexes reprirent le dessus. Il inspecta le bureau ; excepté un siège en cuir couché à terre et quelques papiers éparpillés autour de lui, il n'y avait pas de trace d'effraction. Les tiroirs du secrétaire et la petite armoire étaient fermés.

Il devait retourner dans la chapelle et prévenir immédiatement les domestiques de la mort de leur patron. Il refit à toute allure le trajet en sens inverse vers la chapelle.

Arrivé devant l'autel, il contempla le corps de la tueuse. Sa présence simplifiait l'enquête, les flics n'auraient qu'à trouver le mobile. Il se pencha sur la jeune femme défigurée, prit un portefeuille dans sa veste et déballa ses papiers. Permis de conduire, passeport, carte bancaire, tous les documents indiquaient une origine américaine. Anna F. Schweitzer, née à Boston en 1980, domiciliée à San Francisco. Il posa le portefeuille sur le côté et entreprit de fouiller ses poches. Au moment où il glissait sa main dans le pantalon du tailleur, il sentit une présence derrière lui.

— Ne bougez pas ou je vous abats sur-le-champ, lança une voix masculine devenue familière.

Marcas tenta néanmoins de se relever. Un coup de poing lui cisailla les reins et le fit tomber à terre.

— Un seul geste et ta tête explose.

Il sentit le canon froid d'un pistolet en haut de sa chemise.

— Mains sur la nuque et relève-toi lentement. Très lentement.

Un coup de pied avait dégagé le couteau du tueur. Antoine se redressa et se retourna. Celui qui le tenait en joue était le garde du corps de Kellerman.

Il n'était pas seul. Deux autres personnes dévisageaient Marcas d'un regard dur.

Le petit homme chauve que Marcas avait observé pendant le coktail. Et une jeune femme aux cheveux châtains et au visage familier. La fille qu'il avait draguée en vain.

Elle rompit le silence d'une voix blanche.

— Je suis Bela Kellerman. Et vous avez tué mon oncle.

29

Paris
Manoir Kellerman
De nos jours

Douze coups graves et lugubres résonnèrent dans la chapelle. Les bras levés au-dessus de sa tête, Antoine identifia sans peine le pistolet noir et compact brandi devant lui. Un Glock 26, le plus léger des modèles à carcasse polymère du fabricant autrichien. Facile à dissimuler, maniable, terriblement efficace en combat rapproché et qui crachait du 9 mm parabellum à volonté. Cette fois il n'avait aucune chance d'esquiver, avec ou sans livre de Barruel entre les mains.

— Même avec un pistolet de fille, on n'a pas le droit de menacer un représentant des forces de l'ordre, je t'ai déjà prévenu, lança Antoine.

Le garde du corps afficha une grimace méprisante.

— Avec un flic meurtrier, ça s'appelle de la légitime défense.

Marcas fit un pas de côté pour accrocher le regard de Bela Kellerman. Le visage délicat de la jeune femme avait perdu toute sa douceur. Ne restait qu'un regard hostile sur une bouche durcie de colère. Ses yeux verts brillaient d'un éclat minéral et mortel. À ses côtés, Peter Van Riess, le petit homme chauve, le scrutait avec méfiance.

— Assassin, murmura la jeune femme, qui toussait à nouveau.

— Ce n'est pas moi. (Puis en montrant le corps de la tueuse gisant à terre…) Cette femme a tué votre oncle.

— Je ne vous crois pas, articula Bela Kellerman. Pour qui travaillez-vous ?

Elle avait écarté le garde du corps d'un revers de main et se retrouva face à lui. Un parfum suave et doux enveloppait son regard glacé. Antoine secoua la tête.

— Écoutez mes explications. Si ça ne vous convient pas, vous laisserez mes collègues m'embarquer quand ils viendront.

Peter Van Riess plissa les yeux comme pour jauger Antoine, puis posa la main sur l'épaule de Bela Kellerman.

— Cet homme est commissaire de police, je vous suggère d'entendre sa version.

La jeune femme verrouilla son regard sur Marcas. Même en colère, elle était magnifique, songea-t-il. Au-dessus d'elle, trônant dans leurs vitraux, Satan et Jésus observaient la scène, comme si les humains qui s'agitaient n'étaient que des insectes. Elle hocha la tête.

— OK. Je vais vous donner le temps que mon oncle n'a pas eu pour se défendre. Une poignée de minutes. Pas plus.

— Je peux baisser les bras ?

Sans attendre la réponse, Antoine changea de position et remercia d'un signe de tête Peter Van

Riess qui restait impassible. Il lui fallut dix bonnes minutes pour s'expliquer, en accéléré, sur son enquête et pourquoi Kellerman l'avait convoqué à la soirée. Il précisa aussi son appartenance à la maçonnerie comme son oncle. Bela Kellerman le laissa terminer, mais elle contenait difficilement son exaspération.

— Si je comprends bien, ceux qui ont tué mon oncle, piraté sa fondation et manipulé l'assassin de l'abbé Emmanuel seraient des Illuminati. Et avant de mourir, Adam vous aurait glissé une série de phrases codées. C'est bien ça, commissaire ?

— *Va en enfer, trouve le mauvais démon. Celui qui nous a fait mal. En enfer, cherche l'œil.* C'étaient ses paroles, mot pour mot. Je vous ai donné les éléments en ma possession, ça ne veut pas dire que j'y souscris forcément. Votre oncle voulait me révéler certaines informations capitales. C'est la seule raison de ma présence chez lui ce soir.

— Ça, je le sais, Andréa m'a raconté votre rencontre au pavillon de Heller et l'entrevue avec Adam au palais de Tokyo. Mais pour autant, ça ne vous innocente pas. Et comme par hasard, la juge qui vous a confié l'enquête est à l'hôpital, dans le coma.

— L'ami qui m'a mis en relation avec la juge pourra vous le confirmer.

— Ah oui, le franc-maçon expert en société secrète… Vous me prenez pour une demeurée ?

Marcas cherchait désespérément un moyen de la convaincre. Son regard dériva à nouveau sur les vitraux. La lune culminait dans le ciel et ses rayons coulaient dans le verre, jusque dans les yeux du bouc. Des yeux étincelants d'une blancheur irréelle. Marcas revint vers Bela, quand il remarqua, sous le vitrail, une petite sphère noire encastrée dans la pierre.

L'œil d'une caméra.

Il pointa son index dans sa direction.

— La chapelle est sous surveillance vidéo. Vous avez dû filmer mon combat avec la tueuse dans la bibliothèque, juste après qu'elle est passée dans le bureau de votre oncle.

Peter Van Riess intervint.

— C'est juste. On peut appeler le gardien pour vérifier.

La nièce de Kellerman fit un signe de tête au garde du corps. Celui-ci décrocha son portable. Il s'écoula quelques minutes avant qu'il ne hoche la tête d'un air grave.

— Il dit la vérité, Bela.

Le temps se figea autour d'eux et les enveloppa comme un linceul épais et humide. Un silence poisseux s'écoula dans la chapelle éclairée par la lune. Puis, lentement, la jeune femme détourna son regard d'Antoine pour basculer sur le corps étendu de la tueuse. Ses traits se figèrent, son visage prit la même blancheur que les yeux du diable sur le vitrail. Une lividité sauvage et morbide.

Soudain, Bela lança le bout pointu de sa Louboutin contre le crâne du cadavre. L'escarpin percuta la tête d'Anna qui roula de l'autre côté. Un sinistre craquement d'os résonna sur le pavage dallé.

Bela Kellerman s'immobilisa au-dessus du corps, comme un fauve prêt à déchiqueter sa proie. Le garde du corps la saisit par les bras en secouant la tête. Elle vacilla sur elle-même quelques secondes et ferma les yeux. Marcas pouvait entendre son souffle profond, entrecoupé de toussotements.

Ses yeux émeraude réapparurent et leur lumière calcina les lambeaux de haine accrochés à son regard. Les stigmates de possession disparurent instantanément. Les larmes avaient séché autour de ses yeux, l'ovale de son visage retrouvait son harmonie.

— Veuillez pardonner ce geste de colère. Je… Je n'en suis pas fière. Je suis retombée dans le miroir de mes émotions, dit-elle d'une voix tremblante.

— Le miroir de vos émotions… Je ne comprends pas, répondit Marcas, désarçonné par la métamorphose de la jeune femme.

— Une expression chère à mon oncle, répliqua Bela, qui réajusta sur son pied l'escarpin de la colère. Il pensait que toutes nos émotions, colère, haine, méfiance ou joie, ne sont que le reflet d'un miroir. Un miroir dont il faut se méfier…

— Miroir ou pas, j'aurais été aussi bouleversé.

— Je devrais vous remercier, mais cette femme ne nous sera d'aucune utilité morte. Dire qu'Anna a protégé mon oncle pendant presque deux ans… Veuillez m'attendre ici, je voudrais revoir Adam. Andréa, accompagne-moi.

Sans attendre de réponse, elle tourna les talons et se dirigea vers le couloir qui menait au bureau de Kellerman, suivie par le garde du corps. Le martèlement cadencé de ses chaussures sur le pavage s'estompa quand elle disparut derrière la porte sous le vitrail.

Antoine resta seul dans la chapelle en compagnie du secrétaire d'Heidelberg. Ce dernier avait les bras croisés et affichait un visage accablé. De fines gouttes de sueur perlaient sur son front.

— Je respectais Adam Kellerman, c'était un homme comme il y en a peu en ce monde, murmura Van Riess. (Puis jetant un coup d'œil au corps de la tueuse.) Je savais que vous disiez la vérité tout à l'heure. Adam m'avait aussi averti d'un danger.

Antoine se massa les tempes, une douleur aiguë gangrena à nouveau son cerveau. Il devait prendre un cachet d'aspirine ou n'importe quoi pour stopper la douleur.

— Vous auriez pu intervenir tout de suite. Vous êtes qui déjà ?

Le petit homme chauve hésita avant de répondre. Il observait Marcas en clignant les yeux.

— Je suis le secrétaire du comité Heidelberg, un think tank international dont Adam fut l'un des fondateurs. Accessoirement, je suis aussi son exécuteur testamentaire.

— Heidelberg… Ah oui, le club des maîtres du monde. Ravi de vous connaître, je vais enfin pouvoir frimer auprès de mon fils. Bon sang, que j'ai mal au crâne.

Van Riess fouilla dans sa poche et sortit une boîte de pilules en aluminium. Il tendit un cachet blanc à Antoine.

— Laissez fondre dans la bouche. Ça fera effet d'ici une demi-heure. Je souffre de maux de tête à répétition depuis une dizaine d'années. C'est très éprouvant de côtoyer en permanence les maîtres du monde, glissa-t-il avec un sourire discret.

— Je compatis à vos souffrances de riches, répliqua Antoine d'un ton sec.

— Ne tombez pas dans le populisme, commissaire. Les membres d'Heidelberg sont certes très puissants, mais le groupe en tant que tel n'a aucun pouvoir. Le reste n'est qu'un ramassis de sottises publiées par des journalistes en mal de copie et des adeptes de la théorie du complot. La réalité est plus banale. Heidelberg organise une conférence internationale, chaque année, entre personnalités de premier rang, soucieuses de discrétion. Nous écoutons des invités triés sur le volet, reconnus pour leurs compétences et leur influence. Ils viennent plancher, comme chez vous dans les temples maçonniques.

Antoine grimaça.

— À cela près que dans ma loge, il n'y a ni milliardaires ni chefs d'État. On y trouve des profs, des flics, des employés, des cadres, des chômeurs aussi. De plus en plus, d'ailleurs… Que vous a dit Kellerman ?

Le petit homme chauve lui rendit son regard sans ciller.

— Je vais vous montrer quelque chose qui devrait vous intéresser…

Ils descendirent de l'estrade et se dirigèrent vers le fond de la bibliothèque. En passant, Antoine remarqua un portrait encadré. Il reconnut tout de suite le marquis de Sade, jeune, dont la représentation illustrait un recueil de lettres inédites écrit par un frère de sa loge.

Antoine rejoignit Van Riess qui s'était arrêté devant un pan de la bibliothèque tapissé de photos du propriétaire des lieux en compagnie d'hommes d'État et de célébrités. Morts pour la plupart, tous entrés dans la légende et pour certains recouverts d'un léger voile de poussière.

Kellerman à la quarantaine, une main sur l'épaule d'un Frank Sinatra bedonnant, Kellerman plus jeune, le visage crispé à côté d'un Mao raide et impérial,

Kellerman souriant et ridé, assis entre Gorbatchev et Mandela. Les rayonnages débordaient de photos de Kellerman à tous les âges, dont l'occupation favorite se résumait à fréquenter les puissants de ce monde. Et aussi des actrices légendaires. La somptueuse Ava Gardner, la troublante Grace Kelly, la divine Marilyn, toutes à ses côtés lors de dîners de gala… Même Lady Di ressuscitait d'entre les morts pour lui appliquer un baiser sur la joue. Le regard d'Antoine s'arrêta sur un cadre argenté, plus grand que les autres, et qui mettait en valeur un tirage en noir et blanc. Kellerman beaucoup plus jeune, il devait avoir à peine trente ans, vêtu d'un polo clair, discutait avec le président Kennedy contre le rebord d'une terrasse. Un troisième homme était présent et affichait un air de ressemblance avec Adam. Le président, regard masqué par ses célèbres Ray-Ban, fumait une cigarette longue et blanche. On aurait dit une pub des années soixante ou tout droit sortie d'un épisode de *Mad Men* avec Kennedy dans le rôle de Don Draper.

À l'arrière-plan, on apercevait une multitude de clochers d'églises. Marcas crut reconnaître le dôme de la basilique Saint-Pierre du Vatican.

À son tour, Van Riess fixa la photo, puis rompit le silence.

Comme à regret.

— Adam m'a convoqué à Paris, dit Van Riess. Comme vous, je devais le voir en privé, à l'issue de la soirée. Il était très inquiet à propos de l'assassinat de l'abbé Emmanuel. Il a évoqué une boîte de Pandore. Une boîte déjà ouverte il y a plus de cinquante ans lors d'un assassinat similaire.

Antoine fronça les sourcils. Van Riess murmura dans un souffle, en pointant son index sur le cadre dans la vitrine :

— Le meurtre de cet homme en lunettes de soleil, en 1963.

30

Palais-Égalité
Maison Bellerose
8 juillet 1794

En quittant le salon, Annibal remonta un long couloir capitonné de velours bordeaux. Un parfum aux relents capiteux flottait, accompagné de rires impudiques et de cris complices. Au-dessus de chaque porte, un tableau, peint à la façon de Boucher, indiquait la spécialité du lieu. L'une d'elles était assortie d'une devise en latin *ad augusta per angusta*. La maquerelle, qui l'accompagnait, rit discrètement.

— On dit que c'est un empereur romain qui a prononcé cette maxime : *« le plus haut pouvoir par les voies les plus basses »*. Mes clients eux préfèrent traduire par : *« le plus grand plaisir par les voies les plus étroites »*.

Ferragus ébaucha un sourire et se dit que les perversions d'aujourd'hui n'étaient sans doute que les plaisirs licites de demain. Il s'arrêta devant une porte en bois sombre. La maquerelle s'éclipsa.

Le tableau était étonnant. On n'y voyait pas de

personnages, mais une scène, comme au théâtre, entourée de minuscules fenêtres grillagées. Il tourna la poignée et entra dans une antichambre qui donnait sur une suite de nouvelles portes. L'une d'elles était ouverte. Annibal s'approcha. C'était une sorte de loge, avec une banquette et une fenêtre, fermée par des rideaux cramoisis. Sur un rebord, une boîte en bois de rose était ouverte, qui contenait quelques jouets intimes. Un phallus en bois d'ébène, plus vrai que nature, un duo de boules d'ivoire reliées par un lacet de cuir… Des objets de luxure que n'aurait pas reniés monsieur de Sade dont les livres à scandale se vendaient comme des petits pains sous les arcades mêmes du Palais-Égalité.

Trois coups sourds ébranlèrent le silence tandis que les rideaux coulissaient pour dégager la vue.

Une femme masquée entra lentement, vêtue d'une tunique à l'antique, courte sur les cuisses, échancrée jusqu'à la ceinture. Le tissu était une gaze légère, presque transparente. À chaque mouvement, on devinait un corps propice au plaisir. Ferragus entendit une toux dans la loge voisine. Il se pencha discrètement et aperçut la dentelle brodée d'une manche. Surpris, il recula. Son voisin était une voisine. Un instant, il crut s'être trompé de porte, mais ce qu'il voyait sur scène ne pouvait être une erreur : malgré le masque vénitien qui dissimulait son visage, Annibal venait de reconnaître Justine.

Sans prévenir, la tunique de gaze tomba, révélant un paysage harmonieusement constitué de collines bombées et de douces vallées. Ferragus sentit sa main caresser doucement le bois précieux du coffre à liqueurs. Il se pencha à nouveau. Justine était définitivement nue, éclairée par la lueur vacillante des chandelles. Un reflet de miel jouait à la naissance de ses épaules comme une main impudique et volage. Annibal ne pouvait détacher ses yeux de ce corps qui s'offrait dans un abandon volontaire et provocant. Il ressentait le même trouble que dans le salon d'Evrard : la sensation muette, mais impérieuse, que cette femme était un vrai danger.

Un soupir s'échappa de la loge d'à côté. Visiblement, Justine avait ce don ambigu de faire vibrer aussi bien les hommes que les femmes. Une fois encore, il la contempla. Elle s'était assise dans un fauteuil, offrant les replis délicats de son anatomie à tous les regards. Son visage ne manifestait aucune émotion, comme si sa présence était l'évidence même.

Un homme entra.

Il portait un chapeau à l'anglaise incliné sur le côté. Ainsi protégé, son visage était invisible. Les épaules larges, serrées dans une veste noire à col rond, il avançait nonchalamment comme celui qui sait que l'heure du plaisir est arrivée. Quand il se posta de dos devant Justine, elle le contempla d'un sourire déjà complice. Sans qu'il s'y attende, une pointe de jalousie piqua le cœur d'Annibal.

Malgré lui, il se pencha pour mieux voir. L'inconnu portait une chemise blanche à cordon qui dévoilait son cou. C'est là que la main de Justine se posa.

De l'autre, elle ôta la veste d'un geste impatient. L'homme, lui, restait immobile tandis que ses vêtements tombaient lentement un à un. Ferragus sentait son désir monter, attisé par des pensées contradictoires. Qui de Justine ou de l'inconnu menait vraiment le jeu ? La question le lancinait. Obscurément, il sentait que la jeune femme avait un tour d'avance. Cette pensée le troublait autant qu'elle l'excitait.

Soudain l'homme tendit les paumes, remonta le long des hanches, migra vers les seins qu'il caressa avec douceur. Annibal était tétanisé.

Le visage de Justine s'éclaira d'une onde de chaleur. Elle posa la main de son amant sur son cou et la fit remonter lentement jusqu'au lobe de l'oreille.

Dans la loge d'à côté, Ferragus entendit un long gémissement. Sa voisine avait dû succomber aux tentations de la cave à liqueurs. Annibal imagina ce qui se passait juste derrière la cloison. Des images brûlantes qui le faisaient se tendre comme la corde bandée d'un arc.

Maintenant l'inconnu était à genoux. Ses cheveux bruns bouclés ondulaient sous le nombril brillant de la jeune femme. Fasciné, Annibal fixait le doux mouvement de va-et-vient qui se jouait entre les cuisses. Justine avait fermé les yeux. Sa bouche entrouverte semblait prononcer une prière aux enfers. Brusquement un son rauque lui échappa qui bouleversa Ferragus. Il se leva d'un bond, renversant son fauteuil. Surprise, Justine ouvrit les yeux. Elle toisa Annibal d'un air insolent puis, d'un geste impérieux, elle plongea ses mains dans les cheveux de son amant et le va-et-vient se fit plus rapide, plus frénétique.

En même temps qu'il fixait la scène, les questions se bousculaient dans l'esprit de l'inspecteur. Comment Evrard avait-il rencontré Justine ? Comment une catin, même de luxe, avait-elle pu se transformer en sibylle fatale ? Qui manipulait qui ?

Sa respiration devint haletante. Il se sentait dépossédé de lui-même comme si son âme avait migré dans le corps de l'inconnu dont le plaisir allait arriver à incandescence. Qu'aurait-il donné pour être à sa place ? Tout sans doute.

Un cri brisa le silence. Un cri de plaisir. Un cri de femme.

Annibal était hypnotisé. Le visage de Justine était en feu. L'homme se retourna.

Stupéfait, Ferragus reconnut Saint-Just.

31

Paris
De nos jours

L'armoire vitrée dédiée à la gloire posthume de Kellerman renvoyait le reflet d'Antoine Marcas et de Peter Van Riess. Le secrétaire du comité Heidelberg poursuivit ses confidences devant la photo des trois hommes.

— Regardez bien. Nous avons là Adam Kellerman et son frère Henry.

— Le père de Bela ?

— Oui, il l'a eue très tard. Mais c'est bien lui. Dans les années soixante, Adam Kellerman était l'un des plus jeunes conseillers du président Kennedy. Brillant, frais émoulu de l'université Yale, libéral au sens américain, il a intégré la garde rapprochée de JFK. Des jeunes loups dévoués à sa cause, et impatients de changer une société sclérosée. Henry lui, plus jeune que son aîné, est rentré dans le service de sécurité du président.

Il tapota la vitre de son index et reprit :

— Adam m'a raconté que, pendant la prise de vue sur le toit de l'ambassade américaine, JFK souffrait d'une terrible crise du dos, au point d'envisager une hospitalisation immédiate. Et pourtant, il avait refusé afin d'assurer un rendez-vous important avec le pape Paul VI.

— Kellerman proche de Kennedy… Je comprends mieux la toile dans le salon de réception avec Jackie en pietà. Mais quel est le rapport avec son assassinat ?

— J'y viens. Après la tragédie de Dallas, les frères Kellerman ont été profondément affectés. Adam a quitté la politique et s'est lancé dans les affaires. Avec succès, comme vous avez pu le constater. Henry, lui, est entré dans l'armée et a fait le Vietnam. L'assassinat les a marqués à vie.

Antoine jeta un œil en direction de la porte sous le vitrail. Cela faisait plus de dix minutes que Bela Kellerman s'était absentée.

— Il faut appeler la police, dit-il en se redressant. Et si nous allions rejoindre Bela ?

— Oui. C'est à elle de prendre cette décision.

— Elle a du caractère. Beaucoup de gens se seraient effondrés à sa place, murmura Marcas.

Ils quittèrent l'armoire aux souvenirs et traversèrent la chapelle en direction du bureau de Kellerman. Les fantômes des gloires disparues s'étaient réfugiés dans leur pénombre poussiéreuse.

— Adam disait qu'elle avait une volonté de guerrier dans un corps de danseuse.

— Ils étaient proches ?

— C'est compliqué. La mère de Bela est morte peu après l'accouchement et son père dix ans plus tard dans un accident de voiture. À sa mort, Adam a été nommé comme tuteur, mais il était déjà âgé, veuf, et n'avait pas le temps de s'occuper d'un enfant. Bela a vécu dans ce manoir quelques mois et a été ensuite placée dans un internat en Suisse.

Marcas hocha la tête.

— Elle lui en a voulu ?

— Bela était trop fière pour se plaindre. À Zurich, elle est devenue une brillante élève et excellait dans la danse et le chant. Elle revenait pour les vacances, mais leurs relations devinrent rapidement conflictuelles. Ils avaient la même… indépendance d'esprit. Elle est ensuite partie à New York pour faire des études de commerce.

Ils passèrent devant le bouc goguenard et empruntèrent le couloir.

— Mais elle a tout arrêté du jour au lendemain. Je n'ai jamais su pourquoi. Le stress, l'envie de changer. Ça lui a plutôt bien réussi.

— Que fait-elle ?

Van Riess secoua la tête.

— Je ne sais pas si je peux vous le dire…

— C'est un secret d'État ?

— Presque…

Van Riess regarda autour de lui, comme s'il essayait de savoir s'ils étaient écoutés, puis il poussa un soupir.

— Elle chante.

— Quoi ? De l'opéra ?

Le petit homme secoua la tête.

— Non. Son nom de scène est Lady B.

— Sans blague ?

Van Riess ralentit son pas.

— Une histoire incroyable. Après son passage à New York, Bela a sympathisé avec Madonna dans une soirée à Miami et a tout plaqué pour se lancer dans la musique, d'abord comme choriste. Adam l'a très mal pris à l'époque, ils se sont éloignés pendant de nombreuses années. Elle a rencontré un petit ami fou de musique qui l'a poussée dans cette voie. Bela a disparu pour se métamorphoser en Lady B, l'idole sans visage, l'idole anonyme. Star sur la scène, et qui vit sa vie de femme sans être importunée…

— La petite orpheline, nièce d'un milliardaire, devenue une pop star mondiale. Une belle histoire pour les tabloïds.

— Non, car tout comme son visage, sa parenté avec Adam est restée secrète. Une volonté commune. Et puis le vieux Kellerman a fini par l'accepter. Il n'a jamais eu d'enfant, à sa manière il l'a considérée comme la sienne.

— Bela est donc la seule héritière directe d'un empire ? Mieux que le loto ! D'ailleurs, n'est-ce pas un excellent motif pour l'assassiner ?

Peter Van Riess s'arrêta net, le regard consterné.

— Vous plaisantez ! Bela a fait fortune avec ses chansons. Et de toute façon, son oncle a créé une fondation pour gérer son empire après sa mort. Même cette demeure échappe à la succession. Bela héritera juste de quelques biens immobiliers, si tant est qu'elle les accepte…

Ils arrivèrent dans le bureau de Kellerman. La pièce était éclairée de toutes parts. Recroquevillé comme un fœtus, le cadavre du vieil homme se nimbait d'une auréole de sang épanouie sur le tapis blanc. Bela Kellerman était agenouillée à côté du corps.

— Je vous présente toutes mes condoléances. Voulez-vous que j'accueille mes collègues ? Si vous le désirez, ils attendront demain pour prendre votre déposition.

Bela Kellerman secoua la tête.

— Je vais bien. Je contrôle mes émotions.

Antoine voulut l'aider à se relever, mais elle refusa d'un geste poli.

— Il faut se préparer à l'arrivée de la police, mademoiselle Kellerman. J'ai été le dernier à l'avoir vu vivant, je serai donc le premier à être interrogé par mes collègues.

Elle secoua la tête.

— Non. Pas de police. Du moins pas tout de suite. Des intérêts énormes sont en jeu.

Toute émotion avait disparu de son visage. Elle continua d'un ton neutre :

— S'il était mort par accident ou d'une crise cardiaque, je les aurais avertis à la seconde même. Mais il s'agit d'un meurtre et cela change la donne. Mon oncle était à la tête d'un empire financier, l'annonce de son assassinat va provoquer une onde de choc dans les milieux économiques. Je dois avoir une vue claire de la situation, n'est-ce pas, Peter ?

Le petit homme chauve acquiesça.

— Elle a raison, commissaire. Quelques heures ne seront pas de trop pour étudier une stratégie de défense afin de préserver les intérêts du fonds Kellerman. Je peux m'y atteler si tu en es d'accord, Bela. Ton père me faisait entière confiance.

— Merci, Peter. Par ailleurs, je suis très connue, je ne peux pas me permettre d'être mêlée à un crime. Tous les journaux people vont me tomber dessus.

Antoine fronça les sourcils. Ces gens n'avaient pas l'air de comprendre la gravité de la situation. Il prit une voix posée.

— Je suis désolé pour les tabloïds, mais la loi s'applique à tout le monde, même à une star.

Bela fusilla Marcas du regard.

— Je n'ai pas besoin de publicité en ce moment, dit-elle en jouant nerveusement avec son pendentif de cuivre.

— Oui, mais vous devez appeler la police immédiatement. Sinon, je le ferai.

Bela Kellerman ne cilla pas.

— Ils ne découvriront rien. Notre seule piste repose sur les dernières paroles de mon oncle. *Va en enfer, trouve le mauvais démon. Celui qui nous a fait mal. En enfer, cherche l'œil.* Il n'y a que vous qui puissiez les éclairer. Je suis sûre que la solution se trouve quelque part entre ces murs. Aidez-moi à trouver ses assassins. Maintenant.

Antoine secoua à nouveau la tête. Tout cela n'avait aucun sens. Il prit son portable tout en gardant un œil sur Bela Kellerman.

— Je ne suis pas en service ! Et il n'est pas question que je passe sous silence un meurtre ! Mais je vous promets que j'interviendrai auprès de mes collègues pour être impliqué dans l'enquête. Et puis, n'oubliez pas que la juge Gardane m'a…

— Elle est dans le coma, coupa Bela. Réfléchissez. À part votre ami, le conservateur franc-maçon, personne n'est au courant de votre enquête. Une enquête menée dans la plus totale illégalité. Quand ils apprendront que vous avez tué Anna, vos collègues vont vous tomber dessus. Vous serez embarqué et vous ne pourrez pas résoudre l'énigme de mon oncle. Et moi, je perdrai l'unique piste qui mène peut-être aux commanditaires de son assassinat.

Antoine crispa sa main sur son téléphone. Elle avait raison, il était pieds et poings liés. Tant que la juge restait dans le coma. À tous les coups, on l'interrogerait au Quai des Orfèvres. Même en plaidant la légitime défense, il serait sous le coup d'une suspension et d'une enquête de l'Inspection générale de la police. Il risquait non seulement son renvoi de la police, mais aussi une mise en examen pour enquête illégale.

Il remit son mobile dans la poche.

— C'est le grand n'importe quoi, gronda-t-il d'une voix exaspérée comme pour mieux lutter contre l'inéluctable. Vous me demandez d'être complice d'une dissimulation de meurtre ?

— Non, de m'aider à faire justice. De saisir une maigre chance de trouver les coupables. En échange, nous vous mettrons hors de cause, Andréa témoignera qu'il a tué Anna pour se défendre.

Van Riess et le garde du corps acquiescèrent silencieusement. Elle continua avec la même détermination.

— Je peux même oublier votre présence à la soirée. Votre nom n'apparaîtra nulle part. Aidez-moi !

Elle affichait une sincérité touchante. Ses yeux verts prenaient une couleur océan. Antoine abdiqua.

— Vous me jurez que vous appellerez la police quel que soit le résultat de mes recherches ? Si tant est que les paroles de votre oncle aient le moindre sens !

— Oui, répondit-elle d'une voix calme.

— Et comment allez-vous faire pour conserver le corps ?

— Nous, les riches, on ne vit pas comme vous. On ne meurt pas comme vous.

32

Palais-Égalité
Maison Bellerose
8 juillet 1794

Saint-Just !

Dès qu'il avait aperçu le corps dénudé de l'Archange de la Terreur, Annibal avait reculé, renversant une chaise.

Intrigué, Saint-Just fouillait la semi-pénombre où se dissimulait l'inspecteur. Justine, elle, avait disparu. La respiration palpitante, Ferragus se demandait s'il avait été reconnu.

Si oui, il risquait sa vie. Tous les fils des meurtres conduisaient, un par un, à Saint-Just. Si ce dernier soupçonnait l'inspecteur d'enquêter sur lui, le couperet ne manquerait pas de tomber.

Annibal décampa de la loge. Cette fois, il ne laisserait pas le Bègue le cueillir sans combattre. Il tendit l'oreille. Il lui semblait entendre une cavalcade qui remontait le couloir. Ce n'était que le battement affolé de son cœur qui résonnait à ses tempes. Il fallait se mettre à l'abri, vite. Il se renfonça dans l'encoignure d'une porte.

Il n'eut pas le temps de choisir une solution de repli, au bout du couloir venait de surgir Justine.

Vêtue en cavalière, les cheveux tirés en arrière, elle semblait partir pour la chasse. La métamorphose était déroutante. Il ne restait rien de la catin au corps de luxure qui avait ensorcelé Saint-Just.

— Il vous a reconnu. Venez.

Comme Annibal ne réagissait pas, elle le saisit par la main et l'entraîna vers une porte dont elle fit jouer le verrou.

— Il n'y a que moi qui aie la clé.

— Un jour, devineresse, l'autre, catin, avouez qu'il y a de quoi se perdre.

— Vous oubliez ange gardien. Aujourd'hui je vous sauve la vie.

La pièce était circulaire et ressemblait à une bibliothèque. Les murs étaient couverts de boiseries suggestives. Annibal eut le temps d'apercevoir, sculpté, un faune en pleine érection. Justine ouvrit un tiroir et saisit, au milieu d'autres, une cravache qu'elle fit siffler sur ses bottes. Au centre de la chambre des plaisirs, un lit était couvert de draps noirs. Justine courba la cravache entre ses mains pour en éprouver la souplesse, puis elle désigna une porte basse.

— Les libertins qui viennent ici aiment la discrétion. Un escalier descend directement dans la rue des Bons-Enfants.

D'un coup, Annibal n'hésita plus. D'une main ferme, il saisit Justine par l'épaule et se précipita vers l'escalier. Il savait exactement où se réfugier.

Ils arrivèrent dans la rue. Annibal héla une voiture attelée en maraude.

— Montez, intima Annibal à la sibylle.

Un sourire malicieux aux lèvres, Justine commenta :

— Vous voilà bien directif. Je ne vous connaissais pas ainsi.

— Nous ne nous connaissons pas, tout simplement, répliqua l'inspecteur en donnant une adresse au cocher. Et d'ailleurs j'ai des questions à vous poser. Où que j'aille, je tombe sur vous.

La voiture s'ébranla et se dirigea vers la place des Victoires.

— Le destin sans doute. Nous sommes faits l'un pour l'autre…

Annibal resta interdit. Les arrestations et les cadavres se multipliaient et la sibylle s'adonnait au jeu de la séduction. D'un coup, comme si la pression des jours derniers venait de se relâcher, il éclata de rire.

— Je vous préfère comme ça, se détendit à son tour Justine. Où me conduisez-vous ?

La voiture venait de s'engager dans un lacis de petites rues sombres, au pavé inégal.

— Dans un endroit sûr où vos talents de tireuse de cartes seront très appréciés.

Brusquement un cavalier surgit sur la gauche de la voiture. Le cocher, qui avait du mal à maîtriser ses chevaux à cause de l'étroitesse de la rue, cracha une bordée de jurons.

— Maraud ! Et que je me glisse, que je me faufile, et après ça s'étonne si ça se finit en crêpe contre le mur !

Le cavalier ne répliqua pas, mais posa sa main gantée sur le pommeau d'une dague de chasse.

— Tu vois bien qu'on ne passera pas à deux ! Avance, par le sang de Marat ! s'écria le cocher en faisant claquer son fouet.

Le cavalier fit deux pas, ce qui le rapprocha encore plus de la voiture.

— Mais tu le fais exprès. Par la tête de Marie-Antoinette, tu vas voir de quel fouet je me chauffe !

Soudain, la dague sortit de son fourreau. Aussitôt, Ferragus reconnut le symbole gravé sur la lame. Un œil au centre d'un triangle flamboyant. Il saisit Justine et la poussa vers la portière droite.

— Le cavalier. Sortez, vite.

Elle sauta aussitôt sur le pavé.

— Sauvez-vous, hurla Annibal en se jetant sur sa portière.

Sous le choc, le cavalier vida ses étriers et roula contre le mur. Ferragus jeta une pièce d'or au cocher.

— Fonce.

Annibal jeta un œil à son agresseur. Il tentait de remonter sur sa monture qui brusquement se cabra. La portière vola en éclats. Affolé, le cocher fouetta ses chevaux qui s'emballèrent à leur tour. Ferragus n'eut que le temps de jaillir de la voiture pour chuter au sol. Justine le releva.

— Vous êtes blessé ?

L'inspecteur porta la main à sa tempe. Il la retira poisseuse de sang.

— Pas le temps. La rue à droite. Courez.

Essoufflés, ils arrivèrent devant un porche sombre, barré d'une charrette renversée. Au pied de la roue, deux hommes fouillaient minutieusement un tas d'immondices. Quand Ferragus s'approcha, l'un d'eux se leva. Il avait les yeux aussi noirs que ses ongles. Il fixa Justine comme s'il venait de voir une femme pour la première fois.

— Elle fabrique dans quoi, la greluche ? L'auber ou le frifri ?

— Ni l'un ni l'autre, répliqua Annibal, on est venus demander un pageot au Grand Coestre.

La sibylle tira l'inspecteur par la manche.

— Et si vous m'expliquiez ?

— Nous sommes à la Cour des Miracles, c'est là que se retrouvent tous les mendiants et les voleurs de Paris. C'est l'endroit le plus sûr de la capitale. Même les *bonnets rouges* ne s'y risquent pas.

— Mais ils parlent quelle langue ?

Ferragus sourit. Justine semblait presque inquiète. Il aimait quand l'énigmatique sibylle perdait de sa superbe.

— Ils parlent *l'art des gueux* ou *l'argot*. Une langue qu'ils sont seuls à comprendre. Il m'a demandé si vous veniez ici pour voler ou pour vous prostituer.

— Et qu'avez-vous répondu à ses délicates paroles ?

— Que nous cherchions un lit.

— Un lit ? s'écria Justine, pour nous deux ?

— Rassurez-vous, c'est une expression pour demander l'hospitalité à leur chef.

L'homme s'approcha en grattant sa tignasse graisseuse. Malgré son avilissement, il avait dans la démarche une légèreté étonnante. Il interpella Annibal.

— Je m'appelle Vauvert. Tu connais la règle ? Si tu veux une carouble, faut passer par le cerceau.

— Je suis prêt.

Justine fronça les sourcils.

— Et là ?

— Ils vont nous faire rentrer, mais avant…

Avant de reprendre, Annibal scruta en profondeur le regard de sa compagne d'aventures comme s'il voulait être sûr de sa décision.

— Je vais devoir passer les épreuves.

Entre quatre murs décrépis, s'étendait une cour pouilleuse où s'entassait une faune humaine inconnue. En s'approchant, Justine fut prise d'un frisson. Tous les maux de la terre se retrouvaient dans cette place qui semblait une antichambre de l'enfer. Elle tendit discrètement le doigt vers un homme qui n'était plus qu'une tache goudronneuse. Seul un œil égaré et furieux brillait au milieu de son visage consumé.

— C'est un *grand rifodé*, expliqua Annibal à voix basse, il a été frappé par la foudre et il a survécu. Il est un de ceux qui rapportent le plus en aumônes tant les braves gens ont peur qu'il ne leur jette un sort de son œil du diable.

Ils traversaient la cour à pas lents.

— Et elle ? demanda la sibylle en désignant une femme dont le crâne déplumé était constellé de croûtes à vif.

— Elle, c'est une *callot*. Elle est atteinte de la teigne, une maladie du cuir chevelu, mais la plupart de ses plaies, elle les a faites avec un vieux clou pour mieux mendier.

Vauvert leur fit signe de les suivre dans un boyau noir de crasse qui débouchait sur une cour plus petite. Au centre, se tenait un adolescent inanimé. En passant, le gardien de la Cour des Miracles lui flanqua un coup de sabot.

— Répète ta manœuvre, *sabouleux* !

Aussitôt, l'enfant se tordit en cadence, frappant le pavé de ses pieds nus, la tête agitée de soubresauts tandis que de la commissure de ses lèvres jaillissait de la salive en écume.

— Lui, c'est un faux convulsionnaire.

Ferragus montra une salle voûtée qui ouvrait sur la cour par une porte en ogive rongée de lichen.

— Nous sommes arrivés.

Au centre de la pièce, deux vieilles s'activaient autour d'un mannequin d'osier qui portait encore des défroques d'une robe. L'une des ancêtres sortit d'une besace une clochette de cuivre qu'elle fit tinter avant de l'accrocher à l'un des bras factices. En quelques instants, le mannequin fut constellé de grelots comme un arbre de fruits verts au printemps. Vauvert sortit une bourse qu'il accrocha à la ceinture du mannequin. Puis, il s'adressa à Ferragus en abandonnant l'argot.

— Si tu veux trouver asile à la Cour des Miracles, il te faut décrocher cette bourse sans qu'une seule cloche ne tinte.

Sans manifester la moindre surprise, Annibal nota le phrasé parfait de son interlocuteur. Il l'observa plus attentivement, remarqua le poignard damasquiné porté en baudrier. Un déclassé, mais qui savait manier les armes. Si Ferragus échouait, il le tuerait sans sommation. Le gardien sortit un sablier d'une poche et le posa au sol.

— Trois minutes.

Annibal dénuda son bras droit. Quand il était inspecteur, on lui avait souvent raconté l'histoire des *coupe-jarrets :* ces voleurs d'exception, capables de dérober, sans coup férir, une montre sous un gilet comme un bijou dans la dentelle d'un corsage. Il savait aussi que, pour être admis dans cette confrérie, il fallait subir l'initiation à laquelle il était confronté.

Sans hésiter, sa main se glissa entre deux grelots qu'il frôla sans les faire vibrer. Il stabilisa sa position, puis estima la distance jusqu'à la bourse. D'un coup, Annibal se projeta. Son corps n'était plus qu'à quelques pouces du mannequin, mais sa main, elle, s'était enfoncée sans trembler entre un lacis de sonnettes. Aucune n'avait tinté.

Des mendiants avaient quitté la place pour assister au spectacle. Au dernier coup de main de Ferragus, des applaudissements éclatèrent. Justine sortit discrètement sa cravache. Elle se méfiait de cette meute de gueux. À ses côtés, des enfants dépenaillés s'approchaient sans bruit d'Annibal.

Il n'était plus qu'à quelques doigts de la bourse. Il observa les muscles de son bras que frôlait une paire de grelots. S'il avançait droit sans frémir…

Derrière lui, un enfant au regard sournois s'avançait. Justine jeta un œil au sablier.

Une minute, pas plus.

L'enfant se pencha pour ramasser un bâton.

La main de Ferragus atteignait le cordon de la bourse. Un tour de doigt et il la tenait. Le bâton jaillit dans l'air. La cravache siffla comme un serpent.

En un instant, l'enfant roula au sol. Justine l'avait cinglé au visage.

Vauvert se précipita.

— Salope, je vais te…

Il n'eut pas le temps de finir sa phrase. Une détonation claqua.

Sa tête éclata comme un fruit mûr.

Ébahi, Annibal se retourna. Le Bègue se tenait face à lui, un pistolet fumant au bout de son poing.

— C'est la seconde fois que je te sauve la vie, jubila le Bègue à l'adresse de Ferragus, ta dette ne cesse d'enfler. Saint-Just veut te voir à nouveau. Et cette fois, il est furieux.

La voix d'Annibal retentit, claire et ferme :

— Je ne parlerai pas. Ni à Saint-Just, ni à toi.

— Quand elle sera passée entre mes mains… débuta le Bègue en se tournant vers Justine.

Il n'acheva pas.

Le poignard de Vauvert venait de s'incruster dans son ventre.

Un filet rouge gicla sur le pavé.

Annibal recula et tendit ses mains ensanglantées.

— Pas de chance, tu es d'abord tombé entre les miennes.

Illustration tirée de *Dogme et rituel de la haute magie*,
Eliphas Levi (1854)

33

Paris
Manoir Kellerman
De nos jours

La vieille horloge égrena un coup toujours aussi lugubre et dont l'écho se répercuta dans la chapelle. Assis sur des chaises qu'on leur avait apportées, Bela Kellerman était en conciliabule sur son portable pendant qu'Antoine avalait des petits sandwichs préparés par un cuisinier, réveillé pour l'occasion.

Il lui avait fallu un bon quart d'heure pour accepter l'étrange marché proposé par la jeune femme. Adam Kellerman avait succombé à un arrêt cardiaque. Le seul cadavre mort de cause non naturelle était Anna qui avait voulu agresser sans raison Andréa.

Antoine n'était pas fier du pacte. Il ne se leurrait pas, la garantie d'être mis hors de cause dans la mort de la tueuse avait pesé aussi lourd que l'envie de retrouver les commanditaires de l'assassinat de Kellerman.

Les deux corps avaient été transportés dans l'une des dépendances du manoir. Peter Van Riess, lui, s'était retiré dans l'une des chambres d'hôtes situées dans le corps principal de la demeure. Il avait emporté avec lui des liasses de documents ainsi que son ordinateur personnel.

— Je risque de veiller tard, ça ne va pas être une partie de plaisir pour préparer l'annonce du décès d'Adam et déminer le champ des opérations. Appelez-moi quand vous trouverez quelque chose, avait-il lancé d'une voix fatiguée en les laissant seuls dans la chapelle.

Marcas reposa son sandwich et croisa les doigts sous son menton. Bela venait de raccrocher.

— C'est fait. Le médecin arrivera demain matin pour délivrer un certificat de décès.

— Ça aide d'avoir des relations. Si je résume, un grand professeur de la Salpêtrière, ami de la famille, va vous délivrer un certificat bidon pour votre oncle. Il n'a pas beaucoup de scrupules…

— La fondation Kellerman finance ses recherches sur la leucémie à hauteur d'un million d'euros par an. Le budget sera doublé. Je vous ai dit que, dans notre milieu, nous pratiquons des arrangements avec la mort. Vous croyez vraiment que Michael Jackson est décédé d'une overdose malencontreuse de médicaments ? Que Steve Jobs a été retrouvé mort dans son lit ?

Marcas écarquilla les yeux.

— Vous plaisantez ?

— Allez savoir… Quand un héritage se chiffre en centaines de millions de dollars, voire en milliards, les familles du cher disparu et leurs « assurances » n'aiment ni les meurtres ni les suicides. Bon, maintenant que vous êtes hors de cause, à votre tour de jouer.

Le ton de la jeune femme était un peu trop directif à son goût. Il hésita un instant à revenir sur sa décision et à appeler la police. Mais ses scrupules ne tenaient pas, lui seul pouvait vraiment retrouver les véritables assassins de Kellerman. Il lui fallait cocufier la loi pour rendre la justice.

Va en enfer, trouve le mauvais démon. Celui qui nous a fait mal. En enfer, cherche l'œil.

Antoine posa son plateau-repas à terre, se leva et s'approcha du double vitrail. Des lueurs rouges et bleues dansaient sur le verre. C'était vraiment du travail soigné. Le bouc barbu paraissait plus vivant que le Christ, comme s'il n'attendait qu'une seule chose, bondir sur ses pattes fourchues et jaillir du vitrail.

Marcas répéta à haute voix les dernières paroles de Kellerman.

— *Va en enfer, trouve le mauvais démon. Celui qui nous a fait mal. En enfer, cherche l'œil.* Il n'y a pas besoin d'être grand clerc pour comprendre que votre oncle faisait référence à ce bouc dans le vitrail.

Le démon restait silencieux, se contentant de lui renvoyer un regard placide, presque ironique.

— Depuis le Moyen Âge, le diable est représenté sous la forme d'un bouc, celui qui erre dans les forêts sombres et préside les nuits de pleine lune au sabbat des sorcières. Regard lubrique, cornes proéminentes, griffes, corps androgyne, il est l'incarnation parfaite du mal. Une représentation popularisée par l'Église catholique, imposée pour diaboliser les vieux rites païens et leur panthéon de dieux cornus. Ça me donne envie de relire Claude Seignolle[1].

— Ce démon me terrorisait quand j'étais petite,

1. Auteur français, spécialiste du patrimoine légendaire français, et qui a publié *Les Évangiles du diable*.

glissa Bela en se postant à ses côtés. Je me souviens un jour avoir été enfermée par erreur dans la chapelle. Prostrée derrière la bibliothèque, j'étais persuadée qu'il allait sauter de son vitrail pour me faire subir des choses horribles. J'ai souvent demandé à mon oncle des explications, il m'a seulement répondu que c'était un… bon diable.

Marcas resta songeur une bonne minute puis répondit :

— Il avait raison. Si mes souvenirs sont exacts, ce vitrail est la reproduction de la couverture d'un livre de magie publié au milieu du XIXe siècle. *Rituel et dogme de haute magie*, écrit par Eliphas Levi, l'une des plus grandes figures des sciences occultes. Un personnage haut en couleur, ancien séminariste, grand maître d'un mouvement rose-croix, spécialiste de la Kabbale et franc-maçon éphémère. Un peu charlatan sur les bords, alchimiste à ses heures perdues, mais aussi véritable érudit de son temps.

Elle esquissa un sourire. C'était la première fois depuis leur première rencontre pendant la réception. Une petite fossette se creusa sur sa joue, lui donnant un air presque enfantin. Et toujours ces mêmes yeux verts qui l'envoûtaient.

— Vous apprenez ça à l'école de police ?

Marcas lui rendit son sourire, détournant son regard vers le diable poilu.

— Non, j'ai présenté en loge des planches sur l'occultisme au XIXe siècle. Et votre oncle avait raison, ce diable n'est pas une représentation du mal. Pour Eliphas Levi, il s'agit du Baphomet, l'image de l'absolu et de la transmutation alchimique, l'idole soi-disant vénérée par les Templiers. C'est aussi Lucifer, l'ange qui apporte la connaissance à l'homme, d'où son étymologie *Lucis ferre*, le porteur de lumière. Il guide l'homme et lui apporte la connaissance occultée par l'Église.

— Curieuse interprétation de la Bible.

— Non, c'est celle des gnostiques, des mystiques des premiers siècles opposés aux enseignements officiels. Lucifer était une sorte de révolutionnaire avant la lettre, il s'est rebellé contre l'ordre établi et en a payé le prix. L'équivalent de Prométhée qui a offert le feu aux hommes et a été condamné par Zeus. Les Pères de l'Église ont métamorphosé Lucifer en Satan, l'ennemi de Dieu et des hommes.

Bela écoutait sans l'interrompre.

— Regardez bien le corps velu de ce bouc, tout est symbole pour celui qui sait déchiffrer. C'est un diable codé de la tête aux pieds. Au-dessus de sa tête brûle le flambeau de la connaissance. Sur son front est gravé le pentagramme, droit, qui symbolise le microcosme, la nature de l'homme par opposition au macrocosme. Notez que ce pentagramme est pointé vers le haut, ce qui révèle pour les initiés une valeur bénéfique. Les seins et le caducée représentent nos parts féminine et masculine indissociables. Observez les inscriptions sur les bras, d'un côté *Solve*, de l'autre *Coagula*. Dissoudre et coaguler, deux opérations importantes dans les travaux des alchimistes.

La jeune femme afficha une moue dubitative. Ses lèvres se plissèrent légèrement.

— Il est quand même répugnant, ce bouc. Votre Eliphas Levi aurait pu le rendre un peu plus désirable. Il me semble avoir vu des représentations de Satan nettement plus sexy.

— Comme votre garde du corps ? dit-il en lui jetant un regard sur le côté.

Elle ne répondit pas, son regard ne trahissait aucune émotion perceptible. Ses yeux conservaient la même intensité et Antoine eut une pensée fugace pour la technologie d'*eye tracking* qu'on lui avait présentée au palais de Tokyo. L'ordinateur aurait-il décelé une faille dans ce regard magnifique ? Il reprit :

— La laideur du bouc symbolise la passion matérielle qui avilit l'homme si elle n'est pas domptée par la spiritualité. Il ne faut jamais oublier que les occultistes préfèrent l'invisible au visible, le caché à l'apparence. Le diable de Levi n'a rien de maléfique, son apparence est aussi le révélateur de nos tentations. Il symbolise notre part animale, nos pulsions primaires sexuelles. Nos pulsions de vie. Rien à voir avec le mauvais démon, dont Adam m'a parlé avant de mourir.

Antoine se tut. La contemplation de ce diable lui rappelait quelque chose de précis, mais qui lui échappait. Il avait du mal à rassembler ses esprits. Le cachet de Van Riess faisait sans doute son effet, mais commençait à l'engourdir.

— Votre oncle possédait-il d'autres représentations du diable dans sa demeure ? Statues, tableaux…

— Non, jamais de la vie. Il avait en horreur la superstition.

— On est bloqués. Il a parlé d'un œil. Peut-être a-t-il gravé quelque chose sur les yeux du démon ?

Antoine prit une chaise, monta dessus et inspecta le vitrail. Il n'y avait rien. Pas d'inscriptions, pas de signes, pas de message. Il redescendit, l'air dubitatif. Pourtant, quelque chose trottait dans sa tête, il avait vu ce diable récemment. Mais ses pensées glissaient comme des poissons dans un ruisseau. Cela faisait un an qu'il n'avait plus décrypté d'énigme ésotérique, depuis la quête templière de Londres[1]. Il fallait entrer à nouveau dans le monde des symboles, se laisser emporter. Mais la porte restait cadenassée.

— Ce diable me rappelle l'une de ses dernières colères, ajouta Bela. Il n'avait pas aimé l'une de mes vidéos, celle qui mélangeait des symboles Illuminati et des têtes de diables.

Marcas se figea. Une petite lumière, satanique, s'alluma dans son esprit.

— Le diable des Illuminati… reprit-il à voix haute.

Un autre Lucifer surgit de sa mémoire. Il l'avait vu dans le tableau en 3D de Barkun, au palais de Tokyo. L'icône fétiche du conspirationnisme.

Le prince du mensonge.

Un verrou grinça quelque part dans son cerveau, dans un coin obscur qui contrôlait la connexion au monde du symbole. Un monde dans lequel raison et imaginaire tissaient d'étranges filaments neuronaux, entrelacés dans une torsade qui s'étirait à l'infini. Des années de travail en loge sur les symboles avaient modifié subtilement sa façon d'interpréter le monde.

Marcas appréciait la puissance du langage symbolique et en goûtait la saveur de la métaphore. Un triangle n'était pas qu'une banale figure géométrique, mais une représentation parfaite du ternaire qui renvoyait à son tour vers d'autres concepts, d'autres vérités. D'autres beautés. Au fil des ans, il avait développé cette faculté à s'immerger et déceler du sens dans un univers ésotérique. Mais il en connaissait le côté

1. *Le Temple noir* (Fleuve Éditions, 2012), Pocket n° 15644.

obscur. Aucun être humain ne pouvait contempler trop longtemps ce soleil noir sans calciner son âme et sombrer dans l'abîme. Un abîme de signes dans lequel l'esprit se noyait. Combien il en avait vu des ésotéristes calcinés qui s'étaient construit une vision du monde délirante et déconnectée de la réalité. Au fil de ses enquêtes, il avait côtoyé tant d'érudits qui sombraient dans la paranoïa, la schizophrénie et le désir de toute-puissance.

Il savait rester au bord de l'abîme. C'était sa force.

Sauf si je suis en train de devenir bipolaire.

Il chassa cette pensée et se concentra à nouveau sur Lucifer.

Le diable, prince du mensonge.

Marcas sentait que le cadenas allait lâcher. Il devait juste se laisser envahir par toutes les idées et figures qui surgissaient du néant.

Kellerman ne faisait pas référence au Lucifer porteur de lumière. Il m'a dit, mon frère, il m'a parlé en tant que maçon. Le diable qui nous a fait mal... Nous a fait mal. Nous...

Le nous pour les francs-maçons.

Mal aux maçons.

Il se leva et s'approcha de Bela.

— Le diable se niche vraiment dans les détails... Je me suis trompé. Votre oncle ne parlait pas de Lucifer, le diable sur le vitrail. C'était trop évident. Il évoquait Satan.

— Je ne comprends pas. Lucifer et Satan, c'est pareil.

— Erreur. Satan provient de l'Ancien Testament, étymologiquement c'est *ha-sâtan*. « L'Adversaire » en hébreu. L'Adversaire de Dieu, puis de Jésus dans le Nouveau Testament. Et plus généralement des hommes. Le mal à l'état pur, l'ange déchu qui conspire à la ruine de l'homme. Satan, le prince des enfers. Et surtout du mensonge.

Antoine pianota sur son smartphone et finit par s'exclamer.

— Le démon qui fait mal. Le mensonge qui fait mal aux francs-maçons. Voyez-vous, la maçonnerie a été accusée par ses détracteurs, y compris par le clergé catholique, d'être la synagogue de Satan. Que nous étions des adorateurs du diable. Et je sais où se cache ce démon. Le bouc jumeau de celui du vitrail. Un jumeau maléfique… qui a failli tuer la franc-maçonnerie.

34

Pavillon de Flore
9 juillet 1794

— Citoyen ?

Un secrétaire venait de passer une tête craintive dans l'entrebâillement de la porte. Robespierre se retourna sans répondre, chaussa ses lunettes vertes et tendit la main. Avec son regard opaque, sa perruque blanche comme neige et son visage de cire, il ressemblait à un spectre échappé du tombeau.

— La liste des exécutions, citoyen.

Une fois seul, l'Incorruptible s'assit, massa ses jambes et parcourut le registre des guillotinés de la veille.

Pierre Abazit, drapier
Jean Dabelly, imprimeur

Robespierre s'arrêta à ce nom. Encore un imprimeur ! Cette engeance était la pire. Plus on en exécutait, plus il en réapparaissait, prêts à publier n'importe quoi pour faire de l'argent. Des êtres vils, cupides, délateurs, calomniateurs, et dont la guillotine n'arrivait pas à bout. À croire que dans le cœur de l'homme, le désir du lucre et le besoin du mal étaient incessants.

Matthieu Gabory, tisserand
André Jacquelin, laboureur
Evrard Louis, spéculateur

L'Incorruptible abaissa ses lunettes et relut le nom. *Evrard… Spéculateur.* Ce n'était pas possible. Arrêté, emprisonné, jugé, condamné, exécuté sans que lui, Robespierre, n'en sache rien ? Il saisit la sonnette qu'il fit tinter trois fois. Aussitôt une porte s'ouvrit et deux secrétaires firent leur apparition et posèrent leur écritoire face à l'Incorruptible.

— Écrivez : *« Ordre au Tribunal révolutionnaire, sis à la Conciergerie, de transférer immédiatement au Comité de salut public le dossier Evrard avec les pièces afférentes suivantes : dénonciation, arrestation, instruction, condamnation, exécution, ainsi que le nom et la fonction de tous les protagonistes de cette affaire. »*

Dans le bureau, on n'entendait plus que le crissement rapide des plumes sur le vélin. Robespierre, les mains jointes sous le menton, réfléchissait. Qui avait donné l'ordre d'arrêter Evrard ? Et pourquoi ? Le financier fournissait les armées de la République en équipement et munitions. Un homme efficace auquel l'Incorruptible faisait confiance.

— Citoyen, nous faisons porter votre ordre au Tribunal révolutionnaire.

— Prévenez-moi aussitôt que le dossier sera arrivé.

Il replongea dans ses pensées. Evrard… Une forte personnalité qui avait fait comprendre à Robespierre quelque chose d'essentiel : on ne gagne pas une guerre seulement avec des mots et des idées. Il faut des hommes prêts à se salir les mains. Et Evrard en faisait partie. Grâce à lui, l'Incorruptible avait pu équiper les soldats qui opéraient en Vendée. Cette province en rébellion que la République soumettait par le fer et le feu.

Robespierre saisit la sonnette qu'il secoua frénétiquement. Quand la porte s'ouvrit, il balbutia dans une quinte sanglante de toux :

— Saint-Just, vite.

L'Archange de la Terreur pénétra dans le bureau de l'Incorruptible à pas lents à cause de la pénombre. Robespierre avait tiré les rideaux et se tenait assis à son bureau. Un chandelier éclairait sa face livide.

— Evrard a été arrêté et exécuté, tu le savais ?

— Du tout, qui a signé l'ordre d'arrestation ?

— Je le saurai bientôt. En attendant…

Robespierre observait son compagnon d'armes. Depuis qu'il était arrivé au pouvoir, il se méfiait de tous et surtout de ses proches. Pendant ses moments de liberté, il étudiait soigneusement les rapports des espions qui lui consignaient les faits et les gestes de ses collègues du Comité. Puis, dans ces nuits de solitude, il recoupait des fils invisibles qui aboutissaient toujours à un complot.

— Le 4 juillet, tu as reçu Evrard chez toi. Pourquoi ?

Malgré sa surprise, Saint-Just ne se démonta pas.

— Tu sais bien qu'Evrard est, enfin, *était* le fournisseur de l'armée du Rhin dont le Comité m'a confié la responsabilité.

— Et Guillotin, qui l'a accompagné, il s'occupe aussi de l'approvisionnement des troupes ?

— Je vois que tu es bien renseigné, souffla Saint-Just.

L'Incorruptible laissa le silence s'appesantir avant de reprendre. Il aimait ce moment où la proie sentait le piège près de se refermer.

— Tu sais quel est le point commun entre Evrard et Guillotin ? Ils sont tous deux francs-maçons. Alors maintenant, explique-moi ce qu'ils sont venus faire chez toi. À moins, bien sûr, que ces *frères* ne soient aussi les tiens.

— Tu m'accuses d'être un initié ? s'insurgea Saint-Just.

— Je te pose la question. Depuis longtemps, je m'interroge sur les véritables motivations de cette société prétendue discrète, mais que l'on retrouve partout.

— Je n'ai jamais fait partie d'une société secrète, tu le sais. En revanche, si tu voulais des renseignements sur les *frères,* c'est à ton père…

Le visage de Robespierre prit une teinte de cire froide.

— … et à ton grand-père qu'il fallait en demander, eux étaient des francs-maçons, renchérit Saint-Just.

— Tu me provoques ? Tu sais qui sont vraiment ces hommes de l'ombre ?

Un instant, Saint-Just songea à Ferragus. Si tout avait fonctionné, le Bègue avait déjà dû s'emparer de l'inspecteur et le tenir au secret. Dès lors, il pouvait tenter de détourner Robespierre de sa crise de méfiance.

— Ce que je sais, c'est que les rares maçons encore actifs à Paris sont sous surveillance. Le Bègue a démantelé une réunion clandestine de *frères*, tout début juillet dans l'ancienne abbaye de Saint-Germain.

— Tu ne m'as jamais parlé de cette opération de police, s'étonna Robespierre, tu aurais dû.

— Maximilien, tu te dévoues corps et âme au destin de la Patrie. Tu es épuisé. Laisse tes amis s'occuper des détails à ta place.

— C'est pour ça que tu as rencontré Evrard ? se radoucit Robespierre qui, comme tous les anxieux profonds, ne souhaitait qu'être rassuré.

— Et Guillotin. Pour qu'ils comprennent bien que nous ne tolérerons aucune résurrection de l'ordre maçonnique.

Le visage de l'Incorruptible s'éclaira. D'une voix sourde, il devint lyrique :

— Dans la République que je veux fonder, il n'y aura aucune place pour des initiés ou pour des sociétés secrètes. Chaque homme sera totalement transparent à son prochain et alors nous connaîtrons le bonheur.

Saint-Just songea que l'idéal de transparence prôné par Robespierre ne s'appliquait guère à lui-même. Le pays ignorait l'état réel de l'Incorruptible. Ses nuits d'insomnies, ses colères insensées, ses crises terribles de défiance, jusqu'à sa santé qui se dégradait chaque jour. À la lueur mordante des chandelles, l'Incorruptible avait un visage à faire peur.

— Tu as bien agi, Saint-Just, pourtant tu as tort de penser que cette engeance va disparaître. Bien au contraire. Comme un nid venimeux de serpents, ils ne se terrent que pour mieux ressurgir.

Saint-Just sourit malgré lui.

— Quand je pense que partout, en Europe, on est

convaincu que la Révolution française est l'œuvre souterraine de la franc-maçonnerie, si on t'entendait…

Le regard brûlant de l'Incorruptible s'éteignit d'un coup.

— Et qui te dit que ce n'est pas la vérité ?

Robespierre jeta un œil inquisiteur vers la porte et baissa la voix.

— Et si nous avions été manipulés par des forces occultes et puissantes, qui agissent encore et toujours dans l'ombre ?

La voix de l'Incorruptible se fit plus sourde.

— Et si j'en avais la preuve ?

L'Incorruptible se retourna et fit coulisser un paravent. Derrière, se trouvait la porte entrouverte d'un coffre. Il tendit la main et sortit un dossier noir fermé d'un sceau.

— Tu connais l'abbé Lefranc ?

— Je ne fréquente pas les prêtres.

Maximilien passa sa main blanche comme la craie sur la couverture du dossier scellé.

— Avant la Révolution, il dirigeait le séminaire de Caen. Les rapports de police de l'époque sont muets sur lui. Ses collègues, eux, le décrivent comme un érudit, perdu dans ses livres. Pourtant, en 1791, il a refusé de prêter fidélité à la Constitution. Comme le veut la loi, il a été démis de ses fonctions. Sans emploi, ni relations, il s'est installé à Paris.

— Comme tant d'autres prêtres réfractaires.

— Sauf que lui ne s'est pas contenté de dire la messe dans des maisons bourgeoises en gémissant sur la dureté des temps. Il s'est mis en tête de comprendre comment un royaume qui avait mille ans s'est effondré juste en quelques mois. D'ailleurs, ça ne t'a jamais surpris ?

Saint-Just jeta un œil sur les murs. Par endroits, se devinaient les armoiries quasi effacées de la Maison de France.

— La société de l'Ancien Régime était pourrie, corrompue jusqu'à la sève, elle ne pouvait que tomber à la première bourrasque.

— Tu crois ? Ce n'était pas l'avis de l'abbé Lefranc. Il a passé plus d'un an à démonter les fils rouges de sang d'un complot monstrueux. Tout est là.

Robespierre montra du doigt le dossier noir.

— Et tu prétends que ce sont les francs-maçons qui…

— … qui ont exécuté point par point le plan qu'on leur avait tracé, oui ! Ils ont été le couteau, la lame de la Révolution.

— Et qui tenait le manche ?

— Ceux qui ont tué l'abbé Lefranc. Il a quand même eu le temps de sortir deux livres, devenus introuvables, où il dénonce cette conspiration de l'ombre. Puis il a été arrêté et conduit aux Carmes. Il n'en est jamais revenu.

— Que s'est-il passé ?

— Le 2 septembre 1792, des hommes en armes se sont précipités à la prison des Carmes. En quelques heures, ils ont tué plus d'une centaine de prêtres dont Lefranc qui a été égorgé parmi les premiers. Comme si l'on voulait noyer son meurtre dans un torrent de sang.

Saint-Just tenta d'apporter la contradiction :

— Mais rien ne dit que ces massacreurs soient venus spécifiquement pour lui.

Robespierre fit sauter le cachet de cire qui scellait le dossier et sortit trois rapports de police.

— Témoignage de l'abbé Berthelet, rescapé : *« Deux inconnus entrèrent dans notre cellule. Ce n'étaient pas des hommes du peuple. Ils étaient rasés et portaient des bottes de cavalier. Ils réclamèrent l'abbé Lefranc. À notre réponse négative, ils disparurent aussitôt pour fouiller une autre cellule. »*

— Peut-être une coïncidence.

— Témoignage de l'abbé Vialar, rescapé : *« L'abbé Lefranc était en proie à une vive émotion. À chaque instant, alors qu'on égorgeait aux portes des cellules, il répétait : "Ils viennent pour moi, pour moi" ; je n'ai jamais compris pourquoi. »*

Saint-Just était de plus en plus attentif.

— Témoignage de l'abbé Saurin, rescapé : *« Comme je traversais la cour des Carmes, dégoulinante de sang, deux hommes retournaient les cadavres. Ils trouvèrent le corps de l'abbé Lefranc. Malgré mon désir pressant de fuir, je ralentis le pas. L'un d'eux dit : "Il nous faut la preuve de sa mort." L'autre sortit un couteau et fit sauter un œil du visage avant d'ajouter : "La voilà, la preuve." »*

Saint-Just allait intervenir quand la porte s'ouvrit brusquement. Un huissier surgit :

— Citoyens, le Bègue a été assassiné.

35

Paris
Chapelle du Manoir Kellerman
De nos jours

Marcas parcourait fébrilement le long rayonnage sur la franc-maçonnerie. Il savait ce qu'il cherchait, un livre antimaçonnique aussi célèbre que le Barruel qui lui avait sauvé la vie. Il l'avait repéré peu de temps avant l'assassinat de Kellerman. Il fit courir sa main le long des reliures et s'arrêta net sur un ouvrage de couleur sombre. C'était une édition de luxe, plein cuir et nervurée sur le dos. Juste au-dessous du titre et du nom de l'auteur, une étoile dorée à cinq branches étincelait dans son écrin de cuir noir et souple. Un pentagramme dont la pointe était tournée vers le bas. Un pentagramme maléfique. Le travail de reliure était récent, pas plus d'une vingtaine d'années. Marcas emporta le livre et le posa sur un lutrin dressé à côté de l'estrade. Il ouvrit l'ouvrage. La première page était en papier de mauvaise qualité, piqueté, illustré d'un bouc familier.

Bela Kellerman fronça les sourcils.

Les mystères de la franc-maçonnerie
dévoilés par Léo Taxil.
Chez tous les libraires et marchands de journaux.

— Incroyable. Le même que sur le vitrail !

— Oui, mais en apparence seulement. Observez bien les détails. Vous voyez ce qu'il porte autour de la taille, à la place du caducée ? C'est un tablier de franc-maçon au grade de maître. Voilà comment d'un coup de crayon, Lucifer est devenu un frère et pas n'importe lequel. On est passé de l'allégorie de Lucifer porteur de lumière à Satan l'idole des francs-maçons. Et pour ajouter une touche de macabre, Taxil lui a adjoint une tête de mort. À l'époque, Photoshop n'existait pas, mais on savait déjà détourner une illustration. Regardez les avant-bras, les inscriptions ont été modifiées. À la place de la devise alchimique *Solve* et *Coagula* il est écrit Mendes et Baphomet. Mendes, ça donne une touche orientale et Baphomet fait référence au pseudo-démon vénéré par les Templiers. Idéal pour terrifier le bon lecteur catholique et stimuler son antisémitisme. Et pour enfoncer le clou, l'auteur a dessiné un serpent répugnant sous les sabots.

— Et ils ont aussi ajouté *« À la Gloire du Grand Architecte de l'Univers ».*

Antoine posa l'ouvrage sur la chaise.

— Oui, pour les incultes qui n'auraient pas compris. L'auteur, Léo Taxil, ancien maçon, a mélangé habilement une description très fine de rituels maçonniques bien réels et de rites imaginaires, comme l'adoration du diable, la décapitation des ennemis de la maçonnerie et la conservation de leurs têtes dans les loges. Pour les maçons, c'est l'équivalent des *Protocoles des Sages de Sion* pour les Juifs[1].

— Personne n'a dû prendre ça au sérieux ? répondit-elle sur un ton interrogatif.

— Vous plaisantez ? Ce torchon a été un best-seller à l'époque, des centaines de milliers de braves gens ont gobé ces fumisteries. Mieux, le clergé l'a financé et de grands princes de l'Église ont recommandé sa lecture à leurs ouailles. Même le pape de l'époque, Léon XIII, a reçu en audience l'auteur pour le féliciter de son œuvre. Les francs-maçons ont été durement attaqués. Léo Taxil, avec son diable, a causé un tort immense à la franc-maçonnerie. Le plus affligeant, c'est qu'il a reconnu à la fin de sa vie que c'était un canular. Rien n'y a fait, les détracteurs de la maçonnerie le citent toujours comme une référence. Et le pire de l'histoire, c'est qu'au XXIe siècle, à cause du Web, cette gangrène

1. Faux rapport écrit par la police du tsar en 1899 pour faire croire à l'existence d'un complot mondial des Juifs et qui est devenu la bible des milieux antisémites au XXe siècle. Adolf Hitler le cita souvent en référence.

cérébrale s'est propagée dans les esprits. Une foule de sites nous accusent d'adorer Satan dans nos loges !

Antoine feuilleta les pages rapidement. Il aimait le doux frottement du papier jauni entre ses doigts, comme s'il absorbait par simple contact l'âme du livre. Une âme maléfique. Il murmura à nouveau les ultimes paroles de Kellerman :

Va en enfer, trouve le mauvais démon. Celui qui nous a fait mal. En enfer, cherche l'œil.

— Bon, nous avons trouvé le mauvais démon en enfer, celui qui a fait du mal aux francs-maçons. Il doit y avoir un œil quelque part dans ce livre.

Les pages défilaient les unes après les autres. Il reconnut les rites, des gravures lui firent échapper des soupirs d'agacement, mais il arriva à la fin de l'ouvrage sans avoir aperçu le moindre œil. Il palpa la reliure, rien. Il ne chercha pas à dissimuler sa déception. Bela Kellerman prit le livre à son tour et fronça les sourcils.

— N'y a-t-il pas d'autres volumes ?

— Non, j'ai regardé dans le rayonnage maçonnique qui est admirablement classé. Il n'y a qu'un Taxil dans cette section.

Il se massa le visage et s'assit sur la chaise. Une onde de fatigue le submergea.

Rien. Son raisonnement analogique avait mené à une impasse.

Je déconne. Moi aussi, je vois des signes partout. Je sombre dans l'abîme.

À force de courir après le trésor des Templiers, l'or des alchimistes, les secrets des francs-maçons de toutes obédiences, son esprit s'était enivré de la dangereuse liqueur de l'ésotérisme. Il sombrait dans les eaux troubles et profondes du symbolisme.

Tout faisait sens, rien n'avait de sens. L'abattement chassa l'excitation, avec la force d'une marée qui reflue à toute allure.

Un dément qui découpe des yeux dans une cave, deux cadavres en une seule soirée et maintenant un jeu de piste ésotérique sur le diable en compagnie d'une star de la pop. Je vais me réveiller dans mon lit.

La copine de mon fils avait raison. Dans la famille bipolaire, je voudrais l'obsédé des signes ésotériques.

Il posa le livre, respira profondément puis murmura sur un ton piteux :

— Je suis sincèrement désolé, mademoiselle Kellerman. C'est l'impasse totale. Je me suis fourvoyé dans mes interprétations.

— Ce n'est pas possible, dit-elle en secouant la tête. Je vais chercher à mon tour.

La jeune femme s'était penchée vers l'ouvrage, l'échancrure de son corsage laissait deviner deux seins magnifiques. Une pensée érotique fugace traversa l'esprit de Marcas.

C'est bien le moment.

Gêné par son propre désir, il détourna le regard vers le vitrail, au-dessus d'elle. Le bouc aux pieds fourchus, qui arborait une poitrine dénudée, le regardait avec lubricité.

On se calme, Antoine. Fatigue et frustration, très mauvais mélange.

Il ne put s'empêcher de jeter un dernier coup d'œil furtif aux seins et se leva en évitant le regard de la jeune femme.

Bipolaire et obsédé. Je touche le fond. Je suis comme ce bouc, je vais finir en enfer.

Au moment où il allait se redresser, une idée jaillit. Sulfureuse. À nouveau, le verrou lâcha.

En enfer... Et si c'était ça ? Non, c'est trop évident. Et pourtant...

Sous le regard surpris de Bela, il se leva d'un bond, fila à l'autre bout de la bibliothèque et stoppa devant le portrait du jeune marquis de Sade. Bien sûr ! Il ne lui fallut que quelques minutes pour passer en revue le rayonnage. Sa main s'arrêta sur une reliure noire, brillante, comme si elle venait d'être cirée. Il cria :

— J'avais raison. Venez, j'ai trouvé quelque chose !

La jeune femme le rejoignit. Antoine brandit un livre identique à celui qu'il avait consulté.

— Léo Taxil, le retour ! J'ai fait une première méprise sur le diable et maintenant sur l'enfer.

— Je ne comprends pas…

Trouve le mauvais démon. Celui qui nous a fait mal. En enfer, cherche l'œil.

— J'ai trouvé l'enfer, mademoiselle Kellerman, mais c'est un enfer qui n'a rien de religieux ou d'ésotérique, non, il est… érotique.

Elle ouvrit à nouveau ses grands yeux émeraude. Cette fois, c'est lui qui menait le jeu.

— Il fut un temps où l'on appelait enfer la partie cachée, sulfureuse, d'une bibliothèque. On y mettait les livres interdits, dérangeants, et tout particulièrement les œuvres érotiques et pornographiques. En bon bibliophile, votre oncle héberge son enfer. Et regardez ce que j'ai trouvé entre deux volumes des *Cent Vingt Journées de Sodome* !

Il brandit un ouvrage à la reliure noire et familière qu'il ouvrit devant elle.

— C'est le même livre, le Taxil.

Un bout de papier vert tomba de l'ouvrage. Il le ramassa, le déplia et sourit.

— Tout juste. Mais ce Taxil possède un indice intéressant. Regardez.

Il brandit sous ses yeux un billet de un dollar. Sur le côté gauche du billet, il y avait une pyramide surmontée d'un œil stabiloté de jaune.

— Voici l'œil, dit Marcas en montrant le billet.

Il retourna la coupure à la lumière. Il y avait une inscription griffonnée à l'encre rouge sur le visage de George Washington.

paternos1776@gmail.com

36

Paris
9 juillet 1794

Ferragus ne se souvenait toujours pas comment ils s'étaient retrouvés en bord de Seine. Le coup de couteau, le corps du Bègue qui s'effondre, les cris de terreur, la course folle dans les rues de Paris… tout avait pris l'allure d'un cauchemar éveillé. Ils étaient assis sur le débarcadère du port Saint-Nicolas. Autour d'eux s'agitaient des portefaix qui chargeaient et déchargeaient des marchandises. Malgré la misère des temps, le fleuve, dès le matin, se couvrait d'embarcations. Assis dans l'ombre d'un mur de barriques, Justine et Annibal observaient le bac qui traversait la Seine jusqu'au quai Malaquais. En face, des gerbes de fleurs encombraient la porte de l'immeuble où était mort Voltaire et chaque jour des révolutionnaires fervents venaient honorer la mémoire immortelle du philosophe. Il était décédé trois semaines après avoir été initié franc-maçon, songea Annibal. Dieu s'était vengé, avait persiflé les dévots. Ferragus se tourna vers Justine. Un instant, il pensa lui montrer la maison du philosophe, mais la sibylle était déjà occupée. Elle avait ôté ses bottes et effrangeait son pantalon. D'un air dubitatif, elle inspecta la tenue de son compagnon.

— Allez vous frotter contre la panse des tonneaux et salissez un peu vos vêtements. Et puis, mettez ça autour de votre cou, monsieur le franc-maçon.

— C'est quoi ?

— Une médaille de saint François de Sales, le patron des muets. Je l'ai empruntée sur un des cadavres de la Cour des Miracles.

— Vous avez dépouillé un mort ?

Justine éclata d'un rire froid.

— Ne faites pas la fine bouche ! Vérifiez plutôt vos poches, que vous n'ayez rien de compromettant.

Ferragus s'exécuta. Sous sa paume, il sentit la tabatière où le Dr Damon avait déposé l'empreinte des dents retrouvée sur le corps de la malheureuse Sophie de Caudolon. Prudemment, il préféra n'en rien dire.

D'un claquement impatient des doigts, Justine arracha trois boutons de la chemise de l'inspecteur.

— Voilà, qu'on voit bien la médaille de votre saint patron, car désormais vous ne parlez plus.

Annibal tenta de protester.

— Vous voulez continuer à rester en vie ? Alors plus un mot.

Après avoir traversé la Seine, ils remontaient un chemin de terre qui longeait un verger où des mutilés cueillaient des fruits. L'un d'eux agita sa béquille et lança un juron obscène. Justine rougit, baissa la tête et fit un signe de croix. Stupéfait, Ferragus faillit se figer.

— Ne vous arrêtez pas.

Annibal baissa la voix.

— Devineresse, catin et maintenant dévote… vous avez combien de rôles dans votre répertoire ?

Le dôme des Invalides projetait son ombre sur le chemin. Des soldats en convalescence, une cocarde au chapeau, étaient assis sur des bancs de pierre. Ferragus enrageait. On soignait principalement aux Invalides les combattants des guerres de Vendée, des républicains acharnés. Il tressaillit : il avait l'impression de s'enfoncer dans la gueule du loup juste avant que les mâchoires ne claquent.

Justine fit halte devant l'entrée discrète d'un immeuble gris qui bordait les Invalides. Elle frappa deux coups brefs, puis un long.

Une femme âgée ouvrit précautionneusement la porte. La sibylle se pencha vers Annibal en chuchotant :

— N'ayez pas l'air surpris.

Puis elle déboutonna sa chemise et exhiba, sur sa poitrine, un cœur rouge tatoué d'une croix. Ferragus était ahuri : le symbole des Vendéens, les pires ennemis de la République !

Un sourire de paix illumina le visage de la vieille femme :

— Je suis Mme Denis, entrez et soyez les bienvenus au nom du Christ et du Roi.

La maison semblait figée dans le temps. Des tapisseries défraîchies ornaient les murs, mettant en scène des pâtres amoureux et des bergères évanescentes. Après un escalier qui sentait la cire, ils empruntèrent un long couloir ponctué de crucifix d'ivoire. Comme elle passait devant un tableau, leur hôtesse s'arrêta et fit une révérence. Intrigué, Annibal examina la peinture :

c'était le portrait d'un enfant blond, au visage pâle et menu, surmonté d'une fleur de lys.

— Le Dauphin, fils des martyrs Louis XVI et Marie-Antoinette. Il est notre espoir à tous, murmura Mme Denis. Si Dieu le veut, il montera un jour sur le trône et châtiera tous ces révolutionnaires du diable.

À ces mots, Justine fit dévotement un signe de croix.

— Que le Tout-Puissant vous entende et ramène sur le Trône le digne héritier des Bourbons.

— Voici votre chambre, annonça leur hôtesse, vous y serez au calme et en excellente compagnie. Votre voisin de gauche est un prêtre arrivé clandestinement d'Angleterre ; hier, nous avions un aristocrate qui venait juste de s'échapper de prison. Que des gens bien.

— Une consolation du ciel ! s'écria Justine. Merci, Seigneur, de nous avoir trouvé un havre de paix !

L'inspecteur ouvrit des yeux ronds. La sibylle en dévote le laissait sans voix.

— Voilà trois jours et trois nuits que nous errons dans Paris. Nous sommes épuisés…

— Bien sûr, pauvres enfants, reposez-vous. Je viendrai vous chercher bientôt pour le dîner. Vous ferez la connaissance de votre voisin.

Sitôt la porte refermée, Annibal se répandit en questions :

— Mais où sommes-nous ? Comment connaissez-vous cet endroit ? Qui est cette femme ?

Justine le regardait comme une mère lasse, un enfant impatient. Elle s'assit sur le lit, retira ses bottes et se massa les chevilles. Cette attitude nonchalante exaspéra l'inspecteur.

— Nous sommes poursuivis, nous risquons notre

tête… et vous, vous nous installez dans un nid de contre-révolutionnaires ! Un prêtre interdit, un noble en fuite… En plus à deux pas des Invalides. Mais vous êtes folle !

— C'est justement parce que cet endroit est sans cesse sous le regard des républicains, qu'il est sûr. Réfléchissez un peu.

Ferragus détestait quand elle avait raison.

— Vous n'avez pas répondu à ma question : « Comment connaissez-vous cet endroit ? »

La sibylle défit son chignon et son visage, jusque-là durci par les événements, retrouva d'un coup sa douceur féminine. Selon le moment et le lieu, les traits de Justine pouvaient varier comme un paysage et passer d'un sourire ensoleillé à un front sombre comme l'orage.

— Il y a longtemps que je sais que des royalistes – aristocrates ou hommes d'Église – se cachent ici. C'est Evrard qui me l'a indiqué.

— Evrard que votre prestation en tireuse de cartes a conduit à la guillotine !

Le front de Justine prit la teinte de la lave durcie.

— Vous parlez comme un arrogant. Il y a beaucoup de choses que vous ignorez.

— Comme quoi ?

La sibylle tendit la main vers la cloison qui les séparait de la chambre d'à côté.

— Croyez-vous que nous soyons là par hasard ? Il y a ici un prêtre qui s'intéresse beaucoup aux crimes de sang. Surtout quand les victimes sont des jeunes femmes…

Annibal tressaillit. À part Saint-Just, Guillotin et

bien sûr le financier, nul ne savait qu'il enquêtait sur un meurtre féminin. Justine ajouta :

— … des jeunes femmes auxquelles on a ôté les yeux.

Il la saisit par le bras.

— Qui êtes-vous ? Mais qui êtes-vous ?

Il la fixait avec intensité comme s'il voulait mettre à vif ses plus intimes secrets. À nouveau les traits de Justine changèrent. Un éclat enfantin traversa son regard. Quelque chose qui venait de très loin et disparut aussitôt.

— Juste une femme qui essaye de survivre. Le reste est coïncidence.

— Je ne crois pas au hasard, s'écria Annibal.

— Vous avez tort.

On frappa à la porte. Une voix douce annonça :

— On vous attend pour dîner. Votre voisin l'abbé se fait une joie de vous rencontrer.

Justine attacha ses cheveux qu'elle coiffa d'un bonnet de coton, reboutonna son corsage et fit rebondir sur sa poitrine une croix en fer-blanc. Avant de sortir, elle se tourna vers Ferragus que la surprise avait bouleversé.

— N'oubliez pas. En public, vous êtes muet.

Même au plus fort de la tourmente révolutionnaire, quand le couperet de la guillotine ne cessait de tomber, il existait dans Paris des maisons favorables aux partisans de l'Ancien Régime. Des asiles qui conduisaient le plus souvent leur propriétaire à la mort. Un destin fatal qui ne semblait guère impressionner le pensionnaire de Mme Denis.

— Permettez-moi de vous présenter l'abbé Barruel. Il vient juste d'arriver de Londres.

Justine s'agenouilla devant le prêtre et lui baisa la main droite.

— Votre bénédiction, mon père, pour moi et mon pauvre frère.

Barruel se leva et exécuta lentement un signe de croix. Quand il abaissa son regard sur la sibylle, elle avait les larmes aux yeux.

— Ah, mon père, si vous saviez ce que nous avons enduré !

Elle éclata en sanglots.

— Nous avons dû fuir, mendier pour survivre…

Très ému, l'abbé la releva.

— Ma pauvre enfant, ayez confiance. Nous traversons tous des épreuves, moi-même…

Des cris éclatèrent sur la place qui avoisinait la maison de Mme Denis aux Invalides. Ferragus se posta discrètement près de la fenêtre. Des *bonnets rouges* venaient de se regrouper autour de la fontaine. Certains levaient le poing tandis que d'autres brandissaient une feuille de journal. La maîtresse de maison s'approcha et le rassura :

— Ce n'est rien. Dès que les journaux arrivent, ils s'excitent comme des enfants. Tout à l'heure, j'ouvrirai la fenêtre pour leur demander de me lire les nouvelles. Je le fais chaque soir. Comme ça, ils me prennent pour une patriote zélée.

Dans le salon, Justine s'était assise près de Barruel. Le crâne dégarni, de rares cheveux frisottants sur les tempes, les yeux d'un bleu délavé, le prêtre semblait porter tout le poids du monde sur ses frêles épaules.

— Confiez-moi vos peines, monsieur l'abbé. J'ai tant souffert que je peux tout entendre.

Le prêtre la contempla d'un air surpris, mais dans les

yeux de la sibylle, il ne vit qu'une immense bonté. Et puis lui, qui avait passé sa vie à confesser les autres, ceux qui avaient besoin d'être écoutés.

Tout en surveillant les révolutionnaires qui continuaient à s'agiter, Annibal ne perdait pas un mot de la conversation entre le prêtre et Justine. Une fois encore, il était ébahi de son don de métamorphose.

— Voyez-vous, je suis venu de Londres pour rencontrer un ami, un prêtre persécuté comme moi, mais pour atteindre Paris, j'ai dû affronter bien des périls. Heureusement qu'en France il existe encore de véritables chrétiens, comme Mme Denis, sinon je serais mort dix fois.

— Risquer la guillotine pour revoir un ami, vous êtes un saint, monsieur l'abbé, s'écria Justine.

— Loin s'en faut, ma fille, loin s'en faut ! Mais quand je suis arrivé, j'ai appris que l'abbé Lefranc, car tel est son nom, était mort aux Carmes. Un drame pour moi.

Un chant révolutionnaire éclata sur la place. La sibylle, avant de répondre, esquissa un signe de croix sur ses lèvres.

— Perdre un ami proche, quelle tristesse infinie.

— C'était surtout… (Barruel hésita, mais le regard complice de Justine le rassura.) que je voulais récupérer des papiers très importants que l'abbé avait en sa possession.

Justine baissa les yeux et murmura une brève prière, avant de demander :

— Et vous avez pu remplir votre mission ?

Comme s'il était à confesse, le prêtre baissa la voix :

— Heureusement, l'abbé Lefranc était un homme

prudent. Avant que d'être arrêté, il avait mis ses archives en sécurité.

Une nouvelle bordée de cris et d'injures retentit de la place. La tension montait dans le groupe des *bonnets rouges.*

— Je vais voir ce qui se passe, décida la maîtresse de maison, en ouvrant la fenêtre, ils ont l'air fous furieux.

Brusquement le vacarme envahit toute la pièce. Barruel et Justine arrêtèrent aussitôt leur conversation. Ferragus, lui, se glissa près des rideaux.

— Mes amis, que vous arrive-t-il ?

Une voix tout en colère lui répondit :

— Ah, madame Denis, c'est qu'on tue les républicains en plein Paris ! Une bête fauve a assassiné un patriote de sang-froid, hier. Un monstre. Tenez, regardez.

Ferragus s'avança. Une pique surgit, dans l'embrasure de la fenêtre. Au bout se tordait une feuille de journal. Mme Denis la déplia.

Un portrait apparut en pleine page

Effrayé, Annibal recula. Il venait de se reconnaître.

37

Paris
Chapelle du Manoir Kellerman
De nos jours

paternos1776@gmail.com

Bela avait pris son smartphone et tentait de se connecter sur sa boîte mail. Ses doigts se crispaient sur le portable.

— Ça rame, la 4G en France. Et j'ai laissé ma tablette dans une autre pièce. Venez, on va continuer la recherche dans un endroit plus adapté. De toute façon, je n'ai jamais aimé cette chapelle.

— J'emporte le Taxil, à tout hasard, ajouta Marcas d'un air satisfait.

Ils quittèrent la bibliothèque par le chemin qui menait au salon de réception. Bela se déplaçait avec grâce et élégance. Antoine ne put s'empêcher d'admirer sa silhouette parfaite. Cette femme devait avoir tous les hommes qu'elle voulait, il se sentait, lui, hors compétition. Et ça l'agaçait. La jeune femme parla à voix basse :

— Tout un jeu de piste pour aboutir à une simple adresse mail. Je reconnais bien là l'esprit tortueux de mon oncle. C'est comme ça qu'il a réussi dans les affaires.

— Ce n'est pas très élogieux. Vous aviez pourtant l'air bouleversée tout à l'heure, remarqua prudemment Antoine.

— Rien n'est simple, monsieur Marcas. Adam pouvait être dur, sans pitié quand on le contrariait, et il n'était pas très doué pour les manifestations de tendresse.

— Curieux pour un homme qui voulait changer le monde avec le président Kennedy.

— Justement, la tragédie de Dallas a brisé les illusions utopiques de mon oncle. La mort de son mentor l'a métamorphosé, comme s'il en avait voulu au monde entier. D'altruiste et généreux, il est devenu implacable et âpre au gain. L'empathie était un sentiment qui lui était devenu totalement étranger. Je ne parle même pas d'amour. À la mort de mes parents, il m'a fourni l'aisance matérielle, mais pas le reste : l'essentiel. Parfois, il me faisait même peur dans ses réactions. Il désapprouvait ma carrière, mes passions… Ma vie, quoi. Pourtant, il m'aimait, à sa façon. Du moins, Bela, pas Lady B.

Ils avaient dépassé le couloir qui menait à la salle de réception, et ils obliquèrent sur une porte latérale. Ils traversèrent un salon, aux décors épurés, murs blancs, toiles torturées et colorées.

— Il vous a parlé avant la soirée ? demanda Marcas à voix basse.

— Pour tout vous dire, je ne l'avais pas vu depuis trois ans. Il m'a invitée pour renouer le contact et c'est vrai qu'il semblait ému à mon arrivée. Ça m'a surprise. Puis quand je l'ai vu dans son bureau, ratatiné dans son smoking, au milieu de tout ce sang, j'ai réalisé que le grand Adam Kellerman n'était qu'un être humain. Ça m'a presque soulagée. Je vous choque ?

Il ne répondit pas. Ils étaient arrivés dans un bureau aux dimensions moins théâtrales que le reste du manoir. La pièce affichait un style haussmannien, moulures et miroir encastré au-dessus d'une cheminée prussienne vert standard. Bureau anthracite, flanqué de deux sièges en cuir noir, un mur occupé par deux armoires métalliques remplies de dossiers, l'autre orné d'un tableau. Bela s'assit derrière le bureau et prit une tablette posée sur un sous-main en verre.

Marcas s'arrêta devant le tableau rectangulaire accroché à côté de la fenêtre. C'était le portrait de profil d'un homme au teint pâle. Mais le plus remarquable tenait au cadre, à chaque coin était dessiné un triangle entrecroisé dans un compas.

Marcas s'approcha du portrait et lut une fine inscription gravée en bas du cadre.

Annibal Ferragus

— Un franc-maçon dans la famille ?

Bela sourit en regardant le vieux cadre.

— Ce cher Annibal. Il vivait ici au XVIIIe siècle, je crois. Son visage est étonnamment moderne.

On frappa à la porte. Le garde du corps entra, portant un plateau avec une cafetière et du jus d'orange. Il le posa devant eux puis tendit la main à Antoine.

— Je vous présente mes excuses, commissaire. Je n'aurais pas dû me comporter de façon aussi… brusque.

Antoine le jaugea du regard et serra sa main.

— On fait tous des erreurs. Andréa… C'est ça ?

Le blond afficha à nouveau son sourire éclatant.

— Oui, merci de votre compréhension. (Puis se tournant vers Bela.) Tout est réglé. Puis-je disposer ? La journée a été… rude.

— Bien sûr. Merci pour ton aide, Andréa.

Le garde du corps sortit de la pièce d'un pas rapide, les laissant seuls.

Bela avala d'une traite son verre de jus d'orange et poussa son siège à côté de Marcas. Elle tapotait nerveusement sur sa tablette et secouait la tête.

paternos1776@gmail.com

— Adresse inconnue !

Marcas restait songeur devant le portrait du frère Annibal Ferragus.

— Le jeu de piste symbolique n'est pas terminé. Paternos peut faire référence au *Pater noster*, la prière chrétienne. Le Notre Père.

— Notre Père qui êtes aux cieux, que votre Nom soit sanctifié… chantonna Bela. Jésus prend la relève du diable ?

— Pourquoi pas. Essayons avec plusieurs mots qui pourraient remplacer « paternos », comme : prière, Notre Père, etc.

Il s'écoula encore une dizaine de minutes. À chaque fois, les adresses mail revinrent invalides.

— On laisse le Christ sur sa croix. Jusqu'à présent, votre oncle n'a jamais utilisé de référence chrétienne. Bon, reprenons depuis le début, dit-il en essayant de se concentrer. Adam aurait pu griffonner cette adresse mail sur le Taxil ou sur un marque-page ordinaire.

Or, il a choisi ce billet de un dollar. Il doit donc y avoir un lien.

— Je le connais par cœur ! assura la jeune femme en s'emparant du billet vert froissé. C'est le dollar des francs-maçons et des Illuminati. Tous mes fans le savent.

— Je vous demande pardon ? répliqua Marcas, vaguement inquiet de ce qu'il allait entendre.

Pour la première fois, elle parut exaltée. Ses yeux étincelaient.

— Vous n'avez pas vu mes clips avec les Illuminati ! J'ai ingurgité pas mal de sites d'adeptes de la théorie du complot. Tout se passe sur la partie gauche du dollar, où est représenté le grand sceau des États-Unis. Il est truffé de symboles maçonniques. Vous voyez l'œil dans le triangle qui flotte au-dessus d'une pyramide tronquée, c'est le sceau inventé par les francs-maçons. Et ne me dites pas que vous n'en avez pas dans vos temples. C'est aussi le symbole de la secte des Illuminati. Je suis incollable là-dessus. Quant aux inscriptions écrites en haut et en bas de la pyramide, je les chante dans mon morceau *Fucking New World Order*. Ça ne vous dit rien ? *Annuit Coeptis ! Fucking bastards Illuminati ! Novus Ordo Seclorum !* Le nouvel ordre pour les siècles. Le nouvel ordre mondial.

Antoine recula sur son siège, il ne savait pas si elle se moquait de lui ou si elle y croyait vraiment.

— Désolé de vous décevoir, mais vous vous trompez sur plusieurs points. D'abord, l'œil n'a pas été inventé par les francs-maçons. On en trouve trace il y a plus de quatre mille ans dans les temples égyptiens. L'œil Oudjat, l'œil d'Horus, fils d'Isis et Osiris. Il servait de talisman de protection. Quant à l'œil dans le triangle, il apparaît au XVIe siècle dans les églises. C'est l'œil de la Providence, un symbole chrétien qui représente l'œil de Dieu, inscrit dans le triangle de la Trinité. Les maçons, eux, ne l'adopteront que deux siècles plus tard. Nos frères ont fait de la récup et l'ont transformé en delta lumineux. Et il n'a jamais été l'emblème des Illuminati. Jamais. J'ai eu un cours en accéléré hier par l'un des meilleurs spécialistes. Je suis navré de briser vos illusions.

Sans attendre sa réponse, il prit le billet et le disséqua avec attention. Une inscription attira son regard.

— *Novus Ordo Seclorum.*

— Le nouvel ordre des siècles, répondit Bela. Ou encore le nouvel ordre mondial. Je vous l'ai dit. Un grand classique.

Antoine afficha une moue appropriée, prit la tablette et tapa la devise sur un moteur de recherche.

— Pas si sûr. Ça veut dire aussi « nouvel ordre séculier ». Oublions la traduction, le plus important n'est pas là.

Sa mécanique de pensée analogique fonctionnait à toute allure. Les symboles formaient des notes dont il était le seul à entendre la mélodie intuitive. Sa voix se fit plus rapide.

— Regardez, si l'on prend les initiales de *Novus Ordo Seclorum* cela donne N O S. Quant à *Pater*, c'est la traduction de « père » en latin. Mais je sèche pour 1776.

Bela lui sourit.

— Tous les Américains le savent. C'est sur le billet, juste au-dessous de la pyramide. C'est l'année de la déclaration d'Indépendance des États-Unis ! Le 4 juillet 1776. On est sur la bonne piste.

Pater nos 1776.

Marcas tapa sur plusieurs sites et finit par trouver ce qu'il cherchait sur celui du gouvernement américain. Le chant des symboles résonnait dans son esprit.

— Il faut identifier qui est le père de NOS, le créateur américain de la devise *Novus Ordo Seclorum*. (Il s'interrompit quelques secondes puis reprit :) Et je crois l'avoir trouvé.

À l'autre bout du manoir, installé dans sa chambre, Peter Van Riess venait d'éteindre son ordinateur. Le visage soucieux, il décrocha son téléphone et composa un numéro précédé de l'indicatif à l'international. La tonalité retentit, suivie d'un déclic. Il s'écoula une quinzaine de secondes avant qu'on décroche à l'autre bout du fil. Van Riess baissa machinalement la voix comme s'il se trouvait en public.

— Écoutez-moi attentivement. Adam Kellerman est mort. Il a laissé une sorte de message codé à l'un de ses invités, un commissaire de police français.

— Quel est ce message ? répondit une voix anormalement aiguë, caractéristique d'une liaison cryptée.

— Je l'ai noté. Voyons... *Va en enfer, trouve le mauvais démon. Celui qui nous a fait mal. En enfer, cherche l'œil.*

— L'esprit ludique et tortueux de notre cher Adam. Difficile à décrypter pour un représentant des forces de l'ordre...

— Ce policier semble sortir de l'ordinaire, Marcas est franc-maçon et il a enquêté dans...

— Antoine Marcas ? coupa la voix.

— Vous le connaissez ?

— J'en ai entendu parler... Son nom est apparu

dans certaines affaires touchant aux sociétés secrètes ces dernières années. Un homme redoutable. Son arrivée dans le grand jeu modifie certains paramètres.

— Bela, la nièce de Kellerman, l'a convaincu de taire la mort d'Adam pour suivre la piste. Pour le moment, les autorités ne sont pas prévenues.

— Cela change-t-il le déroulement de l'opération Flag ?

— Je suis incapable de répondre à cette question. Bela Kellerman est imprévisible par… nature. Que dois-je faire ?

— Vous connaissez les enjeux. Kellerman avait raison quand il vous a alerté sur sa boîte de Pandore. Flag reste la priorité. Bonne nuit, Peter.

Van Riess se redressa sur son siège. C'était la première fois qu'il sentait une hésitation dans la voix de son interlocuteur. À cause de ce Marcas. Les événements prenaient une tournure imprévue, mais Flag était maintenue. Il savait ce qui lui restait à faire.

38

9 juillet 1794
Quartier des Invalides

Sous les fenêtres de la maison où se cachait Ferragus, les appels au meurtre montaient, attisés par les discours enflammés de patriotes en fureur. C'était à qui réclamait les pires supplices pour l'assassin du Bègue. S'il mettait un pied dehors, Annibal savait ce qui l'attendait. Il serait mis en lambeaux en moins de temps qu'il n'en fallait pour le dire et sa tête serait portée au bout d'une pique à Saint-Just. Le visage défait, les jambes vidées de leur sang, Annibal tentait de reprendre le contrôle de soi. Dans le salon, Mme Denis et l'abbé Barruel le fixaient avec stupeur comme si la foudre de la malédiction divine venait de le frapper. En un instant, il avait quitté le monde des vivants pour l'enfer des morts en sursis. Seule Justine conservait son calme, trop occupée à réfléchir aux conséquences de la situation pour s'autoriser une réaction apparente. En même temps qu'il essayait de reprendre possession de soi, Annibal mesurait combien Justine, entrée par effraction dans sa vie, avait maintenant une place cruciale. C'est elle qui tenait son destin en main. Si elle l'aidait encore, il avait une chance de survivre, si elle le lâchait… Il n'osait la regarder en face de peur de lire le verdict dans ses yeux.

— Mon père (la sibylle venait de se tourner vers l'abbé), je souhaite que vous m'entendiez en confession. Il faut que je soulage ma conscience. J'ai des secrets à vous révéler. Je ne suis pas là par hasard. (Elle se tourna vers Ferragus et rectifia.) *Nous* ne sommes pas là par hasard.

— Ma fille, répliqua le prêtre, nous sommes tous dans la main de Dieu. Je suis recherché par la police, Mme Denis cache des criminels aux yeux de la loi de la République et visiblement votre frère…

— Ce n'est pas mon frère. Il n'est pas muet et il est policier. Oubliez la confession, mon père, vous savez tout.

Instinctivement, Mme Denis recula contre le mur. Le mot *policier* venait de la bouleverser. Elle voyait déjà sa maison fouillée, ses pensionnaires arrêtés et sentait déjà la glace du couperet sur sa nuque.

— Rassurez-vous, expliqua Justine, Ferragus, s'il est bien policier, ne travaille pas pour le Comité de salut public. À la vérité, il enquête sur une série de meurtres qui inquiète le pouvoir en place. Des meurtres de femmes.

À ces mots, l'abbé Barruel, qui récitait son rosaire, leva brusquement les yeux. La question lui échappa :

— Des femmes… tuées comment ?

— Mutilées.

Toujours adossé au mur, l'inspecteur ne pipait mot. Il observait Justine qui menait le jeu. À ses oreilles bruissaient les cris de haine et de mort qui montaient de la place.

— Mutilées… comment ? interrogea Barruel d'une voix sourde.

— Énucléées.

— Mon Dieu, s'exclama Mme Denis, mais qui peut se livrer à des horreurs pareilles ?

La voix du prêtre devint lugubre.

— Des hommes… Des hommes qui se sont donnés au Mal.

Dehors le vacarme s'était calmé. Un riverain de la place, effrayé de la colère des patriotes, leur avait ouvert ses caves. Depuis, on n'entendait que le refrain, de plus en plus bégayant, de chansons à boire. Les patriotes venaient d'inscrire Bacchus au calendrier des saints républicains. Cette accalmie avait contribué à apaiser les tensions dans le salon. Mme Denis avait repris sa place sur la bergère et brodait une fleur de lys. Annibal, Justine et l'abbé Barruel menaient une discussion à voix basse.

— Ainsi vous enquêtez sur un meurtre rituel ?

L'inspecteur hocha silencieusement la tête. Il avait décidé d'être le plus discret possible.

— Pourquoi *rituel ?* demanda Justine.

— On n'arrache pas un œil sans raison. C'est un signe volontaire. Pour provoquer une réaction.

— Ou tout simplement l'œuvre d'un dément. Beaucoup d'aliénés se sont échappés des asiles à la faveur de la Révolution. Qui nous dit qu'il ne s'agit pas d'un acte isolé, d'un maniaque ?

Annibal écoutait Justine avec attention. La rigueur de son analyse démontrait qu'elle avait réfléchi à la question à partir d'éléments connus. Il n'y avait plus de doute. Quelqu'un l'avait informée. Qui ? Evrard, comme elle l'affirmait. C'était le plus probable, mais le financier ne pourrait jamais le confirmer.

— Ce n'était pas l'avis de l'abbé Lefranc, corrigea Barruel. Pour lui, priver la victime de ses yeux, c'était la priver de son âme. C'était la condamner à l'enfer.

Malgré elle, Justine marqua une réaction de surprise.

— Je ne comprends pas le rapport entre le regard et l'enfer ?

L'abbé Barruel passa ses mains ridées sur ses joues pâles en un geste las. Sa voix, déjà grave, se durcit.

— Si les yeux sont le miroir de l'âme, ils sont aussi le miroir du mal qui les entoure. La haine, la violence, la jalousie… tout notre regard en est souillé, corrompu.

— Vous voulez dire, qu'en privant du regard les victimes, on les condamne au mal ?

— Oui, c'était l'idée de l'abbé Lefranc. L'œil est la porte qui ouvre sur le monde, par lui le Mal peut nous pénétrer. Priver un homme de son regard, c'est symboliquement le condamner à errer en lui-même, dans le labyrinthe de ses propres turpitudes.

— Quelle étrange idée, dit Justine, mais votre ami l'abbé s'appuyait sur quoi ?

Barruel se rapprocha du couple.

— Pendant les premières années de la Révolution, il avait mené une enquête serrée sur des meurtres particulièrement odieux, en France, mais aussi en Allemagne. Il en avait conclu que ces meurtres sordides ne devaient rien à la main égarée d'un dément, mais faisaient bien partie d'un plan concerté, de l'œuvre au noir d'une secte, d'un rituel d'initiation.

À ces derniers mots, Ferragus sortit de son silence.

— *Plan... secte... rituel d'initiation*... que voulez-vous dire exactement ?

L'abbé baissa la voix :

— Mon ami, Dieu ait son âme, était convaincu qu'un groupe puissant, occulte, était à la manœuvre derrière ces meurtres initiatiques. Un groupe secret dont la violence est la raison d'être et le but suprême. Et *ils* ont gagné. Regardez autour de vous. Nous avons sombré dans le chaos et le mal. Tous les jours, on arrête, on condamne et on tue.

— Et qui soupçonnait-il d'agir pour déstabiliser ainsi la société ?

L'abbé Barruel fixa l'inspecteur avec étonnement.

— Mais c'est évident, voyons, les francs-maçons. Ne voyez-vous pas qu'ils sont partout ?

Pour éviter que Ferragus ne s'enflamme, Justine revint aussitôt dans la conversation.

— Pardonnez-moi de me faire l'avocat du diable, mon père, mais pour accuser, il faut prouver.

— Justement, les preuves, l'abbé Lefranc les avait, c'est pour ça qu'on l'a assassiné.

Contrôlant son énervement d'entendre encore les accusations contre ses frères, Annibal intervint :

— Et ces preuves d'un complot d'initiés ont disparu, je suppose ? Les francs-maçons, après avoir tué votre ami, s'en sont bien sûr emparés et les ont aussitôt détruites ? Ils ont dû faire un sacré feu de joie ? Peut-être même qu'ils ont dû griller quelques yeux arrachés à leurs victimes, et les déguster à la broche ?

Un sourire triste frappa le visage déjà austère de l'abbé Barruel.

— Vous ne me croyez pas, n'est-ce pas ? Et si, ces preuves, je les mettais sous vos yeux ?

Justine lança un regard inquisiteur sur le prêtre.

— Vous les possédez ?

— Non. Je suis venu à Paris pour les récupérer. Je sais où Lefranc les a dissimulées, mais…

Barruel se tourna vers Ferragus.

— … je ne peux le faire seul.

— Vous me demandez de vous aider ?

— Pour l'instant, je me demande si je peux vous faire confiance.

Annibal ne répondit pas. Son esprit était la proie d'un dilemme : d'un coup, il pouvait disposer de preuves qui innocentaient Saint-Just des meurtres de femmes dont on le soupçonnait, mais qui signifiait la mise à mort de la franc-maçonnerie. Une révélation qui sauvait sa vie à lui, Ferragus, mais condamnait à jamais ses frères.

Comme si elle pressentait la tempête qui se jouait sous le crâne d'Annibal, Justine fit une proposition :

— Si nous vous aidons à retrouver ces documents, monsieur l'abbé, l'inspecteur (elle désigna Ferragus du doigt), qui mène l'enquête sur les meurtres, devra les examiner et en vérifier la validité et, si ces preuves se révèlent exactes, il devra les transmettre à sa hiérarchie.

— Il n'en aura pas le temps, il sera supprimé avant, affirma Barruel, et moi je veux que la vérité éclate.

Brusquement Annibal intervint. Il éprouvait la nécessité absolue de consulter ces documents. Un besoin vital de savoir.

— Je vous promets de ne divulguer ces preuves qu'une fois que vous serez de retour en sécurité à Londres avec les documents originaux.

— Vous vous contenterez de copies ?

La voix de l'abbé oscillait entre doute et confiance.

— C'est moi qui me chargerai de copier les pièces essentielles, déclara Justine. En attendant, si vous nous disiez où se trouvent les archives de l'abbé Lefranc ?

Barruel regarda alternativement ses deux futurs complices et esquissa un signe de croix :

— Que Dieu me pardonne… Au fond d'un cimetière.

39

Paris
Manoir Kellerman
De nos jours

Bela Kellerman se tenait debout face à Marcas, elle s'appuyait sur le mur, juste à côté du portrait d'Annibal Ferragus.

— À tous les coups, l'inventeur de la devise des États-Unis était un franc-mac. Ils auraient même pu se croiser !

— On va bien voir. Le blason de l'Indépendance a été créé en 1782 et l'auteur de la devise latine est un certain Charles Thomson, philosophe et secrétaire du Congrès des États-Unis. Pas de chance, il n'était pas maçon.

— C'est quand même lui le père de NOS, dit-elle, les yeux brillants.

Il tapa le nom entier et envoya un mail.

charlesthomson1776@gmail.com

Quelques secondes s'écoulèrent. Le mail revint à nouveau invalidé.

— Essayons avec le nom de famille seulement, Thomson.

Elle le regarda avec appréhension. À nouveau, le mail leur fut retourné. La déception se lut sur leur visage. Marcas se recula sur son siège.

— Je suis sûr qu'on est sur la bonne piste. Pater Nos. On touche au but. Essayons d'en savoir plus sur ce Charles Thomson.

Il sélectionna la biographie du secrétaire du Congrès. Philosophe, professeur de lettres et latiniste distingué. Bela intervint :

— En toute logique, il aurait dû rédiger la devise en américain du style New World Order. Pourquoi a-t-il choisi le latin ?

— Bonne question. Selon ce site qui me semble sérieux, Charles Thomson fut un grand admirateur de Virgile, dont il a assuré des traductions dans une édition américaine. Son *Novus Ordo Seclorum*, s'inspire d'un vers tiré du recueil *Les Bucoliques*. Regardez :

magnus ab integro saeclorum nascitur ordo
une grande série de siècles est née à nouveau

— C'est logique, ajouta Marcas. À l'époque, l'élite intellectuelle américaine était éduquée dans la vénération de l'Antiquité. Les pères fondateurs de la Constitution voulaient inscrire la naissance des États-Unis dans la continuation des civilisations grecque et romaine. Même l'autre devise du sceau et du billet, *Annuit Coeptis*, vient de la transformation d'un vers des *Géorgiques* du même Virgile :

da facilem cursum atque audacibus annue coeptis
donne-moi une activité facile
et favorise mes entreprises audacieuses

— Il n'y a donc rien d'ésotérique dans le billet de un dollar. Mon directeur artistique va être déçu. Le mystère s'évanouit.

— Les conspirationnistes n'ont pas tout à fait perdu leur latin... On trouve quand même la patte des francs-maçons dans ce billet. Il a été imprimé en 1935 sur ordre du président Franklin Delano Roosevelt, 31e degré en franc-maçonnerie ainsi que son secrétaire d'État au Trésor. C'est lui qui a décidé de mettre le sceau des États-Unis sur le billet. Je pense qu'il y avait une volonté évidente de laisser une marque maçonnique, même allusive. À l'époque, l'œil dans le triangle était très répandu dans les loges. Et maintenant envoyez un nouveau ballon d'essai dans la stratosphère virtuelle avec Virgile dans la nacelle.

virgile1776@gmail.com

— Puis-je me permettre ? C'est une énigme basée sur la langue américaine. Il faut écrire Virgil et pas Virgile.

— Si ça ne marche pas, j'abandonne définitivement, dit-il en appuyant sur la touche envoi.

virgil1776@gmail.com

Les secondes s'écoulèrent, lentement, très lentement, chacune distillait un soupçon d'espérance. Il retint sa respiration comme pour empêcher que son souffle ne fasse apparaître un message invalide. Mais l'écran de la boîte de réception restait vide. Il se tourna vers elle.

— Je ne rêve pas, on aurait dû avoir un retour ?

— L'adresse semble exister. Mais, rien ne nous dit que quelqu'un va nous répondre. Il est plus de 3 heures du matin.

À peine eut-il le temps de finir sa phrase qu'un mail apparut dans la boîte. Ils se regardèrent sans rien dire ; Marcas cliqua sur le message.

Un œil apparut, suivi d'un simple message :

Veuillez ouvrir la pièce jointe.

Antoine échangea un regard interrogatif avec Bela. La jeune femme pressa *enter* et la fenêtre d'une vidéo QuickTime s'afficha sur toute la surface de la tablette.

Un homme les observait, le visage tendu. Il était assis et derrière lui on apercevait des portes-fenêtres éclairées qui laissaient entrer la lumière du jour. L'homme avait les mains appuyées sur le pommeau d'une canne.

Adam Kellerman était face à eux. Bien vivant. Statufié dans l'écran, n'attendant qu'une impulsion électronique pour s'animer.

Bela s'était figée, incapable de masquer sa surprise. Elle était hypnotisée par l'apparition du mort. Antoine posa sa main sur son avant-bras et se pencha vers elle.

— C'est à vous de faire partir la vidéo.

Elle fixa l'écran sans répondre, puis cliqua d'un index nerveux.

Adam Kellerman s'anima. Ses yeux clignèrent, les muscles de son visage s'animèrent, sa voix grave, légèrement tremblante, jaillit de la tablette.

— Ceci est mon témoignage si par malheur il m'arrivait quelque chose. Je suis Adam Kellerman, né le 17 janvier 1930 à Cape Cod, dans le Massachusetts. Je suis le président de la fondation Kellerman et à ce titre habilité à prendre toutes dispositions dans la conduite de mes affaires. J'affirme être sain d'esprit et parler sans contrainte. Cet enregistrement est réalisé dans mon hôtel particulier de Paris.

Il marqua une pause pour avaler un verre d'eau et reprit. Le ton de sa voix devint plus saccadé.

— Je sais que mon temps est compté. Depuis qu'ils savent que je suis au courant de leur existence, ils m'épient. Ils croient être invisibles aux yeux du monde, mais c'est faux. L'ombre est leur puissance et la richesse l'arme de leur suprématie. Ils se croient porteurs de lumière, mais ils n'agissent que dans les ténèbres.

Kellerman s'approcha de la caméra et son visage envahit tout l'écran de la tablette. Ses paupières battaient à vitesse régulière.

— Toute ma vie j'ai lutté contre l'ignorance et les révisionnismes de toutes sortes, mais j'accuse ici un groupe occulte, une société secrète, un cénacle d'initiés, appelez-le comme vous voulez, de fomenter un complot contre l'humanité. Ce complot doit être stoppé et ce groupe éradiqué avant qu'il ne soit trop tard.

Il toussa et s'interrompit pour porter un mouchoir à sa bouche. Antoine et Bela n'osaient parler de peur de rater une parole. Le vieil homme reprit :

— Tout a commencé il y a…

Au même moment un grondement sourd retentit derrière le mur. Antoine n'eut pas le temps de tourner la tête.

L'explosion balaya le bureau.

40

Paris
Quartier de Saint-Séverin
10 juillet 1794

Un groupe de cavaliers déboula au coin de Saint-Séverin, et fendit la foule éperdue des vendeurs de rue. Au centre, droit comme une épée, se tenait Robespierre, le visage fermé, les yeux absents sous ses lunettes vertes. *Une vraie statue du commandeur,* pensa Fer-ragus en chargeant ses seaux d'eau sur les épaules. À ses côtés, Justine, vêtue en femme du peuple, les cheveux relevés en chignon, vendait des galettes sur un étal portatif qui faisait ressortir ses seins. Un ivrogne, à la face rougie par l'alcool, se pencha vers sa poitrine et lança à la cantonade :

— Sont aussi droits que le Maximilien sur un cheval !

Un éclat de rire général salua cette repartie gaillarde. Dans la rue, personne ne faisait attention au duo improbable d'un porteur d'eau et d'une vendeuse de galettes qui se dirigeaient vers l'église Saint-Séverin.

Juste sous le porche attendait un piégeur de rats.

L'abbé Barruel avait une allure crépusculaire, avec ses poches bourrées de vieux fromages, des pièges attachés à sa ceinture et, sur son épaule, une longue canne d'où pendaient en grappe des cadavres desséchés de rongeurs. Ainsi déguisés, les trois compères se retrouvèrent devant l'entrée de l'église. Barruel montra, entre les arbres de la cour voisine, une fenêtre aux vitres brisées.

— C'est là que vivait l'abbé Lefranc quand il a été arrêté. Quelques jours avant, il a réussi à me faire envoyer une lettre à Londres pour m'indiquer où il avait caché ses papiers. Il se savait déjà en danger.

La porte de l'église était défoncée et couverte de fiente de pigeons. On rentrait dans la nef comme dans un moulin. Des bottes de foin étaient posées contre les colonnes. Des restes d'un feu de camp avaient détruit le dallage. L'abbé, malgré son déguisement, laissa échapper un signe de croix.

— Quelle misère ! L'église sert de cantonnement pour les volontaires qui partent se battre sur le Rhin. Ils ont tout détruit.

Comme ils arrivaient devant une chapelle dédiée à saint Antoine, Barruel s'avança vers une porte voûtée qu'il repoussa d'une main nerveuse. Avant de suivre l'abbé, Annibal récupéra un lumignon au pied d'une statue mutilée. À leur grande surprise, ils pénétrèrent dans une cour où, sous les arbres, poussaient des buissons épineux de roses revenues à l'état sauvage. Tout autour se dressaient des arcades gothiques jonchées de dalles brisées.

— Le cloître d'un couvent, murmura Justine.

Annibal regardait, lui, la fenêtre de l'appartement abandonné de l'abbé Lefranc. Nul besoin de le fouiller, les *bonnets rouges* s'en étaient chargés. L'inspecteur connaissait leur efficacité : des lattes du plancher à l'épaisseur des murs, rien n'avait dû leur échapper. Barruel se tourna vers la sibylle :

— Ce n'est pas un cloître, mais un charnier. C'est là qu'au Moyen Âge on enterrait les morts du quartier. Sous les voûtes, les notables, et dans la cour, la fosse commune pour les pauvres.

Justine s'écarta d'une rose éclatante qu'elle s'apprêtait à sentir. Tout autour, la végétation était luxuriante, débordante d'engrais humain. Annibal s'avança vers les arcades. Le sol en pierre avait été défoncé. Des stèles piétinées s'entassaient contre les piliers.

— Si votre ami Lefranc a choisi de cacher ses documents dans une de ces tombes, on ne les retrouvera jamais. Les pillards sont passés avant nous.

Barruel secoua la tête tristement.

— J'espère que non. À la vérité, je ne sais pas.

Intrigué, Ferragus se rapprocha de l'abbé.

— Comment ça, vous ne savez pas où il a dissimulé ses papiers ?

Le prêtre parut embarrassé. Il passa une main vacillante entre ses rares cheveux blonds.

— En fait, dans la dernière lettre qu'il m'a envoyée avant son arrestation, Lefranc me disait qu'il avait mis *les preuves* en lieu sûr dans l'ancien cimetière de Saint-Séverin et qu'une phrase me permettrait de retrouver ce dépôt sacré. La voilà : *« À minuit plein, là où l'ombre est la plus longue. »*

— Une énigme ! s'écria l'inspecteur. Bon Dieu, nous sommes pourchassés, traqués, notre vie tient à un fil et, en plus, il nous faut résoudre la devinette d'un prêtre gâteux !

Adossé à un pilier rongé de mousse, l'abbé Barruel semblait effrayé par la colère subite de Ferragus. Il tourna un regard implorant vers Justine. Pour toute réponse, cette dernière s'étendit entre deux pierres tombales et annonça :

— Vous me réveillerez.

La lune grimpait le long de l'église Saint-Séverin. Depuis que Ferragus l'avait aperçue la nuit de son arrestation jouer de ses rayons sur l'abbaye de Saint-Germain, elle avait diminué de trois quarts. Désormais c'était une faucille argentée qui montait moissonner les étoiles. L'abbé Barruel sortit une montre de sa poche, battit un briquet et annonça :

— Minuit, dans un quart d'heure. Vous avez trouvé quelque chose ?

Annibal venait de rentrer dans l'ancien charnier, après avoir exploré la nef et les chapelles de l'abside à la recherche d'une piste.

— Rien que des chauves-souris et des rats. Pas de quoi nous rapprocher de la solution de l'énigme.

Tous deux se tournèrent vers Justine qui contemplait la lune dont une des pointes courbes allait passer le clocher. Sans se retourner, elle dit :

— Qui dit ombre, dit lumière naturelle. *À minuit plein*, il ne peut donc y en avoir qu'une, celle de la lune.

Annibal ironisa :

— Cette conclusion, nous y sommes tous arrivés, mais cela ne nous dit rien…

Comme si elle ne l'entendait pas, Justine continua :

— Qui dit *ombre* dit obstacle à la lumière. Et qui dit *ombre la plus longue*...

Ferragus, que cette façon de raisonner à haute voix agaçait, intervint :

— … dit obstacle de taille, bien sûr. Malheureusement (il balaya la cour du regard), je ne vois ni arbre, ni statues pouvant projeter une ombre conséquente au sol.

Justine se retourna. Dans la lumière montante de la lune, sa chevelure blonde lui donnait l'air d'une fée diaphane près de s'envoler au-dessus des mortels. Annibal se demanda si un jour il connaîtrait sa véritable nature.

— Peut-être parce que nous ne regardons pas d'où il faut. (Elle désigna du doigt l'appartement abandonné de Lefranc.) Voyons de là-haut.

Une fois monté un escalier à vis aux marches glissantes, ils pénétrèrent dans la tanière de l'abbé. Une odeur de vieux cuir stagnait sous les lourdes poutres. Justine se pencha par la fenêtre. Elle fit un signe à Barruel qui attendait sous les arcades.

— Regardez le haut du clocher.

Le croissant de lune était en train de dépasser la toiture d'ardoises. Une pâle clarté gagnait la cour comme un linceul quasi transparent. Intrigué, Ferragus cherchait un obstacle à l'avancée de la lumière.

— Je ne vois toujours rien.

— Parce que tu cherches mal. (Elle venait de passer au tutoiement comme si elle parlait à un enfant.) Tu imagines encore un obstacle vertical.

— Si tu veux qu'il y ait une ombre au sol, protesta l'inspecteur sur le même ton, il faut bien que…

— Regarde plutôt le fronton de cette arcade.

Du doigt, elle désigna une sorte de blason qui se dégageait peu à peu de l'ombre.

Ferragus plissa les yeux. Dans la semi-pénombre, il distinguait des tracés de droites et de courbes, entourés de ce qui semblait être des bâtons alignés.

— Drôles d'armoiries.

— Parce que ça n'en est pas.

Justine interpella l'abbé.

— Mon père, allez en face, juste sous le cadran solaire.

Annibal se mordit les lèvres. Les bâtons venaient de se transformer en chiffres romains.

— Et qui dit *cadran solaire*, dit *gnomon*, une tige de métal dont l'ombre permet d'indiquer l'heure.

Barruel venait juste de se placer sous le cadran. Un mince fil d'ombre commençait de glisser sur un pilier.

— Quelle heure est-il ? lança d'une voix impatiente Ferragus.

L'abbé ressortit sa montre, ouvrit le boîtier à la lueur de la lune et répondit :

— Minuit moins trois.

Tel un serpent, le fil d'ombre, projeté par le gnomon, rampait maintenant sur le sol. Justine et Annibal se précipitèrent dans la cour. L'abbé Barruel avait sorti un fer de pioche de sous sa veste qu'il vissait avec précaution sur la canne qui lui servait à suspendre les rats en effigie.

— J'ai tout prévu, annonça-t-il avec fierté, avec ça, on va pouvoir…

Un long bruit sourd ébranla le silence de la nuit. C'était la cloche de l'Hôtel de Ville, la seule qui dans le Paris révolutionnaire sonnait encore.

— Le premier coup de minuit, s'écria Annibal.

L'ombre du gnomon s'arrêta pile sur un monticule de pierre à demi enterré.

— Là, creusez là ! ordonna Ferragus, fébrile.

L'abbé, malgré son aspect chétif, asséna un premier coup de pioche, suivi d'un second, quand un choc sourd retentit dans la terre.

— On a touché quelque chose !

Ferragus sortit le lumignon pris dans l'église, le tendit à Barruel pour qu'il l'allume à son briquet. Une fois la mèche grésillante, Justine se pencha vers l'avant.

— C'est le bois d'un cercueil. Mieux vaut que vous le dégagiez à la main pour ne pas l'éventrer.

Annibal s'était déjà précipité. D'une main nerveuse, il faisait voler terre et galets. La fièvre de la quête s'était emparée de lui. Subitement, il recula.

Le bois du cercueil venait de céder.

Un crâne apparut.

Dessous, un paquet de feuilles reposait sur des vertèbres éparses. Barruel tendit la main le premier et s'en empara. Un tube en cuivre, piqueté de taches vertes, roula au sol. Ferragus le récupéra aussitôt.

— Dieu soit loué, nous les avons ! s'écria l'abbé, enthousiaste.

Dans la lumière blême de la lune, son visage rayonnait. Aussitôt il se dirigea vers les arcades qui donnaient sur l'église.

— Je ne peux pas attendre. Je vais aller chercher des cierges dans l'ancienne sacristie. Il faut que je lise ça tout de suite.

— Attendez !

Justine posa sa main fraîche sur l'épaule de Ferragus pour l'apaiser et lui dit d'une voix douce :

— Il est inoffensif. Laisse-le et examine plutôt le contenu du tube. Moi, je vais effacer nos traces.

Elle saisit la pioche, la jeta dans la fosse, puis commença de la combler. Un instant troublé de voir la sibylle pelleter la terre à mains nues, Annibal ôta le bouchon du tube et en sortit délicatement une feuille roulée. Il récupéra le lumignon et, à sa lueur vacillante, tenta de déchiffrer le texte. L'encre avait pâli. Des fragments de phrases avaient disparu, sans doute effacés par l'humidité.

celui qui trouvera... que je suis mort... ceux que j'ai dénoncés...
victime de la vérité... mis à jour... complot... ramifications
conspiration souterraine... sous la marque de la vertu,
des crimes sans pardon... le culte de l'ignoble...
veulent faire basculer le monde... les initiés...
tous affidés... réunion... 3... 5... 7
sub signo Cancri,
cœur mort de la monarchie...
Là où tout est reflet.

Perplexe, Ferragus fronça les sourcils. L'inspecteur se retourna pour interpeller Barruel, mais le prêtre s'était déjà volatilisé. Justine, elle, lissait le sol avec ses bottes.

— Il est temps d'y aller, indiqua la sibylle, je n'ai pas envie de tomber sur une patrouille nocturne de *bonnets rouges*.

Ferragus roula le papier dans sa poche, reprit ses

seaux d'eau et les chargea sur ses épaules. Avec un peu de chance, leurs déguisements de miséreux leur permettraient de passer au travers des contrôles.

— Prêt ? demanda Justine qui avait repris son rôle de vendeuse de galettes.

Annibal n'eut pas le temps de répondre. La porte de l'église vola en éclats. Un flot hurlant de soldats jaillit dans la cour. Un officier, sabre levé, se précipita.

— Au nom de la République, vous êtes en état d'arrestation.

Aussitôt, Justine fut séparée de Ferragus. Un soldat mit en joue l'inspecteur. Le canon de son fusil tremblait.

— S'il bouge, flambe-le, ce traître a tué le Bègue.

Le soldat, à peine un adolescent, posa sa joue contre la crosse. Tout autour, des gardes, torches à la main, ratissaient les lieux. L'un d'eux claqua des talons devant l'officier, un capitaine.

— Nous avons tout fouillé, citoyen, ils ne sont que deux.

Ferragus se réjouit discrètement. Barruel avait réussi à passer à travers les mailles du filet. Et avec lui, les papiers de l'abbé Lefranc. La jeune recrue s'approcha et colla son arme sur la poitrine d'Annibal. Sa main tremblait toujours.

— Êtes-vous bien Annibal Ferragus, ex-inspecteur de police ? interrogea le capitaine. J'ai ordre de vous conduire devant le Tribunal révolutionnaire pour répondre de vos crimes.

— Ce ne sera que la seconde fois, répliqua l'inspecteur d'un ton désabusé, et je connais déjà le verdict.

L'officier, un républicain convaincu, qui portait une effigie de Marat en sautoir, s'emporta :

— S'il ne tenait qu'à moi, je vous ferai fusiller sur place !

Le jeune soldat posa le doigt sur la détente, prêt à tirer.

— Ce ne sera ni la Conciergerie, ni le peloton d'exécution, trancha une voix définitive. Il vient avec moi.

Tous se retournèrent.

Saint-Just venait d'entrer.

41

Paris
De nos jours

Les flammes dévoraient la pièce avec férocité, annihilant toute matière organique ou minérale. Les rideaux damassés devenaient torchères, les tapis précieux se liquéfiaient en brasiers ondulants, le papier peint ivoire se métamorphosait en un manteau cloqué d'écarlate.

Marcas se releva péniblement, sonné comme un boxeur, ses tempes bourdonnaient. Ses yeux le brûlaient, un épais nuage de fumée grise se déversait en volutes autour de lui.

— Antoine ! cria une voix plaintive.

Il tourna la tête et aperçut la jeune femme qui se relevait à son tour. Il se précipita vers elle et l'aida à se mettre debout. Des flammèches virevoltaient en tous sens autour de ses cheveux.

— Je ne sais… pas ce qui s'est passé. Une explosion à côté…

Une onde de chaleur se répandit autour d'eux. La fumée épaisse envahissait toute la pièce et virait au noir total. Antoine sentit un goût de cendres dans sa bouche, un air âcre et vicié remontait dans ses narines. Il cracha une bile au goût métallique. Les gaz toxiques filaient dans ses poumons.

— Appuyez-vous sur moi !

Elle s'accrocha à son épaule, ses doigts s'enfonçaient dans sa chemise. Au moment où ils arrivaient devant la porte, un craquement sinistre résonna au-dessus d'eux. Une poutre enflammée s'écrasa devant eux, interdisant tout passage. Marcas regarda désespérément autour de lui, des nuages de fumée noire gorgés de poussières incandescentes obstruaient sa vue. Il distingua à peine le visage sombre et majestueux du frère Annibal Ferragus qui se recroquevillait dans un anneau incandescent.

Un piège. Un piège de feu.

Bela tendit la main dans la direction opposée.

— Les fenêtres. Pas d'autre choix !

Marcas estima la distance, trois mètres, pas plus. Un nouveau craquement retentit. Les poutres ondulaient, léchées par les flammes. Bela s'appuyait sur son épaule en toussant. Antoine hurla :

— On y va !

Ils coururent dans un tourbillon de fumée et de flammes. Marcas tourna la poignée de la fenêtre. Il hurla à nouveau :

— Il va y avoir un appel d'air. Jetez-vous à terre !

— Oui, hoqueta Bela.

Il ouvrit la fenêtre. Ils eurent juste le temps de jaillir sur la pelouse. Un vent de feu balaya l'air alentour. Les flammes s'accrochaient aux murs en se tortillant comme des sangsues rougeoyantes.

Marcas et Bela rampèrent sur le gazon frais pour

se réfugier derrière un muret de pierre. Elle toussait sans s'arrêter.

— Respirez le plus possible ! cria Marcas.

La jeune femme crachait ses poumons. Ses yeux émeraude brillaient dans son visage recouvert de poussière grise. Elle ressemblait aux statues animées du château de *La Belle et la Bête* de Cocteau.

Bela s'agrippa à nouveau à lui.

— J'ai laissé la tablette dans le bureau...

— On s'en fout. On se connectera ailleurs.

Une quinte de toux sèche ponctua sa phrase. Soudain, des jets d'eau puissants jaillirent de la pelouse. Une dizaine d'arabesques argentées frappèrent de plein fouet la façade en feu. Les flammes hurlèrent et battirent en retraite à l'intérieur du manoir.

— Bela !

Andréa courait vers eux, le portable collé contre son oreille. Parvenu près de la chanteuse, il se précipita contre elle et prit son visage entre ses mains.

— Tu n'as rien ? Les pompiers arrivent avec une ambulance.

Titubant, Marcas recula vers un muret. Bela se redressa et le désigna d'un geste :

— Il m'a sauvée.

Le visage indécis, le garde du corps tendit la main au commissaire.

— Merci. (Puis il se retourna vers Bela.) L'un des domestiques a senti une odeur de gaz hier soir en nettoyant la cuisine. Ce n'est pas la première fois qu'il y a des fuites. Bon sang, on avait prévenu Adam qu'un jour ou l'autre, ça allait exploser. Heureusement que les canons à eau extérieurs ont fonctionné.

Antoine afficha un air sceptique.

— Il n'y a pas d'alarme anti-incendie à l'intérieur du bâtiment ? Avec tous les objets de valeur, ça doit être obligatoire pour les assurances…

— Pas dans cette partie de l'hôtel particulier, il n'y avait rien de précieux. Pour le reste de la maison, oui. Ah, les pompiers arrivent !

Une escouade d'hommes casqués fit irruption dans le jardin, traînant derrière eux de longs serpents gris. Andréa courut vers eux.

Antoine se rapprocha de Bela.

— Visiblement, quelqu'un continue d'en vouloir à Kellerman, même mort. Vous avez confiance dans le garde du corps ?

— Andréa ? Bien sûr. Il travaille pour mon oncle depuis dix ans. Il est plus fidèle qu'un chien.

— Vos ennemis peuvent l'avoir acheté. Anna a bien assassiné votre oncle. À partir d'une certaine somme d'argent, la fidélité devient un vice et la méfiance une vertu.

Elle détourna le regard et contempla les flammes qui luttaient contre les jets d'eau. Elle n'avait aucune envie de répondre.

Une heure plus tard, les pompiers avaient cessé d'inonder l'aile ouest du manoir Kellerman. Des cicatrices noires et humides balafraient la façade ravagée par l'incendie. D'un commun accord, Marcas s'était fait discret à l'arrivée de ses collègues policiers. Il s'écoula encore une bonne demi-heure avant que Bela ne le rejoigne dans le salon de réception désert. Elle était accompagnée de Van Riess. La jeune femme affichait un pâle sourire.

— Vos confrères ont été très courtois. Je n'ai pas parlé de vous.

— Je ne sais pas si je dois vous remercier. Je déteste les mensonges.

— Et il n'y a pas que celui-là… Adam Kellerman vient de disparaître officiellement dans les flammes.

— Plus besoin de faire venir votre mandarin de la Salpêtrière… Cet incendie est presque un miracle, lança Marcas d'un ton soupçonneux.

— Ne voyez pas le mal partout, dit Van Riess. Je lui ai soufflé l'idée de profiter de cette… disons… opportunité. J'ai en outre obtenu le black-out sur sa mort jusqu'à ce soir, le temps de préparer la succession pour le fonds.

— Ce qui veut dire ?

— Adam avait tout prévu. Le fonds sera dirigé par le même conseil qu'aujourd'hui, à cela près que Bela en sera la présidente non exécutive. Elle ne touchera pas d'argent, sauf pour sa présence en tant que présidente. Une somme symbolique, mille dollars pour l'année.

Le regard de Bela se durcit.

— Je le sais, et ça me convient comme cela. Je suis une grande fille. Merci, Peter, pour votre aide, je saurai m'en souvenir ; mais revenons au meurtre d'Adam. J'ai bien l'intention de découvrir l'identité des coupables. (Puis, se tournant vers Marcas.) Nous avons un film à visionner !

Elle s'était redressée. Une détermination farouche se lisait dans ses yeux. *Une volonté de guerrier dans un corps de danseuse.* Le vieux Kellerman n'avait pas tort. Au moment où elle entraînait Antoine, elle se retourna vers Van Riess :

— Bien sûr, répondit-il d'un air surpris en s'éloignant.

Il s'écoula une dizaine de minutes avant qu'ils ne récupèrent une tablette prêtée par un domestique. Bela s'était connectée à nouveau sur l'adresse virgil1776@gmail.com. Elle appuya sur *play* et murmura :

— Il est temps d'entendre la voix des morts.

L'avatar pixélisé d'Adam Kellerman s'anima sur la tablette. Antoine frissonna, le fantôme en haute définition semblait tellement vivant. La voix craquelée, la respiration lourde, le visage creusé de fatigue, et ses yeux perçants. Des yeux qui scrutaient Antoine et Bela par-delà la tombe.

42

Château de Vincennes
11 juillet 1794

Une fois encore, Ferragus fit le tour de sa cellule où il avait été jeté après son arrestation. C'était une pièce basse et voûtée où stagnait une odeur de salpêtre. Annibal se déplaçait à tâtons : sa geôle n'était éclairée que par une fine meurtrière au ras du sol. Il toucha l'encadrement de la porte. De larges pierres qui laissaient supposer une construction ancienne et massive. Saint-Just avait bien choisi son endroit : une prison d'où on ne s'évade pas. Découragé, Annibal revint s'asseoir près de la meurtrière. Un rai de lumière jouait sur le sol jonché de paille. L'inspecteur songea à la ligne d'ombre du gnomon qui lui avait permis de découvrir la cache de l'abbé Lefranc. Il porta la main à la poche de sa veste. Le tube en cuivre était bien là. Pressés de le jeter en prison, ses gardiens n'avaient pas jugé utile de le fouiller. Le devenir de ses compagnons d'infortune le taraudait. Barruel réussirait-il sa fuite ? Parviendrait-il à embarquer pour l'Angleterre ? Mais ce qui l'obsédait le plus, c'était le sort de Justine. Son image ne cessait de le hanter. Il ne pouvait s'empêcher de l'imaginer, impuissante, livrée à la colère et à la convoitise des *bonnets rouges*. Certes il savait que la sibylle ne manquait pas de ressource, mais il avait peur pour elle comme si désormais une part de lui-même lui était indéfectiblement attachée. Un bruit de pas résonna derrière la porte. Annibal se leva d'un bond. Une clé joua dans la serrure et un flot de lumière envahit la cellule. Un soldat, pistolet au poing, entra. Sans un mot, il désigna le couloir.

L'heure de l'interrogatoire était arrivée.

Dans le salon d'apparat, Saint-Just lisait les derniers rapports du Comité de salut public. Robespierre n'y apparaissait plus depuis des jours. En revanche, il multipliait les discours incendiaires dans les clubs de Jacobins les plus révolutionnaires de la capitale. Chaque fois, il dénonçait à mots encore couverts un complot qui menaçait la République, une conspiration qui touchait jusqu'au sommet de l'État.

Saint-Just allongea ses jambes sur un sofa. Il était fatigué et sa concentration s'en ressentait. Le Bègue lui manquait. Il avait l'impression d'être privé de ses mains, celles qui pouvaient frapper partout et à tout moment. Pourtant sa mort n'était qu'un demi-mal, le Bègue savait beaucoup de choses. Trop. Mieux valait qu'il les ait emportées dans sa tombe.

Un officier entra et salua. Depuis la Révolution, le château de Vincennes servait de camp d'entraînement pour les troupes d'élite de la République. On ne pouvait trouver meilleur endroit pour conserver un détenu au secret.

— Le suspect est là, citoyen.

— Faites-le entrer et ôtez-lui ses fers.

L'officier marqua un temps de surprise. La règle voulait qu'à chaque déplacement dans l'enceinte du château les détenus soient enchaînés. La décision de Saint-Just l'étonna, mais il obéit.

Quand Ferragus entra, Saint-Just n'avait pas bougé. Il contemplait l'inspecteur avec ironie. Le contraste était frappant entre le prisonnier, couvert de loques, le visage tuméfié, et l'Archange de la Terreur, allongé comme dans un boudoir. Une manière d'établir une hiérarchie, de rappeler que Saint-Just ne craignait rien ni personne.

— Vous voilà en bien mauvaise posture, monsieur Ferragus.

Comme la première fois où ils s'étaient rencontrés, Saint-Just employait le vouvoiement. Une mise à distance volontaire.

— Franc-maçon et désormais meurtrier, cela fait beaucoup pour un seul homme, renchérit-il.

— Je suppose que le couperet m'attend.

— Vous l'avez affûté vous-même en me pistant comme un suspect. Maximilien a bien raison, on ne peut pas faire confiance aux *frères*. Des traîtres doublés de serpents.

Piqué au vif, Annibal répliqua :

— Si vous ne vouliez pas être découvert, il ne fallait pas me confier l'enquête sur ce meurtre.

Saint-Just se leva. Son visage avait pâli sous l'accusation.

— Parce que vous me croyez toujours coupable de ce crime ignoble ?

— Tout mène à vous. Y compris votre acharnement à me neutraliser.

Pour ne pas s'emporter davantage, le révolutionnaire

se dirigea vers la fenêtre. Un coup de trompette venait d'appeler les soldats à l'entraînement. Dans la cour, les carrés se formaient. Des haies de baïonnettes brillaient sous le soleil.

— Où est Justine ?

L'Archange de la Terreur se retourna. La surprise se lisait sur son visage, malgré la fatigue.

— Vous êtes à deux doigts de mourir et le sort de cette catin vous importe ? Si vous me disiez plutôt ce que vous faisiez dans l'ancien cimetière de Saint-Séverin, cette nuit ?

Annibal baissa la tête avant de répondre. Pour avoir interrogé beaucoup de coupables, il savait que c'est toujours le regard qui trahit un suspect.

— Nous cherchions un endroit sûr pour nous cacher.

— Et la nuit d'avant, où l'avez-vous passée ? Qui vous a fourni vos déguisements ?

L'inspecteur répondit à la volée.

— Dans les carrières de Montmartre. Un fripier de la rue Vivienne.

— On apprend aussi le mensonge dans les loges ?

— On apprend d'abord la vérité.

— Alors pourquoi s'acharner à faire de moi un assassin ?

Ferragus hésita avant de répondre. Subitement Saint-Just paraissait sincère.

— Alors pourquoi vous comporter comme un meurtrier ? Pourquoi m'avoir pourchassé ? Pourquoi avoir jeté le Bègue à mes trousses pour m'éliminer ?

— C'est vous qui l'avez éliminé. Et ce crime va vous conduire à l'échafaud. À moins que…

À nouveau Annibal fixa Saint-Just. Ce dernier venait de se rasseoir. Parfois il avait le même teint pâle que

Robespierre, mais dans ses yeux brillait un autre feu. Quand on le contemplait, on ne pouvait s'empêcher d'éprouver un élan inné d'empathie. Toute la séduction de Saint-Just était dans son regard.

— À moins que vous ne prouviez définitivement mon innocence.

Brusquement Ferragus vit l'horizon s'entrouvrir, après des jours de détresse. Pour autant, il ne vendrait pas son âme.

— Vous autres, francs-maçons, vous vous croyez investis d'une mission exceptionnelle : celle de sauver l'humanité, même malgré elle. Si vous avez le moindre doute touchant ma culpabilité, je sais que vous ferez tout pour m'innocenter. Je vous laisse deux jours.

— J'ai deux exigences.

Saint-Just frappa du poing sur le bureau. La provocante insolence de Ferragus l'atteignait comme un affront personnel.

— Vous osez négocier ?

— D'abord relâchez Justine !

L'Archange de la Terreur laissa échapper de la tête un acquiescement rageur.

— Et je veux un témoin. Un homme de confiance dont personne ne mettra la parole en doute, car je peux aussi bien vous innocenter que vous confondre. Êtes-vous prêt à en prendre le risque ?

À cet instant, Annibal jouait son va-tout. Saint-Just le fixa de son regard brûlant, se tourna vers la porte et appela :

— Faites venir le Dr Guillotin.

L'Archange de la Terreur se tenait face à l'inspecteur, tapotant des doigts sur le rebord d'un fauteuil.

Près de la porte, attendait Guillotin. En deux mots, Saint-Just l'avait mis au courant. Le docteur, en plus de sa renommée de scientifique, était un ancien député à l'Assemblée. Sa probité, à l'Assemblée, était reconnue de tous. Saint-Just autant que Ferragus avaient confiance en lui.

— Dans l'antichambre du Comité de salut public, il y a deux semaines, a été retrouvé le corps d'une jeune femme assassinée et mutilée, résuma Annibal. Les exactions physiques étaient de deux sortes : son visage était énucléé et ses cuisses lacérées. Le médecin qui a examiné ces dernières blessures a conclu qu'elles avaient été commises à coups de dents.

— Tu veux dire que l'assassin s'est servi d'un chien ou pire pour martyriser cette malheureuse ? s'étonna Guillotin.

— Les traces de dents ne sont pas celles d'un animal. C'est l'assassin lui-même qui a déchiqueté les cuisses de sa victime.

— Quelle abomination !

Ferragus posa la main sur la poche intérieure de sa veste où se trouvait la tabatière du Dr Damon.

— Aujourd'hui, les progrès de la science permettent de prendre copie de la forme des dents et d'en faire un relevé complet. Ce qui veut dire que je possède l'empreinte exacte des dents de l'assassin.

Saint-Just avait cessé de tapoter sur le dossier de la chaise. Il prit lentement la parole :

— Et cette empreinte est unique ?

— Elle ne correspond qu'au tueur. Si c'est vous, elle vous dénoncera immédiatement.

Sans laisser à Saint-Just le temps de réagir, l'inspecteur se tourna vers Guillotin :

— Tu peux examiner sa première molaire supérieure droite, juste après la canine ?

Ferragus sortit la tabatière et la posa sur la table. Sans un mot, Saint-Just ouvrit la bouche.

— La partie postérieure est-elle intacte ?

Du pouce, Guillotin palpa minutieusement la couronne d'émail. L'inspecteur souleva le couvercle de la boîte à tabac.

— Oui.

Annibal sortit l'empreinte des dents du tueur. À son tour, il passa le doigt sur la molaire en cire. Elle était brisée en dedans. Il se tourna vers Saint-Just :

— Vous êtes innocent.

43

Paris
Manoir Kellerman
De nos jours

Antoine et Bela fixaient l'écran avec gravité.

La voix caverneuse d'Adam Kellerman résonnait dans le grand salon.

— Il y a un an, juste après l'assassinat de l'abbé Emmanuel, le responsable de la branche française de ma fondation m'a appelé d'urgence. Il m'a révélé que Damien Heller suivait notre programme *eye tracking*. Je n'ai rien dit à la justice, mais j'ai immédiatement appelé le centre de recherches EyeTech, à San José en Californie. Le directeur des programmes m'a répondu n'avoir aucun dossier à ce nom. Pour lui, il devait s'agir d'une erreur de l'antenne parisienne.

Kellerman s'humecta les lèvres avec une petite serviette.

— Quand un employé prononce le mot erreur, j'entends faute. Et je déteste la faute. J'ai fait appel au Ghost Rider, un hacker très doué, pour détecter les failles des systèmes informatiques des entreprises.

Après un mois d'intrusion, à pirater le *backup* du centre, Ghost Rider m'a remis un premier rapport inquiétant.

Antoine appuya sur la touche pause.

— Ghost Rider, c'est quoi ce pseudo ridicule ? Un fantôme qui roule ?

Elle secoua la tête.

— Non. Je pense qu'il s'agit du Motard fantôme, un vieux super-héros de la Marvel. Un cascadeur qui a vendu son âme au diable et se transforme en squelette enflammé pour punir les méchants. Dans une nouvelle version, le motard est devenu un hacker.

Elle appuya sur *Play*. Kellerman s'anima à nouveau, son visage envahit l'écran, ses yeux striés de filaments rouges.

— Selon ses informations, Damien Heller est venu à San José pour y passer des tests plus poussés. Son billet et sa prise en charge ont même été facturés par le centre. Ghost a aussi retrouvé un transfert de fichiers électroniques de San José vers un serveur de transit éphémère localisé à Singapour. Il n'a pu remonter la piste, mais il a réussi à récupérer une vidéo de cours de jardinage… d'acacias. En réalité, c'était un fichier matriochka, une vidéo cryptée qui en dissimulait une autre.

Antoine avait entendu parler de ces vidéos camouflées lors d'un séminaire à la DGSI, Direction générale de la sécurité intérieure. La dissimulation de fichiers s'utilisait pour envoyer des informations sensibles sur le Web sans être repérés par les robots automatiques d'espionnage électronique. Essentiellement dans le monde militaire et dans celui du terrorisme. De banales vidéos de souvenirs de plage ou de cérémonies de mariage disponibles sur des sites tout public pouvaient contenir des manuels de système de guidage de missiles ou des plans de fabrication de mines antipersonnel.

Kellerman recula de l'écran. On entendait le souffle haché de sa respiration. Le vieil homme semblait abattu de fatigue.

— Voici la vidéo camouflée. Observez attentivement la scène qui va suivre. Damien Heller est assis dans l'un des laboratoires du centre de San José pour un test *eye tracking*. On va lui projeter la courte séquence d'un film.

Le visage de Kellerman disparut subitement, l'écran devint noir au point qu'Antoine eut l'impression que la tablette n'avait plus de batterie. Puis un œil apparut. Un œil en gros plan qui palpitait presque au rythme du lent battement des cils.

Sous l'œil, il y avait un banc titre.

Heller Damien. Birth 10.20.1984
Protocole 14 A/unity w. Day 4. Test 252.

L'image zooma encore sur l'œil, la pupille envahit l'écran. On ne voyait plus que le disque noir couronné d'un iris bleu profond. Des séries de chiffres apparurent en incrustation de chaque côté de l'œil, analogues à celles qu'Antoine avait suivies sur son *eye tracking* au palais de Tokyo. Le mouvement de zoom s'effectua en sens inverse, l'œil diminua et un visage apparut.

Damien Heller. En sueur.

Vêtu d'un survêtement blanc, il était assis sur un siège médical. Le tueur semblait hypnotisé.

Un homme apparut aux côtés de Heller.

— Le score s'améliore. Voulez-vous que nous arrêtions pour l'instant ?

— Non… On continue, répondit Heller d'une voix pâteuse.

— À votre guise. Essai 253.

L'image pivota sur la droite. Face au siège de Heller, à environ deux mètres, un écran blanc était éclairé par le faisceau d'un vidéoprojecteur. L'image zooma sur l'écran que regardait Heller.

Intrigués, Antoine et Bela s'approchèrent de la tablette.

C'était un film en noir et blanc. Un homme aux cheveux gominés noirs aiguisait un rasoir de barbier sur une palette. Il fumait une cigarette en faisant virevolter sa lame devant une fenêtre.

— Ça n'a aucun sens… murmura Antoine. Un vieux film muet.

— J'ai déjà vu ce truc-là, répondit Bela.

L'homme au rasoir ouvrit la fenêtre et passa sur un balcon garni de plantes, il leva la tête vers un ciel d'encre. Dans la nuit, un nuage effilé passa à toute allure devant une lune blanche et ronde. Comme saisi d'une inspiration subite, l'homme tourna les talons pour rentrer dans l'appartement. Le plan changea subitement et se focalisa sur le visage d'une femme d'une vingtaine d'années, à la peau de porcelaine et coiffée comme dans les années trente. Soudain, la main droite de l'homme passa devant son précieux visage et écarta les paupières de l'œil gauche avec ses doigts.

Antoine se crispa sur son siège. Il comprit ce qui allait se passer.

La femme ne manifestait aucune peur, elle se laissait faire comme si elle était droguée. Son visage affichait l'expression d'une somnambule, le regard vague, les lèvres entrouvertes. Elle fixait la caméra avec détachement.

Puis, la main gauche de l'homme appliqua la lame sur l'œil mouillé.

Le gros plan devint insoutenable. La lame affûtée glissa sur le globe oculaire et le déchira.

Marcas crispa machinalement ses paupières, il ressentait presque le contact du rasoir sur son œil. Une gelée claire et humide coulait de l'organe torturé. La victime ne manifestait aucune émotion.

L'image de la tablette se figea.

Antoine avait reconnu le film muet. Kellerman réapparut sur l'écran.

— Damien Heller regarde la séquence d'ouverture d'un film espagnol daté de 1928, devenu culte chez les cinéphiles. Son nom ? *Un chien andalou*, réalisé par le metteur en scène Luis Buñuel et le peintre Salvador Dalí. Une œuvre majeure du mouvement des surréalistes et qui a fait scandale à l'époque. Je ne doute pas de la valeur artistique de ce film, mais c'est que le « chien andalou » n'a rien à faire dans l'étude scientifique *eye tracking*.

Il frappa le sol avec sa canne, puis s'appuya sur le pommeau.

— Cette vidéo de Heller était référencée sous un nom crypté, jamais employé dans les multiples protocoles de pilotage d'*eye tracking* : Illuminati.

44

Taverne du Gros Caillou
12 juillet 1794

Depuis le début de la Révolution, tout ce que Paris comptait d'amateurs de bon vin venait, en début de soirée, vider quelques futailles au Gros Caillou. La taverne était à la lisière de la campagne. Quelques pas dans un chemin poudreux et on tombait dans des champs de luzerne que l'été finissait de jaunir. Cette situation isolée en faisait un lieu recherché pour les rendez-vous galants ou clandestins et, vu le nombre de buveurs assoiffés et beuglants, la discrétion était assurée. Assis à une table, sous l'escalier qui montait aux chambres, Annibal vidait un verre d'anjou en écoutant, sans en avoir l'air, les conversations. En bon policier, il savait que c'était dans ce genre d'endroit où l'alcool déliait les langues que l'on pouvait vraiment tâter le pouls de la population. Sans compter que s'y croisaient les informations venues de la capitale avec celles de la province.

— Ça peut plus durer, asséna un homme au visage

aussi noueux que ses mains, le sang a pas fini de sécher sous la guillotine que l'on coupe déjà d'autres têtes.

D'un mouvement vigoureux du menton, son compagnon de table acquiesça. Il avait la figure rougie au soleil des travailleurs des champs.

— Hier, *ils* sont venus arrêter mon voisin… Si… si, tu le connais, c'est le maraîcher d'Auteuil. *Ils* l'ont jeté à la Conciergerie, tu te rends compte. *Ils* disent qu'il cache ses légumes pour affamer le peuple.

— Par le sang de Dieu, qu'on nous débarrasse de tous ces *bonnets rouges* du diable, de ce Robespierre de l'enfer, de ce…

— Tais-toi, voilà un *doré* qui entre.

Discrètement, Ferragus tourna la tête. Un bref sourire parcourut ses lèvres. Guillotin venait de passer la porte.

— Alors, mon frère, dit le médecin, tu écoutes la voix du peuple ?

— C'est une voix qui gronde. On dirait bien que le peuple n'est plus ivre du sang versé et qu'il est en train de se dégriser.

— Tant qu'on raccourcissait des nobles, tous applaudissaient. Quand les prêtres y sont passés à leur tour, on a entendu murmurer. Maintenant que le Comité de salut public arrête à hue et à dia, qu'on condamne sans témoins ni avocats, et qu'on exécute à la chaîne, le peuple aboie. C'est mauvais signe.

Ferragus opina. Entièrement dévolue à la répression politique, la police n'entendait plus la colère monter des couches sociales que la Révolution prétendait justement défendre. Une surdité qui risquait de coûter cher.

— Je crois que toute la société est tendue comme un ressort huilé de sang. Un rien peut tout faire basculer, mais je ne t'ai pas demandé de venir pour parler des malheurs du temps. J'ai besoin de ton aide pour avancer dans mon enquête.

Guillotin épousseta ses souliers poussiéreux et annonça :

— J'ai des nouvelles de Justine. Elle est enfermée à la prison de la Force. Et tu te doutes bien qu'elle n'en sortira que si tu tires tous les fils de cette sombre affaire.

L'inspecteur, après un coup d'œil aux tables voisines, sortit la feuille griffonnée des dernières lignes de la lettre de l'abbé Lefranc.

— Je vais te demander un service qu'on ne peut demander qu'à un frère : celui de m'aider à décrypter une énigme sans me poser la moindre question. Je te le demande *sous le maillet*[1], précisa Annibal en dépliant la feuille, il s'agit juste de quatre lignes.

«... réunion... 3... 5... 7
sub signo Cancri,
cœur mort de Florence...
Là où tout est reflet. »

L'inspecteur reprit :

— Je suis certain qu'il s'agit de la date et d'un lieu à trouver.

— Dans ce cas, la meilleure méthode c'est de différencier les lignes qui ont trait à la date et celle au lieu et là, je parie pour les deux dernières.

— *« Là où tout est reflet » ?* Je m'y casse la tête depuis deux jours.

1. Expression maçonnique signifiant le secret et la confiance absolus.

— Raison de plus, alors, de nous confronter aux premières lignes pour d'abord trouver la date :

3... 5... 7
sub signo Cancri.

— J'ai quelques rudiments de latin que m'a infligés le curé de ma paroisse en Périgord, annonça Annibal, on peut traduire la dernière ligne par *« sous le signe du cancer »*.

— Ce qui implique que la réunion aura lieu entre le 21 juin et le 22 juillet (Guillotin sourit), une époque importante pour les francs-maçons : c'est là que toutes les loges, enfin du temps où il en existait, fêtent le solstice d'été, la période de la plus grande lumière dans l'année.

Ferragus ne releva pas la référence maçonnique, il était concentré sur les trois chiffres restants qu'il montra du doigt au médecin.

— L'un d'eux doit désigner le mois. Dans la mesure où nous avons le choix entre juin et juillet...

— L'affaire me semble réglée, l'interrompit Guillotin, juillet est le septième mois de l'année. Reste à découvrir le jour et la semaine.

Le médecin semblait lire à livre ouvert dans le texte. Sans doute l'esprit implacablement cartésien de Guillotin. En tout cas, le codage de l'abbé Lefranc paraissait subitement dérisoire. Annibal avait l'impression diffuse qu'on lui traçait le chemin. Il chassa cette idée pour apporter sa pierre :

— Comme il n'y a que quatre semaines complètes dans un mois, le chiffre 3 ne peut correspondre qu'à la troisième semaine.

— Le 5 correspond donc au jour… ce qui nous fait le cinquième jour de la troisième semaine de juillet…

— Très exactement, vendredi prochain, le 18… Il y a pourtant une chose que je ne comprends pas : pourquoi ne pas avoir indiqué la date dans l'ordre habituel : d'abord le jour : 5, puis la semaine : 3, et enfin le mois : 7. C'est plus logique, non ?

Guillotin, comme s'il y avait déjà réfléchi, retourna la question :

— Et si tu te demandais plutôt pourquoi on a volontairement choisi cet ordre : 3, 5, 7 ?

D'un coup, la lumière se fit dans l'esprit d'Annibal Ferragus.

— Parce qu'ils correspondent aux âges symboliques de l'initié dans la progression maçonnique : 3 ans pour l'apprenti, 5 ans pour le compagnon…

— … et 7 ans pour le maître. Eh bien, on dirait que quelqu'un veut mettre en avant les frères dans ce rendez-vous. Tu es certain que tu ne veux rien me dire ?

L'inspecteur choisit la tangente.

— Et si on se consacrait à trouver le lieu ? La date de réunion est proche. Dis-moi, que t'inspire *« là où tout n'est que reflet »* ?

Le médecin prit son temps pour répondre. S'il était à l'aise dans la déduction logique, les associations d'idées le surprenaient toujours. Pourtant, en tant que frère, il avait l'habitude de penser à l'aide de symboles. Et il savait que les analogies imprévues étaient parfois un excellent levier de la pensée.

— Je ne sais pas trop… Un lieu qui respire la vanité ? Où tout n'est qu'apparence et illusion ?

— Et si tu tentes de le relier avec *« le cœur mort de Florence »* ?

— Franchement, on dirait le titre d'un roman. Une sombre histoire avec une héroïne dont il ne reste que le cœur momifié au centre d'une couronne funéraire.

L'inspecteur regarda le médecin avec étonnement, puis se ravisa. Une idée venait de surgir dans son esprit.

— Pour toi, Florence est une femme ?

— Et quoi d'autre, sinon ?

— Une ville en Italie, non ?

Guillotin saisit la feuille, la fixa avec attention et secoua la tête.

— Impossible, vu la situation politique et militaire au-delà des Alpes. Personne ne prendrait le risque de s'y retrouver.

— Florence… Flor… égrena Ferragus… la fleur…

— La fleur de lys, s'écria subitement Guillotin, le symbole de la ville ! Mais oui, le lys c'est aussi le symbole du royaume de France.

— Regarde ce que ça donne :

« le cœur mort du royaume de France »

Annibal fit la moue.

— Franchement, ton analogie… je ne vois pas bien ce qu'elle peut signifier.

Guillotin eut un sourire carnassier :

— Versailles !

45

Manoir Kellerman
De nos jours

Kellerman avait pris un ton plus grave. La voix du mort augmenta de volume.

— Pour être précis, le fichier se nommait *Illuminati Project*. À l'évidence, ma fondation conduit des recherches, en toute clandestinité, sur un dangereux psychopathe. Et en plus, le programme s'appelle Illuminati. Ce n'est pas une épée de Damoclès qui est suspendue au-dessus de ma fondation, c'est une bombe nucléaire. Si l'on apprend que mon groupe est mêlé de près ou de loin à l'assassinat de l'abbé Emmanuel, les conséquences seront désastreuses. Je ne peux pas laisser détruire ce à quoi j'ai consacré ma vie !

Il toussa et reprit un peu son calme.

— Demain, je dois m'envoler pour San Francisco rencontrer le Ghost Rider, puis prendre les mesures qui s'imposent au centre de San José. J'espère que je serai toujours en vie et que vous ne verrez jamais ce testament virtuel. Si tel n'était pas le cas, prenez contact avec le hacker. Il est prévenu. S'il m'arrive quelque chose, il vous apportera toute son aide. J'ai un dernier mot destiné à ma nièce Bela.

Antoine appuya de lui-même sur pause.

— Je vous laisse avec lui.

Elle hocha la tête et émit un pâle sourire.

— Merci… Antoine.

Il lui renvoya son sourire, pour la première fois elle ne semblait plus jouer un rôle. Il sortit du salon et passa dans un autre jardin. L'odeur de l'incendie s'était aussi répandue dans cette partie de la propriété et lui collait aux vêtements.

Il se frotta le visage. La fatigue physique venait de s'abattre sur ses épaules. Antoine aspira l'air frais avec avidité. Une douce senteur d'herbe coupée montait du coin de pelouse. Tout était calme, paisible, serein. Son esprit se remit en mouvement.

Il assemblait les éléments épars, par ordre chronologique, comme dans une pièce de théâtre. Première partie.

Acte 1. Heller est envoyé par son psy à la fondation Kellerman pour passer des tests d'*eye tracking*. Là, il est repéré et part en Californie au centre de recherches de San José pour se taper des séances de Buñuel à dose intensive. Tout ça, hors de contrôle du vieux Kellerman. Les résultats de ses tests sont expédiés à un destinataire inconnu avec un nom de code : Illuminati.

Acte 2. Heller retourne ensuite en France, se bâtit une cave secrète où il dessine une chouette. Une chouette qui serait l'emblème des Illuminati, une secte disparue depuis plus de deux siècles. Il prépare l'assassinat de l'abbé Emmanuel.

Acte 3. Trois mois plus tard, il passe à l'acte et se suicide.

Entracte. Fin de la première partie : Damien Heller entre dans la mémoire collective.

Marcas ferma les yeux. La nuit l'enveloppait dans un manteau de silence et il se sentait étonnamment bien, presque purifié par cette solitude nocturne. Il se concentra sur la deuxième partie.

Les trois coups à nouveau. Changement d'acteur principal.

J'entre en scène. Moi, Antoine Marcas, chasseur d'Illuminati fantômes...

Acte 1*. Sur les bons conseils d'un vieux frère, la juge Gardane me demande d'enquêter en toute illégalité sur Heller. J'ai la mauvaise idée d'accepter. Je découvre sa cave de barge dans son pavillon de banlieue et je me fais assommer par le garde du corps de Kellerman.*

Acte 2. *Kellerman s'excuse et m'invite à une soirée de maîtres du monde. La juge Gardane se fait renverser et Kellerman assassiner.*

Acte 3. *Je m'assois sur tous mes principes moraux, je viole mon serment de flic et je me tape un jeu de piste ésotérique avec une chanteuse, et pas n'importe laquelle, une star de la pop internationale. Une femme sublime que j'ai envie de sauter. Tout ça pour apprendre que la suite du jeu va se dérouler à l'autre bout du monde, en Californie. Avec un hacker qui se fait passer pour un super-héros, le Ghost Rider.*

Fin de la pièce. *Je décide de la suite des événements. Je reviens dans le droit chemin et j'arrête les conneries. Je suis un flic responsable. Je laisse la chanteuse courir derrière son chien andalou et ses*

Illuminati à San Francisco. Moi, je reste à Paris, je rentre dans mon trois-pièces pour me mater la quatrième saison de Game of Thrones *en me bourrant de pizzas. Je m'occupe enfin de mon fils et j'attends sagement que la juge se réveille dans sa chambre d'hosto pour lui parler de la chouette et du centre EyeTech.*

Il était temps de rentrer et de prendre congé de la chanteuse. Il fallait juste tirer la morale de la pièce.

Je ne saurai jamais si les Illuminati existent.

Je ne connaîtrai pas les véritables assassins du président Kennedy ni de l'abbé Emmanuel.

Je ne coucherai pas avec l'héroïne.

Il enjamba le parapet en sens inverse pour rentrer dans la maison et saluer la nièce de Kellerman. Il n'était pas dupe de son soliloque théâtral et de ses bonnes résolutions.

La vérité était tout autre : il était troublé, plus que troublé, par Bela.

Au moment où il traversait le long couloir, son portable vibra dans sa poche. *À trois heures et demie du matin.*

C'était le numéro de Paul. Il décrocha alors qu'il pénétrait dans le bâtiment.

— J'ai beaucoup de choses à raconter à ton amie la juge quand elle se réveillera.

— Elle est morte. Hémorragie cérébrale pendant l'opération, répondit Paul d'une voix tremblante.

— Désolé… Je sais que vous étiez proches.

— Plus que tu ne le crois. J'étais en plein divorce avec ma femme. J'avais une liaison avec Hélène, une histoire merveilleuse. On avait même décidé de vivre ensemble. C'était une femme extraordinaire.

Antoine crut percevoir des sanglots dans la voix de son ami.

— Je suis navré, répéta Antoine d'une voix triste. Le chauffard a été retrouvé ?

— Non. Il s'est enfui et la rue n'était pas sous surveillance caméra.

Antoine s'arrêta net.

— Attends. J'ai une piste sur Heller. Un riche américain a découvert des trucs pas clairs sur lui. Je peux témoigner pour demander la réouverture de l'instruction sur l'abbé Emmanuel.

— Antoine. Je me fous de ton enquête. Hélène est morte !

— Justement. Et si elle avait été assassinée, elle aussi, à cause de la cave de Heller ?

Un silence s'écoula. La voix du conservateur devint plus faible.

— Tu dis ça pour te persuader qu'il y a un grand complot. Ne m'en veux pas, ça ne m'intéresse plus cette histoire d'Illuminati. Je… J'ai perdu Hélène. Je ne peux pas réfléchir à tout ça. On se rappelle plus tard.

Il raccrocha avant même qu'Antoine ait pu répondre.

Marcas bouillonnait. Il était à nouveau tiraillé. La mort de la juge changeait la donne. Elle le renvoyait à ses contradictions, ses faiblesses. Ses lâchetés aussi.

Cette femme avait eu plus de courage que lui. Elle avait choisi de continuer l'enquête, au risque de se faire déjuger. Pour finir dans une housse en plastique dans une chambre d'hosto. Et lui s'inquiétait pour son petit confort moral.

Un bruit de pas résonna au bout du couloir. C'était Bela qui revenait. Elle affichait un visage fatigué, des yeux cernés, un sourire pâle, et des cheveux en désordre.

— Il m'a laissé des instructions pour la gouvernance du fonds d'investissement s'il lui arrivait malheur ! Pas un mot de tendresse. Jusqu'au bout cette froideur hautaine…

Antoine hocha la tête et se racla la gorge.

— Je viens d'apprendre la mort de la juge Gardane. Je suis sûr que c'est un assassinat.

Elle prit un air compatissant.

— Je suis navrée. Que comptez-vous faire ?

— Je ne sais pas. C'est compliqué…

Elle s'approcha et lui prit doucement les mains.

— Pour moi aussi, Antoine. J'ai un concert à San Francisco dans quelques jours et je dois suivre de près le fonds. Et surtout, je viens de recevoir une réponse du Ghost Rider. Il m'attend à Frisco dans deux jours, je ne peux pas laisser impuni le meurtre d'Adam.

— Quand partez-vous ?

— Dans quelques heures. Peter Van Riess met à ma disposition le jet du comité Heidelberg avec lequel il est venu. Il se trouve sur le tarmac de l'aéroport du Bourget.

— Vous, les riches, vous ne voyagez pas comme nous…

Elle lui serra les mains.

— Venez ! J'ai besoin de vous. Je ne veux pas repartir avec Andréa, vous avez instillé le doute. Vous pourrez toujours reprendre le premier avion pour Paris, je vous paierai le billet en classe affaires.

— Ce n'est pas aussi simple. Et même si je le voulais, il y a des formalités pour les States. Je suis français, il faut remplir une déclaration Esta, prendre le…

Elle secoua la tête.

— Je m'en occupe avec l'ambassadeur, je l'ai invité avec toute sa famille en loge à mon concert parisien. Antoine, ne me forcez pas à vous supplier ! Sauf bien sûr, si vous avez une femme et des enfants qui vous attendent à la maison. Ce que je comprendrais.

Marcas haussa les épaules. Personne ne l'attendait, à part sa pile de DVD de séries télé et son frigo vide. Il resta silencieux une longue minute à soutenir le regard étincelant de Bela. Puis, il articula lentement :

— La pièce Illuminati n'est pas terminée. Ils vont payer pour le meurtre de la juge et de votre oncle. *On the road* pour le troisième acte.

PARTIE III

« Le monde se divise en trois catégories de personnes : un très petit nombre qui produit les événements, un groupe un peu plus nombreux qui veille à leur exécution, et enfin une large majorité qui ne comprendra jamais ce qui s'est passé en réalité. »

Nicholas Butler,
Membre du Council on Foreign Relations

46

Versailles
18 juillet 1794
Fin d'après-midi

La place d'Armes était vide. Là où avant paradaient mousquetaires du roi en grand uniforme et carrosses décorés à l'or fin, l'herbe folle désormais poussait entre les pavés. Un silence oppressant flottait aux abords du palais, renforcé par un ciel gris qui tournait à l'orage. Dans la ville devenue déserte, quelques vieux domestiques sans emploi traînaient leur nostalgie entre les hauts murs d'hôtels particuliers à l'abandon. C'est là que Ferragus avait rencontré un ancien valet de pied de la comtesse de Bouillon, resté seul après le départ précipité de sa maîtresse en exil. Assis devant la porte ouverte aux quatre vents de l'hôtel, la pipe à la bouche, il avait hélé Annibal comme s'il débarquait d'une autre planète.

— Que fais-tu là, garçon ? Tu t'es perdu d'endroit ou tu t'es trompé d'époque ?

— Ni l'un ni l'autre, grand-père, je travaille pour les services d'intendance de l'armée et on cherche des entrepôts à fourrage pour la cavalerie. Dans la capitale, on manque de place.

— C'est vrai qu'à Paris, c'est plutôt des places de prison qu'on cherche. Paraît que tout est plein à ras bord !

Ferragus tomba son chapeau et ôta sa veste. Une chaleur lourde stagnait dans la rue.

— Grand-père, je ne fais pas de politique. On me demande de trouver des lieux de réserve, j'en cherche. Et comme Versailles regorge *d'immeubles tombés en désuétude*…

— ... *tombés en désuétude,* s'esclaffa l'ancien domestique, elle est bien bonne ! Dis plutôt que ce sont les têtes de leurs propriétaires qui sont *tombées* dans le panier à son.

Annibal ne réagit pas. Il faut toujours laisser parler les témoins, ça endort leur méfiance et, au détour d'une conversation banale, on peut poser les questions essentielles.

— J'ai vraiment besoin de grands espaces. Je me demandais d'ailleurs si les anciennes casernes de gardes qui bordent le château…

Un coup de tonnerre roula dans le lointain, suivi d'un coup de vent. L'orage arrivait. Le vieux lui lança un regard ébahi.

— Ben, dis donc, je savais que c'était le foutoir dans le gouvernement, mais à ce point ! T'es même pas au courant que l'armée, elle a déjà réquisitionné tous les abords du château ?

Même surpris, l'inspecteur ne voulut pas perdre la face et tenta un coup de dés.

— Ne m'apprends pas ce que je sais déjà, grand-père : ce sont des troupes à pied qui stationnent au château, elles n'utilisent pas les écuries.

Le domestique le regarda d'un air perplexe, puis grommela :

— Troupes à pied, que tu dis ? Alors c'est pour ça qu'on les voit tourner nuit et jour autour du château ? Par le sang de Dieu, on dirait le roi revenu à Versailles.

Annibal resta un instant sans répondre. Donc, le château était sous surveillance.

— Et pourquoi t'installes pas tes réserves d'herbe à canasson dans le domaine de la reine ? C'est tout à l'abandon, là-bas.

Ferragus fronça les sourcils. Quelques années avant la Révolution, Marie-Antoinette s'était vu offrir, au fond du parc de Versailles, un palais plus intime, le Petit Trianon, entouré d'un jardin à l'anglaise.

— Il n'y a pas de troupes cantonnées ?

L'ancien domestique partit d'un ricanement, pas fâché de donner une leçon à ce blanc-bec venu de Paris.

— Je vais t'apprendre quelque chose : le domaine de la reine, y a pas un chat !

Parc de Versailles
Début de soirée

Depuis le départ de la famille royale, les jardins étaient retournés à l'état sauvage. Les frondaisons des arbres dépassaient du mur d'enceinte. En explorant l'autre côté, Annibal s'était arrêté face à une branche de marronnier qui ployait sous les ramures. Elle était juste à portée de bras. Après en avoir tâté la solidité,

Ferragus s'en était servi pour atteindre la crête du mur et sauter discrètement dans le jardin.

Il se trouvait à l'entrée d'un parterre de bosquets qui se déployait jusqu'au Petit Trianon. Protégé par la végétation devenue envahissante, il avançait à pas de loup. Même si tous ses sens étaient en alerte pour prévenir une mauvaise rencontre, son esprit, lui, suivait d'autres chemins de traverse. Au fur et à mesure de son avancée, il récapitulait les éléments de son enquête. Non pas de manière déductive, mais en laissant les idées s'attirer l'une l'autre. Depuis longtemps il usait de cette méthode qui, souvent, faisait jaillir une corrélation inédite, scintiller un détail négligé. Mais c'était une tout autre image qui revenait sans cesse, celle de Justine.

Au détour de feuillages luisants d'averse, il aperçut la forme sombre de l'ancien palais de Marie-Antoinette. Prudent, il ralentit pour observer les façades. Il n'y avait aucune lumière. Un profond silence régnait, à peine troublé par la chute des gouttes qui ruisselaient des branches. Les oiseaux comme les hommes semblaient avoir déserté les lieux. Le crépuscule tombait et un soleil mouillé disparaissait en se reflétant dans les hautes fenêtres du Petit Trianon. Tout en se dirigeant vers le Grand Canal, Ferragus songeait à tous les fantômes qui hantaient ce parc abandonné. Parfois, il lui semblait entendre crisser comme un escarpin sur le sable des allées, il tendait l'oreille, mais ce n'était qu'un des bruits anonymes de la nuit. À Versailles, le temps des rires et des fêtes, des rendez-vous galants et des plaisirs d'amour était définitivement révolu. Il s'assit sur le rebord du bassin d'Apollon pour reprendre son souffle.

Une fois encore l'image de la sibylle s'imposa à lui. Un aveu prenait forme : s'il prenait autant de risques, c'était aussi bien pour sauver Justine que par quête de la vérité. Il se leva et scruta l'obscurité tombante. Il lui restait à traverser le parc du Roi-Soleil qui s'étendait juste devant la façade d'honneur. Sans doute la zone la plus dangereuse. Si des soldats surveillaient l'entrée du château, des patrouilles devaient mener des rondes continuelles dans le parc. Abandonnés depuis des années, les jardins, qui avaient fait l'admiration de toute l'Europe, étaient revenus à l'état de nature : les bassins moussus débordaient de vase, les taillis s'étaient transformés en bois, les clairières avaient mué en des buissons enchevêtrés. Les somptueux jardins à la française étaient devenus une forêt ténébreuse, un véritable dédale végétal.

Et c'était par là qu'il devrait passer.

Annibal aperçut une lanterne qui longeait l'allée centrale. Elle se balançait à hauteur de visage, s'arrêtait à intervalles réguliers, puis reprenait son chemin. Un soldat devait la tenir à bout de bras pour éclairer les sous-bois que ses camarades allaient fouiller. Ferragus resta immobile, pareil à une statue de pierre. La lanterne avançait lentement, mais à aucun moment elle ne quitta l'allée. À vingt pas de l'inspecteur, les soldats qui scrutaient les fourrés claquèrent des talons et firent demi-tour. Ferragus souffla de soulagement. Il obliqua vers la droite et s'engagea entre des broussailles touffues qui, autrefois, avaient été des charmilles taillées au cordeau. Il avançait lentement : à chaque pas des épineux s'agrippaient à ses vêtements. La végétation se révélait envahissante. Sa progression devenait difficile. Plus il progressait, plus il avait l'impression de s'enfoncer dans un mur sans fin. Pour autant ses chances de tomber sur une patrouille devenaient plus réduites. Il s'arrêta au pied d'un peuplier dont le feuillage bruissait dans le vent. L'escalier monumental qui donnait sur la terrasse du château ne devait plus être loin. Il se dirigea vers la gauche pour observer l'allée centrale. Si des gardes étaient en faction, ils seraient postés au pied du perron.

Quand il émergea des taillis, il aperçut, de dos, l'uniforme d'un soldat qui veillait sous l'escalier. Il avait posé son fusil contre un arbuste. Ferragus l'observa avec attention. Tout dans ses gestes, ses attitudes, trahissait son inexpérience. Annibal s'accroupit, puis rampa dans sa direction. Arrivé à quelques pas, il se releva. Le garde n'avait rien entendu. Il chantonnait doucement un air à la mode. Annibal tendit la main et saisit silencieusement la bretelle du fusil vers le haut. En un instant, il s'empara de l'arme, la retourna et, d'un geste vif, abattit la crosse sur la nuque du garde. En même temps, il se précipita et récupéra le corps inerte avant qu'il ne chute. Tout était silencieux. Sans attendre, Ferragus le dépouilla de sa veste, enfila sa cartouchière et se coiffa de son chapeau à plumes. Un bâillon dans la bouche, la bretelle du fusil comme lien, le garde ne bougerait pas avant un bon moment.

Sans marquer d'impatience, Annibal remonta l'escalier. Arrivé sur la terrasse, il vit que l'aile gauche de la façade était éclairée. Une patrouille était en train de partir pour surveiller le parc. Un sous-officier, à l'accent de Marseille, cracha ses ordres comme un juron. La cohorte se mit en marche sans prêter attention à l'inspecteur. La terrasse était vide. Ferragus la traversa au pas de course. Il longea la façade jusqu'à une porte qui servait de passage pour les soldats. Il s'arrêta. Malgré le danger, il avait besoin d'un moment de pause. Il se colla dans l'ombre du mur. La patrouille ne reviendrait pas avant une dizaine de minutes, le temps de faire le point. Il ferma les yeux et tenta de se rappeler le tout début de cette affaire.

D'un coup, il revit le clocher de Saint-Germain, ses frères, leur arrestation, la détention à la Conciergerie et puis sa condamnation à mort au Tribunal révolutionnaire. En quelques heures sa vie avait basculé. D'autres images se bousculaient : la guillotine, le Bègue, puis sa rencontre avec Saint-Just. Et ce marché qu'on lui avait mis en main : sa vie contre une enquête. Un pacte digne du diable.

Un crissement du gravier le ramena à la réalité. Il fouilla l'obscurité du regard. Rien. La patrouille, éclairée par une lanterne, descendait l'allée centrale. L'humidité du mur pénétrait ses épaules. Il s'avança d'un pas sous la corniche. D'autres visions encore survenaient. La morgue du Châtelet, le Dr Damon et sa manie des inventions. C'était lui qui, sans le savoir, avait innocenté Saint-Just. Et ce dernier mis hors de cause, la dernière piste le conduisait ici, à la porte du château de Versailles.

Juste avant de la franchir, Annibal tenta de se remémorer la disposition du château. Il devait se rendre à l'étage, là où les fenêtres étaient éclairées. Guillotin lui avait fourni un plan du palais qu'il avait étudié en détail. Pourtant au moment de se repérer, l'enchevêtrement des pièces, chambres, antichambres, salons, lui tourna la tête. Il avait l'impression d'être à l'entrée d'un labyrinthe où se tenait, dissimulé, un Minotaure prêt à bondir. Annibal se ressaisit. D'abord trouver un escalier. Il poussa la porte.

— Soldat !

La voix le cueillit comme un coup de poing. Devant lui, un chandelier à la main, se tenait un homme de haute stature, enveloppé de la tête aux pieds dans une cape noire, une capuche rabattue sur le front tandis que son visage disparaissait sous un masque impénétrable.

— Prends le chandelier, tu vas me conduire.

Ferragus obtempéra, mais resta immobile, ne sachant que faire.

— Va à gauche ! L'escalier est au bout.

Aussitôt l'inspecteur se mit en marche. La lumière des chandelles jetait de grandes ombres sur le parquet. Annibal avait l'impression d'être Leporello conduisant Don Juan aux enfers.

L'escalier en bois branlant montait en colimaçon entre des murs aveugles. Sans doute un escalier de service, emprunté par les domestiques du temps de la royauté. En tout cas, il n'apparaissait pas sur le plan de Guillotin.

— Suffit. Laisse-moi passer.

Ils étaient arrivés sur un palier. L'inconnu saisit la poignée d'une porte avant de se retourner. À la lueur versatile des bougies, les yeux, sous le masque, prenaient des teintes fauves.

— Tu restes là et tu surveilles l'entrée. Personne ne rentre, personne ne sort. Tu en réponds sur ta vie.

Ferragus s'inclina. La porte pivota ; pourtant, à la surprise de l'inspecteur, elle ne donnait pas sur une pièce, mais sur un mur couleur sable dont la matière semblait étrange. On aurait dit une mer d'huile. Le masque se glissa le long de ce mur, puis disparut.

Ébahi, Annibal tendit la main. Sous ses doigts, le mur se mit à onduler L'inspecteur comprit aussitôt. La porte de service était dissimulée derrière une tapisserie d'apparat. Il ne put résister à la tentation. À son tour, il longea le mur pour atteindre la bordure de la tapisserie.

Discrètement, il écarta les franges.

En un instant, il fut ébloui. Réverbérée par d'immenses miroirs, la lumière des chandelles éclatait comme un feu d'artifice. D'un coup il saisit où il se trouvait.

La galerie des Glaces !

Un bruit lourd de pas fit son entrée. Annibal recula derrière la tapisserie.

Une phrase, une seule, résonnait à tous les échos de son esprit :

« Là où tout n'est que reflet. »

Cette fois, il y était.

47

Quelque part en Californie
De nos jours

Les lourdes branches des séquoias oscillaient sous le vent frais, comme une houle sur un océan couleur émeraude. Un peu plus haut, à l'orée d'un bois sombre et pentu, des milliers de pins alignés comme à la bataille semblaient près d'arracher leurs racines de la terre humide pour déferler sur la vallée. Passé la première ligne de front, les ténèbres régnaient en maître.

Apaisé, l'esprit clair, le Maître du Feu contemplait avec un profond respect les remparts de conifères qui entouraient le camp. Il se sentait en harmonie totale avec cette sombre forêt, protectrice pour ceux de sa caste et hostile aux étrangers. Les Indiens ne s'étaient pas trompés en choisissant ce lieu magique pour abriter leurs rituels. C'était bien la seule qualité qu'il reconnaissait à cette vermine sauvage.

Mais ce territoire appartenait désormais à l'homme blanc, même les fantômes des tribus Ohlones n'osaient pas hanter ces bois.

Un courant d'air balaya à ses pieds les cendres qui

jonchaient l'autel de pierre. Une fine couche grise se déposa sur le sol en terre battue. Satisfait, le Maître du Feu inspecta la scène autour de lui, tout était en place pour le rituel à venir. Les essais de crémation avaient parfaitement fonctionné, le cérémonial avait été soigneusement répété. Son regard se porta sur les estrades en arc de cercle montées de l'autre côté de la rive.

Dans une semaine, elles seraient bondées. Deux mille frères de cœur assisteraient au rituel. Deux mille hommes de qualité, sélectionnés sur le volet, représentant les plus hautes fonctions du pays, dans l'administration et les entreprises. Aucune femme, bien évidemment. L'élite des États-Unis, des patriotes convaincus, respectueux des valeurs de la nation, des modèles exemplaires. Comme chaque année, à la même date, ils seraient tous présents. Une véritable fraternité.

Le Maître du Feu fit quatre pas en arrière, pivota sur ses talons, comme on le lui avait appris dans sa jeunesse, à l'académie militaire de Westpoint, et fit face à l'idole de pierre. Il reproduirait les mêmes pas dans une semaine, jour pour jour. À la nuit noire.

Debout, face à l'autel posé à terre, il joignit ses mains comme pour une prière, mais ce n'en était pas une. Puis lentement, très lentement, il leva le regard vers la gigantesque masse sombre qui se dressait devant lui. Taillée dans le roc, d'une texture noire et irrégulière, l'idole de pierre de douze mètres de haut l'écrasait de sa puissance.

Le Maître du Feu scruta la face aveugle de la divinité marmoréenne. Chaque année, elle attendait dans le silence de la forêt l'offrande de la confrérie. Et lui, il allait l'exaucer.

Un sacrifice de choix.

48

San Francisco
De nos jours

Il était presque dix heures du matin et les somptueuses demeures de Pacific Heights affichaient sous le soleil leur arrogance tranquille et haut perchée. En contrebas, de blancs lambeaux de brouillard glissaient doucement sur les eaux sombres de la baie de San Francisco. Tels des mâts de bateaux fantômes, les piliers du pont du Golden Gate surgissaient au-dessus des nappes laiteuses. Le rocher noir de l'île d'Alcatraz était encore noyé dans la brume mais il n'allait pas tarder à surgir à la lumière. Comme chaque jour d'été, le brouillard perdrait son combat temporaire contre le soleil. Il s'évaporerait pour renaître à nouveau à la faveur de la nuit.

Marcas plongea à nouveau dans l'onde claire et fraîche de la piscine. C'était son rituel maçonnique à lui. Une myriade de reflets bleus ondula lentement sous ses yeux. Il baignait dans une plénitude aussi douce que l'eau de la piscine dans laquelle il nageait depuis une demi-heure.

Il bascula sur le dos, cligna des yeux pour observer les jeux de lumière au-dessus de lui, puis attendit de consumer la dernière bouffée d'oxygène pour jaillir à la surface. Un air tiède et doux coula dans ses poumons, le deuxième élément maçonnique. D'un geste souple, il agrippa l'échelle d'aluminium et posa le pied sur la margelle de pierre anthracite. La terre, le troisième élément. Il ferma les yeux, pour sentir le feu du soleil chauffer sa peau. Le feu, le quatrième élément.

La dernière fois qu'il avait ressenti une telle chaleur, c'était en Sierra Leone. Mais ce n'était pas le même soleil. Ici, à Pacific Heights, il était d'or.

Il ouvrit les yeux et contempla le ciel bleu électrique, il n'en revenait pas d'être à dix mille kilomètres du gris poisseux de Paris.

Tout s'était passé très vite. Le matin même de l'incendie, il avait eu juste le temps de prendre son passeport et une valise légère, et s'était envolé du Bourget dans le luxueux Falcon 7X du cercle Heidelberg. Ils avaient dormi jusqu'à l'escale de Chicago puis discuté pendant une bonne partie du vol vers San Francisco. Elle l'avait interrogé sur sa vie et ses enquêtes, et lui s'était mis en valeur, arrogance de mâle. De son côté, elle s'était épanchée sur son métier de chanteuse. Antoine avait découvert une artiste qui gérait sa carrière avec le pragmatisme d'un businessman. Et une fêlure aussi, mais qu'il n'arrivait pas à définir.

Une mouette passa à la verticale au-dessus de sa tête.

Antoine quitta la margelle chauffée par le soleil et se dirigea vers la maison, une magnifique demeure de style européen, pierre blanche et fenêtres arquées. Elle appartenait à Stuart T. Rankin, un milliardaire d'Internet, un proche de Bela. Le même qui avait assisté en direct à la mort de l'abbé Emmanuel, l'année précédente.

Il arriva devant la jeune femme. Elle était assise sur une chaise longue, à l'abri d'un parasol couleur menthe délavée, et l'observait derrière sa paire de lunettes de soleil noires et arrogantes.

— Vingt minutes de nage intensive, félicitations, commissaire, vous tenez la forme.

Elle portait une robe droite et crème, classique, et qui n'épousait pas ses formes. Son regard s'attardait sur Marcas qui séchait son dos nu et tendu avec une serviette moelleuse.

— Passé 35 ans, il faut s'entretenir, mentit-il avec sobriété.

— Trente-cinq ans. Quelle chance ; vous les Français, vous ne vieillissez pas comme nous, les Américains, ironisa-t-elle en se levant avec une élégance étudiée. Le temps n'est pas aussi élastique ici. On part pour la Silicon Valley. Direction Sunnyvale pour rencontrer notre nouvel ami, le Ghost Rider. Puis, cap au sud, toujours dans la Valley, au centre de recherches EyeTech. Les vacances sont terminées.

Marcas finit de sécher des grosses gouttes qui perlaient sur ses jambes.

— Ça n'aura pas duré longtemps…

— Surtout pour moi. Dès notre retour du centre, j'embraye sur trois heures de répétition pour mon concert. Mon manager m'a réservé une salle pas loin d'ici, dans North Beach, sur Columbus Avenue. Ça va m'inspirer, c'était le foyer spirituel de la *Beat generation* dans les années soixante. Les hippies, la contestation permanente, l'art total, il y avait une énergie incroyable dans ce coin. Jack Kerouac, Allen

Ginsberg et tous les clochards célestes de l'écriture. Ils vivaient pour l'instant présent. Je me suis toujours sentie proche d'eux.

— Je n'en doute pas, répliqua Marcas, mais à ma connaissance ils ne dormaient pas dans une villa de milliardaire. Ou alors, j'ai mal lu leurs œuvres.

Elle le fusilla du regard et répliqua sèchement :

— On part dans dix minutes.

Une demi-heure plus tard, ils roulaient sur l'autoroute 101, qui traversait la Californie du nord au sud, et dont le plus gros tronçon s'étirait de San Francisco à Los Angeles. Une highway à l'américaine, monstrueuse, large de quatre voies, gorgée de circulation, entrecoupée d'échangeurs qui ondulaient en gigantesques anneaux d'asphalte. Ils avaient quitté la zone urbanisée de San Francisco pour arriver dans le comté plus boisé de Santa Clara, où commençait véritablement la Silicon Valley.

Le ciel affichait un éclat californien. Aussi loin que portait le regard de Marcas, il ne voyait qu'une vaste toile d'azur, tendue à l'infini. Des panneaux indicateurs défilaient sous ses yeux. Ils annonçaient les prochaines localités desservies par la highway.

Palo Alto, Mountain View, Sunnyvale, Cupertino, San José...

Une liste de noms exotiques, et dont il avait entendu parler dans des reportages sur la Silicon Valley. Ça ressemblait plus à un défilé de stations balnéaires qu'à des noms de villes high-tech.

Marcas sourit. Les Américains n'avaient pas inventé Hollywood pour rien. Même dans l'industrie des nouvelles technologies il fallait vendre du rêve. Palo Alto, Santa Clara… rien qu'à entendre la sonorité des villes, on avait l'impression que tout le monde bossait au bord d'une piscine, une tablette sur la chaise longue, ambiance cool et barbecue. Et bien sûr, des centaines de milliers d'habitants riches et heureux sous le soleil.

L'increvable vieux rêve américain, cette fois en version 3.0.

Marcas sourit. Travailler à Sunnyvale, même six jours sur sept, douze heures par jour, ça semblait plus excitant que faire ses trente-cinq heures hebdomadaires à Gonesse ou à Tourcoing.

La voiture filait sous le soleil de midi. De chaque côté de l'autoroute, les vastes étendues urbaines mais boisées s'étendaient à perte de vue. Bela se tourna vers Antoine.

— Dans la Valley, à chaque ville, son seigneur et maître. Cupertino c'est le royaume d'Apple ; le duché de Menlo Park pour Facebook ; Santa Clara pour Intel, le vicomte des microprocesseurs ; Netflix, le nouveau conquérant des séries TV, règne à Los Gatos… Ce coin de Californie est devenu en vingt ans la douzième puissance économique mondiale, devant le Mexique.

— L'aristocratie d'Internet… Ils règnent sur nos écrans. Ils règnent sur le monde… ajouta Marcas, songeur.

Elle tendit l'index vers le prochain échangeur.

— Ils règnent surtout sur nos cerveaux… Regardez là-bas, c'est Mountain View, quartier général de l'empire Google. Googleplex, le centre névralgique du groupe. 60 milliards de dollars de chiffre d'affaires l'année dernière et seulement 50 000 employés. Un bénéfice de 13 milliards net. Quelle productivité…

— Et Jack Kerouac, il en pensait quoi, de la productivité ?

Elle ne releva pas la pique. Ils doublèrent un gros autocar blanc et ventru, bariolé du logo de Google.

— Les Googlers s'en vont en balade, dit-elle d'une voix neutre. Ils ont même leur ligne privée de navettes entre San Francisco et le siège de la boîte.

— Trop sympa, M. Google, ironisa Marcas. Il a lu, lui aussi, les auteurs de la *Beat generation*.

— Très drôle, répondit-elle sur un ton réprobateur. La colère gronde à Frisco contre les cadres d'Internet qui ont fait exploser les prix de l'immobilier. Des comités de riverains ont bloqué les bus Google et menacé les passagers. Contrairement à ce que vous croyez, j'ai une conscience sociale. Je mets mon image au service de justes causes.

Il ne répondit pas et l'observait. Elle avait l'air vraiment sincère. Et toujours aussi troublante. La circulation devenait plus fluide, le Range Rover accéléra légèrement pour se rabattre sur la première file.

Moins de trente secondes plus tard, un coupé Ford bleu nuit, aux vitres teintées de noir dépassa à son tour le Google bus. Le conducteur et son passager avaient les yeux rivés sur le Range Rover. Le véhicule resta sur la deuxième voie, à trois voitures de leur cible. L'un des deux hommes prit son portable et décrocha.

— Ils vont bientôt sortir de la highway.

— Ne sortez pas à Sunnyvale. Filez à San José, et attendez-les sur la route du centre.

49

Château de Versailles
Galerie des Glaces
18 juillet 1794

Annibal n'avait pas perdu son temps. Il avait profité d'un moment où la galerie était vide pour examiner le motif de la tapisserie. C'était une représentation de *Diane au bain*. La déesse chasseresse avait déposé son arc et ses flèches pour prendre un bain langoureux dans une fontaine d'eau claire. Autour d'elle, se pressaient ses chiens, les babines rouges et frémissantes. Annibal avait vite repéré que les yeux de Diane se trouvaient à hauteur d'homme. À la pointe de sa dague, il avait percé un orifice dans chaque pupille qu'il avait ensuite discrètement élargi en croix derrière la tapisserie. Ainsi il pouvait voir sans être vu.

L'homme masqué avait disparu. En revanche, des ouvriers étaient en train d'aménager la galerie. On installait des pupitres, des sièges sur deux rangées face à face et au bout de la galerie une sorte d'autel précédé de marches. Ferragus observait scrupuleusement la mise en place du décor dans ce lieu où le Roi-

Soleil recevait les ambassadeurs les plus prestigieux. Un contremaître tenait un plan à la main et dirigeait les travaux. Petit, trapu, il était accompagné de trois compagnons qui prenaient les mesures. Comme il passait près de la tapisserie, l'un d'eux, une règle à la main, confia ses craintes à son voisin :

— Tout doit être prêt dans moins d'une heure. Tu crois qu'on aura terminé ?

— Si on se presse, oui, il reste les colonnes à monter, le plateau à installer…

Le contremaître s'approcha. Il tendit le bras à la verticale.

— Pour la voûte, vous monterez uniquement sept lustres et à 20,8 pieds de hauteur précisément. Pas un pouce de plus ou de moins[1].

Ce souci de la précision surprenait Ferragus. Voilà qui ressemblait bien plus à une cérémonie qu'à une réunion.

Un des aides se plaça juste devant la tapisserie pour examiner l'effet produit sous la voûte.

— J'espère que *les maîtres* seront satisfaits.

Annibal tressaillit. Ce mot lui rappelait la *tenue maçonnique* à Saint-Germain. Sept maîtres qui avaient tenté de reconstituer une loge en pleine persécution. Où étaient ses frères désormais ? Le Bègue avait-il tenu sa parole de les relâcher ? Par association d'idées, il pensa à Justine, détenue à la prison de la Force. Malgré tous les mystères qui planaient sur elle, elle lui avait sauvé la vie deux fois. Et lui, que faisait-il

1. Malgré l'adoption du système métrique, les unités de mesure, le pied ou le pouce, étaient encore largement utilisées sous la Révolution. Un pied correspond à 13 pouces, soit environ 32 cm.

pour elle ? Saint-Just lui avait donné sa parole qu'une fois cette affaire éclaircie, elle serait délivrée. Mais Ferragus avait appris à ses dépens à se méfier des promesses des révolutionnaires.

Brusquement, il fut pris d'un doute affreux. Il recula contre le mur. Et si Justine avait été exécutée, si le couperet avait déjà tranché sa jeune vie ?

Il resta un long moment, le cœur tremblant et les jambes ballantes. Il venait de comprendre combien il tenait à cette femme énigmatique. Jusque-là, il n'osait se l'avouer, mais se l'imaginer morte avait mis son esprit à sac. Il ne se retrouvait pas. Il était perdu. La respiration lui manquait. Il entendait, comme à travers un linceul, les voix des ouvriers qui s'éloignaient. Il lui semblait qu'il allait mourir, qu'en enlevant la vie de Justine on lui ôtait la sienne.

Je suis en train de perdre l'esprit.

Il tenta de se reprendre, posa ses mains sur le mur glacé et tendit l'oreille. Mais au bruit des travaux, avait succédé le silence. Un silence inquiétant. Comme si les ouvriers, d'un coup, s'étaient tous tus. Comme s'ils l'avaient vu bouger, comme s'ils l'encerclaient pour le débusquer. Comme si…

Surmontant sa peur, il posa son visage sur l'envers de la tapisserie et observa la galerie. Il n'y avait plus personne.

Le décor alors lui apparut.

Non, ce n'était pas possible.

Deux colonnes, surmontées de grenades, se dressaient sur la droite. Il tourna les yeux de l'autre côté. Au centre d'un triangle, un œil flamboyant brillait à l'Orient.

Un temple maçonnique !

Il n'eut pas le temps de finir. Un premier coup sourd résonna, puis un autre. Au troisième, une voix retentit :

— Frères, l'heure de notre tenue a sonné.

Un à un les participants entrèrent. Chacun vêtu d'une longue cape sombre, la capuche rabattue sur le front, un masque blanc sur le visage. Tout dans leur tenue dénonçait des hommes de l'ombre, habitués depuis longtemps à la discrétion et à la clandestinité. Rien à voir avec les tenues maçonniques où les frères œuvraient à visage découvert. Pourtant, c'était bien l'équerre et le compas qui étaient brodés sur leurs cordons et des symboles initiatiques qui brillaient sur leur tablier. Annibal frissonna d'inquiétude. Pourquoi ces maçons, s'ils en étaient vraiment, se dissimulaient-ils ainsi ?

Et si Robespierre et Saint-Just avaient raison ? Si, derrière les milliers de loges en France et en Europe, se cachait un ordre invisible dont le but secret était de changer la face du monde ? Lorsqu'il était apprenti, il avait déjà entendu pareils bruits. Régulièrement, on parlait de *cercle intérieur,* de *loges suprêmes,* la plupart des maçons en riaient aux agapes et nul n'avait jamais rencontré de ces mystérieux grands maîtres secrets dont la main invisible était censée diriger le monde.

Assis à l'Orient, un sautoir de maître autour du cou, un homme à la voix rauque saisit un maillet et prononça la phrase d'ouverture :

— Mes frères, nous ne sommes plus dans le monde profane.

Les yeux rivés sur la scène, tétanisé de surprise et de peur, Ferragus voyait se dérouler le rituel comme s'il était lui-même un des frères présents. Une à une toutes les étapes se déroulaient à la manière exacte d'une tenue maçonnique. Le *gardien du seuil* veillait à l'entrée du temple, *le fil à plomb* tombait droit sur le *pavé mosaïque,* les frères selon leur grade étaient assis soit sur la *colonne du Nord,* soit sur la *colonne du Midi,* tous les signes et symboles étaient justes et parfaits. Ferragus recula contre le mur : son esprit était en ébullition.

Il tenta de se raisonner.

Le fil à plomb qu'il venait d'apercevoir, droit et immobile, l'apaisa un peu. Il ferma les yeux et visualisa ce symbole d'équilibre pour organiser ses idées. L'abbé Lefranc avait raison : il existait bien une loge inconnue qui disposait d'assez d'influence occulte pour être protégée par l'armée et disposer pour ses cérémonies secrètes de l'ancien palais des rois de France. Un pouvoir impressionnant qui ne pouvait exister que par des complicités actives au plus haut niveau de l'État.

— Mes frères (une nouvelle voix venait de retentir dans la galerie des Glaces), vous connaissez tous le but que nous poursuivons depuis tant d'années.

Ferragus fixa l'orateur au visage invisible qui parlait. La voix était chaude et puissante. Un homme habitué à manier les foules.

Un cri unanime retentit.

— La paix sur la Terre, la fraternité pour les Hommes !

— Mes frères, quel est le véritable but de la franc-maçonnerie ?

— L'égalité pour tous ! La liberté pour chacun !

— Mes frères, pour atteindre ce but, notre ordre n'admet aucune entrave. Quels sont nos moyens ?

À cet instant, chaque frère déganta sa main, déboutonna sa cape et fit jaillir une médaille portée autour du cou. Fasciné, Annibal en contempla la face macabre. Sous un œil menaçant, se tenaient deux squelettes : l'un tenait une faux, l'autre portait une tiare sur la tête et un sceptre à la main.

La réponse fusa :

— Le Feu pour le Pape, le Fer pour le Roi !

— Mes frères, depuis des années nous préparons l'avènement d'une nouvelle humanité sur la ruine de l'injustice et de l'arbitraire. Mais notre travail n'est pas achevé. C'est ici en France où la Révolution a commencé que nous devons terrasser à jamais les forces renaissantes de l'obscurantisme.

Un initié sur la colonne du Midi frappa dans ses mains pour réclamer la parole.

— Mes frères, annonça-t-il, les ténèbres nous menacent. Sur nos frontières, l'Europe entière coalisée veut nous anéantir ; en Vendée, des légions de fanatiques rivalisent de violence pour abattre la République. Dans chaque ville, chaque bourg, chaque village, les royalistes sont de tous les complots. Partout, l'hydre de la tyrannie relève la tête.

Le maître répondit d'une voix forte :

— Mes frères, pour que cette vérité soit éternelle, un nouveau sacrifice doit être consommé. Comme toutes ces femmes aristocrates que nous avons immolées depuis un an. Toutes mortes, car elles symbolisaient cette classe corrompue qui avait plongé la France dans les Ténèbres depuis des siècles. Ces femmes qui engendraient, génération après génération, cette race de tyrans qui privait le peuple de la lumière. Les mères de la Tyrannie.

Collection Jacques Ravenne

Ferragus tressaillit. Tout s'expliquait, les meurtres rituels, le martyre de Sophie de Caudolon et de toutes celles avant elle. Ces frères déments avaient assassiné ces pauvres femmes pour assouvir leur soif de vengeance. Un culte maçonnique du sang et de la mort, et lui, Ferragus, appartenait à cette engeance. On l'avait trompé sur la fraternité. Tout cela n'était qu'imposture et perversité.

La voix sépulcrale retentit à nouveau :

— La Révolution est née du sang. Il faut qu'elle se régénère, qu'elle ressuscite dans le sang !

Le Vénérable se tourna vers les colonnes.

— Gardien du seuil, fais ton office. Quant à vous, mes frères, je vous demande de vous prononcer à tour de rôle sur ce sacrifice rituel.

Annibal suivit du regard le frère qui remontait la galerie des Glaces. Au centre du temple, le maître des cérémonies et le grand expert venaient de prendre place tandis que tous les participants se levaient et se mettaient à l'ordre, le plat de la main sous la pomme d'Adam.

— Mes frères, annonça le vénérable, quel est votre verdict ?

Au bout de la colonne du Midi, le premier initié fit glisser la main sous son cou.

— La mort.

Tous les frères l'imitèrent jusqu'à la fin de la colonne du Nord. Quand le dernier eut mimé la sentence fatale, une exclamation retentit.

— Que vienne le sacrifice et qu'il nous délivre d'un sang impur !

Atterré, Annibal n'en croyait pas ses oreilles. Devant lui, des maçons venaient de prononcer une condamnation à mort ! Il se rappelait quand, à l'Assemblée, les députés avaient voté un à un l'exécution du roi Louis XVI. Le même mot froid qui résonnait dans le silence et tombait comme un couperet.

— Gardien du seuil, amène le condamné.

Tenue fermement par les poignets, une silhouette surgit, le visage et le torse recouverts d'un sac en toile. Le corps était frêle et tremblant. Confiée au maître des cérémonies, la victime fut conduite face à l'Orient.

Le vénérable prit son maillet et frappa trois coups.

— Accusé ! Vous avez été condamné par notre tribunal souverain à la peine capitale. Votre mort est nécessaire pour le bonheur de l'humanité.

Sous le sac, un sanglot furtif retentit juste avant que le condamné, désespéré, ne frappe des souliers devant le pavé mosaïque. Ferragus, hébété, fixait les pieds menus qui se débattaient.

— Maître des cérémonies, exécute la sentence !

Le frère sortit un objet courbe et nacré de sous sa cape et fit jaillir une lame brillante comme l'éclair. Aussitôt Ferragus reconnut un rasoir de barbier. D'un seul geste, le maître des cérémonies fendit le sac de toile, découvrant un regard bleu et apeuré.

— Tenez-le plus fermement.

Le grand expert et le gardien du seuil saisirent brutalement la victime par les épaules et la taille. Sans doute paralysé de terreur, le condamné restait muet.

— Mes frères, nous avons tué les mères de la tyrannie, il est temps d'achever le rituel par l'ultime sacrifice.

Le grand expert emprisonna la tête de la victime entre ses mains. Le vénérable s'exclama :

— Toi dont la race maudite a usurpé le pouvoir. Toi dont la famille infâme a tyrannisé la nation. Toi dont le père a fait couler le sang du peuple, que plus jamais tu ne voies la Lumière.

La lame s'approcha de l'œil affolé de la victime.

Annibal sentit brusquement sa gorge se nouer.

D'un coup rapide, le tranchant du rasoir fendit horizontalement l'œil. Une barre de sang noya le regard. Derrière la tapisserie, Ferragus manqua de s'effondrer. Ses jambes venaient de le lâcher. Quand l'acier attaqua la commissure de l'autre œil, l'inspecteur tenta de reculer. Mais son corps lui refusa tout mouvement. Impuissant, la volonté brisée, il but la coupe de l'horreur jusqu'à l'ultime goutte.

— Qu'on découvre son visage.

Cette fois, Ferragus crut que son cœur allait céder.

C'était un enfant. Un enfant dont les longs cheveux

dégoulinaient de sang. Un enfant que toute l'Europe connaissait.

Le fils de Louis XVI. L'héritier du Trône de France.

La voix du vénérable retentit une dernière fois :

— Qu'on lui perce le cœur !

50

Sunnyvale
De nos jours

Le gros ruban d'asphalte gris clair s'étirait à l'infini. Une Chrysler décapotable rouge les dépassa lentement. Antoine lorgna la conductrice, une superbe brune, au visage racé. Antoine avait noté la forte proportion de décapotables dans le coin. Décidément on était bien loin de Tourcoing. Bela avait sorti sa tablette.

— Notre nouvel ami, le Ghost Rider, affiche une carrière bien remplie. Étudiant surdoué au MIT, programmateur hors pair, il aurait pu entrer dans n'importe quelle boîte prestigieuse au terme de ses études, mais il a eu un accident de parcours pendant sa dernière année. Il s'est fait choper à pénétrer dans le serveur d'une des sociétés d'Adam. Au lieu de prendre trois ans de prison ferme, Adam a annulé sa plainte et l'a embauché.

La voiture prit un échangeur en direction de Sunnyvale et récupéra un tronçon tout aussi engorgé.

— Et ici, à Sunnyvale, on est chez quel aristo du Net ? demanda Marcas.

— Yahoo, voyons. Tout le monde le sait, répliqua-t-elle sur un ton condescendant.

La voiture s'engagea sur une artère plus urbanisée, encadrée de chaque côté par des immeubles rutilants. Ils prirent une petite rue ombragée et s'arrêtèrent devant un élégant rectangle de béton blanc incrusté de hublots bleutés.

— L'incubateur de start-up Brain's Turtle. La tortue du cerveau. Nous y voilà, dit Bela en se garant entre deux palmiers. Le Ghost Rider est hébergé dans cette pépinière.

— C'est mieux que nos commissariats de banlieue.

Ils passèrent une porte tournante. Une onde glacée d'air climatisé les enveloppa comme un drap mouillé. Derrière un comptoir, un jeune homme au visage mangé par une barbe épaisse les accueillit avec un sourire calculé.

— Que puis-je pour vous ?

— Nous avons rendez-vous avec Leyland Gost, lança Bela.

— Tout droit, vous le trouverez tout au fond du couloir, à côté du distributeur de boissons.

Bela le salua et murmura à l'oreille de Marcas :

— Chirurgie esthétique.

— Comment ça ? Ce gamin doit avoir à peine vingt-cinq ans.

— Le poil, Marcas, le poil est implanté trop régulièrement sur les joues. En ce moment, c'est la folie chez les hipsters trop imberbes de la Valley, ils s'offrent des barbes à mille cinq cents dollars. À la différence de Los Angeles, les chirurgiens du coin donnent dans la barbe plutôt que dans le sein.

— J'adore ce pays de dingues, répondit Antoine.

Ils arrivèrent dans un *open space* silencieux, quasiment vide. Quelques personnes travaillaient devant des écrans. Marcas jeta un regard circulaire et aperçut tout au fond le distributeur de canettes. Juste à côté, il y avait une série de bureaux séparés par des cloisons. Un seul était occupé par un jeune type, barbu lui aussi, bronzé, en chemise claire, gueule de surfeur, mais qui aurait abusé de la pizza.

Ils arrivèrent devant lui et le saluèrent. Le surfeur empâté se leva avec un œil malicieux.

— Leyland Gost, enchanté. Asseyez-vous. Navré pour la mort de votre oncle. S'il n'avait pas été aussi cool, je serais en tôle à me faire mettre par mes copains de cellule.

Bela embraya :

— Merci. La vidéo du test de Heller au centre de recherches nous intrigue. Tant par la nature du test que par le nom du fichier : projet Illuminati.

Le Ghost répliqua au quart de tour.

— Je n'avais pas besoin de pirater le centre de recherches pour connaître l'existence des Illuminati.

— Comment ça ? demanda Marcas, surpris du ton péremptoire.

Le hacker ne répondit pas et disparut derrière son bureau. On entendit des glissements de tiroirs à roulettes, des exclamations d'agacement puis au bout d'une minute il ressortit la tête en extirpant un épais jeu de cartes. Il les étala en éventail sur la table avec un air triomphant. Le dos des cartes était illustré d'une pyramide barrée d'un mot en lettres capitales vertes : ILLUMINATI.

— On fait une partie ? lança le barbu. Chaque

joueur dirige un groupe d'Illuminati, l'objectif est simple : contrôler le monde. Cool, non ?

Intrigué, Marcas en retourna quatre choisies au hasard. La première était illustrée d'un dessin d'agent secret version *Men in Black* avec le mot CIA, la deuxième représentait une bannière maçonnique titrée FRATERNITY, la troisième montrait un présentateur de télévision avec le mot MEDIA EMPIRE, la quatrième une magnifique soucoupe volante…

Leyland Gost sourit.

— Bonne pioche, mec ! La CIA, les francs-maçons et les extraterrestres, que des groupes de méga pouvoir. Par contre pour les journalistes, c'est la lose, ils ont sacrément perdu en influence. La plupart pointent au chômage.

— Un jeu d'Illuminati, il va falloir que j'en ramène un en France pour mon fils, répondit Marcas dubitatif. On peut l'acheter où ?

Le hacker opina de la tête en le regardant avec curiosité.

— Je me disais aussi que t'avais un drôle d'accent… Tu peux t'en procurer dans toutes les bonnes boutiques de jeux et sur le Net. Ça fait plus de trente ans qu'on joue aux Illuminati sur tous les campus des States. C'est le jeu culte. Tu conspires en te marrant. On est des millions de jacksonistes dans tout le pays !

Bela haussa les sourcils.

— Vous adorez Michael Jackson ?

Le Ghost éclata de rire en ramassant son paquet de cartes.

— J'ai une tête à vénérer Bambi ? Non, je parlais du créateur du jeu. Big Steve. Steve Jackson, l'idole de millions de gamers, le grand maître de la conspiration des conspirations. Bush senior lui a même envoyé les fédéraux en 1990, pour perquisitionner sa société, tellement il avait peur de ses jeux. Manque de bol pour le vieux Texan, Big Steve a rendu la baffe avec son gant clouté. Et hop, contre-attaque éclair devant les tribunaux, et paf ! condamnation de l'État à lui verser 250 000 dollars[1].

Antoine échangea un regard furtif avec Bela puis revint vers le hacker.

— Ce n'est qu'un jeu. Vous croyez vraiment au grand complot mondial ?

Le barbu se gratta le menton en le scrutant d'un air goguenard.

— Va savoir, mec… Je prends ça avec humour mais je reste toujours vigilant. Toujours. Un bon complot, c'est comme le requin des *Dents de la mer*. Je t'explique. Tu nages peinard à quelques mètres du rivage. Au début, tu ne vois rien. Sharkie ondule au loin dans les profondeurs. Ensuite tu aperçois un minuscule bout d'aileron, tu commences à baliser. Et quand tu peux compter le nombre de dents qu'il a dans sa gueule c'est déjà trop tard, t'es baisé.

Marcas s'impatienta.

— OK, mais à la différence des squales, les Illuminati ne rôdent que dans les profondeurs des imaginations.

— Erreur. Sur le Net ils sont aussi réels que les poils de ma barbe. Ils contrôlent les bourses et profitent de la crise mondiale, ils dansent avec Lady B et ses copines, ils fricotent avec Satan et complotent

1. Authentique.

aussi avec le pape contre l'Amérique. Ils réchauffent le climat et espionnent nos portables avec l'aide de la NSA. Ils donnent des ordres aux Juifs pour dominer le monde et en même temps ils installent Hitler au pouvoir afin de les exterminer.

— C'est pas contradictoire tout ça ? répliqua Antoine effaré.

— On s'en fout, mec. Chacun y trouve son compte, selon ses opinions. Les Illuminati filent un coup de main à Ben Laden pour faire sauter les tours du World Trade Center, mais ils ont aussi placé des explosifs dans les fondations pour faire porter le chapeau aux musulmans. Tu vois mec, ils bouffent la tête de millions de gens et on ne les voit jamais. L'Illuminati, mon gars, c'est Darth Vader avec la cape de l'homme invisible.

Le hacker prit son écran, le tourna vers Marcas, puis pianota sur son clavier.

— Mec ! Je tape Illuminati sur un moteur de recherche. Et hop ! Treize millions de résultats. À côté, les francs-maçons c'est de la rigolade, ça fait à peine deux millions. Et sur YouTube, au hasard, un million de vues sur le dernier clip de Rihanna. Tu vois, mec, les Illuminati, ils règnent sur le cerveau des gens. Et puis, même s'ils n'existaient pas, il faudrait les inventer.

Marcas soupira intérieurement.

Barkun niveau 2. Tout n'est pas perdu.

— Pour une fois que les francs-maçons échappent au grand complot…

— Pas du tout ! répliqua le hacker excité. T'as jamais vu le logo de Gmail ? C'est un tablier de franc-maçon ! Regarde bien.

Logo de Gmail

Tablier de maître maçon (R.E.)

Marcas ne put cacher sa surprise, il n'avait pas fait le rapprochement.

— Étonnant, en effet. C'est un tablier de maître au Rite écossais primitif. Une coïncidence surprenante.

Le hacker affichait un air de triomphe.

— Coïncidence ? Mon cul. Ils sont partout les frangins, ils surveillent tous nos mails.

Antoine soupira.

— On se calme avec le complot maçonnique. Vous me montrez n'importe quel logo d'entreprise et je vous trouve un symbole ésotérique ou maçonnique.

Leyland Gost jeta un regard méfiant à Marcas.

— Vous en faites partie. Je suis même certain que Kellerman m'a imposé le mail virgil1776 parce qu'il en était !

— OK, j'en suis, mais réfléchissez. Si nous voulions vraiment espionner vos mails, on ne serait pas stupides au point de prendre ce symbole pour la messagerie. C'est comme si un agent américain partait en mission avec un tee-shirt marqué CIA.

Marcas était content de sa réplique. Le hacker secoua la tête.

— Ben non, justement. Vos frangins répondent la même chose que vous. Résultat, les gens se disent : « C'est vrai que les francs-maçons ne peuvent pas être si cons. » Et paf ! On tombe dans le piège. Plus c'est gros, plus ça marche.

— OK, j'insiste pas, répliqua Marcas en levant les yeux au plafond. Si ça vous fait plaisir de croire à ce genre de trucs. Pour moi, le logo Gmail c'est une enveloppe avec un liseré rouge.

— Moi, je suis sûr que l'inventeur du logo était un franc-mac, martela le barbu d'un air buté.

Bela leva le bras, l'air agacé.

— Si nous passions à l'enquête sur le centre de recherches ? Pouvez-vous obtenir plus d'infos ? On a très peu d'éléments.

Leyland croisa les mains derrière la tête.

— Impossible. J'ai tout essayé avec mes joujoux. Les gens croient que c'est facile de rentrer de l'extérieur et de se balader dans les disques durs comme rouler sur le strip à Vegas. C'est pire que d'affronter, les mains dans le dos, John Cena et Randy Orton[1] réunis sur un ring. Je vous explique le truc. La plupart des sociétés font transiter et stocker leurs données chez des prestataires externes. Ces sous-traitants construisent un peu partout dans le monde des *fermes de stockage*. Ce sont des silos souterrains remplis d'énormes unités de stockage, réfrigérés et contrôlés par des équipes de maintenance. Votre centre de recherches, lui, a choisi de construire sa propre ferme au sein du complexe. Un vrai coffre-fort. Vos copains sont du genre parano. Paranos et agressifs.

Il intercepta le froncement de sourcils de Marcas et continua :

— Quand j'ai retrouvé le destinataire de la vidéo,

1. Stars du catch américain WWE.

je suis tombé sur un serveur à Singapour. Eh bien, ils m'ont repéré et envoyé une sonde de destruction. Il s'en est fallu de peu. Pas question de recommencer, même en bidouillant une nouvelle IP. Ma force, c'est l'anonymat. Je ne suis pas Kim Kardashian.

Bela restait imperturbable. Marcas insista.

— Il n'y a donc aucun moyen. Vous en êtes bien sûr ?

Le Ghost se pencha vers eux.

— J'ai dit que c'était impossible de l'extérieur. Par contre, si j'étais là-bas dans leurs bureaux, je pourrais me connecter à un ordinateur local, prendre son identité et faire mon marché dans leur ferme. Avec d'autres joujoux, bien sûr. Mais Kellerman ne m'a pas payé pour jouer les cambrioleurs, je n'ai pas envie de participer à la finale du taillage de pipe à Saint Quentin[1].

Bela sourit à son tour.

— Je vous ai parlé de concours de fellation ? Non. Je suis la nouvelle présidente de la fondation Kellerman, et à ce titre je dois me rendre là-bas pour rencontrer le directeur. Vous allez m'accompagner en tant qu'assistant.

Le jeune homme hocha la tête en souriant. Ses yeux brillaient.

— Vous payez combien pour les frais d'escort ?

— Combien vous a donné mon oncle ?

Le Ghost hésita puis lâcha :

— Cent mille dollars, plus la bouffe.

— Faux, vingt mille dollars, sans les frais et avec l'annulation de la plainte en bonus. Il m'a laissé des notes. Mais c'est bien joué quand même.

1. Prison au nord de San Francisco.

— Vous croyez sincèrement qu'on peut vivre avec vingt mille billets dans cette ville ?

Il adopta un air de petit garçon pris en faute. Bela reprit :

— Peu importe, je vous verse deux cent mille dollars si vous me trouvez quelque chose dans ce centre. J'ai besoin de preuves concrètes. Pas juste la vidéo d'un dingue qui jouit devant un film de l'époque du muet.

Le Ghost Rider se leva et lui tendit la main.

— Ça marche. À ce prix, je peux même vous offrir mon corps.

— Ce ne sera pas nécessaire, sauf si M. Marcas veut en profiter, répliqua Bela.

— Pas de problème, je suis bi aussi, répliqua le Ghost, je ne me suis jamais tapé un frenchie.

Antoine secoua la tête.

— Merci, ça ira pour moi. On en restera à vos talents virtuels.

Soudain, Bela partit d'une quinte de toux. Son visage perlait de sueur. Elle s'arrêta au bout d'une bonne minute.

— Désolée, ça doit être la clim.

Elle consulta sa montre.

— Parfait. Ghost Rider, vous chevauchez dès maintenant.

51

Paris
Café Procope
20 juillet 1794

RAPPORT DE L'INSPECTEUR ANNIBAL FERRAGUS AU CITOYEN SAINT-JUST DU COMITÉ DE SALUT PUBLIC

Citoyen,

Vous m'avez confié, voilà deux semaines, une enquête sur un meurtre survenu au pavillon de Flore dans l'antichambre de votre bureau. Un tel crime, eu égard à la situation politique ambiante, pouvant, soit vous mettre gravement en cause, soit entacher la réputation du Comité de salut public, vous avez donc souhaité que toute la lumière soit portée sur cet assassinat.

La victime, la ci-devant Sophie de Caudolon, âgée de 19 ans, originaire de Valmont en Normandie, venue solliciter les autorités en faveur de son père détenu à la Conciergerie, a été retrouvée le 6 juillet dernier, au petit matin, par la femme de service Made-

leine Fossat, originaire de Marcolès en Auvergne. La victime, découverte derrière un paravent, portait des traces de blessures sur les cuisses ainsi que des mutilations sur le visage. Transférée au Petit Châtelet et confiée aux soins du Dr Damon, ce dernier a procédé à l'examen du cadavre et a pu déterminer les faits suivants :

— les blessures sur les cuisses correspondent à des morsures humaines dont il a été possible de faire le relevé exact sous forme d'un moulage de cire (voir pièce n° 1).

— les mutilations sur le visage correspondent, elles, à une énucléation de l'œil gauche qui n'a pas été retrouvé.

Suite à ces informations, et en fonction du lieu du meurtre, il a été possible de dresser la liste suivante de suspects :

— Le capitaine Vitrac, solliciteur et dernière personne à avoir vu la victime vivante.

— Pascal Aillac, garde, en poste toute la nuit, devant la porte de l'antichambre où le corps a été retrouvé au matin.

— Cazoulès, Carlux et Calviac, gardes en faction sous le pavillon de Flore durant toute la nuit.

— Saint-Just, présent dans son bureau de l'angélus jusqu'à minuit passé.

Après avoir minutieusement interrogé chacun des cinq premiers suspects, l'analyse de leur emploi du temps ainsi que des témoignages afférents (voir pièce n° 2) ont permis de les mettre définitivement hors de cause.

Le sixième suspect a été, lui, mis hors de cause devant témoin : sa dentition ne correspondait nulle-

ment avec le moulage exécuté sur les morsures par le Dr Damon (voir pièce n° 3).

De plus, un nouvel élément a été porté à notre connaissance par les citoyens Evrard et Guillotin :

— Sur le visage de la victime, précisément sur l'orbite énucléée, a été retrouvé un fragment de papier officiel issu des archives du Grand Orient de France (pièce n ° 4). Sur ce papier est gravé un symbole maçonnique dénommé delta lumineux, *représentant un œil au centre d'un triangle flamboyant.*

Cet indice nous a donc menés sur une piste inédite, impliquant soit un ou des membres de la franc-maçonnerie dans ce meurtre, soit au contraire quelqu'un voulant mettre en cause la franc-maçonnerie.

Pour vérifier la validité ou non de cette double piste, j'ai donc été amené à m'intéresser de près à un prêtre réfractaire, l'abbé Lefranc, assassiné à l'ancien couvent des Carmes, le 2 septembre 1792 : ledit abbé ayant mené, à titre privé et à charge, une enquête sur une possible implication de certains groupes maçonniques dans le déclenchement de ce qu'il est convenu d'appeler désormais la Révolution française.

La découverte, dans le charnier Saint-Séverin, d'un document codé dudit abbé (voir pièce n° 5) a orienté l'enquête vers une réunion d'un groupe secret, au château de Versailles, dans la nuit du 18 au 19 juillet 1794.

Ayant pu assister clandestinement à cette cérémonie, je suis en mesure de certifier trois faits très graves :

— Il existe réellement une loge maçonnique revendiquant sa responsabilité pleine et entière dans les événements de la Révolution française et assumant totalement de guider sa marche.

— Cette loge maçonnique est responsable de l'assassinat de Sophie de Caudolon et d'un nombre encore indéterminé de femmes, toutes aristocrates. J'ai entendu l'un des conjurés en faire témoignage. Ces meurtres avaient une finalité symbolique, celle d'exterminer les génitrices de la noblesse.

— Lors de cette tenue maçonnique, un sacrifice humain a eu lieu où la victime a été énucléée et assassinée. Cette victime est le fils de feu le roi déchu Louis XVI et de feu la reine déchue Marie-Antoinette.

En conséquence, j'affirme :

— Qu'il existe bel et bien une organisation maçonnique qui, depuis de nombreuses années, a œuvré dans l'ombre à la déstabilisation et à la chute de la royauté en France.

— Que cette organisation continue d'influencer et de manipuler le cours politique des événements actuels.

— Que cette organisation bénéficie de soutiens inconditionnels au plus haut niveau de l'État, pouvant seuls expliquer le fait d'avoir pu sortir *l'ancien Dauphin de sa prison du Temple afin de l'assassiner.*

— Que cette organisation maçonnique, par le meurtre qu'elle vient de commettre, démontre qu'elle est prête à tout pour imposer son pouvoir de nuisance à la République.

— Que le citoyen Saint-Just est totalement innocent et n'est mêlé en aucune façon à ces atrocités.

Je suis prêt à témoigner devant toute juridiction pour faire éclater cette vérité.

Annibal posa la plume et regarda attentivement autour de lui. Il s'était installé dans un café bondé pour passer inaperçu, pourtant il se sentait épié, surveillé. Comme si, depuis Versailles, les conjurés le suivaient à la trace. Il n'y avait rien cependant à redouter : l'inspecteur avait réussi à sortir du château sans qu'on le repère. Pour échapper à ses angoisses, il relut une fois encore son rapport à Saint-Just.

Il le voulait le plus factuel possible, sans laisser voir le moindre affect. Et pourtant son monde intérieur était dévasté. La maçonnerie, qui était sa vraie famille, avait sombré devant ses yeux. Lui qui avait toujours cru à des valeurs d'humanité se rendait compte qu'au nom du bonheur des hommes, on pouvait manipuler et tuer sans états d'âme. Cette révélation avait détruit toute sa vie maçonnique. L'image du jeune roi sacrifié hantait sans cesse son esprit. Il se sentait dépossédé de lui-même, comme déraciné à jamais.

Ce soir, il rendrait son rapport. Bien sûr, il avait tu le rôle de l'abbé Barruel et omis l'active présence de Justine. Pour cette dernière, Saint-Just ne serait pas dupe, mais s'il tenait sa promesse, il la délivrerait.

Il lui restait encore une phrase, la plus terrible à écrire, pour en finir :

Bien que franc-maçon, je ne crois plus aux mensonges éhontés de cette organisation corrompue et dangereuse et demande instamment au citoyen Saint-Just qu'il fasse tout ce qui est en son pouvoir pour extirper et éradiquer à jamais ce poison de l'humanité.

Ferragus plia son rapport et le cacheta.

Maintenant il lui fallait vivre.

52

San José,
De nos jours

Ils avaient traversé la zone urbanisée de San José et filaient sur la 101, vers le sud. Le paysage se métamorphosait subtilement, les arbres se faisaient plus rares et moins touffus. Le GPS indiquait une sortie après Coyote Creek. Le Range Rover quitta la 101 pour récupérer une route qui n'avait d'avenue que le nom. Une station-service défraîchie, des entrepôts de tôle, quelques maisons de plain-pied aux clôtures défoncées, le boom économique de la Silicon ne s'était pas invité dans ce coin perdu. Pas encore les plaines désertiques du Sud californien mais plus vraiment les étendues luxuriantes de San Francisco.

Ils dépassèrent une Ford bleu nuit, garée sur le côté droit, devant un marchand de fruits. Le conducteur mangeait une pêche et suivait le Rover des yeux qui fila devant lui. Un fin nuage de poussière voleta dans l'air chaud.

Assis à l'arrière du Rover, le Ghost Rider se racla la gorge.

— Bon, l'idée est de me laisser seul sur un ordinateur du centre. Vous comptez vous y prendre comment ?

— Nous allons faire une visite des lieux. À un moment, je demanderai que vous alliez récupérer un rapport financier urgent depuis l'une de leurs bécanes, dit Bela.

— Ouais… En espérant qu'ils me laissent peinard…

Elle ne répondit pas et ralentit à l'approche d'un panneau vert et blanc qui indiquait une mince route de bitume noir sur leur droite.

Keep Right.

EyeTech. Kellerman Foundation.

La route grimpait en larges lacets. Ils finirent par stopper devant une barrière. Un agent de sécurité sortit de sa cahute et se précipita à leur rencontre. Bela lui montra ses papiers. L'homme la salua en se redressant.

— Madame la présidente, on m'a prévenu de votre arrivée, le directeur du centre vous attend un peu plus loin. C'est de l'autre côté de la colline. Garez-vous dans le parking, juste à côté de l'entrée du centre, il y a des places peintes en rouge pour les invités de marque.

La barrière se leva dans un souffle. Le Range Rover escalada la colline pelée, puis redescendit vers un bâtiment à un étage qui se trouvait en contrebas. Bela repéra sans mal la place rouge dans le parking ombragé et à moitié plein.

Deux hommes les attendaient devant l'accès au centre, suant à grosses gouttes, comme alignés au garde-à-vous. Un grand type sec aux cheveux couleur acier, flottant dans une veste de lin noir, et un homme plus petit, d'origine indienne ou pakistanaise, en blouse blanche. Le type en veste se précipita pour ouvrir la porte de Bela.

— Bienvenue au centre de recherches, je suis le directeur, Karl Nielsen, et voici le Dr Shandra, le coordinateur des études. C'est moi que vous avez eu au téléphone. Toutes mes condoléances.

Bela descendit, suivie de Marcas et du hacker.

— Merci, je vous présente mon conseiller pour la zone Europe, Antoine Marcas. Et Leyland Skull, analyste financier du groupe.

Les hommes échangèrent des poignées de main polies.

— J'avoue avoir été surpris par votre visite, dit Nielsen. C'est un peu rapide, deux jours après la mort de votre oncle. Nous n'avons guère eu le temps pour vous accueillir dignement. Je…

— Ne vous en faites pas. J'avais calé mon voyage retour à San Francisco, du coup j'en ai profité pour faire un détour. Adam m'a laissé une feuille de route assez détaillée, le centre de recherches est considéré comme stratégique. Autant me familiariser le plus tôt possible.

Nielsen hocha la tête d'un air soucieux et indiqua l'entrée de l'immeuble.

— Avec plaisir. Si vous voulez bien nous suivre. Nous serons ravis de répondre à toutes vos questions.

Ils pénétrèrent dans un hall sans prétention. Un comptoir plaqué devant un mur, occupé par une hôtesse, et en face deux rangées de sièges en plastique rouge. Une dizaine d'hommes et de femmes de tous âges attendaient paisiblement. On aurait pu se croire dans une salle d'attente d'hôpital. Antoine nota la présence de trois caméras nichées dans les plafonds.

— Le centre de recherches a été créé en septembre 2001 par votre oncle, dit Nielsen. Il se consacre à toutes les applications liées à l'*eye tracking* et depuis peu à de nouveaux champs d'investigation. Nous travaillons en collaboration avec les universités de Stanford et de Berkeley. Le centre est aussi financé par des grandes entreprises qui nous demandent de conduire des tests sur leurs clients.

Ils traversèrent le hall et arrivèrent devant une double porte surmontée d'une caméra. Shandra passa son badge magnétique sur un rectangle noir encastré dans un mur.

1 EYE CENTER

Nielsen indiqua la porte avec gravité.

— Ici, c'est la partie Œil ! Il faut savoir que le centre est divisé en trois zones de recherche, chacune avec un champ d'expérience spécifique. Nous entrons dans la première, celle où se conduisent les tests avec l'*eye tracking*. Une technologie révolutionnaire…

— Adam m'a expliqué la technique, coupa Bela d'un ton sec.

Ils passèrent devant une grande salle vitrée où étaient assises des personnes âgées dans une sorte de salle de projection. Ils regardaient des images d'hommes et de femmes qui apparaissaient à intervalles réguliers, une boîte de médicament à la main. Marcas s'approcha de la vitre.

— Vous travaillez pour l'industrie pharmaceutique ?

— Pas du tout, notre client est un parti politique allemand.

— Je ne comprends pas, dit Bela d'une voix troublée.

— Eh bien, nous testons des candidats potentiels à la prochaine élection au Bundestag allemand. Ces hommes et ces femmes sont de potentiels futurs candidats choisis par leur parti. L'*eye tracking* permet de contrôler la cote de sympathie chez les seniors pour chaque candidat. Ils croient donner leur avis sur des publicités de médicaments, alors qu'ils contribuent à la démocratie allemande.

Marcas avait l'impression d'être dans un film de science-fiction.

— Vous avez fait venir ces Allemands jusqu'ici pour observer les photos de ces politiciens ?

— Non. Notre centre de Berlin s'en est chargé, le problème c'est que les résultats étaient biaisés car leurs cobayes connaissaient certains des candidats. Ici, pas de risque possible, les Américains savent à peine placer l'Allemagne sur une carte, alors les candidats à une élection…

— Vous obtenez quels résultats ?

Le Dr Shandra prit la parole :

— Les personnes âgées, comme les nouveau-nés, sont très sensibles aux visages souriants et à l'aspect régulier. L'*eye tracking* enregistre des dilatations de pupille remarquables. D'ici trois jours, nous pourrons envoyer une liste de candidats affinée.

Antoine s'abstint de dire ce qu'il pensait de ces méthodes orwelliennes. Nielsen allait ouvrir une nouvelle porte quand Bela s'arrêta net. Elle s'exclama :

— J'ai oublié de récupérer le reporting sur les

finances du groupe. (Puis se tournant vers le hacker.) Voudriez-vous me les récupérer ?

— Il faut une connexion sécurisée, répondit le hacker prudemment.

Bela se tourna vers Nielsen.

— Pouvez-vous fournir un accès Internet protégé à mon analyste ? C'est vraiment urgent.

— Euh, oui, répondit, décontenancé, le directeur du centre. Le Dr Shandra va continuer la visite. Je vais accompagner votre collaborateur dans mon bureau, il pourra se servir de mon ordinateur.

— Il peut travailler tout seul. Venez nous rejoindre après, j'ai besoin de vos lumières.

Ils regardèrent Nielsen et le Ghost Rider disparaître par l'autre porte. Marcas capta le regard de Shandra.

— À part les applications publicitaires, j'ai cru comprendre que vous interveniez aussi dans le champ de la médecine.

Le Dr Shandra lui rendit son regard, mais resta impénétrable. Il marchait d'un pas vif, comme s'il voulait en finir le plus rapidement possible. Il répondit quand ils arrivèrent au bout d'un long couloir, fermé par une nouvelle porte.

— En effet. L'œil est une porte ouverte sur l'esprit. Décrypter l'œil, c'est déverrouiller cette porte et accéder au cerveau. Voilà pourquoi nous menons de nombreuses études dans le domaine de la neuropsychologie. Un créneau prometteur.

Surtout avec des patients comme Damien Heller, songea Marcas. Il laissa le responsable scientifique continuer :

— Vous allez maintenant pénétrer dans la deuxième

zone du centre. On passe la barrière de l'œil et on rentre dans le cerveau.

2 MIRROR CENTER

Ils arrivèrent devant une porte recouverte d'un miroir. La porte s'ouvrit dans un souffle.

— Aimez-vous les miroirs ? demanda le Dr Shandra à Bela.

— Ça dépend des matins et de ce que j'ai fait la veille, répliqua Bela.

Ils entrèrent dans un nouveau long couloir entrecoupé de portes sur le côté gauche. Le Dr Shandra reprit :

— Je ne vous parle pas de miroirs ordinaires, mais de ceux que vous avez dans la tête.

— Vous pouvez être plus clair ?

— Votre cerveau possède des milliards de petits miroirs. Ces miroirs jouent un rôle clé dans l'évolution. Et ils vont bouleverser l'avenir de l'homme.

Ils pénétrèrent dans une pièce aux murs carrelés de blanc. Un homme en blouse blanche était affairé, le dos tourné, sur une sorte de console électronique surmontée d'un grand écran plat. Un long câble noir partait du moniteur, courait le long de la pièce puis remontait sur le pied pivotant d'un siège de bureau. Un modèle taillé pour accueillir le postérieur d'un P-DG, en tissu anthracite, moelleux et profond. En haut du siège, le câble comportait en son extrémité une multitude de fins tentacules terminés par des électrodes posées sur un crâne. Pas le crâne d'un P-DG, mais celui d'un singe qui les observait avec méfiance.

L'homme en blouse se retourna à l'arrivée du petit groupe.

Antoine marqua un temps d'arrêt.

Il connaissait ce visage.

C'était l'homme de la vidéo diffusée par Adam Kellerman. Celui qui avait fait passer les tests à Damien Heller.

53

Auteuil
Juillet 1794

Ferragus remonta délicatement le drap et quitta la chambre. La chaleur le saisit comme il sortait sur la terrasse. La Seine étincelait sous le soleil tandis que Paris, dans le lointain, émergeait lentement d'un banc de brume. Annibal jeta un œil sur l'horloge dans la cuisine. À peine sept heures. La journée promettait déjà d'être caniculaire. De la main, il referma la porte d'entrée et tira les volets. Il fallait garder la fraîcheur de la nuit. Il s'assit sur le banc de pierre qui surplombait le paysage. Les vignes, dorées de lumière, descendaient jusqu'au fleuve, entrecoupées d'un lacis de sentiers bordés de peupliers. À cet instant du matin, le monde semblait un paradis. Peut-être parce qu'il n'y avait aucun homme…

Annibal leva son regard vers Paris. Les parapets de Notre-Dame commençaient de briller au soleil. Tout était lumière. Pourtant, à quelques pas, se dressaient les trois tours grises de la prison de la Conciergerie. Déjà les gardes devaient réveiller les prisonniers, et relever les noms de ceux qui allaient passer devant le Tribunal. Et déjà, devant la lourde porte à deux battants, attendait la charrette qui conduirait les condamnés à la mort.

Annibal secoua la tête pour chasser tant de mauvais souvenirs. Sitôt Justine libérée de la prison de la Force, ils avaient quitté Paris pour le village d'Auteuil. Là, sur une colline, la sibylle avait hérité d'une maison de vigneron de son grand-père. Ferragus avait été surpris d'apprendre qu'elle avait, comme lui, des ascendances rurales. Sans qu'il le montre, cette complicité d'origine l'avait secrètement rapproché de Justine. D'ailleurs, cette dernière, d'habitude si énigmatique sur son passé, parlait volontiers de son enfance dans cette maison de campagne dont elle connaissait le moindre recoin.

Un coup de canon retentit de l'autre côté de la Seine. L'inspecteur frissonna. Depuis qu'il avait dénoncé la conspiration maçonnique à Saint-Just, ses nuits étaient habitées de mauvais rêves. De cauchemars que le don du corps de Justine ne parvenait pas toujours à apaiser. Il se réveillait en sursaut, baignant de sueur et harcelé de questions. Comment Saint-Just allait-il frapper ? Sa riposte serait-elle sélective ou au contraire massive ? Oserait-il attaquer de front les vrais comploteurs au sein même du gouvernement de la République ou allait-il ordonner une chasse aux sorcières de tous les francs-maçons ? Plus que tout, Ferragus craignait cette réaction, car elle ferait de lui, Annibal, le vrai persécuteur de l'ordre maçonnique.

Pour chasser ses terribles pensées, il décida de rejoindre Justine dans la chambre. Depuis leur arrivée à Auteuil, deux jours auparavant, leur idylle avait été aussi immédiate que passionnée. Sans que Ferragus dise un mot ou tente un geste, la sibylle s'était glissée entre ses bras et leur amour avait aussitôt atteint un zénith imprévu. Annibal n'en revenait toujours pas, comme s'il s'était élevé à une hauteur de ciel jamais connue.

En passant sous la treille qui protégeait la terrasse de l'ardeur du soleil, il décrocha un raisin vert et le fit craquer sous ses dents. Aussitôt, il retroussa ses lèvres sous la saveur acidulée. D'un coup, il sut que toute sa vie, il se souviendrait de ce goût-là.

Dans la chambre encore tiède du plaisir de la nuit, Justine dormait, enroulée autour d'un drap froissé. Annibal s'assit sur le rebord du lit et contempla son amante. Plus rien de son corps ne lui était étranger et pourtant, il ne se lassait pas d'en contempler le délicat et harmonieux paysage. Il songea que le jour où Salomon avait imaginé l'architecture sacrée de son temple, il avait dû penser au corps d'une femme qu'il avait aimée : des colonnes pareilles à des jambes de marbre au saint des saints où ne pénétraient que les amants des plus profonds mystères.

Un instant, il eut la tentation de la réveiller pour mêler encore son corps au sien, mais il se contenta de la regarder une dernière fois. Son visage rougi par le sommeil lui donnait un air d'enfance, presque d'innocence. Il se leva sur cette image, ferma sans bruit la porte de la chambre et revint sur la terrasse. En passant, il prit un coffret en bois qu'il ouvrit sous la treille. Il contenait deux papiers dont il n'avait transmis à Saint-Just que la copie, deux preuves qu'il avait choisi de garder au cas où. Mais n'était-il pas temps de tout détruire ? D'en finir une bonne fois avec cette enquête ?

Il sortit d'abord l'extrait souillé de sang des archives

du Grand Orient, trouvé sur le visage mutilé de Sophie de Caudolon. Il l'examina. Il avait été découpé avec précision pour bien mettre en évidence la signature de Guillotin. Annibal se pencha pour mieux examiner ce nom devenu, bien malgré lui, celui d'une terrible machine de mort.

Curieux, Ferragus se demandait si un détail dans l'écriture de ce nom pouvait laisser deviner son destin terrible et morbide. Mais il eut beau se pencher, ni les *l* réduits à un simple trait vertical, ni le *t* à la barre horizontale largement allongée ne laissaient présager que ce nom-là serait, un jour, celui de la trop célèbre guillotine.

L'inspecteur leva les yeux. Un rayon de soleil avait traversé le feuillage de la treille et se reflétait sur l'autre papier. C'était la lettre testament de l'abbé Lefranc qui lui avait permis de remonter jusqu'à l'ignoble cérémonie de Versailles. À ce souvenir, ses épaules tressaillirent comme la lumière qui tremblait sur le papier, éclairant l'écriture. Un halo clair entourait la dernière phrase du texte :

« La où tout n'est que reflet. »

— La galerie des Glaces, soupira Annibal, le lieu du sacrifice…

Il allait replier le papier quand une similitude l'arrêta. La phrase contenait 4 *t*.

Tous les mêmes, tous avec la même barre horizontale qui s'allongeait sur la droite.

— Ce n'est pas possible… commença l'inspecteur avant de comparer les deux *t* manuscrits, d'abord dans la signature de Guillotin ensuite dans tout le texte de l'abbé Lefranc.

Partout la lettre *t* était identique. Comme une malédiction.

D'une main tremblante, il étudia les *l* de Guillotin, puis les compara avec ceux de la lettre.

Il ne pouvait plus avoir aucun doute : c'était la même écriture ! La même personne qui avait apposé sa signature au bas du document maçonnique avait aussi rédigé la lettre de l'abbé Lefranc. Un faux !

Sous le choc de la révélation, Annibal manqua de hurler de rage ! D'un coup tout lui revint. La facilité étonnante avec laquelle le Dr Guillotin avait déchiffré la lettre codée. La scène où le même Guillotin lui avait donné, chez Evrard, la page ensanglantée qui l'avait mis sur la trace de la piste maçonnique. Depuis le début, comme à un chien de chasse, on lui avait fait renifler le sang de ses frères pour qu'il les piste, les débusque, les mette à mort.

Il frappa du poing sur la table.

C'était Guillotin qui l'avait manipulé.

Et derrière lui, Saint-Just.

Il aurait dû s'en douter.

Qui avait les moyens, au sommet de l'État, de mobiliser des troupes pour protéger cette macabre parodie maçonnique à Versailles, si ce n'est le commissaire aux armées du Comité de salut public ? Saint-Just.

Qui avait le pouvoir de faire sortir le Dauphin, le fils de Louis XVI, de sa prison du Temple ? Encore Saint-Just.

Et qui avait pris la décision de tuer l'unique héritier du trône, anéantissant tout espoir de retour à la royauté et ouvrant grand la voie à la dictature républicaine : toujours Saint-Just.

En un éclair, l'évidence apparut à Ferragus : c'était

grâce à *ses révélations* sur un complot maçonnique que l'Archange de la Terreur allait maintenant pouvoir évincer la plupart de ses rivaux politiques.

Et c'est lui, Annibal, qui deviendrait le fossoyeur de la maçonnerie.

Tous ceux qui avaient un lien, de près ou de loin, avec la fraternité allaient voir leur tête tomber sous le couperet, libérant la place du pouvoir pour un seul homme :

Saint-Just !

54

Centre EyeTech
De nos jours

Le Dr Shandra tapa sur l'épaule de l'homme en blouse blanche.

— Je vous présente mon assistant, le Dr Oliver Perrins.

L'homme les salua avec un sourire forcé et retourna s'affairer devant sa console. Marcas crevait d'envie de le questionner sur ses liens avec Damien Heller, mais c'était prématuré. Le Dr Shandra s'approcha du chimpanzé assis sur le siège et qui n'avait pas l'air gêné par les électrodes sur son crâne.

— Voici Benito, la star du laboratoire. Le singe le plus intelligent de toute la Californie.

— Quel est le rapport avec vos miroirs qui doivent révolutionner l'humanité ? demanda Bela.

— J'y arrive. (Puis s'adressant à Marcas.) Veuillez prendre place sur l'autre siège, en face de Benito. Vous allez participer à une petite expérience. Rassurez-vous, ce sera anodin.

Marcas s'assit, décontenancé, sous le regard intrigué

de Bela. Son siège était plus bas que celui du singe. Il se retrouva face à Benito qui le dévisageait avec des mimiques de contentement. Le commissaire eut la désagréable sensation que le singe le prenait pour un demeuré.

Il soupira, mais déjà l'assistant du Dr Shandra lui avait aussi plaqué des électrodes sur le crâne. Le contact froid des minuscules disques de métal chatouilla son cuir chevelu. Le Dr Shandra tendit l'index vers l'écran de contrôle divisé en deux parties, séparées par un trait vertical noir. Chacune affichait l'image d'un cerveau.

— Les électrodes posées sur votre tête et sur celle de Benito sont reliées à un puissant scanner qui reproduit vos activités cérébrales. À gauche de l'écran, l'encéphale de Benito, à droite celui de M. Marcas.

Le Dr Shandra continuait à parler tout en ouvrant un petit frigo duquel il sortit une banane à moitié épluchée. Il revint, se plaça devant Marcas et le singe, et la brandit devant eux. Le chimpanzé manifesta des signes d'agitation à la vue du fruit. Marcas haussa les sourcils.

— Je suis censé regarder un singe manger une banane. C'est ça votre découverte révolutionnaire ?

Le médecin pivota sur lui-même et tendit la banane à Marcas.

— Non, elle est pour vous.

— Vous plaisantez ? répondit Antoine, interloqué.

— Du tout. Mais attention, ne la mangez pas. Faites juste le geste de la prendre. Ça fait partie de l'expérience.

Il accepta le fruit, se demandant si le singe n'allait pas se précipiter pour le lui arracher des mains. Il se sentait complètement ridicule face à Bela et aux médecins. Le singe se redressa sur son siège en se balançant de droite à gauche. Shandra hocha la tête d'un air satisfait.

— Parfait. Maintenant observez attentivement l'écran, des taches rouges apparaissent dans une portion précise de votre cerveau. La zone motrice, celle qui gère les muscles moteurs. Cela indique que votre cerveau commande à votre bras de prendre la banane.

Antoine tourna sa tête coiffée d'électrodes et aperçut une sorte de tache rougeâtre sur le côté gauche de son cerveau. Curieusement, il y avait une autre tache rouge qui s'activait aussi sur l'autre partie de l'écran, celle du cerveau du singe. Il fronça les sourcils.

— Je ne comprends pas. On dirait que la même tache apparaît dans le cerveau de Benito. Il ne tient pas la banane, lui. Vous êtes sûr que vos appareils sont bien réglés ? dit Marcas, dubitatif.

— C'est vrai, ajouta Bela, la même tache au même endroit. Vous avez dupliqué l'image du cerveau de Marcas, voilà tout. Je me demande si l'argent de la fondation est bien employé.

Le médecin et son assistant échangèrent un regard de connivence.

— Non, nos appareils marchent à la perfection, répliqua le Dr Shandra. Benito observe le geste de M. Marcas et il allume dans son cerveau la même zone motrice. Il n'y a qu'une seule explication : de façon virtuelle, Benito tend lui aussi la main pour prendre la banane. Il imite Marcas, mais uniquement dans son cerveau. C'est un effet miroir.

— Je ne comprends pas, dit Bela.

— Le cerveau du primate, je préfère ce terme, a

reflété le geste de votre ami. Et les responsables de cette imitation sont des variétés de neurones, appelés neurones miroirs, qui sont noyés dans la zone motrice. Ils ont aussi une particularité, ils fonctionnent uniquement quand le sujet observe ses congénères ou des espèces proches. Ça ne marcherait pas si c'était une machine qui tenait la banane. Ces neurones miroirs sont présents dans toutes les zones de l'encéphale, et pas seulement dans les zones motrices. Ils sont à la base même des mécanismes d'apprentissage et de l'empathie. Un élève qui apprend à l'école et imite son professeur fait jouer à fond ses neurones miroirs. Le cerveau est en quelque sorte une énorme machine à imiter. Il y a fort à parier que l'évolution des espèces, et surtout celle de l'homme, soit liée aux neurones miroirs.

Marcas posa la banane sur la table, sous l'œil réprobateur du primate. Aussitôt, les taches rouges disparurent de chaque côté de l'écran. Benito envoya un regard courroucé à Antoine, comme si celui-ci avait émis un juron. Le Dr Shandra tapa sur l'épaule de Marcas.

— Soyez sympa, donnez-la-lui, il l'a bien mérité.

Antoine lança le fruit à Benito qui l'attrapa à la volée. Marcas observait à son tour, fasciné, la dextérité du singe qui tenait la banane comme un humain. Shandra regardait l'écran de contrôle.

— Eh bien, monsieur Marcas, il semble que vous teniez toujours cette banane.

Sur l'écran, les taches rouges réapparurent soudainement dans les deux cerveaux. Marcas n'en revenait pas.

— C'est incroyable, mon bras n'a pas bougé.

— Votre cerveau, lui, indique le contraire, il reproduit cet acte à votre insu, de façon totalement indépendante de votre conscience. C'est ce que l'on appelle l'effet mimétique. Quelle que soit la scène que vous observez, votre cerveau l'imite comme si vous étiez en train de la reproduire. C'est le logiciel caché qui commande votre faculté d'apprentissage, mais aussi votre rapport aux autres et à votre environnement. C'est la clé qui déverrouille vos émotions, de l'empathie à l'agressivité envers vos prochains. Du rire à la peur, le système miroir vous met en résonance avec le monde.

— Vous avez un exemple concret ? demanda Marcas, qui avait un peu de mal à comprendre la portée de la découverte.

Le Dr Shandra sourit.

— Dans un dîner, vos amis rient aux éclats, il y a de fortes chances que vous partagiez naturellement cette bonne humeur communicative. Encore plus quand c'est un fou rire contagieux.

— Quelqu'un peut avoir raconté une histoire drôle.

— Oui, mais pas seulement. Vous riez par mimétisme. Vos neurones miroirs rient comme vos amis et transmettent ce rire à d'autres zones de votre cerveau qui va à son tour déclencher le vôtre. En vrai. C'est le même processus qui se met en marche quand vous voyez un homme ou une femme en souffrance. Vous manifestez de l'empathie, de la compassion. Pas seulement pour des raisons morales, mais bien parce que des neurones miroirs vous font ressentir cette détresse comme si vous l'éprouviez vous-même. Ce qui est la pure vérité sur un plan cérébral.

Marcas fronça les sourcils.

— À vous entendre, le neurone miroir serait l'instrument du bonheur et de la paix dans le monde. Il y a une face sombre ?

Le Dr Shandra l'observa attentivement avant de lui répondre. Ses yeux se plissèrent, comme s'il cherchait à découvrir ce que Marcas avait en tête.

— Oui, hélas. Le mimétisme agit aussi dans la contagion de la violence. On vient de boucler une étude pour le compte du ministère des Transports de Californie sur l'agressivité des conducteurs sur les routes. Les résultats des tests des neurones miroirs confirment les hypothèses de base. Les altercations au volant entre conducteurs sont dues à un processus mimétique, comme s'il y avait une contagion de la violence verbale et physique. Scénario type, un chauffard énervé vous insulte depuis son véhicule, votre système miroir part au quart de tour. Une partie de votre cerveau imite la colère de votre agresseur et vous pétez les plombs à votre tour.

Bela hocha la tête d'un air pensif.

— C'est le centre Kellerman qui a découvert ça ?

— Hélas non, répliqua le Dr Shandra. C'est un chercheur italien spécialisé en neurosciences de l'université de Parme, Giacomo Rizzolatti. Une découverte fortuite survenue en 1996, lors d'une expérience de routine sur un primate. Rizzolatti avait oublié de déconnecter les électrodes sur la tête d'un singe pendant la pause déjeuner de l'équipe. L'un des assistants était en train de manger un sandwich sous le nez du singe. Le cerveau du primate s'est activé et a fait crépité la machine. La communauté scientifique a pris conscience tardivement des possibilités incroyables de cette découverte. Pour de nombreux chercheurs, dont je fais partie, cette révélation est aussi importante que l'ADN en biologie ou $E=MC^2$ en physique.

Deux étages au-dessus, plus précisément dans le bureau de Nielsen, le Ghost Rider était assis devant un ordinateur. Il tapait à toute allure sur le clavier en jetant des regards furtifs à l'écran. Derrière lui, le directeur du centre consultait des dossiers dans une armoire métallique.

La présence de Nielsen n'était pas prévue dans le plan de sa patronne.

Leyland Gost enrageait. Il avait ouvert deux fenêtres sur son écran. Dans la première, il s'était connecté à sa boîte mail et faisait semblant de télécharger un dossier. Dans la seconde, il tentait de rentrer dans les entrailles de la ferme du centre. En vain.

— Ça patine, le fichier est trop lourd à télécharger. Ça va prendre plus de temps que prévu, dit-il d'une voix aussi angoissée qu'il le pouvait. Vous pouvez me laisser seul si vous voulez.

— Ça ne peut pas attendre votre retour à Frisco ? demanda le directeur sur un ton neutre.

— Vous plaisantez, ma nouvelle patronne a un foutu caractère, genre croisement entre un pitbull et le dictateur de la Corée du Nord. Je vous conseille de la rejoindre, elle ne va pas comprendre votre absence.

Le directeur secoua la tête et s'assit devant une table ronde juste en face du bureau de la secrétaire. Il compulsait un dossier comme si sa vie en dépendait. Il avait l'air nerveux, s'essuyait le front sans arrêt, et jetait des regards en coin à Leyland.

— Le Dr Shandra est l'homme de la situation. Ils nous rejoindront après la visite.

Leyland soupira intérieurement.

La confiance règne.

Il cliqua sur la fenêtre d'intrusion et appela les

codes système. Il fallait qu'il rentre toute une série de clés pour pénétrer dans la ferme, ce qui relevait de la haute voltige tant que le directeur était là.

Le Ghost savait qu'il n'y arriverait jamais. Il fallait forcer le système, placer ses chevaux de Troie dans tous les recoins de la mémoire centrale. Encore fallait-il pouvoir forcer l'accès sans se faire repérer.

Leyland se sentait comme ces perceurs de coffres-forts dans les vieux films, incapables d'employer la méthode soft en écoutant le cliquetis des combinaisons et qui devaient jouer de la perceuse. Sa perceuse à lui reposait dans son sac. Un MonsterTrack platinium, série limitée. De la taille d'une cartouche de cigarettes, ce joujou interdit par les autorités se branchait dans n'importe quelle bécane via une sortie USB et fracturait le blindage de tous les serveurs. Restait juste à brancher le MonsterTrack, en toute discrétion. Il envoya un SMS à Bela Kellerman.

Le directeur me colle. Faites-le descendre, sinon c'est mort.

Le marchand de pêches avait replié son étalage, mais la Ford bleu nuit n'avait pas bougé de place. Le conducteur fumait une cigarette en observant les vitres du bâtiment.

— Et maintenant ?

Le passager finit de manger sa pêche juteuse, s'essuya les lèvres avec un mouchoir en papier, puis se tourna vers lui, sans sourire.

— On attend les instructions.

55

Paris
Rue des Cordeliers
Juillet 1794

L'aube pointait à peine au-dessus du fronton du Collège de chirurgie. En face, assis contre un mur de l'ancien couvent des Cordeliers, un mendiant demandait l'aumône. Les rares passants, à cette heure, haussaient les épaules en voyant cet ancien militaire tendre la main. Dans son uniforme noir défraîchi, un bandeau taché de sang sur le front, il semblait l'incarnation de l'armée de la République, misérable et impuissante. Un marchand de vin, qui conduisait une carriole chargée de tonneaux, s'arrêta pour l'interroger. Dans le quartier, on se méfiait des espions.

— Tu viens d'où, soldat ?

— Du front de l'Est.

Le marchand le considéra avec méfiance. Paris était rempli de soldats blessés ou mutilés, quand ce n'était pas des déserteurs. Pire parfois, des aristocrates ou des prêtres déguisés.

— Montre tes mains.

Le mendiant ouvrit ses paumes. Elles étaient noires de suie et rugueuses comme des râpes à bois.

— Suffit ! Je vois que tu es un homme du peuple. C'est quoi, ta blessure ?

— Une balle qui m'a déchiré le haut de la tempe. J'ai beau faire, ça cicatrise pas. Alors j'ai pensé qu'en face… – le soldat montra l'entrée de la faculté – ils pourraient m'aider.

Le marchand lui tendit une pièce avant de reprendre les rênes de sa carriole.

— Ils ouvrent dès sept heures. Va voir le concierge. Il prend son vin chez moi. Dis-lui que tu viens de la part de Philippon. Il trouvera quelqu'un pour te soigner.

— Merci, citoyen ! Et vive la République, s'écria Ferragus en frappant dans ses mains qu'il avait passé la soirée à râper avec du sable mêlé de limaille de fer.

Il avait enfin trouvé un moyen de pénétrer dans l'antre de Guillotin.

Le concierge ne posa aucune difficulté. Il précisa que les chirurgiens ne seraient pas là avant au moins une heure, et laissa Ferragus déambuler à sa guise. En deux enjambées, l'inspecteur remonta le grand escalier et se glissa dans les salles de dissection vides à cette heure. Guillotin, quand il l'avait fait venir, l'avait reçu dans la salle Galien encombrée de bocaux anatomiques. Annibal retrouva l'endroit, le traversa à pas de velours à cause du parquet craquant, puis suivit le couloir jusqu'à la *chambre des expériences*. La porte était fermée à clé, mais la serrure ne résista pas longtemps. La pièce était toujours plongée dans l'obscurité, Ferragus avança à tâtons. Plus que tout, il craignait d'entrer en contact avec une des têtes de décapités sur lesquelles Guillotin faisait ses expériences.

Sa main toucha le manteau en marbre de la cheminée. Il passa la paume sur le rebord et à une extrémité buta sur le pied d'un candélabre. Deux chandelles. Un briquet. Et un court halo permettait d'explorer le lieu discrètement. Il n'y avait plus aucune tête. Les tréteaux même avaient disparu. Il ne restait plus que deux fenêtres closes par des volets intérieurs et trois pans de mur en boiserie. Là aussi, les étagères étaient vides. Où étaient passés les témoignages des expériences du docteur sur le regard des guillotinés ? N'ayant aucune raison d'être méfiant, il y avait peu de chances que Guillotin les ait déplacés. Il devait donc y avoir un réduit secret quelque part.

Ferragus décida de sonder les menuiseries sur les murs. Par expérience, il savait les ébénistes habiles à dissimuler des portes ou des passages clandestins dans leurs réalisations. Le plus souvent, le mécanisme qui permettait d'en déclencher l'ouverture se trouvait caché dans un élément du décor. Sauf que là, les boiseries étaient très sobres sans la moindre fioriture. Pour gagner du temps, l'inspecteur décida de ne pas examiner les deux murs mitoyens avec la salle Galien. S'il y avait une cachette, elle n'aurait tenu que dans l'épaisseur du mur. Trop petite. Il se consacra aux deux pans qui encadraient la bibliothèque.

Les minutes s'écoulaient et il avait passé toutes les boiseries au fil de sa paume. Aucune aspérité, aucun creux, aucune rainure visible. Soit l'ébéniste était un artiste de la dissimulation, soit il n'y avait pas de cache. Soit…

Annibal venait d'éclairer la cheminée. À la différence des boiseries, elle était de style baroque, tout en courbes, volutes et sculptures. Un style vieux de deux siècles. Pourquoi avoir inséré une telle pièce rapportée dans des boiseries actuelles ? L'inspecteur leva le chandelier au-dessus de sa tête pour examiner les sculptures. C'étaient des sujets mythologiques célèbres empruntés à l'*Odyssée* d'Homère. On y voyait Pénélope en train de tisser, Ulysse dans les bras de Circé, le Cyclope avec son œil unique, le massacre des prétendants…

Annibal s'arrêta net. *Le Cyclope avec son œil unique.* Il approcha la lumière de la sculpture. L'œil était l'obsession de Guillotin. La pupille de pierre était striée d'une trace grisâtre. Annibal y appliqua son index. À sa stupéfaction, la bille pivota sous la pression du doigt et un bruit sec résonna derrière lui. Un panneau venait de s'ouvrir qui donnait sur un escalier. L'inspecteur se précipita, mais dut se mettre à genoux pour franchir la porte basse. L'escalier ne descendait que de quelques marches. La cache devait se trouver sous la salle Galien. Arrivé sur le palier, il fit jouer son briquet. Une porte sombre fermait un rapide couloir en terre battue.

Il s'avança.

Au-dessus de la porte, sous forme de tableau, était peinte une chouette entre un poignard torsadé et un couperet acéré.

Ferragus ralentit.

Il venait de découvrir le *cabinet de réflexion* de Guillotin.

La pièce ressemblait à un ancien oratoire. Un lieu de prière, sans doute dissimulé à la Révolution et que le médecin avait transformé pour son usage privé.

Au premier coup d'œil, tout ressemblait à un cabinet de réflexion maçonnique : cet endroit où l'on enfermait le prétendant à la lumière pour qu'il puisse méditer sur sa propre mort. Même fresque menaçante au mur, même table avec un crâne… sauf que rien ne coïncidait vraiment. Ferragus commençait de comprendre ce qui l'avait abusé dans la cérémonie de Versailles. Le groupe mystérieux qu'il venait de découvrir utilisait les symboles de la maçonnerie, copiait ses rituels, mais les détournait à des fins obscures.

Sur le mur, se tenait un squelette à la faux, un symbole présent dans tous les cabinets de réflexion, mais à ses pieds osseux, se trouvaient deux têtes tranchées, l'une avec la tiare des papes, l'autre avec un sceptre royal planté dans son orbite vide. Des symboles qu'Annibal avait déjà vus lors de la fausse tenue de Versailles. Pourtant ce qui le frappa, ce fut de nouveau une chouette, cette fois peinte en rouge vif. En dessous se lisait une inscription énigmatique :

DU SANG RÉPANDU NAÎTRA LA SEMENCE
DE L'HOMME NOUVEAU

Instinctivement Annibal recula. Cette sentence lui faisait horreur. En même temps elle avait une étrange résonance. La Révolution ne fécondait-elle pas la nouvelle société dans le sang versé de l'ancienne ? Que disaient Robespierre, Saint-Just ? Que le bonheur de l'humanité ne pouvait survenir qu'en tuant, qu'en décapitant tous les tyrans, tous les aristocrates ! Le poison du soupçon s'infiltra dans l'esprit de Ferragus. Et si la violence, devenue raison d'État, n'était pas due aux circonstances : l'insurrection en Vendée, la guerre aux frontières, mais à un plan délibéré, un complot irréductible…

La tête lui tournait. Il s'appuya sur la table et aussitôt hurla.

Il avait touché une chose gluante et froide.

Un œil tranché en deux.

Quand il sortit de la chambre des expériences, ses mains tremblaient toujours. En traversant la salle Galien, il ôta son bandage. Dans l'escalier, il croisa des préparateurs transportant un squelette pour un cours d'anatomie. Il fut pris d'un frisson. Tout ce qui touchait à la mort lui devenait insupportable. Il n'avait qu'un désir : courir dans les bras aimants de Justine. D'ailleurs, elle devait s'être réveillée, le chercher, s'inquiéter… cette image lui serra le cœur. Un instant, il fut tenté de tout arrêter, d'en finir avec cette quête de sang. Mais il était déjà trop tard. Désormais c'était un duel, il ne pouvait en rester qu'un.

Comme il traversait la cour d'honneur, le concierge l'interpella de sa loge.

— Alors, ils vous ont remis d'aplomb ?

— Je suis un homme neuf, lui cria Ferragus en franchissant les grilles.

Il sortit sur la rue des Cordeliers, posa sa main en équerre sur son cœur et murmura d'une voix sombre :

— Cette fois, à nous deux, frère Guillotin.

56

San José
EyeTech
De nos jours

Bela s'approcha d'Antoine et murmura à son oreille :

— Le directeur flique Leyland. À mon tour d'agir.

La nièce de Kellerman prit le Dr Shandra à partie.

— C'est bien sympathique, vos histoires de neurones miroirs, mais je ne suis pas convaincue par vos expériences. J'ai l'impression que l'argent de la fondation est dépensé inutilement. Et pourquoi le Dr Nielsen n'est-il pas avec nous ?

— Mais, je n'ai pas fini, justement je dois vous montrer le…

— J'exige de voir le directeur ! Il est inadmissible qu'il m'ignore, gronda Bela Kellerman d'un ton sec.

Même Marcas en était impressionné.

Shandra battit en retraite et décrocha le combiné d'un téléphone mural. Cinq minutes plus tard, le Dr Nielsen arriva tout essoufflé dans le laboratoire.

— Je suis désolé, mademoiselle Kellerman, je voulais aider votre assistant.

— Leyland est assez grand pour travailler seul. Aidez plutôt votre nouvelle présidente à comprendre le but de vos recherches financées par sa fondation.

Nielsen se tourna vers le Dr Shandra qui haussait les épaules.

— J'allais justement leur montrer la zone 3, répondit le médecin. Veuillez me suivre.

Au moment de sortir, Marcas jeta un dernier regard à l'assistant en blouse blanche. Il enrageait à l'idée de ne pouvoir l'interroger. Ce type avait manipulé Damien Heller, il faisait partie du complot contre l'abbé Emmanuel. Le Dr Perrins le salua d'un signe de tête, presque ironique. Marcas rejoignit le groupe, il avait au moins son nom.

Ils traversèrent un autre couloir et croisèrent d'autres employés, tous en blouse blanche.

— N'ayez crainte sur les dépenses engagées, madame la présidente. Votre oncle nous faisait une confiance totale.

Bela ne répondit pas et montra à Marcas un SMS du Ghost Rider.

Bien joué. Bloquez-le vingt minutes.

Le Dr Shandra avait repris ses explications :

— Comme vous le savez, nous possédons deux cerveaux. L'un qui contrôle nos émotions, situé dans le système limbique, l'autre qui fait appel à la raison, dans le cortex. Eh bien, il existe un troisième cerveau, pour reprendre l'expression du professeur Jean-Michel Oughourlian, un célèbre neuropsychiatre français spécialiste du sujet. Le cerveau miroir ! Il joue le troisième larron aux côtés des deux premiers. Toute réaction humaine résulte d'une interaction subtile, complexe, entre ces trois cerveaux.

— Le cerveau miroir… Un miroir qui réfléchit, belle image, dit Marcas.

— Belle et parfaitement adaptée, même si elle ne fait pas l'unanimité en psychiatrie. Tout être humain est un miroir, c'est la clé de nos comportements. Ça commence très tôt, le bébé interagit avec sa mère et l'imite en renvoyant l'amour qu'elle lui procure. Au fur et à mesure que sa vision se forme, dès le quatrième mois, ses neurones miroirs entrent en activité. Je vous ai parlé du rôle du cerveau miroir dans l'apprentissage des connaissances, mais il est aussi incontournable dans les relations aux autres. L'enfant observe et modifie son comportement avec les autres enfants de son âge, l'adolescent vit sur une plaque tellurique en fonction des regards. Quant à l'adulte, il se mesure constamment à ses semblables. Il se met en colère ? C'est par réaction contre quelqu'un ou quelque chose. Neutralisez ses neurones miroirs et son courroux s'évaporera encore plus vite qu'une glace au soleil.

Le débit du Dr Shandra s'accéléra, ses bras étaient grands ouverts, comme s'il prêchait dans une église.

— Nos comportements sociaux ne sont que des jeux de miroir. Regardez ma voiture, ma maison, ma femme, mes vêtements ! Je me valorise dans le regard de mes amis. La séduction ! Du miroir de la plus belle eau. Je cherche dans le regard du partenaire une image flatteuse. Miroir, mon beau miroir, dis-moi que je suis la plus belle. Que faites-vous sur Facebook si ce n'est de vous présenter de la façon la plus complaisante ? Nous passons notre vie à nous valoriser et nous rassurer dans l'œil de nos semblables.

— Ça s'appelle aussi l'ego, dit Bela.

— Il n'existe que par le regard des autres, donc par les miroirs. L'ego meurt sur une île déserte.

Ils longèrent un couloir plus large, dont les murs étaient recouverts de centaines de photographies de visages, tirage XXL. Une mosaïque de portraits pris à la volée, instantanés fugitifs d'humanité. Là un bébé intrigué côtoyait un vieillard hilare, ici une quadragénaire blonde un peu boulotte jouxtait un play-boy sûr de son charme. Des visages de tout âge, de toute origine, de tout milieu.

— Du bébé au centenaire, tout n'est qu'histoire de miroir. La terre est peuplée de six milliards de miroirs humains qui reflètent entre eux, à l'infini, leurs joies, leurs peurs, leurs passions… leurs violences. C'est une vision radicalement nouvelle de l'humanité. Pour vous en rendre compte, passons en zone 3, la plus stratégique du centre, son cœur nucléaire. Là où se façonne l'avenir.

Le bureau de Nielsen était silencieux. Derrière la vitre aux verres teintés, le soleil culminait au-dessus de la vallée aride. Devant son écran, le Ghost Rider voyait les verrous de sécurité sauter les uns après les autres. Aucun des pare-feux blindés ne résistait à son MonsterTrack. Il ouvrait les systèmes, se faufilait dans les mémoires cachées comme des serpents dans les pierres, extirpait les fichiers. Et quand de nouvellcs sondes d'alerte se réveillaient, il les neutralisait avec dextérité. Sur une autre entrée USB, il avait branché un disque dur qui ingurgitait du gigaoctet. La barre de téléchargement indiquait qu'il en était à 90 %.

Soudain, un bruit nerveux de talons résonna dans le couloir. Il tendit l'oreille, les pas se rapprochaient du bureau.

Le claquement répétitif s'amplifia et déclencha une onde de panique chez Leyland. La secrétaire. Il ne pouvait pas tout débrancher maintenant, c'était trop stupide. Une bouffée de sueur inonda son corps, il jeta un regard dans le bureau autour de lui, mais rien ne pouvait camoufler le MonsterTrack.

Trouve un truc. Sinon t'es mort.

Et tu vas perdre deux cent mille billets verts.

Dans le couloir, l'écho des pas s'amplifiait, de plus en plus menaçant. Cette fois, il ne pouvait pas appeler Bela Kellerman pour venir à son secours.

57

Paris
Rue Saint-Honoré
Juillet 1794

Installés devant le café de la Régence, un groupe de *bonnets rouges* commentait les dernières rumeurs qui bruissaient dans la capitale. Depuis plusieurs jours, des nouvelles contradictoires provenaient de la Convention qui tenait assemblée, à deux pas, dans la salle des Machines de l'ancien palais des Tuileries.

— On dit que ça chauffe entre le Maximilien et les députés, affirma un volontaire de la République, avec un fort accent du Sud.

— Tous des vendus, des traîtres, il est grand temps que l'Incorruptible nous débarrasse de cette racaille, siffla de colère un *bonnet rouge*, pieds nus, une pipe à la bouche.

— Racaille… racaille, c'est vite dit, murmura un autre, on dit qu'il veut envoyer au couperet la moitié des députés. Des noms circulent, Fouché, Barère, Tallien…

— À propos de couperet, reprit au vol le Marseillais, voici venir un vrai patriote. Vive Guillotin !

Aussitôt, une clameur envahit le café de la Régence.

— Vive Guillotin ! Vive le raccourcisseur de la Nation ! Vive le faiseur de veuves !

La face blême, le docteur esquissa un salut forcé et remonta vivement la rue en direction de la place de la Révolution.

— Il est pressé, ce matin, notre bon Guillotin. Sans doute qu'il va voir fonctionner sa belle machine. Vu le nombre de condamnations au Tribunal, la lame va pas chômer ce matin.

— Elle va même chauffer à blanc !

Un éclat de rire général retentit. Dans le café, les consommateurs se précipitèrent aux fenêtres. La charrette des condamnés venait-elle d'arriver ?

Le spectacle allait commencer.

— Qui veut les nouvelles du jour ? Un ignoble complot bientôt démasqué ! Les traîtres sont partout ! Qui veut tout savoir ?

Un vendeur de feuilles venait de faire son apparition, les avant-bras encombrés de journaux, brandissant une page imprimée comme un drapeau.

— La liste des exécutions du jour ! Du beau linge. Des aristocrates conspirateurs, des affameurs du peuple…

Aussitôt des mains avides se tendirent. On se jetait sur la liste que l'on commentait à haute voix.

— Pas de précipitation, citoyens. Il y en aura pour tout le monde ! Et si vous ne pouvez pas assister à la représentation aujourd'hui, demain y aura une autre fournée. La guillotine, c'est mieux que le théâtre, y a jamais de relâche !

Comme il finissait de distribuer ses journaux, Ferragus, sous son déguisement, observait le dos de Guillotin s'éloignant dans la rue. Il avait beau hâter le pas, il ne le perdrait pas.

La rue Saint-Honoré était devenue la plus populaire de Paris. On venait de tous les quartiers pour assister au passage des condamnés. Les artisans quittaient leur atelier, les femmes tricotaient au pied de l'échafaud tandis que les enfants escortaient la charrette des prisonniers en hurlant de plaisir. La joie semblait plus féroce encore que le jour où Ferragus avait été conduit au lieu de son supplice. Comme si la contagion du sang avait gagné tout Paris. Partout on entendait des cris de haine et des salves frénétiques d'applaudissements. Un vent de rage semblait déferler sur Paris. Guillotin longeait les murs tandis qu'Annibal, délesté de la plupart de ses journaux, le suivait discrètement. Au fur et à mesure qu'ils atteignaient la place de la Révolution, la foule se faisait plus dense, les militaires plus nombreux. En s'approchant du lieu des exécutions, Ferragus sentait comme un poids invisible s'amasser sur son cou. Comme il tournait vers la place, il aperçut la guillotine.

L'instrument de mort le figea.

La lame luisait sous le soleil d'été comme un sourire carnassier. Le temps qu'il résiste à l'attraction morbide du couperet, Guillotin avait disparu. Éperdu, Annibal se mit à courir en direction des façades où il avait aperçu le médecin pour la dernière fois. Un piquet de soldats l'intercepta.

— On ne passe pas !

Ferragus sortit son insigne.

— Je file un dangereux criminel.

— Il n'y a pas de criminel ici, l'interpella un officier, le dernier des officiels à être entré ici, c'est le Dr Guillotin.

— Comment ça « des officiels » ?

Le militaire baissa la voix pour ne pas être entendu du peuple qui se pressait en direction de la guillotine.

— Les dirigeants adorent venir ici pour assister aux exécutions, sans être vus.

— Et moi qui me suis grimé tout ce matin, voilà que j'ai perdu mon client ! Mon chef va être furieux. Je repars le chercher. Merci pour votre aide. Vive la République !

L'officier salua et rejoignit ses hommes. Une fois dans les rangs de la foule, Annibal se retourna. L'immeuble donnait à plein sur la place. Une vue imprenable pour voir la guillotine en action. Et pourtant toutes les fenêtres étaient closes de volets. Étrange pour un balcon de théâtre. Discrètement, l'inspecteur se rapprocha de l'immeuble voisin. Il s'était débarrassé de son chapeau à larges bords et avait abandonné sa veste. Plus la peine de se confondre avec la foule. L'immeuble ne semblait avoir qu'une seule porte fermement gardée. En revanche, devant la façade voisine, un marchand de vin avait dressé tables et chaises pour profiter de l'aubaine. La proximité de la mort donnait soif. Comme Annibal s'approchait, le propriétaire appela sa servante :

— Va me préparer une cruche. En voilà un qui me semble avoir le gosier sec.

L'inspecteur remercia d'un geste de la tête et étudia la façade. Là aussi les fenêtres étaient closes. Impossible de passer de l'une à l'autre sans briser vitres et volets intérieurs. La servante revint avec un pichet de vin. D'autres clients s'installaient.

— Du bourgogne, commanda un *bonnet rouge* qui avait dû prendre goût au bon cru en pillant ceux des aristocrates.

— C'est que… du bourgogne… hésita la fille, faut descendre à la cave.

Son patron la rudoya aussitôt en prenant les clients à témoin.

— Regardez-moi donc cette pécore, elle voit des têtes tomber toute la journée et elle a peur d'aller seule dans le cellier !

— C'est que j'entends des bruits, pleurnicha la fille, de l'autre côté du mur. Et des cris aussi.

— Maudite péronnelle, tu vas me faire le plaisir de descendre dare dare à la cave, sinon je vais te chatouiller le museau.

La servante éclata en sanglots.

— Y a des trépassés, j'en suis sûre.

Annibal se leva et proposa ses services.

— Si vous voulez, je l'accompagne. (Il sortit à nouveau son insigne de police.) Les fantômes ne me font pas peur. Et puis, on ne sait jamais, avec toutes ces rumeurs de complots…

Inquiet, le marchand de vin se rapprocha.

— Vous pensez que des aristocrates pourraient tenter un mauvais coup ? Vouloir délivrer des condamnés par la force ? C'est pas bon pour mon commerce, ça !

Tout en parlant, l'inspecteur accompagnait la fille vers l'escalier. Avec un peu de chance la cave de la taverne donnerait accès à celle de l'immeuble voisin.

— Mieux vaut déjouer un crime qu'en être victime, non ? C'est quoi, votre cellier ?

— Ce sont les anciennes caves des Capucines. Le couvent d'à côté. On dit que des caves et des souterrains, y en a sous toute la place. Sûr que les religieuses, elles y faisaient des orgies, ces catins-là !

Sans répondre, Annibal s'engagea dans l'escalier, éclairé par une lanterne que tenait, d'une main tremblante, la servante. Les marches étaient usées, mais pas glissantes. Arrivés sur le palier, il prit lui-même la lumière. Une rangée de tonneaux longeait les murs qui finissaient en voûte. Ferragus fit signe à la fille d'aller tirer le vin. Pendant qu'elle remplissait un pichet, il examina les lieux. Le sol était recouvert de sable. Sans doute pour éviter les remontées d'humidité. Il avança vers le fond de la cave, encombré d'un bric-à-brac de chaises paillées et de prie-Dieu.

— Les bruits viennent toujours de là, affirma la servante, ce sont des démons.

Ferragus lui fit signe de remonter.

— Dis à ton patron que je vérifie. En attendant, que personne ne vienne me déranger.

La fille ne se le fit pas répéter et disparut dans l'escalier.

L'inspecteur se fraya un passage et arriva jusqu'au mur. Il était couvert d'une vieille couche de crépi à la chaux qui, par endroits, tombait par plaques. Annibal tendit l'oreille. Aucun bruit. Sous l'enduit disjoint, des pierres sombres solidement appareillées se dessinaient. Ferragus se retourna, saisit une vieille chaise dont il cassa un pied. Puis il sonda la paroi, frappant à intervalles réguliers le mur. Comme il se rapprochait du côté droit, un son plus clair résonna. Aussitôt, il fit tomber le crépi. Ce qu'il vit le fit sourire de plaisir. Des moellons mal équarris, posés à la va-vite avec du mortier qui s'écaillait sous les doigts.

Il dégagea un peu plus les contours. Un linteau apparut, gravé d'une croix. En quelques instants, il dégagea une porte basse, puis il fit tomber au sol les pierres qui l'obstruaient.

Un souffle acide montait des ténèbres.

Bientôt il pourrait enjamber la base du mur. Il se rappela le mot de la servante effrayée : *« ce sont des démons »*. Une dernière pierre roula.

Il s'élança et pénétra dans le royaume de la nuit.

58

San José
Centre de recherches EyeTech
De nos jours

Quand la secrétaire entra dans le bureau, elle poussa un petit cri. Leyland Gost était affalé à terre et respirait avec difficulté. La jeune femme se précipita.

— Restez tranquille. Je vais appeler un médecin.

— Non, surtout pas. Je… je vous en prie. Un vertige, j'ai mal dosé mon insuline. Aidez-moi à me remettre et à faire quelques pas.

La blonde avait perdu son arrogance et affichait un regard inquiet.

— S'il vous arrive quelque chose, on peut m'attaquer en justice car je ne suis pas médecin.

Leyland sourit faiblement.

— Ma belle, lâchez-moi avec la loi. Ma nouvelle patronne est une vraie salope. Si elle apprend que je suis diabétique, elle va me foutre dehors. J'ai pas les moyens de me retrouver au chômage à mon âge ! Soyez sympa, dit-il en tentant de se relever.

La secrétaire hésita quelques instants puis acquiesça.

Leyland poussa un soupir intérieur, elle n'avait pas regardé le bureau où se trouvait l'ordinateur.

Un bras sous son épaule, elle l'aida à se redresser. Leyland sentit ses seins qui se pressaient contre son dos et huma le parfum sucré de la jeune femme. Son stratagème foireux avait marché. Ils passèrent dans le couloir. Leyland marchait comme un petit vieux, il fallait encore tenir cinq minutes, pas plus.

CENTER 3

Le petit groupe se trouvait dans une pièce plongée dans la pénombre. Devant eux, dos tournés, une vingtaine d'hommes et de femmes de tous âges étaient assis devant un écran, casque sur les oreilles. Sur l'un des murs, un écran plus large diffusait les mêmes images que sur les terminaux individuels. Deux femmes en blouse blanche passaient entre les tables pour inspecter et prendre des notes. Le Dr Shandra expliqua :

— C'est ici que se déroulent les recherches les plus poussées. Les plus confidentielles. Nous travaillons sans collaboration extérieure, compte tenu du potentiel des expérimentations.

— Après l'*eye tracking* et les neurones miroirs, vous y faites quoi ?

Le Dr Nielsen prit la parole :

— L'œil dans le miroir ! Nous utilisons l'*eye tracking* pour débusquer les neurones miroirs. Et nous sommes les seuls au monde. Ces volontaires visionnent un montage vidéo, composé d'extraits clés de films, de documents et de reportages. Une caméra *eye tracking* scanne leurs réactions oculaires à chaque milliseconde. On a de la chance, ça va commencer. Regardez l'écran là-haut.

Antoine et Bela levèrent les yeux. Un décompte de chiffres apparut à l'écran. Des images surgirent. Des séquences très rapides dont le montage mit Marcas mal à l'aise au bout de quelques minutes. Des scènes de la vie quotidienne – un bébé tétant sa mère, un couple qui marchait sur une plage, sous les cocotiers, main dans la main, un chef devant ses fourneaux. Des images angoissantes, des visages émaciés de femmes squelettiques à Auschwitz, des soldats casqués qui frappaient un frêle manifestant, des zombies de *Walking Dead*, une bagarre à coups de bouteilles entre supporters dans un stade.

Il tourna son regard vers les volontaires scotchés devant leurs écrans. Si certains affichaient une mine impénétrable, d'autres, les plus âgés, manifestaient leurs émotions de façon plus perceptible.

Le Dr Nielsen chuchota, les bras croisés.

— Un ordinateur situé dans une pièce voisine compile toutes les réactions. En fonction des résultats, il va sélectionner certains individus qui présentent des dispositions… particulières.

— C'est-à-dire ?

— L'activité des neurones miroirs varie en fonction des personnes. Les autistes en seraient dépourvus, ils ne communiquent pas avec leur entourage. *A contrario*, les hyperémotifs, ultrasensibles à la moindre réflexion, font un peu trop chauffer leurs neurones miroirs.

Le regard de Marcas fut attiré par l'écran. Il reconnut la scène.

Noir et blanc. L'homme gominé sur le balcon. Le rasoir qui glisse sur l'œil de la jeune femme.

Antoine intervint :

— Pourquoi avoir choisi certaines scènes et pas

d'autres ? L'œil crevé. C'est insoutenable. J'ai l'impression que c'est le mien qui se déchire.

Shandra et Nielsen échangèrent un regard interrogatif.

— C'est le but, cher monsieur. Certaines images, certains gestes, provoquent en nous des réactions profondes. Primaires. Ce vieux film espagnol, du peintre Salvador Dalí et de Luis Buñuel, est l'un des rares à exercer un pouvoir extraordinaire sur les neurones miroirs qui contrôlent les mouvements oculaires. C'est pour ça que vous avez plissé les yeux.

— Existe-t-il des gens qui soient insensibles ? murmura Marcas.

— Oui. Cela arrive, mais ils n'ont pas grand intérêt pour nos recherches, répondit le Dr Shandra avec nervosité.

Marcas hocha la tête et regarda une nouvelle fois l'écran. Il pressa discrètement la main de Bela et donna un léger coup de menton en direction de l'écran.

Une vidéo floue et saccadée apparut.

Escortée de motards de la police, une voiture bleu nuit, longue et décapotable, roule sous un soleil de plomb. Assis à l'arrière, le président Kennedy et sa femme saluent la foule massée de chaque côté de l'avenue. Le chef de l'État bascule subitement le visage vers l'avant puis la partie droite de son crâne explose. Jackie Kennedy se rue sur le coffre arrière.

La vidéo s'arrêta pour laisser place à un plan fixe du visage souriant de Kennedy avant l'attentat.

Marcas reconnut le film amateur tourné par un badaud, Abraham Zapruder, ce jour-là. Il avait fait le tour du monde, un assassinat sur pellicule Kodak et en direct.

Une autre vidéo s'anima. Antoine identifia instantanément la personnalité qui apparut à l'écran. Un homme chauve et souriant se tenait debout derrière un pupitre. Son visage rayonnait de bonté.

L'abbé Emmanuel commença son discours à la tribune de l'Unesco.

Dans moins d'une minute son visage exploserait en live. Marcas se souvenait de tous les détails, l'affolement à la tribune, les gardes du corps qui se précipitaient… Dégoûté, il tourna la tête en direction de Bela et la vit consulter son portable.

Nielsen leur fit signe de s'éloigner. Ils sortirent de la salle de test, puis arrivèrent dans le grand hall. Bela se rapprocha de Marcas et murmura :

— Le Ghost a fait le job.

Antoine resta de marbre et interpella le Dr Shandra.

— Une dernière question : pourquoi avoir choisi de leur diffuser les assassinats de Kennedy et de l'abbé Emmanuel ?

— Nous avons enregistré sur ces séquences une forte activité des neurones miroirs. C'est même une explosion cérébrale, chez les deux tiers des participants. Ça nous a surpris nous aussi. On ne détecte pas une telle excitation sur d'autres meurtres réels. On n'a pas encore d'explications, juste des hypothèses sur lesquelles on travaille.

Le Dr Shandra approuva, sans rien ajouter. Marcas ne lâcha pas.

— Quelles hypothèses ?

Nielsen scruta Shandra et répondit d'une voix grave :

— Le sacrifice de l'idole, cher monsieur. Kennedy et l'abbé étaient des icônes dans leur genre, mais des icônes bienfaisantes. On ne peut s'empêcher d'être ému par ces images. Comme si ces personnalités faisaient partie de notre famille. L'idole est un être à part, elle dévore nos cerveaux. Et sa mort nous bouleverse au plus profond de nous-même, comme une profonde injustice. Le bien terrassé par le mal, nous ne pouvons l'accepter. Et dans le cas de Kennedy et de l'abbé, nos neurones miroirs s'illuminent, comme s'ils étaient exposés au soleil brûlant de midi.

Marcas se raidit.

— Une illumination… C'est bien ça ?

— Oui. La mise à mort de l'idole provoque un big bang pour les neurones miroirs et donc pour notre cerveau.

Antoine était fasciné. Il comprenait maintenant pourquoi il se sentait si touché par ces assassinats, comme une majeure partie de l'humanité.

Nielsen reprit d'une voix tendue :

— Et parfois le sacrifice de l'idole engendre une religion. N'est-ce pas ce qui est arrivé au Christ ?

59

Place de la Révolution
Juillet 1794

Annibal avait toujours été fasciné par le monde souterrain. Dans sa jeunesse, en Périgord, il était plusieurs fois tombé sur ces bouches d'ombre qui s'ouvraient à flanc de falaise. Les gens du pays en avaient une crainte superstitieuse : ils prétendaient que c'étaient là que vivaient les démons et autres divinités mauvaises. À Paris, les anciennes carrières qui truffaient la capitale faisaient partie du quotidien. Parfois même, de façon spectaculaire, quand des pâtés de maisons entiers s'abîmaient dans le sous-sol. C'était d'ailleurs, pour la police, l'occasion de découvrir des caches et des souterrains qui servaient d'abri à des bandes de coupe-jarrets. À plusieurs reprises, Ferragus avait exploré ces anciennes carrières à la recherche de faits de contrebande. Chaque fois, il avait été happé par le silence infini des lieux où l'homme semblait comme superflu.

Il se faisait ces réflexions en suivant un conduit qui allait en se rétrécissant. Déjà, il avait dû se courber pour ne pas heurter la roche. Il ralentit et observa les parois. Elles avaient été taillées au pic dont on voyait encore les zébrures obliques. Il passa la paume de sa main sur ses sillons. De quand pouvaient-elles dater ? On disait que c'étaient les Romains qui, les premiers, avaient creusé le sous-sol de Paris afin d'en extraire la pierre pour leurs monuments. On racontait aussi que, dans certains endroits secrets, se trouvaient encore d'anciens temples païens dédiés aux divinités infernales, celles du monde d'en bas. Il reprit sa marche. Le sol était lisse, sans un caillou, ni poussière. Cette pureté un instant l'exalta. Il tendit sa lanterne. Au bout, le tunnel semblait fermé. Comme il s'avançait, une porte apparut. D'après la forme de ses nervures, elle devait dater d'au moins deux siècles. L'inspecteur se pencha pour examiner la serrure. Elle était disloquée. Il tira brusquement sur le loquet et la porte bascula dans un grincement d'outre-monde. Visiblement, il y avait grand temps que plus personne n'empruntait ce passage. Sans doute, depuis que l'accès par la cave avait été muré.

Il fit encore quelques pas et aperçut un filet lumineux. Il suivit sa trace à pas de velours.

La lumière provenait d'une salle totalement circulaire fermée par une grille monumentale. Au centre, une boule de verre, éclairée par des chandelles, palpitait par intermittence. Prudemment, Annibal s'approcha. La grille était unique en son genre. Elle aussi était en forme de sphère comme la salle, mais les barreaux au lieu d'être verticaux, étaient horizontaux. L'inspecteur toucha le métal. Aucune trace de rouille. La grille ouvragée était récente. Il se retourna précipitamment, l'oreille tendue. Il n'y avait aucun bruit, mais il se sentait fébrile. L'accès à la salle qu'il avait emprunté n'était pas unique. Deux autres convergeaient vers la grille. Il se demanda un instant s'il ne devait pas en explorer un, mais sous terre son sens de l'orientation lui faisait défaut. Il était incapable de dire si l'un de ces deux tunnels remontait vers l'immeuble où il avait vu disparaître Guillotin.

Il était mystérieusement attiré par la grille. Elle semblait un organe endormi, mais avec son réseau de nerfs et de muscles visibles, prêts à l'action. À nouveau, il toucha les barreaux, certains étaient lisses, d'autres torsadés. Comme il essayait de comprendre cette alternance, une goutte froide et visqueuse tomba sur sa main. Il la porta à son nez. Une odeur d'huile comme celle que l'on met dans les lampes.

Que venait faire du combustible sur cette grille ?

Il rapprocha son visage des barreaux. Son œil s'était acclimaté à la pénombre. La boule à la lumière bleutée semblait surplomber un dispositif étrange. Posée sur une colonne, elle était juste au centre de structures sombres et allongées, placées en éventail. Annibal recula et avança à plusieurs reprises pour ajuster sa vision.

Quand il revint près de la grille, il lui sembla que la boule était plus lumineuse.

La colonne aussi prenait une autre forme. C'était une sculpture. Une chouette sculptée, les ailes droites, le regard énigmatique. Comme celle qu'il avait vue dans le cabinet secret de Guillotin.

Il concentra son regard. Les structures sortaient de la pénombre.

Elles étaient rectangulaires.

Étroites. Longues. En pierre.

Il comprit.

Des sarcophages.

Un bruit de pas remonta d'un des accès. Annibal quitta la grille et trouva refuge dans le conduit qu'il avait emprunté. Collé contre la paroi, il jetait un œil furtif sur les nouveaux arrivants. Précédés de torches comme un cortège antique, une douzaine d'hommes venait de prendre place devant la grille.

Les visages apparurent.

Annibal se figea. Aussitôt, il les reconnut.

Guillotin. Saint-Just.

Les deux hommes étaient suivis d'autres personnalités politiques ou militaires. Il avait déjà vu certaines d'entre elles à la cérémonie macabre de Versailles. Mais ici, il n'y avait plus rien de maçonnique.

La grille soudain pivota. Ce n'était pas une porte verticale qui venait de s'ouvrir, mais une bande horizontale par où les membres se penchaient pour passer.

Comme une fente dans une pupille sombre.

Un des participants se dirigea vers des sortes de pots suspendus qu'il enflamma avec sa torche tandis qu'un autre, après avoir saisi une corde, les hissait vers le sommet de la salle. La lumière se fit plus vive et éclaira un dôme percé de plusieurs ouvertures en forme de pyramides inversées en verre.

Des sortes de becs verseurs, pensa l'inspecteur que l'étrangeté des lieux étonnait de plus en plus.

— Illuminati, mes frères, il est l'heure. Prenez place.

La voix de Guillotin était calme, précise. La même que quand il devait diriger un cours d'anatomie.

— Nous nous retrouvons cette fois pour célébrer nos vrais mystères. La comédie maçonnique est terminée. L'imposture de la cérémonie de Versailles a porté ses fruits. Et quels beaux fruits ! Nous avons réussi à abuser le franc-maçon, Annibal Ferragus, qui nous observait en cachette. Le spectacle offert à ce policier fut de toute beauté et l'a conduit dans la nasse. Il a rédigé un rapport extraordinaire qui dénonce la franc-maçonnerie, notre nouveau bouc émissaire.

Saint-Just apparut à la lumière.

— Mes frères, ce rapport sera imprimé et deviendra un pamphlet féroce contre la fraternité. L'incendie se propagera et accréditera la thèse de la responsabilité des maçons dans la Terreur et les meurtres rituels.

Une onde de colère envahit Annibal. Tout n'avait été que mascarade, une pièce de théâtre destinée à un seul spectateur. On l'avait dupé, instrumentalisé pour anéantir ses frères. Manipulé, comme toutes ces pauvres femmes assassinées. L'image du corps martyrisé de Sophie de Caudolon le fit frissonner de haine.

Le visage de Guillotin, à la lueur des flambeaux, avait des reflets d'incendie, mais son regard, lui, ne cillait pas. Il tendit son bras vers le dôme.

— Comme l'écorce des arbres, les hommes ne connaissent que la surface du monde. Ils voient les feuilles surgir, les branches s'élever, la vie se multiplier et se diversifier, mais ils ignorent tout de la sève sacrée qui agit dans l'ombre. *Ils ont des yeux et ils ne savent pas voir.*

Chaque participant s'était posté devant un de ces sarcophages. Le docteur reprit :

— Le regard est plus que la porte de l'âme. Il est son avenir. Par lui, nous pouvons être qui nous voulons. Par lui, nous sommes tous les hommes. L'œil est la véritable source de toute Lumière – Guillotin se tourna vers sa droite –, frère, maître des cérémonies, remplis ton office.

L'homme désigné hocha la tête en silence et saisit un flambeau. Il s'approcha de la grille, puis abaissa la flamme. Un instant, le métal sembla flamber. Pourtant, seuls certains barreaux s'étaient illuminés. Annibal venait de comprendre le rôle de l'huile qui avait goutté sur sa main. Il regarda à nouveau et les paroles de Guillotin prirent un tout autre sens. La grille, en forme de sphère, ressemblait désormais à un œil illuminé de lumière.

— Mes frères, pour devenir l'homme nouveau que nous désirons, nous devons connaître tous les sentiments, toutes les sensations, même les pires. Rien de ce qui est humain ne doit nous être étranger. Nous devons épuiser le champ du possible jusqu'à l'abjection. Vous savez ce que cela signifie ?

Une voix unanime lui répondit :

— Le sang doit être répandu !

Guillotin tendit à nouveau la main vers le dôme.

— Pour atteindre les limites de l'humanité et les dépasser, nous avons dû provoquer chez le peuple un goût effréné de la violence. Songez que juste au-dessus de vos têtes, place de la Révolution, des hommes et des femmes, par milliers, regardent le sang couler. Un spectacle qui les fascine, qui les pénètre, qui les possède et dont ils ne seront jamais rassasiés. Un goût du sang qu'ils vont transmettre à leurs semblables. Une contagion irrésistible qui va se répandre dans le monde entier.

Stupéfait, Ferragus écoutait Guillotin parler. L'inquiétante étrangeté de ses paroles s'insinuait en lui comme un poison obscur. Il se rappelait quand il avait remonté la rue Saint-Honoré dans la charrette des suppliciés. Il entendait les cris de haine et de mise à mort.

Il voyait la folie meurtrière passer de pupille en pupille comme une peste invisible et fulgurante.

— Mes frères, grâce à ce sang, il est temps de le régénérer. Soyons dignes de ceux qui nous ont montré la voie d'outre-Rhin, il y a bien longtemps. En Allemagne, la source de la Lumière s'est tarie, mais c'est en France qu'elle a ressurgi. Soyons dignes de ces prophètes qui ont allumé la torche de nos maîtres : les Illuminati !

Le maître des cérémonies se dirigea vers le fond de la salle. Un bruit de poulies résonna. Brusquement, Annibal entendit les cris de la foule qui accompagnait les condamnés au pied de l'échafaud. Discrètement, il sortit de sa cachette. Le haut du dôme était plus lumineux que jamais. Les pyramides transparentes et inversées donnaient directement sur la place de la Révolution. Par endroits, on voyait même le plancher de l'échafaud.

— Mes frères, préparez-vous à recevoir la communion.

À la grande surprise de Ferragus, chacun des membres se coucha dans le sarcophage qui lui faisait face.

La grille avait cessé de brûler. Elle ressemblait maintenant à un œil enténébré.

Un bruit sec et métallique résonna.

— Au suivant, hurla une voix rauque qui venait du dôme.

À nouveau ce bruit sec. Annibal leva les yeux. Les pyramides, dont le cône pointait vers le sol, se teintaient de noir.

— Ce n'est pas possible, gémit Ferragus, pas ça…

Le claquement reprit, accompagné d'un roulement d'applaudissements.

Annibal avait baissé ses paupières. Mécaniquement, il comptait les claquements. *8, 9*… C'était sans fin comme s'il était sous un abattoir. *13, 14*… À chaque bruit de métal, une tête tombait… *21, 22*... et un corps se vidait… *27, 28*… les pyramides se remplissaient… *32, 33*.

Le silence se fit.

Ferragus ouvrit les yeux. Les sarcophages attendaient.

— Que le sang soit !

Et le sang envahit tout.

60

San José
De nos jours

Le 4×4 avait mis vingt minutes pour revenir à Sunnyvale. Il était 4 heures de l'après-midi quand leur voiture pila net sur Sylvie Angerdi Street. Leyland Gost descendit du véhicule en tapotant son sac.

— Ça va me demander un peu de temps pour faire jouir le MonsterTrack. Au minimum, cinq heures, au pire, deux jours.

— Pour deux cent mille dollars, raisonnez en heures, répliqua Bela.

— OK, dit-il en penchant la tête vers la voiture. Juste le temps de me faire tailler une pipe et je m'y mets. À moins que l'un d'entre vous ne veuille se proposer, ça me stimulerait les neurones. Pas les miroirs, plutôt ceux qui sont situés plus bas.

— Une autre fois, grimaça Bela.

Il les salua d'un signe de la main et s'engouffra dans le bâtiment de verre. Le 4×4 démarra et s'inséra dans la circulation.

— J'aime bien le Ghost, lança Antoine. Bon, on

a déjà confirmation qu'il se passe des trucs pas très nets dans ce centre.

— Insuffisant.

— Vous oubliez l'adjoint de Shandra ?

— Et alors ? Il a conduit les tests sur Heller, ça ne suffira pas à convaincre les autorités.

Elle paraissait nerveuse et accéléra brutalement. Il se retrouva écrasé au fond de son siège.

— On vous a appris à conduire sur un hors-bord ? Tout va bien ?

— Non. La fondation me mène en bateau. Et je ne peux pas les clouer au mur. En plus, j'ai une répétition dans deux heures pour mon prochain concert et je n'ai rien préparé.

— J'avais tendance à oublier votre métier principal.

— Moi aussi, et je me demande si je ne fais pas une connerie monumentale en jouant les détectives avec un flic français qui donne des leçons de morale à la terre entière.

Il haussa les sourcils et s'aperçut qu'elle jetait des regards nerveux dans le rétroviseur. Le Range Rover prit l'échangeur de la Highway à toute vitesse. Le compteur de la voiture indiquait quarante miles, la vitesse limite.

— Vous êtes si pressée ?

— Oui, j'ai besoin d'appeler mon équipe pour préparer la répétition. Je vous déposerai chez Stuart et ensuite je file à la salle.

La 101 était engorgée de milliers d'insectes de métal qui luisaient au soleil. Le Range Rover ralentit brutalement et se mit à rouler au pas. Ils mirent presque une heure pour entrer dans le centre de San Francisco. Bela avait passé son temps au téléphone à régler les détails de sa répétition. Le ton était carré, froid, elle s'attardait sur le moindre détail, sans jamais hausser le ton.

Les collines de la ville se dressaient devant eux. Bela recommençait à fixer son rétroviseur et lança :

— Ou je deviens parano ou alors on est suivis. Une Ford bleue. Je l'avais repérée en arrivant au centre. Je vais tâcher de les distancer.

Il tourna la tête et aperçut le véhicule suspect qui roulait à une trentaine de mètres, il ne pouvait pas distinguer la plaque d'immatriculation.

— Surtout pas. Arrêtez-vous à la prochaine station-service.

— Pourquoi ? Je peux les larguer, on est à dix minutes de la maison de Stuart.

Marcas secoua la tête.

— Nos adversaires viennent de commettre une erreur en se montrant à découvert. On va noter leur plaque.

Elle ralentit et s'engouffra dans une station Exxon. La Ford les avait dépassés pour s'arrêter plus loin sur l'avenue, en double file juste derrière un camion de livraison. Classique, ils attendraient qu'ils sortent de la station et leur fileraient à nouveau le train. Marcas descendit pour faire le plein et inséra sa carte de crédit dans la pompe. De là où il était il ne pouvait pas distinguer la plaque. Impossible de marcher vers eux, ils le repéreraient dans leur rétro. Il fallait trouver quelque chose et vite avant de reprendre la route pour Pacific Heights et ses rues qui jouaient les montagnes russes.

L'image d'une Ford Mustang sortie tout droit des années soixante traversa à toute allure le cerveau de Marcas.

Bullitt. Bien sûr.

Il reposa le pistolet dans la pompe, contourna le Range Rover et tapa contre la vitre de Bela.

— Je prends le volant.

— Mais, je…

— Ne discutez pas. Vous connaissez le film *Bullitt,* avec Steve McQueen ?

— Oui, celui avec la course-poursuite dans les rues de San Francisco, dit-elle, passant sur le siège passager en relevant légèrement sa robe.

— Tout juste.

Il eut le temps de voir le haut de ses cuisses et en éprouva une petite satisfaction érotique. Il s'installa, démarra et chercha machinalement le levier de vitesse.

— On est aux States, Steve, voiture automatique pour tout le monde, précisa Bela. Appuyez sur le bouton D, pour *drive*.

Marcas grommela une injure sur l'Amérique en général et ses voitures en particulier. Il sortit lentement de la station-service, Bela avait bouclé sa ceinture.

— Les flics sont très chatouilleux sur la vitesse, vous n'êtes pas le premier à vouloir imiter McQueen.

— Qui vous a dit que je comptais enfreindre la loi ? Dans le film, le flic s'aperçoit qu'il est suivi, il les sème et se met à les poursuivre à son tour. Je vais faire pareil, mais à la française…

Il n'était plus qu'à une vingtaine de mètres de la Ford garée en double file quand il accéléra.

— Vous êtes dingue, cria Bela en s'accrochant à sa ceinture. On va les percuter !

Il pila au dernier moment à quelques centimètres de l'arrière de la Ford.

Bela se tourna vers Antoine, furieuse. Il posa un

doigt sur ses lèvres et lui intima l'ordre de se taire. La Ford n'avait pas bougé.

Marcas ouvrit la portière. Elle le tira par la manche.

— Et s'ils veulent nous tuer ? Vous y avez pensé ?

— Je ne crois pas, ils en avaient eu l'occasion sur la route du centre, beaucoup moins fréquentée qu'ici.

Il sortit, se dirigea vers la voiture aux vitres teintées de noir et nota mentalement le numéro de la plaque, immatriculée à San Francisco.

Il se pencha et toqua à la portière du conducteur. Le moteur tournait au ralenti. La vitre descendit lentement, laissant apparaître un crâne chauve au-dessus d'une paire de lunettes épaisses, d'un nez empâté et d'une bouche charnue. Sa nuque affichait deux gros bourrelets.

— Bonjour, je suis français et perdu. Vous pourriez m'indiquer le chemin ?

Le chauve le dévisagea d'un air froid.

— Avec plaisir. Tu prends la direction de l'aéroport sur ta droite. Il y a des vols tous les jours à destination de ton pays miteux. On peut t'escorter si tu veux.

Antoine éclata d'un rire forcé.

— Qu'est-ce qui te fait rire ? gronda le chauve.

— Le prenez pas mal, mais vous n'avez pas une tête d'Illuminati. Qui vous envoie ?

Le gros chauve tapota son volant.

L'homme à la nuque épaisse fit un signe de tête au passager qui ouvrit la boîte à gants et tendit un gros pistolet noir. Le chauve le posa sur ses genoux et caressa le canon d'une manière équivoque.

— Premier et unique avertissement. Laisse Bela Kellerman tranquille et quitte le pays.

Marcas releva la tête et scruta les badauds qui se pressaient devant les magasins sur le trottoir.

— Le bonheur d'une rue très commerçante, c'est qu'il y a toujours du monde et plein de caméras de surveillance.

Le gros scruta la rue, puis lui lança un regard haineux.

— On se retrouvera, le Français.

La Ford démarra en trombe et déboîta sur l'artère, Marcas eut juste le temps de reculer pour ne pas se faire écraser les pieds. Le crissement des pneus fit se retourner un petit groupe de touristes asiatiques.

Marcas revint vers le Range Rover et nota le numéro de la plaque sur son portable. Bela Kellerman était livide. Ses mains se crispaient sur son siège. Rien à voir avec la femme dominatrice qui donnait ses ordres à son équipe.

— Ne me refaites plus jamais un coup comme ça, articula-t-elle d'une voix blanche. Ils auraient pu nous descendre à bout portant.

Il vit qu'elle était sonnée. Plus qu'il ne l'aurait cru.

— Désolé. Je ne voulais pas vous faire peur.

— Redonnez-moi le volant. Tout de suite.

Ils changèrent de place. Le Range Rover s'inséra à son tour dans la file. Bela restait prostrée, le regard figé sur la route.

— Je vous présente mes excuses. Dites quelque chose.

— Allez vous faire foutre. Je vous dépose à la villa et je pars en répétition. On se retrouvera ce soir.

Elle le lâcha devant la villa de Rankin et démarra en trombe sans lui lancer un regard. Il la vit s'éloigner à toute allure et haussa les épaules. Elle avait des changements de caractère un peu trop tranchés pour lui, et il se demanda si elle n'était pas bipolaire, elle aussi.

Dix minutes plus tard, il était dans sa chambre au deuxième étage et pianotait sur son portable. Leyland Gost décrocha dans la seconde.

— Je n'ai pas fini. Je vous ai dit que…

— Non, c'est pas pour ça. Vous seriez capable d'entrer dans la base de données du service des immatriculations de l'État de Californie et de m'identifier une plaque ?

Un petit rire chuinta dans le portable.

— Mec, tu me prends pour un débutant. C'est un job pour ma petite sœur de onze ans. Sans problème. Mais je suis sur la route, j'ai décidé de bosser sur le Monster peinard chez moi, pour éviter les indiscrétions. Envoie-moi le numéro par SMS. Je m'en occuperai tout à l'heure.

— Merci, Ghost Rider. Au fait, pourquoi ce pseudo ? Dans le genre super-héros, c'est pas le plus puissant.

— Rien à carrer des super-zéros en collant. J'adore le look de Ghost avec son crâne et puis c'est le seul super-héros hacker. En plus, je m'appelle Gost. Il n'y a pas de coïncidence. Bye le frenchie !

Il lui raccrocha au nez.

La Ford bleue s'était garée à une centaine de mètres de la villa de Rankin. Le gros chauve observait la façade de la demeure avec une paire de jumelles.

— Pas bête, le petit Français.

— Un peu trop malin à mon goût, ça ne va pas plaire au patron. On fait quoi ?

— On attend de nouvelles instructions.

Son portable vibra, un numéro familier s'afficha. Le chauve décrocha. Il se contenta de hocher la tête en écoutant son interlocuteur, puis se tourna vers son compagnon :

— Changement de programme, on file chez le hacker.

61

Paris
Rue de Nevers
Juillet 1794

Greuze posa ses pinceaux. Il recula pour mieux saisir le tableau qu'il était en train de peindre. Une jeune mendiante, aux joues creusées, dont les yeux suppliants réclamaient du pain. Le regard était terrible, comme si Greuze avait réussi, d'un coup de pinceau, à capter toute la détresse du monde. Le peintre secoua la tête. Pourquoi s'obstinait-il à peindre la misère ? C'est tenter le diable. La pauvreté ne pouvait pas exister dans la république exemplaire de Robespierre et Saint-Just. Si des *bonnets rouges* faisaient une perquisition chez lui, ils le dénonceraient aussitôt comme un ennemi du peuple et il retournerait en prison.

Greuze en gardait un souvenir éprouvant.

Depuis son arrestation, en compagnie de Ferragus, dans la tour de Saint-Germain, il faisait des cauchemars toutes les nuits. Il entendait le cliquetis des chaînes, les ordres aboyés par les gardiens, les hurlements des condamnés et surtout, le bruit des essieux de la charrette qui conduisait à la guillotine.

Une abomination.

Pour échapper à ses souvenirs, Greuze se mit à la fenêtre. La rue de Nevers était l'une des plus resserrées de Paris. Les vieilles façades penchaient dangereusement et on ne voyait du ciel qu'un peu de lumière grisâtre. Mais les loyers étaient bas et on vivait dans l'anonymat. Un quasi-luxe par les temps qui couraient. Le peintre se pencha en direction de la Seine. Une silhouette venait de déboucher en haut de la rue. Greuze sourit.

Il attendait un *frère.* Il attendait Ferragus.

Avant de tourner rue de Nevers, Annibal jeta un coup d'œil méfiant, mais les quais étaient vides à cette heure tardive. Il se coula le long d'une façade et avança rapidement. C'est lui qui avait demandé à voir Greuze. Le peintre, même s'il vivait retiré, était un des rares à avoir gardé des contacts avec d'anciens frères. Sans élèves, sans clients, miséreux et lunatique, Greuze avait été vite oublié de la police. Qu'avait à craindre la République d'un peintre devenu un quasi-mendiant ? Voilà pourquoi Greuze avait toujours la porte ouverte, pour ses *frères*, et certains, surtout parmi les politiques, avaient pris l'habitude de se croiser discrètement dans l'atelier du peintre. Ce qui faisait de Greuze, sans le vouloir, un des hommes les mieux informés de Paris. Et c'est pourquoi Annibal venait le voir.

Après une dernière vérification pour s'assurer qu'il n'était pas suivi, Ferragus s'engagea dans l'escalier branlant. Le peintre habitait au dernier étage sous les combles. Tout en montant, Annibal s'interrogeait. Depuis qu'il avait assisté à la cérémonie des Illuminati, il ne cessait de réfléchir sur sa conduite à venir. À qui dénoncer le complot qui minait la République, détournait la Révolution ? À qui se confier, à quel homme providentiel, alors même que Saint-Just *régnait* sur le Comité de salut public ?

Il avait fini par se rapprocher de Greuze. Sans lui révéler le complot des Illuminati, il lui avait demandé de lui trouver un frère de confiance auquel il aurait des révélations capitales à faire.

Et le peintre avait accepté.

En souriant, Greuze s'excusa des pots en cuivre qui parsemaient la pièce. D'un doigt amusé, il montra le plafond :

— La toiture rend l'âme à chaque averse. Et dire qu'avant j'étais la coqueluche des salons parisiens. *Sic transit gloria mundi.*

Ferragus s'abattit sur une chaise. Il était éreinté. Courir plus vite que son destin était épuisant.

— Et si tu me parlais de la situation politique ?

Greuze prit une mauvaise chaise paillée fanée et s'approcha.

— Les députés de la Convention sont au bord du précipice. Les proches de l'Incorruptible ne cessent de les menacer d'une purge imminente.

— Ce n'est pas Robespierre qui intervient directement ?

— Il ne se montre plus à l'Assemblée depuis des semaines. Pour beaucoup, ils aiguisent en silence la lame qui va s'abattre sur eux.

— Et Saint-Just ?

— C'est lui qui prépare l'assaut en coulisse. Doux en surface, terrible dans les profondeurs. Il n'a jamais autant mérité son surnom d'Archange de la Terreur.

— Et l'Assemblée va se laisser mener à l'abattoir comme un troupeau de moutons ?

Le peintre baissa la voix.

— Tu m'as demandé à qui tu pouvais te confier. Il y a un petit groupe d'hommes qui semblent prêts à résister. C'est Fouché qui les mène.

Ferragus fronça les sourcils. Fouché ne lui inspirait pas confiance. Envoyé à Lyon par le Comité de salut public, il avait réprimé dans le sang l'insurrection, massacrant les rebelles à coups de canon.

— Je sais ce que tu penses, mais Fouché est le premier sur la liste des futurs *raccourcis*. La peur de perdre la tête le rend redoutable.

— Et qui d'autre ?

— Barère. Un républicain pur et dur. L'idée d'une dictature du Comité l'a fait basculer dans le camp des opposants farouches.

— Deux députés, ça ne pèse pas lourd.

— Je vais te confier un secret. Notre frère Mallarmé vient d'arriver à Paris. Il est très proche des militaires. Il a leur confiance. Si quelqu'un peut éviter que l'armée n'intervienne en faveur de Robespierre et Saint-Just, c'est bien lui.

Cette fois, le complot prenait une autre tournure. Ferragus réfléchissait rapidement. Parmi ces hommes, à qui pouvait-il parler ? Mallarmé, qui avait toujours soutenu la franc-maçonnerie, était un bon interlocuteur. Mais si lui aussi avait été retourné par les Illuminati ?

— Nous sommes environnés de tant de traîtres que je ne sais plus…

— Barère et Fouché sont eux aussi initiés, mais Fouché se cache et Barère est sous surveillance. Quant à Mallarmé, il ne sortira de sa tanière qu'au dernier moment.

Annibal eut un moment de doute. Greuze était vraiment bien informé. Et si lui aussi…

— Comment sais-tu tout ça ?

— J'ai un informateur de choix. Un ami personnel. C'est lui que tu vas rencontrer.

Une porte s'ouvrit au fond de l'atelier sur une silhouette carrée. Le peintre tourna la tête.

— C'est notre frère Tallien.

Tallien était un des orateurs les plus brillants de la Convention. Son étoile était montée au firmament de la Révolution avant de pâlir sous la foudre de Robespierre. Pour l'Incorruptible, Tallien n'était qu'un homme de mots, un bavard, quand il fallait à la Terreur des exécutants muets et serviles. Tout le contraire du député qui était un passionné de toute son âme. C'est d'ailleurs ce qui l'avait perdu.

Tallien s'était assis, le visage pâle et les traits tendus comme ravagés par un poison intérieur.

— Notre frère, expliqua Greuze, vit un drame terrible. Sa compagne, Teresa, a été arrêtée sur ordre de Robespierre. Elle doit être jugée dans quelques jours.

— Où est-elle détenue ?

— Dans la prison des Carmes, répondit le député, l'antichambre de la mort.

Ferragus frémit. C'est là que l'abbé Lefranc avait été massacré.

— Les conditions de détention sont effroyables, continua Tallien. Entassés comme du bétail et traités comme des chiens. Quand on ne finit pas sous la guillotine, on crève de faim ou de maladie.

Annibal serra les mains de rage et de peur mêlées.

Quand on lui parlait d'une femme qui risquait la mort, il ne pouvait s'empêcher de penser à Justine. À tout moment, il craignait qu'elle ne soit arrêtée. Elle en savait trop.

— Je compatis, mon frère, à ton malheur. Tu as un plan pour la sauver ?

— La seule manière de lui éviter le couperet, c'est d'y faire passer Robespierre et sa clique avant. Greuze t'a parlé de notre conjuration, nous allons tenter le tout pour le tout, mais j'ai peur que certains, au dernier moment, n'hésitent ou ne renoncent. (Sa voix se brisa.) Moi pas, je n'ai plus rien à perdre.

Ferragus lui saisit les mains.

— Et si je te révélais un véritable complot, mené à l'insu de tous et aux conséquences terrifiantes ? Une conjuration contre le genre humain.

Les yeux de Tallien se mirent à briller. Annibal retint son souffle avant de se lancer.

— As-tu entendu parler des Illuminati ?

62

San Francisco
De nos jours

Le soleil chutait sur l'océan, les nuages se teintaient d'une couleur orange, douce et sucrée. Dans la demeure patricienne de Pacific Heights, les trois employés de maison s'affairaient aux étages inférieurs pendant que Marcas bataillait, dans sa chambre, avec son nouveau smartphone. Il surfait sur le Net pour récupérer des infos sur EyeTech, mais l'écran devenait incontrôlable. Il avait dû appuyer sur une mauvaise touche, il ne lisait jamais les notices des appareils électroniques.

À chaque fois qu'il ouvrait une page, celle-ci défilait toute seule vers le bas, comme si quelqu'un lisait à distance dans son portable. Ce qui était peut-être le cas. Au pays de la toute-puissante NSA et de la parano antiterroriste, il ne fallait s'étonner de rien. Mêlé au meurtre de Kellerman, arrivé en jet privé avec une star, en goguette dans un centre de recherches stratégique, il avait tout pour attirer l'attention. Ou alors c'étaient les types qui le suivaient. Ils traquaient aussi son portable.

Une onde d'angoisse traversa son cerveau. Les Illuminati l'espionnaient à travers son smartphone.

Bienvenue à Paranoland, Antoine. Ne sombre pas.

On frappa à sa porte. C'était l'un des employés qui venait changer les serviettes de la salle de bains. Antoine le laissa entrer et continua son combat contre son téléphone.

L'énervement monta d'un cran quand il voulut lire un article du quotidien *San Francisco Chronicle* sur EyeTech. Le texte défilait à toute allure, ça lui donnait mal aux yeux. Il claqua le smartphone sur la table du bureau.

— Bordel de merde !

L'homme de maison qui sortait de la salle de bains le fixa avec un sourire.

— Vous avez un problème ?

— Oui, je n'arrive pas à consulter le Web sur mon portable. Ça bouge tout le temps. Quelle merde !

L'homme sourit et s'approcha du bureau.

— J'ai le même modèle. Ça m'est aussi arrivé, rassurez-vous. Ils ont installé une appli de défilement automatique. Appuyez sur menu, allez sur contrôle système et désactivez la fonction *Gliss Vision*. C'est tout bête.

Antoine le remercia chaleureusement. Il attendit que l'homme sorte et exécuta les consignes.

Ça marche ! C'était pas un coup de la NSA, ni des Illuminati.

Bipolaire et maintenant parano. Tu t'améliores de jour en jour.

Il réussit à lire tous les articles. EyeTech possédait une excellente réputation auprès de la communauté scientifique et ses responsables paraissaient au-dessus de tout soupçon. La liste des clients prestigieux donnait le tournis. Au bout d'une demi-heure, Antoine coupa le portable, la fatigue l'envahit. Il réalisa qu'il était sous le coup du décalage horaire, il devait être cinq heures du matin à Paris.

Son portable vibra avec le numéro de Bela. Il parla le premier.

— Ça va mieux ? Ça s'est bien passé votre répétition ?

— Non, impossible de me concentrer. La première choriste m'a remplacée, ça arrive souvent quand je suis fatiguée. De l'avantage d'afficher un masque d'anonymat. Rendez-vous dans une heure à la maison, sur la terrasse, le propriétaire des lieux nous prépare un dîner. Ne vous habillez pas, il est du genre cool.

— Je n'en avais pas l'intention, répondit Antoine qui s'entendit raccrocher au nez.

Vers 19 heures, Antoine descendit vers le salon et arriva sur la grande terrasse. Le soleil avait disparu. À la faveur de la nuit naissante, le brouillard s'étendait à nouveau sur la cité illuminée.

Il aperçut Bela qui s'était encore changée et portait une robe noire moins stricte, qui épousait ses formes. Elle discutait avec un jeune barbu en veste de sport, dont le visage était familier à Marcas. Antoine se racla la gorge en arrivant à leur niveau.

Bela se retourna et posa son regard émeraude sur lui. La même expression sophistiquée qu'à Paris quand il l'avait rencontrée à la soirée Kellerman. Antoine sourit ; elle lui donnait à la fois l'envie de l'embrasser et de la corriger.

L'homme se porta à sa rencontre et le salua d'une poignée de main forte.

— Stuart T. Rankin, enchanté, monsieur Marcas. Bela m'a tout expliqué. Heureusement que vous étiez là. J'étais très proche d'Adam, il a été le premier gros investisseur quand je me suis lancé dans les affaires. J'ai en quelque sorte une dette envers la famille Kellerman.

Marcas dégagea sa main de la poigne de fer.

— Vous avez une maison magnifique.

Le milliardaire jeta un regard circulaire sur la baie puis sur la demeure.

— Un excellent investissement, compte tenu de la hausse de l'immobilier à Frisco. Si nous passions à table ? Le chef a préparé des homards et du gombo de La Nouvelle-Orléans.

Ils firent le tour de la grande terrasse de pierre et se retrouvèrent côté océan. Une table avait été dressée, entourée de quatre flambeaux. Les flammes irradiaient dans la nuit. Ils s'installèrent, Rankin servit lui-même le vin, un napa valley. Bela se pencha vers lui.

— Répète-lui ce que tu as découvert.

Le jeune milliardaire but une gorgée de son verre et resta songeur un instant, le regard perdu sur la baie. Il reposa le verre sur la table.

— Deux jours avant l'assassinat d'Adam, des ordres de Bourse ont été lancés au Nasdaq de New York sur deux sociétés du groupe Kellerman. Des ordres de vente à découvert, avec un solde de position bien inférieur au cours normal.

Marcas haussa les sourcils, il ne connaissait rien à la Bourse. Il pouvait faire semblant de comprendre le jargon du milliardaire ou prendre un cours. Dans le premier cas, son ego était préservé, dans le second, il se retrouvait en position d'infériorité.

Désactive ta fierté et tes neurones miroirs. C'est pas tous les jours qu'on prend un cours de Bourse par un milliardaire.

— Je ne joue pas en Bourse…

Il avait articulé Bourse plus lentement pour marquer un point. Rankin ne releva pas.

— C'est très simple : au lieu de parier sur la hausse d'une action, on vise la baisse. Si le titre chute, on empoche la différence entre le cours supérieur et le cours inférieur. Dans le cas qui nous occupe, quelqu'un misait sur des ennuis à venir pour les sociétés du fonds. Comme le meurtre de son président. Vous me suivez ?

Marcas hocha la tête.

— Qui était à la manœuvre ?

— J'ai fait ma petite enquête chez les courtiers. Le commanditaire est Lester Rogue. Un riche homme d'affaires texan qui a bâti sa fortune sur les énergies polluantes. À lui tout seul, ce type est responsable du quart du réchauffement climatique dans le monde. Il était présent à la soirée chez Adam, le soir de son assassinat.

Antoine se souvint du type. Ils avaient échangé quelques mots. Il se tourna vers Bela.

— C'est lui qui vous avait dans le collimateur à cause de l'interruption de forages de gaz de schiste ?

Bela intervint, l'alcool lui faisait briller les yeux.

— Oui. Vous faisiez donc attention à ma conversation et pas seulement à mes seins. Les Français ne méritent peut-être pas leur réputation…

Le visage de Rankin se ferma brutalement. Un éclair passa dans son regard. Il se tourna vers Marcas.

— Je vous préviens. Rogue est un homme dangereux. Il ne recule devant rien pour arriver à ses fins.

Il a été mêlé à plusieurs scandales de l'administration Bush et s'en est toujours sorti grâce à ses relations. Et j'oubliais, il est franc-maçon à la loge de *L'Étoile solitaire* de Houston. L'un de vos frères. Un frère qui aime conspirer.

Marcas avala son verre d'un trait. Le vin californien était d'une finesse remarquable.

— Vous n'allez quand même pas me sortir le complot maçonnique ?

Rankin reposa son verre à son tour et le fixa longuement.

— Suis-je à vos yeux un homme crédible ?

— Quand on possède une fortune en milliards de dollars, la question ne se pose pas.

— Bien. Du fait de ma position, je côtoie des gens qui exercent un certain pouvoir, dans le monde des affaires, de la politique ou des médias. Des personnes haut placées qui utilisent elles aussi toutes sortes de réseaux pour maintenir leur pouvoir.

— Où voulez-vous en venir ?

Le milliardaire se cala dans son siège et croisa les doigts sous le menton.

— Laissez-moi terminer, monsieur le franc-maçon français qui ne boursicote pas.

Le missile frappa Antoine en pleine face. Même Bela fronça les sourcils. Rankin continua :

— Pour saisir le sens de mes paroles, il faut comprendre la nature réelle de ce pays. Les États-Unis ont la particularité d'être la plus grande démocratie du monde et de croire en un Dieu tout-puissant.

— C'est une évidence. *In God we trust* est la devise officielle de votre pays. Je suis français, mais je connais un peu votre histoire.

— Laissez-moi terminer. L'Amérique s'est bâtie sur trois piliers : la démocratie, la religion et la… conspiration.

Marcas reposa sa fourchette.

— Quelle conspiration ?

Une brise s'était levée de l'océan et faisait osciller brutalement les flammes des flambeaux. Le regard de Rankin vrilla celui de Marcas.

— La conspiration mère, celle qui nous a donné l'Indépendance mais qui a introduit le ver dans le fruit de la démocratie. Ce ver que vous nous avez inoculé. Vous, les francs-maçons !

Bela observait Antoine et Rankin se faire face comme deux boxeurs qui n'avaient pas encore quitté le coin du ring. Marcas contre-attaqua :

— Les francs-maçons ont introduit un ver dans le fruit de la démocratie… C'est la meilleure. En matière de grand complot, j'ai l'habitude d'en prendre plein la gueule, mais c'est la première fois de la part d'un milliardaire. Si c'est pour me raconter que votre premier président, George Washington, et Benjamin Franklin étaient des frères, je le savais déjà.

Rankin leva le bras en direction du drapeau américain qui flottait au-dessus de la terrasse. Ses bandes rouges et blanches ondulaient sous le vent.

— Le créateur de la bannière étoilée était le franc-maçon Francis Hopkinson, représentant du New Jersey, qui fut aussi l'un des signataires de la déclaration d'Indépendance.

Marcas s'agaça.

— Et alors ? Je ne vois pas où vous voulez en venir avec votre histoire de conspiration.

Rankin sourit et croisa les bras.

— À votre avis, quelle est la signification symbolique de notre drapeau national ?

Marcas répondit d'une voix calme :

— Il n'y a rien de maçonnique là-dedans. Les étoiles représentent les cinquante États de l'Union. Quant aux treize bandes, elles représentent chacune l'un des États fondateurs au moment de l'Indépendance. On apprend ça même en France.

Rankin secoua la tête et applaudit lentement.

— C'est exact, mais votre connaissance reste superficielle. Les bandes rouges et blanches de notre drapeau viennent d'un blason. Le blason d'une société secrète créée par des francs-maçons. Un groupe occulte qui a joué un rôle majeur dans la création des États-Unis : *les Fils de la Liberté*.

63

Paris
Palais-Royal
Juillet 1794

Malgré la Terreur, l'ancien Palais-Royal continuait d'être le centre du libertinage parisien. C'est la raison pour laquelle Fouché avait donné ses rendez-vous en ce lieu où tout devenait clair-obscur.

Dans le salon, se tenait une poignée de députés de la Convention. Chacun jetait un œil inquiet à la porte. Certains avaient la main crispée sur un pistolet dissimulé sous leur redingote, d'autres agrippaient nerveusement une fiole de poison. Plutôt le suicide que l'abattoir. Tous sentaient chaque jour la lame de la guillotine se rapprocher un peu plus de leur cou. Parmi eux, le franc-maçon Mallarmé, de passage discret à Paris. Il rentrait de mission auprès des armées. Intègre, efficace, il avait la confiance des généraux de la République, mais plus du tout celle du Comité de salut public. Assis sur une bergère, Tallien serrait, lui, une lettre dans sa poche. Teresa, sa compagne, était détenue à la prison des Carmes et sûre d'être condamnée à mort. Sur le court billet qu'elle avait pu faire passer, cette Espagnole au sang chaud n'avait tracé qu'une seule phrase accusatrice : *« Je meurs d'appartenir à un lâche. »* Tallien, ravagé par la honte, n'en dormait plus. Et les révélations de Ferragus concernant le tentaculaire complot des Illuminati avait fini de le rendre prêt à tout.

Un à un, Fouché observait ses hommes que la peur de la mort paniquait. Il les sentait tendus comme des ressorts, prêts à bondir à la première impulsion.

Trois coups retentirent.

La porte s'ouvrit. C'était Barère.

Un mouvement de terreur saisit les députés. Cet homme, à la voix du Sud et au charme ravageur, était membre du Comité de salut public et réputé proche de l'Incorruptible. Tous se tournèrent vers Fouché, le regard accusateur. Tallien saisit le manche de son poignard sous sa veste. Aussitôt, il pensa à Ferragus. Et s'ils étaient tombés dans un traquenard ? Ces Illuminati étaient partout.

Pour dissiper toute méfiance, Barère s'approcha de Mallarmé et lui serra la main fraternellement. Ce dernier répondit en posant la main droite sous son cou. Fouché prononça alors la phrase rituelle :

— Désormais nous sommes sous le maillet.

Les visages s'apaisèrent. En ces temps de mort violente, la fraternité initiatique était une des dernières valeurs sûres.

— Messieurs, commença Fouché, je vous ai réunis pour une seule et excellente raison…

Il sourit de son air carnassier.

— … pour renverser Robespierre et Saint-Just.

Avant de reprendre, Fouché écarta les rideaux et

glissa un œil sur le terre-plein du Palais. Entre les tilleuls, des couples se formaient dont le sexe restait à déterminer. Le député scruta les jeux d'ombre. Ce qu'il cherchait, c'était une silhouette solitaire, un espion en observation. Mais il avait beau fouiller l'obscurité, il n'apercevait rien. Fouché revint s'asseoir et se tourna vers Mallarmé.

— Si le Comité de salut public était renversé, des régiments bougeraient-ils ?

Mallarmé releva sa mèche avant de répondre. Son tic amusait toute la Convention. Sauf Robespierre.

— Aucun. Trop d'officiers, appréciés de leurs soldats, ont été guillotinés sans raison. L'armée ne supporte plus la Terreur.

La voix était ferme La réponse sans équivoque.

— Et Saint-Just ? On le voit souvent visiter les troupes sur les frontières, interrogea Tallien, inquiet.

— Heureusement pour nous, ses passages sont trop rapides pour qu'il ait pu se constituer un réseau d'influence solide.

— Raison de plus pour agir vite, avant qu'il ne noyaute la troupe, commenta Fouché ; vous avez toujours craint Robespierre, moi, c'est Saint-Just que je redoute. C'est la main glacée du diable sous la peau de satin de l'ange.

Barère prit la parole :

— Quelle est ton analyse de la situation, Fouché ?

— Maximilien a perdu le contact avec la réalité. Il veut régénérer la France dans un bain de sang. Il voit des traîtres partout. Aucun de nous n'est plus en sécurité.

Pendant longtemps, Barère avait soutenu Robespierre. Impétueux, brillant, il avait souvent permis à l'Incorruptible de faire passer des lois d'exception à l'Assemblée. Mais désormais le doute l'assaillait. Et si Maximilien voulait en finir avec la Convention ? Si, guidé par Saint-Just, il avait décidé d'abattre la représentation nationale ? S'il allait se proclamer dictateur ?

— Plus nous attendons, plus nous prenons le risque de voir la République finir avec nos têtes, commenta Mallarmé.

Fouché jeta un coup d'œil circulaire. Les visages étaient d'une pâleur de cire comme si déjà la guillotine avait fait son œuvre. Tallien leva la main.

— Mes frères, commença-t-il, je dois vous faire une révélation.

Autour de lui, les regards vacillèrent. Les conjurés hésitaient. L'incertitude les tenaillait au ventre. Qu'allait leur dire Tallien ?

— Je puis affirmer sur mon honneur de maçon et la vie de ma femme…

Cette fois les regards se figèrent.

— … qu'au plus haut niveau de l'État, un complot est à l'œuvre pour faire basculer la Révolution dans une terreur plus grande encore. Que cette conjuration est l'œuvre d'un groupe qui se fait passer pour maçonnique et qui a infiltré patiemment tous les rouages au plus haut niveau de l'État. Ce groupe, ce sont les Illuminati.

— Les Illuminati, reprit Mallarmé, ils ont tenté de renverser le pouvoir en Allemagne, mais je les croyais disparus ?

— Ils n'ont jamais été aussi présents.

Barrère intervint :

— *Au plus haut niveau de l'État*… C'est qui ?

— Saint-Just.

Un frisson de peur secoua les participants. Plus encore que Robespierre, si l'Archange de la Terreur avait décidé de leur exécution, ils étaient des cadavres en sursis.

Fouché sauta sur l'occasion.

— Mes frères, nous n'avons plus le choix. Il faut agir. Et vite. Robespierre prépare un discours pour réclamer une épuration de la Convention. Quand il montera à la tribune, il faut l'empêcher de parler. Je le connais, il ne le supportera pas. Aussitôt, il s'emportera, hurlera au complot et surtout il menacera.

De sa voix de ténor, Barère approuva.

— Les députés auront peur. Ils se rallieront au premier qui aura le courage de s'opposer à Maximilien.

Fouché parla en détachant ses mots :

— Il faudra aussitôt le proclamer hors la loi et l'arrêter. Et s'il se rebelle…

Fouché passa le tranchant de sa main sous le cou. Un long moment de silence et Mallarmé posa la question que tous redoutaient :

— Et qui le proclamera hors la loi ?

Barère et Fouché se regardèrent, hésitants. C'était une chose de décider la mort d'un homme, c'en était une autre que de l'abattre en public. Tallien se leva :

— Moi.

64

San Francisco
De nos jours

Marcas afficha un air surpris. C'était la première fois qu'il entendait parler de cette confrérie. Rankin gardait son ton monocorde, mais ses yeux étincelaient.

— Laissez-moi vous conter une histoire fascinante. Nous sommes en 1765, la révolte gronde dans la population contre la domination anglaise. Le climat est explosif, les partisans de l'Indépendance se réunissent dans les tavernes, échafaudent des plans. Une poignée de francs-maçons décide de créer une société secrète politique, *les Fils de la Liberté*. La plupart des responsables qui la rejoindront, artisans, avocats, propriétaires terriens, seront pour leur grande majorité tous des frères. Ils se réunissent dans une taverne de Boston, le Dragon Vert, dont l'arrière-salle sert de loge à la nuit tombée. Ils représentent neuf colonies rebelles du continent, qui deviendront par la suite des États. Leur bannière de ralliement ? Neuf bandes rouges et blanches, une par État. Je vous parle d'histoire officielle, monsieur Marcas. Tous les écoliers américains connaissent par cœur les noms de ces conjurés francs-maçons des *Fils de la Liberté*. Patrick Henry, Samuel Adams, John Hancock ou encore Paul Revere, le plus glorieux.

Antoine le laissa continuer.

— Au fil des ans, la société secrète prend une ampleur incroyable sur le continent américain et fédère treize colonies. Tous *les Fils de la Liberté* ne sont pas maçons, mais ceux qui structurent le mouvement en font partie et ils en adoptent les méthodes. Réunions secrètes dans des lieux cachés, cooptation après enquête, serment de fraternité, respect de la hiérarchie… autant d'atouts efficaces pour échapper aux espions des Anglais. Les loges maçonniques servent aussi de relais d'influence aux *Fils*. Et qui déclenche le premier acte de rébellion, l'incident du Boston Tea Party en 1773 ?

— *Les Fils de la Liberté*, je suppose ?

— Eh oui. Sous l'impulsion des maçons John Hancock et Joseph Warren, un commando de patriotes quitte l'auberge maçonnique du Dragon Vert, déguisé en Indiens et déverse les ballots de thé des navires appartenant à la Couronne. Ce coup d'éclat est considéré comme l'événement déclencheur de la guerre d'Indépendance. *Les Fils de la Liberté* ont donné naissance à l'armée des États-Unis. Ne vous étonnez pas après si le frère George Washington a été nommé commandant en chef des armées américaines, et si Charles Thomson, l'un des créateurs du blason officiel des États-Unis, faisait partie des *Fils de la Liberté*.

Le nom de Charles Thomson revint à la surface de la mémoire d'Antoine. C'était aussi le linguiste distingué qui avait inventé la devise *Novus Ordo Seclorum* que l'on trouvait sur le billet de un dollar.

— OK, où est le problème ? Vous devriez être fier de ces francs-maçons, *Fils de la Liberté*. Ils ont œuvré pour une bonne cause.

Rankin secoua la tête.

— Oui, mais le constat est implacable. Les États-Unis sont nés d'une révolte populaire canalisée par le complot d'une société secrète manipulée par des francs-maçons. Et c'est bien là le vice de procédure. Le pays va glorifier la démocratie, mais en coulisse, de New York à San Francisco, une multitude de groupes d'influence, de cénacles plus ou moins occultes et politiques vont s'approprier le concept de la société secrète pour influencer la vie de la nation ou préserver des intérêts. Du club secret des Industriels des Chemins de fer au Ku Klux Klan, de l'ordre paramaçonnique des Shrine aux Skull and Bones, ça ne s'arrêtera plus.

Antoine tenta de calmer ses neurones miroirs. Il fallait rester sur le même ton, froid.

— Mêler la franc-maçonnerie aux racistes meurtriers du Klan… C'est grotesque.

Rankin s'alluma une cigarette et regarda la fumée s'envoler en volutes.

— Je n'ai jamais dit que les maçons avaient inspiré le Klan, ce serait faux. J'ai le plus grand respect pour l'esprit de la maçonnerie, non, je vous parle de votre software estampillé société secrète. Votre méthode redoutable : constituer un groupe semi-clandestin, le souder par des serments chevaleresques, y ajouter un rituel pour frapper les esprits. Et laisser filtrer son existence pour créer un fantasme de puissance. Le KKK ne s'y est pas trompé. Tout cagoulé du Klan initié devant une croix enflammée jure fidélité jusqu'à la mort et passe des grades successifs aux noms ridicules. Et ils ont même leur grand maître à eux, le Sorcier Impérial. Ça leur a réussi. En 1920, il y avait cinq millions de Klansmen aux États-Unis, bien plus que les francs-maçons. Et je vous ferai grâce des organisations criminelles telles que la Mafia qui possèdent aussi leurs propres rituels ou des gangs latinos de L.A. qui pratiquent l'initiation par le sang.

— Les sociétés secrètes existent depuis l'Antiquité, bien avant les maçons.

— Bien sûr, mais pour la jeune nation américaine, vous êtes les pères fondateurs de la société secrète idéale. Ils ont tous copié *les Fils de la Liberté*. Étudiez les dessous de l'histoire américaine et vous verrez surgir de l'ombre des groupes intéressants comme les militaires sudistes de l'Ordre du Cercle doré qui voulaient créer un empire esclavagiste américain jusqu'en Amérique centrale ou encore des Chevaliers de Colomb, vaste organisation catholique toujours disséminée dans les États du Nord.

Marcas s'impatienta. Les arguments du milliardaire l'irritaient, même s'il en décelait un fond de vérité.

— Vous mélangez tout. Le Klan recrutait à tour de bras, l'élite de votre pays n'a jamais marché là-dedans. Heureusement pour vous.

Un ricanement fusa :

— Et à votre avis, elle vient d'où cette élite ? On la recrute dès l'université, dans la société secrète des Skull and Bones de Yale, dont faisaient partie les deux présidents Bush et John Kerry, l'actuel secrétaire d'État aux Affaires étrangères, et au moins trois directeurs de la CIA. Je peux citer aussi leurs sœurs des Scroll and

Key. Vous voulez que vos enfants fassent d'excellentes études et tissent des réseaux pour trouver un bon job ? Qu'ils entrent dans un Final Club, l'une des trente sociétés étudiantes, aux rites étranges, qui pullulent dans les huit plus grandes universités privées de la Ivy League. À moins que vous ne choisissiez les jeunes Templiers de la DeMolay Organization qui s'honorent d'avoir eu dans leurs rangs le président Bill Clinton, Walt Disney ou l'écrivain John Steinbeck. À l'âge adulte, la liste s'allonge. Le Bohemian Club, la Round Table, on peut aussi ajouter des clubs d'influence tels que la Trilatérale, le Council for Foreign Relations.

Rankin s'arrêta pour remplir les verres tout en fixant Antoine. Il but une nouvelle gorgée et reprit :

— Démocrates ou républicains, qu'ils préservent des intérêts puissants ou se piquent de changer le monde, ces cénacles plus ou moins élitistes tiennent leurs réunions loin des regards du public, dans l'ombre protectrice de temples, loges ou centres de conférences calfeutrés. Qu'ils soient politiques, ésotériques ou économiques, ou les trois à la fois, ces groupes ne rendent de comptes à personne et s'assoient sur la démocratie. Comprenez-vous où je veux en venir ? La conspiration est inscrite dans les gènes des États-Unis, depuis leur création.

— Des réseaux d'influence…

— Non. C'est plus que ça. Nous avons ce besoin viscéral d'appartenir à un clan, ou à un club, de pratiquer des rites, de tenir des serments. Voilà pourquoi je ne suis pas choqué quand vous me parlez de l'existence d'Illuminati. C'est un complot qu'on nous a servi il y a plus de deux cents ans déjà. Saviez-vous qu'il existe à la Librairie du Congrès, une lettre signée du président George Washington en personne, dans laquelle il reconnaît l'existence passée des Illuminati en Europe, mais réfute leur présence aux États-Unis. Une réponse à un livre qui fit grand bruit en 1798, *Les Preuves d'une conspiration*, de John Robison, selon lequel les Illuminati et les francs-maçons français voulaient exporter une nouvelle révolution en Amérique.

Le vent tomba d'un seul coup, les nappes de brouillard se densifièrent pour former un manteau laiteux, en contrebas de la demeure. Le jeune milliardaire fixait Marcas.

— La survivance des Illuminati ne me paraît pas absurde dans un pays où l'on invente des confréries depuis plus de deux siècles, qu'elles soient destinées aux employés d'assurances ou aux locataires de la Maison Blanche. Voilà pourquoi je ne fais pas partie de ceux qui se moquent des conspirationnistes. Ils ont le mérite de poser de bonnes questions, même si souvent leurs réponses sont erronées.

Il revint s'asseoir parmi eux. Antoine l'interpella :

— Pourquoi êtes-vous aussi remonté ?

Le milliardaire jeta un rapide coup d'œil à Bela qui observait le duel. Son visage prenait une teinte orangée, illuminé par la lumière des flambeaux. Il répliqua en haussant le ton :

— Parce que toutes ces organisations, secrètes ou discrètes, minent notre démocratie. On m'a proposé plusieurs fois d'entrer dans des cercles d'influence, j'ai toujours refusé. Sauf pour le groupe Heidelberg, car c'était à la demande d'Adam Kellerman. Et je peux vous dire que j'ai beaucoup de mal à y rester. Je suis de la génération Internet, la génération de la transparence. Les Bill Gates, Steve Jobs, Mark Zuckerberg, et moi à un plus petit niveau, nous inventons un nouveau monde. Celui qui permet par exemple à WikiLeaks de dénoncer les arrangements secrets des gouvernements au détriment des citoyens. Nous sommes les nouveaux *Fils de la Liberté*, mais nous, c'est au grand jour que nous agissons. Terminé les rituels, les réseaux d'influence et les conspirations.

Antoine se massa le menton, l'air sceptique.

— Bravo. C'est merveilleux, mais votre meilleur des mondes, c'est pas mon truc. Les dictatures ont toujours fait le coup de la transparence totale. Le bon citoyen ne doit avoir aucun secret, aucun vice, aux yeux de la collectivité. La vie privée n'existe plus. Or, on a tous besoin d'une part d'ombre pour apprécier la lumière. Même vous.

— Peut-être, mais le monde change, et certains n'apprécient pas ce changement et veulent garder tous les pouvoirs comme ce salopard de Lester Rogue. S'il existe une possibilité qu'il fasse partie d'un groupe d'Illuminati qui ont assassiné mon ami Adam Kellerman, je me mettrai en travers de sa route. Voilà pourquoi je vais aider Bela. Même s'il faut faire alliance avec un foutu franc-maçon français.

— Merci, Stuart, tes paroles me vont droit au cœur, dit Bela, le visage brillant.

Le portable de Marcas vibra. C'était le Ghost Rider. Il lut deux fois le message et raccrocha. Son visage se ferma. Bela intervint :

— Ça ne va pas ?

Marcas se leva, les deux mains sur la table. Il fixa Bela et Rankin.

— La voiture qui nous a suivis cet après-midi est

garée en ce moment même devant le domicile de notre ami le Ghost Rider. Avec deux hommes à l'intérieur.

— Oh, mon Dieu, s'exclama Bela. Il faut appeler la police.

— Je n'ai pas fini. Le Ghost a trouvé l'info que je lui avais demandée. Cette voiture appartient à la société Global System. Une entreprise de surveillance et de sécurité, basée à San Francisco.

Rankin se figea. Marcas le foudroya du regard.

— Global System n'a qu'un seul client, un groupe tentaculaire de la nouvelle économie. Votre groupe, monsieur Rankin.

65

4 août 1794

Gazette de Hollande

On en sait désormais un peu plus sur les circonstances qui ont vu la chute sanglante de Saint-Just et Robespierre.

*Récapitulons les faits : le 27 juillet dernier, en milieu d'après-midi, Robespierre est monté à la tribune pour parler. Il a été alors violemment interrompu par le député Tallien qui s'est élancé pour dénoncer un complot contre la liberté. Alors que l'*Incorruptible *tentait de reprendre la parole, Tallien a brandi un couteau en pleine Assemblée pour abattre le tyran.*

Saint-Just s'est précipité. Tous les témoins disent avoir vu ses yeux jeter des éclairs. De son regard brûlant, l'Archange de la Terreur a tétanisé l'Assemblée.

C'est alors qu'a eu lieu le coup de théâtre, le député Barère est intervenu pour demander l'arrestation de Robespierre et de Saint-Just.

En quelques instants, tout a basculé. Les gendarmes se sont emparés de Saint-Just et de ses amis. On reste encore stupéfait de ce coup d'éclat que personne ne prévoyait. Tout à coup on a cru la France et la République enfin délivrées de ces buveurs de sang. Et pourtant non, la tragédie n'avait pas joué tous ses actes. En effet, conduits en détention, Robespierre et Saint-Just n'ont pas été incarcérés, les geôliers apeurés refusant de les emprisonner. Ces derniers en ont profité pour se réfugier à l'Hôtel de Ville et ameuter les bonnets rouges, *ces terribles extrémistes, ces plus fidèles prétoriens.*

À cet instant, tout le monde a cru la Convention perdue à jamais. Il suffisait à Saint-Just d'ordonner à ces fanatiques de marcher sur l'Assemblée et il devenait le maître absolu de Paris, le dictateur de la France.

Et pourtant, un grain de sable a empêché ce terrible dénouement. Certains parleront de la Providence, d'autres, sans doute mieux informés, évoquent déjà la main du sinistre et retors Fouché, le vrai maître d'œuvre secret de ce coup d'État. Toujours est-il qu'en échappant à son ordre d'arrestation, Robespierre et Saint-Just s'étaient mis hors la loi. De là à penser que c'est sur un ordre supérieur et invisible que les geôliers ont refusé de les incarcérer, il n'y a qu'un pas. Un pas décisif en tout cas, car la Convention a aussitôt décrété passibles de la peine de mort tous ceux qui aideraient Robespierre.

*C'en était fait des tyrans ! Abandonné de ses troupes comme un pestiféré, Saint-Just a été de nouveau arrêté. Non sans que le sang soit versé. Pour échapper à la police, plusieurs de ses amis ont tenté de se suicider. L'*Incorruptible, *lui-même, a eu la mâchoire fracassée d'un coup de pistolet.*

Le lendemain, une foule énorme, criant sa haine et sa colère, a accompagné les buveurs de sang à la guillotine. Et ils ont entendu ce peuple qui hier les encensait, hurler de joie à leur mise à mort.

Grandeur et décadence !

Arrivé place de la Révolution, le couperet fraîchement aiguisé attendait Saint-Just et c'est à 15 heures que sa tête honnie est tombée.

Son corps et celui de ses complices ont été immédiatement enterrés dans le cimetière des Errancis.

Le lendemain, tout un chacun put lire une épitaphe, disposée sur sa fosse par une main anonyme, et ainsi libellée :

« Passant, ne t'apitoie pas sur mon sort.
Si j'étais vivant, tu serais mort. »

66

San Francisco
Pacific Heights
De nos jours

Les flambeaux oscillaient sous un vent chargé d'une odeur d'eucalyptus qui montait des collines. Bela et Antoine fixaient Rankin ; les sourires du dîner s'étaient envolés très loin, vers le Pacifique. La jeune femme semblait tétanisée par les révélations d'Antoine.

— Stuart, dis-moi que ce n'est pas vrai, lança-t-elle en crispant ses doigts sur son pendentif de cuivre.

Le milliardaire se servit un nouveau verre de vin. Sa voix avait vite perdu de son arrogance.

— Je ne nie pas, mais votre interprétation est erronée. Ils avaient pour mission de vous protéger.

— En menaçant Marcas et en faisant pression pour qu'il rentre à Paris ? lança Bela, le visage tendu. Tu te moques de nous !

— Bela, je m'inquiétais pour toi. Ce Français est incapable d'assurer ta protection, ici à San Francisco. Et je voulais que vous arrêtiez de jouer les détectives. Dans la catégorie carnassier, Lester Rogue occupe la plus haute place de l'échelle alimentaire humaine. Il n'hésitera pas à t'éliminer. Tu es chanteuse, Bela, pas une héroïne de série de HBO. Si ces Illuminati existent comme je le crois, vous n'êtes pas de taille.

La jeune femme se leva d'un bond.

— Stuart, tu es un salopard, un salopard jaloux. (Puis se tournant vers Antoine.) Venez, on part. J'appelle tout de suite mon agent, il va nous trouver un nouveau point de chute.

Rankin se leva à son tour, le regard sombre.

— Ce que tu ne sais pas, c'est que j'ai mené ma propre enquête. Vous étiez suivis depuis l'aéroport, mes hommes s'en sont aperçus. C'est pour ça qu'ils vous filaient dans votre périple vers le centre de recherches. Je… me fais du souci pour toi ! Tu le sais très bien !

Bela lui lança un regard glacial.

— Oh oui ! Mais ce que tu ne dis pas à Antoine, c'est que nous avons eu une aventure ensemble l'année dernière et que tu n'as jamais digéré notre séparation. Je commande un taxi, mon agent viendra chercher mes affaires demain.

— Et ton concert ?

— Je suis une grande fille, merci.

Rankin était blême ; il se tourna vers Marcas.

— Raisonnez-la. C'est trop dangereux.

— Et pourquoi donc ? Vous avez voulu m'intimider. Au fait, bravo pour votre petit cours sur la transparence et la démocratie. Beau numéro de claquettes.

Il se leva à son tour. Bela lui prit ostensiblement le bras en lançant un autre regard assassin au milliardaire. Les mains crispées sur la table, Rankin les observait s'éloigner quand soudain Bela se retourna :

— Et rappelle tes chiens qui sont sur le Ghost Rider. Ce sera le dernier service que je te demanderai.

— Tu ne vas pas annuler ta conférence pour le cercle Heidelberg après-demain ? J'ai imposé ta présence. Si tu ne viens pas, je vais me ridiculiser.

La jeune femme tourna les talons et ne répondit qu'en entrant dans le salon. Sa voix était cassante :

— Tu l'es déjà par ton comportement. Je te plains, Stuart.

Une demi-heure plus tard, Antoine et Bela avaient pris possession d'un petit appartement dans Inner Sunset, quartier plus à l'ouest, plus proche de l'océan Pacifique. Un simple trois-pièces au rez-de-chaussée d'un immeuble qui donnait sur une cour privée. La Californie n'était pas toujours un paradis ensoleillé : le brouillard régnait en maître dans le quartier et de la fenêtre on ne distinguait qu'une faible lueur de réverbère derrière un voile opaque. Ils auraient pu se croire à Londres.

Dans le salon, Marcas débouchait une bouteille de cabernet sauvignon. Il entendait le bruit de la douche qui coulait dans la salle de bains d'à côté. Une lampe Berger déversait une senteur de figue fraîche dans le salon. La décoration jouait sur les vieilles icônes culturelles de la ville : un portrait de l'écrivain Allen Ginsberg période alcoolisée, une affiche d'un festival gay avec la photo d'Harvey Milk et l'inévitable Golden Gate noyé sous la brume. Marcas posa deux verres sur la petite table et versa le vin qu'il goûta avec délectation.

L'appartement n'avait rien d'extraordinaire, mais il se sentait bien plus à son aise que chez le milliardaire.

Son regard parcourut le meuble bibliothèque en plastique rouge période années soixante-dix. La machine à remonter le temps se mettait en marche. Il s'arrêta sur un appareil hi-fi muni d'une platine et d'un ampli. Une pile de vinyles trônait sur l'étagère voisine, des 33 tours d'époque, rien que du vintage. Janis Joplin, Scott McKenzie, Steppenwolf… Il les connaissait, toutes ces couvertures bariolées, souvenirs de la discothèque de ses parents. Il posa l'une des galettes noires sur le plateau, une compil des années soixante. Un plaisir tout simple. Le disque entama sa ronde, il posa le saphir, ou peut-être le diamant, sur la cire tournoyante. C'était une époque où la musique s'écoutait avec des éclats de pierre précieuse. Deux voix masculines se répandirent dans la pénombre du salon.

The Sound of Silence.

Marcas réalisa qu'il n'avait pas entendu ce morceau depuis plus de vingt ans. Depuis la mort de sa mère.

Hello darkness my old friend…
I've come to talk with you again.

Sa mère avait toujours aimé Simon and Garfunkel, elle les écoutait sans cesse, surtout pendant les derniers mois de sa maladie. Le visage d'une femme brune au visage amaigri s'installa dans l'esprit d'Antoine.

Au moment où il allait s'installer sur le canapé, une autre voix surgit de l'encadrement de la porte et se coula dans celles des deux chanteurs. Une voix qui ondulait et ensorcelait. Bela apparut. Elle avait gardé sa petite robe noire, mais s'était nouée les cheveux en arrière. L'ovale de son visage paraissait encore plus pur et ses yeux plus étirés. Elle chantait en s'approchant.

... Left its seeds while I was sleeping
And the vision that was planted in my brain

Elle vint s'asseoir à côté de lui sur le canapé et laissa le duo finir la chanson. Elle croisa ses jambes et fixa Antoine.

Ses yeux émeraude se voilèrent.

— L'ombre du président Kennedy nous suit partout.

— Je ne vois pas le rapport, dit Marcas.

— Paul Simon a écrit *The Sound of Silence,* juste après l'attentat de Dallas. La mort de Kennedy et l'émotion suscitée l'avaient bouleversé. Sa chanson parle de communication entre les hommes...

— Je ne savais pas. À propos de communication, vous allez vraiment couper les ponts avec votre ami ?

— Stuart... Il ne digère pas de s'être fait larguer, c'est ça la vraie raison, dit-elle en portant le verre à ses lèvres.

Elle toussa à nouveau et tourna la tête. Quand elle revint vers lui, elle intercepta son regard qui avait obliqué vers l'échancrure de sa robe. Elle sourit.

— Des nouvelles de Leyland ?

— Non, il doit être en train de bosser. Lui. On est bloqués tant qu'il n'a rien trouvé. Vous avez des répétitions demain ?

Il se moquait de sa réponse, il la désirait, elle.

— Oui, jusqu'au concert, répondit-elle en se rapprochant de lui. Voulez-vous que je vous montre la prochaine chorégraphie ?

— Avec plaisir, mentit-il.

Elle sortit une tablette de son sac et la posa sur le pan de sa robe qui remontait au-dessus des genoux. Marcas ne put s'empêcher de se demander ce qu'elle portait dessous.

Une musique rythmée, presque martelée, jaillit de l'Ipad. Bela surgit à l'image, en body de couleur chair échancré, le visage blanc ivoire, portée par trois body-builders, le corps peint d'une pellicule dorée. On ne distinguait pas son visage. La vue se fit plongeante depuis le haut de la scène. Un triangle rouge apparut avec un homme à chaque sommet. Bela tournoyait comme une poupée, se faisant repousser par chacun. Soudain, des symboles maçonniques surgirent du néant. Un compas, une équerre, une étoile à cinq branches. Par les effets de montage, Bela apparaissait dans chaque symbole, toujours dans des postures lascives.

Antoine était hypnotisé, il ne pouvait détacher son regard du corps de la chanteuse. Elle lui jeta un regard en coin, puis posa la tablette sur la table du salon.

— Ça vous a plu ? susurra-t-elle d'une voix plus douce que d'habitude.

Antoine riva son regard sur le sien.

Elle le voulait, elle aussi.

Il fallait juste prendre l'initiative. Il s'approcha plus près et murmura :

— Transe garantie pour vos fans. Quelle influence… Combien de millions d'admirateurs ?

— Disons que j'en ai un peu moins que mes consœurs Beyoncé ou Rihanna, mais plus que Katy Perry. J'ai de l'influence, et c'est pour ça que je m'investis aussi dans des causes humanitaires et environnementales. Mes amis George Clooney et Angelina Jolie m'ont conseillé de m'impliquer pour changer, à mon niveau, l'humanité. Face à tous les Lester Rogue de la terre.

— Mon ami George Clooney… sans blague…

Antoine réalisa que la femme assise en face de lui copinait avec des stars planétaires, comme lui avec les habitués du Corso, son resto favori. Il faudrait qu'il en parle à son pote Arthur, le patron. Bela continuait :

— Angelina m'a expliqué un jour qu'un seul battement de cils de Marilyn Monroe avait plus de pouvoir que tous les coups de menton des présidents et dictateurs de la planète. À condition que les cils laissent passer le regard de l'âme. Elle avait raison. Je chante et j'agis ! Ce n'est pas un hasard si le magazine *Forbes* m'a attribué la neuvième place dans leur liste annuelle des personnes les plus influentes du monde.

— Un pouvoir énorme pour une chanteuse sans visage…

— Les Daft Punk ont inventé un concept merveilleux. La people bipolarité.

Marcas grimaça, décidément ça le poursuivait jusqu'à San Francisco.

— Ce qui veut dire ?

— La people bipolarité, c'est profiter de la gloire et jouir de la liberté. Être célèbre et anonyme en même temps. Une moitié resplendit à la lumière, l'autre s'épanouit à l'ombre. Je chante devant des millions de fans et je peux prendre un verre à la terrasse d'un café parisien sans provoquer l'hystérie collective. La formule magique. Et comme tout bipolaire qui se respecte, faut juste gérer ces deux extrêmes…

Cette femme le fascinait, plus qu'il ne l'aurait voulu ; il y avait quelque chose d'irréel dans leur situation. Lui, le petit flic français face à cette star adulée par la moitié de la planète. Il avala une autre gorgée de cabernet.

— En tout cas, votre tour de chant ésotérico-érotique est impressionnant. Un peu décalé pour la signification symbolique mais très suggestif…

Elle lui rendit son regard.

— Ces symboles ésotériques, l'œil, le triangle, l'étoile pentagramme, le diable… Leur pouvoir est tout aussi réel sur leurs cerveaux que l'attraction de la Lune sur les marées. Mes concerts les transportent dans un univers magique. Leurs neurones miroirs reflètent un monde merveilleux. Mes fans communient avec moi, pendant deux heures, ils oublient leur vie grise, rationnelle, étriquée.

Elle s'interrompit et reprit un verre.

— Vous provoquez les mêmes sensations dans vos rites maçonniques ?

— On s'adresse à l'intellect, répondit-il d'une voix neutre. Votre spectacle est superbe, mais ça n'a rien d'initiatique. Nous, dans la tradition maçonnique en loge…

Elle recula d'un seul coup et changea de regard.

— Je ne vous parle pas de types habillés avec des tabliers ridicules et qui écoutent, bien au chaud, à moitié endormis dans leurs temples de plâtre, des discours pompeux. Non, je vous parle de transe, d'émotion, de tripes ! Quand je joue sur scène, je ne fais pas que danser avec ces symboles, je réactive leur puissance, c'est du chamanisme à l'état pur. Je leur offre une extase totale.

Antoine la désirait toujours autant, mais ne put s'empêcher de sourire devant son exaltation. Il le regretta aussitôt, elle se crispa.

— Mes paroles s'incrustent dans leurs neurones, ma voix presse leurs synapses gorgées comme des oranges. Ça leur crache de l'adrénaline ésotérique, ça les imbibe de jus d'endorphine cosmique, ça explose leur petite conscience d'Occidentaux frustrés. L'œil dans le triangle qui envahit toute la scène devient leur œil à eux. C'est de la connexion directe avec nos archétypes ancestraux. À côté, vos petites réunions de frangins du jeudi soir, ça fait vraiment un peu… léger.

Un petit rire ironique ponctua sa phrase. Elle le provoquait. Sans le vouloir, ils avaient glissé en quelques phrases de l'attirance à l'affrontement. Il ne répondit pas à l'attaque.

Mets un voile sur tes neurones miroirs.

Son regard émeraude s'accompagna d'une moue ironique.

— En fait, Antoine, vous êtes très fort pour décrypter les énigmes, jouer les professeurs d'histoire, mais au fond, tout cela ne reste qu'un jeu intellectuel. Vous vous souvenez du démon sur le vitrail du manoir de mon oncle ?

— Oui, mais on pourrait parler d'autre chose, je…

Elle le stoppa net.

— Laissez-moi terminer. Pour vous, ce diable n'est qu'un symbole, pour moi, c'est un concentré de puissance extraordinaire. Si demain, je le mets sur scène dans un concert, mes fans en deviendront dingue. Il suffit du bon morceau, d'un flot de notes hypnotiques et de quelques paroles travaillées et ils comprennent mille fois mieux la signification de Lucifer que par votre petit cours de symbolique. Mais vous êtes trop rationnel pour comprendre. Pour ça, il faudrait se lâcher, abandonner tout contrôle sur soi, Antoine. Déjà que j'ai du mal à vous imaginer sur un dance floor…

Ses yeux brillaient. Pour le défier, elle forma avec ses mains croisées son geste fétiche de triangle devant son œil. Marcas arracha le voile de son miroir.

— Je rêve ! Vous allez m'apprendre le pouvoir des symboles ? À moi, un franc-maçon ! Ça fait plus de trois cents ans qu'on pratique nos rituels, qu'on a bâti, pierre par pierre, des milliers de temples pour magnifier des rites d'une beauté et d'une intelligence dont vous n'avez même pas idée. Je pourrais vous parler de l'angoisse ressentie dans le cabinet de réflexion, de la peur quand on passe sous le bandeau, de la joie de former la chaîne d'union…

Marcas s'auto-enflammait. Ses propres paroles coulaient dans sa conscience comme de l'essence sur un feu de braises.

— Vous et vos directeurs artistiques et marketing, vous avez récupéré nos symboles pour en faire un show. Un triangle avec un œil, c'est pas un gri-gri pour pressurer du bulbe, c'est pas une idole devant laquelle on se prosterne en hurlant. Pour comprendre la signification réelle, il faudrait passer des heures à réfléchir, à travailler. Et puis, tant qu'on y est, vous n'avez même pas besoin de tout ce fatras ésotérique. Ondulez en petite tenue dans vos clips, il n'y a pas que les Illuminati qui se rinceront l'œil.

Elle se redressa avec un regard de défi.

— Ce qui n'est pas votre cas naturellement. Vous êtes au-dessus de ça. Les francs-maçons, ça ne baise pas, c'est bien connu…

Marcas la fixa une poignée de secondes, puis se plaqua contre elle et l'embrassa avec passion. Elle résista, mais ses lèvres s'entrouvrirent. Ils plongèrent dans le canapé, Marcas glissa ses mains sur la taille de Bela. Il sentit son sexe durcir. Il avait envie de la prendre là. Il en crevait d'envie depuis le début. Il remonta sa robe sur son corps, dévoilant une culotte et un soutien-gorge de dentelle blanche. Ses mains se plaquèrent sur ses fesses bombées. D'un geste sec, elle lui enleva sa chemise, puis fit glisser son pantalon. Ses doigts remontèrent le long de ses fesses, puis sur son dos et s'arrêtèrent sur ses épaules. Elle lécha son oreille et murmura :

— Dans la chambre, vite.

Le souffle chaud de sa respiration s'infiltra dans Marcas. Une onde de plaisir parcourut son corps. Le canapé s'affaissa et ils roulèrent à terre. Il l'embrassa à nouveau, comme s'il allait la perdre et la plaqua, dos contre le tapis.

— Non, ici.

Sa main effleura sa culotte, mais il ne l'enleva pas tout de suite. Il voulait prendre son temps, la caresser, explorer toutes ces courbes qui le faisaient fantasmer depuis leur première rencontre.

Elle lui prit la bouche et l'embrassa avec fougue. Ses bras l'enserraient comme un étau de chair, ses seins durcissaient contre sa peau. Elle l'emprisonna entre ses cuisses fuselées et d'un geste rapide le fit basculer sous elle. Ses yeux émeraude le dominaient. Elle lui plaqua les mains de chaque côté. Il était à sa merci.

Lentement, très lentement, elle se coula le long de son corps. Il ferma les yeux et sentit ses lèvres descendre plus bas.

Encore plus bas.

67

Auteuil
15 août 1794

Sur la place du village, le marché battait son plein. Des campagnes avoisinantes, les paysans étaient venus nombreux vendre leurs denrées. Étals de salades luisantes de rosée, de fruits dorés par le soleil, l'été semblait devenu éternel. Ferragus salua un maraîcher et lui acheta un bouquet de ciboulette qu'il ajouta, dans son panier d'osier, à une jatte de crème. Justine s'était révélée une excellente cuisinière. Un nouveau talent qui ravissait Annibal. Depuis la chute de Robespierre et de Saint-Just, ils s'étaient tous deux retirés à Auteuil, loin du tumulte parisien, et menaient une vie digne des romans de Rousseau.

Justine, le teint hâlé par le soleil, ressemblait à une vraie paysanne, avec ses robes de coutil et ses chapeaux de paille. Chaque matin, pendant que Ferragus déjeunait, elle partait dans la campagne et revenait avec des brassées de fleurs qui embaumaient la maison.

Jamais Annibal n'avait été si heureux, comme s'il touchait enfin le salaire du bonheur après tant d'épreuves subies. Il s'était mis en congé de la police et personne ne l'avait rappelé. Nul doute que les nouveaux maîtres de Paris, les Tallien et compagnie, n'aient grande envie de le revoir. D'ailleurs, la France entière voulait oublier, perdre la mémoire des jours sombres de la Terreur. Ferragus n'échappait pas à la règle et c'était dans les bras de Justine qu'il devenait un autre homme.

Comme il remontait du village, en traversant les vignes, Annibal en profita pour contempler la capitale. Le dôme des Invalides brillait sous la lumière matinale. Il ne put s'empêcher de repenser à la maison de Mme Denis, à cet instant terrible quand il avait reconnu son visage dans cette feuille de chou révolutionnaire. Une véritable condamnation à mort. Il s'étonnait encore d'être vivant et de respirer l'air frais qui montait de la Seine. Comme s'il avait eu un ange gardien.

Justine.

La maison se rapprochait. Il apercevait la treille qui ombrageait la terrasse. Bientôt il entendrait la voix de son aimée chanter une romance du vieux temps et ils boiraient un bol de lait chaud en se tenant la main.

Le bonheur.

Pourtant, dans les recoins de l'esprit de Ferragus, des questions surgissaient à l'improviste. Parfois, il se levait la nuit, le corps luisant de sueur et l'esprit en proie à des terreurs insensées. Il lui semblait entendre des bruits de pas, des cliquetis d'armes. La rumeur de la vengeance. Car une idée fixe le taraudait. Après la mort de Saint-Just, une épuration s'était déclarée et de nombreuses exécutions avaient eu lieu. Annibal avait soigneusement épluché la liste des condamnés, certains noms correspondaient aux Illuminati qu'il avait aperçus lors de leur cérémonie. La secte s'était évaporée, pour le plus grand bien de l'humanité. Restait Guillotin. Chaque jour, il s'attendait à voir son nom sur une liste. Et jamais, il n'était apparu.

Ferragus ne comprenait pas. Comment le médecin avait-il pu échapper à la charrette pour la guillotine ? Ce n'était pas faute d'avoir prévenu Tallien. Ce dernier n'ignorait rien des agissements occultes de Guillotin. Et pourtant, rien ne se produisait.

Pire. Un article avait paru sur le médecin, le faisant passer pour une victime de Robespierre. On apprenait ainsi que Guillotin avait été arrêté et mis en prison sous la Terreur. Ferragus n'en revenait pas. Ainsi le médecin avait réussi à se refaire une virginité. Pourquoi ? Comment ?

Tout en marchant, Annibal tenta de chasser ses pensées inquiètes. Tout cela ne le concernait plus. Il devait oublier. Pourtant une autre angoisse l'habitait en secret. Et elle touchait Justine.

Depuis qu'ils vivaient ensemble, il n'osait l'interroger. Elle semblait si pure, si heureuse, que l'inspecteur refoulait sans cesse les questions qui l'agitaient. Et pourtant…

Les zones d'ombre ne manquaient pas. Quel rôle avait vraiment joué la sibylle dans l'arrestation d'Evrard ? Que faisait-elle dans la maison des plaisirs ? Pourquoi l'avait-elle conduit dans l'antre de Mme Denis ? Et Barruel ? Qu'était devenu l'abbé ?

Les questions bouillonnaient sous son crâne, mais il suffisait que Justine lui sourie et les doutes s'évanouissaient comme la brume au soleil d'été. Vraiment, il préférait vivre ignorant mais heureux.

Justine surgit sur la terrasse, ses cheveux blonds dénoués, dorés par la lumière qui tombait de la treille.

À cet instant, Annibal eut l'impression d'être au premier matin du monde. Ni le mal, ni les péchés de l'homme n'existaient. La vie avait retrouvé toute son intensité, toute sa jeunesse.

— Tu m'as manqué, lui dit Justine, je n'aime pas quand tu mets du temps à revenir.

— Je suis passé par les vignes, la vue est superbe sur Paris.

— Paris… répéta son amante. Je ne sais pas si nous y reviendrons un jour. Tant de mauvais souvenirs.

Ferragus hocha la tête en souriant. Son bonheur redoublait quand Justine avait les mêmes idées que lui. Ils ne faisaient plus qu'un.

— Pourquoi, à l'automne, nous ne partirions pas nous installer dans ta région natale, c'est bien, le Périgord ? Tu m'as toujours dit que c'était très beau.

Annibal regarda Justine avec des yeux extasiés. Elle lui offrait ce dont il rêvait. Retourner sur les rives de la Dordogne, dans ce paradis perdu entre Sarlat et Bergerac. Il n'en revenait pas de sa chance.

— Je serais le plus heureux des hommes, mais tu sais c'est la véritable campagne…

Justine lui montra la maison.

— Tu sais, c'est ici que je suis née. Ma mère est morte en couches et c'est mes grands-parents qui m'ont élevée. Ils étaient vignerons. Il y a encore le pressoir dans la cave. Je me souviens toujours de l'odeur du raisin écrasé lors des vendanges.

En même temps qu'elle parlait, Justine sortait les victuailles sur la table. Elle posa la jatte de crème et y trempa un doigt gourmand.

Annibal la contemplait avec passion. Il avait l'impression de voir de ces tableaux hollandais du vieux temps où tout n'était que volupté des corps et sérénité de l'esprit. Justine se leva et prit son chapeau.

— Je vais dans le jardin chercher des fraises. Fouette la crème pour qu'elle soit onctueuse. Ça va être délicieux.

Avant qu'elle ne descende l'escalier, Annibal lui prit la main.

— Tu veux vraiment tout quitter ? Partir ensemble ?

Justine eut un regard étrangement lumineux comme si toutes les ombres de son passé venaient de disparaître.

— Je veux tout recommencer. Avec toi. Maintenant, laisse-moi y aller. Je meurs de faim.

Annibal regarda le chapeau de paille s'éloigner sous les charmilles. Sa félicité était si intense qu'il faillit avoir les larmes aux yeux. Peu lui importaient désormais les Illuminati, Guillotin… le monde pouvait bien tourner où il voulait, lui avait trouvé son centre.

Justine.

Un cri retentit.

Annibal bondit, dévala les escaliers. Le jardin courait en pente douce vers la Seine. Au milieu de l'allée, Ferragus bifurqua à gauche. Le potager était juste derrière l'allée de buis.

Justine était écroulée au sol. Annibal se précipita.

Une tache sombre souillait sa robe.

Fou de douleur, il tomba à genoux. Il voulut hurler, mais aucun son, aucun mot ne sortit. Un long poignard lui avait troué le cœur.

Éperdu, il reconnut la forme du manche sculpté.

Une chouette.

Les Illuminati ne pardonnaient jamais.

68

San Francisco
De nos jours

Leyland comatait, avachi dans son studio miteux de Tenderloin, le quartier le plus glauque de Frisco. Les yeux rougis, son cerveau en ébullition, il s'écrasa sur son canapé défoncé et cala son portable sur le ventre. L'écran de l'ordinateur s'était figé sur le visage de Cordelia, l'héroïne de la troisième saison d'*American Horror Story*. Il avait deviné depuis le début qu'elle allait devenir la sorcière Suprême, à la place de sa salope de mère, Jessica Lange, super bien foutue pour son âge. Il se la taperait bien.

Les scénaristes avaient merdé, pourquoi les scénaristes se vautrent-ils tous à partir des troisièmes saisons ?

Il posa son portable par terre et se frotta les yeux.

Il déconnait grave. Il aurait dû bosser sur les fichiers piratés au centre de recherches, au lieu de ça il s'était ingurgité les trois derniers épisodes de la série. Il avait une excuse, il s'était chopé la trouille de sa vie en apercevant en bas de son immeuble la Ford bleue qu'il avait identifiée pour le Français. Dès qu'ils avaient déguerpi, il s'était réfugié dans son univers de série, c'était sa façon à lui de chasser l'angoisse.

Mais il avait quand même déconné.

Deux cent mille billets.

De quoi quitter Tenderloin pour le quartier fun de Castro, s'acheter une nouvelle moto, Harley ou une Hayabusa, comme celle du vrai Ghost Rider.

Eh non, il glandait.

Bela Kellerman n'allait pas être contente du tout. Elle aussi, il se la serait bien tapée avec son petit air de vicieuse.

Il se redressa sur le canapé et tendit le bras vers le pichet de Meth Coffee posé à terre et avala le liquide amer à grandes gorgées. Meth Coffee, fabriqué à deux pâtés de maisons de chez lui, sur Sutter Street, le café favori des programmateurs de la Valley qui passaient leurs nuits au bureau. Un cent pour cent arabica boosté avec de la yerba maté, une plante d'Amérique du Sud qui décuplait les effets de la caféine. Les soirs de speed, Leyland y ajoutait aussi comme ingrédient pour en faire son cocktail à lui le yerba buena, comme l'ancien nom de la ville du temps des Espagnols. Juste un cachet de glucuronamide, histoire d'électrifier les neurones.

Il se leva pour se traîner jusqu'à la salle de bains. Le miroir lui renvoya un visage mal rasé aux yeux rouges.

Le visage d'un branleur. T'es une merde.

Leyland brancha la radio à fond, les voisins ne se plaignaient jamais, c'étaient des vampires sauce nem, des Chinois qui bossaient la nuit dans une station-service sur Muvial Street.

La voix de Lady B percuta ses tympans.

Il détestait cette sauce barbecue musicale, mais au moins ça réveillait ses oreilles. Il était temps de passer à l'épreuve du Titanic. Un truc appris à la fac de Stanford les lendemains de cuite.

Il remplit une cuvette d'eau froide, la posa dans le bac à douche et y plongea sa tête en hurlant.

Titanic !

Un froid atroce comprima son visage. Surtout ne pas ouvrir les yeux, son crâne était immergé dans l'eau glacée de l'Atlantique Nord ; autour de lui, il voyait les visages bleuis des naufragés du paquebot qui coulait dans l'abîme sombre. Il compta mentalement les secondes pour battre son record, histoire de repérer DiCaprio, mais les corps disparaissaient dans la nuit océanique.

Il releva brutalement la tête et aspira à pleins poumons l'oxygène ranci de la salle de bains.

Titanic ! hurla-t-il de nouveau. Puis, tranquillement, il se sécha le visage et le cou. Le jus revenait dans sa tête.

Ghost is back.

Il fila vers son bureau et ouvrit la bécane. Le MonsterTrack avait déversé toute sa sauce dans les entrailles de son bébé. Un programme de routine triait, séparait et reconstituait les fichiers. Leyland observa l'écran et poussa un soupir de découragement. Même avec une intraveineuse de Meth Coffee il en aurait au moins pour toute la nuit. La mort dans l'âme, il arriva à la seule conclusion possible et elle tenait en six lettres :

Légion.

Légion était l'une des nombreuses communautés

internationales de hackers, mais ce groupe avait une particularité, il servait de Bourse du travail. Sous-traitance de clients, aide en cas de plantage, une grille de tarifs standard avait été codifiée. Et le salaire était le même que le hacker soit pakistanais, allemand ou américain. La mondialisation équitable par virement sur comptes délocalisés. Il envoya son message.

1 000 billets pour une dissection. C'est Noël. Paiement à une semaine.

Moins de trois minutes plus tard, il avait déjà quatre propositions. Il choisit ceux avec qui il avait déjà bossé. Légion 34 habitait Liverpool et Légion 123 grenouillait en Inde, du côté d'Hyderabad. Deux pros, rapides et pas tordus.

Leyland enclencha le partage des données en trois segments et se cala dans son siège pour travailler sur la sienne. Son esprit ne faisait plus qu'un avec sa bécane. Il n'avait pas vu passer les deux heures qui s'étaient écoulées quand Légion 34 lui envoya un message.

J'ai une vidéo qui va t'intéresser.

Leyland cliqua sur le fichier et déchanta.

Une femme déguisée en Wonder Woman faisait l'amour à un type avec un masque de Spider-Man.

Légion 34 à Légion 66 :

Ça vient de l'ordinateur du Dr Shandra. Y a aussi Batman et Miss Hulk qui s'envoient en l'air avec les X-Men.

Leyland grimaça.

Je te file pas 1 000 billets pour des pornos avec des super-héros.

Légion 34 à Légion 66 :

OK, c'était juste pour se marrer.

Leyland continua de fouiller, mais rien ne ressortait. C'était comme si tout avait été nettoyé. Même le fichier Heller semblait s'être évaporé.

Légion 123 à Légion 66 :

J'ai un échange de mails suspects. Ils étaient cryptés.

Le Ghost ouvrit le fichier déverrouillé. C'était une série de conversations entre Nielsen et un interlocuteur qui répondait au pseudo de Summer Camp. Apparemment, le directeur du centre était invité à une sorte de camp d'été au nord de San Francisco. Il y avait des indications pratiques sur l'arrivée, des horaires, des détails sur l'hébergement. Rien de passionnant. Leyland allait fermer le fichier quand au détour d'un mail, un mot le fit sursauter.

Illuminati Project.

Il relut le message attentivement. Nielsen devait intervenir dans une sorte de conférence sur le projet Illuminati. Le Ghost se redressa sur son siège et finit de parcourir le message qui ne présentait plus aucun intérêt. Il reprit les premiers mails, l'événement était prévu deux jours plus tard.

Leyland enregistra toutes les données pour les envoyer par la suite à Bela, quand il remarqua une autre curiosité sur le quatrième mail. Il y avait les initiales BHC. Ça lui disait vaguement quelque chose, mais il ne savait pas quoi.

Il cligna des yeux. Ce n'est pas avec ça qu'il allait récolter ses deux cent mille dollars. Il fallait quelque chose de plus fort. Il restait encore pas mal de fichiers à déverrouiller par les autres Légion.

Il avala une Bud glacée et décida de repérer le camp de vacances de Nielsen. Il n'y avait pas d'adresse, seulement des coordonnées topographiques.

Latitude : 37°53'45"N

Longitude : 122°34'34"W

Au moment où il allait cliquer sur Google Maps, on frappa à la porte de son appartement.

Il se leva, agacé, traversa la pièce et se colla contre l'œilleton.

Un type au visage carré, en blouson de toile bleue, tendait une plaque du FBI devant la porte.

— Agent Keller, monsieur Leyland Gost. Veuillez nous ouvrir.

Leyland leva les yeux au ciel. Il avait complètement oublié d'envoyer sa déclaration de situation au bureau régional du FBI. Depuis le renforcement des lois anti-terroristes, tous les hackers mêlés à des affaires en justice, coupables ou innocents, jugés ou pas, étaient tenus de pointer devant les fédéraux. Ils étaient deux cents comme Leyland à faire partie de l'élite.

Il déverrouilla en maugréant :

— Vous avez rien d'autre à foutre, les mecs, que de venir en plein milieu de la nuit ?

Il ouvrit la porte en grand et laissa passer l'agent en le reluquant.

— On recrute des top models au FBI ?

L'agent grand et blond afficha un sourire magnifique et sortit un pistolet qu'il braqua sur son ventre.

— Veuillez me suivre, je vous prie. Nous partons en forêt.

69

Paris
Rue Férou
14 mars 1824

— Ne bougez plus ! s'exclama le peintre, c'est juste l'expression de vous que je veux fixer, un mélange de gravité et de…

L'artiste s'arrêta juste avant de prononcer le dernier mot. Il venait de commettre un impair. Il se mordit les lèvres. Pendant des années, il avait été l'élève de Greuze et le maître ne parlait qu'avec respect et dévotion du modèle qu'il portraiturait aujourd'hui.

— Excusez-moi, monsieur, je voulais dire…

— Vous vouliez dire *tristesse*. Ne vous excusez pas, c'est la vérité. Si vous me montriez plutôt votre tableau.

Le peintre hésita un instant puis retourna le chevalet. Ferragus chaussa ses lunettes pour examiner la toile. On y voyait un homme de profil, aux cheveux encore bruns, au visage émacié sur un col blanc à jabot.

— Le tableau sera achevé dans deux semaines, dit le peintre.

Ferragus fixa encore la toile. Ainsi c'était lui. Le feu de son regard s'était éteint et il ne portait plus les cheveux noués en arrière comme au temps de… Il reposa ses lunettes. Il n'aimait pas ses souvenirs.

La loge dont Annibal était vénérable avait réclamé un portrait de lui pour orner son temple. Ferragus avait fini par accepter. Dans son obédience, il était devenu une sorte de légende. Un de ces frères qui, malgré la Terreur, avait protégé la Lumière pour la transmettre aux futures générations d'initiés.

— Il faut passer le vernis, justifia le peintre, et tenir compte du temps de séchage.

Ferragus ne répondit pas. Par la fenêtre, on voyait le jour tomber sur le jardin du Luxembourg. Il sonna la servante pour qu'elle allume les lampes. Le peintre avait repris ses pinceaux. Annibal se sentait fatigué. Il avait traversé la Révolution, l'Empire, la Restauration. Il n'était plus qu'un fantôme. Pourtant, ce n'étaient pas les vicissitudes de l'Histoire qui avaient fait de lui une ombre. À la vérité, il était mort depuis longtemps. Il était mort un jour d'août dans un jardin ensoleillé qui surplombait la Seine.

— Ne bougez plus, s'il vous plaît.

Malgré la demande du peintre, Annibal saisit sa plume. Il lui fallait écrire. Témoigner. Il sentait que ses forces le quittaient et il devait révéler la vérité.

Guillotin était mort, entouré d'honneurs et de considération, et pour toujours innocent de ses crimes. Qui sait quelle nouvelle toile il avait tissé durant toutes ces années ?

Réfugié à Londres, Barruel, lui, avait publié des livres où il dénonçait un complot à l'origine de la Révolution. Pourtant, même s'il citait les Illuminati, c'étaient les francs-maçons qui, pour lui, étaient la cause de tous les malheurs de l'humanité.

Ferragus soupira. Et dire que c'était grâce à lui que Barruel avait pu s'enfuir avec les documents de Lefranc. Quelle implacable ironie !

— Quand votre livre sera-t-il terminé ? demanda le peintre.

— Ce n'est pas à vraiment parler un livre.

— Vos mémoires alors ? Vous parlez de la Révolution ? On dit que vous avez connu Saint-Just…

D'un coup, le peintre s'enthousiasma.

Collection particulière

— Quelle époque de géants, n'est-ce pas ? Des bienfaiteurs de l'humanité ! J'aurais tant aimé peindre l'Archange de la Terreur. Un homme de génie !

Ferragus hocha la tête, vaincu. Trente ans après la Terreur, les tyrans aux mains rouges de sang étaient devenus des héros. Les peuples ont la mémoire courte, songea Annibal. Voilà pourquoi il lui fallait écrire.

Il avait longtemps médité le texte qu'il devait laisser à la postérité et il l'avait rédigé aussi précis et concis que possible. En quelques feuillets, faciles à dissimuler, il avait démonté l'infernal complot des Illuminati.

Et la machination pour impliquer les francs-maçons.

Ainsi quelqu'un pourrait reprendre le flambeau de la lutte. Pour que la Lumière terrasse les Ténèbres si elles venaient à ressusciter. Et il savait où il allait cacher sa terrible confession.

Annibal leva les yeux : le peintre était concentré sur son tableau. Il ne lui restait plus qu'une phrase à écrire. Ce qui devait résumer sa vie.

Dehors, le soir tombait sur la ville.

Il songea à un tableau qu'il avait vu au Louvre. Un vieux peintre, un certain Poussin qui avait peint une tombe autour de laquelle s'étaient réunis des bergers intrigués comme s'ils cherchaient à deviner un secret. Mais ce qui avait le plus frappé Annibal, c'était une devise latine inscrite sur la tombe :

ET IN ARCADIA EGO

Ferragus se répéta la traduction : « *Et moi, j'ai vécu en Arcadie.* » L'Arcadie, le paradis perdu…

Voilà ce que le mort avait voulu graver sur sa dernière demeure.

Un regret éternel.

Ferragus trempa la plume dans l'encrier et traça ses derniers mots :

Et moi, j'ai aimé Justine.

70

San Francisco
De nos jours

Le hurlement le réveilla en sursaut. Il se redressa sur ses coudes, le cerveau embrumé. La chambre était recouverte d'un drap obscur, que trouait au fond de la pièce la veilleuse rouge sang du climatiseur.

Le hurlement recommença.

Bela tremblait de tout son corps, ses mains humides crispées sur le drap. Le visage et les cheveux trempés de sueur, elle criait comme une possédée.

Antoine la plaqua contre le lit.

— Calme-toi, Bela ! C'est un cauchemar.

Elle se débattait de plus belle et toussait, comme si elle avait avalé de travers. Sa tête basculait de chaque côté, un filet de salive coula sur son menton. Il alluma l'interrupteur de sa lampe de chevet, puis appuya de toutes ses forces sur ses épaules, surpris par la force de la jeune femme.

— Réveille-toi !

Elle se raidit encore une fois et finit par ouvrir les yeux. Sa respiration se fit moins haletante.

— C'est ça. Tout va bien, dit Marcas d'une voix douce.

Il s'écarta et la laissa reprendre conscience.

— J'ai… fait un rêve horrible, balbutia Bela. Tu venais vers moi, mais ton visage se transformait. Tu devenais le diable du vitrail. J'étais dans une chambre d'hôpital ou de clinique. Et tu te moquais de moi.

Il sourit en lui caressant les cheveux, mais elle se détourna et sanglota. Il ne savait pas quoi faire, ils venaient de prendre du plaisir ensemble, mais il ne connaissait rien de ses angoisses, ni de la façon de les apaiser.

— Tu veux un verre d'eau ? proposa-t-il, conscient de la platitude de ses paroles.

Elle se retourna, le visage en larmes.

— Pardon… Ça m'arrive parfois quand j'ai peur. Prends-moi dans tes bras.

Elle se blottit contre lui, nue. Fragile. Sa main agrippait son pendentif de cuivre. Antoine éteignit le chevet et tenta de plaisanter.

— Tu n'avais pas tort, tu sais. J'avoue, je suis comme Lucifer, j'ai des pensées sulfureuses te concernant.

Elle leva des yeux étonnés, l'embrassa lentement avant de murmurer d'une voix douce :

— Tu en as encore ?

— Tant que tu veux.

Ils s'enlacèrent et refirent l'amour.

Quand ils se levèrent, la clarté du jour illuminait l'appartement, mais le brouillard collait toujours aux fenêtres. Debout dans la cuisine, Marcas tendit la tasse de café à Bela. Il n'osa pas lui reparler de son cauchemar.

— Je peux te poser une question intime ? demanda Marcas sur un ton malicieux.

— Vas-y, on verra bien.

— Que portes-tu autour du cou ? On dirait une pièce trouée.

Elle sourit et brandit le pendentif à la lumière.

— C'est mon porte-bonheur, je ne m'en sépare jamais. C'est un cadeau de mon père. Le culot de la douille de la dernière balle qu'il a tirée au Vietnam. La preuve qu'il avait survécu. Il a gravé mon prénom dessus.

Elle passa son doigt sur l'inscription et remit la relique contre sa poitrine. Marcas ne put s'empêcher de suivre le mouvement du disque de cuivre en haut des seins. Elle intercepta son regard brûlant.

— Tu m'as comblée cette nuit. Tu mérites un huit sur dix, et je peux te dire que je n'ai pas connu beaucoup de huit dans ma vie.

Antoine se coupa un morceau de donut trouvé dans le frigo et fronça les sourcils.

— Pourquoi n'ai-je pas eu dix ?

— Un point en moins pour avoir craqué les coutures de ma petite culotte en me l'arrachant. Une pièce unique de Jean Yu à sept cents dollars.

Antoine faillit s'étouffer avec son donut, mais il la laissa continuer :

— Et un autre point envolé pour le cunnilingus un peu bâclé pendant la seconde danse.

En guise de réponse, il contourna le comptoir, prit son visage entre ses mains et l'embrassa avec douceur. Elle répondit à son baiser, leurs lèvres se frôlèrent et se séparèrent. Il releva le peignoir et entrouvrit ses cuisses.

— Je fais appel de cette notation. J'exige une autre épreuve.

Elle bloqua sa main avant qu'elle ne remonte et secoua la tête.

— Je suis déjà en retard pour ma répétition. Une voiture m'attend en bas.

Elle sauta d'un bond du tabouret, échappa à son étreinte et fila vers la salle de bains. Antoine soupira en la voyant s'enfuir.

Il fit un louable effort pour chasser ses pensées érotiques. Cette parenthèse leur avait fait oublier un moment leurs angoisses. Mais la menace des Illuminati était toujours présente, invisible mais tout aussi réelle que la brume opaque derrière la vitre.

Il s'étira et consulta sa montre : presque neuf heures et toujours pas de nouvelles du Ghost Rider. Le visage de Rankin se superposa à celui du hacker. Plus il réfléchissait, plus les explications du milliardaire lui paraissaient suspectes.

Le doute se fortifiait, d'autres pièces du puzzle se mettaient en place. Rankin avait toujours été aux premières loges des assassinats. Sur l'estrade de l'Unesco quand l'abbé Emmanuel s'était fait tirer comme un lapin. Dans le salon de réception du manoir alors que Kellerman se faisait poignarder.

Et quoi de plus pratique que de leur proposer sa villa, afin de les surveiller, Bela et lui. Il était ainsi au courant de tous leurs déplacements. Et puis il y avait son discours lors du dîner. Un discours ambigu et dérangeant, limite du Barkun niveau 2.

Dans l'esprit de Marcas, le doute passait dans la zone rouge. Une zone frontière connue de tout enquêteur de police, celle où, même sans preuve tangible, les mains du suspect perdent leur blancheur et se souillent du sang de la victime.

Et si Rankin était lui aussi infecté par le virus conspirationniste dont il dénonçait les effets ?

Et s'il avait créé sa propre société secrète, son organisation d'Illuminati, à lui, dont il serait le grand maître ? Antoine avait déjà été confronté dans le passé à cette déviance mégalomaniaque[1]. Il les connaissait, ces puissants qui prenaient le monde pour une scène, la vie pour une partie d'échecs et les hommes pour des pions. Antoine se crispa, si Rankin était le roi noir de la partie alors l'issue ne faisait guère de doute. Le combat était inégal. Un adversaire riche, puissant, entouré d'hommes de main, et qui opérait sur ses terres face à un petit flic français sans arme. Échec et mat pour les blancs en trois coups. Seule la célébrité de Bela pouvait les protéger. Et encore.

Il se resservit un café en contemplant le voile de brume qui ondulait derrière la fenêtre.

La pièce de théâtre atteignait peut-être son acte final, le coupable identifié, mais le rideau était loin d'être tombé. Antoine ne disposait d'aucune preuve, et encore moins de mobile. Il avait remonté le fil de l'enquête depuis le pavillon de banlieue de Heller jusqu'au centre de recherches de San José. Et la piste finissait en un cul-de-sac. Rankin n'avait même pas besoin de l'éliminer, personne ne croirait à sa culpabilité. Il ne restait qu'un seul et maigre espoir : les talents de bidouilleur d'un hacker démâté qui en plus se prenait pour un super-héros.

1. Voir *La Croix des Assassins* (Fleuve Éditions, 2008), Pocket n° 13760.

Vingt minutes plus tard, Antoine quitta l'appartement pour accompagner Bela. Ils passèrent sous un porche qui débouchait sur une petite rue mal éclairée. Dans le brouillard toujours aussi épais, une Chrysler blanche attendait, tous feux allumés, devant le passage de l'immeuble au coin d'une ruelle obscure. À leur arrivée, un homme en sortit et ouvrit la portière arrière en s'inclinant respectueusement. Bela agrippa Antoine par le col de son blouson, l'embrassa avec fougue et murmura à son oreille :

— Fais attention à toi. Tu me plais vraiment, mon huit de cœur.

— Moi aussi, et toi tu es hors notation.

Elle recula et le fixa avec gravité.

— Je suis morte de trouille. Stuart avait peut-être raison, on s'est lancés dans un truc qui nous dépasse. Je lui en ai voulu hier, car il m'avait menti, mais il vaut peut-être mieux s'arrêter. Avec ses relations, Stuart peut nous arranger un rendez-vous avec un ponte du FBI.

Marcas secoua la tête.

— Et s'il était le salaud de l'histoire ?

— Impossible, je le connais depuis des années, répondit Bela avec un air de surprise. Il était très attaché à mon oncle. Et puis quel serait son intérêt ?

— Je ne sais pas. Attends l'appel du Ghost.

— OK. Ce matin, je me suis dit qu'on pourrait prendre quelques jours tous les deux, après mon concert. J'ai des amis qui ont une superbe maison à Palm Springs. Palmiers, piscine, soleil, la Californie de rêve, loin de ce brouillard… Ils seront ravis de nous accueillir.

— Des potes avec une villa de luxe… J'avais oublié,

vous les riches, vous n'avez pas les mêmes amis que nous. Dis-moi, qu'est-ce que vous faites comme nous ?

— L'amour, répondit-elle en l'embrassant du bout des lèvres, et elle s'engouffra dans la voiture.

La Chrysler démarra en trombe, le laissant seul sur le trottoir. Il regarda disparaître la voiture dans la brume.

Un vent glacé s'engouffra dans son blouson qu'il referma d'un geste sec. Difficile à croire que la veille il se baignait au soleil dans une piscine sur les hauteurs de la même ville.

Il s'étira et se dit qu'il allait rentrer dans l'appartement pour dormir encore un peu. La nuit avait été plutôt courte et agitée.

Il reprit le long passage étroit en sens inverse quand il aperçut une silhouette qui venait à sa rencontre. Un homme grand, blond, le visage souriant, la main tendue vers lui. Antoine le reconnut aussitôt.

Andréa, le garde du corps de Kellerman. Il était face à lui, le sourire étincelant, un visage d'ange, parfait, aussi artificiel que ceux des robots de la série *Real Humans,* songea Marcas.

— San Francisco… Anna adorait flâner dans sa ville natale, lança le blond. Elle a vécu toute sa jeunesse du côté de Castro, dans le quartier gay. Elle était très tolérante.

— Anna…

— Anna, la femme que tu as assassinée à Paris, dans le manoir Kellerman.

Antoine saisit sa poignée de main, surpris, légèrement sur ses gardes.

— Tu ne devais pas rester à Paris ?

— Oui, mais j'avais un travail à terminer, répondit Andréa, le regard fixe.

Marcas recula d'un pas et crispa les poings.

— Lequel ?

Le blond éclata de rire.

— Te tuer, voyons ! Je t'ai raté avec l'incendie dans le manoir Kellerman, je dois réparer cette erreur.

À peine eut-il prononcé ces dernières paroles qu'Antoine sentit un mouvement derrière lui. Il n'eut pas le temps de se retourner. Une douleur fulgurante traversa son crâne. Il sombra dans les ténèbres.

PARTIE IV

« Malgré son ciel, ses arbres et sa rivière, le Grove était complètement marqué par la présence humaine, le produit du génie de l'homme ; même s'il se présentait comme un espace à l'écart du monde ordinaire, un repaire d'une tribu secrète fermée au reste de l'humanité, l'ordre y régnait en maître, on n'y décelait pas le plus petit relent d'anarchie. Rien d'étonnant qu'il s'en réjouisse. »

Armistead Maupin,
Chroniques de San Francisco

71

San Francisco
De nos jours

La gifle réveilla Marcas. Il ouvrit péniblement les yeux. Une autre baffe réactiva son mal de tête épouvantable. Sa bouche avait un goût métallique.

Il essaya de reprendre possession de son corps, mais il n'arrivait pas à bouger les bras. Il lui fallut quelques secondes qui lui parurent interminables pour comprendre qu'il était couché à terre, sur du béton gris et sale. Pieds et mains liés.

La première chose qu'il aperçut fut le Ghost Rider, assis contre un mur, la bouche bâillonnée, les yeux écarquillés de terreur.

Une voix rauque surgit au-dessus de lui :

— La sieste est terminée.

Antoine leva les yeux. Andréa était debout face à eux et les fixait avec dureté.

Marcas se redressa. Sa tête était près d'exploser. Ça devenait une habitude de se faire matraquer. Il regarda autour de lui. Ils étaient dans une sorte de hangar agricole poussiéreux au toit de tôle qui laissait passer de maigres rayons de soleil. Un vieux tracteur mafflu et rouillé dormait sur une roue crevée, à côté d'un empilement de planches vertes et pourries. Des chaînes à larges maillons dégoulinaient d'une grosse poutre craquelée. Une odeur de bois humide et d'huile de vidange suintait du hangar. Marcas préférait ne pas savoir à quoi on pouvait les utiliser. Il tenta de bouger les mains, mais il était attaché à un anneau en fer, un bracelet de plastique lui cisaillait les poignets.

— Tu touches combien pour cette besogne ? demanda-t-il d'une voix qu'il voulut neutre.

— Je ne me plains pas. Tu veux me faire une proposition, le Français ? Tu n'as pas les moyens.

— Pas moi. Mais Bela Kellerman est très riche. Tu le sais. Je te promets qu'on ne te dénoncera pas aux autorités.

— Laisse tomber. Je ne trahis pas. « Mon honneur est ma fidélité », comme disait feu Heinrich Himmler à ses SS.

— Belles références. Comme ta fidélité à Adam Kellerman.

Le type haussa les épaules.

— C'était un vieil homme entêté et arrogant. Il n'a eu que ce qu'il méritait.

Il sortit un couteau d'un étui à sa ceinture. Antoine se raidit instinctivement, le Ghost Rider, lui, roulait des yeux apeurés dans ses orbites.

Le blond brandit la lame sombre et l'inspecta avec gravité. Une lame courte et épaisse comme deux doigts, au manche anodisé noir. Marcas identifia le modèle, la star des commandos d'élite et des apprentis serial killers. Il avait assisté à une saisie de caisses entières dans un camp de rebelles en Sierra Leone. Un Extrema

Ratio MFO, de fabrication italienne, à lame pliante. Tranchante comme une lame de rasoir sur un côté, et garnie de quatre dents acérées de l'autre. Un couteau de combat et de survie conçu par son fabricant pour tuer, torturer et accessoirement faire du camping. Blessure mortelle assurée, même par un manipulateur débutant.

Andréa s'avança lentement vers Marcas. La lame virevoltait dans l'air poussiéreux.

Antoine jeta des regards autour de lui pour trouver une échappatoire. Mais il n'y avait aucune issue.

— Toi en premier. Tu vas souffrir pour ce que tu as fait à Anna. C'était une fille bien.

Antoine tenta une diversion.

— Attends ! J'ai au moins le droit de savoir avant de mourir. Pourquoi Rankin ?

— Précise ta question.

— Pourquoi Rankin a-t-il prémédité tout ça ? L'assassinat de l'abbé Emmanuel, le meurtre de la juge et de Kellerman, le centre de recherches. Les Illuminati…

Andréa sourit à nouveau et brandit son poignard.

— Et ça se dit flic… Rankin ? C'est trop drôle ! Cette fiotte libérale de Rankin n'a jamais été mon employeur.

On entendait au loin des bruits de circulation sur une route.

Antoine écarquilla les yeux.

— Qui alors ? Rogue ?

Andréa ricana.

— C'est curieux cette manie de vouloir tout savoir avant de mourir. Mais si tu crois t'échapper…

— Je veux connaître la vérité avant de partir.

— Avant de souffrir d'abord, de beaucoup souffrir… OK, je vais te le dire. Lester Rogue. Un géant qui a bâti de grandes choses pour l'Amérique. Tu l'as croisé à la soirée Kellerman. C'est lui le chef suprême des Illuminati, dont je fais partie. Il veut simplement préserver.

— Préserver quoi ?

Andréa lui rendit son regard de mépris.

— L'ordre du monde occidental et américain, tel qu'il a toujours été. Depuis des siècles, cet ordre a été construit par une poignée d'hommes courageux comme Lester Rogue. Une élite forgée dans l'acier de ses convictions et le sang de ses ennemis. Nous croyons à la hiérarchie, au contrôle, à l'autorité, à la famille. Nous sommes les nouveaux Illuminati.

— Vous croyez à la dictature, s'écria Marcas.

Un bruit de moteur de camion qui montait une côte fit doucement vibrer les parois de tôle. Andréa tourna la tête, puis reprit :

— Les dictatures sont le vice des peuples faibles. Toutes ont sombré. Nous sommes pour la démocratie, mais une démocratie forte, contrôlée, purgée de toute déviance, encadrée par des hommes solides comme des rocs. Nous croyons que seule une élite est capable de guider le peuple et de prendre des décisions fermes, pour son bien. Une élite qui travaille dans l'ombre et laisse le soleil de la démocratie éclairer de ses rayons bienfaisants la masse docile. Et quand l'ordre démocratique est menacé par de dangereux réformateurs comme l'abbé Emmanuel, alors il faut intervenir et frapper. Annihiler les forces subversives d'où qu'elles viennent. Surtout celles de l'intérieur, les plus redoutables.

— Comme le président John Kennedy ?

Le garde du corps de Kellerman afficha un large sourire.

— Ce catholique obsédé sexuel a inoculé le poison de la faiblesse dans la société américaine. Il n'a eu que ce qu'il méritait. Nous sommes fiers d'avoir exécuté la sentence. À Dallas, en 1963, une page de trop a été tournée dans l'histoire de l'Amérique.

Marcas transpirait à grosses gouttes. Et dire qu'il emporterait le secret de la mort de JFK dans la tombe. Il répliqua :

— Les Illuminati de Bavière, eux, voulaient changer le monde !

— Imbécile. Pourquoi changer un monde que nous dominons déjà ? Mais tu es incapable de comprendre tout cela. C'est le rôle de notre organisation depuis des siècles. Brûler *les soucis* qui empoisonnent le monde. Dommage pour toi, tu ne seras pas là pour assister à la prochaine exécution publique.

— Comment ça ?

Andréa s'avança. Il n'était plus qu'à un mètre à peine d'Antoine. Sa voix emplissait le hangar.

— Un autre ennemi doit être sacrifié, pour le bien de la communauté. Ce qui se dit et se prépare dans notre organisation se réalise toujours. Bienvenue en enfer.

72

San Francisco
De nos jours

Antoine se tortillait dans tous les sens, mais les liens résistaient. Il n'y avait aucune échappatoire. D'un geste lent, le tueur brandit sa lame effilée au-dessus du ventre de Marcas. La voix d'Andréa siffla comme un serpent :

— Adieu ! Les francs-maçons perdent. Les Illuminati gagnent !

Soudain, une voix masculine fusa :

— Tout ce que tu vas gagner c'est une balle dans la tête.

Le bras d'Andréa resta en suspension. Antoine reconnaissait cette voix.

— Jette ce couteau ou je t'explose ton putain de crâne.

Une voix qui avait l'habitude de donner des ordres, celle d'un policier ou d'un militaire. On entendit des talons lourds cogner le béton, le pas était lent, mesuré. Marcas n'arrivait pas à voir qui était l'intrus, masqué par Andréa qui le fixait, comme tétanisé. Sa main se crispa sur le poignard.

— Lâche ça ! Dernier avertissement.

L'ex-garde du corps de Kellerman ouvrit sa paume, le couteau de commando tomba lourdement à terre.

— C'est bien, mon gars. T'as fait le bon choix ; tourne-toi lentement, les mains bien au-dessus de la tête.

Andréa pivota sur lui-même.

L'intrus arriva au milieu du hangar, un rayon de soleil qui perçait à travers la tôle éclaira son visage. Antoine le reconnut tout de suite. Chauve, costaud, la démarche plus souple que ne laissait supposer sa corpulence. L'homme de Rankin qui les avait pris en filature. Il s'arrêta à deux mètres du tueur, sortit une paire de menottes qu'il lança à ses pieds, tout en continuant à le braquer.

— On va faire un peu de gymnastique. Penche-toi en avant, comme si tu voulais toucher le bout de tes pieds. Bien. Ramasse les bracelets, mets un anneau à ton poignet droit. Parfait. Passe l'autre anneau derrière ta jambe droite et tu l'accroches à ton poignet gauche. Ça se ferme tout seul, c'est cool.

— Va te faire foutre !

Marcas avait déjà passé des menottes, mais ne connaissait pas cette position insolite. Le tueur était courbé en avant, les mains et la jambe entravée, impossible de détaler ou alors à cloche-pied.

L'homme de main de Rankin s'avança vers lui et d'un geste rapide lui asséna un coup de poing dans les reins. Andréa hurla et s'affaissa à terre.

— C'est pour t'apprendre la politesse, mon gars, dit le chauve d'une voix placide. (Puis il ramassa le poignard et s'accroupit à côté de Marcas. D'un geste sec, il trancha les liens.) Je vous avais prévenu de quitter les États-Unis. Vous ne m'avez pas écouté. Tsss… Tsss. Heureusement que mon patron vous a à la bonne.

— Je n'écoute jamais les conseils, lâcha Marcas. Ça fait longtemps que vous êtes là ?

Le chauve se massa la mâchoire. Il avait de grosses touffes de poil sur les mains.

— Non, j'ai pris un peu de temps pour neutraliser son copain qui gardait l'entrée. Je ne pouvais pas prendre le risque de tirer.

Marcas se redressa lentement, il avait les bras et les jambes ankylosés, pendant que le chauve détachait le Ghost et lui enlevait son bâillon.

— Dingue ! C'est le hip total ! J'ai failli pisser dans mon pantalon, hurla-t-il en secouant la tête. C'est comme le jeu GTA, comme dans un film, jamais ça m'était arrivé en vrai. T'as assuré grave, boule de billard ! T'es mon dieu. Je te jure. Je te taille une pipe tout de suite si tu veux.

Le chauve sourit et se releva.

— Me tente pas, mon gars. Bon, on dégage d'ici rapide.

— Où sommes-nous ? demanda Marcas.

— Dans les bois. À une centaine de bornes aux nord de San Francisco, dans le comté de Sonoma. Enfin, pas n'importe quel bois. Il y a du lourd ici, du très lourd.

— Je ne comprends pas.

— On est juste derrière le Bohemian Grove, mon gars. Le club !

Leyland Gost brandit le poing.

— Putain, c'est pas vrai. On est au Bohemian Club. Je le savais, c'était la localisation que je devais trouver avant que ce nazi ne m'assomme. Putain, le Bohemian Club. J'ai toujours rêvé d'y faire un film.

Marcas les regarda comme s'ils avaient perdu la tête.

— C'est quoi ça le Bohemian Club ? Une aire de stationnement pour les gens du voyage ?

— T'es pas au courant ? cria le Ghost, un peu trop excité au goût de Marcas. Kissinger, Nixon, Bush et toute leur bande. Les financiers de Goldman Sachs et les mecs de Wall Street. Tu sais les rites sataniques, les bébés brûlés ! Le sacrifice à Moloch des Illuminati. Vous avez pas Internet en France ?

Marcas se massa les poignets, c'était pas la peine de discuter, il ne comprenait rien à ce torrent incompréhensible. Il s'approcha de l'ex-garde du corps de Kellerman et s'accroupit à son niveau.

— Pourquoi nous as-tu emmenés ici ?

— Je suis écolo, j'aime les arbres.

Antoine agrippa une poignée de ses cheveux et tira d'un coup sec. La tête du tueur bascula en arrière. Son visage dégoulinait de sueur. Un sourire mauvais se dessina sur ses lèvres.

— Tu veux me torturer ? T'as pas les couilles pour ça. Tu es un faible, Marcas. C'est ce qui nous différencie.

Antoine le scruta quelques secondes, puis relâcha sa prise. Il n'était pas un tortionnaire. Une seule fois, il avait dépassé les limites pour éviter un attentat et il avait eu du mal à s'en remettre[1]. Il se redressa et fit un signe à l'homme de main de Rankin.

1. Voir *Le Temple noir* (Fleuve Éditions, 2012), Pocket n° 15644.

— À votre avis, il y a un lien entre notre présence ici et ce Bohemian Club ?

Le chauve haussa les épaules.

— J'en sais rien. C'est peut-être une coïncidence, ici on est en pleine nature, loin de toute civilisation. Il y a des forêts immenses, des ravins, des grottes paumées, le coin idéal pour se débarrasser de cadavres. En tout cas, on ne va pas traîner. J'ai pour instruction de vous protéger et de vous ramener à Frisco. Pas de jouer les explorateurs.

— Et pour notre ami au couteau ?

Le chauve se ferma.

— On le laisse ici. Je ne suis pas flic.

— Vous plaisantez ? répliqua Marcas, stupéfait. Il a avoué la responsabilité de son organisation dans les assassinats de l'abbé Emmanuel et du président Kennedy. Il a cité le nom de Lester Rogue, comme l'un des responsables.

— Et les Illuminati ! Putain, il a dit qu'ils en faisaient partie, s'écria le Ghost. Les Illuminati ont tué Kennedy, tu te rends pas compte. À côté, le Watergate, c'est un épisode des Simpson.

Le chauve soupesait le couteau d'Andréa et poussa un soupir.

— Ils voudraient assassiner Obama, ce serait pareil, mon gars. C'est pas dans le contrat.

— Appelez votre patron ! s'emporta Marcas qui n'avait pas l'intention de lâcher sa proie.

Le chauve resta songeur quelques instants, puis traîna Andréa à l'autre bout du hangar, contre le tracteur. Il revint vers eux, prit son portable pendant qu'Antoine défaisait les liens du hacker.

— Votre copain au couteau ne doit pas savoir qui m'emploie.

Le chauve s'éloigna quelques instants puis tendit son smartphone à Antoine.

— Ça me fait mal de vous le dire, Rankin, mais merci pour votre aide. Je suis votre débiteur à vie. On est près du but, il faut rentrer dans le Bohemian Grove.

La voix du milliardaire se fit lente.

— Ravi que Ryan vous ait retrouvé à temps. Mais c'est une mauvaise idée de continuer. Vous êtes sur des terres dangereuses.

— Je ne suis pas venu jusqu'ici pour rebrousser chemin. J'ai fait un long chemin depuis Paris. Putain, c'est quoi, le Bohemian Club ?

73

Nord de San Francisco
De nos jours

Le hangar était plongé dans la pénombre. Portable posé sur sa paume ouverte, haut-parleur branché, Antoine attendait la réponse du milliardaire.

— Le Bohemian Club ?

Le hacker intervint :

— Mec, je te l'ai déjà dit ! Bush, les sacrifices d'enfants, les maîtres du monde…

— Ça suffit, Leyland ! coupa Antoine en le fusillant du regard. Je vous écoute, Rankin.

La voix du milliardaire s'écoula dans le hangar.

— Je l'ai évoqué rapidement pendant notre dîner, hier soir. C'est encore l'un de ces cénacles qui gangrènent ce pays ! Le Bohemian est un camp de vacances d'été pour personnalités influentes, plutôt conservatrices. Ils viennent prendre le grand air entre gens du même monde depuis plus de cent ans. En vérité, ils assistent à des conférences du plus haut niveau, genre politique de la dette, mondialisation des échanges, stabilité du Moyen-Orient… On y croise des chefs d'entreprise, des hommes politiques, certains grands journalistes aussi. Un club ultra-select qui compte deux mille membres ravis de lâcher vingt-cinq mille dollars pour disserter sur l'avenir du monde. Et en plus, c'est interdit aux femmes. Comme la franc-maçonnerie, ça ne devrait pas vous choquer.

— On a évolué en France de ce côté-là, dit Marcas.

— Les Bohemians aiment la discrétion, mais leur existence n'est pas un mystère, même Armistead Maupin a évoqué leurs soirées au fond des bois dans ses *Chroniques de San Francisco*. De mémoire, il a écrit qu'on est un vrai membre des Bohemians quand on a pissé à côté d'une célébrité sur le tronc d'un séquoia du Grove. Lui avait pissé en compagnie de J. Edgar Hoover, le patron du FBI.

Leyland Gost roulait des yeux furibonds.

— Il rigole ! C'est pas qu'un groupe de scouts attardés, ils négocient des accords en secret sur l'avenir du monde, tout le lobby militaro-industriel. C'est là qu'on a décidé de la construction de la bombe atomique. Mec, le Bohemian Club, c'est la zone 51 des maîtres du monde – base d'essai de prototypes de l'US Air Force dans le Nevada, popularisée par la série « X-Files » comme centre complotiste.

Marcas brandit son index, l'air menaçant. Le hacker s'interrompit. Rankin reprit :

— Votre ami a l'imagination fertile, mais c'est vrai que le Bohemian est un puissant club d'influence néo-conservateur. Richard Nixon a toujours dit que son admission dans ce club avait marqué la première étape dans son accession à la présidence.

— Continuez. Lester Rogue en fait-il partie ?

— Je ne sais pas, mais ce serait logique. Ça correspond à sa ligne politique et il a de nombreux amis dans cette mouvance.

En dépit de son mal de crâne, Marcas avait repris toute sa conscience.

— Notre ami menotté nous a prévenus qu'un événement très important devait s'y dérouler ce soir. Il faut qu'on entre là-dedans, votre homme nous serait précieux.

La réponse fusa :

— Pas question ! Il y a des lois dans ce pays et la violation de propriété privée se paie très cher. Si Ryan se fait prendre, il devra décliner son identité, sa fonction, et on remontera jusqu'à moi. Hors de question que je me fasse des ennemis parmi les Bohemians ! J'ai pas mal de contrats avec des membres de ce club.

— Bon sang ! Ce sont peut-être les assassins de Kellerman !

Un silence s'installa. Marcas continua, la voix tendue :

— Vous êtes très fort pour donner des leçons dans un dîner, mais pas question de vous mouiller. Moi, j'y fonce avec le hacker.

— Et comment ! Je vais tout filmer et balancer sur YouTube.

Rankin finit par répondre :

— Ça suffit avec vos cours de morale, Marcas. (Un silence s'installa puis il reprit.) Voilà ce que je vous propose. Ryan vous aide juste pour entrer dans le Grove, il vous fournira une arme et du matériel. Ensuite, il attendra à l'extérieur du camp. Si vous ne revenez pas d'ici minuit, il met les voiles. C'est tout ce que je peux faire. Et bien sûr, si vous vous faites capturer, je nierai toute responsabilité.

— Et pour Andréa ?

— Ryan le gardera au chaud le temps de votre expédition. Il le libérera, sauf si vous trouvez quelque chose dans le Grove. On laissera le FBI s'occuper de lui. À prendre ou à laisser.

Marcas soupira, il n'en tirerait rien de plus.

— Je me contenterai de ça. Protégez Bela.

— Vous croyez qu'elle est amoureuse de vous ? Un petit Français… Laissez tomber, elle vous oubliera comme elle m'a oublié. Bela ne s'est jamais attachée à un homme.

— On verra bien, Rankin.

Cela faisait deux heures qu'ils marchaient sur un étroit sentier de terre humide. Une senteur de fougère fraîche et d'écorce chaude inondait les bois sombres et touffus. Par intermittence, des sifflements d'oiseaux trouaient le silence, et on entendait au loin des craquements de galopades d'animaux. De fins rayons de soleil piquetaient le manteau de lourdes ramures qui s'étendait à l'infini au-dessus de la tête des marcheurs. Le bruit régulier de leurs pas était assourdi par un tapis de feuillage qui recouvrait en partie la piste.

Ils avançaient trop lentement au goût d'Antoine et ils avaient perdu du temps pour les repérages. Sur Google Maps, lui et le chauve avaient étudié la topographie et récolté des informations sur la sécurité. Le camp boisé couvrait une dizaine de kilomètres carrés et disposait de deux entrées principales à l'est et au sud. Depuis la diffusion d'un reportage de la chaîne ABC au début des années soixante-dix sur la fréquentation huppée du Grove, des curieux affluaient parfois dans le coin. Les entrées et les bordures du camp avaient été sécurisées et placées sous caméra. La seule zone d'accès non protégée, du moins en apparence, se trouvait vers le nord et était délimitée par une petite rivière appelée Smith Creek. Le chauve lui avait laissé son Smith et Wesson. Ils avaient acheté une lampe torche, deux gourdes et des tenues adaptées dans un magasin de camping de Monte Rio.

Visiblement Leyland Gost n'avait pas l'habitude des randonnées dans la nature, sa respiration était hachée, irrégulière, comme le soufflet d'une forge détraquée. Ils s'étaient arrêtés déjà deux fois pour qu'il reprenne son souffle. Antoine, lui, se sentait rajeunir, même si cela faisait un temps incalculable qu'il n'avait pas arpenté des sentiers forestiers. Les pins hauts et sombres du Grove lui rappelaient ceux des montagnes d'Ariège où l'emmenait son père pour les longues balades. Des excursions un peu particulières, où la quête de la pierre tenait lieu de but ultime. Une quête qui les menait à l'ascension des citadelles du vertige, des châteaux cathares. Les châteaux du Graal, l'obsession de son père. Chaque pierre, chaque arbre était un signe et chaque signe une invitation à un voyage fabuleux. C'était pendant ces longues échappées de jeunesse qu'il avait senti pour la première fois le parfum de l'étrange.

Un cri de son compagnon le sortit de ses souvenirs.

— Cette saloperie de rivière, enfin ! cria le Ghost.

Le sentier s'arrêtait devant eux, interrompu par un ruisseau qui serpentait entre des gros blocs de rochers. Antoine refit le point avec le GPS de son portable, ils avaient un peu dévié du cap vers l'ouest, mais pas de beaucoup. Passé le cours d'eau, ils en avaient encore pour une bonne demi-heure avant d'arriver aux campements du club.

Leyland s'affala contre un rocher, le visage en sueur. Il déboucha sa gourde et avala une large rasade.

— On fait une pause. J'ai jamais vu autant de vert dans ma vie, mec. Y a trop d'oxygène ici, c'est pas bon pour la santé, ça me troue les poumons. Je suis un Noob pour cette partie, mec. J'ai jamais fait de rando de ma vie. Ça m'angoisse tous ces arbres.

Marcas s'assit à son tour. Ses jambes étaient un peu courbaturées, mais le souffle tenait bon. Il avala lui aussi un peu d'eau et ferma les yeux. Le murmure ruisselant de l'onde et la chaleur du soleil l'apaisaient. Un bonheur pur et simple.

— Tu peux m'attendre ici...

— Pas question. Voir ce qui se passe en vrai dans le Grove, ça se refuse pas. Mais j'ai une question qui me tracasse. Si t'es un vrai franc-maçon, t'es donc le frère de Lester Rogue. Alors pourquoi ce serait ton ennemi ?

Antoine rouvrit les yeux et se tourna vers Leyland.

— Il doit y avoir trois millions de francs-maçons dans le monde, tu crois qu'on se connaît tous ?

— Non, mais vous jurez de vous entraider jusqu'à la mort. Avec des cérémonies trop louches. Sérieux, j'ai lu des articles dessus.

Marcas soupira.

— Aïe... En théorie, le serment existe, mais c'est symbolique. Bien sûr que j'aiderais un frère dans le besoin, mais j'en ai rien à cirer des crapules en tablier. Je n'ai aucun lien avec Rogue et je lui mettrais volontiers mon poing dans la figure, tout frère qu'il est.

Leyland n'avait pas l'air convaincu.

— Ouais, mais vous obéissez à un grand maître suprême, un boss mondial ? C'est lui qui tire les ficelles.

Antoine émit un petit rire.

— C'est vrai, chaque matin, il nous envoie par SMS les consignes du jour. Chaque mois on se réunit en loge et on lui rend un rapport sur l'exécution des missions qu'il nous a confiées. En ce moment, on a notre challenge annuel entre tous les francs-maçons du monde, c'est à celui qui va taguer sur les murs le maximum de triangles avec un œil.

Le Ghost grimaça.

— Tu te fous de moi ?

— Pas du tout, mentit Antoine ; à mon tour de te poser une question. Tu es un hacker, donc un type bien doté par la nature sur le plan neuronal, pourquoi crois-tu à toutes ces théories sur les complots ?

Leyland cligna des paupières, le soleil lui faisait mal aux yeux.

— Je suis né à la mauvaise époque, celle de la parano. J'ai confiance en personne et surtout pas dans les institutions. On nous ment tout le temps.

— C'est un peu court, dit Marcas en se levant. On repart.

Le hacker n'avait pas bougé.

— Attends, j'ai pas fini. Le monde est barge, mec. Chaque année, le Congrès s'étripe avec Obama pour une rallonge budgétaire, sinon c'est la faillite de l'État. La faillite des États-Unis, bordel, mes parents n'ont jamais entendu ça. On était un putain d'empire jusqu'à Bush et ça a commencé à merder après le 11 Septembre. Le monde conspire contre nous. Les

Arabes veulent notre peau, les Chinois nous piquent nos boulots avec leurs usines d'esclaves, les Européens nous baisent dès qu'ils en ont l'occasion. Y a que les Russes et les Africains qui nous emmerdent pas trop.

— C'est pas un peu caricatural ?

— Peut-être. Et je peux te dire que c'est pas mieux dans le monde virtuel. C'est pire même. Depuis WikiLeaks et Snowden, on sait tous que la NSA et la CIA fliquent le Web mondial, ils écoutent tout, contrôlent tout. Ils sont encore plus paranos que nous. Quand j'étais à la fac, un agent de la CIA est venu recruter sur le campus pour monter une équipe qui devait jouer à World of Warcraft. Ils étaient persuadés que des cellules d'Al-Qaida y faisaient transiter des infos sur des attentats[1]. Quant à moi, d'un clic, je peux fouiller dans ton ordinateur, voir les mails que tu envoies à ta copine, pirater ta carte bancaire ou surfer sur tes sites pornos favoris. Et si je suis de mauvaise humeur, je vais piquer ton identifiant IP pour aller sur des sites de gamins qui se font tripoter ou sur des forums liés à Al-Qaida. Et direction la prison pour le commissaire Marcas. Ce qui me fait flipper, c'est qu'un autre génie comme moi peut me faire pareil. Ce qui me fait flipper, c'est que le FBI a la liste de tous les hackers des States et qu'ils peuvent m'arrêter à tout moment sous prétexte d'antiterrorisme. Alors oui, quand j'entends parler d'un nouveau complot, je prends ça au sérieux.

Marcas rangea la gourde dans le sac à dos.

1. Authentique.

— Les inventeurs d'Internet n'avaient pas prévu ça…

Leyland éclata de rire.

— Sûr, mec. Rêve ! Le Web est la plus grande création paranoïaque de l'histoire de l'humanité. Dans les années soixante, l'armée américaine avait tellement peur d'une attaque atomique des Russes qu'ils ont dépensé des dizaines de millions de billets verts pour mettre au point un réseau d'alerte indépendant des liaisons traditionnelles. Ils veulent sans cesse le contrôler parce que c'est leur bébé. Ils ont créé une organisation qui s'appelle l'ICANN, complètement inconnue du grand public, eh bien, là-dedans, tu as sept mecs qui tiennent les clés de la boutique Internet. Sept types dont personne ne connaît les noms et qui se réunissent quatre fois par an à Los Angeles pour contrôler la machine[1]. C'est pas du vrai grand complot ?

Antoine hocha la tête, jamais il n'avait entendu parler de ces sept maîtres du Net. Il répliqua sur un ton sérieux :

— Je sais, sept est un chiffre sacré en maçonnerie. Il y a sept degrés de perfection pour atteindre le Grand Architecte de l'Univers. Tu crois que c'est un hasard, tes sept maîtres du Net ? Je vais te révéler un secret appris en loge, trois des gardiens du Web sont juifs et les quatre autres sont francs-maçons. Mais chut, tu dis rien à tes potes, le complot judéo-maçonnique doit rester invisible.

Leyland écarquilla les yeux. Antoine lui tapa sur l'épaule.

1. Authentique.

— Je blague… mec. On y va ?

— Connard !

— Merci. Maintenant, on y va. Dernière ligne droite. Espérons qu'il n'y a pas de caméras dans le coin. Rankin ne sera plus là pour nous aider.

Antoine inspecta les berges de la rive, tout était calme. Pour l'instant.

— Ce naze de Rankin, le petit génie qui se fait de la thune et la ramène avec ses associations humanitaires. La gerbe.

— Tu ne l'aimes pas ?

— À cause de gens comme lui, tous les cyberblaireaux de la terre débarquent dans la Silicon Valley, persuadés qu'avec une idée à la con ils vont lever des millions de dollars. Pourquoi tu crois que je vis à Tenderloin, le quartier le plus miteux de Frisco ? Moi aussi, je me suis fait avoir. Pour un Rankin, t'as des milliers de prolos de la carte à puce comme moi qui bossent jour et nuit, sans nana, sans famille. Tu sais ce que veut dire le « silicon » de Silicon Valley ?

Antoine vérifia que son arme était toujours dans la poche de son treillis.

— C'est la traduction de silicium, qui sert à la fabrication de composés électroniques et donc informatiques. On a Internet en France.

— Pas si Noob, le franc-mac. La silice c'est aussi le composant principal du sable. Tu vois le truc. La Silicon Valley, c'est la vallée du sable, un sable qui fait jaillir quelques miracles et beaucoup de mirages.

Marcas lui tendit la main pour l'aider à se relever.

— Merci, mec. On va foutre le bordel dans ce camp de connards.

Antoine scruta le Ghost, le type était vraiment

incroyable, mais attachant. Ils traversèrent la rivière à toute allure, trempant leurs pantalons jusqu'aux genoux. Sans attendre, ils foncèrent à travers les arbres de plus en plus touffus.

Ils étaient dans le Grove.

74

Bohemian Grove
De nos jours

Le ravin donnait le vertige. Trente mètres à pic, avec au fond un amas de rocs aux arêtes plus acérées les unes que les autres. Antoine marchait lentement, se concentrant sur la paroi qui longeait l'étroit sentier. Leyland le suivait, le pas tremblant et le visage livide.

— Mate mon dos, Leyland. Ne regarde pas en bas.

— Rien à foutre de tes vertèbres, je préférerais mater le cul de Lady B.

La piste tournait plus loin à une dizaine de mètres. Marcas pria pour qu'elle quitte le surplomb vertigineux. Leyland était à deux doigts de faire une crise de nerfs.

— C'est ça, Leyland, pense même à tous les postérieurs qui ondulent sur la planète. Les fermes, les mous, les petits, les gros.

— Arrête, tu m'excites, lâcha le Ghost d'une voix fébrile. Et merde, si ça s'arrête pas je saute de moi-même. Comme les types du World Trade Center.

Le soleil avait disparu, remplacé par une lune pleine

et généreuse qui montait dans le ciel. Un vent frais s'était levé, un sombre murmure s'éleva des arbres. Antoine arriva au virage et faillit pousser un cri de joie. Le sentier redescendait vers une vallée herbeuse, bordée de pins alignés comme à la parade. En contrebas, à un kilomètre au jugé, il y avait de grandes toiles de tente blanches disséminées dans des clairières.

— Courage, on est arrivés, lança Marcas qui venait de se dissimuler derrière un énorme séquoia.

Leyland le rejoignit en sueur.

— Et dire qu'on aurait pu rentrer en voiture.

— On demandera la carte du club la prochaine fois, répondit Marcas.

Il leur fallut presque une demi-heure pour parvenir aux abords du camp.

Des sentiers partaient des tentes et s'enfonçaient dans les bois. Tout était silencieux. Avec précaution, ils passèrent devant l'un des campements. Ce qu'ils avaient pris pour des toiles de tente n'étaient en fait que de larges pièces de tissu tendues au-dessus de longues tablées qui ressemblaient à des aires de pique-nique améliorées.

Ils empruntèrent l'un des sentiers et longèrent une suite de cabanes en bois qui devaient servir d'habitations. Des draps de bain séchaient sur des transats devant l'entrée des maisons. Un détail frappa Antoine par rapport à leur décoration extérieure.

Un crâne d'élan mort trônait au-dessus de chaque porte. Sous les mâchoires pendait un chapelet d'ossements qui oscillait sous le vent.

— Aucune âme qui vive, comme si tous les habitants avaient été kidnappés.

— C'est flippant, on dirait un village fantôme, murmura Leyland.

Ils continuèrent à suivre le sentier pour arriver à une bifurcation, au milieu de laquelle se dressait une étrange statue : un squelette coiffé d'une mitre papale et armé d'un sceptre. De son bras droit décharné, il indiquait l'une des deux directions avec un panneau :

Hall of Fame and Care

Ils s'engagèrent dans le nouveau chemin, au milieu des fougères et des pins, et au bout de quelques minutes parvinrent devant un chalet en brique, haut d'un étage, recouvert d'un toit de bois tronqué.

Ils poussèrent la porte.

Il n'y avait personne dans le hall. Tout était désert et silencieux. Antoine inspecta la salle. Aucune caméra. Satisfait, il fit un signe au Ghost.

Les deux hommes entrèrent dans la pièce et longèrent le mur de briques qui courait sur une vingtaine de mètres. Ce dernier était tapissé de cadres avec photos. Jusqu'au premier tiers, elles étaient en noir et blanc.

Au vu du grain du tirage et de l'allure des hommes, elles devaient dater du début du XXe siècle. Marcas et le Ghost avaient ralenti le pas pour les détailler. Toutes étaient réalisées en pleine nature, très probablement dans le Grove. Sur quelques prises, certains étaient en costume de l'époque, chapeau vissé sur la tête, pipe au bec, sur d'autres, ils étaient grimés comme pour le carnaval. Des habits de prêtres, des déguisements de druides ou de soldats romains. Ils étaient souriants et semblaient détendus. Il y avait un côté bon enfant, à mi-chemin entre le camp scout et une représentation de théâtre amateur.

Le Ghost indiqua une photo à Marcas.

— Ils ont une curieuse façon de se détendre, les Bohemians. Regarde.

Marcas s'arrêta devant elle.

Les mêmes hommes qui batifolaient sur les photos voisines étaient en train d'assister à une pendaison. Le cliché était pris de nuit, à la lueur de torches. Une centaine d'individus se massaient devant une potence, la plupart le visage hilare comme s'ils assistaient à une pièce comique.

Un homme était pendu, le visage recouvert d'un gros sac en papier. Face à lui, un personnage vêtu d'une étole levait les bras au ciel. Sa tête était recouverte d'une mitre.

Écœuré, Antoine secoua la tête.

— L'atelier lynchage était inclus dans les festivités.

Ils passèrent rapidement devant les autres photos, reflets d'époques plus récentes. Des visages familiers apparurent, des visages de personnalités qui avaient marqué l'histoire de l'Amérique. Le Ghost faisait presque des bonds sur place en commentant les prises de vue. Il sortit son portable et mitrailla les cadres.

— C'est du lourd, du très lourd. Les présidents Richard Nixon et Ronald Reagan qui tapent le bout de gras. Et là, les Bush père et fils devant un feu de bois. Et lui, là, c'est l'un des pères du programme nucléaire dans les années quarante.

Il zoomait sur les photos, prenait des angles différents pour éviter la lumière diffuse. Il trépignait de joie.

— Quand je vais balancer ça sur le Net, ça va faire

mal. Il y a plein de bobines qui me disent quelque chose, sûrement des gros patrons d'entreprise.

Marcas s'était approché d'une série de clichés plaqués sur un autre pan de mur. Au-dessus, une inscription était écrite en lettres gothiques :

Hall of Fame and Care

Dessous, il reconnut les portraits de visages célèbres. Le président Franklin Roosevelt, Martin Luther King, Gandhi et celui de… John Fitzgerald Kennedy ainsi que son frère Robert. Ils étaient recouverts sur le côté d'une bande noire, en signe de deuil.

— Le hall de la gloire et des soucis, curieuse classification, dit Marcas.

— Un hommage des maîtres du monde à d'autres maîtres du monde, ajouta le Ghost, qui avait mis son portable en mode vidéo ; pas très étonnant quand on voit les autres présidents qui se payaient du bon temps dans le coin.

Antoine consulta sa montre, il était presque 20 heures. Si événement il y avait, ce n'était pas dans ce chalet. Ils sortirent en poussant une autre porte qui donnait sur une petite clairière faiblement éclairée par des projecteurs à moitié enterré. Les arbres étaient trop touffus pour voir ce qu'il y avait au-delà. Aucun bruit ne filtrait, tout était calme autour d'eux. Bien trop calme au goût de Marcas. Le Ghost tendit la main vers la partie droite de la trouée.

— Il y a une sorte de portique entre ces deux arbres.

Antoine s'assura qu'il n'y avait personne, puis ils coururent en direction de l'endroit. Deux gros troncs de pins formaient comme des piliers laissant filer un petit sentier. Sur l'un d'eux, on avait accroché une pancarte rectangulaire avec un long texte. Leyland s'approcha pour le lire.

— C'est le programme des conférences de demain à l'amphithéatre Hoover. Putain, je te l'avais dit, mec, on est chez les maîtres du monde. Réforme de la politique des stock-options à 11 heures, par le directeur de la Banque fédérale ; délocalisation des hautes technologies, menaces et opportunités à 14 heures, par un ancien patron de Boeing ; l'ordinateur quantique au service des fonds d'investissement…

Marcas haussa les sourcils. Il avisa un chemin d'herbe sèche qui s'enfonçait dans un bois ténébreux. Limite hostile. Il murmura :

— C'est le forum de Davos, version *Blair Witch Project*.

— Bien vu, comme dans le film, au final on se fait tous baiser.

Ils avançaient dans le silence de la nuit. La lune éclairait le sentier. Les rayons coloraient les rocs en blanc. Le sol tapissé de feuilles et d'aiguilles de pin craquait sous leurs pas. Une douce et agréable senteur montait des arbres. Il leur fallut encore un quart d'heure de marche pour apercevoir une pâle lueur qui nimbait une colline en face d'eux. Marcas stoppa. On entendait comme une vague rumeur.

— Il se passe quelque chose de l'autre côté. Mieux vaut quitter le sentier. Plus un mot.

Ils se glissèrent entre les pins et commencèrent l'ascension avec prudence. La rumeur enflait progressivement, comme un gigantesque murmure. La clarté devenait de plus en plus intense. Les arbres se firent plus rares, ils se trouvaient à une vingtaine de mètres du sommet, à découvert. Marcas prit le bras du Ghost.

— Maintenant on rampe.

— Ça va pas, mec ! J'ai pas fait les Marines.

Antoine gronda.

— Rampe.

Le Ghost cracha à terre et s'exécuta de mauvaise grâce. Arrivés en haut, ils se figèrent à plat ventre sur l'herbe fraîche.

Face à eux, de l'autre côté d'un lac, s'étendait une succession d'estrades concentriques, comme un amphithéâtre aplati et étiré sur une centaine de mètres. Une myriade de torches, disposées à intervalles réguliers, illuminaient toute la berge opposée.

Toutes les estrades étaient noires de monde. Marcas n'en revenait pas, il devait y avoir au minimum un millier de personnes assises sur les gradins. On entendit des rires, des conversations hachées et des exclamations gutturales.

Soudain, un chant de cornemuse s'éleva dans la nuit. Un chant profond, ample et déchirant. Les murmures diminuèrent d'intensité.

Le Ghost lui tapa sur l'épaule et lui montra une énorme masse noire en contrebas de la colline où ils se trouvaient. Antoine n'arrivait pas à distinguer mais ça devait mesurer la taille d'un immeuble parisien. Vu de haut cela ressemblait à un mégalithe dont on aurait tronqué le sommet.

Devant le monolithe, il apercevait trois silhouettes d'hommes vêtus de capes blanches. À leurs côtés, en retrait de l'idole, trois types armés montaient la garde et observaient autour d'eux.

Antoine jaugea le terrain.

Une seule possibilité s'offrait à eux. Il indiqua au Ghost un amas de rochers qui formait un renfoncement protégé des regards par un amas de buissons touffus. Juste sur le côté. Un refuge idéal, à distance suffisante du mégalithe, pour suivre la cérémonie sans être vus.

— Dernière ligne droite. On sera en sécurité là-bas. Tu vas nous faire un film d'enfer.

Le Ghost ne répondit pas, mais il affichait une mine angoissée. Il ne cherchait même pas à dissimuler sa peur. Antoine s'en voulut de lui avoir cédé, il n'aurait jamais dû l'emmener dans ce bad trip.

En contrebas, la cornemuse s'était tue pour laisser place à une musique symphonique. Un air lent et puissant, qui évoquait une marche funèbre mélancolique. Dès les premières vibrations des cordes, Antoine reconnut *l'Allegretto* de la *Septième Symphonie* de Beethoven. Le Ghost murmura :

— C'est connu ce truc, c'est pas la musique d'un film de zombis ?

Marcas lui fit signe de se taire. Ils se faufilèrent lentement dans les broussailles et contournèrent la lourde masse sombre. Au fur et à mesure de leur descente, Antoine s'aperçut que le roc était taillé au niveau du sommet, mais il n'arrivait pas à distinguer ce que c'était. Ils parvinrent enfin à leur cachette. Le Ghost se jeta derrière les roches. Antoine le rejoignit et découvrit enfin la nature de la chose noire.

C'était une idole, une gigantesque divinité païenne au corps massif, drapée dans un grossier manteau de pierre. Sa tête stylisée était taillée en forme de triangle qui partait du sommet tronqué et s'abaissait pour former un bec.

Même si la taille était rudimentaire, le résultat était saisissant. Leyland Gost laissa échapper un petit cri.

— Putain, la chouette ! Elle existe vraiment, c'était pas un fake.

Antoine hocha la tête en silence.

Le hacker avait raison, c'était bien une chouette.

La même chouette que celle dessinée par Damien Heller dans sa cave.

La chouette des Illuminati.

Chouette sculptée du Bohemian Club.

75

Bohemian Grove
De nos jours

L'idole menaçante se dressait dans la nuit, faiblement éclairée à sa base par des projecteurs. Marcas demeurait tétanisé. Il avait sous les yeux un bloc de pierre taillé et stylisé à l'extrême, mais dont la tête ne présentait aucune équivoque.

Une chouette. C'était bien le symbole des Illuminati de Bavière, l'oiseau vénéré par Adam Weishaupt, le grand maître de l'ordre. La chouette qui veille la nuit.

La chouette qui scrute une lumière inaccessible aux profanes. La lumière noire des Illuminati. Une lumière qui glaçait Marcas.

Lui qui avait toujours rejeté les thèses conspirationnistes, cette fois il était obligé de réviser son jugement. Ses convictions sceptiques s'effritaient comme de la pierre tendre, sa confiance dans le monde vacilla. Il se souvint de la rencontre dans le temple maçonnique à Paris. Les paroles de Paul résonnaient dans sa tête.

Les Illuminati ont disparu de la surface de la terre.

Son ami s'était trompé.

Il tenta de se raisonner, mais cette statue gigantesque dressée dans le ciel nocturne annihilait sa volonté. Ces tonnes de roc sculpté écrasaient ses doutes.

La probabilité d'une coïncidence tenait du ridicule, la chouette n'était pas une idole répandue dans les croyances. Au cours de ses enquêtes, il avait assisté à tant de cultes étranges, tant de cérémonies occultes improbables, jamais il n'était tombé sur cette divinité. Aucun temple maçonnique n'en possédait. Aucune société secrète, aucune secte ne s'en était fait les dépositaires.

À part les Illuminati.

— Je le savais depuis le début, ils existent, lança Leyland sous le coup de l'excitation. Ils sont parmi nous.

Marcas était sous le choc. L'ordre secret avait donc essaimé aux États-Unis et abritait son dogme, à l'abri du regard des hommes, dans cette forêt sombre de Californie. Comme les anciens druides qui menaient leurs cultes immémoriaux dans les bois sauvages de Bretagne. Bois sacrés, temples païens aux innombrables piliers végétaux, nourris de la sève des anciens dieux et sculptés dans l'écorce des rêves des hommes.

Antoine tourna la tête vers la berge de l'autre côté de l'étang. Il était trop loin pour distinguer les visages des Bohemians, mais il ressentait l'aura de leur puissance. Deux mille hommes, riches, puissants, soudés, assemblés pour communier dans un rituel secret. Devant une chouette gigantesque.

Jamais il n'aurait cru cela possible.

Pas des paumés, ni des allumés, pas des marginaux sous la coupe du gourou d'une secte. Non, des personnalités de premier rang, responsables de la destinée de millions de personnes. Des hommes politiques, des banquiers, des militaires haut gradés, des grands patrons… L'élite de la plus grande puissance mondiale en adoration devant un oiseau de pierre. Le fantasme ultime des conspirationnistes était une réalité. Aussi réel que l'idole qu'il avait sous les yeux.

C'était grotesque et impensable. Et pourtant, il les voyait de ses yeux.

Une société secrète à l'image des États-Unis. Version XXL. Rankin avait vu juste.

Sa raison vacilla. Le délire de Leyland Gost s'incarnait en pierre et en sang. Leyland avait cru à l'incroyable. Il était américain. Marcas lui posa la main sur l'épaule.

— T'avais raison, Leyland. J'ai pourtant du mal à croire ce que je vois. Même leur nom de Bohemian est irréel.

— Mec, t'es en Californie, et du côté de Frisco, la ville aux collines magiques. Dans une ville en pente, certains pensent vers le haut et d'autres vers le bas.

Le Ghost prit son portable et se mit en position pour filmer la chouette en se calant sur le roc. Maladroit, il fit rouler un caillou qui dégringola en contrebas. L'un des gardes leva la tête dans leur direction. Il sortit immédiatement une torche électrique et balaya leur cachette.

Marcas abaissa la tête de Leyland et se recroquevilla dans le renfoncement.

Il saisit le pistolet dans sa poche pour se rassurer. Une protection illusoire, il n'était pas de taille à affronter une armée de gardes surentraînés.

Un bruit de pas se rapprochait de leur refuge. Le

faisceau de la torche électrique grossissait et illuminait les buissons.

Leyland Gost était terrifié.

Ses muscles se tendaient, comme s'il voulait bondir de sa cachette. Il voulut parler, Antoine lui plaqua la main sur la bouche.

Antoine ferma les yeux, à l'écoute des pas qui se rapprochaient. Le crissement s'amplifiait à mesure que le halo devenait de plus en plus menaçant.

Marcas sortit doucement le pistolet de sa poche. Trop tard, le garde allait sûrement les repérer.

Soudain, les pas stoppèrent, à deux mètres. Une voix grésillante jaillit dans la nuit. Un talkie. Antoine entendit le garde grommeler quelque chose. Son cœur battait à toute allure.

Le grésillement cessa. Antoine crispa sa main sur la crosse du Smith et Wesson.

Le garde reprenait sa marche, mais en sens inverse. Puis, il descendit la pente à toute allure et s'éloigna dans la nuit.

Marcas relâcha la pression de sa main sur le pistolet. Leyland transpirait à grosses gouttes.

— Plus jamais ça, *bullshit* !

Ils se remirent en position d'observation. Des coassements de grenouilles sortaient de toutes parts. Soudain, on entendit des coups de gong.

Il se passait quelque chose de l'autre côté du lac. Les flambeaux s'éteignaient les uns après les autres, les conversations baissaient d'intensité. Les ténèbres prirent possession de l'assemblée.

Soudain, des faisceaux de lumière convergèrent juste devant l'idole. Un homme y apparut en plein centre, vêtu d'une cape blanche doublée de soie rouge, coiffé d'une mitre de pape. Il écarta les bras d'un geste ample. Sa voix grave envahit tout l'espace.

— *La chouette règne dans son temple de feuilles. Que tous dans le bois lui fassent révérence.*

La voix faisait presque trembler le sol. Des haut-parleurs géants devaient être disséminés de chaque côté du lac. Antoine braqua ses jumelles à visée nocturne sur le prêtre.

Le visage du maître de cérémonie apparut. Fardé de blanc, les yeux peints d'un noir charbon, les lèvres trop rouges pour être naturelles, des sillons qui partaient des yeux et de la racine du nez. Un prêtre maquillé comme une vieille poupée craquelée. Marcas se figea. Il connaissait ce visage, il l'avait déjà vu, à la soirée Kellerman.

Lester Rogue. Le milliardaire texan du pétrole, le patron d'Andréa.

Lester Rogue, le maître des nouveaux Illuminati. Le commanditaire de l'assassinat d'Adam.

Antoine tendit les jumelles à Leyland. Celui-ci jeta un œil et trépigna.

— Un milliardaire qui joue les prêtres travelos. Énorme.

Une trompette sonna à nouveau. La voix de Rogue gronda dans les ténèbres.

— *Levez vos têtes, vous les arbres. Et demeurez ainsi, vous les spirales éternelles. Car voici le pèlerinage du Bohemian Club. Et sacrés sont les piliers de cette maison.*

Le centre de la scène s'illumina doucement. Un nouveau coup de trompette sonna dans la nuit. Un groupe d'hommes en capuche arrivait en procession pour se masser devant l'idole, rejoignant ceux déjà présents.

— *Araignées tisseuses, ne venez point ici. Salut à vous, Bohemians !*

Des hurlements de joie et des applaudissements jaillirent de l'assemblée plongée dans le noir. Lester Rogue continua de débiter des phrases sentencieuses, truffées d'expressions ampoulées. Antoine n'arrivait pas à déchiffrer le sens de l'invocation.

— C'est un rituel franc-maçon ? demanda le Ghost Rider.

— Non… Si j'en juge par l'apparence, ça ressemble à un culte païen, peut-être druidique, mais le style de l'invocation semble plus récent. On dirait des déclamations théâtrales du XIXe siècle. Mais la référence à la chouette au début de la cérémonie est sans ambiguïté. C'est un rituel Illuminati... En plein XXIe siècle aux États-Unis…

Le flot incantatoire de Rogue s'écoulait dans les ténèbres, il était question de ciel nocturne, d'une Inquiétude qui menaçait les Bohemians. Le terme Inquiétude revenait deux fois dans les paroles. Soudain, une phrase alerta Marcas.

— … *mortels. Touchez aux yeux aveugles du monde par la charogne. Ouvrez leurs yeux pour voir.*

L'œil, encore l'œil, toujours l'œil. On y revenait toujours, les yeux dans la cave de Heller, l'œil des Illuminati, l'œil crevé du *Chien andalou*, l'œil du palais de Tokyo…

Leyland secoua son épaule.

— Regarde le bateau sur l'eau ! Ils m'ont piqué mon avatar du Ghost Rider !

Une barque, surgie silencieusement des ténèbres, approchait de la berge du culte. Le nautonier portait lui aussi une longue cape, mais elle était noire. Marcas braqua ses jumelles.

Un visage pâle et noir se dévoila à la lumière des flambeaux qui éclairaient la barque. Un crâne de craie, creusé d'orbites décharnées d'où luisait un regard incandescent. Le visage de la mort.

Le passeur portait un masque de mort. C'était Charon, le batelier des enfers qui conduisait les mortels au royaume des trépassés. Au fond de la barque, il y avait un long paquet blanc, en tissu, comme une sorte de tapis enroulé. Marcas n'arrivait pas à distinguer les détails. Rogue continuait ses invocations.

— *Bohemians et prêtres, notre appel est enfin entendu. Par le pouvoir de votre camaraderie, la triste Inquiétude est tuée !*

Des hurlements de joie jaillirent à nouveau de toute l'assemblée.

— *Ce corps est emmené ici à notre bûcher funéraire.*

Lester Rogue brandit ses poings vers le ciel. Ses assistants en cape soulevèrent l'étrange colis qu'ils déposèrent devant l'autel.

— *Notre bûcher funéraire attend le cadavre de l'Inquiétude ! Toi, l'ennemie de la beauté. Tu n'auras nul pardon, nulle sépulture. Le feu aura raison de toi.*

Deux officiants, capuche rabattue, sortirent de nulle part en portant un sarcophage d'où jaillissaient des flammes ardentes et le déposèrent au pied de Lester Rogue. Les cris des Bohemians se firent plus vifs, plus excités, on entendait des encouragements incongrus comme s'ils assistaient à un match de football.

Antoine braqua à nouveau les jumelles au centre de

la scène. Les assistants du prêtre avaient retiré l'emballage de l'étrange paquet. Marcas se figea, horrifié.

C'était un corps humain. Le tissu épousait le corps de la tête aux pieds, comme un linceul.

— Ils ne vont pas oser ! gronda Marcas, écœuré par la scène.

Les deux mille convives de ce spectacle hallucinant savaient-ils qu'il y avait un cadavre sous leurs yeux ? Aucun être humain ne pouvait prendre plaisir à s'esclaffer devant cette parodie de culte sacrificiel. Il revoyait les photos jaunies dans le mausolée au milieu de la forêt. Nixon, Kissinger, Reagan, les Bush… Des présidents de la plus grande puissance du monde qui avaient eux aussi applaudi à cette farce macabre. Des patrons, des financiers, des journalistes ! Des gens doués de raison payaient vingt-cinq mille dollars pour assister à ce sacrifice, pour entendre débiter des incantations grotesques au milieu des coassements de grenouilles. Par quelle folie, ces gens avaient-ils été contaminés ?

Antoine se frotta les yeux. Le Bohemian Club, c'était le forum de Davos revu et corrigé par un Tarantino sous acide.

Soudain, un ricanement jaillit dans la nuit, suivi d'une voix différente de celle de Rogue. Lugubre, grave, méchante.

— *Idiots ! Idiots ! Vous ne pouvez pas me tuer.*

Leyland filmait sans interruption.

— C'est le cadavre de l'Inquiétude qui est censé parler ! dit le hacker, tout excité.

— *Idiots ! Année après année, vous me brûlez dans ces bois ! Et je reviens à chaque fois vous hanter. Je crache sur votre feu.*

Une détonation retentit derrière la cachette d'Antoine et de Leyland. Affolés, ils tournèrent la tête. Une boule de feu verte jaillit d'un promontoire en hauteur et stria le ciel d'encre en laissant derrière elle une traînée incandescente émeraude. Le bolide tournoyait sur lui-même et décrivit un arc de cercle parfait jusque dans le petit lac où il plongea dans une gerbe de feu.

Lester Rogue secouait la tête avec un air de défi. Il leva à nouveau les bras vers le ciel nocturne et posa son pied sur le cadavre. Puis, il se tourna vers l'idole.

— *Ô Chouette immortelle, princesse de la sagesse. Donne-nous un signe.*

Des faisceaux de lumière rouge jaillirent du sol et frappèrent la divinité. La masse sombre se drapa d'un voile de sang. Par un troublant effet stroboscopique, les anfractuosités verticales taillées dans la pierre prenaient une teinte pourpre et humide. Les pinceaux de lumière ondulaient par pulsations, donnant l'impression qu'un liquide obscène coulait dans la pierre.

Marcas était fasciné.

— On dirait que cette chose vit. Que des veines parcourent son corps, chuchota-t-il. Une chouette de sang.

Le Ghost Rider dirigea son smartphone en direction du monolithe.

— Mec, c'est comme du Lovecraft, voilà ce que c'est. On est chez les maîtres du monde, adeptes de Cthulhu ou de Nyarlathotep. Je vais dépasser *Gangnam Style* sur YouTube !

En contrebas, le maître du feu s'était penché sur le cadavre. Il retira le bout de tissu qui entourait la tête. Intrigué, Marcas braqua à nouveau ses jumelles sur le corps du sacrifice.

Un visage apparut à la lueur des flammes.
Marcas faillit hurler.
C'était un visage de craie.
Le visage de scène de Lady B.
C'était Bela.

76

Bohemian Grove
De nos jours

Antoine crispa sa main en sueur sur la poignée du Smith et Wesson.

Il n'allait pas laisser Bela se faire sacrifier par ces déments. Il l'avait embrassée, caressée, aimée, la nuit dernière. Et elle était étendue sous ses yeux, devant cette monstrueuse idole aveugle et cruelle. Ce Moloch hideux, à la robe ensanglantée, qui réclamait un sacrifice humain.

— Putain, ils crament une chanteuse, glissa Leyland Gost.

— Non, gronda Marcas, j'y vais !

— Tu vas te faire buter, répliqua le hacker en lui agrippant la manche. Attends, y a un truc bizarre. Ça colle pas.

Leyland Gost reprit les jumelles, atténua la visée nocturne du fait des flammes, et les braqua sur le visage de Bela.

— C'est pas elle ! Regarde ! C'est une photo. Une

putain de photo de son visage qu'ils ont collée sur un mannequin.

Antoine empoigna les jumelles. Son cœur battait à tout rompre. Il était tellement énervé qu'il n'arrivait pas à les caler sur ses yeux.

Deux officiants en capuche soulevaient le corps pour le mettre dans le sarcophage enflammé. Ça ressemblait tellement à un corps de femme. Il pria pour que le Ghost ne se soit pas trompé.

Il accrocha enfin le visage et poussa un soupir de soulagement. C'était bien une photo, les coins s'étaient décollés sur l'un des côtés. Il poussa soupir de soulagement.

En contrebas, les deux assistants venaient de précipiter le mannequin dans les flammes. Un crépitement formidable fusa, des lambeaux rougeoyants jaillirent du sarcophage sacrificiel.

La voix de Lester Rogue monta dans le ciel.

— *Que les flammes dévorent l'effigie du cadavre de l'Inquiétude. Cette année, j'ai nommé Lady B. Le démon femelle. La corruptrice des âmes de nos enfants. La fornicatrice de Babylone.*

Une explosion de cris de joie sauvage s'éleva de l'autre côté du lac. Ça hurlait et trépignait de toutes parts. Un martèlement régulier monta des estrades, en cadence. Le battement de milliers de chaussures sur des planches en bois, tel un gigantesque roulement de tambour dément, comme les bruits de bottes d'une armée en marche.

Des flambeaux s'allumèrent les uns après les autres sur la berge. Puis, on entendit une détonation sourde dans le ciel, puis deux, puis trois, puis une rafale. Des étoiles rouges, bleues, dorées et argentées éclatèrent dans la nuit.

— Un feu d'artifice pour un semblant de sacrifice, ces types sont de grands malades.

Une fumée blanche s'élevait du sarcophage où se consumait le mannequin de Lady B. La photo se racornissait dans les flammes. La vapeur montait jusqu'à la tête en triangle de la chouette. Lester Rogue gronda à nouveau.

— *Bohemians, oubliez désormais vos soucis de l'année. Et que la gloire habite vos cœurs purs. Dignes héritiers des* Fils de la Liberté *!*

Antoine sursauta.

Les Fils de la Liberté. Rankin en avait parlé la veille au cours du dîner. La société secrète des pères fondateurs des États-Unis. Le groupe subversif dont l'emblème composé de bandes rouges et blanches avait donné naissance au drapeau américain.

C'était un cauchemar, tout se mélangeait dans un maelstrom délirant. Les *Illuminati*, *les Fils de la Liberté,* le *Bohemian Club*. Des noms et des époques différentes, mais une même filiation stupéfiante, une lignée qui s'était pervertie au fil des siècles. Dans le sang et le fer. Pour la gloire et le pouvoir.

Leyland posa son smartphone sur le côté.

— Plus de batterie, mais ça suffit. Avec cette preuve, on a de quoi les désintégrer. Il faut se tirer d'ici.

Marcas se massa le cou.

— Quelle preuve ? Ils ont simulé un sacrifice humain devant leur chouette. Et alors ? On a juste la bobine de Lester Rogue déguisé en prêtre. Ils pourront toujours prétexter la représentation d'une pièce de théâtre. Mais tu as raison, on décampe d'ici !

Ils rampèrent hors de leur cachette et se faufilèrent dans les buissons. La lune inondait la colline de lueurs spectrales. Antoine repéra le chemin par lequel ils étaient arrivés. Ils grimpèrent la pente et passèrent en courant de l'autre côté du sommet. Ils dévalèrent l'autre versant, Leyland trébucha deux fois avant d'arriver en bas, à chaque fois rattrapé de justesse par Marcas.

— Il faut traverser le camp avant qu'ils ne reviennent, dit Antoine. Et on trace direct vers la rivière.

— J'approuve, mec, j'ai pas envie de rester dans le coin au milieu de tous ces tarés.

Ils retrouvèrent le chemin et atteignirent le chalet de bois où se trouvait la galerie de photos. Au moment où ils allaient le contourner, deux hommes débouchèrent de l'autre côté de la clairière, ils riaient, l'un d'entre eux portait un cadre dans les mains. Ils entrèrent dans le chalet et refermèrent la porte derrière eux.

Antoine et Leyland attendirent quelques secondes et reprirent leur route à toute allure. Ils pénétrèrent dans le bois par lequel ils étaient passés. La statue du squelette coiffé d'une mitre était toujours là, silencieuse et malveillante. Sans s'arrêter, les deux hommes filèrent vers le sentier qui grimpait en direction de la rivière.

Leyland ralentit au bout d'un quart d'heure et se toucha la poitrine.

— J'en… peux plus… J'arriverai jamais à me taper à nouveau le chemin de la corniche et deux heures de marche.

Antoine s'arrêta également. Lui aussi était à bout de souffle. Il avisa un couvert à l'orée d'une pinède isolée, juste avant le surplomb au-dessus du ravin.

— On va se poser là, on est hors de portée. Je vais appeler Ryan pour qu'il nous attende. Si tant est qu'on ait du réseau.

— Tu rigoles, la plupart des Bohemians boursicotent toute la journée, ça m'étonnerait qu'on leur ait pas installé des antennes relais.

Marcas alluma son mobile, les barres de réseau s'alignaient au complet. Il passa son coup de fil, mais l'homme de Rankin était sur répondeur. Il laissa son message et raccrocha.

— On retrouvera pas notre chemin dans l'obscurité. C'est trop risqué, je suis claqué.

Antoine acquiesça, la forêt était trop épaisse et dangereuse de nuit. Mais il était mort d'inquiétude. Le simulacre de sacrifice l'avait ébranlé. Lester Rogue n'avait pas choisi Bela par hasard pour incarner leur Inquiétude.

— Il faut que je retourne en bas, dit-il d'une voix blanche. Je dois vérifier quelque chose.

— T'es malade ! Tu vas pas me laisser seul.

— Planque-toi, j'en ai pas pour longtemps, je te laisse le flingue.

Antoine n'attendit pas la réponse et dévala la pente herbeuse. Il fallait qu'il ait la confirmation de ce qu'il redoutait. Si ses craintes étaient fondées… Il n'osa même pas y penser. Il fonçait, la respiration haletante, la gorge et les poumons en feu. Jamais il n'avait couru aussi vite de sa vie.

Toutes les pièces du puzzle se mettaient en place. Il fallait juste en avoir le cœur net.

La preuve.

Il reprit le chemin, arriva devant la statue du squelette, obliqua sur la droite et déboucha devant le chalet au toit tronqué. Il était essoufflé. L'intérieur était allumé, les deux hommes qu'il avait croisés devisaient autour des photos. Marcas s'approcha d'une des fenêtres sans faire de bruit. Lentement, il se colla contre la vitre et inspecta l'intérieur du chalet. Il savait ce qu'il allait trouver.

Sur l'un des murs, juste à côté des photos des frères Kennedy on avait ajouté un cadre. Un cadre avec un visage de femme.

Bela.

Marcas fixa le portrait pendant une longue minute, puis il s'affaissa au sol, dos contre la paroi de bois.

Les portraits des célébrités dansaient devant ses yeux.

Le président Kennedy, son frère Robert, l'abbé Emmanuel, Che Guevara, le président Salvador Allende, Gandhi, Martin Luther King, Jimi Hendrix, Jim Morrison, John Lennon, Lady Di…

Tous des réformateurs dans leur domaine. Des pacifistes, des politiques, des artistes, des rebelles qui avaient attaqué à leur façon l'ordre établi de l'Amérique.

Tous avaient eu leur effigie brûlée devant l'idole. Tous avaient été ensuite assassinés, suicidés ou victimes d'accidents.

Pas exécutés dans le Grove, non, ailleurs, aux yeux du monde entier. Mais leur disparition avait été décidée ici.

Tout s'éclairait.

Le visage de Kennedy remonta à la surface. En 1960, il avait battu Nixon, membre du Bohemian Club, et tous les sondages le donnaient gagnant pour l'élection suivante en 1964. L'assassiner, c'était le plus sûr moyen de se débarrasser d'un dangereux rival. Puis, Robert Kennedy, le frère de John qui avait pris la relève pour l'élection de 1968, avait été aussi supprimé, laissant Nixon triompher.

L'ordre, la hiérarchie... Pour préserver leurs intérêts.

Les paroles d'Andréa prenaient tout leur sens.

Tous ces portraits accrochés, c'était le tableau de chasse des Bohemians. Des Illuminati. Une société secrète destinée à préserver l'ordre établi. Comme celle des *Fils de la Liberté*, mais créée pour un but opposé. Non pas pour lutter contre l'oppression, mais bien pour la perpétuer.

L'avertissement d'Andréa revint à sa mémoire.

Ce qui se dit et se prépare dans notre organisation se réalise toujours.

Ils avaient accroché la photo de Bela.

Elle était la prochaine cible.

Ils allaient la faire exécuter. Par un autre Damien Heller, un autre Lee Harvey Oswald, un tireur fou sélectionné dans le centre de recherches de San José.

Il devait la prévenir. Tout de suite.

Il prit une inspiration, se leva et courut à nouveau en sens inverse à travers la clairière. Au moment où il parvenait au niveau de la statue du maître du feu, il stoppa net.

Des bruits de voix résonnaient dans le sentier, des centaines de voix joyeuses.

Les Bohemians étaient de retour.

Un homme marchait en tête, en cape blanche, la tête coiffée d'une mitre, le visage blafard et les lèvres rouges.

Ils arrivaient droit dans sa direction.

77

Bohemian Grove
De nos jours

Marcas s'était jeté derrière la statue. Il se colla le plus possible contre la pierre. Les Bohemians passèrent à quelques mètres de lui. Rogue, ses officiants, les gardes, les invités. Les pas étaient lourds, les rires gras et arrogants. Ça n'en finissait pas, ils étaient des dizaines, des centaines… Le temps s'écoulait lentement, cadencé par le rythme des pas. Comme un régiment, celui d'hommes puissants et repus, ivres de pouvoir et de richesse. C'était interminable, un supplice.

Il n'avait qu'une obsession, appeler Bela, la prévenir du danger.

Enfin, le dernier Bohemian passa devant lui et s'éloigna vers le chalet. Il voulut prendre son portable. Rien. Les poches de son pantalon de treillis étaient vides. Il fouilla frénétiquement. Il avait dû le laisser dans la cachette là-haut. Une onde de rage le parcourut.

Ne t'énerve pas, reprends le contrôle.

Il attendit quelques minutes qu'il n'y ait pas de

retardataire, puis fila vers la colline. Quand il arriva devant la cachette, Leyland Gost était en train de le braquer avec le revolver.

— N'approchez pas ou je tire, cria-t-il d'une voix angoissée.

— C'est moi, Antoine.

— Tu m'as fait une de ces peurs. J'aime pas les francs-maçons qui rôdent dans le noir.

Antoine se rua sous le couvert, le cœur battant.

— Tu as trouvé mon portable ?

— Oui, tu l'avais laissé tomber. Tu as découvert quelque chose ?

Marcas ne répondit pas, il lui arracha le smartphone des mains et composa fébrilement le numéro de Bela. La tonalité de recherche n'en finissait pas.

Pire, la batterie était dans le rouge.

En contrebas, les toiles de tentes étaient illuminées de toutes parts, on aurait dit des voiles accrochées dans les arbres. Des rires et des cris montaient de partout. Les Bohemians festoyaient. Antoine scruta le camp avec haine.

Réponds. Réponds.

Il y eut enfin un déclic. Une voix féminine retentit.

— Antoine ! Je suis morte d'inquiétude. Stuart m'a dit que tu étais parti pour une expédition dans les bois. J'ai failli devenir folle.

Antoine sentit une onde de chaleur le parcourir. Entendre sa voix après avoir vu son effigie brûler lui procura un soulagement intense.

— Tout va bien. Tu es dans l'appartement d'Inner Sunset ?

L'alerte de coupure de batterie résonna à son oreille. Il ne restait que quelques secondes d'appel.

— Oui. Dans mon lit, il est vide sans toi.

— Pars immédiatement. Appelle ton ami Rankin et va te mettre sous sa protection dans sa villa. Je te rejoindrai là-bas demain matin.

— Mais, je ne…

— Obéis. Je t'expliquerai tout. Je tiens à toi.

— Moi aussi. J'ai envie d'un neuf de cœur. Tu sais que…

Le portable coupa définitivement.

Antoine s'effondra sur l'herbe humide. Il tentait de reprendre son souffle. Dans le ciel, la lune pleine brillait d'un éclat minéral. Un éclat qui n'avait rien de romantique. Au-dessus de ces forêts ténébreuses, elle se teintait d'une blancheur froide et hostile, comme la pupille morte d'un œil aveugle.

Leyland Gost lui tapa sur l'épaule.

— On est bloqués au milieu de la jungle, nos portables out, avec juste à côté de nous deux mille dingos richissimes qui font rôtir des jeunes filles devant un hibou géant. En espérant qu'ils ne nous ont pas repérés. Quant à notre pote Boule de billard, il a peut-être mis les voiles et il a relâché le type au couteau. J'ai oublié un truc ?

Antoine avait repris son souffle.

— Oui, ils vont assassiner Bela Kellerman.

— Je pige pas.

— Ils brûlent les effigies de leurs ennemis avant de les assassiner. Ce soir, c'était Lady B. Bela dans le privé.

Leyland afficha un sourire rusé.

— Putain, mec, Bela Kellerman, c'est Lady B ? Encore un scoop mondial. Depuis le temps qu'on croyait que c'était un hologramme.

— Sur ce coup, tu vas fermer ta gueule, menaça Marcas, elle a pas besoin qu'on révèle son identité maintenant.

— OK, mec. T'énerve pas.

Antoine reprit son arme et cala son dos contre un tronc recouvert de mousse. Son regard était aussi sombre que les bois du Bohemian.

— Je fais le guet. Dors un peu, on repartira à l'aube.

Le retour à travers le Grove avait été plus rapide, Leyland s'était réveillé sans problème. Le soleil entamait son ascension dans le ciel quand ils arrivèrent devant la voiture du chauve. Au grand soulagement d'Antoine, l'homme de Rankin avait tenu parole. Ils s'engouffrèrent dans la Ford qui démarra dans la foulée. Antoine s'était assis à l'avant.

— Qu'avez-vous fait d'Andréa ?

— Rien. Il est toujours dans le hangar.

— Vous vous foutez de moi ?

— On en discutera plus tard. Mieux vaut pas traîner dans le coin. J'ai vu passer deux patrouilles du shérif de Monte Rio cette nuit. Ils n'aiment pas les étrangers qui rôdent autour du Grove.

— Je vois pas le rapport.

— Quand les Bohemians se réunissent, ils doublent la présence policière. Parfois, ils mettent des barrages sur les routes aux alentours. Le club est une cible de choix pour ces cons d'Al-Qaida. Tu veux vraiment qu'on trouve ce rigolo dans la voiture si on se fait arrêter ?

— Mais, c'est un assassin, gronda Marcas.

Le chauve lui lança un regard sans aménité.

— J'obéis aux ordres. Pas de vagues. Si t'es pas content, je te laisse avec ton copain continuer la randonnée à pied jusqu'à Frisco.

La Ford fonçait sur la petite route forestière ; par endroits les ramures des arbres géants faisaient comme un toit de verdure au-dessus du bitume. Au détour d'un virage, la voiture ralentit brutalement.

— Qu'est-ce que je disais…

Antoine ne voyait rien devant lui. Le chauve tendit l'index sur sa gauche.

— Dans les fourrés en bas, sur la route. Dodge blanche avec bande verte, le *custom* favori des flics du comté de Sonoma. On reste tranquilles, on sourit et on me laisse parler si on se fait arrêter par ces ploucs.

La Ford prit deux virages en lacet et déboucha sur une portion d'asphalte en ligne droite, bloquée par un barrage routier. La Dodge était à moitié garée sur un talus. Une barrière avec herse rétractable avait été posée sur la route. Deux policiers, visages carrés et fermés, lunettes de soleil noires et chapeaux à bord plat inspectaient la carrosserie d'un camping-car vert pomme, peint avec des fleurs. Assis sur l'herbe, trois jeunes gens regardaient la scène en plaisantant.

Le chauve stoppa à quelques mètres du camping-car. L'un des flics s'interrompit dans son contrôle du véhicule, fit un signe de tête à son collègue et vint dans leur direction. Antoine sentit son estomac se rétrécir. Il n'aimait pas se trouver de l'autre côté de la barrière.

Le policier était presque arrivé devant la Ford quand il inclina la tête vers le talkie accroché à la poche extérieure de sa poitrine. De l'autre, il posa sa main sur l'arme de son ceinturon.

78

Bohemian Grove
De nos jours

— Surtout n'intervenez pas ! Laissez-moi faire, éructa le chauve de sa voix de Marine.

Ryan sortit de la Ford et marcha en direction du flic. Celui-ci avait toujours la main posée sur la crosse de son pistolet. Antoine et Leyland fixaient la scène avec appréhension.

Le chauve faisait de grands gestes avec ses mains et montrait le camping-car. Le policier ne bronchait pas, son visage restait impassible. Puis, Ryan sortit son portefeuille et exhiba un carré de plastique sous le nez du flic. Celui-ci hocha la tête. Il changeait d'attitude. Quelques minutes plus tard, celui-ci revint vers la Ford, s'installa au volant et démarra. Devant eux, le flic venait d'abaisser les pointes de la herse.

Il roula tranquillement, passa devant la Dodge et envoya un salut amical au policier.

— Salut, tête de nœud, murmura-t-il derrière la vitre.

Antoine avait tourné la tête vers le barrage qui s'éloignait.

— Qu'est-ce que vous leur avez dit ?

— Que je faisais partie de la sécurité du Bohemian Club.

— Ils vous ont cru comme ça ?

Le chauve sortit le carré de plastique rouge qu'il avait montré au policier.

Hillbillies. 12

— J'ai trouvé ça dans la poche de votre ami au couteau. Un passe d'accès au club.

— Comment l'avez-vous su ?

Le chauve se gratta la joue négligemment.

— Par déduction. Le blondinet m'a expliqué que les Bohemians arrivent en délégation par État. Les Hillbillies viennent du Texas. Le chiffre identifie le personnel de sécurité qui accompagne les membres.

Leyland frappa son poing contre la vitre.

— Et dire qu'avec cette carte on aurait pu rentrer directement par la porte principale, sans jouer les Indiana Jones. On est trop cons.

La villa de Pacific Heights resplendissait au soleil. Un décor de rêve sous un ciel paradisiaque.

Passé leurs retrouvailles, Antoine et Bela s'étaient assis devant la grande table du salon pour faire le point. Leyland, lui, travaillait à l'étage devant un ordinateur prêté par Rankin, cherchant à pénétrer des réseaux ou des systèmes liés aux Bohemians et à Rogue.

Rankin rejoignit le couple et s'installa à côté d'eux pour visionner le film de Leyland tourné dans le Grove. La vidéo terminée, le milliardaire prit la parole.

— Impressionnant ! Ça risque de faire une très mauvaise publicité aux Bohemians. Mais franchement, ce n'est pas une preuve, ils s'amusent comme pour carnaval. Au pire, Lester Rogue sera ridiculisé et deviendra la bête noire du Web, mais il n'y a absolument pas de quoi l'envoyer à Saint Quentin.

Bela intervint. Son visage, malgré le soleil, affichait la même pâleur que celui de son personnage de scène. Elle tenta de plaisanter :

— C'est quand même flatteur d'être offerte en sacrifice devant tous ces hommes puissants. J'étais la seule femme. C'est presque comme un gang bang monstrueux avec deux mille mecs en rut. Tu imagines ?

Antoine secoua la tête.

— Non, je préfère pas. Et puis je te rappelle que ces deux mille types ont applaudi à ta condamnation à mort.

Bela frissonna, mais garda le sourire.

— Antoine, tu n'as pas encore compris que même ces gens ont été contaminés par l'esprit bohème de San Francisco. Personne n'y échappe. Ces types sérieux et étriqués en costume-cravate adorent se prosterner devant une chouette géante et hurler sous la lune.

Rankin opina, le visage songeur.

— Savez-vous ce que disait le poète Allen Ginsberg, le pote de Kerouac, à propos de l'esprit qui hante cette ville et ses alentours ?

— Non, répliqua Antoine, obsédé par la cérémonie macabre.

— Il évoque *la longue et honorable tradition de San Francisco de confusion sociale bohemiano-bouddhico-branlo-anarcho-mystique.*

— Bien vu, mais ça n'enlève rien à leur malfaisance, répondit Antoine d'un ton sec.

Bela se rongeait les ongles, ses mains se crispaient l'une sur l'autre, au point que les jointures viraient au blanc.

— Es-tu vraiment sûr qu'ils la mettront à exécution ?

— Je ne suis sûr de rien, mais la probabilité est très forte. N'oublie pas que tu as fait perdre beaucoup d'argent à Rogue avec ton combat contre les gaz de schiste. Et puis ta disparition de la présidence de la fondation Kellerman devrait l'arranger. C'est un mobile sérieux.

Elle contemplait la baie, le regard vague.

— Quelle ironie, moi qui ai fait de la pub aux Illuminati dans mes chansons, voilà qu'ils veulent ma mort !

— Ils vont t'envoyer un dingue qui te flinguera en plein concert, déclara fermement Antoine, tu dois annuler ta tournée.

D'un coup, elle frappa du poing sur la table. Il sursauta. Dans son regard brillait une lueur de défi.

— Jamais ! Pas question de vivre dans la terreur ! C'est à moi de les abattre et j'ai un moyen.

Rankin intervint :

— Lequel ? On n'a aucune preuve tangible pour convaincre la police ou le FBI. Sans compter qu'ils sont sûrement infiltrés par des hommes du Bohemian.

— Il faut leur couper l'herbe sous le pied. Je vais les dénoncer sur scène ! Révéler leur existence devant le monde entier.

Ils la regardaient comme si elle était devenue folle. Ils s'écrièrent d'une seule voix :

— Quoi ?

— Juste avant de commencer le concert, je dénoncerai les agissements des Illuminati, sans nommer le Bohemian Club, mais ce sera suffisamment explicite pour qu'ils comprennent. On garde le film du Ghost pour la suite et on avise après.

— C'est stupide ! C'est comme jeter de la viande crue à un loup, réagit Antoine.

— Tout au contraire. C'est une assurance-vie. Ma déclaration va mettre le feu dans les médias, on ne saura pas si c'est vrai ou si j'ai voulu faire un coup de buzz. Mais Lester et ses amis, eux, saisiront vite le message. On pourra négocier.

Antoine secouait la tête. Bela posa sa main sur la sienne et la caressa.

— Écoute-moi. S'ils sont résolus à m'assassiner, ils le feront quand ils voudront. Dans un mois ou un an. Je ne peux pas vivre avec cette épée de Damoclès au-dessus de la tête. C'est au-delà de mes forces. *Je n'ai pas le choix.*

Rankin intervint à son tour.

— Pour une fois, je suis d'accord avec Marcas, c'est trop dangereux, Bela. Tu vas les rendre fous furieux.

— Je vous remercie, Stuart, ajouta Antoine, et ce sera la dernière fois que je le ferai.

— Ça ne m'étonne pas, depuis le débarquement en Normandie en 44, les Français nous ont largement habitués à l'ingratitude.

Bela leva les mains.

— Arrêtez, tous les deux. Vous ne me ferez pas changer d'avis. Et puis, si j'ai bien saisi, ils assassinent toujours leurs victimes bien après leur cérémonie. Kennedy s'est fait buter en novembre, de mémoire, l'abbé

Emmanuel en janvier, et leur raout se déroule toujours à la mi-juillet. Donc, je ne risque rien pour l'instant. Je les dénoncerai ce soir ! Pendant mon concert à San Francisco. Je vais porter le feu sur leurs terres.

— Où doit se dérouler le concert ?

— En prison, murmura Rankin d'un air grave.

Antoine écarquilla les yeux.

Bela sourit et ajouta :

— Dans la baie, sur l'île d'Alcatraz.

79

San Francisco
De nos jours

Bela et Antoine avaient passé une demi-heure à rédiger le discours d'introduction au concert. Tous les mots étaient pesés, choisis, calculés. Les allusions aux Bohemians suffisamment subtiles pour que le message, quoique discret, soit immédiatement compris. La chanteuse avait changé l'ordre de la chorégraphie : au lieu d'entrer sur scène portée par les danseurs bodybuildés à la peau dorée, elle se faufilerait dans l'obscurité et apparaîtrait brusquement sous la lumière d'un unique projecteur. Sans musique d'introduction, sans effets spéciaux : une mise en scène épurée pour marquer les esprits.

Tout le contraire de ses prestations scéniques fantasmatiques.

Je suis Lady B et ce soir, j'ai un message important à vous transmettre.

Les Illuminati existent réellement. J'en ai la preuve.

Ma vie est menacée. Ils m'ont brûlée devant leur totem de pierre.

Elle avait enregistré le discours. Elle n'aurait plus qu'à le diffuser en play-back sur scène.

— Ça ne commencera que dans quatre heures, mais je dois partir bien avant pour les répétitions. Toute l'équipe est déjà là-bas. Tu as ta place réservée dans une loge VIP.

— Je t'accompagne.

— Pas question. Je m'isole toujours avant le concert, c'est vital pour la préparation. Je ne veux pas t'avoir dans les pattes.

Au moment de la voir partir, Antoine fut pris d'un doute.

— Tu es sûre de toi ? Je veux dire, tu mesures bien les conséquences ?

— N'aie crainte. Bien sûr, il faudra s'attendre à une avalanche de réactions après le concert. La presse va s'en mêler. La police viendra aussi (elle sourit tendrement à Marcas), je crains que notre virée à Palm Springs ne soit décalée.

— Je ne suis pas tranquille.

Elle l'embrassa dans le cou.

— Tu es parano. C'est la meilleure solution. Et puis, vois le bon côté des choses, ça va me faire un coup de pub d'enfer. Une star de la pop menacée par des Illuminati, tu imagines ! Les ventes vont s'envoler. Je me demande si je ne vais pas nous acheter un appartement à Paris…

— Je ne suis pas un gigolo !

Elle lui prit le visage entre les mains et l'embrassa à nouveau.

— Je t'aime. Vraiment…

Un voile passa néanmoins dans le regard de Bela. Chez elle, l'euphorie ne durait jamais longtemps, vite remplacée par le doute et l'inquiétude. Les montagnes russes de l'humeur.

— Reste qu'Andréa court toujours dans la nature. Ce beau salaud m'a baisé… deux fois.

— Stuart a transmis sa photo aux services de sécurité du concert.

Elle se leva et prit la main d'Antoine. Ses yeux brillaient.

— Viens dans la chambre, tu as juste le temps de passer l'examen du neuf de cœur.

Bela avait quitté la villa de Pacific Heights depuis plus d'une heure. Marcas sortit de sa chambre et passa dans le salon où il tomba nez à nez avec Leyland Gost. Le hacker traînait son ordinateur et sa carcasse avec lenteur, le regard pesant.

— Quelle tête d'enterrement pour un type qui va toucher deux cent mille dollars.

— Il y en a qui niquent et d'autres qui se font niquer, mec. Rankin m'a interdit de passer mon film tourné au Bohemian. Il m'a menacé de me dénoncer au FBI si je ne lui obéissais pas. Bravo la démocratie.

— Démarche maladroite mais c'est pour ne pas diffuser ton blockbuster trop tôt. On t'a expliqué la stratégie de Bela, je…

— Fais chier, mec, coupa le hacker, je le sais très bien. C'est juste que vous n'avez pas confiance en moi. Ça me mange le cerveau, mec. De toute façon, je l'ai vérolé. Il ne pourra pas le diffuser sans un code de dévérouillage. Connard de Rankin !

Antoine tapa sur l'épaule du Ghost.

— Te vexe pas… mec. Et puis, tu es invité au

concert. Place en loge VIP, champagne et gonzesses de folie.

Le hacker lui envoya un regard noir.

— J'aime pas le champagne, je déteste la soupe de Lady B. Je bois de la Bud et en ce moment j'écoute *Tito and Tarentula.* Pour les nanas, je me tape pas des putes.

Antoine soupira et prit une bouteille d'eau dans le bar du salon.

— T'as trouvé des trucs avec ton ordinateur ?

— Rien. Le Bohemian ne laisse pas de traces, encore moins publiques : pas de site Internet, encore moins de page FB ou de compte Twitter. Il n'y a que les sujets traités par les sites. Je suis allé faire un tour dans la société de Lester Rogue, mais là aussi c'est le néant.

— C'eût été trop facile. Et du côté des dossiers récupérés au centre de recherches *eye tracking* ? Tu avais exploité tous les fichiers ?

— Non, Andréa m'a assommé au mauvais moment. Ça vaudrait le coup de continuer, mais j'sais pas si j'ai trop envie.

— Tu fais vraiment la gueule ?

Leyland cracha un postillon sur un tapis précieux.

— Mec, la vidéo des guignols du Bohemian, c'est de l'or en barres de douze. Le Ghost Rider veut devenir riche, célèbre et quitter Tenderloin pour Sausalito, de l'autre côté du Gate. Entre les droits télé et les clics de pub sur YouTube, la chouette peut cracher trois à quatre millions de billets. Mais j'ai que dalle, parce qu'un putain de milliardaire m'a braqué au coin de la rue. Oui, je fais la gueule et les deux cent mille dollars n'y changent rien.

— C'est juste une question de temps… Et puis, tu ne risques rien, Rankin n'a pas ton sésame.

— Ouais… Je vais demander au chauffeur qu'il me ramène dans mon quartier de merde. Bon concert avec tes potes friqués.

Leyland quitta la pièce en fulminant. Marcas le regarda s'éloigner avec tristesse. Il lui rappelait son fils, mais il ne savait toujours pas pourquoi.

Une onde de fatigue l'envahit. Il était crevé et n'avait quasiment pas dormi de la nuit au Grove et maintenant son corps réclamait son dû. Le concert était prévu pour 20 heures, il fallait une heure pour faire le trajet jusqu'à Alcatraz. C'était suffisant pour piquer un petit somme. Et calmer l'angoisse qui ne cessait plus de le tenailler.

New York

La nuit était tombée sur la côte Est des États-Unis. La chaleur s'était abattue toute la journée sur les rues de New York comme une coulée de lave en fusion. Debout devant une large baie vitrée, au soixante-sixième étage d'un building de la Cinquième Avenue, Peter Van Riess frissonna. Comme toujours en cette saison, les Américains abusaient de la climatisation. Les bureaux de la délégation américaine du groupe Heidelberg occupaient tout l'étage et offraient une vue magnifique sur Central Park et l'est de Manhattan.

La discrétion était de mise, aucune plaque d'identification n'était accrochée dans le tableau des entreprises du hall de l'immeuble. Même les gardiens à l'accueil ne connaissaient pas l'identité des locataires de l'étage 66. Toute l'année, l'activité se réduisait à la présence épisodique d'une secrétaire, mais certains mois, des hommes à l'air important se faisaient annoncer à l'étage 66, puis s'engouffraient sans un mot dans l'ascenseur.

Peter Van Riess était l'un d'entre eux.

Il contempla le rectangle vert de Central Park quand le téléphone sonna. Il retourna s'asseoir dans l'unique siège du bureau, brancha le brouilleur électronique, puis le haut-parleur.

— Bonjour, monsieur.

— Bonjour, Peter. Je crois savoir qu'il fait très chaud à New York, j'espère que vous n'êtes pas indisposé. La ville est insupportable en cette saison.

— Je régule, monsieur, je régule.

— Bien. Où en sommes-nous de l'opération *Flag*, Peter ?

— Elle devrait arriver à son terme, prochainement.

Van Riess savait que son interlocuteur prenait son temps pour formuler ses questions. Chaque mot était pesé. La voix reprit :

— Quelle est la probabilité d'une issue conforme à nos prévisions ?

— Très forte, mais nous ne sommes pas à l'abri d'impondérables. La planification d'une opération n'est pas une science exacte. D'autant que le paramètre Antoine Marcas perturbe les calculs.

— Le processus même de la vie n'est pas une science exacte, Peter. J'attends de vos nouvelles rapidement. Bonne journée.

— Bonne journée, monsieur.

Il raccrocha et jeta un œil à l'horloge murale électronique, sous forme de carte des États-Unis, et qui indiquait l’heure dans les grandes métropoles du pays.

Son regard s’arrêta sur la côte Ouest.

Il était 17 heures à San Francisco.

80

San Francisco
De nos jours

Marcas se réveilla en sursaut, son portable s'excitait. C'était le numéro du Ghost. Il était 18 h 10.

— Oui, Leyland ?

— J'ai trouvé une araignée bleue, mec.

Antoine se massa le visage, l'esprit encore embrumé.

— Je vais poser ma question favorite. Traduction ?

— Une araignée bleue, c'est un truc bizarre qui n'existe pas dans la nature mais qui fait chier. J'en ai trouvé une dans les fichiers du centre, un mail envoyé par Nielsen, le directeur du centre, à une adresse inconnue. Mais avec retour de messages.

Marcas se redressa. Derrière la fenêtre, le ciel avait pris une teinte orangée.

— Je ne comprends pas.

— Quand tu réponds à un mail par un autre mail, il n'y a que deux possibilités. Soit le mail destinataire est valide, soit il ne l'est pas. Et dans ce dernier cas, tu reçois un message d'invalidité. D'accord ?

— Et donc ?

— J'ai essayé d'identifier le mail destinataire de Nielsen, chaque fois j'ai reçu un avis d'invalidité, comme s'il n'existait pas. Pourtant, il fonctionnait avec Nielsen. Seule explication, ce destinataire inconnu a utilisé un séquenceur aléatoire qui n'autorise qu'un seul interlocuteur. C'est très rare, ce sont plutôt les services gouvernementaux ou certains hackers qui pratiquent ce truandage. Si on admet que Nielsen est en relation avec Rogue ou avec l'un de ses sbires, alors le contenu du message a de la valeur. C'est la bonne nouvelle.

— Que dit le message ?

— C'est la mauvaise nouvelle. Je sèche. Je t'envoie le texte par SMS et je continue mes recherches. Il paraît que t'es le grand sorcier du décryptage des phrases ésotérico-mystérieuses. Au fait, je suis toujours de mauvais poil.

Antoine sourit et raccrocha. Il était temps de filer au concert. Il enfila un pantalon, un pull et un blouson, mis à disposition dans la chambre d'invités, puis il appela le chauffeur. En sortant de la pièce, il récupéra son mobile et consulta le SMS envoyé par le Ghost.

Le sang du pélican.

Leyland Gost avait raison, le message n'avait pas grand sens. Après la chouette, le pélican, un code du Bohemian Club. S'il s'agissait d'un attentat en préparation, Bela devait être assimilée à l'oiseau.

Le Range Rover descendait avec souplesse les rues à la verticale, on voyait la baie grossir à vue d'œil. Les premières nappes de brouillard arrivaient de l'océan, et lapaient les eaux sombres au-delà du Golden Gate.

Le sang du pélican.

La phrase tournait dans sa tête. Il connaissait la

valeur symbolique de l'oiseau au long bec dans la tradition chrétienne. Le pélican perçait sa poitrine pour nourrir ses petits. Son sang perlait et irriguait sa progéniture. Par métaphore, l'oiseau désignait le sacrifice du Christ, qui versait son sang pour l'humanité.

Il frissonna, il s'agissait à coup sûr de l'exécution de Bela. De son sacrifice. Mais où et quand ? Il fallait que le Ghost trouve d'autres indices, d'autres fichiers cachés.

Le Range Rover acheva sa descente des montagnes russes, quitta Taylor Street et s'engagea dans Embarcadero, l'artère qui longeait le port de Fisherman's Wharf. Centre commercial illuminé, vieilles baraques de pêcheurs repeintes, enfilade de restaurants de fruits de mer aux façades clinquantes, marchés à la criée, l'ancien quartier des pêcheurs avait subi un lifting dans les années soixante-dix, mais n'avait pas perdu toute son âme. Les envahisseurs des quatre coins du monde avaient juste changé de nature, les vagues de chercheurs d'or pouilleux débarqués sur des rafiots pourris s'étaient métamorphosés en hordes de touristes déversés par de gros jets aseptisés.

Le Range Rover déposa Antoine au niveau du Pier 33, d'où partaient les navettes pour l'île d'Alcatraz.

La baie scintillait sous la lune, et des colonnes de lumière blanche montaient de la masse sombre de l'ancienne prison, située à deux kilomètres de Frisco. Un air humide et salé chatouilla les narines d'Antoine au fur et à mesure qu'il s'approchait de l'embarcadère. Il longea le quai, le long de la flottille des nefs ventrues qui assuraient la liaison avec Sausalito, et arriva devant un ponton au-dessus duquel trônait un pavillon temporaire avec le visage de Lady B.

Deux Blacks en smoking et oreillette jouaient les cerbères. Il les salua et tendit son carton d'invitation. Le plus grand inclina la tête en souriant et lui indiqua le bout du quai.

Un superbe *offshore cruiser* de couleur anthracite, effilé comme un squale, dansait doucement sur les eaux noires du port.

Le pilote, un costaud en pull de même couleur que son bateau, qui n'avait pas l'air de plaisanter, tendit la main à Marcas pour le faire monter. Il portait un badge d'identification avec sa photo et son nom. *Eytan Morg.*

— Marcas, c'est français, grommela le type aux épaules impressionnantes.

— Non, c'est lapon. Ça vous pose un problème ? Je vous demande d'où vous venez ?

— De très loin. Pas de problème ! J'aime bien la France.

Le pilote haussa les épaules et mit en marche. Antoine s'accrocha à son siège. Le squale fila comme une fusée vers la baie. La brise marine fouettait son visage, emplissait ses poumons et lavait son esprit.

Marcas n'avait qu'une hâte, en finir avec cette histoire d'Illuminati et de Bohemian Club. Assez des décryptages, des jeux de piste, des codes ésotériques. Après le concert, il persuaderait Bela et Rankin de transmettre tous les éléments à la police ou au FBI.

Pour la première fois de sa vie, il se sentait dépassé par la puissance de ses ennemis. Il avait toujours lutté contre des adversaires souvent invisibles, parfois groupés en sociétés occultes, mais là c'était trop.

L'image des Bohemians, ces deux mille clones de Lester Rogue hurlant devant l'idole, restait gravée à l'acide dans la chair de sa mémoire. Ils étaient passés à côté de lui quand il s'était réfugié derrière la statue dans le Grove. Le martèlement de leurs pas le hantait. La marche d'une armée, une armée arrogante qui n'avait jamais connu la défaite et dont les champs de bataille couvraient la terre entière. Et lui, Marcas, s'était caché, le cœur battant, de peur d'être découvert, et terrifié par la mort annoncée de Bela. Le constat était limpide et cruel, il n'était plus de taille. Rideau.

Le hors-bord ralentit sa course. Face à lui, à quelques encablures de la masse sombre d'Alcatraz, une kyrielle de bateaux illuminés, alignés les uns derrière les autres, formait une ronde autour de l'île. Il interpella le pilote :

— Dites-moi, capitaine Morg. Pourquoi ces navires entourent-ils la prison ?

— Ici, on m'appelle Eytan. C'est pour ce foutu spectacle. Une idée des organisateurs. La scène du concert est posée sur le toit du bâtiment principal de la prison. La masse des spectateurs assistera au spectacle depuis les bateaux. Il y a des écrans géants sur les bords de l'île. Les Pink Floyd avaient fait le même coup à Venise.

— Ça n'a pas l'air de vous réjouir.

— Vous n'allez pas me croire. Les responsables du Consortium du spectacle ont emmerdé tous les pilotes des bateaux pour qu'ils encerclent Alcatraz en formant deux ellipses. Pas en couronne, non, deux ellipses. Je vous jure, c'est le terme qu'il a employé.

Ils accostèrent contre la coque blanche d'un yacht à trois étages. Le pilote aida Marcas à monter sur le pont arrière, et le salua d'un signe de tête. Antoine regarda le *offshore cruiser* disparaître dans la nuit.

— Bienvenue dans mon modeste bateau. Montez, le spectacle ne va pas tarder.

Antoine leva la tête et vit Rankin qui agitait la main depuis le pont supérieur. Il rejoignit le milliardaire par un escalier en colimaçon extérieur. Des fauteuils étaient disposés sur toute la longueur du pont, tous tournés vers l'île. Des petits groupes d'hommes et de femmes déambulaient sur le pont en riant, d'autres discutaient devant la rambarde. Ils étaient tous jeunes, beaux, et n'avaient pas l'air d'avoir le moindre problème dans la vie.

Marcas ne se sentait pas dans son élément. Il n'avait qu'un souhait, que la soirée se termine au plus vite. Dire qu'elle était là-bas sur Alcatraz, à moins de cent mètres du bateau, en train de se préparer.

Rankin lui apporta une coupe de champagne. Antoine l'accepta, un peu d'alcool l'aiderait peut-être à calmer ses angoisses. Il avala son verre d'un trait sous le regard inquisiteur du milliardaire.

— Pour tout vous dire, la fête a un goût amer, dit Marcas. Je suis toujours inquiet pour Bela. Demain, il va falloir qu'on évoque le cas de Lester Rogue sérieusement. Il faudra alerter les autorités, même sans preuves. On ne peut pas le laisser courir en liberté indéfiniment. Vous avez bien doublé la sécurité ?

— Et comment ! Ryan s'en est occupé personnellement. Je n'ai pas l'air, mais je partage vos craintes. Bela aurait dû annuler ce concert, répondit-il d'un air inquiet, mais elle a toujours eu un caractère entier.

Un gros bourdonnement d'insecte résonna au-dessus de leur tête. Un hélicoptère glissait lentement dans la nuit et se positionna au-dessus d'Alcatraz. Marcas jeta un regard inquiet à Rankin qui lui renvoya un sourire.

— Rassurez-vous, l'hélico fait partie de l'équipe de retransmission. Regardez l'île. C'est Bela qui a eu cette idée.

L'écran géant installé sur le quai de débarquement s'alluma d'un seul coup et retransmit l'image d'Alcatraz vu de l'hélicoptère.

Au même moment des foyers de lumières concentriques vertes s'allumèrent sur toute la surface de l'ancienne prison. La vue depuis le ciel dévoilait un énorme disque émeraude, avec en son centre un rond noir. L'hélicoptère garda le même angle et prit progressivement de l'altitude. Les lumières des bateaux apparurent dans le champ de la caméra.

— Que le spectacle commence, lança Rankin.

Marcas poussa un cri de surprise, il comprenait maintenant la raison du positionnement des bateaux autour de l'île.

L'image qu'il apercevait sur l'écran était celui d'un œil géant.

Un œil dont l'iris émeraude brillait au centre du roc et dont les traits stylisés des paupières étaient dessinés par les lumières des bateaux.

81

San Francisco
De nos jours

À l'apparition de l'œil de lumière sur écran géant, un tonnerre d'applaudissements et des sifflets jaillirent des bateaux et des spectateurs groupés dans l'île. Marcas se tenait à la rambarde des deux mains. L'ambiance festive apaisa ses angoisses.

19 h 57. Dans trois minutes, Bela allait apparaître sur la scène. Il connaissait par cœur les paroles de son intervention, il les avait rédigées avec elle, l'un à côté de l'autre.

Cette femme avait une force, un courage qui l'impressionnaient.

Sur l'écran, l'œil s'animait. L'iris changeait de couleur et prenait toutes les nuances possibles. Les lumières des bateaux s'éteignaient et s'allumaient dans un même ballet.

Dans l'embarcation de Marcas, des rires joyeux fusaient de toutes parts. Une blonde au décolleté ravageur et au sourire éméché faillit renverser son mojito sur le blouson d'Antoine. Il sourit, la bonne humeur était contagieuse.

Son portable vibra. C'était le Ghost Rider. Antoine décrocha.

— C'est pas le moment. Bela va entrer en scène.

— J'ai trouvé un autre truc. Et pas une araignée bleue.

Antoine avait du mal à entendre la voix du hacker. Il plaqua une main sur son oreille gauche.

Leyland parlait, mais Marcas n'arrivait pas à tout entendre. La voix d'un speaker venait d'annoncer l'arrivée de Lady B. Antoine changea de place et se colla à une paroi du bateau.

— Parle plus fort et dépêche-toi.

Sur l'île, la scène venait de plonger dans le noir. Un épais pinceau de lumière blanche jaillit d'un projecteur situé sur le phare de l'île et balaya le décor. La voix de Leyland monta en décibels.

— Il y avait un autre message du destinataire inconnu sur le mail de Nielsen.

Au moment où il prononça les dernières paroles, Bela venait d'apparaître sur la scène. Marcas était hypnotisé. Son visage de poupée blanche, yeux étincelants, occupait toute la surface de l'écran géant. Bela paraissait irréelle.

— Et alors ?

— C'est toujours *Sang du pélican*, mais avec la mention. *À terme.*

À l'écran, Bela flottait dans sa robe blanche évanescente, presque de première communiante, une tenue de scène incongrue pour un concert de pop. Antoine sourit, il savait qu'elle devait l'enlever juste après sa déclaration et apparaître en justaucorps chair, quasiment nue. Et redevenir l'indécente et provocante Lady B.

Marcas répondait, exaspéré. Leyland lui parasitait le spectacle.

— *À terme.* Je ne comprends toujours pas, hurla-t-il.

Autour de lui, les invités lui faisaient signe de se taire. Leyland vociférait lui aussi.

— OK, je te laisse. Ça se passe où, le concert ? Au Fillmore, à l'American Hall ?

— Non, devant Alcatraz, beugla Marcas. Pas de pélican à l'horizon, heureusement. Je vais couper, Leyland, ça commence.

Le Ghost cria quelque chose au bout du fil. La voix de la chanteuse envahit la baie illuminée.

— *Bonsoir, San Francisco !*

Des hurlements jaillirent des bateaux. Antoine avait les yeux rivés sur Bela et éloignait lentement le portable de son oreille. Un mot prononcé par le Ghost happa son oreille. *Danger.*

— Répète.

Leyland s'époumonait dans le portable.

— Mec ! Fais-la dégager tout de suite. Ils vont la tuer !

— *Je suis Lady B et ce soir, j'ai un message important à vous transmettre avant de commencer ce concert.*

Leyland criait à s'en rompre les cordes vocales :

— Alcatraz ! Le pélican !

— Je comprends rien, répondit Antoine qui sentit son cœur s'accélérer.

Soudain un gigantesque drapeau américain se déroula sur le fond de la scène. Les bandes rouges et blanches ondulaient sous le souffle d'un vent invisible.

La voix de Bela planait sur les flots sombres de la baie.

— *Les Illuminati existent réellement. J'en ai la preuve. Ils sont parmi nous depuis toujours.*

Elle ouvrit les bras, paumes en avant.

Leyland s'égosillait de plus belle.

— Putain, mec, Alcatraz ça veut dire pélican en espagnol ancien. Tu comprends ? Pélican, c'est le nom d'Alcatraz. Ces oiseaux pullulaient dans le coin.

Une onde glacée remonta l'échine de Marcas.

— Tu m'écoutes, mec ? J'avais pas fait le rapprochement tout à l'heure. C'est quand tu m'as dit que tu étais là-bas. Le sang du pélican, c'est le sang d'Alcatraz. Le sang de Bela.

— *À terme*. C'est ce soir, ajouta Marcas, livide.

Comme dans un cauchemar, il courut sur le pont, bouscula les invités et se rua sur Rankin.

— Annulez le concert ! L'assassinat va avoir lieu ici, ce soir.

— J'appelle la sécurité pour la faire évacuer, dit Rankin qui saisit le combiné d'un téléphone mural.

Marcas fixait Bela sur l'écran, si pure et si forte. Elle paraissait toute fragile, seule sur cette scène. Il enrageait de son impuissance.

Le timbre pur et mélodieux de Bela s'envolait au-dessus de la baie, au-dessus des piliers du Golden Gate.

— *Ma vie est menacée.*

Un silence se fit. Sur le bateau tous les visages étaient figés et muets.

Les joues rouges, Rankin aboya dans le téléphone :

— Virez-la de la scène tout de suite !

— *Ils m'ont brûlée devant leur totem de pierre. Je...*

Une détonation retentit.

— Non, hurla Marcas.

Bela vacilla, comme frappée par une bourrasque invisible, et porta sa main à la gorge. Derrière elle, des taches rouge foncé maculaient les bandes blanches du drapeau.

Un second coup de feu claqua.

La tête bascula en arrière. Des gardes se précipitèrent sur elle, faisant un rempart de leurs corps, mais c'était trop tard. Elle s'était effondrée.

L'écran géant s'éteignit et Marcas s'écroula à son tour.

Sa vie venait de basculer dans les ténèbres.

82

San Francisco
De nos jours
Le lendemain de l'assassinat de Lady B

La caméra de CNN se figea sur le visage d'une adolescente, noyé de larmes. Elle lançait des roses blanches par-dessus le bastingage d'un bateau. Par brassées entières. Elle pleurait, comme si elle portait sur ses frêles épaules toute la détresse du monde. Du moins d'un monde, celui des millions de fans de la chanteuse assassinée. Son petit ami, aussi jeune qu'elle, pas plus de quinze ans, la tenait par l'épaule. Sa main tremblait, des larmes perlaient sur ses joues. Autour d'eux, une masse compacte jetait aussi des bouquets multicolores sur les flots bleu acier.

L'image prit du champ et dévoila un bateau plein à craquer de centaines de fans éplorés qui avaient passé la nuit sur place. Les autres navires étaient restés, eux aussi.

Un cercle de douleur entourait l'île d'Alcatraz.

Tous ces navires remplis d'admirateurs noyés de désespoir. De tout âge, de toutes les couleurs. Sur les ponts, des groupes se formaient spontanément et chantaient devant des bougies. Et partout des photos de Lady B.

Une armada de douleurs, remplie jusqu'à fond de cale d'admirateurs de Lady B. Au milieu de la baie bleue et froide, l'œil s'était reformé. Un œil de larme et de sel.

De leurs bateaux, les fans en pleurs scrutaient Alcatraz, bout de rocher devenu autel sacrificiel. Nul ne pouvait approcher de l'ancien pénitencier, tous les accès avaient été interdits par la police en raison de l'enquête.

Une escouade de gros patrouilleurs gris des gardes-côtes formait un cercle de fer contre le roc. Sur le toit de la prison, une armée de policiers s'affairait sur la scène demeurée intacte. Des bandelettes jaunes étaient installées en tous sens, comme la toile d'une immense araignée mutante.

La caméra changea de plan pour zoomer sur une jeune femme blonde en blouson bleue qui tenait un micro gros comme un cornet de glace.

— Ici, Joan Porter pour CNN, sur un bateau face à Alcatraz. Les fans de Lady B ont passé la nuit sur place pour rendre hommage à leur idole alors même que d'autres navires affluent en masse. Les gardes-côtes ont ordre d'intercepter toute embarcation qui tenterait d'accoster sur l'île. J'ai à côté de moi Henry Driscoll, chef de la police municipale de San Francisco.

Le policier affichait un sourire bienveillant.

— En accord avec le maire de la ville, nous autorisons les admirateurs de Lady B à faire leur deuil sur leurs bateaux. Pour des raisons évidentes, l'accès à l'île est bien sûr interdit. Je voudrais en profiter pour demander aux propriétaires de navire de ne plus les louer. Nous avons dépassé la zone de sécurité et il risque d'y avoir des collisions. Nous demandons instamment aux autres admirateurs de Lady B de rester à terre.

— Où en est-on de l'enquête ?

— Ce qu'en a dit l'attorney général. Le principal suspect a été retrouvé mort dans la cabine d'un des bateaux positionnés devant la scène. À côté de son cadavre, il y avait une carabine Savage modèle 111, calibre 300 win mag, ainsi que deux douilles qui correspondent à celles ayant provoqué la mort de la chanteuse. Le suspect, Jack Servier, était un marginal, plusieurs fois interné en centre psychiatrique et qui avait déjà menacé la chanteuse. Il a laissé une lettre dans son appartement expliquant son geste. Selon lui, Lady B était la fille de Satan.

— Sait-on qui était Lady B ?

— Oui, les informations sur son identité seront communiquées dans quelque temps. Nous devons confirmer avec son agent.

— Et qu'en est-il de la piste des Illuminati ? La chanteuse les a publiquement accusés avant d'être assassinée.

Le policier passa sa main pour lisser ses cheveux plaqués. Il semblait embarrassé par la question.

— Nous étudions toutes les pistes. Il est trop tôt pour se hasarder sur une hypothèse plutôt qu'une autre. Ce qui est certain, c'est que les balles tirées par Servier sont les mêmes que celles qui ont tué Lady B.

— Je reviens à ma question. Elle a annoncé au monde entier avoir été menacée de mort par cette société secrète.

— Société tellement secrète qu'elle n'existe pas, madame Porter. Si vous avez l'adresse de leur quartier général, je serais ravi que vous m'en fassiez part. Et puis, il est tout à fait possible que cette *révélation* fasse partie intégrante de son spectacle. Elle utilisait dans ses concerts tous les fantasmes sur les Illuminati, son discours était peut-être une façon de pimenter le spectacle. Et je le dis avec tout le respect que je porte à cette chanteuse. Nous sommes en train d'interroger son équipe.

La journaliste ne le lâchait pas.

— Si je vous suis bien, il n'y aurait aucun lien entre les Illuminati et Denton. Ce serait une… coïncidence ?

Le chef de la police secoua la tête.

— Je n'ai rien affirmé de tel, madame Porter. Je vous parle d'hypothèses et je vous alerte sur les dangers d'une interprétation conspirationniste. Je ne veux pas que l'enquête soit polluée par des considérations paranoïaques. Laissez nos équipes et celles du FBI faire leur job.

— En espérant qu'elles le feront mieux que la police de Dallas sur l'assassinat du président Kennedy, merci, capitaine, tacla la journaliste.

Le chef de la police lui renvoya un regard glacé. La caméra zooma sur le visage de l'envoyée de CNN, les mains crispées sur son micro et qui s'avançait vers les groupes de fans.

— Si la police reste sceptique sur les Illuminati, en revanche les admirateurs de Lady B sont plus tranchés.

Elle tendit le micro à un groupe de jeunes, assis en tailleur autour d'une photo de la chanteuse et de bougies allumées dont les flammes vacillaient sous la brise.

— Vous admiriez Lady B ?

Les gamins étaient tous en larmes, ils criaient devant la caméra :

— C'était la meilleure chanteuse du monde !

— La plus belle, trop hype. Ils l'ont tuée, ces salauds ! Vous l'avez entendue ! Les Illuminati. Elle les a dénoncés avant le concert. Ils ont voulu lui faire payer.

Leur chagrin se muait en colère.

— À mort, les Illuminati !

— Mais, il n'y a aucune preuve de leur existence, insinua la journaliste.

— C'est faux, les médias cachent la vérité. Vous êtes complices.

La reporter s'éloigna prudemment et tendit son micro à un homme plus âgé.

— C'était une belle personne, qui dispensait le bien autour d'elle. Elle aurait pu faire de l'argent comme les autres chanteurs. Eh bien non, elle travaillait pour le bonheur de l'humanité. Ils ont tué une sainte. Exécutée en direct, son visage… je…

L'homme prit un mouchoir et essuya des larmes.

La journaliste se tourna vers la caméra.

— L'émotion est très forte ici. On sent aussi beaucoup de colère, personne ne croit à la thèse du tireur isolé. Je vous propose de…

Marcas coupa la télévision et avala son deuxième verre de bourbon. Sa chambre de la villa de Pacific Heights était noyée dans la pénombre, les doubles rideaux filtraient la lumière du matin. Toute la nuit, il avait ingurgité jusqu'à l'écœurement le flot des chaînes d'information américaines et étrangères. D'un bout à l'autre de la planète, de Tokyo à Doha, d'Amsterdam à Brisbane, du Cap à Helsinki, le monde entier diffusait en boucle l'exécution de Bela. La douleur s'était répandue comme un ouragan titanesque qui aurait traversé les océans et les continents en quelques heures.

Il se repassait les événements en boucle. Il était sur le bateau, scrutant l'écran géant sur Alcatraz. Bela seule sur scène. Le visage de craie de Bela. Sa dernière phrase.

Ils m'ont brûlée devant leur totem de pierre. Je...

Et les coups de feu.

Son cœur s'était déchiré. Quand ils étaient parvenus avec Rankin sur l'île, le service de sécurité les avait tenus à distance avant l'arrivée de la police et du FBI. Il avait aperçu, de loin, le corps sans vie de Bela.

Moins d'une heure plus tard, on leur avait annoncé la découverte du cadavre de l'assassin supposé, caché dans la cabine d'un des bateaux.

Un assassin éliminé. Lui aussi. Comme pour l'abbé Emmanuel, comme pour Kennedy.

Antoine était ivre de douleur, il voulait tout déballer aux policiers, mais Rankin l'avait rapidement exfiltré, l'implorant de ne pas parler à la police :

— Antoine, le Bohemian Club est partout. Il infiltre les plus hautes sphères de l'État, de la ville, ça vaut aussi pour la police et le FBI. Si on leur dit qu'on possède le film tourné au Grove, ils vont le récupérer et le faire disparaître. Même moi, je ne suis pas assez puissant pour leur tenir tête. On aura plus de preuves pour confondre Rogue et sa bande. On fera le point demain matin, à la première heure.

La traversée de retour avait été un cauchemar. Ils s'étaient éclipsés dans la nuit, comme des lâches, abandonnant le cadavre de Bela sur ce rocher sinistre. De retour à Pacific Heights, Antoine s'était saoulé devant les actus et s'était écroulé tout habillé sur son lit.

La télévision l'avait réveillé. Rankin avait vu juste. Les déclarations matinales du chef de la police sur CNN confirmaient ses soupçons.

... une façon de pimenter le spectacle...

Antoine se siffla le bourbon. Si ça se trouve, ce pourri avait applaudi à la crémation de l'effigie de Bela devant la chouette de pierre, il avait pissé à côté de Bush et s'enfilait des bières en compagnie de ces salopards du Bohemian Club.

Antoine tenta de se relever de son lit, mais c'était impossible. Un étau invisible broyait son crâne.

Il prit son smartphone pour revoir la vidéo sur YouTube. L'assassinat dépassait les trois milliards de vues. Un record mondial. Les paroles du Dr Shandra résonnaient dans sa tête.

La mort de l'icône du bien. Le sacrifice de l'idole. Comme Kennedy, comme l'abbé Emmanuel. L'explosion des neurones miroirs de milliards d'individus sur terre. L'illumination des consciences.

Il cliqua sur la vidéo : ce n'était pas Bela qui apparut à l'écran mais un type en casquette rouge devant une pompe à essence. Quarante-cinq secondes de pub obligatoire, un tunnel qui devait rapporter des millions de dollars à YouTube et assurer à l'annonceur une audience maximale. Antoine se crispa à la vue du logo de l'entreprise.

— C'est pas vrai ! hurla-t-il.

C'était une pub pour le réseau de stations du groupe pétrolier de Lester Rogue.

Le coupable se faisait mousser sur le cadavre de sa victime.

Antoine coupa son mobile avec rage. Rogue triomphait, et lui ne pouvait rien faire, si ce n'est attendre Rankin pour prendre une décision.

L'émotion, puis le désespoir l'envahirent. Tous ces efforts, toute cette énergie dépensée en vain pour aboutir à cette tragédie. Bela était morte. Comme d'autres avant elle…

Dans la semi-obscurité, les fantômes des femmes aimées surgissaient devant lui. Gabrielle, Aurélia. Toutes assassinées. Le cauchemar continuait, sans fin. Bela avait rejoint la cohorte crépusculaire de ces âmes perdues.

Il plaqua ses mains sur son visage, la peau brûlante, la bouche sèche, le cerveau imbibé de fatigue et de regrets. Un 38 tonnes lui roulait sur les neurones. Avec lenteur, il sortit du lit et se traîna dans la salle de bains. Il ne voulait pas allumer la lumière, il tâtonna dans la pénombre et tenta de trouver l'armoire à pharmacie au-dessus du lavabo.

Il se prit les pieds contre le bac de douche, vacilla et se rattrapa de justesse à la barre du porte-serviettes. Même dénicher un tube d'aspirine, il n'en était pas capable. Il s'affaissa sur le carrelage froid, ferma les yeux et se laissa aller. C'était l'œuvre au noir, l'instant où l'espoir disparaissait et le néant devenait l'unique option.

Rogue et tous les Rogue de la terre avaient gagné. Une fois de plus. Que Rankin se débrouille avec la vidéo.

Pour la première fois de sa vie, Antoine n'avait plus le courage de lutter.

83

San Francisco
De nos jours

Trois coups secs retentirent à la porte de la chambre. Il s'écoula quelques secondes et il vit Leyland Gost débouler dans la salle de bains comme une tornade.

— Mec, bouge-toi le cul !

Une lumière crue inonda la pièce, enflamma les rétines d'Antoine. Il détourna la tête.

— Éteins ça.

Le barbu s'assit lourdement sur le lit.

— T'as pris une mégacuite…

— Perspicace, le geek ! Tu l'étais moins sur le pélican et Alcatraz… À quelques minutes près, j'aurais pu sauver Bela. Va te faire foutre.

Le hacker le regarda longuement.

— T'es bien une merde de frenchie.

Antoine se massa le visage. Il ne répondrait pas à l'insulte. L'autre continua, la voix grinçante :

— Une merde qui donne des leçons aux autres et pleure dans son coin quand il a bobo !

— Ta gueule ! marmonna Marcas.

— Non, mec. T'es dans mon pays, t'es chez moi. Un homme, un vrai, ça chie pas dans son froc. T'as aimé DiCaprio dans *Titanic* ?

— Hein ? grommela Antoine.

Il se sentit soulever par les épaules et projeter dans la douche. Avant même qu'il ne proteste, un jet glacé fouetta son visage.

— *Titanic*, hurlait Leyland d'une voix de fausset.

L'eau froide transperça son corps comme des milliers de pics à glace. Antoine voulut se dégager, mais Leyland s'appuyait de tout son poids sur sa poitrine, éclaboussé lui aussi.

— Arrête, Leyland, putain…

— Moi, j'adore. Crie « *Titanic* ».

Une tempête d'eau les submergeait. Le hacker hurlait « *Titanic* » à tue-tête. Antoine battait des mains pour se protéger. En vain. Il finit par plaquer ses pieds contre le ventre du hacker et le projeta contre la paroi de la douche. Transi de froid, il coupa le robinet avec rage.

— Recommence jamais ça, jeta Marcas en contemplant Leyland qui se relevait péniblement, aussi trempé que lui.

Antoine prit une serviette, traversa la salle de bains et revint dans la chambre. L'électrochoc avait fonctionné, son esprit fonctionnait à nouveau. Pas autant qu'il l'aurait voulu, mais il était sorti du fond du puits. Il retira ses vêtements mouillés, se sécha et passa la serviette autour de sa taille.

Le Ghost le rejoignit dans la chambre, torse nu, en s'épongeant aussi. Il le regarda dans les yeux.

— C'est sympa de se retrouver à poil avec toi, Marcas, mais je ne suis pas venu pour ça.

— Tu me rassures, marmonna Antoine.

— On a rendez-vous avec Rankin dans deux heures au QG de sa boîte à Palo Alto. On doit se voir impérativement avant qu'il n'ouvre la conférence du cercle Heidelberg avec ses maîtres du monde. Il les accueille dans son campus à lui. Quel frimeur !

— OK. Je m'habille.

— Tu veux toujours faire la peau à Lester Rogue ? Parce que j'ai du nouveau.

Antoine crispa les poings. Grâce au hacker, le désespoir s'était dissous dans l'eau glacée. Une autre émotion l'avait remplacé.

La haine. La haine de Rogue le dévorait. Pure, implacable, indicible. Jamais dans toute sa vie, il n'avait haï un homme à ce point. Le triomphe de l'injustice et du cynisme érigé en système. Lester Rogue ne pouvait pas s'en sortir comme ça. Il devait payer pour ce qu'il avait fait. Pour l'assassinat de Bela, pour celui de l'abbé Emmanuel. Il devait payer pour ses prédécesseurs du Bohemian Club qui avaient commandité les assassinats de Kennedy et de tous les autres.

Marcas tendit la main à Leyland.

— Pardon pour mes reproches, je ne le pensais pas. Et merci pour le coup de pied au cul.

Leyland serra avec force.

— À ton service, je peux te faire d'autres trucs sympas à cet endroit…

Marcas émit un faible sourire.

— Ça ira pour moi, mais pour Rogue, ça va se faire et ce sera pas sympa.

Leyland afficha un sourire rusé.

— J'ai des trucs qui peuvent t'aider.

Ils étaient installés dans le salon, assis devant la table principale, face à l'ordinateur portable de Leyland.

— Cette nuit, j'ai contacté tous mes potes du réseau Légion, tous des gars de première bourre. Je leur ai dit que c'était pour la bonne cause, planter les assassins de Bela. Aucun ne croit à la thèse du tireur solitaire. Dix mecs ont répondu à l'appel, et sont partis flairer l'adresse du mail fantôme, celle qui annonçait l'opération *Sang du pélican*. Il a fallu cracker des centres de stockage, passer par des voies satellitaires pour brouiller les flics de la NSA, prendre des…

— Stop, épargne-moi les détails techniques, demanda Antoine, impatient.

— On tient un nom. Le Dr Shandra.

Antoine fronça les sourcils.

— Quoi ? Le responsable des recherches d'EyeTech ?

— Oui. L'adresse fantôme qui annonce l'opération *Sang du pélican* a été envoyée à Shandra, pas à son directeur Nielsen. Il a piraté son compte. La vidéo camouflée sur le test de Damien Heller, avec la référence aux Illuminati, c'est encore lui. Les messages avec les coordonnées du Bohemian Club, c'est encore lui. Et ce n'est pas tout, l'un des potes de Légion a retrouvé la trace de deux comptes bancaires offshore, avec des transferts de plus de cinq millions de dollars. Le ver dans le fruit, c'est Shandra.

Leyland fit défiler sur son écran des fichiers, des dossiers, des extraits de textes, des photos de Shandra.

— Excellent, mais excepté le mail allusif sur l'assassinat de Bela, je ne vois rien qui le relie à Rogue.

Leyland se cala dans son siège, les mains croisées derrière la nuque.

— Attends, j'ai pas fini. Regarde qui a passé des tests au centre EyeTech, l'année dernière…

Un visage et un nom apparurent à l'écran. Antoine s'arrêta net.

— C'est l'assassin de Bela ! Le marginal, celui qui s'est suicidé sur le bateau. Super, mais ça ne fait toujours pas le lien avec Rogue.

Le hacker tapa du poing sur la table.

— T'es jamais content ! Putain, on a déjà ce mec.

— Bravo pour les recherches. Voyons le bon côté des choses, on a toujours la vidéo que tu as tournée dans le Grove et ces éléments sur le Dr Shandra.

Antoine se leva et marcha le long de la baie vitrée. La vue sur la baie et le Golden Gate étaient juste sublimes, mais il s'en moquait. Il devait exister une autre preuve pour coincer Rogue.

L'esprit en ébullition, il traversa le salon pour aller se prendre une bouteille d'eau dans le minibar dissimulé derrière un meuble miroir. Son visage se refléta dans la glace.

Les neurones miroirs.

La pièce du puzzle qui manquait.

Les neurones miroirs, le cœur même des recherches du centre, des travaux de Shandra. Il manquait une connexion à toute l'affaire. Il prit la bouteille et retourna s'asseoir auprès de Leyland.

— Résumons-nous. Lester Rogue et le Bohemian Club, les nouveaux Illuminati, assassinent leurs ennemis, comme Kennedy ou Bela, pour préserver l'ordre établi. Ils perpétuent une tradition centenaire, mais ils s'adaptent avec les nouvelles technologies. Ils se servent du centre de recherches EyeTech pour recruter leurs tueurs, des marginaux kamikazes.

— Exact, ils utilisent la technique combinée d'*eye tracking* et des neurones miroirs pour détecter dans la population ces assassins en puissance.

— On continue. Kellerman découvre qu'on utilise le centre EyeTech à son insu, il veut les identifier. Il échoue, mais les Illuminati l'assassinent à son tour. C'est là que nous intervenons pour prendre la relève.

Leyland s'étira.

— Un sans-faute, mec. On les a débusqués, Rogue en tête. Et bonus, grâce à mes potes de Légion on vient d'identifier son homme au centre du dispositif, le Dr Shandra.

— Mais on n'a toujours rien pour le relier à Rogue et aux Illuminati.

Le hacker ricana.

— Eh ouais, mec. Un diable ne fait pas l'enfer, proverbe californien.

Antoine hocha la tête. Le diable, encore une fois, comme dans le manoir Kellerman. L'enfer, le diable, encore et toujours. Pas Lucifer le porteur de lumière, non, le diable qui fait le Mal.

— Qu'est-ce que tu disais sur le Dr Shandra ?

— Ben, qu'on peut remercier mes potes de Légion, c'est grâce à eux qu'on a pu l'identifier. Il serait passé dans les mailles du filet, ce salopard qui piratait le compte de son patron.

— Et bien sûr, Nielsen n'a jamais dû mettre les pieds au Bohemian Club.

Marcas se leva et posa ses mains sur la table. Il était sur la bonne piste, il le sentait.

— Tu peux savoir qui est la société propriétaire de

la technologie *eye tracking* ? Je te parie mille dollars que ce bon Dr Shandra y a travaillé.

Le hacker pianotait à toute vitesse, il trouva l'info au bout d'une dizaine de minutes.

— La boîte s'appelle Track Consulting. Effectivement, il a été l'un des scientifiques impliqués dans le développement de cette technique et il possède des billes dans la boîte. Voyons, qui sont les propriétaires de Track Consulting… J'y arrive… C'est un fonds d'investissement basé à Dallas. Texas ! Ben voyons. On y est, le frenchie ! Le conseil d'administration est composé de six membres. Ah, c'est marrant. Ils ont effacé une photo. Les crétins, ils ne savent pas que le Ghost Rider a le pouvoir de ressusciter les images mortes. Ça y est… Qui avons-nous sur la photo de famille de la société Track Consulting ? Putain, ça pue le Bohemian Club à plein nez. Quelles tronches ils ont… Oh, merde ! Regarde !

Marcas ne souriait pas. Il observait l'homme qui sautait au centre du groupe.

— Le diable se niche toujours dans les détails, Leyland. On la tient notre preuve.

Son regard était devenu mauvais.

— Bela sera vengée. On va faire plonger ce salopard.

84

Palo Alto
De nos jours

La Ford bleue passa l'entrée sécurisée de NICA Corporation et roula lentement dans une allée ombragée. Antoine observait les salariés qui devisaient assis sur les vastes pelouses d'un vert si parfait qu'on aurait pu les croire artificielles. Ils avaient l'air heureux, créatifs, épanouis dans leur travail. Comme dans des pubs de nouveaux programmes immobiliers.

La voiture tourna à un rond-point décoré d'un globe en métal brillant sous le soleil et longea le siège du groupe. C'était un bâtiment tout en courbes, noyé dans la verdure, quatre étages en verre et métal ondulé, comme si l'architecte avait laissé le vent du Pacifique modeler les structures. D'autres unités, à l'architecture souple et aérienne, étaient disséminées tout autour du bâtiment mère.

— Le campus du groupe s'étend sur plus de deux kilomètres carrés, commenta le chauve ; il y a cinq ans, c'était un terrain boueux, qui servait de dépotoir pour les industries électroniques du coin. Rankin a fait nettoyer le sol pour le dépolluer et chaque arbre planté a donné lieu à un versement de dix dollars pour la préservation de la forêt d'Amazonie.

— Les invités sont déjà arrivés ? interrogea Antoine que l'engagement environnemental de NICA Corporation ne touchait guère.

— Pas tous. Ah, voici l'auditorium du groupe qui abrite les travaux du cercle Heidelberg. Stuart vous attend là-bas. Il est un peu agacé à cause de votre retard.

La voiture tourna à nouveau sur la droite et arriva devant une immense structure de forme lenticulaire en béton et acier. Le parking était bondé de voitures coûteuses aux vitres teintées. Des groupes d'hommes et de femmes, nettement plus âgés que les salariés de la NICA, entraient dans le bâtiment les uns après les autres.

Devant la double porte d'entrée, Rankin serrait les mains des invités et affichait un sourire crispé. Beaucoup plus jeune que ses hôtes, il semblait mal à l'aise dans son costume pourtant taillé sur mesure.

La Ford s'arrêta en retrait du parking. Le chauve indiqua l'entrée de l'auditorium.

— Je vous rejoins après m'être garé. Bonne chance.

Leyland et Antoine descendirent et se dirigèrent vers le milliardaire qui consulta sa montre.

— Bon sang ! Vous avez deux heures de retard… Je dois ouvrir les travaux du cercle Heidelberg dans une demi-heure.

— Désolé, mais on a trouvé de nouveaux éléments, répondit Marcas.

— Tant mieux. Rogue est déjà arrivé, j'ai été obligé

de serrer la main de cette ordure. Suivez-moi, on file dans un bureau.

Ils s'engouffrèrent dans un hall coiffé d'une gigantesque verrière qui diffusait des jets de lumière cylindriques. Le murmure de conversations nappait les lieux. Éparpillés par petits groupes, les membres d'Heidelberg devisaient entre eux, un verre à la main. Ils affichaient tous une assurance tranquille et feutrée. Marcas croisa des regards et reconnut certains visages, sans pouvoir leur donner des noms, mais déjà vus à la télévision ou dans les journaux.

Après le Bohemian Club, le cercle Heidelberg. Encore un cercle de pouvoir. Mais cette fois bien plus international. De quoi donner du grain à moudre aux tenants du complot mondial.

— De quoi peuvent bien parler tous ces gens ? s'interrogea à voix haute Marcas.

— De fusions acquisitions, d'investissements à grande échelle, de lobbying pour modifier une loi importante pour leurs affaires, de conseils concernant une délocalisation, ou de taux d'intérêt. Bref, de votre avenir, Marcas, répondit le milliardaire barbu.

Rankin fendait les blocs d'invités comme un brise-glace. Au moment où ils allaient obliquer vers un escalier, une silhouette de petite taille apparut, le visage étonnamment pâle. Antoine l'identifia tout de suite.

Peter Van Riess leur serra la main, Leyland restait en retrait.

— Quel malheur ! Adam, et maintenant Bela ! Dire qu'elle devait faire une conférence devant nous. Une malédiction frappe cette famille, comme celle des Kennedy. J'en parlais justement avec Lester, le nouveau président du cercle Heidelberg. Je vais vous le présenter.

Le plus grand des deux hommes s'était retourné et les dévisagea. Leyland recula instinctivement derrière Antoine.

Le regard dur, la mâchoire carrée, les cheveux en brosse. Les yeux bleus et fixes comme des billes de verre. Il portait sa soixantaine sportive avec l'arrogance de ceux qui entretiennent leur corps plus que de raison.

Lester Rogue voulait conserver son allure de carnassier. En haut de l'échelle alimentaire.

C'était bien le même homme qui priait dans les bois, en cape blanche, le visage maquillé. Le Texan hocha la tête en direction de Marcas, et articula lentement, d'une voix coupante :

— Votre visage me dit quelque chose. Je n'oublie jamais rien. On s'est déjà rencontrés, non ?

Antoine soutint le regard glacé.

— Autour d'un feu de camp, peut-être… J'ai fait du camping dans le coin récemment. Quand j'ai des soucis, j'aime bien faire des balades en forêt.

Le Texan durcit son regard. Peter Van Riess intervint :

— Si ce n'est pas indiscret, pourquoi êtes-vous parmi nous, monsieur Marcas ?

Rankin déclara :

— Antoine venait me faire ses adieux. Il repart en France ; je dois régler avec lui certains détails à propos de Bela. À tout à l'heure.

Ils s'éloignèrent vers l'escalier sous le regard impassible de Van Riess et Rogue.

— Vraiment pas malin l'allusion au Grove, marmonna Rankin.

— Plus fort que moi, désolé.

Ils pénétrèrent dans un vaste bureau, ouvert sur une large baie vitrée dominant tout le campus de la société. Tout était blanc et lumineux. Marcas inspecta les murs épurés, sur lesquels étaient accrochées de rares photos d'art aussi minimalistes qu'onéreuses.

Ils s'assirent sur un canapé effilé, comme un prototype d'avion, face à une large plaque murale de verre translucide.

Rankin ouvrit le feu.

— Nous avons très peu de temps devant nous. Avant de me montrer votre nouvelle preuve, je vais vous expliquer ce qui va se passer. Dans un quart d'heure, les invités vont entrer dans l'auditorium. Je dois ensuite les rejoindre et ouvrir officiellement la session en compagnie de Van Riess et du nouveau président d'Heidelberg, Lester Rogue.

Il se lissa la barbe d'un air entendu et reprit :

— Au moment où je vais rendre hommage à Bela, l'écran géant situé derrière la tribune diffusera votre film tourné dans le Grove.

— Et ensuite ? demanda Antoine.

— Le film se répandra sur Internet au même moment. En moins d'une heure, il sera vu et commenté dans le monde entier. Mon service de presse a aussi prévenu deux journalistes influents. Ils ont été invités discrètement. Des caméras attendront Rogue à la sortie de l'auditorium. Je ne sais pas comment se présente votre nouvelle preuve, mais on pourrait aussi leur en donner copie, s'il y a lieu. Mais, à votre tour de rentrer dans la danse. Le film !

— Vous avez un écran sur lequel je peux me brancher ? répondit Leyland.

Rankin brandit son smartphone en direction de la plaque de verre murale.

— Un écran invisible, waouh, la classe, je veux le même dans mon studio, s'écria Leyland.

Le hacker ouvrit son ordinateur, pianota comme un damné et s'adressa à Rankin :

— Ce truc reçoit la wifi ?

— Évidemment. Vous voulez le code d'accès ?

— Pas besoin, je squatte la wifi de mes voisins pour mater des pornos depuis que j'ai l'âge de bander. C'est parti.

Une image tremblante apparut dans le rectangle de verre. Une forêt sombre de pins et de séquoias. Des hommes en capuche et habillés de capes blanches psalmodiaient devant la chouette de pierre. L'image tremblait et zooma sur l'un d'entre eux, le visage fardé, la mâchoire carrée, les lèvres rouge vif.

Rankin s'approcha de l'écran.

— Enfin, je n'y croyais plus. Ces types ne sont que des malades. Lester Rogue dans toute sa splendeur ! Ce salopard va subir une humiliation totale avec ce chef-d'œuvre du cinéma. Et Bela sera vengée.

— Et ce n'est pas tout. On vous montre notre découverte ? demanda Marcas.

— Évidemment, répondit Rankin, hypnotisé par la cérémonie.

Leyland tapota à nouveau son clavier.

Soudain, l'image s'éteignit. Un ricanement macabre emplit tout le bureau. Une tête de mort enflammée apparut à l'écran. Une tête de mort qui secouait le bas de sa mâchoire, les deux mains en train de serrer le col de son blouson de cuir de motard. Le rire se répercutait en écho.

Rankin se tourna vers les deux hommes.

— C'est ça, votre preuve ?

— Le Ghost Rider aime ménager ses effets, répondit Marcas.

— On n'a pas le temps pour ces enfantillages ! lança Rankin.

— Pour une fois qu'on peut faire attendre les maîtres du monde, on va pas se gêner. OK, vas-y, Leyland !

Le crâne du super-héros disparut de l'écran. Un organigramme grisé apparut. Des blocs rectangulaires avec des noms à l'intérieur et reliés entre eux par des flèches. Marcas se racla la gorge.

— Cette nuit, les amis de Leyland nous ont donné un sacré coup de main. Ils ont découvert que le Dr Shandra du centre EyeTech était impliqué jusqu'au cou dans cette affaire. Avant de travailler à la fondation Kellerman, ce monsieur a occupé un poste important dans une société. Une société qui détient les droits sur le procédé d'*eye tracking* dans le monde et dont les capitaux étaient détenus à cent pour cent par un fonds d'investissement, basé au Texas. Patrie de Lester Rogue.

Antoine s'approcha de l'écran de verre et le tapota.

— Ceci est l'organigramme de ce fonds de capital-risque. Et quel nom lisez-vous sous l'intitulé « président du board », tout en haut de l'écran ?

Marcas appuya son index sur la plaque de verre.

— Le vôtre. Stuart T. Rankin.

85

Palo Alto
De nos jours

Le milliardaire afficha un visage effaré.

— C'est une plaisanterie ?

— Quand nous sommes rentrés avec Bela du centre de recherches, vous nous avez dit que vous ne connaissiez personne là-bas. Perte de mémoire ?

— C'est ridicule, j'emploie des milliers de salariés, je passe des contrats avec des centaines d'entreprises et je finance autant de start-up. Je ne peux pas me souvenir de tout le monde.

Antoine tapota à nouveau sur l'écran.

— Bien sûr… Expliquez-nous ceci ?

L'écran changea de couleur, dévoilant un tableau qui ressemblait à un relevé de banque, une ligne de chiffres et de lettres dans un tableau.

— Cinq millions de dollars virés de l'une de vos filiales offshore de Jersey à un autre compte, celui du Dr Shandra. Une telle somme pour un inconnu, c'est curieux. Ça risque d'intéresser l'IRS, le fisc américain.

Rankin blêmit. Leyland appuya à nouveau sur une

touche. La tête de mort enflammée envahit tout l'écran de verre et riait en silence.

Le milliardaire s'était reculé.

— Vous nous avez menti depuis le début, Stuart, lança Marcas, le visage froid. Ça n'a jamais été Lester Rogue le *bad guy*. Mais vous !

— Vous délirez… N'importe qui peut trafiquer des organigrammes et créer des faux ordres de paiement. On est en pleine théorie du complot, Marcas.

Antoine fit un signe à Leyland qui tapota sur son clavier. Une photo apparut sur l'écran de verre. On y voyait Rankin au milieu d'un groupe d'hommes, avec à sa droite le Dr Shandra.

Marcas haussa le ton.

— Vous nous avez manipulés depuis le début. D'abord Leyland en lui laissant découvrir la pseudo-vidéo camouflée du test de Damien Heller ainsi que les mails qui remontaient au centre de recherches. Moi, en me guidant vers le Bohemian Club. Très réussi d'ailleurs, notre kidnapping par Andréa. Quel talent d'acteur ! Sa tirade sur son faux patron, Lester Rogue, le grand chef des Illuminati qui veut sauver les valeurs traditionnelles de l'Amérique, un véritable morceau d'anthologie.

Rankin restait figé.

— Quel intérêt j'aurais eu dans cette histoire ?

— À vous de le dire au FBI. Si vous n'y voyez pas d'inconvénient, je vais passer les voir.

— Vous n'en ferez rien, gronda Rankin.

Soudain la porte s'ouvrit. Le chauve surgit, son Smith et Wesson à la main. Un sourire ironique aux lèvres, Marcas applaudit lentement.

— Oh, ce bon vieux Ryan, notre sauveur ! Y a pas à dire, il a bien changé de camp.

Leyland s'était enfoncé dans le canapé. Antoine continua :

— Toute cette mascarade, rien que pour nous faire tourner ce film dans le Bohemian Club… Quelle mise en scène ! Un détail m'échappe pourtant : et si nous avions été découverts ?

À son tour, Rankin sourit.

— Ryan vous suivait à distance, il vous aurait protégés. C'est un homme d'expérience.

— Superbe manipulation. Une vidéo du Grove, enregistrée par deux témoins de bonne foi, juste avant l'exécution de Bela. Idéal pour faire porter le chapeau à Rogue et ses camarades. Bien sûr, vous saviez qu'ils allaient utiliser la photo de Bela comme effigie ?

— Rogue a eu cette idée l'année dernière, quand Bela a torpillé son projet de gaz de schiste. Il a émis la proposition par mail à d'autres membres. Et comme moi aussi j'emploie quelques hackers… Ça m'a donné des idées.

— Le Bohemian Club, des hommes riches et puissants, haïs par les trois quarts de la planète. Les coupables parfaits…

— Continuez…

— C'est plutôt à vous. Pourquoi Bela ? Pourquoi toute cette manipulation ? Pour vous débarrasser d'un concurrent comme Rogue ? Il n'y avait pas d'autres moyens ?

Le chauve ne quittait pas Marcas et Leyland du regard. Rankin se mit debout devant l'écran de verre.

— Si je vous disais que j'agis pour le bien de l'humanité. Si je vous disais que c'est moi le véritable

Illuminati. Au vrai sens du terme, celui qui porte la lumière, qui ose affronter les serviteurs des ténèbres comme Rogue et tous ses clones, symboles d'un capitalisme destiné à disparaître.

— Quelle philanthropie ! Et tout ça, en assassinant l'abbé Emmanuel et Bela, sans compter les deux pauvres tueurs dingues que vous avez probablement suicidés.

Rankin secoua la tête.

— Écoutez-moi avant de juger. Internet et les nouvelles technologies sont en train de changer le monde. L'information et les connaissances circulent, mais les gouvernements veulent tout contrôler. Une ère nouvelle s'installe avec des entreprises responsables telles que Google, Facebook, Apple… et la mienne. Le pouvoir et l'argent changent de mains. L'homme le plus riche du monde, Bill Gates, a remplacé les Morgan, Dupont et autres Rockfeller, reflets d'une époque révolue. Mais ces forces archaïques sont toujours puissantes. Les Rogue et leurs réseaux politiques et financiers ! Ils délocalisent, ferment les usines, manipulent les cours de Bourse, s'entendent dans l'ombre pour préserver l'ordre hérité de leurs pères. Ils profitent de la crise pour engranger encore plus de bénéfices. Ils sont une insulte permanente à la démocratie. Ça ne peut plus durer. Alors oui, j'utilise contre eux la technique du bouc émissaire.

— Un milliardaire gauchiste qui utilise des méthodes de nazis, j'avais jamais vu ça…

Le patron du groupe NICA secoua la tête.

— Vous ne comprenez toujours pas. Lester Rogue pille les richesses de cette planète avec ses extractions de matière première, il fait travailler des milliers d'esclaves dans des dictatures. Il pollue la planète avec ses millions de tonnes de déchets de métaux lourds. Au Sénégal, tout un village a été empoisonné avec des contaminations au mercure. Des femmes, des enfants crèvent dans les pires souffrances à cause de ce type. L'une de ses sociétés de munitions fournit des millions de cartouches en Syrie, au gouvernement comme aux rebelles. Peu importe le payeur. Et en toute impunité ! Comment ? Grâce à ses copains politiciens du Bohemian Club dont il finance les campagnes électorales. Eh bien, désormais, c'est terminé !

Rankin s'approcha de Marcas, le visage rayonnant.

— Rejoignez-moi dans ce combat. Je reconnais vous avoir manipulé mais c'est pour une cause juste. Rogue et les autres vont enfin connaître la honte et le discrédit.

— En donnant en pâture le Bohemian Club ?

— Tout juste. Un puissant cercle d'influence que je vais discréditer aux yeux du monde en les faisant passer pour les nouveaux Illuminati.

Antoine secoua la tête.

— Pourtant j'ai bien assisté à la cérémonie de crémation de l'effigie de Bela ? Ce n'était pas une manipulation.

Rankin éclata de rire.

— Non, c'était bien réel, mais vous avez été victime des apparences. Avant d'assister à leurs conférences et de se livrer à leurs magouilles, ils s'amusent devant leur hibou grotesque avec leur *bûcher des soucis*. Vous verriez leurs vieilles photos qui se baladent sur le Net… Aux États-Unis, on a ça dans le sang, je vous l'ai dit. Les Skull and Bones, l'élite WASP[1] de Yale, imposent aux nouveaux postulants de se prosterner nus devant une tête de mort, la tête couverte de sang. Bush père et fils et tous les directeurs de la CIA s'y sont pliés. Je vous l'ai dit pendant notre dîner, c'est vous, les francs-maçons, les responsables.

— Vous délirez !

Le milliardaire appuya ses poings sur le dossier du canapé.

— Vraiment… Réfléchissez à vos rites maçonniques, à vos symboles, à vos serments. Tête de mort, delta lumineux, étoile flamboyante, temples interdits aux profanes. Quand vous passez maître maçon, le rituel n'impose-t-il pas de s'allonger dans un cercueil pour mourir ? Vous imaginez ce que penseraient les profanes s'ils assistaient à vos pitreries macabres ? Et vous vous étonnez après qu'on vous accuse de tous les maux !

— Vous vous êtes bien renseigné sur Internet, grimaça Antoine, mais vous oubliez le sens symbolique.

— Le symbole d'un rituel n'a de valeur que pour ceux qui y participent, pour les profanes ce même symbole marque une déviance. Comme pour la cérémonie du Bohemian. Ils brûlent symboliquement leurs soucis et collent chaque année l'effigie d'un homme ou d'une femme qu'ils n'apprécient guère. Remis dans le contexte, ce rituel est inoffensif. Imaginez, par exemple, un habitant d'une peuplade reculée qui assiste pour la première fois de sa vie à une messe catholique. Il va découvrir, horrifié, des fidèles priant

1. *White Anglo-Saxon Protestant*. Aux États-Unis, Anglo-Saxon blanc et protestant (modèle valorisé).

un homme supplicié sur une croix et un prêtre en train d'offrir le sang du Christ dans une coupe et de la chair dans une hostie.

Rankin s'interrompit pour prendre son portable qui venait de s'allumer.

— J'aurai un peu de retard, faites-les patienter.

Marcas l'interpella.

— Je ne comprends pas, pourquoi leur accoler l'étiquette des Illuminati ?

Rankin ouvrit grand les bras, comme un prêtre.

— À l'audimat du grand complot, les Illuminati explosent toutes les audiences. Pourquoi croyez-vous que Bela a choisi ce thème pour ses concerts ? Ils fascinent les jeunes ! Adam Kellerman vous a montré sa petite exposition au palais de Tokyo, à Paris. Avec les Illuminati, on est dans du Barkun de niveau 3. Les Illuminati sont partout et nulle part, ils surgissent du passé et contrôlent l'avenir. Les Illuminati, Marcas, c'est la version 3.0 du complot judéo-maçonnique ! Il leur manquait un visage, moi je leur fournis celui de Rogue et de ses petits copains…

— Vous nous refourguez à votre sauce le bon vieux complot des Juifs et des francs-maçons. L'infâme ragoût des *Protocoles des Sages de Sion* à la sauce Illuminati.

Rankin croisait les bras, l'air sincèrement navré.

— Non ! Contrairement aux Juifs et aux maçons, Rogue et toute sa bande sont vraiment responsables d'une partie des maux de l'humanité. Leur cupidité a plongé le monde dans le chaos et la guerre, il est temps d'y mettre un terme. Les cours de leurs sociétés vont plonger. Et pour ça j'ai besoin du film. Je n'ai plus le temps d'attendre.

Il fit un signe au chauve qui s'avança, pistolet à la main.

— Ryan n'hésitera pas à appuyer sur la détente.

Leyland pianotait sur son portable.

— OK. On ne s'énerve pas.

Marcas bougea sur le côté.

— Votre combat est peut-être juste, mais bon sang, vous avez exécuté votre ami l'abbé Emmanuel. Vous êtes un meurtrier, Rankin, et de la pire espèce, celle qui croit avoir le bon droit de son côté. Et Bela ! Pourquoi elle ?

— Pour que le bouc émissaire soit crédible il faut que le sacrifié soit de premier choix. Je n'ai rien inventé. Aurait-on autant persécuté les Juifs si on ne leur avait pas collé sur le dos la mort du… Christ ? Et vous, les francs-maçons, on vous accuse bien d'avoir fomenté la Révolution française ! Au Christ les Juifs, à Bela, à Rogue ses Illuminati. Même si la justice n'aboutit pas, les dégâts seront immenses dans l'opinion publique, les cours des entreprises contrôlées par cette bande vont s'effondrer. Il y aura des soupçons, des enquêtes. Et comme pour l'assassinat de Kennedy, personne ne croira la version officielle. Jamais.

— Vous êtes fou ! Un illuminé ! L'humanité ne va pas changer parce que Rogue sera mis hors jeu. C'est un simple pion. Aussitôt disparu, aussitôt remplacé.

Rankin afficha un regard énigmatique.

— Mon projet est plus complexe. Ce n'est que le premier étage de la fusée. Écoutez-moi bien. Je vais illuminer les neurones miroirs de la planète entière.

Antoine fronça les sourcils, mais il n'eut pas le temps de réagir.

— Ça suffit ! Le film n'a pas été encore transféré ? Je crois que notre ami le hacker n'est pas assez motivé. Ryan ?

Le chauve se précipita.

— Tue Marcas !

86

Palo Alto
De nos jours

Leyland leva le bras, le visage suppliant.

— Non, attendez ! Ne le tuez pas ! Y a juste un problème (le Ghost eut un sourire piteux), j'ai plus de batterie. Et j'ai pas de câble.

— Tu mens ! gronda Rankin.

— Putain, mais regardez vous-même !

Il tourna l'écran désespérément noir vers le milliardaire qui lui lança un regard furibond.

— Un câble, on va t'en trouver ! Le film est décrypté ?

Leyland ne répondit pas. Le chauve s'approcha du hacker et colla le canon du Smith et Wesson contre sa tempe.

— Il faut un mot de passe pour déverrouiller l'écran, annonça Leyland, les mains crispées sur l'ordinateur. Et je veux mon fric, d'abord.

— Quoi ?

— Rien à foutre de votre conspiration, rien à foutre de Lester Rogue et des Bohemians, rien à foutre de la justice divine. C'est mon film, je veux mon pognon. Mille euros le million de clics, c'est le tarif sur YouTube. Avec ça, on peut faire trois milliards de connexions !

— Imbécile, j'emploie une armée de types comme toi. Ils vont cracker ton code en moins d'une minute. Donne la bécane !

Leyland secouait la tête frénétiquement.

— On n'ouvre pas l'ordinateur du Ghost Rider comme la boîte de fayots de tante Martha. Putain, mec, réveille-toi. Avant de venir, j'ai vérolé l'accès en cas d'intrusion. Tes mecs sont pas aussi balèzes que le Ghost. Tu prends le risque ? Tu veux rater la séance de projection devant tes potes friqués ?

Rankin n'hésita pas.

— OK, un million de dollars virés sur le compte de ton choix.

— Trois millions pour les trois milliards de clics… Je t'arnaque pas ! Et je te laisse l'ordinateur en cadeau.

— Ça marche.

Le hacker lâcha sa prise, Antoine se précipita et lui arracha l'ordinateur des mains, puis se tourna vers Rankin. Les deux hommes s'affrontèrent. Puis Marcas articula lentement :

— J'ai oublié de vous donner les raisons de notre retard. Avant de venir, j'ai appelé le consulat général de France à San Francisco. Quand je me suis présenté comme commissaire de police et que je leur ai dis que j'avais des informations sur l'assassinat de Lady B, ils m'ont mis en contact avec le FBI. Des gens charmants.

Rankin blêmit. Marcas ouvrit le capot de l'ordinateur devant Rankin.

— Souriez et dites bonjour au FBI. Vous êtes filmé

et écouté depuis le début avec la bécane du Ghost. Une confession en haute définition. En ce moment même, ils sont déjà en bas avec un mandat. Terminé, Rankin, vous pouvez annuler la conférence Heidelberg.

— Tu bluffes ! Ryan, tue-les !

Le chauve brandit son arme. Marcas pivota et projeta l'ordinateur à toute volée contre son crâne. Le portable passa son épreuve de crash test avec succès : le front en sang, Ryan s'écroula aussitôt, laissant rouler son revolver sur le sol. Antoine plongea vers l'arme. Le Smith et Wesson, en métal argenté, brillait comme une terre promise.

Au moment où ses doigts touchaient la crosse, Antoine poussa un cri. Une poigne de fer saisit sa cheville. Furieux, il se retourna. Le visage souillé de sang, le chauve s'accrochait à sa jambe.

— Leyland, le flingue, vite !

Mais le Ghost Rider semblait devenu sourd. Il venait de récupérer son ordinateur auquel il s'accrochait comme à une bouée de sauvetage. Rankin s'approcha de lui et le gifla à toute volée. Le hacker n'avait pas dû recevoir un coup depuis le lycée. Il abandonna le portable pour se protéger le visage. Exactement ce qu'attendait le milliardaire qui le récupéra, pivota et vint écraser de sa chaussure italienne le canon du Smith et Wesson.

— Plus d'ordinateur. Plus de flingue. Échec et mat. Ryan, débarrasse-moi de ce Marcas, je l'ai assez vu.

Le chauve lâcha la cheville d'Antoine pour prendre appui et se lever. Une erreur. Le pied de Marcas le cueillit au niveau de la tempe et l'envoya, inconscient, contre le canapé.

— Ce ne sont pas des chaussures cousues main,

comme les vôtres, Rankin, mais elles sont d'une redoutable efficacité quand elles frappent juste. Alors dites-moi, un ordinateur coincé dans une main, un pied en équilibre sur un flingue, à votre avis qui va être échec et mat ?

Le visage en feu, Leyland s'avançait vers le milliardaire.

— Espèce d'ordure, tu m'as frappé. Et t'as voulu me voler mon film !

— Tu le veux ton film ? Tiens, rattrape !

Rankin laissa tomber l'ordinateur. Le Ghost se précipita.

— Pourriture, tu vas le briser…

Il n'eut pas le temps de finir. Comme il se penchait, un coup de talon l'envoya dans le décor.

— Joli coup de pied, commenta Antoine, dommage que, pour y parvenir, vous ayez dû libérer le Smith et Wesson.

Quand Rankin se retourna, Antoine tenait le revolver.

— De toute façon, vous n'oserez jamais, jeta le milliardaire.

— Vous croyez ?

Rankin s'avança, méprisant.

— Vous, les Français, vous n'êtes juste bons qu'à séduire les femmes des autres.

Antoine se cabra.

— C'est pour ça que vous l'avez tuée ? Par jalousie.

Rankin se jeta sur lui. Sous le choc, ils tombèrent tous les deux à terre. Un coup de feu retentit. Marcas se dégagea de l'étreinte de son agresseur. Celui-ci roula sur le côté en se tenant le ventre.

Des bulles de sang sortaient de la bouche de Rankin. Sa peau avait le teint de craie de Lady B. Antoine jeta son arme et se précipita vers le milliardaire qui murmura :

— Tu as sauvé Rogue et ses copains. C'est pas fini… les neurones miroirs… Bela. T'as rien compris…

— Qu'est-ce qui n'est pas terminé ? Pourquoi les neurones miroirs. Parle ! Quel est le rapport avec la mort de Belas ?

Rankin hoquetait du sang.

— Bela était ma complice… Elle savait… qu'elle devait mourir à Alcatraz.

Ahuri, Marcas lâcha prise. Ses mains étaient trempées du sang de Rankin.

— Tu mens !

— Bela était… condamnée… deux mois… Cancer… inopérable. Elle s'est sacrifiée.

Dans un sursaut, il redressa la tête, ses yeux se rivèrent sur ceux d'Antoine.

— Comme le Christ… sa mort va sauver… l'humanité…

La tête de Rankin roula sur le côté.

87

San Francisco
De nos jours

Il était près de minuit quand Antoine se fit déposer par une voiture banalisée du FBI devant l'appartement d'Inner Sunset. Le brouillard avait repris possession du quartier. Deux lampadaires de fer forgé éclairaient l'entrée du porche qui menait à l'appartement.

Il releva le col de son blouson, descendit de la Chrysler grise et salua le conducteur. Le véhicule disparut dans la brume.

Il avait refusé la protection du FBI, mais se doutait bien que les fédéraux n'en tiendraient pas compte. Son témoignage était trop important pour qu'il lui arrive un fâcheux accident. Une équipe de protection devait être en place, dans l'un des appartements voisins. Une surveillance aussi discrète qu'efficace.

Il avait passé plus de six heures à se faire interroger par une équipe spéciale, arrivée exprès de Washington. Deux hommes et une femme, souriants et professionnels, à l'opposé des caricatures qui envahissaient les séries télé. La confession de Rankin avait été disséquée et on lui avait demandé de recouper toutes les informations lâchées par le milliardaire.

Antoine avait tout balancé, depuis le début de l'enquête à Paris jusqu'à la mort de Rankin. Tout sauf les dernières paroles du milliardaire sur Bela. Il en avait été incapable.

Les agents avaient interpellé le garde du corps de Rankin ainsi qu'Andréa cueilli dans la villa de Pacific Heights, planqué dans l'une des chambres situées dans l'aile réservée aux employés de maison. Antoine apprit avec stupeur qu'il y résidait en secret depuis le début.

Bela l'obsédait. La révélation de Rankin l'obsédait. Même épuisé par les longues heures d'interrogatoire, il ne cessait d'y penser. Il se repassait leur rencontre à la soirée parisienne, le jeu de piste dans le manoir Kellerman, la visite au centre de recherches. Il tentait de se souvenir de ses paroles, de ses réactions. Le corps, le visage, les yeux de Bela… La chanteuse vampirisait son cerveau.

Perdu dans ses pensées, il déboucha dans la cour nappée de lambeaux de brouillard.

La fenêtre du salon de l'appartement était allumée, une silhouette se découpait derrière les rideaux.

Son cœur fit un bond.

Il s'approcha avec lenteur, comme si le brouillard avait épaissi le temps. C'était la silhouette d'une femme.

Bela, vivante.

Impossible. Elle avait été exécutée sous ses yeux. Son corps froid reposait dans une morgue.

Il s'arrêta sur le pas de la porte, hésita avant d'introduire la clé. Son cerveau bourdonnait. Cette femme s'était servie de lui, l'avait manipulé, trahi. Et pourtant, il désirait plus que tout la prendre dans ses bras.

Au moment où il voulut tourner la clé, la porte s'ouvrit.

La femme apparut et le sang reflua de son cœur.

— Bonjour, commissaire, lui lança une rousse d'une quarantaine d'années habillée du tailleur réglementaire du FBI. Cet appartement est sécurisé. Avez-vous besoin de quelque chose ?

Il secoua la tête, incapable de masquer sa déception. L'agent saisit un blouson posé sur le canapé et sortit en le saluant. Il ferma en silence la porte derrière elle.

Bela était morte et ne reviendrait jamais.

Il se massa le visage, puis se déshabilla rapidement. Il n'avait qu'une hâte, prendre une douche brûlante et se réfugier dans le lit. Il espéra secrètement que les draps étaient toujours froissés. Encore imprégnés de l'odeur de Bela.

Une douce clarté régnait dans la chambre désormais silencieuse. Une clarté qui provenait des deux réverbères noyés de brume. Le lit tiré au cordeau serra le cœur de Marcas.

Bela était complice de Rankin.

Plus il essayait de tout remettre en perpective, moins il comprenait la logique des événements. S'il voulait échapper à son obsession, il lui fallait reprendre depuis le début.

Il dénicha un calepin sur le chevet et jeta des notes à toute allure. Il devait trouver la réponse pour chaque question. Il y avait trop de morts autour de lui, trop d'échecs, il fallait comprendre pourquoi.

Bela a participé, ou du moins approuvé l'assassinat de son oncle ? Et pourquoi ?

1 Pas de réponse. 2 Haine d'Adam. 3 Dérapage de Rankin.

Antoine se dit qu'il n'était pas prêt à cocher la bonne case. Trop d'éléments lui manquaient encore.

Bela a demandé mon aide pour résoudre le jeu de piste ésotérique ?

Logique, je lui ai permis d'identifier le Ghost Rider, mandaté par Kellerman qui avait des soupçons.

Elle a insisté pour que je vienne à San Francisco ?

Logique, je devais être pressenti pour partir à la chasse aux Bohemians avec le hacker sûrement jugé peu fiable pour ce type d'expédition.

Elle a couché avec moi ?

Sa main trembla légèrement.

Pas de réponse.

Son lien avec Rankin ?

Pas de réponse.

Elle s'est sacrifiée pour Rankin ?

Logique, elle avait une maladie incurable.

Dans quel but ? Un sacrifice pour sauver l'humanité ? Le deuxième étage de la fusée. L'illumination des neurones miroirs ?

Ces foutus neurones miroirs !

Il reposa le calepin sur le chevet et passa à la salle de bains. Le jet de la douche enveloppa son corps épuisé, comme une couverture chaude. Ses muscles se détendirent, mais son esprit cliquetait comme une horloge mécanique. Il avait beau tourner et retourner les différentes hypothèses, une seule réponse s'imposait.

Elle m'a instrumentalisé.

Il se sécha et quitta la salle de bains pour se jeter sur le lit. Il éteignit la lumière, mais laissa les rideaux écartés.

Il se lova dans les draps frais. Cette femme manipulatrice le hantait. C'était fou et masochiste. Il éprouvait une sensation qu'il n'avait jamais ressentie pour une femme. Pas de l'amour comme pour Gabrielle ou Aurélia. Non, c'était un sentiment trouble, où se mêlaient vanité et dépit amoureux. Il ne voulait pas se l'avouer mais il avait été flatté de partager l'intimité d'une chanteuse renommée. Depuis leur première rencontre, il avait voulu une aventure avec elle, et plus encore depuis qu'il connaissait son identité. Il fallait relever le défi. Et malgré lui, il s'était mis en position d'infériorité par rapport à elle.

Moi, le petit flic français, je me suis tapé la star américaine.

Et maintenant, alors même qu'il prenait conscience d'avoir été un objet, il en tirait une fierté malsaine.

Il se roula dans le lit, agrippa un bout de drap. Les images de leur corps à corps reprenaient chair. Il touchait à nouveau ses seins, ses cuisses…

Son portable sonna.

Il soupira, même à cette heure le FBI avait encore des questions à lui poser. Ils avaient exigé qu'il soit joignable à toute heure en fonction des besoins de l'enquête.

Il décrocha, mit en position haut-parleur et répondit d'une voix traînante :

— Commissaire Marcas, à votre service.

Une respiration lente envahit la chambre obscure.

— Allô ?

Il y eut un toussotement, puis une voix de femme glissa du portable, comme dans un murmure.

— Antoine… C'est Bela.

88

San Francisco
De nos jours

Antoine était incapable de répondre et fixait le téléphone avec stupeur, comme si c'était un objet maléfique. Un objet qui faisait parler les morts.

— Antoine, je sais que tu es là. Réponds-moi.

Il s'approcha du portable, coupa la fonction haut-parleur et le colla à son oreille. Les battements de son cœur repartaient.

— Si c'est une plaisanterie, c'est stupide. On peut imiter des voix avec un ordinateur et…

— Ne t'ai-je pas dit que nous les riches on ne mourait pas comme vous ?

Antoine était bouleversé, aucune parole ne put sortir de sa bouche. Elle continua :

— Veux-tu me voir ?

— Oui ! lança Antoine, plus vite qu'il ne l'aurait voulu.

— Mets en mode vidéo sur ton smartphone.

Il se redressa sur le lit et passa en mode conférence.

Le visage de Bela apparut à l'écran. Elle était couchée sur un lit qui ressemblait à ceux des hôpitaux. Le visage était livide et semblait amaigri. Mais les yeux émeraude étincelaient toujours.

— Tu n'as pas l'air heureux de me revoir.

— Je n'ai pas l'habitude de parler avec des fantômes. Surtout quand ce sont des meurtriers.

— Je n'ai pas beaucoup de temps, Antoine. J'avais… J'avais besoin de t'expliquer.

Marcas secouait la tête d'un air tendu.

— La confession d'une menteuse ?

L'image bougeait, Bela se redressait sur son lit. Une perfusion pendait à son bras gauche. Le pendentif de cuivre battait sur sa poitrine.

— Avant de me juger, tu dois m'entendre.

La réponse d'Antoine fusa :

— Dis-moi d'abord qui est mort hier soir.

Un toussotement fit trembler à nouveau l'écran.

— L'avantage d'avoir un visage interchangeable, c'est que tu remplaces Lady B très facilement. C'était l'une de mes doublures, Antoine. Elle a été identifiée par la police. C'est elle qui passera à la postérité à ma place. Mon agent est au courant et confirmera.

— C'est monstrueux. Combien de morts as-tu sur la conscience ?

Bela émit un faible sourire.

— Trop, je le crains, je pense qu'il n'y aura personne pour m'ouvrir les portes du paradis. J'espère seulement que le diable du vitrail, le bon, sera plus clément. On a tant de choses à nous dire.

— Où te caches-tu ? Encore chez des amis riches.

L'image tressauta. Bela faisait tourner son portable. Une chambre anonyme de clinique. Des murs crème, un mobilier en plastique et un bouquet de fleurs déjà fanées.

— Pas terrible comme palace. Je suis au purgatoire.

Antoine sentit sa volonté faiblir, mais il devait rester inflexible. Cette femme l'avait trahi. Pourtant… Il prononça d'une voix cassée :

— Ton cancer ?

— En effet, Rankin a craché le morceau. On m'a informée des derniers événements. À l'évidence notre opération a foiré. Enfin, pas tout à fait.

— Tu dois te rendre au FBI !

Ses doigts jouaient avec son pendentif.

— On verra ça… Je dois d'abord te parler de l'assassinat du président Kennedy.

— Je me fous de Kennedy.

— Tu as tort, cela a un rapport direct avec tout ce qui vient de se passer.

Antoine, malgré lui, haussa le ton. Toujours cette foutue dureté intérieure.

— Je t'accorde cinq minutes. Pas une de plus.

Le visage de Bela se détendit. Ses yeux émeraude luisaient. Elle se redressa maladroitement sur son lit.

— Merci. Je vais te raconter une histoire qui remonte à ma jeunesse. À l'époque, j'avais vingt-trois ans et je terminais mes études à New York. Chaque année, le 24 novembre, j'avais l'habitude de faire un saut à Washington pour me rendre sur la tombe de mon père, au cimetière d'Arlington.

Marcas fronça les sourcils.

— C'est celui où sont enterrés le président Kennedy et sa femme ? Celui que l'on voit dans les films américains avec des militaires qui tirent dans le ciel pendant les obsèques.

— Oui. Le cimetière militaire des grands héros, de ceux qui ont donné leur vie à la nation. C'est un endroit magnifique, Antoine. Je suis sûre qu'il te plairait. Un avant-goût sobre et élégant de l'éternité. Il est situé de l'autre côté du fleuve Potomac. De ses douces collines vertes et paisibles, on observe l'agitation frénétique de la capitale. Cette année-là, il faisait étonnamment beau et encore plus étonnant…

89

Washington
Cimetière d'Arlington
24 novembre 2006

Les croix et les dalles de marbre éclataient de blancheur sous le soleil de Virginie. Un bouquet de roses blanches à la main, Bela s'était engagée vers le terre-plein central qui menait vers la tombe de son père. Difficile de la rater, on lui avait attribué une place à une cinquantaine de mètres de la sépulture du président John Kennedy. Heureusement, il y avait peu de touristes à l'automne, même avec du soleil. Elle appréciait cette solitude ; la seule fois où elle était venue en été, c'était un cauchemar, l'endroit grouillait de curieux, attirés comme des mouches par la tombe de l'ancien président.

Elle quitta le sentier et emprunta la pelouse pour rejoindre l'alignement de croix qui coulaient doucement vers Schneider allée.

Un homme en pardessus se tenait debout face aux tombes, tache grise au milieu de l'immense pelouse verte. Il tourna la tête vers elle et lui sourit.

Adam Kellerman, son oncle, gardait toujours son autorité naturelle, même dans les cimetières.

Sa haute silhouette paraissait plus voûtée que d'habitude. Elle l'aimait comme on aime un oncle bienveillant mais distant. Il émanait de lui une sorte d'aura qui le rendait souvent hautain. Bela l'embrassa et lui prit la main. Elle était froide comme de la glace.

— Je t'attendais, ma nièce. La ponctualité est une vertu.

Bela déposa le bouquet devant la tombe.

— Comment savais-tu que je venais à cette heure ?

Il émit un faible sourire.

— Je garde un œil sur toi, une promesse faite à ton père. Ce n'est pas la seule. C'est pour ça que je voulais te voir. Comment te portes-tu ?

— Bien, beaucoup de travail. J'ai des partiels en décembre et un stage en janvier. Pas le temps de m'ennuyer. Et toi ?

— Comme toi, trop de travail, mais pas assez de temps pour être avec toi. Tu es ma seule famille. J'ai quelque chose d'important à t'annoncer. J'ai eu un infarctus le mois dernier. On m'a rattrapé de justesse.

Elle lui prit le bras et se colla contre lui.

— Tu aurais dû me prévenir.

— Je ne voulais pas t'inquiéter. Mais ce n'est pas pour ça que je voulais te voir. Ton père m'a fait promettre de te parler à ta majorité s'il lui arrivait quelque chose. Je n'ai pas eu le courage, j'ai laissé traîner toutes ces années. Par lâcheté, je pense. Mais, la crise cardiaque m'a fait comprendre que je devais respecter mon engagement. Il est temps pour toi de connaître un secret familial. Le secret des Kellerman.

— Je ne comprends pas. Tu me fais peur, dit-elle en écarquillant les yeux.

La voix de Kellerman se fit plus lente, plus grave.

— Écoute-moi attentivement. Ton père n'est pas mort dans un accident de la route. Il était rongé de remords pour un acte qu'il avait commis des années plus tôt. Et... il s'est suicidé.

Bela vacilla sur elle-même. Les croix blanches tournaient autour d'elle. Adam la soutint par le bras.

— Je... Je ne comprends pas... Pourquoi ? balbutia la jeune fille.

— Viens, marchons un peu. Ça te fera du bien.

Elle s'appuya sur son bras, son cœur battait fort. Adam Kellerman la guidait vers un sentier en hauteur.

— Ton père était un militaire brillant, colonel dans l'armée de terre.

— Oui, je le sais, c'est pour ça qu'il est enterré ici.

— Quand nous étions plus jeunes, nous partagions les mêmes idéaux. Tout comme moi, il est entré au service du président, lui dans le service de sécurité, moi dans la diplomatie. Et puis il s'est passé quelque chose de grave.

— Je sais tout ça, mon oncle, tu me l'as déjà raconté. L'attentat de Dallas.

Ils arrivaient vers une petite esplanade en arc de cercle qui menait à la tombe du président assassiné.

— Non. C'était cinq mois avant l'attentat. Le président avait été hospitalisé d'urgence à cause de sa maladie, le lendemain de son anniversaire. Il souffrait de la maladie d'Addison, une horreur. Les glandes surrénales se détraquent et provoquent de l'ostéoporose aggravée. Les os deviennent aussi fragiles que le cristal d'une coupe de champagne et ne peuvent

plus supporter le poids du corps. Le président était un homme de verre. Ses vertèbres ne tenaient que par des plaques de métal. Ce jour-là, il était à l'article de la mort, je le revois encore dans son lit, le visage ravagé par la douleur, même les doses de morphine ne suffisaient plus. Jackie attendait dans la chambre voisine, en pleurs. Un prêtre était passé lui donner l'extrême-onction. La troisième pour un homme qui venait de fêter ses quarante-six ans ! Et puis, comme par miracle, il a tenu bon, la faucheuse s'est éloignée. Mais les médecins l'ont prévenu, il n'y aurait pas de quatrième miracle.

Adam s'assit sur une volée de marches, juste en face des deux dalles funéraires, une pour le président, une pour sa femme. Au milieu, brûlait une flamme perpétuelle. Bela s'assit à ses côtés et écoutait.

— Couché dans son lit, Jack nous a raconté un rêve étrange. Il se trouvait en haut d'une colline, bras et jambes cloués sur une croix. La foule pleurait sa mort, ses ennemis tremblaient devant son agonie. Comme le Christ, il était crucifié aux yeux du monde.

— Je ne savais pas qu'il était aussi croyant, dit Bela.

Ce qu'elle entendait lui donnait la chair de poule. Elle n'arrêtait pas de scruter la pierre tombale, comme si le président allait revenir d'entre les morts. Jeune, beau et radieux.

Adam hocha la tête.

— Non. C'était un grand pécheur devant l'Éternel, mais ses accès mystiques se révélaient pendant les crises dues à la maladie. Il savait que la prochaine fois serait la bonne. Il nous a aussi parlé des menaces de mort dont les services spéciaux le tenaient informé.

Il s'était fait trop d'ennemis, Fidel Castro, l'extrême droite américaine, le Ku Klux Klan, la mafia, la CIA, les industriels du pétrole qu'il voulait taxer, son vice-président impliqué dans une affaire de corruption, les réseaux conservateurs du Bohemian Club qui avaient brûlé son effigie. Alors, il a eu une idée folle. Une idée insensée liée à son rêve récurrent. Nous étions abasourdis. Une folie ! Nous étions certains que, dès sa sortie de l'hôpital, il renoncerait. Mais non, sa détermination était implacable. En juillet de la même année, il était allé voir le nouveau pape à Rome, Paul VI. Il voulait son absolution.

— Pourquoi ?

Adam Kellerman affichait un visage de cendres.

— Tu vas comprendre. Le jour de l'attentat de Dallas, à 12 h 30 précises, il y avait deux tireurs en position de visée. Et pas un seul, comme l'a prétendu le rapport de la commission Warren. Le premier était caché au cinquième étage d'un dépôt de livres, il s'appelait Lee Harvey Oswald, un marginal déséquilibré choisi pour ses sympathies communistes. Le second, un tireur d'élite, était positionné dans un autre immeuble, de l'autre côté de la place. C'était ton père.

— Quoi ?! hurla Bela.

— Oswald a tiré la première balle et a raté sa cible, ton père les deux suivantes. Il a touché la gorge, puis la tête du président.

Bela sentit un flux de bile qui remontait dans sa gorge. Elle porta machinalement sa main à son pendentif, mais s'arrêta net, horrifiée. Adam intercepta son regard.

— Oui, c'est bien ce que tu crois...

— Non !

— Ton père a gravé ton nom sur le culot d'une douille. La douille de la balle qui a achevé le président Kennedy.

Bela se leva d'un bond.

— Tu mens ! Mon père n'aurait jamais fait... ça. Il est enterré ici dans le cimetière, c'est un héros de guerre.

— C'est vrai. Mais il a assassiné le président. Il a obéi aux ordres. Aux ordres du président. Et moi aussi.

— Comment ça ?

— J'ai recruté personnellement Lee Harvey Oswald en me faisant passer pour un envoyé du lobby anti-Kennedy. Je l'ai entraîné, je lui ai même fourni sa carabine Carcano 6.5 mm.

La jeune femme le regardait avec horreur. Adam lui prit les bras.

— C'est le président en personne qui nous l'a demandé. Tu comprends ?

IL S'EST SUICIDÉ. Il a préparé sa propre mort pendant des mois. Il ne voulait pas mourir tiré comme un lapin par ses ennemis, ou pire, finir comme un déchet dans un lit d'hôpital, ou destitué en raison de son impotence. Il voulait partir en pleine gloire, sacrifié en plein jour, sous le regard du monde entier.

— Et il savait que tous ses adversaires allaient être soupçonnés... dit Bela qui marchait sous le soleil, telle une somnambule, vers la dalle funéraire.

— Oui. Un coup de génie. Le nouveau Christ de l'Amérique avait tant d'ennemis ! Dallas est devenu son Golgotha. Il aurait préféré Washington, mais les procédures de sécurité étaient trop importantes dans la capitale fédérale.

Bela s'était agenouillée devant la dalle de Kennedy. Adam la rejoignit.

— Ton père s'est ensuite porté volontaire dans les Marines et a été envoyé au Vietnam où il a fait une guerre héroïque pour une cause qu'il détestait. Cent fois, il a risqué sa vie, mais il a toujours été préservé. Il s'est marié tardivement et tu es arrivée. Ta mère est morte peu de temps après l'accouchement et il s'est occupé de toi. Jusqu'à son suicide. Il ne supportait plus ce qu'il avait fait. Il s'est tué le 24...

— Le faux accident de voiture ! Le 24 novembre 1993, à deux jours de l'anniversaire des trente ans de la mort de Kennedy. Et mes dix ans... Quel beau cadeau ! Et toi, pas de remords ? Tu dors bien la nuit ?

La voix de Bela avait la dureté de la pierre. Ses yeux verts flamboyaient de colère. Adam se raidit.

— Tous les jours, Bela, tous les jours que Dieu fait, je regrette d'avoir obéi au président. D'avoir fait d'un président un martyr des temps modernes.

Elle interrompit son récit par une toux âcre qui allait crescendo.

Le fantôme de Kennedy flottait encore dans la pénombre de la chambre. Antoine l'avait écoutée d'une seule traite.

C'était stupéfiant.

Toutes les hypothèses avaient été émises sur l'attentat de Dallas, toutes sauf une.

Le suicide.

Un suicide programmé, planifié. Kennedy crucifié aux yeux du monde. Un nouveau Christ, un Christ médiatique.

Antoine se remémorait la vidéo du drame de Dallas.

En ce 22 novembre baigné de soleil, Kennedy assis dans sa Lincoln luisante, aux côtés de son épouse, offrant à la foule ses derniers sourires.

Cet homme brisé qui roulait en décapotable vers son Golgotha.

Savait-il d'où le père de Bela allait tirer ? Il devait savourer chaque seconde écoulée, chaque molécule d'oxygène inhalée, chaque parcelle de soleil qui éclaboussait ses rétines saturées d'angoisse.

Antoine fixa à nouveau Bela. Il n'avait plus la meurtrière en face de lui mais une étudiante fragile et déboussolée.

Il effleura l'écran de son index, sur son beau visage.

Elle paraissait affaiblie par le récit.

— Que s'est-il passé ensuite ? demanda-t-il d'une voix troublée.

— J'étais folle de colère…

Une toux sèche lui déchira la poitrine.

— Alors, j'ai voulu me venger.

90

San Francisco
De nos jours

Bela rapprocha le portable de son visage. La lumière ambiante perdit de son éclat et gagna en cruauté. Son teint devint cireux, ses cernes déjà gris virèrent au noir. Seuls ses yeux de jade gardaient leur vitalité.

— J'étais folle de colère. Je l'ai planté devant la tombe de Kennedy et je me suis cuitée toute la nuit. Le choc absolu. J'étais la fille et la nièce des assassins du plus grand président des États-Unis. J'en voulais à mon père de m'avoir abandonnée, de m'avoir trahie. Le grand soldat s'était suicidé par lâcheté. Et j'ai encore plus haï cet oncle qui m'avait révélé cette atroce vérité. Je me suis jetée à corps perdu dans les extrêmes, drogue, sexe, alcool. J'ai même fait une tentative de suicide. Mais mon oncle me faisait surveiller et m'a toujours récupérée malgré moi. Et puis, j'ai rencontré Stuart Rankin à Key West. Je suis tombée follement amoureuse de lui et je lui ai tout raconté. Il m'a aidé à me reconstruire. C'était un idéaliste incroyable, il voulait changer le monde grâce à Internet.

Antoine grimaça, elle en parlait avec tant de fougue.

— Un bienfaiteur de l'humanité qui planifie des assassinats ciblés…

— À l'époque, il n'était pas ainsi. Il était généreux, brillant. Il m'a fait rencontrer des amis musiciens, je me suis remise au chant et au piano. Lady B lui doit beaucoup, c'est lui qui a investi dans ma formation, qui a produit mes premiers morceaux. C'est lui qui a eu l'idée de l'anonymat. La star sans visage connue du monde entier. Pour le remercier de m'avoir révélée à moi-même, mon oncle a investi dans sa société qui était en pleine expansion.

— Grave erreur de jugement, coupa Antoine.

L'écran du téléphone d'Antoine tremblait. Bela toussa à nouveau et rejeta les draps, dévoilant le pendentif collé sur sa peau en sueur. Elle prit le petit cercle de cuivre entre ses doigts et l'avança vers la caméra.

— Le porte-bonheur le plus sanglant de l'histoire… J'étais prédestinée, Antoine.

Antoine était hypnotisé par le cercle de cuivre.

La balle mortelle de Kennedy.

Il se ressaisit. Elle n'allait pas s'en tirer comme ça. Il y avait eu les autres meurtres. Elle en était responsable. Tant de mensonges, de trahisons. Il ne voulait pas qu'elle parte en paix. Il voulait lui faire mal. Une dernière fois.

Il éclata de rire. Un rire tranchant comme le verre brisé de ses illusions.

— Merci pour le scoop. Je vais écrire un best-seller. Kennedy mort suicidé. À moi les plateaux télé.

Malgré son visage émacié, Bela pâlit.

— Ça te fait rire ?

Antoine crachait son dégoût et ça lui faisait du bien.

Comment avait-il pu avoir des sentiments pour cette femme ? Il enchaîna sur le même ton :

— Les criminels justifient tous leurs saloperies par des blessures de jeunesse. Enfance martyre, parents alcooliques… Parfois c'est vrai, souvent c'est faux. Mais avec toi, on atteint des sommets dans le cynisme : appeler Kennedy en témoin de la défense… Je vois la scène devant les agents du FBI. Pardon d'avoir participé à l'assassinat de l'abbé Emmanuel, d'Adam Kellerman, de la juge Gardane, de ma pauvre doublure. Pardon d'avoir manipulé deux marginaux, d'en avoir fait des assassins et de les avoir fait se suicider. Tout ça, c'est la faute de Kennedy. Vous comprenez, je suis traumatisée par mon père, c'était lui l'assassin du président. Heureusement, Stuart le gentil milliardaire m'a sauvée.

— Je savais que tu ne comprendrais pas… répondit-elle d'une voix accablée.

— Comprendre quoi ? Ton pote Rankin a monté toute cette opération pour se débarrasser de Lester Rogue et de sa bande de vilains capitalistes qui font du mal à la planète. Il m'a dit sans rire que ton sacrifice allait sauver l'humanité ! Il m'a même parlé d'un troisième étage de la fusée, tu es au courant ?

Bela restait muette. Antoine s'emporta :

— Et maintenant tu me révèles que Kennedy s'est suicidé et qu'au final, ce n'est pas ta faute. Que cette affaire te dépasse. Désolé, soit je suis un crétin, ce qui est sûrement le cas vu ma pitoyable naïveté dans cette affaire, soit il me manque de sacrées pièces du puzzle. Allez, vas-y, fais-moi frétiller les neurones miroirs !

La chanteuse prit un verre d'eau posé sur une table à

côté de la tête de lit et avala un breuvage effervescent par petites gorgées.

— Je vais répondre pendant qu'il me reste un peu de force. Tu y as droit. Comme celui de me détester.

Antoine frappa du poing sur le lit. Il ne pouvait plus contenir sa colère.

— Pourquoi tous ces meurtres ? Pourquoi m'avoir manipulé ? Ça n'a pas de sens !

Elle le fixa, mais parlait avec peine :

— L'image de la fusée… c'est ça. Le premier étage consistait à rendre crédible l'existence des Illuminati auprès de l'opinion. Les Illuminati comme l'incarnation du mal, une société secrète mondiale qui assassine des bienfaiteurs de l'humanité, tel l'abbé Emmanuel en France. Dès que la juge Gardane boucle son enquête et accrédite la thèse du tueur solitaire, elle meurt mystérieusement et l'on découvre la cave secrète du tueur avec le dessin d'une chouette pour accuser les Illuminati. Andréa avait filmé son repaire et devait le balancer sur YouTube. Balancé au grand public, le soupçon devient vérité en surfant sur la paranoïa ambiante.

— Du Barkun de niveau 1, aurait dit Adam. Mais vous n'aviez pas prévu mon irruption dans la partie, c'est ça ?

— Exact. Et Adam n'aurait jamais dû t'inviter à la soirée. En même temps je ne t'aurais jamais rencontré…

Antoine ne releva pas.

— Pourquoi l'avoir assassiné ? Ton oncle !

— Un homme froid, arrogant, qui ne m'a jamais témoigné aucune tendresse. Mais je ne voulais pas sa mort, c'est Stuart qui l'a imposée. Adam devenait un risque : il avait appris que Damien Heller avait participé au programme de recherche et il avait mis son hacker sur la piste. Dès lors, c'était une menace.

— Sauf que vous n'avez pas réussi à identifier le Ghost Rider.

— Exact. On ne pouvait pas le laisser en liberté. Lors de la soirée dans le manoir Kellerman, Anna devait retrouver l'identifiant du hacker et se débarrasser d'Adam. Quand j'ai vu son cadavre, j'ai ressenti un énorme soulagement, mais aussi une peine profonde. C'était étrange et douloureux.

— Tu as des sentiments humains, sans rire ?

— Je ne suis pas un monstre, ajouta-t-elle d'une voix lasse. Enfin, pas totalement.

Antoine passa à nouveau le doigt sur son écran. Il ne devait pas succomber. Pas maintenant.

— Tu t'es bien servie de moi.

— Au début, oui. Mais après, crois-le ou non, je me suis attachée à toi. Je t'ai même sauvé la vie. Par deux fois.

— Quoi ?

Elle fit une pause et but à nouveau en tremblant. Elle semblait souffrir à chaque gorgée.

— La première fois c'était dans le manoir Kellerman, juste après la mort d'Adam. Tu te souviens, j'ai passé un coup de fil à un professeur de médecine ?

— L'ami de la famille qui devait travestir la mort d'Adam.

— En fait, c'était Stuart. Il était prévu d'incendier une partie du manoir pour camoufler la mort d'Adam. Il voulait aussi te supprimer à cette occasion. Mais le message codé que mon oncle t'avait laissé a changé la donne. J'ai convaincu Stuart que tu pouvais nous être utile pour remonter la piste du hacker et retrouver toutes les preuves en possession de mon oncle.

Antoine durcit son regard.

— Merci pour le sursis. Et la seconde fois ?

— Le même soir, juste près la découverte de la vidéo testament d'Adam. Là encore, je l'ai persuadé que tu nous servirais en m'accompagnant à San Francisco. Dans le plan initial, Andréa et Ryan devaient tourner le film dans le Bohemian Club, mais ton irruption dans la partie était une aubaine. Tu ferais le contact avec le hacker, tu remonterais de toi-même la piste des Bohemians. Un policier et un hacker qui révèlent un film sur la cérémonie de ma propre crémation ! Vous étiez les témoins idéaux pour accréditer l'existence réelle des Illuminati, en l'occurrence Lester Rogue et le Bohemian Club.

— Et si j'avais refusé de partir à San Francisco ? Il se serait passé quoi ? un malheureux accident de voiture à Paris, comme pour la juge Gardane…

— Oui. Je ne te connaissais pas assez…

Antoine décida de se contenir. Il lui fallait d'autres réponses.

— Et avant-hier soir ? La partie de jambes en l'air faisait partie de la manipulation, ou alors c'était la récompense, le sucre pour le bon toutou qui avait bien reniflé la piste…

— Non, tu m'as troublée et Stuart le savait.

Antoine redécoupait toutes les images de leur histoire, une par une. Le dîner chez Rankin, la découverte par le hacker de l'identité du garde du corps qui les avait suivis toute la journée au centre.

— Ah oui, ta scène magnifique quand tu l'as traité de salaud et que tu as claqué la porte.

— J'avais envie de toi et il ne pouvait pas refuser… C'était la dernière fois… avant ton voyage dans le Grove et mon… assassinat. Le deuxième étage de la fusée.

Antoine poussa un soupir.

— Le sacrifice aux yeux du monde. Comme Kennedy… C'est insensé, pourquoi ?

Elle toussa à nouveau. Un bruit rauque qui montait des entrailles de son corps.

On entendait sa respiration. Haletante. Elle reprit :

— J'en ai parlé à Stuart il y a deux ans, quand j'ai appris l'existence de mon cancer incurable. Je me suis souvenue du sacrifice de Kennedy. Au début ce n'était qu'un fantasme, une folie, mais l'idée s'est enkystée dans nos cerveaux. Lui, voulait se débarrasser de ces pourris intouchables comme Rogue, moi, réussir la dernière sortie de Lady B.

— Au prix de crimes, comme celui de l'abbé Emmanuel ?

Cette fois, c'est elle qui éclata d'un rire sinistre.

— Les apparences, toujours les apparences, Antoine. Tout le monde porte un masque. Le bon abbé encensé par les journaux, l'ami des enfants défavorisés, l'icône de la générosité… du bluff pour les médias, de la poudre aux yeux pour tous.

— Arrête !

— L'abbé était une imposture totale. C'était un fils de pute. C'est pour ça qu'on l'a tué.

91

San Francisco
De nos jours

Antoine ne pouvait cacher sa stupéfaction. Bela avait dû s'interrompre, elle crachait du sang sur ses draps. Une femme en blouse blanche surgit dans le champ de la caméra du portable qui basculait dans tous les sens. Le visage en sueur, le souffle court, Bela apparut à nouveau à l'écran.

— Le bon abbé Emmanuel, le protecteur des enfants, était sous le coup d'une dizaine de plaintes pour actes de pédophilie en Afrique. Mais tu connais les dirigeants là-bas, un Blanc bien pourri leur était plus utile que quelques enfants abusés.

Antoine vacilla, il se souvenait des paroles de l'abbé : *Ne plus subir*. Quelle mascarade ignoble !

— C'est… vrai ? répondit-il d'une voix troublée.

— Damien Heller avait découvert le côté sombre du personnage quand il travaillait pour l'association de l'abbé. Il a tout balancé quand il a passé ses tests d'*eye tracking* à la fondation. À l'époque, Stuart contrôlait déjà en sous-main les opérations du centre de recherches. On a passé des soirées entières à imaginer les pires tourments pour cette crapule. Il a fini par trouver sa place… dans la tombe.

— C'est ça qui a déclenché le lancement de toute votre supercherie Illuminati ? Un prêtre pédophile ?

— Non, déclara-t-elle faiblement en souriant. Ça va te plaire. C'est un manuscrit. Un manuscrit qui appartenait à Adam.

— Si c'est encore un de tes foutus mensonges… menaça Antoine.

— Dans le manoir Kellerman, tu te souviens du portrait du franc-maçon dans le bureau où nous faisions nos recherches ? Annibal Ferragus, un policier comme toi, mais qui vivait sous la Révolution ?

L'esprit d'Antoine tournait à toute allure. Le tableau surgit dans sa mémoire. Un homme aux lèvres pincées, peint de profil.

— Oui, avec des compas et des équerres aux quatre coins du cadre.

— Quand Adam avait été initié, ce portrait trônait dans son temple. Plus personne ne savait qui c'était. Certains disaient que c'était La Fayette. Un jour, Adam a voulu en avoir le cœur net. Il a démonté le cadre pour trouver une indication. Et il a découvert le manuscrit.

— Un vrai roman !

— Non. Cet Annibal Ferragus savait très bien ce qu'il faisait. Un jour ou l'autre, un frère, un maillon de la chaîne comme disait mon oncle, serait intrigué par ce visage énigmatique et il tenterait d'en percer le secret.

— Et que disait le manuscrit ?

— Ce que certains historiens ont soupçonné sans jamais pouvoir le prouver. C'est que derrière la folie révolutionnaire se cachait un groupe secret, des Illuminati, qui avaient infiltré et manipulé les francs-maçons.

Cette fois, Antoine s'emporta :

— Mais c'est une légende noire ! Une imposture totale, montée par un mythomane notoire, l'abbé Barruel.

Malgré la faiblesse qui la gagnait, Bela sourit.

— Justement, l'abbé Barruel apparaît dans le manuscrit. Écoute, mon oncle a tout vérifié. Les dates, les lieux, les personnes, et tout était, comment on dit dans vos tenues, ah oui, *juste et parfait.*

— Mais pourquoi n'a-t-il rien rendu public ?

— Adam était d'abord un *frère.* Il ne voulait pas alimenter les fantasmes antimaçonniques. Il savait ce qui était arrivé aux maçons pendant l'occupation nazie de l'Europe. Les dénonciations, les arrestations et pour finir la déportation.

Elle s'arrêta de parler et ferma les yeux de longues secondes. Antoine n'osait plus l'interrompre. Il attendait la suite.

— C'est dans ce manuscrit que nous avons puisé avec Stuart le mode d'emploi de notre opération. Le mode de lancement de la fusée ! Quand tu rentreras à Paris, lis-le, je t'en prie ! Tu verras, il n'y a pas que l'abbé Barruel, il y a aussi… Justine… (Sa voix devenait plus hachée.) Peut-être te fera-t-elle penser à moi.

— Bela… lâcha Antoine, un instant désemparé.

Il se ressaisit. La compassion n'avait pas lieu d'être. Il devait connaître la vérité. La chanteuse rapprocha le portable de son visage, sa voix était de plus en plus faible :

— Demande à Peter Van Riess, il sait… pour le

manuscrit… Ce sont les nouveaux sédatifs, Antoine… mal… J'ai tellement mal… Je ne vais plus pouvoir…

Antoine eut peur. Les éléments s'emboîtaient. Ne restait que la dernière pièce.

— Attends ! Et le troisième étage de la fusée ? Les neurones miroirs ?

Bela s'affaissa dans le lit.

— Ils vont me plonger… dans le coma, Antoine. Mon corps ne supporte plus… la douleur. Comme Kennedy, je vais entrer… dans le cœur des hommes pour l'éternité… mais je paye pour mes fautes. Tu dois être content…

— Dis-moi… Le but, la raison de ton sacrifice ?

— Je te dirai quand je… me réveillerai. Ou pas, répondit-elle d'une voix pâteuse. Pardonne-moi… pour le mal que je t'ai fait. Adieu… Antoine. C'est en marche. Les yeux des hommes vont s'ouvrir… Nous allons les transformer en… Illuminati.

L'image bascula alors qu'elle fermait les yeux. Sa tête pencha sur le côté.

— Pas maintenant, implora Antoine. Bela, réveille-toi !

Il s'agrippait à son mobile.

L'image se renversa à nouveau, quelqu'un avait pris le portable de Bela. La communication coupa net.

— Non ! hurla Marcas.

92

Paris
De nos jours

La pluie avait cessé de tomber sur la capitale, mais le ciel restait toujours aussi gris. Les trottoirs étaient luisants, on attendait une éclaircie pour la fin de l'après-midi. Quelques voitures filaient dans la rue, éclaboussant au passage les passants inconscients qui marchaient trop près de la chaussée.

Antoine plia son parapluie et sonna à la porte du manoir. Il savait que quelqu'un à l'intérieur le scrutait par la caméra fichée en haut de l'interphone. Tout n'était que surveillance.

Les secondes s'écoulèrent, interminables, pendant lesquelles Antoine secoua son parapluie. Geste machinal, le propriétaire des lieux n'allait pas le tancer pour quelques gouttes sur son parquet, Adam Kellerman reposait paisiblement au cimetière de Montparnasse. La porte s'ouvrit, une voix familière jaillit de l'interphone :

— Vous connaissez le chemin… Je vous attends sur le perron.

Antoine traversa le corps de bâtiment qui faisait tampon entre la rue et le jardin et s'engagea dans l'allée dallée, constellée de flaques couleur acier. Il avançait avec hâte, tendu vers un seul objectif.

Lire le manuscrit Ferragus, pour comprendre.

Les brumes de San Francisco paraissaient si loin désormais. Pourtant il n'était rentré que depuis trois jours à Paris.

Rentrer n'était pas le mot exact, ça ressemblait plutôt à une exfiltration diplomatique. Le FBI l'avait convoqué le lendemain de l'appel de Bela pour une nouvelle audition. Quand il avait révélé la résurrection de la chanteuse, les agents fédéraux n'avaient pas bronché et s'étaient contentés de prendre sa déposition. À sa grande surprise, l'agent qui conduisait l'enquête l'avait remercié pour ses informations et lui avait conseillé de quitter le territoire au plus vite.

Sa présence gênait.

Un conseiller du consulat de France l'avait récupéré à l'issue de son entretien, un billet de retour par le premier vol pour Paris. Le secrétaire lui avait servi un discours bien huilé sur les relations diplomatiques entre les deux pays, le devoir de réserve d'Antoine et le souci de laisser le FBI conduire l'enquête avec sérénité. Il n'avait même pas pu saluer le Ghost Rider, qui de toute façon ne répondait plus aux messages.

Il avait passé le vol de retour à ressasser l'opération Illuminati. Bela l'obsédait moins, comme si le fait de l'avoir vue sur ce lit d'hôpital avait brisé son emprise. Il n'éprouvait à son égard qu'un étrange mélange de pitié et de tristesse.

Mais il ne pouvait pas s'avouer vaincu, il voulait la vérité.

Surtout après tant d'énergie dépensée. Il ne restait qu'une piste, et il n'en avait pas parlé au FBI.

Le manuscrit Ferragus.

Sitôt arrivé à Paris, il avait laissé des messages au secrétariat de la fondation Kellerman et à celui du cercle Heidelberg aux Pays-Bas. Van Riess avait attendu trois jours avant de le rappeler pour lui proposer une entrevue au manoir.

Il longea les gigantesques sculptures d'acier avant d'entendre des coups de marteau à sa droite. Des ouvriers montaient un échafaudage sur les pans de mur ravagés par l'incendie.

Peter Van Riess l'attendait devant l'entrée. Le petit homme au crâne impeccablement dégarni lui serra chaleureusement la main et le fit pénétrer dans le hall. Des employés de maison s'affairaient dans tous les sens, portaient des cartons, passaient le balai.

— Vous organisez une nouvelle réception ?

— Un émir du Qatar doit visiter les lieux demain pour acheter le manoir. Étant l'exécuteur testamentaire d'Adam, je veille au bon déroulement des opérations. Comment s'est passée la fin de votre séjour à San Francisco ?

— Expéditif, répondit Antoine prudemment. Et vous, ça a dû être un choc pour vos petits camarades d'Heidelberg d'être mêlés à la mort de Rankin ?

Van Riess sourit.

— Ils ont trouvé cela *déroutant.* Mais ce qu'ils ont moins apprécié, c'était la présence des journalistes. Dieu merci, nous connaissions la plupart des propriétaires des médias concernés…

— Je vois… répondit Marcas.

— Veuillez me suivre dans la chapelle, je vous ai préparé le manuscrit.

Ils traversèrent le salon de réception et passèrent durant le tableau de la *Pietà* de Jackie Kennedy. À son grand soulagement, Antoine ne vit pas apparaître le fantôme de Bela, une coupe de champagne à la main.

Le pas vif, Van Riess le menait à travers les couloirs. Ils arrivèrent dans la chapelle baignée d'une lumière grise. Cette fois, Antoine ne put chasser le souvenir de la chanteuse avec laquelle il avait passé des heures entières à décrypter les énigmes d'Adam. Tout au fond, sur l'un des vitraux, le diable cornu gardait son sourire ironique.

— J'espère que le nouveau propriétaire laissera la chapelle en l'état, soupira Van Riess.

— Que va devenir le fonds de la bibliothèque ?

— La fondation n'a pas voulu garder les ouvrages, ils seront vendus aux enchères à Drouot lors de la liquidation des biens. Si ça vous intéresse, vous pouvez récupérer quelques ouvrages, le catalogue ne sera dressé que dans l'après-midi.

— C'est très aimable. Le manuscrit Ferragus m'intéresse.

— Hélas non, celui-là doit retourner dans les archives de la fondation. Une demande expresse d'Adam. Mais pourquoi pas le Barruel qui vous a sauvé la vie en ces lieux ? Barruel. Intéressant personnage que cet abbé conspirationniste. Annibal Ferragus en parle dans son manuscrit.

Ce dernier reposait sur la table de consultation.

— Vous l'avez lu ?

— Je suis curieux de nature, répliqua le petit homme chauve. J'ai été étonné quand vous m'avez demandé de consulter ce manuscrit. Peu de gens sont au courant de son existence.

— Un des membres de la famille me l'a suggéré.

— Alors, bonne lecture. Je vous attends au fond de la chapelle, sous les vitraux. J'aime le confort de ces vieux fauteuils.

Antoine s'assit devant la table éclairée par une vieille lampe Muller bombée et orangée comme un gros champignon. Il ouvrit avec délicatesse les feuillets jaunis par le temps. L'écriture était fine et nerveuse, mais parfaitement lisible. Antoine posa sa main à plat sur la feutrine verte qui recouvrait la table et commença sa lecture.

Moi, Annibal Ferragus, j'écris ce récit pour témoigner de l'étrange et effroyable complot de la secte des Illuminati que j'ai fait échouer il y a bien longtemps. Je...

Antoine lisait lentement, s'arrêtant sur des expressions peu usitées, revenant parfois en arrière. À l'évidence, l'auteur de ce manuscrit était bien un policier, le résumé des faits était méthodique et précis. Aucun effet de style ampoulé ne venait corrompre le témoignage. Plus il avançait dans la lecture, plus il se sentait en affinité avec cet Annibal Ferragus. Courageux, tenace, franc-maçon idéaliste et policier intègre.

Son jumeau par-delà les siècles.

La rencontre de Ferragus avec l'abbé Barruel l'avait stupéfié, il comprenait maintenant les raisons de la haine de ce prêtre royaliste contre la maçonnerie.

Il goûta jusqu'à la dernière phrase, sourit à la référence aux *Bergers d'Arcadie* de Nicolas Poussin qui lui rappelait l'une de ses précédentes enquêtes[1] et s'émut de l'hommage désespéré de Ferragus à sa compagne assassinée.

Une compagne qui l'avait trahi. Il relut le dernier passage écrit de la main de Ferragus.

Quand je reconstitue toute l'histoire, je pense que Justine m'a guidé vers l'abbé Barruel. C'est elle qui par son action m'a permis de remonter la piste jusqu'à la fausse cérémonie maçonnique à Versailles. Elle était complice des Illuminati.

Pourtant, je ne regrette rien.

Et moi, j'ai aimé Justine.

Justine, la sibylle, qui avait trahi Ferragus, tout comme Bela…

Antoine referma le manuscrit et demeura perplexe. La machination de Saint-Just et des Illuminati pour salir les francs-maçons était implacable. Rankin et Bela avaient été à bonne école.

Mais il n'avait rien trouvé sur le but de leurs projets.

Il se leva et rejoignit Van Riess assis dans un fauteuil de velours noir, de profil sous les vitraux du Christ et de Lucifer. Les coudes posés sur les accoudoirs, il croisait les doigts devant son menton et observait Antoine. Un fin sourire se dessina sur son visage énigmatique.

— Avez-vous trouvé les réponses à vos questions ?

— Une partie seulement…

Le petit homme chauve se cala contre le dossier.

— Certains hommes et certaines femmes ne

1. *Apocalypse* (Fleuve Éditions, 2009), Pocket n° 14132.

devraient jamais se rencontrer. Leur part d'ombre fusionne dans un trou noir maléfique.

— Pardon ?

— Pris isolément, Bela Kellerman et Stuart Rankin auraient mené chacun une existence brillante et sans nuisance pour leurs prochains. Hélas, il en a été autrement, répondit Van Riess d'un air pensif. Ils ont été les Bonnie and Clyde du grand complot.

Antoine se raidit, stupéfait.

— Vous êtes au courant pour Bela ? Mais comment ? Personne ne le savait, à part moi et le FBI.

— J'observe, mon ami. Je fais partie d'une confrérie qui observe depuis des siècles. Nous sommes l'œil, mon cher Marcas. L'œil qui scrute les ténèbres.

93

Paris
De nos jours

La chapelle baignait dans un silence inquiétant. Assis chacun dans leur fauteuil, Marcas et Van Riess se faisaient face, tels des joueurs d'échecs qui s'affrontaient par-delà un échiquier invisible. Au-dessus d'eux, les vitraux étincelaient dans la pénombre grise. Le Christ et Lucifer dardaient leurs regards impavides sur les deux hommes.

— Vous parlez d'Heidelberg ? demanda Marcas avec méfiance.

— Non, Heidelberg est un cercle d'influence dont j'assure la gestion de façon officielle. Je vous parle d'une société infiniment plus discrète. Qu'importe son nom. Les noms ne sont que des étiquettes. Appelez-nous les Veilleurs. On nous a déjà surnommés en ces termes par le passé.

Antoine restait sur ses gardes. Il ne put s'empêcher de jeter un œil autour de lui, comme si on les observait eux aussi. Comme s'ils n'étaient pas seuls.

— Et vous observez qui, monsieur le Veilleur ?

Le petit homme chauve sourit à nouveau.

— Tous ceux qui n'aiment pas l'être et ceux qui se veulent plus discrets que secrets. Ceux qui préfèrent l'ombre à la lumière. Ceux qui se réunissent à l'abri de l'attention des hommes, pour de bonnes ou de mauvaises raisons. Ceux qui veulent influencer le cours de l'histoire ou instaurer un gouvernement parallèle. Ceux qui pratiquent des rites secrets et ancestraux comme ceux qui utilisent les nouvelles technologies. Ceux qui se font passer pour ce qu'ils ne sont pas et ceux qui sont ce qu'ils ne paraissent pas. Il y en a tellement, mon ami. Pour prendre un terme à la mode, nous sommes une sorte de NSA des sociétés secrètes.

— Vous espionnez aussi les francs-maçons ?

Van Riess rit doucement.

— En effet, nous vous scrutons. Pas très difficile, vous n'êtes plus très discrets. Vous faites régulièrement la une des journaux et vous passez votre temps à vous écharper.

— L'œil qui scrute les ténèbres… J'ai du mal à avaler.

— Tant mieux, Marcas, car personne ne vous croira. Nous sommes partout et nulle part, placés comme moi dans des groupes de pouvoir comme Heidelberg, mais aussi dans le Bohemian Club ou chez les Skull and Bones. Comme nous étions aussi parmi *les Fils de la Liberté* et les Illuminaten de Bavière il y a des siècles. Partout où le pouvoir d'une poignée d'individus peut influencer le destin des hommes.

Marcas se cala dans son fauteuil, mal à l'aise.

— La société secrète qui manipule les autres sociétés secrètes ? C'est un fantasme, une manipulation de plus.

— Ai-je jamais employé le verbe manipuler ? Non, nous sommes une société secrète qui observe. Nous n'intervenons jamais directement, c'est une règle absolue. Mais en revanche, nous pouvons fournir des informations à des tiers afin de réguler, d'affaiblir les groupes occultes qui menacent l'ordre du monde. Voulez-vous des informations complémentaires sur Bela Kellerman et Rankin ? Profitez-en, je dois partir dans peu de temps.

Van Riess affichait son air énigmatique avec assurance.

— Je vous écoute, bien que je sois toujours aussi sceptique. Que savez-vous de l'opération Illuminati montée par Bela et Rankin ?

— Ils ont monté une opération Black Flag, comme l'a fait Saint-Just en son temps avec les francs-maçons. Savez-vous ce que recouvre ce terme ?

— Ça veut dire *drapeau noir* ?

— Exact. C'est une expression utilisée par les services de renseignements[1]. Dans un conflit, c'est une opération de désinformation destinée à faire croire aux yeux du monde que l'ennemi vous a attaqué alors que c'est faux. Un Black Flag sert toujours un but précis.

Il s'interrompit pour jauger le visage d'Antoine. Il reprit d'une voix posée :

— Je vais citer l'exemple du plus célèbre Black Flag qui a plongé le monde dans l'horreur. L'*Incident de Gleiwitz,* conçu par le Reichsführer Heinrich Himmler en personne. Le 31 août 1939, un commando de SS, déguisés en soldats polonais, attaque un émet-

1. Authentique.

teur radio à Gleiwitz, non loin de la frontière polonaise. Le commando diffuse sur les ondes un appel à renverser le chancelier Adolf Hitler. Pour parfaire la mascarade, les SS déposent douze cadavres de faux soldats polonais, des pauvres types extirpés des camps de concentration et abattus avant leur transfert. On fait ensuite venir des journalistes qui gobent toute l'histoire. Hitler hurle et accuse les Polonais de cette attaque ignominieuse. Le lendemain, il envahit la Pologne. Le même jour, la France et l'Angleterre déclarent la guerre à l'Allemagne. Le Black Flag de Gleiwitz a déclenché la Seconde Guerre mondiale.

Antoine hocha la tête.

— La Pologne est devenue le bouc émissaire idéal… Ça me fait penser à l'opération d'enfumage des *Protocoles des Sages de Sion*. Le compte rendu d'une soi-disant société secrète de rabbins juifs qui veulent dominer le monde. Un faux rédigé par l'Okhrana, la police secrète du tsar afin d'accuser les Juifs. Une saloperie qui circule encore de nos jours et que les antisémites tiennent pour vrai. Encore un Black Flag ?

— Tout juste… Bela et Rankin ont « black-flagué » le Bohemian Club et ont inventé une menace Illuminati.

— Mais quel était le but ? Rankin m'a dit qu'il voulait *illuminer* les hommes avec le sacrifice de Bela.

Le petit homme passa sa main sur son crâne lisse. Il ressemblait à un bonze.

— Le contrôle.

— Quoi ?

— Le contrôle… Le contrôle du miroir de l'humanité. Plus exactement des neurones miroirs des hommes. Le contrôle du troisième cerveau. Le vôtre, le mien, celui de votre famille, de vos proches. Des grands et des petits de ce monde. Mettre la main sur le Big Data de l'humanité entière avec sa technologie. Adam Kellerman s'en doutait, mais n'avait pas la preuve. Il avait lu le manuscrit Ferragus. Quand il m'a alerté, c'était trop tard.

— Mais comment ? C'est impossible.

— Vraiment ? Auriez-vous l'obligeance de sortir votre smartphone et de le consulter ?

Antoine s'exécuta. Van Riess se pencha vers lui.

— Est-ce l'un de ces nouveaux modèles qui fait défiler l'écran automatiquement quand vous le regardez ?

— Oui et alors ?

— En ce moment précis, une application *eye tracking*, propriété de NICA Corporation, envoie un infime faisceau infrarouge dans votre œil et scanne votre pupille. L'application enregistre et transmet, via le réseau, une multitude d'informations personnelles à un serveur situé au siège du groupe de Rankin. Des indications sur votre santé, température, pression sanguine, etc. Mais aussi sur votre état psychique. Tous les portables, ordinateurs et tablettes auront bientôt ce petit joujou. Et puis viendront des lunettes high-tech avec écran intégré…

Marcas contemplait son appareil, comme s'il s'agissait d'un serpent. Il se souvenait avec effroi de sa visite au palais de Tokyo et dans le centre de recherches de San José. L'*eye tracking*, l'œil qui scrutait l'intérieur des cerveaux.

Van Riess applaudit discrètement.

— L'*eye tracking* vient de mesurer votre répulsion

et l'a envoyée de l'autre côté de l'Atlantique. Et peut-être par ricochet à la NSA qui intercepte toutes les transmissions électroniques dans le monde.

Antoine crispa ses mains sur les accoudoirs.

— Mais quel rapport entre le sacrifice de Bela et les neurones miroirs ?

Van Riess recula sur son siège. Son visage devint grave. Dans la lumière crépusculaire de la chapelle, l'ombre de Lucifer montait derrière lui.

— Vous arrivez au cœur ultime de toute l'opération. Comme l'assassinat de Kennedy, et de l'abbé Emmanuel, celui de Bela bouleverse nos neurones miroirs. Le choc du sacrifice provoque un torrent d'empathie incontrôlable. Lady B est un nouvel avatar du Christ et le rocher d'Alcatraz deviendra le Golgotha du troisième millénaire. Mais à la différence de la crucifixion, vous pourrez vous repasser à l'infini sa mise à mort. C'est unique dans l'histoire des hommes. Quand les neurones miroirs sont activés à une telle fréquence, à un tel niveau d'excitation collective, vous pouvez leur associer ce que vous voulez. Colère, peur, joie…

Antoine se souvint des paroles prononcées dans le centre de recherches pendant le visionnage de l'assassinat de Kennedy devant les cobayes.

— L'idole sacrifiée, la naissance d'une nouvelle religion…

— Avec la technologie d'*eye tracking* on peut enregistrer toutes nos émotions, puis imposer celles que l'on veut. L'*eye tracking* est la clé qu'on glisse dans la serrure de notre troisième cerveau. Le sacrifice de Bela ouvre la porte de ce cerveau.

— Et la diffusion du film que nous avons tourné au Bohemian Club ?

— Le choc de l'immolation de la victime innocente a provoqué un gigantesque torrent d'empathie neuronale. Le troisième cerveau a été ouvert. Une fois qu'il est ouvert, on peut y mettre ce que l'on veut. La vidéo de la cérémonie au Bohemian Club aurait engendré une épidémie de colère à l'échelle mondiale. Contre les membres des Bohemians, mais aussi contre tout ce que Rankin aurait voulu mettre sous l'étiquette Illuminati. N'importe quel bouc émissaire élu selon ses critères.

— L'icône du mal… Le reflet de l'autre icône.

Van Riess tendit un bras vers les deux vitraux.

— Oui. Jésus et Satan. Le mal indissociable du bien. Les hommes ont besoin du Christ pour aimer et du diable pour haïr. Vous avez souffert avec Lady B, vous adorerez détester les immondes Illuminati qui veulent vous contrôler. Rankin était un génie dans son genre. La manipulation des masses à l'échelle mondiale, le rêve de tout révolutionnaire ou de toute dictature. Et sans fusil, sans propagande, sans discours, uniquement avec quelques vidéos et un smartphone…

La dernière pièce manquante du puzzle était posée sur la table. Van Riess se racla la gorge et continua :

— Vous comprenez maintenant pourquoi le gouvernement américain vous a prié de déguerpir. La NSA doit déjà être en train de mettre la main sur le dispositif. Ils n'ont aucun intérêt à dévoiler les coulisses de toute cette histoire. Je vous fais le pari qu'il y aura une commission d'enquête officielle sur l'assassinat de Lady B et qui accréditera la responsabilité d'un tueur fou.

— Mais les gens ont le droit de savoir ! C'est le fondement essentiel d'une démocratie. On ne peut leur imposer l'humiliation du mensonge.

Van Riess secoua la tête.

— La lumière de la démocratie se nourrit d'une nécessaire part d'ombre. Réfléchissez, Marcas, personne n'a intérêt à entendre vos révélations. Vous allez expliquer qu'il existe un nouveau dispositif d'espionnage mondial de la population. Du jamais vu dans l'histoire de l'homme, car cette fois, on rentre directement dans leur cerveau. Ensuite vous révélez que Kennedy s'est suicidé ! La piste que personne n'avait jamais envisagée. Vous torpillez l'icône christique de l'ère moderne. Vous braquez les projecteurs sur le Bohemian Club. Imaginez l'onde de choc… Même s'ils ne sont pas responsables de la mort de Bela, on va apprendre qu'une partie de l'élite de la plus grande puissance mondiale se prosterne devant une chouette géante. Vous salissez ensuite la mémoire de Lady B, une star mondialement connue, vous mettant à dos des millions de fans dans le monde. Sans oublier aussi la pédophilie de l'abbé Emmanuel. Antoine Marcas, l'homme par qui le scandale arrive ! Le gouvernement américain n'a aucun intérêt à vous laisser tout déballer, le vôtre non plus, compte tenu des liens diplomatiques. Et l'opinion publique vous maudira d'avoir déboulonné toutes ses idoles.

Antoine tapa du poing sur l'accoudoir du fauteuil.

— On ne peut pas pénétrer dans l'intimité des consciences ! C'est une atteinte inouïe à leur liberté.

— Ah, Marcas, comme j'aime votre idéalisme. Depuis l'aube des temps, l'homme croit qu'il est surveillé. L'œil de Dieu, qui voit et juge Caïn, l'œil d'Allah, l'œil de Jéhovah, tous ces yeux divins qui épient l'homme. Et comme si ça ne suffisait pas, voici venir le temps de l'œil de l'homme. La NSA et tous les autres organismes des pays occidentaux qui, jour et nuit, épient, traquent, filtrent, recoupent. Et maintenant un œil électronique, un *eye tracking*, peu importe son nom, qui pénètre jusqu'au plus profond de nous... Et si ça rassurait l'homme d'être surveillé en permanence ? Il se sent moins seul dans l'univers.

— Vous plaisantez ? Je refuse tout contrôle, qu'il vienne de Dieu ou des hommes.

— Vous, peut-être, mais pas forcément le reste de l'humanité.

Antoine se leva lentement, s'appuyant sur les bras du fauteuil.

— Et si votre fameuse confrérie des Veilleurs, c'était un Black Flag que vous me montez ? Et si vous apparteniez à un service de renseignements ? Ou peut-être bien aux véritables Illuminati...

Van Riess éclata de rire.

— Allez savoir, monsieur Marcas... Peut-être m'a-t-on aussi menti. Le monde des sociétés secrètes m'a toujours fait penser à un chêne séculaire. Mon organisation n'est peut-être que l'une des branches d'un arbre dont plus personne ne voit le tronc. Quant aux Illuminati, peu importe qu'ils soient un fantasme ou non. Ils règnent déjà sur le Net.

Marcas grimaça.

— Le conspirationnisme est l'excroissance tumorale de l'ésotérisme. Savez-vous où se trouve Bela Kellerman ?

— Oui, dans une clinique privée au Mexique. Elle avait prévu son admission de longue date.

— Je peux avoir les coordonnées ? répliqua Marcas sur un ton vif.

Van Riess affichait une mine désolée. Il paraissait vraiment sincère.

— Elle est morte. Elle avait demandé à ne pas souffrir. (Il se leva à son tour.) Encore une information importante. Lester Rogue est au courant de l'existence de la vidéo, il a démissionné de son poste de président d'Heidelberg. N'oubliez pas de prendre l'ouvrage de Barruel sur les Illuminati. Un souvenir.

Antoine encaissa le choc de la mort de Bela mieux qu'il ne l'aurait cru. Comme une délivrance.

— Un souvenir aussi âcre que le breuvage d'amertume que l'on boit pendant l'initiation. Au revoir, monsieur le Veilleur.

Antoine descendit lentement les marches. Van Riess l'interpella quand il s'enfonça dans la travée centrale.

— Vous oubliez que vous avez reçu un cadeau précieux.

Antoine continuait de marcher, sans répondre. La voix du Veilleur se répercutait en écho dans la chapelle.

— Le secret du troisième cerveau, Marcas. Vous pouvez désormais contrôler votre vie. Il suffit de prendre conscience de vos neurones miroirs. C'est d'une simplicité biblique. Imaginez juste que vous posiez un voile noir sur un miroir. Vous deviendrez un homme libre… de vos émotions. Un homme supérieur.

Marcas s'arrêta devant le rayonnage de la bibliothèque, prit l'ouvrage en cuir relié de Barruel. Au moment de quitter la chapelle, alors qu'il refermait la porte, il se retourna.

— Allez vous faire foutre, Van Riess, vous et tous vos Veilleurs. Une vie sans émotions, ça s'appelle la mort.

La porte en chêne claqua.

Au cœur de la chapelle plongée dans la pénombre, Peter Van Riess décrocha son portable. Un modèle à l'ancienne, sans *eye tracking* intégré. Une voix masculine résonna dans le téléphone :

— Mon cher Van Riess, croyez-vous qu'il ébruitera ce qu'il a appris ?

— J'en doute. C'est un homme intelligent, il sait que personne ne le croira. Le FBI n'a pas transmis les détails de l'affaire au consulat de France. Marcas donnera une version acceptable à ses supérieurs, je le vois mal se répandre sur toute cette histoire avant de reprendre du service.

— Lui avez-vous dit que nos ancêtres Veilleurs avaient influencé les fondateurs du Bohemian Club pour qu'ils prennent la chouette des Illuminati comme idole ?

— Non, je n'ai pas jugé utile.

— Ce Marcas ferait une excellente recrue pour notre organisation.

Van Riess contempla le vitrail de Lucifer. Il avait la sensation d'être épié par le bouc diabolique.

— Je ne partage pas votre avis. Il est trop indépendant d'esprit, trop impulsif pour devenir un Veilleur. C'est un idéaliste.

Quelques secondes s'écoulèrent, puis son interlocuteur répondit sur un ton ferme :

— Gardons-le quand même à l'œil. On aura l'occasion de le croiser tôt ou tard. Il pourrait même nous servir.

— Vous pensez à la récente découverte des Veilleurs de Barcelone ?

— Peut-être. Mais c'est une autre histoire, et elle n'est pas encore écrite.

Chouette des Illuminaten de Bavière.

Blason du Bohemian Club

94

Paris
De nos jours

Sitôt rentré dans son appartement, Antoine s'était précipité à son bureau. L'idée avait germé en quittant le manoir. Van Riess avait raison, personne ne croirait sa version des événements.

Il s'assit devant la table et ouvrit un calepin relié de cuir pourpre acheté à côté de chez lui. Puis il sortit un stylo-plume d'une petite boîte de nacre noire floquée d'un compas et d'une équerre. Cela faisait une éternité qu'il n'avait pas écrit avec ce stylo-plume.

Il eut une pensée pour Annibal Ferragus, son frère par-delà les siècles.

C'était à son tour de coucher son récit.

Il ne se souciait pas de son style, seuls les faits suffiraient.

Moi, Antoine Marcas, j'écris en ce jour le récit d'une conspiration à laquelle j'ai fait obstacle. Tout a commencé à Paris...

Il passa tout l'après-midi à rédiger sa confession. Au moment de la terminer, il se souvint de la déclaration d'Annibal dédiée à Justine. Il réfléchit quelques instants.

Le visage maladif de Bela flotta devant lui.

Il ouvrit son ordinateur, se connecta sur YouTube pour revoir le drame d'Alcatraz. Il y avait une centaine de vidéos qui contenaient toutes les mêmes minutes fatidiques avant l'assassinat. Antoine eut une pensée pour la doublure de Bela, la malheureuse victime sacrifiée.

Il resta tétanisé devant la séquence qui affichait le plus grand nombre de vues.

Lady B assassinée par les Illuminati.

Dix milliards de connexions. Le record absolu.

Le tsunami Lady B submergeait les réseaux sociaux. Les messages de condoléances des premiers temps disparaissaient sous un déluge de commentaires haineux, orduriers. Un appel mondial au meurtre pour venger *l'innocente chanteuse*. Chaque groupe avait ajouté sa bile obsessionnelle, à jets saccadés. Outre les Illuminati, tous les boucs émissaires étaient immolés sur l'autel de la haine. Les Juifs, les francs-maçons, la Finance mondiale, les Arabes, les gauchistes, les catholiques, les protestants, les fascistes, les extraterrestres…

Et c'était surmultiplié sur Facebook et Twitter !

J'ai sous les yeux la face sombre du troisième cerveau de l'humanité, songea Antoine.

Il coupa l'ordinateur, écœuré, et reprit son stylo pour conclure d'une main ferme :

Une imposture, une manipulation.

Bela Kellerman morte, Lady B est entrée dans l'immortalité.

Pour ces deux femmes, je n'éprouve aucun regret. Je ne suis pas comme Ferragus. Qu'elles aillent en enfer.

Il hésita quelques secondes, puis ajouta une ultime phrase :

Mais Rankin et Bela ont triomphé. Les pseudos Illuminati règnent sur les cerveaux...

Il referma le calepin et le glissa dans le tiroir du bureau. Il trouverait un endroit approprié pour le cacher. Il leva les yeux vers la fenêtre, les nuages gris avaient été balayés par le vent d'est. Un soleil ambré illuminait la capitale.

Au moment où il allait se lever, son smartphone vibra. Il décrocha. Un tablier maçonnique de maître au Rite écossais primitif, un rectangle avec un M en liseré rouge, apparut à l'écran. Une voix familière jaillit :

— Salut, frangin, comment ça va à Paris ?

Marcas ne put s'empêcher de sourire. Le Ghost l'avait retrouvé.

— Leyland ! J'ai cru qu'ils t'avaient envoyé à la prison de Saint Quentin !

— Eh non, mec. Pas de concours de pipes en vue. Mais je m'y attelle. En échange de ma discrétion légendaire, les autorités fédérales m'ont proposé un nouveau job, je travaille dans le Maryland, à Fort Meade.

— Tu bosses pour le FBI ?

— Pour ces tocards ? Tu déconnes ! Je turbine pour le grand Satan, mec. L'œil et les oreilles de l'Amérique. Pour cette putain de NSA.

— Non !

— Eh oui. Équipe spéciale de hackers repentis. La crème, mec. Je t'appelle d'un téléphone crypté, mais on ne sait jamais, je peux pas rester longtemps. Dis donc, j'avais raison pour le logo de la messagerie et le symbole maçonnique. C'était fait exprès. Un de mes collègues m'a expliqué que l'un des inventeurs a voulu faire chier grave un de ses potes maçons qui lui avait montré son tablier.

Marcas sourit à nouveau. Le hacker continua :

— C'est pas terrible la déco chez toi. Tu devrais rajouter de la couleur sur les murs. Ou des posters de filles à poil. Ou de mecs !

Antoine écarquilla de grands yeux. Leyland couina :

— J'ai actionné la caméra de ton portable à distance, mec. Non, fais pas cette tête, j'ai activé aussi l'*eye tracking*, j'enregistre une dilatation de ta pupille de paramètre 6,7. T'es pas content de ma remarque !

— Ne me dis pas que…

— Eh oui, mon pote, je vois tout de là où je suis. Je bosse sur l'*eye tracking* de l'ami Rankin. La NSA s'est prise de passion pour les neurones miroirs. À propos, fais gaffe.

— À quoi ?

La voix de Leyland se fit plus grave.

— Ils t'ont à l'œil, mec. La NSA. T'as pas intérêt à mater trop de pornos ou à envoyer un mail sur un nouveau secret qui bouleverse l'humanité. Et rien sur Kennedy et les Illuminati.

— Je vois pas de quoi tu parles… mec.

Un petit rire sortit du portable.

— Super. Si tu veux me joindre, utilise l'ancien mail sur lequel tu m'avais contacté. Au fait, je suis allé sur ton compte en banque.

— Tu plaisantes ?

— Non, putain, ça gagne pas beaucoup un flic français, même un commissaire ! La lose totale. Jette un œil dans ta boîte aux lettres. T'as dû recevoir un souvenir. Bye, le franc-mac !

— Bye, le Ghost, te carbonise pas le cerveau comme ton idole.

Une tête de mort enflammée envahit tout l'écran, accompagnée d'un ricanement grinçant.

Puis tout devint noir.

Même s'il était heureux de l'appel du hacker, Antoine contempla son smartphone avec méfiance. Demain, à la première heure, il irait le changer pour un ancien modèle. Juste un téléphone pour téléphoner.

Le soleil inondait le bureau. Marcas se leva, il avait envie de sortir, prendre un verre au Corso ou aux Jolies Mômes, avec ses potes Bruno, Karim et Olivier. Il voulait voir du monde, parler, reprendre contact avec la vie. La vraie. Il prit son MP3, brancha les écouteurs sur les oreilles. Le quartet de Dave Brubeck et Paul Desmond dégaina batterie, piano et saxo pour lancer *Take Five*.

Il descendit les escaliers quatre à quatre en sifflotant et s'arrêta pour ouvrir sa boîte aux lettres. Une petite enveloppe blanche avait été déposée, expédiée des États-Unis, d'une ville qu'il ne connaissait pas. Il la déchira et en sortit une carte de jeu dont il reconnut l'origine. Il la retourna d'un geste sec. Un œil était dessiné dans une grossière pyramide. Juste en dessus était écrit BAVARIAN ILLUMINATI. Une petite note avait été griffonnée à la main sur le côté.

Game's never ending...

Il sourit, rangea la carte dans sa poche puis quitta la pénombre de son immeuble pour sortir sous le soleil.

Il traversa la rue sur le passage piétons quand soudain il entendit un grand coup de klaxon. Une Renault grise pila net devant lui. Antoine se figea, il n'avait pas fait attention à la voiture. Le conducteur, un barbu rougeaud et grisonnant, sortit la tête de la vitre.

— Connard, regarde où tu marches !

— Désolé, répondit Marcas en retirant ses écouteurs.

— Dégage de là. Je bosse, moi. Abruti.

Marcas se crispa et s'approcha de la portière du conducteur. La colère commençait à monter. Il allait lui brandir sa carte de police sous le nez quand soudain il se figea.

— Vous pouvez répéter vos insultes ?

Le rougeaud s'empourprait et postillonnait dans l'air.

— Fils de pute, abruti. Ça te va ? Tête de nœud ! T'en veux encore, minable ?

Antoine fixa longuement le conducteur.

Je vois un voile noir qui tombe sur un miroir.

Je vois un voile qui tombe sur un miroir.

La brûlure des insultes se calmait comme sous l'effet d'un baume miracle. L'onde de colère perdait de sa vigueur.

Le voile noir recouvre la surface du miroir.

Ça marche...

Antoine afficha un large sourire et recula.

— Non, ça suffira. Merci et bonne journée, cher monsieur.

Le barbu secoua la tête, décontenancé.

— Merci pour quoi ?

— Pour avoir compris le secret des Illuminati...

La voiture démarra en trombe. Antoine la regarda s'éloigner et éclata de rire.

— Connard quand même. Juste pour le plaisir…

Il remit ses écouteurs et reprit sa route, l'esprit apaisé.

Machinalement, il sortit la carte de jeu de sa poche. L'œil stylisé semblait le contempler avec malice.

Le jeu ne finit jamais…

L'œil énigmatique, le delta lumineux, lui indiquait l'existence d'un Orient mystérieux qu'il devait toujours rechercher. C'était sa quête, son jeu de vie.

Il savait au plus profond de lui qu'une autre énigme se présenterait tôt ou tard sur son chemin. Une autre aventure.

Une autre femme. La femme.

Il en était sûr. C'était une conviction inexplicable, mais pas irrationnelle. Marcas sourit et ce sourire lui apporta une plénitude comme il n'en avait pas connu depuis longtemps.

Le Grand Architecte de l'Univers avait sûrement un autre projet pour lui. Quelque part sur terre, son compas recommençait, lentement, très lentement, à tournoyer. Et ce compas traçait pour Marcas une nouvelle courbe à sa vie.

Cher lecteur

— Faites comme Antoine. Vos réactions émotives sont liées à vos neurones miroirs. Au moindre accès de colère, visualisez un voile noir sur votre miroir personnel. Vous verrez...

*— Avant d'acheter un nouveau modèle de smartphone, de tablette ou d'ordinateur, vérifiez la présence d'*eye tracking.

Ce livre est une œuvre de fiction nourrie de faits réels.

Nos lectrices et lecteurs savent que dans tous les Marcas il faut discerner le vrai du faux. Les Illuminati sont une formidable source d'inspiration pour des auteurs de thrillers, mais ils ont vraiment disparu depuis le XVIIIe siècle. Il n'existe que des supputations sur leur influence sur la Révolution française.

Vrai : l'existence du Bohemian Club, ainsi que le rituel du Maître du Feu. Le rôle des *Fils de la Liberté* dans l'Indépendance des États-Unis. L'analyse de Barkun.

La technologie *eye tracking* est en passe d'être installée sur une nouvelle génération de smartphones et de tablettes. La découverte des neurones miroirs est considérée comme une avancée majeure dans le domaine des neurosciences – mais nous avons librement extrapolé leur utilisation détournée.

— Si vous voulez aller plus loin sur les neurones miroirs, nous vous conseillons la lecture du passionnant ouvrage du professeur Jean-Michel Oughourlian,

Notre troisième cerveau, éditions Albin Michel. Et sur le sacrifice de l'idole et la contagion mimétique, n'hésitez pas à lire tous les ouvrages du philosophe René Girard qui a d'ailleurs travaillé sur les neurones miroirs.

— Sur les Illuminati, même si on ne partage pas certaines analyses, l'ouvrage très complet *Les Illuminati*, écrit par un collectif d'auteurs (J'ai lu), Geneviève Béduneau, Richard D. Nolane, Arnaud de L'Estoile, Bernard Fontaine.

— Sur le conspirationnisme, *La Foire aux Illuminés*, de Pierre-André Taguieff, (Fayard/Mille et Une Nuits), la référence dans le domaine, même si là encore nous divergeons sur certains points de vue de l'auteur.

GLOSSAIRE MAÇONNIQUE

Accolade fraternelle : accolade rituelle discrète qui permet aux frères de se reconnaître.

Agapes : repas pris en commun après la *tenue*.

Atelier : réunion de francs-maçons en *loge*.

Attouchements : signes de reconnaissance manuels, variables selon les grades.

Cabinet de réflexion : lieu retiré et obscur, décoré d'éléments symboliques, où le candidat à l'initiation est invité à méditer.

Capitation : cotisation annuelle payée par chaque membre de la loge.

Chaîne d'union : rituel de commémoration effectué par les maçons à la fin d'une *tenue*.

Collège des officiers : ensemble des officiers élus de la loge.

Colonnes : situées à l'entrée du *temple*. Elles portent le nom de Jakin et Boaz. Les colonnes symbolisent aussi les deux travées, du Nord et du Midi, où sont assis les frères pendant la *tenue*.

Compas : avec l'*équerre*, correspond aux deux outils fondamentaux des francs-maçons.

Constitutions : datant du XVIIIe siècle, elles sont le livre de référence des francs-maçons.

Cordon : écharpe décorée portée en sautoir lors des *tenues*.

Cordonite : désir irrépressible de monter en grade maçonnique.

Couvreur : officier qui garde la porte du *temple* pendant la *tenue*.

Debbhir : nom hébreu de l'*Orient* dans le *temple*.

Delta lumineux : triangle orné d'un œil qui surplombe l'*Orient*.

Droit humain (DH) : obédience maçonnique française mixte. Environ 11 000 membres.

Épreuve de la terre : une des quatre épreuves, avec l'eau, le feu et l'air, dont le néophyte doit faire l'expérience pour réaliser son initiation.

Équerre : avec le *compas*, un des outils symboliques des francs-maçons.

Frère couvreur : frère, armé d'un glaive, qui garde la porte du *temple* et vérifie que les participants aux rituels sont bien des maçons.

Gants : toujours blancs et obligatoires en *tenue*.

Grades : au nombre de trois. Apprenti. Compagnon. Maître.

Grand Expert : officier qui procède aux rituels d'initiation et de passage de grade.

Grand Orient de France : première obédience maçonnique, adogmatique. Environ 46 000 membres.

Grande Loge de France : obédience maçonnique qui pratique principalement le Rite écossais.

Grande Loge féminine de France : obédience maçonnique féminine. Environ 11 000 membres.

Grande Loge nationale française : seule obédience maçonnique en France reconnue par la franc-maçonnerie anglo-américaine ; n'entretient pas de contacts officiels avec les autres obédiences françaises.

Haut grade : après celui de maître, existent d'autres grades pratiqués dans les ateliers supérieurs, dits de perfection. Le Rite écossais, par exemple, comporte 33 grades.

Hekkal : partie centrale du *temple*.

Hiram : selon la légende, l'architecte qui a construit le Temple de Salomon. Assassiné par trois mauvais compagnons qui voulaient lui arracher ses secrets pour devenir maîtres. Ancêtre mythique de tous les francs-maçons.

Loge : lieu de réunion et de travail des francs-maçons pendant une *tenue*.

Loge sauvage : loge libre constituée par des maçons, souvent clandestine, et qui ne relève d'aucune obédience.

Loges rouges et noires : loges dites *ateliers supérieurs* où l'on confère les hauts degrés maçonniques.

Maître des cérémonies : officier qui dirige les déplacements rituels en *loge*.

Obédiences : fédérations de loges. Les plus importantes, en France, sont le GODF, la GLF, la GLNF, la GLFF et le Droit Humain.

Occident : ouest de la *loge* où officient le *premier* et le *second surveillant* ainsi que le *couvreur*.

Officiers : maçons élus par les frères pour diriger l'*Atelier*.

Orateur : un des deux officiers placés à l'*Orient*.

Ordre : signe symbolique d'appartenance à la maçonnerie qui ponctue le rituel d'une *tenue*.

Orient : est de la *loge*. Lieu symbolique où officient le *Vénérable*, l'*Orateur* et le *Secrétaire*.

Oulam : nom hébreu du *parvis*.

Parvis : lieu de réunion à l'entrée du *temple*.

Pavé mosaïque : rectangle en forme de damier placé au centre de la *loge*.

Planche : conférence présentée rituellement en *loge*.

Poignée maçonnique : poignée de reconnaissance rituelle que s'échangent deux frères.

Rite : rituel qui régit les travaux en *loge*. Les plus souvent pratiqués sont le Rite français et le Rite écossais.

Rite Pierre Dac : rituel maçonnique parodique, créé par l'humoriste et frère du même nom.

Rites égyptiens : rites maçonniques, fondés au XVIIIe siècle et développés au XIXe, qui s'inspirent de la tradition spirituelle égyptienne. Le plus pratiqué est celui de Memphis-Misraïm.

Salle humide : endroit séparé du *temple* où ont lieu les *agapes*.

Secrétaire : frère qui consigne les événements de la *tenue* sur un *tracé*.

Signes de reconnaissance : signes visuels, tactiles ou langagiers qui permettent aux francs-maçons de se reconnaître entre eux.

Sulfure : simple presse-papier maçonnique.

Surveillants : premier et second. Ils siègent à l'*Occident*. Chacun d'eux dirige une *colonne*, c'est-à-dire un groupe de maçons durant les travaux de l'*atelier*.

Tablier : porté autour de la taille. Il varie selon les *grades*.

Taxil (Léo) : écrivain du XIXe siècle, à l'imagination débridée, spécialisé dans les œuvres antimaçonniques.

Temple : nom de la loge lors d'une *tenue*.

Tenue : réunion de l'*atelier* dans une *loge*.

Testament philosophique : écrit que le néophyte doit rédiger, dans le cabinet de réflexion, avant son initiation.

Tracé : compte rendu écrit d'une *tenue* par le *secrétaire*.

Tuileur : officier de la loge qui garde et contrôle l'entrée du *temple*.

Vénérable : maître maçon élu par ses pairs pour diriger l'*atelier*. Il est placé à l'*Orient*.

Voûte étoilée : plafond symbolique de la *loge*.

Remerciements

De Eric et Jacques

À Fleuve Éditions qui a fait preuve de beaucoup de patience pour attendre ce nouveau Marcas et d'encore plus de patience pour le manuscrit. Aux équipes éditoriales (au premier plan), mais aussi à celles de la fabrication, du marketing, de la communication, des relations libraires et salons… que de bonnes fées veillent sur Antoine Marcas et ses papas ! Et un clin d'œil aux représentants qui défendent nos livres avec passion dans toute la France. Et tant qu'on y est aux libraires qui nous accompagnent depuis des années, on ne peut pas tous vous citer mais une mention particulière cette année au Groupe Ensemble et à son président (On a des photos compromettantes de la soirée Fleuve, cher Jean-Michel…), ainsi qu'à Cultura qui nous a choisis pour être les parrains de l'opération Polar Serial Lecteurs sur toute la France. Aux lecteurs du groupe Marcas sur Facebook, certains se reconnaîtront dans les noms de personnages ou de lieux…

De Eric
À Aurélie, ma femme, qui vit mes périodes d'écriture marcassienne avec patience et amour et qui me donne chaque jour une énergie incroyable. Et dire que je l'ai rencontrée chez mon éditeur… À l'ami Bernard Werber pour m'avoir soufflé le bon conseil au bon moment. À ma mère Zdenka, qui m'a inoculé, très jeune, le goût des livres insolites. Aux francs-maçons que je côtoie depuis des années, grâce à Marcas et Jacques, et qui pour beaucoup m'ont ouvert leurs bras comme à un frère. Alors que je persiste à rester dans les Ténèbres…

De Jacques
À Carole, ma compagne, pour son infinie patience durant la rédaction de ce livre. À Yves Bonnefoy et Alain Robbe-Grillet pour m'avoir, un jour, convaincu d'écrire. À ma mère pour m'avoir offert mon premier livre. À mes frères sans lesquels je n'aurai jamais vu la Lumière.

Découvrez les
premières planches de
la bande dessinée

Le Frère de Sang
de
GIACOMETTI, RAVENNE
& ALBERT

aux Éditions Delcourt

Giacometti et Ravenne adaptent LE FRÈRE DE SANG en bande dessinée

Paris, 1355.
Un sorcier juif est brûlé vif en place publique.

Nicolas Flamel assiste à l'exécution avant d'être mandé par l'Inquisition pour consigner les aveux de la fille du criminel, soumise à la question.

Paris, 2007.
Deux crimes sont perpétrés au cours d'une cérémonie d'initiation maçonnique.

Le commissaire Antoine Marcas va bientôt faire une horrible découverte.

L'assassin est un franc-maçon…

Composé par Nord Compo
à Villeneuve-d'Ascq (Nord)

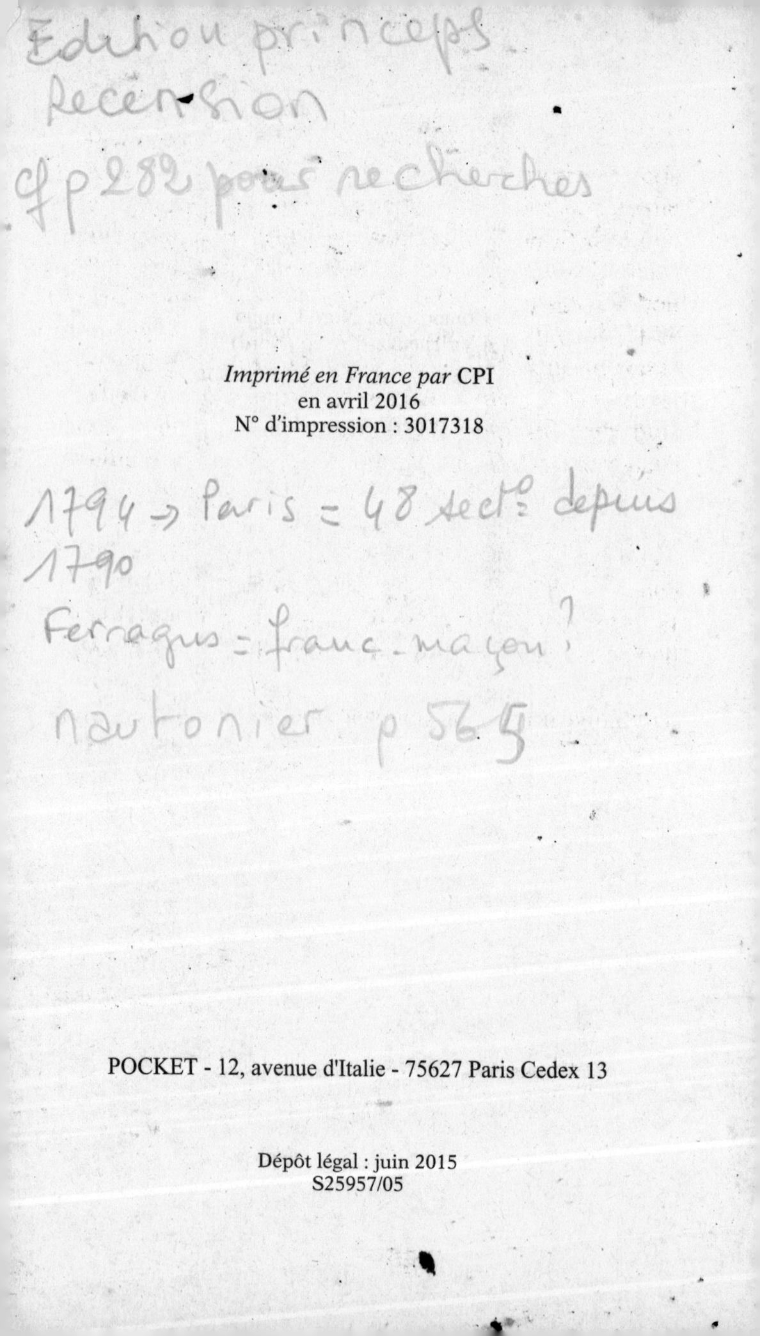

Imprimé en France par CPI
en avril 2016
N° d'impression : 3017318

POCKET - 12, avenue d'Italie - 75627 Paris Cedex 13

Dépôt légal : juin 2015
S25957/05